Voor mij

Van Jojo Moyes verschenen:

Drie vrouwen
Verboden vruchten
Suzanna's wereld
Passie en parelmoer
Zee van verlangen
Dicht bij jou
Nachtmuziek
De laatste liefdesbrief
Voor jou
Vier plus één
Portret van een vrouw
Een week in Parijs
Een leven na jou
Dans met mij
Jij en ik
Voor mij
De sterrengever

Jojo Moyes

Voor mij

De Fontein

Eerste druk februari 2018
Vijfde druk, eerste in deze uitvoering, april 2022

Oorspronkelijke titel *Still Me*
Oorspronkelijke uitgever Michael Joseph, an imprint of Penguin RandomHouse UK

Vertaling Anna Livestro
Omslag Villa Grafica
Opmaak binnenwerk ZetSpiegel, Best
ISBN 978 90 261 6102 5
ISBN e-book 978 90 261 4495 0
NUR 302

www.uitgeverijdefontein.nl

Uitgeverij De Fontein vindt het belangrijk om op milieuvriendelijke en verantwoorde wijze met natuurlijke bronnen om te gaan. Bij de productie van het papieren boek van deze titel is daarom gebruikgemaakt van papier waarvan het zeker is dat de productie niet tot bosvernietiging heeft geleid.

Voor mijn lieve Saskia: draag je eigen gestreepte maillot met trots.

'Weet wie je bent en kleed je daarnaar.'

Epictetus

1

Het was de snor die me eraan herinnerde dat ik niet meer in Engeland was: een dikke, grijze duizendpoot die de bovenlip van de man volledig aan het zicht onttrok; een Village People-snor, een cowboysnor, een minibezempje, serieus. Dat soort snorren had je bij ons gewoon niet. Ik kon mijn ogen er niet van afhouden.

'Mevrouw?'

De enige bij wie ik thuis ooit zo'n snor had gezien was meneer Naylor, onze wiskundeleraar, en bij hem zat er altijd een verzameling koekkruimels in – we telden ze altijd in de les.

'Mevrouw?'

'O. Sorry.'

De geüniformeerde man wenkte me met zijn dikke wijsvingertje. Hij keek niet op van zijn scherm. Ik wachtte voor het hokje, terwijl het zweet van de lange vlucht langzaam opdroogde in mijn jurk. Hij stak zijn hand op en wiebelde met zijn vingers. Het duurde een paar seconden voordat ik doorhad dat hij daarmee om mijn paspoort vroeg.

'Naam.'

'Die staat erin,' zei ik.

'Uw naam, mevrouw.'

'Louisa Elizabeth Clark.' Ik wierp een blik over zijn balie. 'Maar dat "Elizabeth" gebruik ik verder nooit, want mijn moeder realiseerde zich pas later dat ik dan Lou Lizzy zou zijn en ze vond de afkorting zo gestoord klinken: Loulie, een beetje lullig. Hoewel mijn vader het juist wel vond passen. Niet dat ik echt gestoord ben, trouwens. Ik bedoel, u zou natuurlijk niet iemand het land binnen willen laten die gestoord is. Haha!' Mijn stem kaatste nerveus tegen het scherm van plexiglas.

De man keek me nu voor het eerst aan. Hij had stevige schouders en een blik als een stroomstootwapen. Hij glimlachte niet. Hij wachtte alleen tot mijn lach was verdwenen.

'Sorry,' zei ik. 'Ik word zenuwachtig van mensen in uniform.'

Ik keek even achterom de aankomsthal in, naar de rij die zo vaak tussen de afzetlinten heen en weer slingerde dat het inmiddels een ondoordringbare, rusteloze zee van mensen was geworden. 'Ik ben denk ik een beetje doorgedraaid doordat ik zo lang in die rij heb gestaan. Echt, zo lang heb ik nog nooit ergens voor staan wachten. Ik was al bijna begonnen aan mijn verlanglijstje voor Kerstmis.'

'Leg uw hand op de scanner.'

'Is hij altijd zo enorm?'

'De scanner?' Hij fronste.

'Nee, de rij.'

Maar hij luisterde al niet meer. Hij bestudeerde iets op zijn scherm. Ik legde mijn vingers op het kleine glasplaatje. En toen piepte mijn telefoon. Ma.

Ben je al geland?

Met mijn vrije hand begon ik te antwoorden, maar de man keek me ineens scherp aan. 'Mevrouw, het gebruik van mobiele telefoons is verboden in deze ruimte.'

'Maar dit is gewoon mijn moeder. Ze wil weten of ik er al ben.' Stiekem typte ik de opgestoken duimpjes-emoji, waarna ik de telefoon in mijn zak liet glijden.

'Reden van uw reis?'

Ma reageerde meteen.

Wat is dat?

Sms'en was haar tweede natuur geworden, en ze kon inmiddels sneller typen dan praten. Sneller dan het licht, dus.

Je weet best dat mijn telefoon die plaatjes niet laat zien. Bedoel je soms SOS? Louisa, zeg nou even of het goed gaat.

'Reden van uw reis, mevrouw?' De snor trilde geïrriteerd. Voor de duidelijkheid zei hij langzaam: 'Wat komt u doen in de Verenigde Staten?'

'Ik heb een nieuwe baan.'

'Namelijk?'

'Ik ga werken voor een gezin in New York. Bij Central Park.'

Het zou kunnen dat de man toen zijn wenkbrauwen een millimeter optrok. Hij bekeek het adres op mijn formulier om dit te controleren. 'Wat voor baan?'

'Dat is een beetje moeilijk uit te leggen. Ik ben zeg maar een betaalde gezelschapsdame.'

'Een betáálde gezélschapsdame.'

'Het zit zo. Ik heb voor een man gewerkt, ook als gezelschapsdame. Ik zorgde ervoor dat hij zijn medicijnen innam, en ik nam hem mee naar buiten en ik voerde hem. Dat klinkt een stuk idioter dan het is, trouwens – hij kon namelijk zijn handen niet gebruiken. Dus het was niks pervers, of zo. Hoewel het toen trouwens wel wat meer werd, want het is moeilijk om niet heel close te worden met mensen voor wie je zorgt, en Will – die man – was een fantastische vent, en... Nou ja, we werden dus verliefd op elkaar.' Te laat voelde ik als vanouds de tranen opwellen. Ik veegde ze snel weg. 'Dus ik denk dat deze baan weer net zoiets wordt. Min de verliefdheid dan, en het voeren.'

De douanier staarde me aan. Ik probeerde te glimlachen. 'Ik hoef niet altijd te huilen als het over mijn werk gaat, hoor. Want ik zei al, ik ben niet echt gestoord. Haha! Maar ik hield wel van hem. En hij van mij. En toen... Nou ja, toen koos hij ervoor een eind aan zijn leven te maken. Dus ik ga hier eigenlijk opnieuw beginnen.' De tranen stroomden nu in al hun glorie, heel gênant. Ik kon ze echt niet meer inhouden. 'Sorry. Het komt vast door de jetlag. Want in gewone tijd is het nu iets van twee uur 's nachts, toch? En ik praat tegenwoordig bijna nooit meer over hem. En ik heb inmiddels ook een nieuwe vriend en die is geweldig! Hij is ambulancemedewerker en hij is een superlekker ding, dus dan heb je toch gewoon de vriendjesloterij gewonnen? Met een lekkere ambulanceman?'

Ik graaide wat rond in mijn tas, op zoek naar een zakdoek. Toen ik opkeek hield de man een doos met tissues op. Ik nam er eentje uit. 'Dank u wel. Maar goed, mijn vriend Nathan – uit Nieuw-Zeeland komt hij – die werkt dus hier, en hij heeft me aan dit baantje geholpen en ik weet nog niet precies wat er allemaal bij komt kijken, behalve dat ik ga werken voor de vrouw van een rijke vent, en dat die vrouw last heeft van depressies. Maar ik heb besloten om te doen wat Will voor me wilde, want ik heb hem tot nu toe teleurgesteld. Ik had maar gewoon een baantje op de luchthaven.'

Ik schrok. 'Niet – eh – niet dat daar iets mis mee is! Kijk, bij de douane werken, dat is natuurlijk heel belangrijk werk. Écht heel erg belangrijk. Maar ik heb een plan. Ik ga nu elke week dat ik hier ben iets nieuws doen, en ik ga overal ja op zeggen.'

'Overal ja op zeggen?'

'Op nieuwe dingen. Will zei altijd dat ik mezelf nooit eens een nieuwe ervaring gunde. Dus ga ik het voortaan zo aanpakken.'

De douanier bestudeerde mijn papier. 'U hebt het adres niet volledig ingevuld. Ik heb nog een postcode nodig.'

Hij duwde het formulier mijn kant op. Ik controleerde het nummer op het formulier dat ik had uitgeprint en vulde het met trillende vingers in. Ik keek even naar links, waar de rij in mijn vak opstandig aan het worden was. Vooraan in de andere rij stond een Chinees gezin dat door twee beambten werd ondervraagd. Onder protest van de vrouw van het gezin werden ze meegenomen naar een zijkamertje. Ik voelde me ineens heel erg alleen.

De douanier tuurde naar de wachtende mensen. Toen zette hij zomaar ineens een stempel in mijn paspoort. 'Veel succes, Louisa Clark,' zei hij.

Ik gaapte hem aan. 'Dat was alles?'

'Dat was alles.'

Ik lachte. 'O, bedankt! Dat is echt heel aardig van u. Het is echt heel vreemd om voor het eerst helemaal aan de andere kant van de wereld te zijn, en u bent de eerste aardige persoon die ik hier heb ontmoet, tenminste, zo voel ik dat, en –'

'U moet nu echt doorlopen, mevrouw.'

'Ja, natuurlijk. Sorry.'

Ik pakte mijn spullen bij elkaar en veegde een zweterige lok haar uit mijn gezicht.

'En, mevrouw...'

'Ja?' Ik vroeg me af wat ik nou weer verkeerd begrepen had.

Hij keek niet op van zijn beeldscherm. 'Wees voorzichtig met waar u allemaal ja tegen zegt.'

Zoals beloofd stond Nathan te wachten in de aankomsthal. Ik scande de menigte en voelde me wonderlijk verlegen. Eigenlijk was ik er stiekem van overtuigd dat er niemand zou staan, maar daar was hij. Hij zwaaide met zijn grote hand boven de krioelende massa om hem heen. Hij stak ook zijn andere hand op, en begon breeduit te glimlachen, om zich vervolgens langs iedereen heen te wurmen om me te begroeten door me op te tillen en me halfdood te knuffelen. 'Lou!'

Toen ik hem zo zag schoot ik ineens helemaal vol – het had iets te maken met Will en verlies en de rauwe emotie die loskomt als je een turbulente vlucht van zeven uur achter de rug hebt – en ik was blij dat hij me zo stevig vasthield, want zo had ik tenminste de tijd om tot bedaren te komen.

'Welkom in New York, kleintje! Ik zie dat je kledingstijl nog niet veranderd is.'

Hij hield me een stukje van zich af en grijnsde. Ik trok mijn jarenzeventigjurkje met tijgerprint recht. Zelf vond ik dat ik er zo een beetje uitzag als Jackie Kennedy, in haar Onassis-jaren. Als Jackie Kennedy ooit tijdens een vlucht de helft van een beker koffie in haar schoot had laten druipen.

'Het is zo fijn om je weer te zien.'

Hij pakte mijn loodzware koffers op alsof ze met veertjes gevuld waren. 'Kom, dan breng ik je thuis. De Prius is voor een beurt bij de garage, dus Mr. G heeft me zijn auto geleend. Het verkeer is een drama, maar je rijdt tenminste in stijl.'

Meneer Gopniks auto was strak en zwart en zo groot als een bus, met deuren die dichtvallen met zo'n nadrukkelijk discreet klikje waaruit een prijskaartje met vijf nullen spreekt. Nathan legde mijn koffers in de achterbak en ik ging met een zucht voorin zitten. Ik pakte mijn telefoon, beantwoordde de veertien sms'jes van mijn moeder met eentje waarin ik haar meldde dat ik in de auto zat en dat ik haar morgen zou bellen, en toen beantwoordde ik Sams berichtje dat hij me miste met:

Geland xxx

'Hoe is het met je vent?' vroeg Nathan, met een blik opzij.

'Prima.' Voor de zekerheid gooide ik er nog maar een paar xxxx'jes achteraan.

'Deed hij niet al te moeilijk over het feit dat je hiernaartoe wilde?'

Ik haalde mijn schouders op. 'Hij vond dat ik moest gaan.'

'Dat vonden we allemaal. Het duurde gewoon even voor je dat zelf ook inzag.'

Ik stopte mijn telefoon weg, leunde achterover in mijn stoel en staarde naar de onbekende namen langs de snelweg – Milo's Tire Shop, Richie's Gym – naar de ambulances en de U-Haul-busjes, de armoedige huizen met de afbladderende verf en scheve stoepen, de basketbalveldjes en bestuurders die aan enorme bekers frisdrank zaten te lurken.

Nathan zette de radio aan en ik luisterde naar ene Lorenzo die het had over een of andere honkbalwedstrijd en ik had heel even het gevoel alsof ik me in een parallel universum bevond.

'Dus je hebt morgen nog voor jezelf. Is er iets waar je zin in hebt? Ik dacht, ik laat je uitslapen, en dan sleep ik je mee voor brunch. Je moet wel je eerste weekend hier een keer bij een echte New Yorkse *diner* eten.'

'Klinkt goed.'

'Ze zijn pas morgenavond terug van de countryclub. Ze hadden vorige week een beetje ruzie. Ik leg het wel uit als je straks wat hebt geslapen.'

Ik staarde hem aan. 'Geen geheimen, graag. Dit wordt toch niet weer net als…'

'Ze zijn niet net zoals de familie Traynor. Het is een doodnormaal gestoord multimiljonairsgezin.'

'Is zij aardig?'

'Superaardig. Ze is... niet gemakkelijk. Maar superaardig. Hij ook.'

Dat was wel ongeveer alles wat je van Nathan kon verwachten, als karakteromschrijving. Hij viel stil – hij is geen roddelkont – en ik zat in de luxe, koele Mercedes GLS en vocht tegen de golven slaap die dreigden me te overspoelen. Ik dacht aan Sam, die nu een paar duizend kilometer verderop lag te slapen in zijn treinwagon. Ik dacht aan Treena en Thom, die in mijn kleine appartementje in Londen waren getrokken. En toen onderbrak Nathans stem mijn gedachten. 'Daar is het dan.'

Met slaperige ogen keek ik op en daar, aan de overkant van de Brooklyn Bridge, zag ik het liggen: Manhattan, glinsterend van het in talloze ramen weerkaatste licht, ontzagwekkend, stralend, wonderlijk compact en beeldschoon. Het was een aanblik die ik zo goed kende uit tv-series en films dat het bijna niet te bevatten was dat ik het nu in het echt zag. Ik ging meteen rechtop zitten, sprakeloos, terwijl we eropaf raasden, de beroemdste metropool op aarde.

'Dat is pas een uitzicht, vind je niet? Iets meer grandeur dan Stortfold.'

Ik geloof dat het pas op dat moment echt tot me doordrong. *Dit is mijn nieuwe thuis.*

'Hoi, Ashok. Hoe gaat het?' Nathan rolde mijn koffers door de marmeren lobby, terwijl ik me vergaapte aan de zwart met witte tegels en de koperen reling, en mijn best deed om niet te struikelen. Mijn voetstappen weergalmden in de grote ruimte. Het leek wel de entree van een chic hotel uit vroeger tijden: de bronskleurige lift, de rode loper met koperen roeden, de receptie iets donkerder dan prettig was. Het rook er naar bijenwas en gepoetste schoenen en geld.

'Prima, man. Wie hebben we hier?'

'Dit is Louisa. Ze gaat voor Mrs. G. werken.'

De geüniformeerde conciërge kwam achter zijn bureau vandaan

en stak zijn hand naar me uit. Hij had een brede glimlach en ogen die alles al hadden gezien.

'Aangenaam, Ashok.'

'Een Britse! Ik heb een neef in Londen. Croy-down. Ken je dat, Croy-down? Woon jij daar soms in de buurt? Hij is een echt grote vent, weet je wel.'

'Ik ken Croydon eigenlijk niet zo goed,' zei ik, en toen zijn gezicht betrok: 'Maar als ik er weer eens ben, zal ik opletten of ik hem zie.'

'Louisa. Welkom in de Lavery. Als je iets nodig hebt, of als je iets wilt weten, ik ben hier vierentwintig uur per dag, zeven dagen per week.'

'Dat is geen geintje,' zei Nathan. 'Ik denk weleens dat hij onder dat bureau slaapt.' Hij gebaarde naar de dienstlift met zijn doffe grijze deur, achter in de lobby.

'Drie kinderen van onder de vijf, man,' zei Ashok. 'Geloof me, hier zijn is goed voor mijn geestelijke gezondheid. Hoewel mijn vrouw het minder geslaagd vindt.' Hij grijnsde. 'Maar serieus, Miss Louisa. Als u iets nodig hebt, dan ben ik er voor u.'

'Hij bedoelt drugs, prostituees, bordelen?' fluisterde ik toen de deuren van de dienstlift achter ons dichtschoven.

'Nee. Hij bedoelt kaartjes voor voorstellingen, een reservering in een restaurant, of waar je je kleren het best kunt laten stomen,' zei Nathan. 'We zitten hier aan Fifth Avenue, mens. Wat heb je in hemelsnaam uitgespookt in Londen?'

Het appartement van de familie Gopnik besloeg zeshonderdvijftig vierkante meter op de tweede en derde verdieping van een oud gebouw, in gotische stijl opgetrokken, een zeldzaamheid in dit deel van New York, en het maakte meteen duidelijk hoe rijk de familie Gopnik al generaties lang was. Het gebouw, de Lavery, was een op schaal nagebouwde imitatie van het beroemde Dakota-gebouw, vertelde Nathan, en het was een van de oudste appartementengebouwen in de Upper East Side. Je kon hier alleen een appartement kopen of verkopen met goedkeuring van een bewonersraad, die fel tegen elke vorm van verandering was. Dus terwijl aan de overkant van het park de glimmende gebouwen oprezen waar de nieuwe rijken in trokken – Russische oligarchen, popsterren, Chinese staalmagnaten en techmiljardairs – met gemeenschappelijke restaurants, sportscholen, kinderopvang en *infinity pools*, hielden de bewoners van de Lavery het graag bij het oude.

Deze appartementen gingen over van generatie op generatie; de bewoners hadden leren leven met de riolering die nog uit de jaren dertig stamde, ze voerden ellenlange ingewikkelde gevechten als iemand een verbouwing wilde waar meer bij kwam kijken dan het vervangen van een lichtknop, en wendden beleefd hun blik af terwijl New York om hen heen veranderde, zoals je soms een bedelaar met een kartonnen bordje negeert.

De grandeur van het interieur kon ik nauwelijks in me opnemen – de parketvloer, de hoge plafonds en damasten gordijnen tot op de grond – want we liepen meteen door naar het personeelsverblijf, in de verste uithoek van de tweede verdieping van het appartement, aan het eind van een lange, smalle gang vanaf de keuken – een vreemd overblijfsel uit lang vervlogen tijden. Tegenwoordig hadden gebouwen geen personeelsverblijven meer: huishoudsters en nanny's kwamen 's ochtends vroeg met de metro uit Queens of New Jersey en gingen weer naar huis als het donker werd. Maar de familie Gopnik had deze piepkleine kamertjes al vanaf de oplevering van het gebouw in bezit. Ze konden niet worden verbouwd of verkocht, want ze hoorden bij het woongedeelte en er werd dankbaar van dit soort kamers gebruikgemaakt als opslagruimte. En ik snapte wel waarom mensen ze als opslagruimte zagen.

'Zo.' Nathan deed een deur open en liet mijn koffers op de grond vallen.

Mijn kamer was zo'n drieënhalve bij drieënhalve meter. Er stond een tweepersoonsbed in, een televisie, een ladekast en een hangkast. In de hoek stond een klein leunstoeltje, bekleed met beige stof. De doorgezakte zitting getuigde van uitgeputte eerdere bewoners. Een klein raampje dat anders uitzicht op het zuiden zou hebben gehad. Of het noorden. Of het oosten. Het was moeilijk te zeggen, want het bood nu uitzicht op de bakstenen achterkant van een gebouw dat zo hoog was dat ik de lucht alleen kon zien als ik mijn gezicht tegen het glas drukte en mijn nek uitrekte.

Vlakbij in de gang was een keuken die ik deelde met Nathan

en de huishoudster, die een kamer had aan de andere kant van de gang.

Op mijn bed lag een keurige stapel van vijf donkergroene poloshirts en iets wat op het oog zwarte broeken leken en die een goedkope teflonglans hadden.

'Hadden ze je niet verteld over het uniform?'

Ik pakte een van de poloshirts op.

'Het is maar een shirt en een broek. De Gopniks vinden dat een uniform het eenvoudiger maakt. Dan weet iedereen waar hij aan toe is.'

'Prima als je eruit wilt zien als een golfpro.'

Ik wierp een blik in het piepkleine badkamertje, betegeld met bruin marmer met een dikke laag kalkaanslag, dat aan mijn kamer grensde. Er was een wc, een kleine wastafel, zo te zien uit de jaren veertig, en een douche. Er lag een in papier verpakt stuk zeep en er stond een bus kakkerlakspray.

'Voor Manhattan is het behoorlijk ruim,' zei Nathan. 'Ik weet wel dat het er een beetje mottig uitziet, maar Mrs. G zei dat we het wel een likje verf mogen geven. Wat extra lampjes en een keer naar Crate and Barrel en dan...'

'Ik vind het geweldig,' zei ik. Ik draaide me naar hem om en mijn stem klonk ineens beverig. 'Ik ben in New York, Nathan. Ik ben er echt.'

Hij kneep me in mijn schouder. 'Yep. Je bent er echt.'

Ik kon nog net lang genoeg wakker blijven om mijn spullen uit te pakken, samen met Nathan wat eten te laten bezorgen, langs een paar van de 859 kanalen op mijn kleine televisietje te zappen, waarvan verreweg de meeste een eindeloze opeenvolging waren van American football, reclame voor producten tegen spijsverteringsproblemen, of slecht uitgelichte misdaadseries waar ik nog nooit van had gehoord, en toen viel ik als een blok in slaap. Om kwart voor vijf 's ochtends schrok ik wakker. Gedurende een paar verwarrende minuten begreep ik niet waar die onbekende sirene in de verte vandaan kwam, en het zeurende geluid van een achteruitrijdende vrachtwagen, maar toen deed ik het licht aan, herinnerde me weer waar ik was, en voelde ik een schok van opwinding.

Ik trok mijn laptop uit mijn tas en tikte een chatbericht in voor Sam.

Ben je daar? xxx

Ik wachtte, maar er kwam niets. Hij had gezegd dat hij dienst had, maar ik was te duf om het tijdsverschil te berekenen. Ik legde mijn laptop weer weg en probeerde nog even te slapen (Treena zegt altijd dat ik op een bedroefd paard lijk als ik niet genoeg slaap). Maar de onbekende geluiden van de stad waren als de lokroep van een sirene, en om zes uur stapte ik uit bed en nam een douche. De roestdeeltjes in het water dat krachtig uit de douchekop spetterde probeerde ik te negeren. Ik kleedde me aan (een overgooier van spijkerstof en een vintage turquoise blouse met korte mouwtjes en een afbeelding van het Vrijheidsbeeld erop) en ging op zoek naar koffie.

Ik slofte door de gang en probeerde me te herinneren achter welke deur Nathan me de vorige avond de personeelskeuken had laten zien. Ik trok er eentje open, en een vrouw draaide zich om en staarde me aan. Ze was van middelbare leeftijd en stevig, met haar in keurige, donkere golven, als een filmster uit de jaren dertig. Ze had prachtige donkere ogen, maar haar mondhoeken hingen omlaag alsof ze voortdurend haar afkeuring wilde laten blijken.

'Eh... Goedemorgen!'

Ze bleef me aangapen.

'Ik... Ik ben Louisa. Het nieuwe meisje. De... assistente van mevrouw Gopnik.'

'Dat is mevrouw Gopnik niet.' De vrouw liet die verklaring in de lucht hangen.

'Dus dan bent u...' Ik pijnigde mijn slaapdronken hersenen maar er kwam niks. *Kom op*, maande ik mezelf. 'Het spijt me. Mijn hoofd is gevuld met watten, vanochtend. Jetlag.'

'Ik heet Ilaria.'

'Ilaria. Dat was het! Sorry.' Ik stak mijn hand naar haar uit. Ze nam hem niet aan.

'Ik weet wie je bent.'

'Eh... Weet je waar Nathan zijn melk heeft staan? Ik wilde even koffie maken.'

'Nathan drinkt geen melk.'
'Echt niet? Vroeger wel.'
'Denk je soms dat ik tegen je lieg?'
'Nee. Dat denk ik helemaal n–'

Ze deed een stap naar links en gebaarde naar een ingebouwde kast die half zo hoog was als de andere kasten en waar je net niet helemaal goed bij kon. 'Dat is jouw kast.' Toen trok ze de deur van de koelkast open om haar sinaasappelsap terug te zetten en ik zag een volle tweeliterfles melk op haar plank staan. Ze deed de deur weer dicht en keek me onverbiddelijk aan. 'Meneer Gopnik komt vanavond om halfzeven thuis. Trek je uniform aan voordat je gaat kennismaken.' Toen liep ze de gang in, haar slippers klepperend tegen haar voetzolen.

'Leuk om kennis te maken! We zullen elkaar vast nog heel vaak zien!' riep ik haar na.

Ik staarde even naar de koelkast en bedacht me toen dat het waarschijnlijk niet te vroeg was om ergens melk te gaan kopen. Dit was per slot van rekening de *city that never sleeps.*

New York mocht dan al wakker zijn, de Lavery was in zo'n intense stilte gehuld dat ik vermoedde dat al haar bewoners aan de slaapmiddelen waren. Ik liep de gang door en trok de voordeur zachtjes achter me dicht nadat ik acht keer had gecheckt of ik mijn portemonnee en sleutels wel bij me had. Vanwege het vroege tijdstip en het feit dat alle bewoners van het gebouw nog lagen te slapen, vond ik dat ik weleens wat beter kon kijken naar waar ik precies terechtgekomen was.

Terwijl ik op mijn tenen verder liep en de dikke loper het geluid van mijn voetstappen dempte, begon er aan de andere kant van een van de deuren een hond te blaffen – een keffend, woedend protest – en de stem van een ouder iemand schreeuwde iets wat ik niet kon verstaan. Ik liep snel door, want ik wilde het niet op mijn geweten hebben dat de andere bewoners wakker werden, en in plaats van de grote trap af te dalen liep ik toch maar naar de dienstlift.

Er was niemand in de lobby, dus ik liet mezelf uit en stapte regelrecht zo'n overweldigende herrie en zee van licht in dat ik even moest blijven staan om overeind te blijven. Voor me strekte de groene oase van Central Park zich uit, kilometers lang, zo leek het. Links van me was het al druk in de zijstraatjes – enorme kerels in overalls laadden kratten uit een aan de zijkant geopende bestelbus, gadegeslagen door een agent met armen zo groot als hammen over elkaar geslagen voor zijn borst. Een straatveger neuriede vlijtig. Een taxichauffeur zat door zijn open raampje te kletsen met een man. Ik streepte in mijn hoofd de bezienswaardigheden van de Big Apple af. Paardenkoetsjes! Gele taxi's! Onmogelijk hoge gebouwen! Terwijl ik zo om me heen stond te staren, liepen er twee vermoeid uitziende toeristen met kinderen in buggy's langs me heen, met plastic bekers koffie in hun hand; misschien leefden ze nog volgens een tijdszone van ergens ver weg. Manhattan strekte zich uit in alle richtingen, gigantisch, onder de eerste zonnestralen, met overal mensen.

Met het aanbreken van de dag verdampte het laatste restje van mijn jetlag. Ik haalde diep adem en begon te lopen, me bewust van de grijns die ik niet kon onderdrukken. Ik liep acht blokken zonder ook maar één buurtwinkel tegen te komen. Toen sloeg ik Madison Avenue in, en ik liep langs de enorme etalages van chique winkels waarvan de deuren nog op slot zaten, ertussenin hier en daar een restaurant met donkere ramen, als gesloten ogen, of een verguld hotel met een portier in livrei die me niet aankeek terwijl ik voorbijliep.

Ik liep nog vijf blokken, en het begon tot me door te dringen dat dit niet het soort buurt was waar je even snel een supermarkt kon binnenlopen. Ik had gedacht dat er in New York op elke straathoek een *diner* was, waar schreeuwerige serveersters en mannen met witte mutsjes werkten, maar alles leek enorm en duur en ik had niet het idee dat er ergens achter deze deuren een kaasomelet of een kop thee te krijgen was. De meeste mensen die ik passeerde waren toeristen of fanatieke joggers in strakke lycra, in hun eigen wereldje, met hun koptelefoontjes op en handig de dakloze mannen omzeilend die je boos aankeken met hun gegroefde, bevlekte gezichten. Uiteindelijk kwam ik een grote koffiezaak tegen, eentje van zo'n keten, waar de helft van de vroege vogels in New York bijeengekomen leek. Er zaten mensen aan tafeltjes in nissen over hun telefoon gebogen, en mensen die bovennatuurlijk vrolijke peuters te eten gaven, terwijl de nietszeggende easy-listeningmuziek zachtjes door de speakers aan de muren kwam.

Ik bestelde een cappuccino en een muffin, die de barista voordat ik iets kon zeggen doormidden sneed, roosterde en met heel veel boter besmeerde, zonder ondertussen zijn gesprek met een collega over een of andere honkbalwedstrijd te onderbreken.

Ik betaalde, ging zitten met de in folie verpakte muffin en nam er een hap van. Zelfs al had ik die knagende jetlaghonger niet gehad, dan nog was dit het lekkerste wat ik ooit van mijn leven had geproefd.

Ik zat aan een tafeltje bij het raam en bleef daar een halfuur kijken naar Manhattan in de ochtend, mijn mond afwisselend gevuld met de kleffe, boterige muffin of gloeiend hete, sterke koffie, en ik gaf mijn altijd aanwezige inwendige monoloog de vrije loop *(Ik zit New Yorkse koffie te drinken in een New Yorkse koffiezaak! Ik loop over een New Yorkse straat! Net als Meg Ryan! Of Diane Keaton! Ik ben gewoon in New York!)* en heel even begreep ik precies wat Will me twee jaar geleden duidelijk had willen maken: die paar minuten, met mijn mond vol onbekend eten, en mijn ogen vol vreemde beelden, leefde ik alleen in het moment. Ik was er helemaal bij, met mijn zintuigen op scherp, mijn hele wezen open voor de nieuwe ervaringen om me heen. Ik was op de enige plek op aarde waar ik op dat moment zou kunnen zijn.

En toen gingen er twee vrouwen aan een ander tafeltje zomaar ineens met elkaar op de vuist, en vlogen de koffie en croissantkruimels in het rond, terwijl de barista's op hen af sprongen om ze uit elkaar te halen. Ik veegde de kruimels van mijn jurk, klapte mijn tas dicht en besloot dat het tijd was om terug te gaan naar de rust en vrede in de Lavery.

2

Toen ik binnenliep was Ashok bezig een enorme berg kranten te sorteren in genummerde stapels. Hij kwam glimlachend overeind. 'Een heel goedemorgen, Miss Louisa. En, hoe was uw eerste ochtend in New York?'

'Waanzinnig. Dank je.'

'En hebt u "Let The River Run" geneuried terwijl u over straat liep?'

Ik bleef stokstijf stilstaan. 'Hoe weet je dat?'

'Dat doet iedereen als ze voor het eerst in Manhattan zijn. Joh, ik heb zelf ook weleens zin om het te neuriën, 's ochtends, en ik lijk totáál niet op Melanie Griffith.'

'Is er hier in de buurt ergens een supermarkt? Ik moest kilometers lopen voor een kop koffie. En ik heb geen idee waar ik melk kan kopen.'

'Miss Louisa, had dat dan gezegd! Kom mee.' Hij gebaarde me achter zijn balie te komen en ging me voor een donker kantoortje in, waarvan het haveloze en rommelige interieur scherp contrasteerde met al het koper en marmer in de hal. Op een bureau stond een hele batterij schermen van bewakingscamera's en een oude televisie en een grootboek, een beker, wat boeken en een hele serie foto's van stralende tandeloze kindjes. Achter de deur stond een stokoude koelkast. 'Hier. Neem deze maar. Breng me later maar een nieuw pak.'

'Doen alle conciërges dit?'

'Dit doet geen enkele conciërge. Maar de Lavery is anders.'

'Waar doen mensen dan hun boodschappen?'

Hij trok een gezicht. 'Mensen in dit gebouw doen nooit boodschappen, Miss Louisa. Ze dénken niet eens aan boodschappen. Ik zweer dat de helft van hen denkt dat het eten als bij toverslag gekookt en wel op tafel verschijnt.' Hij keek achter zich en fluisterde: 'Ik durf zelfs te wedden dat tachtig procent van de vrouwen in dit gebouw al minstens vijf jaar geen maaltijd meer heeft gekookt. Maar ja, de helft van de vrouwen in dit gebouw eet ook nooit een maaltijd, natuurlijk.'

Toen ik hem aanstaarde haalde hij zijn schouders op. 'De rijken hebben een ander leven dan u en ik, Miss Louisa. En de rijken in New York... Nou ja, die hebben een ander leven dan wie dan ook.'

Ik nam het pak melk van hem aan.

'Als u iets wilt hebben, wat dan ook, dan bestelt u het. U went er vanzelf aan.'

Ik wilde hem vragen naar Ilaria en mevrouw Gopnik, die blijkbaar niet mevrouw Gopnik heette, en de familie die ik vandaag zou ontmoeten. Maar hij had zijn blik afgewend en keek de hal in.

'Goedemorgen, mevrouw De Witt!'

'Wat doen al die kranten in hemelsnaam op de grond? Het lijkt hier verdorie wel een kiosk.' Een piepklein oud dametje stond te sputteren bij de stapels *New York Times* en *Wall Street Journal* die hij nog aan het sorteren was. Ondanks het vroege uur zag ze eruit alsof ze naar een bruiloft moest, in een frambozenrode overslagjas met een rood dophoedje en een enorme zonnebril met een schildpadmontuur die een groot deel van haar kleine, gerimpelde hoofdje besloeg. Aan het eind van een hondenriem zat een piepende mopshond met uitpuilende ogen strijdlustig naar me te staren (tenminste, dat dacht ik, maar helemaal zeker wist ik het niet, omdat die ogen alle kanten op draaiden). Ik boog voorover om Ashok te helpen de kranten voor haar uit de weg te ruimen, maar toen ik omlaagkwam besprong haar hond me keihard grommend, zodat ik een sprong naar achteren deed en bijna over de *New York Times* viel.

'Allemachtig!' klonk het trillende maar dominante stemmetje. 'Nu laat je de hond ook nog schrikken!'

De tanden van de mopshond hadden zich op een haar na in mijn been gezet. Mijn huid leek te tintelen op de plek waar het beest zich op gericht had.

'Wilt u er wel voor zorgen dat deze... deze púínhoop weg is als we weer terugkomen? Ik heb al zo vaak tegen meneer Ovitz gezegd dat het bergafwaarts gaat met dit gebouw. En, Ashok, ik heb een zak vuilnis voor mijn deur gezet. Wil je die alsjeblieft meteen weghalen, anders stinkt de hele gang straks naar verwelkte lelies. Wie stuurt er nou ook lelies als cadeau? Begrafenisbloemen. Dean Martin!'

Ashok tikte aan zijn pet. 'Komt in orde, mevrouw De Witt.' Hij wachtte tot ze weg was. Toen draaide hij zich om en keek naar mijn been.

'Die hond wilde me bijten!'

'Ja. Dat is Dean Martin. Je kunt maar beter uit zijn buurt blijven. Hij is de chagrijnigste bewoner van het gebouw, en dat wil wat zeggen.' Hij boog zich weer over zijn kranten en tilde de volgende stapel op zijn bureau voordat hij me wegwuifde. 'Laat maar, Miss Louisa. Het is zwaar, en je hebt met de mensen boven al genoeg te stellen. Een fijne dag nog.'

En voordat ik hem kon vragen wat hij precies bedoelde was hij al verdwenen.

De dag ging in een waas voorbij. De rest van de ochtend was ik druk met mijn kamertje indelen, de badkamer schoonmaken, en foto's ophangen van Sam, mijn ouders, Treena en Thom om het een iets huiselijker gevoel te geven. Nathan nam me mee naar een *diner* in de buurt van Columbus Circle waar ik at van een bord zo groot als een wagenwiel en zoveel sterke koffie dronk dat mijn handen trilden toen we terugwandelden. Nathan wees me op allerlei plekken die misschien nog nuttig zouden zijn – die bar was nog tot heel laat open, bij die food truck hadden ze ontzettend lekkere falafel, bij deze geldautomaat kon je veilig flappentappen... Het duizelde me van de nieuwe indrukken en al die informatie. Ergens halverwege de middag werd ik ineens heel doezelig en mijn benen voelden zwaar, dus bracht Nathan me terug naar het appartement, met zijn arm door de mijne gehaakt. Ik was blij dat het binnen zo stil en donker was, en dat er een dienstlift was, zodat ik niet al die trappen op hoefde.

'Doe maar even een dutje,' adviseerde hij, terwijl ik mijn schoenen uitschopte. 'Maar ik zou niet langer dan een uur gaan liggen, anders raakt je biologische klok nog erger in de war.'

'Hoe laat zou de familie Gopnik ook alweer terug zijn?' Ik sprak al niet helemaal duidelijk meer.

'Meestal zijn ze rond zes uur thuis. Het is nu drie uur, dus je hebt nog even. Ga maar even lekker liggen, dan voel je je straks weer mens.'

Hij trok de deur dicht en ik liet me dankbaar op het bed vallen. Ik wilde net gaan slapen toen ik me ineens realiseerde dat ik straks niet meer met Sam zou kunnen praten. Dus pakte ik mijn laptop, heel even gewekt uit mijn verdoving. Ik typte in mijn Messenger-app:

Ben je daar?

Een paar minuten later hoorde ik dat borrelende geluid en klapte het beeld uit, en daar zat hij, achter in zijn treinwagon, met zijn grote lijf over het scherm gebogen. Sam. De Ambulanceman. Half man, half berg. Mijn kersverse vriendje. We zaten een beetje dom naar elkaar te grijnzen.

'Hé, schoonheid! Hoe gaat het?'

'Goed!' zei ik. 'Ik zou je mijn kamer wel willen laten zien, maar dan knal ik met mijn beeldscherm tegen de muren op.' Ik draaide de laptop een beetje zodat hij mijn kamertje in volle glorie kon bewonderen.

'Ziet er prima uit vind ik, want jij zit er.'

Ik staarde naar het grijze raam achter hem. Ik zag het helemaal voor me, de regen die op het dak van de treinwagon kletterde, het glas dat gezellig besloeg, het hout, alles nat, de kippen die buiten beschutting zochten onder een omgekiepte kruiwagen. Sam keek naar mij en ik veegde mijn tranen weg en bedacht opeens dat ik make-up had moeten opdoen.

'Ben je al op je werk geweest?'

'Ja. Ze denken dat ik over een week wel weer voltijds aan de slag kan. Ik moet weer fit genoeg zijn om iemand te kunnen optillen zonder dat mijn hechtingen knappen.' Onwillekeurig bracht hij een hand naar zijn buik, waar de kogel hem nog maar een paar weken geleden had geraakt – tijdens de doodgewone oproep waarbij hij bijna omgekomen was en die onze relatie had beklonken – en ik voelde iets wat me helemaal uit balans bracht.

'Was je maar hier,' zei ik, voordat ik me kon inhouden.

'Ja. Maar dit is pas dag één van je avontuur en het wordt vast hartstikke leuk. En over een jaar zit je weer hier –'

'Niet daar,' viel ik hem in de rede. 'In je huis, want dat is dan af.'

'In mijn huis,' zei hij. 'En dan kijken we naar de foto's op je telefoon, en dan denk ik stiekem: begint ze nu alweer over haar tijd in New York?'

'Ga je me schrijven? Een lange liefdesbrief die bol staat van verlangen, en nog nat is van de eenzame tranen?'

'Nou, Lou. Je weet dat ik niet echt een schrijver ben. Maar ik bel je. En over vier weken kom ik langs.'

'O ja,' zei ik, en ik voelde mijn keel dichtknijpen. 'Goed dan. Ik moet even een dutje doen.'

'Ik ook,' zei hij. 'Ik zal aan je denken.'

'Op een vieze pornomanier? Of op een romantische Bouquetreeks-achtige manier?'

'Welke van die twee opties brengt me niet in de problemen?' zei hij lachend. 'Je ziet er goed uit, Lou,' zei hij na een korte stilte. 'Zo... uitbundig.'

'Ik voel me ook uitbundig. Maar ik voel me ook heel, heel erg moe, terwijl ik ook bijna ontplof van die uitbundigheid. Het is een beetje verwarrend.' Ik legde mijn hand op het scherm en een tel later legt hij de zijne ertegen. Ik voelde het op mijn huid.

'Hou van jou.' Ik zei het een beetje verlegen.

'Ik ook van jou. Ik zou het scherm wel willen zoenen, maar dan kun je mijn neushaar zien.'

Ik sloot mijn computer af met een glimlach en binnen een paar seconden sliep ik.

Er was iemand aan het gillen in de gang. Ik werd groggy en zweterig wakker, en had half het gevoel dat ik droomde terwijl ik mezelf overeind duwde. Maar er stond echt een vrouw te krijsen aan de andere kant van de deur. Er schoten duizend gedachten door mijn versufte hoofd, krantenkoppen over een moord in New York en hoe je hier een misdrijf moest melden. Wat was eigenlijk het noodnummer? Niet 999 zoals in Engeland. Ik pijnigde mijn hersenen, maar had geen idee.

'Waarom zou ik? Waarom zou ik netjes glimlachen terwijl die heksen me zo beledigen? Jij hoort nog niet de helft! Jij bent een man! Het lijkt wel of jij oogkleppen voor je oren hebt!'

'Liefje, doe alsjeblieft rustig. Toe. Het is nu niet het juiste moment.'

'Het is nooit het juiste moment! Want er is altijd iemand in de buurt! Ik moest maar eens een appartement kopen, zodat ik tenminste ergens normaal ruzie met je kan maken!'

'Ik begrijp niet waar je je zo druk om maakt. Je moet het gewoon –'

'Nee!'

Er kletterde iets op een hardhouten vloer. Ik was nu klaarwakker en mijn hart bonsde luid.

Er viel een beladen stilte.

'Dat was zeker weer een erfstuk van de familie.'

Stilte.

'Nou, ja, dat was het inderdaad.'

Een verstomde snik. 'Dat kan me niks schelen! Helemaal niks! Ik stik in die familiegeschiedenis van jou! Hoor je me? Ik stik!'

'Agnes, liefje. Niet hier op de gang. Kom. We kunnen het hier later wel over hebben.'

Ik bleef muisstil op de rand van mijn bed zitten.

Er klonken nog meer verstomde snikken en toen was het stil. Ik wachtte even af, stond toen op en sloop naar de deur, waar ik mijn oor tegenaan legde. Niets te horen. Ik keek op de klok; zestien uur zesenveertig.

Ik waste mijn gezicht en trok snel mijn uniform aan. Ik borstelde mijn haar, glipte stilletjes mijn kamer uit en sloeg toen de hoek om, de gang in.

En daar bleef ik staan.

Verderop in de gang, vlak naast de keuken, zat een jonge vrouw opgerold in foetushouding. Een oudere man had zijn armen om haar heen geslagen, en zat met zijn rug tegen de houten lambrisering gedrukt. Zijn billen raakten bijna de grond, en hij had een knie opgetrokken en de andere uitgestrekt, alsof hij haar had opgevangen en door het gewicht omlaaggedrukt was. Haar gezicht kon ik niet zien, maar ik zag wel een lang, slank been dat weinig elegant onder een donkerblauwe jurk uitstak. Haar gezicht zat verborgen achter haar lange blonde haar. Ze hield hem zo stevig vast dat haar knokkels wit zagen.

Ik staarde en slikte moeizaam, totdat hij opkeek en me zag staan. Ik herkende meneer Gopnik.

'Niet nu. Dank je,' zei hij zachtjes.

Mijn stem bleef in mijn keel steken en ik liep snel achteruit, ging mijn kamer weer in en deed de deur dicht. Mijn hart bonkte inmiddels zo luid dat ze het vast konden horen.

Ik staarde een uur zonder iets te zien naar de televisie, met het beeld van die twee verstrengelde mensen op mijn netvlies gebrand. Ik overwoog om Nathan te appen, maar ik wist niet wat ik dan moest zeggen. In plaats daarvan liep ik om vijf voor zes mijn kamer uit en liep aarzelend de deur door die toegang bood tot het grote appartement. Ik liep langs een enorme, lege eetkamer, iets wat me een logeerkamer leek en twee gesloten deuren, en ging op het verre gemompel af, mijn voetstappen zo licht mogelijk houdend. Uiteindelijk kwam ik bij de zitkamer en ik bleef staan bij deuropening.

Meneer Gopnik zat te telefoneren in een vensterbank, met de mouwen van zijn lichtblauwe overhemd opgerold en een hand achter zijn hoofd. Hij gebaarde dat ik binnen moest komen terwijl hij doorpraatte. Links van me zat een blonde vrouw – mevrouw Gopnik? – op een roze antieke bank onrustig op een iPhone te tikken. Ze had zich blijkbaar omgekleed en ik wist even niet zeker of zij het was. Ik wachtte ongemakkelijk tot hij ophing en ging staan, wat hem, zag ik, wat moeite kostte. Ik stapte op hem af om hem de moeite te besparen en schudde hem de hand. Die was warm, en zijn greep voelde zacht maar stevig. De jonge vrouw keek niet op van haar telefoon.

'Louisa. Fijn dat je goed aangekomen bent. Ik neem aan dat je alles hebt wat je nodig hebt.'

Hij zei het alsof hij niet verwachtte dat ik dat zou tegenspreken.

'Ja, het is allemaal heel mooi. Dank u.'

'Dit is mijn dochter, Tabitha. Tab?'

Het meisje stak een hand op en glimlachte vaag, om zich meteen weer op haar telefoon te storten.

'Je moet het Agnes niet kwalijk nemen dat ze geen kennis komt maken. Ze is even een uurtje op bed gaan liggen. Barstende hoofdpijn. Het was een lang weekend.'

Er trok heel even een vermoeide schaduw over zijn gezicht, maar die verdween meteen weer. Zijn gedrag verried niets van wat ik twee uur daarvoor nog had gezien.

Hij glimlachte. 'Dus... Je kunt vanavond doen wat je wilt, en vanaf morgenochtend zul je Agnes vergezellen waar ze ook maar naartoe wil. Je officiële titel is "assistente" en het is jouw taak om haar te helpen bij wat ze overdag ook maar moet doen. Ze heeft een druk schema – ik heb mijn eigen assistent gevraagd om je op de hoogte te brengen van de familieagenda, en je krijgt alle details per e-mail. Je kunt het best elke avond rond tien uur even checken, dan maken we meestal nog de laatste aanpassingen. De rest van het team ontmoet je morgen.'

'Geweldig. Dank u.' Bij het woord 'team' zag ik even een horde voetballers voor me die door het appartement sjouwden.

'Wat eten we, pap?' Tabitha sprak alsof ik er niet was.

'Dat weet ik niet, liefje. Ik dacht dat je zei dat je uit zou gaan.'

'Ik weet niet of ik wel zin heb om weer helemaal naar de andere kant van de stad te gaan. Misschien blijf ik wel gewoon hier.'

'Wat je wilt. Als je het maar even aan Ilaria meldt. Louisa, heb jij verder nog vragen?'

Ik probeerde iets zinnigs te bedenken.

'O, en mama vroeg of je die ene tekening nog hebt gevonden. Die Miró.'

'Lieveling, dat gaan we niet allemaal nog een keer oprakelen. Die tekening hoort hier thuis.'

'Maar mama zei dat zij hem zelf had uitgezocht. Ze mist hem. Jij vindt hem niet eens mooi.'

'Daar gaat het niet om.'

Ik verplaatste mijn gewicht naar mijn andere voet en wist niet zeker of ik kon gaan.

'Daar gaat het juist wél om, pap. Mama mist dat ding verschrikkelijk en die tekening boeit jou niet eens.'

'Die tekening is tachtigduizend dollar waard.'

'Het geld boeit mama helemaal niet.'

'Kunnen we het hier straks over hebben?'

'Straks ben jij weer druk. Ik heb mama beloofd dat ik het zou regelen.'

Ik deed voorzichtig een stap naar achteren.

'Er valt niets te regelen. De boedelscheiding is anderhalf jaar geleden al afgerond. Dus het is allemaal al geregeld. Ach, schat, daar ben je al. Voel je je wat beter?'

Ik keek om. De vrouw die zojuist de kamer in gelopen was, was opvallend mooi, had geen spoortje make-up op haar gezicht en droeg haar haar in een losse knot. Ze had wat sproetjes op haar hoge jukbeenderen en de vorm van haar ogen deed een Slavische achtergrond vermoeden. Zo op het oog was ze even oud als ik. Op blote voeten liep ze naar meneer Gopnik en kuste hem, terwijl ze haar hand achter in zijn nek legde. 'Een stuk beter, dank je.'

'Dit is Louisa,' zei hij.

Ze draaide zich naar mij om. 'Mijn nieuwe bondgenoot,' zei ze.

'Je nieuwe assistente,' zei meneer Gopnik.

'Hallo, Louisa.' Ze stak een slanke hand uit en schudde de mijne. Ik voelde hoe ze me monsterde alsof ze me aan het inschatten was, en toen glimlachte ze en onwillekeurig lachte ik terug.

'Heeft Ilaria je kamer een beetje gezellig gemaakt?' Haar stem was zacht en ik hoorde er een Oost-Europees accent in.

'Het is allemaal perfect. Dank u wel.'

'Perfect? Nou, dan ben je ook snel tevreden. Die kamer is net een bezemkast. Als er iets is wat je niet bevalt, moet je het gewoon zeggen. Dan maken we het gezellig. Toch, liefste?'

'Woonde jij vroeger niet in een nog veel kleiner kamertje, Agnes?' zei Tab, zonder op te kijken van haar iPhone. 'Ik meen me te herinneren dat papa vertelde dat je met nog een stuk of vijftien buitenlanders een klein hok moest delen.'

'Tab.' Er klonk een voorzichtige waarschuwing door in meneer Gopniks stem.

Agnes haalde even diep adem en hief haar kin. 'Mijn kamer was zelfs nog kleiner. Maar de meisjes met wie ik hem deelde waren heel lief. Dus het was geen enkel probleem. Als mensen aardig zijn, en beleefd, dan kun je al het andere wel aan, vind je ook niet, Louisa?'

Ik slikte. 'Ja.'

Ilaria kwam binnen en schraapte haar keel. Ze droeg dezelfde polo en donkere broek als ik, met een wit schort erover. Mij keek ze niet aan. 'Het eten is klaar, meneer Gopnik,' zei ze.

'Is er genoeg voor mij, lieve Ilaria?' zei Tab, en ze liet haar hand langs de achterkant van de bank omlaaghangen. 'Ik denk dat ik hier blijf.'

Ilaria's gezicht was meteen een en al warmte. Het was alsof er ineens een heel ander mens voor me stond. 'Natuurlijk, Miss Tabitha. Ik kook op zondag altijd extra, voor het geval u wilt blijven eten.'

Agnes stond in het midden van de kamer. Ik zag even iets van paniek over haar gezicht glijden. Haar kaak spande zich aan. 'Dan wil ik graag dat Louisa ook met ons mee-eet,' zei ze.

Er viel even een stilte.

'Louisa?' zei Tabitha.

'Ja. Het zou leuk zijn haar beter te leren kennen. Heb je plannen voor vanavond, Louisa?'

'Eh... Nee,' stamelde ik.

'Dan eet je met ons mee. Ilaria, je zei toch dat je extra had gekookt?'

Ilaria keek meneer Gopnik aan, die opging in iets op zijn telefoon.

'Agnes,' zei Tab toen. 'Je weet toch best dat wij niet met het personeel eten?'

'Wie zijn "wij" eigenlijk? Ik was me er niet van bewust dat er een reglement was.' Agnes stak haar hand uit en inspecteerde haar trouwring bestudeerd kalm. 'Lieveling? Ben je vergeten me het reglement te geven?'

'Met alle respect, en ik geloof best dat Louisa reuze aardig is,' zei Tab, 'maar er zijn grenzen. En die zijn er voor ons allemaal.'

'Het maakt mij echt niet uit, hoor...' begon ik. 'Ik wil geen...'

'Nou, "met alle respect", Tabitha, ik zou graag samen met Louisa willen eten. Ze is mijn nieuwe assistente, en we zien elkaar elke dag. Dus ik zie het probleem niet als ik haar wat beter wil leren kennen.'

'Het is ook geen probleem,' zei meneer Gopnik.

'Papa...'

'Het is geen probleem, Tab. Ilaria, wil je de tafel alsjeblieft voor vier personen dekken? Dank je.'

Ilaria zette grote ogen op. Ze keek naar mij, haar mond een dunne streep van onderdrukte woede, alsof ik deze krankzinnige schending van de huiselijke hiërarchie had georkestreerd, en verdween toen naar de eetkamer waar we het nadrukkelijk gerinkel van bestek en glazen konden horen. Agnes slaakte een zuchtje en veegde haar haar uit haar gezicht. Ze schonk me heel even een brede, samenzweerderige glimlach.

'Laten we aan tafel gaan,' zei meneer Gopnik na een korte stilte. 'Louisa, wil je misschien iets drinken?'

Het eten was een stille, pijnlijke bedoening. Ik was totaal overweldigd door de enorme mahoniehouten tafel, het zware zilveren bestek en de kristallen glazen, en voelde me er niet op mijn plek, zo in mijn uniform. Meneer Gopnik zei bijna geen woord en trok zich tot twee keer toe in zijn kantoor terug om een telefoontje af te handelen. Tab zat met haar iPhone te spelen en deed nadrukkelijk haar best zich verder met niemand bezig te houden, en Ilaria zette kip in een rodewijnsaus op tafel met van alles erbij en ruimde daarna de serveerschalen af met een gezicht als een oorwurm, zoals mijn moeder zou zeggen. Misschien was ik de enige die merkte dat ze mijn bord min of meer voor me op tafel smeet, en dat ze hoorbaar snoof, telkens als ze langs mijn stoel liep.

Agnes raakte haar eten nauwelijks aan. Ze zat tegenover me te kletsen alsof ik haar nieuwe beste vriendin was, en af en toe gleed haar blik naar haar echtgenoot.

'Dus dit is je eerste keer in New York,' zei ze. 'Waar ben je allemaal nog meer geweest?'

'Eh... Niet zo veel landen. Ik ben een beetje laat aan het reizen geslagen. Ik ben een paar jaar geleden met een rugzak door Europa getrokken. En daarvoor... Mauritius. En Zwitserland.'

'Amerika is heel anders. Ik vind dat elke staat zijn eigen unieke sfeer heeft, voor Europeanen zoals wij. Ik ben nog niet veel op reis geweest met Leonard, maar het voelde steeds alsof ik in een ander land was. Vind je het leuk om hier te zijn?'

'Ontzettend leuk,' zei ik. 'Ik wil ook echt graag gebruikmaken van alles wat New York te bieden heeft.'

'Net als jij, Agnes,' zei Tab zoetjes.

Agnes negeerde haar en bleef mij aankijken. Ze had hypnotiserend mooie ogen, amandelvormig en licht omhoogbuigend bij de hoeken. Ik moest mezelf er twee keer aan herinneren dat ik mijn mond dicht moest klappen als ik naar haar keek.

'En vertel me eens wat over je familie. Heb je broers? Zussen?'

Ik legde zo goed mogelijk uit hoe het zat, en deed mijn best om het iets meer te laten klinken als de Waltons dan als de Addams Family.

'En vindt je zus het fijn dat ze in jouw appartement in London mag wonen? Met haar zoontje? Komt ze je hier opzoeken? En je ouders? Zullen ze je missen?'

Ik dacht aan de afscheidswoorden van mijn pa: 'Kom maar niet te snel weer thuis, Lou! We gaan een jacuzzi maken van je oude slaapkamer!'

'O ja. Heel erg.'

'Mijn moeder heeft twee weken gehuild toen ik wegging uit Krakau. Heb je een vriend?'

'Ja. Sam, heet hij. Hij is ambulanceverpleegkundige.'

'Ambulanceverpleegkundige! Een soort dokter, dus? Wat geweldig. Laat eens een foto zien? Ik ben dol op foto's.'

Ik haalde mijn telefoon uit mijn zak en scrolde naar mijn lievelingsfoto van Sam, op mijn dakterras in zijn donkergroene uniform. Hij kwam net uit zijn werk en zat me met een kop thee in zijn hand stralend aan te kijken. De zon stond laag aan de hemel achter hem en als ik naar de foto keek wist ik weer precies hoe ik me toen voelde, met mijn eigen thee die achter me op de dakrand stond af te koelen, en Sam die geduldig wachtte terwijl ik de ene na de andere foto van hem nam.

'Wat een knapperd! En komt hij ook naar New York?'

'Eh, nee. Hij is een huis aan het bouwen, dus het is momenteel allemaal een beetje lastig. En hij heeft zijn werk.'

Agnes keek verbaasd. 'Maar hij moet ook hierheen komen! Jullie kunnen toch niet in twee verschillende landen wonen! Hoe kun je nou van je man houden als hij niet in de buurt is? Ik zou nooit bij Leonard weg willen. Ik vind het al niet prettig als hij twee dagen op zakenreis moet.'

'Ja, jij zorgt er inderdaad wel voor dat je in de buurt blijft,' zei Tab.

Meneer Gopnik keek op van zijn bord. Zijn blik schoot van zijn vrouw naar zijn dochter, maar hij zei niets.

'Maar toch,' zei Agnes, terwijl ze haar servet op haar schoot rechttrok, 'zo ver weg is Londen nou ook weer niet. En liefde is liefde. Of niet, Leonard?'

'Dat is zeker zo,' zei hij en zijn gezicht verzachtte even toen hij haar glimlach zag. Agnes stak haar hand uit en streelde de zijne even, en ik keek vlug naar mijn bord.

Het viel even stil.

'Ik denk dat ik maar weer eens naar huis ga, bij nader inzien. Ik ben een beetje misselijk.' Tab duwde haar stoel luid schrapend naar achteren en liet haar servet op haar bord vallen, waar het witte linnen de rodewijnsaus onmiddellijk begon te absorberen. Ik moest me ontzettend inhouden om hem niet van dat lot te redden. Ze stond op en gaf haar vader een zoen op zijn wang. Hij stak zijn vrije hand op en raakte vol genegenheid haar arm aan.

'Ik spreek je later deze week wel weer, papa.' Ze draaide zich om. 'Louisa... Agnes.' Ze knikte even en verliet de kamer.

Agnes keek haar na. Het zou kunnen dat ze zachtjes iets lelijks zei, maar Ilaria had inmiddels mijn bord en bestek met zoveel lawaai opgepakt dat ik haar niet kon verstaan.

Nu Tab weg was had Agnes geen vechtlust meer. Het leek wel alsof ze ter plekke ineenzakte; haar schouders kromden zich, en de scherpe holte van haar sleutelbeen was duidelijk te zien toen haar hoofd er voorlangs zakte. Ik stond op. 'Ik denk dat ik maar weer naar mijn kamer ga. Heel hartelijk dank voor het eten. Het was heerlijk.'

Niemand protesteerde. De arm van meneer Gopnik lag inmiddels op de mahoniehouten tafel en zijn vingers streelden de hand van zijn vrouw. 'We zien je morgenochtend, Louisa,' zei hij, zonder me aan te kijken. Agnes keek naar hem op met een ernstig gezicht. Ik liep achteruit de kamer uit, liep snel langs de keukendeur naar mijn kamer zodat de dodelijke blikken die Ilaria me vanuit de keuken toewierp geen kans kregen om me te raken.

Een uur later stuurde Nathan me een appje. Hij was met vrienden een biertje aan het drinken in Brooklyn.

Hoorde dat je je vuurdoop hebt gehad. Alles goed?

Ik had de energie niet om grappig uit de hoek te komen, of om hem te vragen hoe hij dat in vredesnaam wist.

Als je ze eenmaal kent valt het wel mee. Echt.

Ik typte terug:

Tot morgen.

Heel even had ik spijt – waar had ik me in vredesnaam mee ingelaten? – maar toen sprak ik mezelf streng toe en viel in een diepe slaap.

Die nacht droomde ik over Will. Dat gebeurde bijna nooit – in het begin, toen ik hem zo vreselijk miste dat het voelde alsof iemand een gat dwars door me heen had geschoten, was dat een bron van verdriet geweest. Sinds ik met Sam was kwam hij helemaal niet meer in mijn dromen voor. Maar daar was hij weer, in de kleine uurtjes, zo levendig dat het wel leek alsof hij er echt was. Hij zat op de achterbank van een auto, een dure zwarte limousine, zoals die van meneer Gopnik, en ik stond aan de overkant van de straat. Ik was meteen zo opgelucht dat hij niet dood was, dat hij het toch niet had gedaan, en ik wist intuïtief dat hij niet naar de bestemming toe mocht waar hij naar op weg was. Het was mijn taak om hem tegen te houden. Maar iedere keer als ik probeerde om de drukke straat over te steken leek er een nieuwe rijbaan op te doemen, en het verkeer raasde langs me heen zodat ik niet naar hem toe kon. Ik riep zijn naam, maar mijn stem ging verloren in het geluid van de motoren. Daar was hij, net buiten bereik, en zijn huid was glad en karamelkleurig, en om zijn mond speelde een vage glimlach, terwijl hij iets tegen zijn chauffeur zei dat ik niet kon verstaan. Op het allerlaatste moment zag hij me staan – hij keek alleen een beetje verbaasd – en toen werd ik zwetend wakker, mijn benen verstrikt in het dekbed.

3

Van: BusyBee@gmail.com
Aan: Samfielding1@gmail.com

Even snel een mailtje – Mrs. G heeft nu pianoles – maar ik ga mijn best doen om je elke dag te mailen, zodat ik tenminste het gevoel heb dat we nog met elkaar kletsen. Ik mis je. Schrijf je alsjeblieft terug? Ik weet dat je zei dat je het haat om te mailen, maar doe het dan voor mij. Pleeeease. (Stel je maar voor dat ik je nu smekend aankijk.) Of, je weet wel: BRIEVEN!

Ik hou van je,
Lxxxxxx

'Een heel goede morgen!'

Een enorm uit de kluiten gewassen zwarte man stond voor me in een heel strak rood lycra pakje, met zijn handen in zijn zij. Ik stond als aan de grond genageld met mijn ogen te knipperen in de deuropening van de keuken, in mijn T-shirt en onderbroek, en vroeg me af of ik soms droomde, en of hij er nog steeds zou staan als ik de deur dicht- en weer opendeed.

'U bent Miss Louisa?' Een enorme hand greep de mijne en begon hem zo enthousiast op en neer te pompen dat ik onwillekeurig meedeinde. Ik keek op mijn horloge. Ja, het was echt kwart over zes.

'Ik ben George, de personal trainer van mevrouw Gopnik. Ik hoor dat u met ons meegaat. Hartstikke leuk!'

Na een paar onrustige uren was ik wakker geworden en het kostte me moeite om de warrige dromen van me af te schudden die zich door mijn slaap hadden verweven. Toen was ik op de automatische piloot de gang in gestrompeld, een zombie op zoek naar cafeïne.

'Oké, Louisa! Vocht is belangrijk!' Hij pakte twee flessen water van het aanrecht en hij was alweer verdwenen, zachtjes door de gang joggend.

Ik schonk een kop koffie in en terwijl ik die staand opdronk kwam Nathan binnenlopen, aangekleed en geurend naar aftershave. Hij staarde naar mijn blote benen.

'Ik heb net George ontmoet,' zei ik.

'Die kan je alles vertellen wat je altijd al had willen weten over bilspieren. Je hebt toch wel hardloopschoenen meegenomen, hè?'

'Ha!' Ik nam een slok koffie, maar Nathan wachtte kennelijk op antwoord. 'Nathan, niemand heeft ooit iets gezegd over hardlopen. Ik ben geen hardloper. Ik bedoel, ik ben het tegendeel van sport. Ik ben een bankhanger. Dat weet jij best.'

Nathan schonk een kop zwarte koffie in en zette de kan terug in het koffiezetapparaat.

'Bovendien ben ik eerder dit jaar van een gebouw gevallen, weet je nog? Toen zei van alles en nog wat "krak".' Ik kon inmiddels grappen maken over die avond dat ik, nog steeds rouwend om Will, dronken van de dakrand van mijn huis in Londen was gevallen, maar de pijnsteken in mijn heup waren een blijvende herinnering aan de val.

'Er is niks met jou aan de hand. En je bent Mrs. G's assistente. Het is jouw taak om altijd bij haar te zijn, *mate*. Als zij wil hardlopen, dan ga jij ook hardlopen.' Hij nam een slok van zijn koffie. 'Joh, kijk niet zo paniekerig. Je vindt het vast geweldig. En binnen een paar weken ben je zo fit als een hoentje. Iedereen loopt hier hard.'

'Maar het is kwart over zes. In de ochtend.'

'Meneer Gopnik begint om vijf uur. We zijn net klaar met zijn fysio. Mrs. G slaapt graag uit.'

'Hoe laat gaan we dan hardlopen?'

'Tien over halfzeven. Ze wachten in de grote hal. Tot straks!' Hij stak een hand op en weg was hij.

Agnes was natuurlijk zo iemand die er 's ochtends nog beter uitzag dan anders: geen spoortje make-up, nog een beetje wazig, maar op een sexy Vaseline-op-de-lens manier. Ze droeg haar haar in een losse staart en in haar strakke top en joggingbroek zag ze er casual uit op de manier waarop supermodellen die even niet hoeven te poseren er casual uitzien. Ze sprong door de gang als een Palominorenpaard met een zonnebril, en ze tilde een elegant handje op bij wijze van groet, alsof het gewoon nog te vroeg was om te praten. Ik had alleen een korte broek en een mouwloos T-shirt bij me, waarin ik er denk ik uitzag als een mollige bouwvakker. Ik was ineens bang dat ik vergeten was om mijn oksels te scheren en drukte mijn ellebogen tegen mijn flanken.

'Goedemorgen, Mrs. G!' George verscheen naast ons en gaf Agnes een fles water. 'Bent u er klaar voor?'

Ze knikte.

'U ook, Miss Louisa? We doen vandaag maar een rondje van zeven kilometer. Mrs. G wil nog wat extra aan haar buikspieren werken. U hebt al gestretcht, neem ik aan?'

'Eh, ik...' Ik had geen water en geen fles. Maar we gingen al.

De uitdrukking 'vliegende start' kende ik wel, maar totdat ik George ontmoette had ik nooit écht begrepen wat dat betekende. Hij begon al in de gang in een tempo dat aanvoelde als honderd kilometer per uur, en toen ik dacht dat we in elk geval op de lift zouden moeten wachten, hield hij de dubbele deuren aan het eind van de gang open, zodat we de vier trappen af konden sprinten naar de voordeur. We vlogen in een waas door de lobby, langs Ashok heen, en ik kreeg nog net zijn gemompelde groet mee.

Lieve hemel, het was hier echt veel te vroeg voor. Ik draafde achter hen aan, terwijl zij moeiteloos voortjogden als een stel paarden voor een koets. Mijn passen waren veel korter dan die van hen, dus ik moest sprinten, en mijn botten deden pijn bij elke pas. Ik verontschuldigde me zachtjes, terwijl ik langs de kamikaze-voetgangers schoot die me voor mijn voeten liepen. Hardlopen was de passie van mijn ex Patrick. Voor mij was het zoiets als boerenkool: een van die dingen waarvan je weet dat ze bestaan en dat ze misschien best goed voor je kunnen zijn, maar ja, het leven is gewoon te kort om je ermee bezig te houden.

Kom op, dit kun je best, zei ik tegen mezelf. Dit is je eerste 'ja!'-moment. *Je bent aan het joggen in New York! Dit is de nieuwe jij!* En een paar glorieuze passen lang geloofde ik het bijna. Ons stoplicht sprong op rood en we bleven even staan op de stoep, George en Agnes soepel op en neer springend, ik ongezien achter hen. Toen staken we over en liepen we Central Park in. Het pad rolde af onder onze voeten, en het geluid van het verkeer klonk steeds verder weg naarmate we verder de groene oase in het hart van de stad in liepen.

We waren nog geen anderhalve kilometer onderweg tot ik besefte dat dit geen goed idee was. Ik liep eerder dan dat ik rende, en ik hijgde al zwaar, terwijl mijn heup protesteerde dat hij nog maar net van zijn verwondingen was hersteld. Het langste eind dat ik ooit hardgelopen had was vijftien meter naar de bus. Die ik toen toch nog miste. Toen ik opkeek zag ik dat George en Agnes aan het praten waren onder het lopen. Zelf kon ik niet eens meer ademhalen, en zij waren gewoon aan het kletsen, ik zweer het.

Ik dacht aan een vriend van pa die een hartaanval had gekregen tijdens het hardlopen. Pa had dat altijd aangehaald als duidelijk voorbeeld van waarom sport slecht voor je was. Waarom had ik hun niet verteld van mijn verwondingen? Zou ik hier straks midden in het park de longen uit mijn lijf hoesten?

'Gaat het daar een beetje, Miss Louisa?' George draaide zich om zodat hij achteruit jogde.

'Prima, hoor!' Ik stak opgewekt mijn duim naar hem op.

Ik had Central Park altijd al eens willen zien. Maar niet op deze manier. Ik vroeg me af wat er zou gebeuren als ik ter plekke dood neerviel, op mijn eerste werkdag. Hoe zouden ze dan mijn lichaam weer naar huis krijgen? Ik week uit voor een vrouw met drie identieke, zwalkende peuters. *Alsjeblieft*, smeekte ik de twee mensen die zo moeiteloos voor me uit renden in stilte. *Kan een van jullie nu in vredesnaam door zijn hoeven zakken? Je hoeft geen been te breken, maar gewoon, dat je iets verrekt. Iets waar je vierentwintig uur last van houdt, zodat je de rest van de dag met je been omhoog op een bank tv moet kijken.*

Ze hadden me nu gelost en ik kon ze echt niet meer bijhouden. Welk park had er nou ook heuvels? Meneer Gopnik zou woest zijn dat ik niet bij zijn vrouw in de buurt bleef. Agnes wist nu dat ik een domme, dikke Engelse was, in plaats van een bondgenoot. Ze zouden een slanke godin inhuren met mooiere hardloopkleren.

Op dat moment zag ik de oude man die langs me heen rende. Hij draaide zijn hoofd om even naar me te kijken, checkte toen zijn fitnesstracker en rende toen lichtvoetig door, met zijn koptelefoontje in zijn oren geplugd. Hij moet een jaar of vijfenzeventig zijn geweest.

'Ah, kom óp.' Ik zag hem bij me weg rennen. En toen zag ik het paardenkoetsje. Ik zette er de vaart in, zodat ik naast de koetsier kwam te lopen. 'Hé! Hé! Zou je misschien een stukje kunnen draven tot we bij die mensen zijn?'

'Welke mensen?'

Ik wees naar de piepkleine figuurtjes in de inmiddels verre verte. Hij tuurde en haalde toen zijn schouders op. Ik klom in de koets en dook achter hem weg, terwijl hij zijn paard met een zacht tikje met de teugels aanspoorde. Alweer zo'n typische New Yorkse ervaring die ik toch anders voor me had gezien, dacht ik, terwijl ik op mijn hurken achter hem zat. We kwamen nu bij hen in de buurt en ik tikte op zijn schouder om me te laten uitstappen. Ik had maar een meter of vijfhonderd meegelift, maar ik had ze nu tenminste een stukje bijgebeend. Ik wilde van de koets springen.

'Veertig dollar,' zei de koetsier.

'Wat?'

'Veertig dollar.'

'Maar we hebben nog geen vijfhonderd meter gereden!'

'Zoveel kost het, dame.'

Ze waren nog steeds diep in gesprek. Ik trok twee biljetten van twintig uit mijn achterzak en dook toen achter de koets en begon te joggen, net op tijd, want George draaide zich om, om naar me te kijken. Ik stak weer vrolijk mijn duim naar hem op, alsof ik daar al die tijd al had gelopen.

Uiteindelijk was George me genadig. Hij zag me hinken en kwam terugrennen terwijl Agnes haar stretches deed, waarbij ze haar lange benen uitrekte als een soort flamingo met dubbele kniegewrichten. 'Miss Louisa! Gaat het wel?'

Tenminste, ik meende dat het George was. Ik zag niks meer vanwege het zweet dat in mijn ogen drupte. Ik bleef staan met mijn handen op mijn knieën en hijgde als een malle.

'Is er iets mis? Je ziet zo rood.'

'Niet zo... in vorm,' zei ik moeizaam. 'Iets met mijn... heup.'

'Heb je een blessure? Maar dat had je moeten zeggen!'

'Wilde niks... missen!' zei ik en ik veegde met mijn hand over mijn ogen. Waardoor ze alleen nog maar erger begonnen te prikken.

'Waar zit het?'

'Linkerheup. Gebroken. Acht maanden geleden.'

Hij legde zijn hand op mijn heup en bewoog mijn linkerbeen toen naar voren en naar achteren, zodat hij kon voelen hoe het gewricht draaide. Ik probeerde om niet te verkrimpen.

'Ik geloof niet dat je vandaag nog meer moet rennen.'

'Maar ik –'

'Nee, loop maar vast terug, Miss Louisa.'

'Nou, als je erop staat. Wel teleurstellend.'

'We zien je thuis.' Hij gaf me zo'n stevige klap op mijn rug dat ik bijna voorover tuimelde. Toen zwaaide hij even vrolijk, en weg waren ze.

'Was het leuk, Miss Louisa?' vroeg Ashok toen ik drie kwartier later binnen kwam hobbelen. Het bleek namelijk dat je heel goed kunt verdwalen in Central Park.

Ik bleef staan om mijn van zweet doorweekte T-shirt van mijn rug te trekken. 'Super. Ik vond het heerlijk.'

Toen ik het appartement weer in liep, kwam ik tot de ontdekking dat George en Agnes al twintig minuten thuis waren.

Meneer Gopnik had al gezegd dat Agnes een drukke agenda had. En voor iemand die geen baan en geen kinderen had was ze inderdaad de drukste vrouw die ik ooit had meegemaakt. Toen George vertrok hadden we een halfuur om te ontbijten (voor Agnes stond een omelet van eiwitten klaar, wat bessen en een zilveren koffiepotje; zelf werkte ik een muffin naar binnen die Nathan voor me had laten liggen in de personeelskeuken), en toen moesten we een halfuur de studeerkamer in met de assistent van meneer Gopnik, Michael, om de evenementen te noteren die Agnes die week zou bijwonen.

Het kantoor van Gopnik was bestudeerd mannelijk: een en al donkere houten lambrisering en stampvolle boekenkasten. We zaten op zware, leren stoelen om een salontafel. Achter ons stond het oversized bureau van meneer Gopnik met daarop een batterij telefoons en gebonden notitieblokken, en af en toe smeekte Michael Ilaria om nog wat van haar overheerlijke koffie en die kwam ze dan brengen met een glimlach die ze alleen aan hem voorbehield.

We bespraken de onderwerpen die waarschijnlijk aan de orde zouden komen tijdens een bijeenkomst van de liefdadigheidsorganisatie van de familie Gopnik, een benefietdiner op woensdag, een formele lunch en een cocktailreceptie op donderdag, en een vernissage en concert in de Metropolitan Opera in het Lincoln Center op vrijdag.

'Dus het is een rustig weekje,' zei Michael, turend op zijn iPad.

Vandaag stond er een kappersafspraak om tien uur in Agnes' agenda (ze ging drie keer in de week), een afspraak bij de tandarts (vaste schoonmaakbeurt), lunch met een ex-collega, en een afspraak met een interieurdesigner. Om vier uur had ze pianoles (dat had ze twee keer per week), een spinningklasje om halfzes, en daarna ging ze met meneer Gopnik uit eten in een restaurant in Midtown. Dus ik zou om halfzeven 's avonds klaar zijn.

Agnes was kennelijk tevreden met het vooruitzicht van haar dag. Of misschien kwam het wel door het hardlopen. Ze had een blauwe spijkerbroek aangetrokken met een witte blouse, waarvan het kraagje openstond om een forse diamanten hanger te tonen, en er hing een subtiele wolk parfum om haar heen. 'Lijkt me allemaal prima,' zei ze. 'Oké. Ik moet even wat belletjes plegen.' Ze leek ervan uit te gaan dat ik wel wist waar ik haar daarna kon vinden.

'Bij twijfel altijd in de hal wachten,' fluisterde Michael toen ze wegliep. Hij glimlachte en liet zijn professionele masker heel even zakken. 'Toen ik hier pas begon wist ik ook nooit waar ze uithingen. Het is onze taak om uit het niets te verschijnen als ze ons misschien nodig hebben. Maar dan zonder ze te stalken tot aan het toilet, zeg maar.'

Hij was waarschijnlijk niet veel ouder dan ik, maar hij was zo iemand die er al sinds zijn geboorte keurig uitzag, alle kleurtjes netjes op elkaar afgestemd en zijn schoenen perfect gepoetst. Ik vroeg me af of in New York iedereen zo was, behalve ik. 'Hoelang werk jij hier al?'

'Iets langer dan een jaar. Ze moesten hun oude sociale secretaresse laten gaan omdat...' Hij zweeg en leek zich even ongemakkelijk te voelen. 'Nou ja, een nieuwe start, en zo. En toen vonden ze na een poosje dat het niet werkte als ze samen één assistent moesten delen. Vandaar dat jij er nu bent. Dus, hallo!' Hij stak zijn hand uit.

Ik schudde hem. 'Heb je het hier naar je zin?'

'Ik vind het geweldig. Ik weet niet op wie ik verliefder ben, op hem of op haar.' Hij grinnikte. 'Hij is superslim. En zo knap. En zij is een schatje.'

'Loop jij ook hard met hen?'

'Hardlopen? Ben je gek!' Hij rilde. 'Ik doe niet aan zweten. Behalve met Nathan. Allemachtig, wat zou ik graag met hem zweten. Vind je hem ook niet schitterend? Hij bood aan om mijn schouder te behandelen en ik was op slag verliefd. Ik snap niet dat het jou is gelukt om zo lang met hem te werken zonder dat verrukkelijke Tegenvoeterlijf te bespringen!'

'Ik –'

'Niks zeggen. Als het wel is gebeurd, wil ik er niks van weten. We moeten immers vrienden blijven. Oké. Ik moet nu richting Wall Street.'

Hij gaf me een creditcard ('Voor noodgevallen; ze vergeet die van haar altijd. Hij krijgt zelf alle afschriften.') en een tablet, en toen liet hij me zien hoe ik een pincode moest aanmaken. 'Alle contactgegevens die je nodig hebt staan hierin. En hier vind je de agenda,' zei hij, terwijl hij met een wijsvinger door het scherm scrolde. 'Iedereen heeft een eigen kleurcode – zoals je zult zien is meneer Gopnik blauw, mevrouw Gopnik is rood en Tabitha is geel. Haar agenda beheren we niet meer, aangezien ze niet meer thuis woont, maar het is nuttig om te weten wanneer ze hier waarschijnlijk is, en of er gezamenlijke familieverplichtingen zijn, zoals vergaderingen van de trusts of de stichting. Ik heb een e-mailadres voor je aangemaakt, en als er wijzigingen zijn bespreken jij en ik die samen zodat alles op het scherm blijft kloppen. Je moet alles extra checken. Dubbele afspraken is het enige waarvan hij echt door het lint gaat.'

'Oké.'

'Dus, je neemt elke ochtend haar post door en je probeert erachter te komen op welke uitnodigingen ze wil ingaan. Ik check het ook met jou, want soms zegt ze nee tegen dingen waar ze van hem wel naartoe moet. Dus gooi niks weg. Maak gewoon twee stapels.'

'Hoeveel uitnodigingen krijgt ze dan?'

'O, je moest eens weten. De familie Gopnik is echt de crème de la crème. Dus dat wil zeggen dat ze voor alles worden uitgenodigd en dat ze bijna nergens naartoe gaan. Als je net een treetje minder hoog op de ladder staat dan zij, zou je willen dat je de helft van hun uitnodigingen kreeg, en dan ging je overal naartoe.'

'En nog een treetje lager?'

'Dan ga je zonder uitnodigingen. Dan zou je nog komen opdagen bij de opening van een burritotruck. Zulke mensen proberen ook altijd bij sociale events binnen te komen.' Hij slaakte een zucht. 'Zó gênant.'

Ik scande de pagina met de agenda en zoomde in op deze week, die eruitzag als een angstaanjagende regenboog van kleuren. Ik deed mijn best niet zo ontmoedigd te kijken als ik me voelde.

'Wat betekent bruin?'

'Dat zijn de afspraken van Felix. De kat.'

'De kat heeft zijn eigen sociale agenda?'

'Dat zijn alleen de afspraken met degene die zijn vacht verzorgt, en de dierenarts, en iemand die zijn gebit reinigt, zulk soort dingen. O nee, hij heeft deze week ook een afspraak met de gedragstherapeut. Dan zal hij wel weer op de Ziegler hebben gepoept.'

'En paars?'

Op fluistertoon antwoordde Michael: 'De voormalige mevrouw Gopnik. Als je een paars vakje bij een evenement ziet staan, wil dat zeggen dat zij daar ook aanwezig zal zijn.' Hij wilde nog iets zeggen, maar toen ging zijn telefoon.

'Ja, meneer Gopnik... Ja. Uiteraard... Zeker, komt in orde. Ik kom er nu aan.' Hij stak zijn telefoon in zijn zak. 'Goed. Ik moet ervandoor. Welkom bij het team!'

'Met hoeveel mensen zijn we eigenlijk?' vroeg ik, maar hij was de deur al bijna uit, met zijn jas over zijn arm.

'Het eerstvolgende Grote Paarse Evenement is over twee weken. Oké? Ik mail je. En buiten de deur moet je normale kleding aan! Anders denkt iedereen dat je voor Whole Foods werkt.'

De dag voltrok zich in een waas. Twintig minuten later liep ik het gebouw uit en de auto die daar klaarstond bracht ons naar een flitsende salon, een paar blokken verderop, en ik deed wanhopig mijn best eruit te zien alsof het voor mij de normaalste zaak van de wereld was om steeds in en uit grote zwarte auto's met crèmekleurige leren bekleding te stappen. Ik bleef aan de kant zitten, terwijl Agnes haar haar liet wassen en stylen door een vrouw wier eigen haar blijkbaar langs een liniaal was geknipt, en een uur later bracht de auto ons naar de tandarts, waar ik weer in de wachtkamer bleef zitten. Overal waar we kwamen was het stil en smaakvol; een totaal andere wereld dan de gekte buiten op straat.

Ik had die dag een van mijn bescheidenere outfits aangetrokken: een donkerblauwe blouse met ankertjes erop en een gestreepte kokerrok, maar ik had me de moeite kunnen besparen: waar ik ook kwam, ik was meteen onzichtbaar. Het was alsof er PERSONEEL op mijn voorhoofd getatoeëerd stond. De andere persoonlijke assistentes begonnen me op te vallen, die buiten met hun mobieltjes aan hun oor liepen te ijsberen, of over de stoep draafden met tassen van de stomerij of dure koffie in kartonnen bekers. Ik vroeg me af of ik Agnes soms koffie moest aanbieden, of dat ik druk allerlei dingen van lijstjes moest gaan strepen. Het grootste deel van de tijd had ik geen idee waarom ik er überhaupt bij moest zijn. Zonder mij liep het ook allemaal op rolletjes. Het leek wel alsof ik er alleen was als een soort menselijk schild – een meebewegende barrière tussen Agnes en de rest van de wereld.

Agnes was ondertussen afgeleid en sprak Pools in haar telefoon of vroeg me dingen te noteren op mijn tablet: 'We moeten Michael vragen of Leonards grijze pak al schoon is. En misschien moet je mevrouw Levitski even bellen over mijn Givenchy-jurk – volgens mij ben ik een beetje afgevallen sinds ik die voor het laatst heb gedragen. Misschien kan ze hem een stukje innemen.' Ze tuurde in haar enorme Prada-handtas en haalde er een plastic stripje pillen uit waarvan ze er twee in haar mond stak. 'Water?'

Ik keek om me heen en vond een fles in een zijvak in het portier. Ik draaide de dop eraf en gaf haar de fles. De auto bleef staan.

'Dank je.'

De chauffeur – een man van middelbare leeftijd met dik, donker haar en wangzakken die wiebelden als hij zich bewoog – stapte uit om de deur voor haar open te houden. Toen ze het restaurant in verdween en de portier haar begroette als een oude vriendin, wilde ik ook uitstappen en achter haar aanlopen, maar de chauffeur deed de deur weer dicht. Ik bleef alleen achter op de achterbank.

Daar bleef ik even zitten en ik vroeg me af wat ik nu moest doen.

Ik keek op mijn telefoon. Ik tuurde uit het raam en vroeg me af of er ergens een broodjeszaak in de buurt was. Ik tikte met mijn voet. Uiteindelijk leunde ik naar voren, tussen de stoelen door. 'Mijn vader liet mijn zusje en mij altijd in de auto achter als hij naar de pub ging. Dan bracht hij ons een colaatje en een zakje chips met zilveruitjessmaak en daar moesten we het dan drie uur mee doen.' Ik trommelde met mijn vingers op mijn knieën. 'Tegenwoordig word je dan waarschijnlijk aangeklaagd voor kindermishandeling. Terwijl dat zakje chips voor ons het mooiste moment van de week was. Het waren echt onze lievelingschips.'

De chauffeur zei niets.

Ik leunde nog wat verder naar voren, zodat mijn gezicht maar een paar centimeter bij het zijne vandaan was.

'En…? Hoelang duurt dit meestal?'

'Zo lang als het duurt.' Zijn ogen gleden weg van mijn blik in de achteruitkijkspiegel.

'En jij blijft hier al die tijd wachten?'

'Dat is mijn werk.'

Ik bleef even stil zitten en stak toen mijn hand tussen de stoelen naar voren. 'Ik ben Louisa. De nieuwe assistente van mevrouw Gopnik.'

'Aangenaam.'

Hij keerde zich niet om. Het was het laatste wat hij tegen me zei. Hij stak een cd in de speler. '*Estoy perdido,*' zei een Spaanse vrouwenstem. '¿Dónde está el baño?'

'Ehs-toi per-di-do. Don-deh es-ta el ba-ni-o,' herhaalde de chauffeur.

'*¿Cuánto cuesta?*'

'Koe-an-to kwes-ta,' luidde zijn reactie.

Ik bleef een uur op de achterbank zitten staren naar de iPad, en probeerde niet te luisteren naar de taaloefeningen van de chauffeur, terwijl ik me afvroeg of ik soms ook iets nuttigs moest gaan doen. Ik mailde Michael om het hem te vragen, maar hij antwoordde eenvoudig:

Dit is jouw lunchpauze, schatje. Geniet ervan! xx

Ik wilde niet antwoorden dat ik geen eten bij me had. In de warmte van de geparkeerde auto bekroop de vermoeidheid me weer als een vloedgolf. Ik liet mijn hoofd tegen het raam leunen en hield mezelf voor dat het heel normaal was, dat ik me zo losgezongen voelde. *Je zult je nog wel een poosje niet op je plek voelen in je nieuwe wereld. Het voelt altijd vreemd om buiten je comfortzone te treden.* Wills laatste brief klonk als een verre echo in mijn oren.

En toen niks meer.

Ik schrok wakker toen het portier openging. Agnes stapte in met een bleek en vertrokken gezicht.

'Alles in orde?' vroeg ik, terwijl ik snel overeind kwam, maar ze gaf geen antwoord.

We reden in stilte weg en de sfeer in de auto was ineens beladen.

Ze keek me aan. Ik zocht snel naar de fles water en hield die voor haar op.

'Heb je sigaretten?'

'Eh... Nee.'

'Garry, heb jij sigaretten?'

'Nee, mevrouw. Maar we kunnen wel een pakje voor u halen.'

Ik zag nu dat haar hand trilde. Ze stak haar hand in haar tas, haalde een klein potje met pillen tevoorschijn en ik gaf haar nu toch maar het water aan. Ze sloeg wat van de pillen achterover en ik zag de tranen in haar ogen staan. We parkeerden voor een Duane Reade-drogist en ik realiseerde me ineens dat het de bedoeling was dat ik daar naar binnen ging.

'Welke? Ik bedoel, welk merk?'

'Marlboro Light,' zei ze, en ze bette haar ogen.

Ik sprong de auto uit – of nou ja, ik hobbelde zo'n beetje, want mijn benen begonnen stram te worden van het hardlopen die ochtend – en kocht een pakje. Vreemd dat je sigaretten kunt kopen in een drogist, vond ik. Toen ik weer instapte zat ze in het Pools tegen iemand te schreeuwen in haar telefoon. Ze hing op, opende het raampje, stak een sigaret op en inhaleerde diep. Ze bood er mij ook eentje aan. Ik schudde mijn hoofd.

'Niet tegen Leonard zeggen,' zei ze en haar gezicht verzachtte. 'Hij vindt het vreselijk als ik rook.'

We bleven nog even staan, met draaiende motor, terwijl zij de sigaret met korte, felle trekjes oprookte, zo snel dat ik het ergste vreesde voor haar longen. Toen drukte ze de peuk uit, haar lippen gekruld van de inwendige woede, en ze gebaarde Garry dat hij door moest rijden.

Toen Agnes pianoles had, had ik even wat tijd voor mezelf. Ik trok me terug in mijn kamer, waar ik overwoog om even te gaan liggen, maar ik was bang dat ik niet meer overeind zou kunnen komen van de spierpijn in mijn benen en dus ging ik aan het kleine bureautje zitten, schreef Sam een kort mailtje en bekeek de agenda voor de komende dagen.

Terwijl ik daarmee bezig was weergalmde de muziek door het appartement, eerst toonladders, en daarna iets melodieus. Schitterend was het. Ik stopte om ernaar te luisteren en verwonderde me over het geluid, terwijl ik me afvroeg hoe het zou zijn om zulke prachtige muziek te kunnen maken. Ik deed mijn ogen dicht en liet het over me heen komen, terugdenkend aan de avond dat Will me had meegenomen naar mijn eerste klassieke concert, en hij een nieuwe wereld voor me opende. Livemuziek was zoveel meer driedimensionaal dan een opname – het zorgde ergens diep vanbinnen voor kortsluiting. Agnes' pianospel leek ergens vandaan te komen dat verborgen bleef als ze de buitenwereld in moest; een kwetsbare, lieve, mooie plek. Hij zou dit geweldig hebben gevonden, dacht ik afwezig. Hij zou hier heel graag bij zijn geweest. Precies op het moment dat de muziek aanzwol tot iets magisch zette Ilaria de stofzuiger aan en overstemde ze het spel met het lawaai van de motor en het genadeloze gebonk tegen zware meubels. De muziek stopte.

Mijn telefoon piepte.

Zeg alsjeblieft dat ze moet ophouden met stofzuigen!

Ik stond op en liep het appartement door tot ik Ilaria had gevonden, die de stofzuiger verwoed op en neer trok voor de deur van Agnes' studeerkamer, haar hoofd gebogen. Ik slikte. Ilaria had iets waardoor je haar liever niet ergens op aan wilde spreken, ook al was ze een van de weinige mensen in deze buurt die nog kleiner waren dan ik.

'Ilaria,' zei ik.

Ze stopte niet.

'Ilaria!' Ik ging voor haar staan zodat ze me wel móést aankijken. Ze schopte met haar hak tegen de uitknop en keek me woedend aan. 'Mevrouw Gopnik vroeg me of je het erg zou vinden om een ander keertje te stofzuigen. Het stoort haar tijdens haar pianoles.'

'Wanneer denkt ze dan dat ik het appartement moet schoonmaken?' zei Ilaria giftig en zo hard dat je het aan de andere kant van de deur kon horen.

'Eh… Misschien wanneer dan ook, behalve nu net deze veertig minuten…?'

Ze trok de stekker uit het stopcontact en sleurde de stofzuiger met veel misbaar door de kamer. Ze keek me zo venijnig aan dat ik bijna een stap achteruit deed. Het bleef even stil en toen begon de muziek weer.

Toen Agnes twintig minuten later weer tevoorschijn kwam, keek ze me zijdelings aan en glimlachte.

De eerste week ging met horten en stoten voorbij, net als die eerste dag, en ik zocht bij Agnes naar signalen zoals mijn moeder onze oude hond altijd in de gaten hield voor het geval haar blaas begon te lekken. Moet ze naar buiten? Wat wil ze precies? Waar moet ik zijn? Ik rende elke ochtend met Agnes en George mee en gebaarde ze na een kilometer of twee dat ze moesten doorlopen en liep dan op mijn heup wijzend langzaam terug naar huis. Ik bracht heel veel tijd in de hal door, waar ik geconcentreerd mijn iPad zat te bestuderen als er iemand langsliep, zodat het eruitzag alsof ik wist wat ik deed.

Michael kwam elke dag langs om me fluisterend de aanpassingen op de agenda door te geven. Hij leek zijn hele leven heen en weer te rennen tussen het appartement en het kantoor van meneer Gopnik aan Wall Street, met een van zijn twee mobiele telefoons tegen zijn oor gedrukt, kleren van de stomerij over zijn arm geslagen, een kop koffie in zijn hand. Hij was ontzettend charmant en lachte altijd, en ik had absoluut geen idee of hij me mocht of niet.

Nathan zag ik bijna nooit. Het leek erop dat hij rondom Mr. Gopniks andere afspraken werd ingepland. Soms ging hij om vijf uur 's ochtends met hem aan de slag, soms om zeven uur 's avonds, of hij ging naar zijn kantoor om hem te helpen als dat nodig was. 'Ik ben niet aangenomen om iets te doen,' legde Nathan uit. 'Ik ben aangenomen om wat ik zou kúnnen doen.' Af en toe verdween hij en dan hoorde ik later dat hij met meneer Gopnik ergens naartoe was gevlogen en dat ze daar overnacht hadden – San Francisco of Chicago, of zo. Meneer Gopnik had een vorm van reuma en hij deed er alles aan om die onder controle te houden. Dus zwom hij met Nathan, of ze deden elke dag een paar keer iets van krachttraining in aanvulling op zijn batterij aan ontstekingsremmers en pijnstillers.

Naast Nathan, en George de personal trainer, die er ook elke doordeweekse ochtend was, kwamen ook nog de volgende mensen langs:

De schoonmakers. Kennelijk was er een onderscheid tussen wat Ilaria deed (de huishouding) en het echte schoonmaakwerk. Twee keer per week raasde er een team van drie geüniformeerde vrouwen en één man door het appartement. Ze zeiden geen woord, behalve om kort met elkaar te overleggen. Ze hadden allemaal een grote krat ecologische schoonmaakmiddelen bij zich en drie uur later waren ze weer verdwenen, en bleef Ilaria achter die in de rondte snoof en misprijzend met haar vinger langs de plinten ging.

De bloemist. Die kwam op maandagochtend langs met een bestelbus en gigantische vazen met bloemen op strategische afstand van elkaar neerzette in de gemeenschappelijke ruimten van het appartement. Sommige van die vazen waren zo enorm dat ze die met twee man moesten dragen. Ze trokken hun schoenen uit bij de deur.

De tuinman. Ja, serieus. Eerst moest ik hier keihard om lachen ('We zitten hier op de tweede verdieping, dat weet je toch wel?'), tot ik erachter kwam dat er langs de lange balkons aan de achterkant van het gebouw rijen met potten stonden met daarin miniatuurboompjes en bloesems, die de tuinman water kwam geven, kwam snoeien en voeding gaf, om vervolgens weer te verdwijnen. Het balkon zag er inderdaad schitterend uit, maar behalve ik ging nooit iemand naar buiten.

De gedragstherapeut van de kat. Een klein Japans vrouwtje, net een vogeltje, verscheen vrijdags om tien uur 's ochtends om Felix een uurtje van een afstand te observeren, om dan zijn eten te onderzoeken, zijn kattenbak, de plekken waar hij sliep, en om Ilaria te ondervragen over zijn gedrag en om advies te geven over de speeltjes die hij nodig had, en of zijn krabpaal hoog en stabiel genoeg was. Felix negeerde haar volkomen en likte alleen zijn achterste zo enthousiast dat het bijna beledigend was.

Het boodschappenteam kwam twee keer per week langs met grote groene kratten vol vers voedsel, dat ze onder Ilaria's toeziend oog opborgen. Ik heb een keer een rekening gezien: mijn eigen familie – en waarschijnlijk mijn halve buurt – zouden van dat bedrag een paar maanden kunnen eten.

En dan tel ik de manicure, de dermatoloog, de pianoleraar, de man die de auto's onderhield en schoonmaakte, de klusjesman die voor het hele gebouw lampen verving en de haperende airconditioning repareerde niet eens mee. En dan had je nog de broodmagere roodharige vrouw die langskwam met grote tassen van dure warenhuizen zoals Bergdorf Goodman en Saks Fifth Avenue en die alles wat Agnes daaruit paste kritisch bekeek en zei: 'Nee, nee, nee. O, ja, dat is perfect, *honey*. Dat is prachtig. Die moet je dragen met dat kleine Prada-tasje dat ik je vorige week heb laten zien. Wat doen we nu voor het Gala?'

En er was een wijnleverancier en een man die schilderijen ophing en een vrouw die de gordijnen reinigde en een man die de parketvloer in de zitkamer boende met iets wat op een grasmaaier leek, en dan had je nog allerlei andere mensen. Ik raakte eraan gewend dat er steeds mensen rondliepen die ik niet herkende. Ik geloof niet dat er in de eerste twee weken dat ik er was een dag is geweest dat er minder dan vijf mensen tegelijk in huis waren.

Het was alleen in naam een woning. Het voelde als een werkruimte, waar Nathan, Ilaria, en een eindeloze stoet ingehuurd personeel en aanverwanten rondhingen, van 's ochtends vroeg tot 's avonds laat. Soms kwam er na het eten een stoet mannen in pakken langs, collega's van meneer Gopnik, die in zijn studeerkamer verdwenen en een uur later weer tevoorschijn kwamen, dingen mompelend over belletjes met Washington DC of met Tokio. Hij leek nooit te stoppen met werken, behalve als hij met Nathan was. Zelfs onder het eten lagen er twee telefoons op de mahoniehouten tafel, waar ze discreet lagen te zoemen als in de val gelokte wespen, terwijl de berichten bleven binnenstromen.

Ik zat soms naar Agnes te kijken als ze midden op de dag de deur naar haar kleedkamer achter zich dichttrok – waarschijnlijk de enige plek waar ze alleen kon zijn – en dan vroeg ik me af of dit huis wel ooit een thuis geweest was.

Ik kwam tot de conclusie dat dit de reden was waarom ze in de weekenden verdwenen. Tenzij er in dat huis op het platteland ook personeel was.

'Nee. Dat is de enige plek waar het zo'n beetje loopt zoals zij dat wil,' zei Nathan toen ik hem ernaar vroeg. 'Ze heeft tegen hem gezegd dat zijn ex hun oude weekendhuis mocht hebben. In plaats daarvan heeft ze hem een bescheiden huis aan het strand laten kopen. Drie slaapkamers. Eén badkamer. Geen personeel.' Hij schudde zijn hoofd. 'En dus ook geen Tab. Ze is niet op haar achterhoofd gevallen.'

'Hallo, daar.'

Sam had zijn uniform aan. Ik maakte een rekensommetje in mijn hoofd en bedacht dat hij dus net klaar moest zijn met zijn dienst. Hij haalde zijn hand door zijn haar en leunde toen naar voren alsof hij me dan beter kon zien in alle pixels op het scherm. Een stemmetje in mijn hoofd zei, zoals steeds als ik hem zo sprak: *Hoe haal je het in je hoofd om naar een ander continent te verhuizen terwijl je met deze man bent?*

'Dus je bent weer aan de slag gegaan?'

'Ja.' Hij zuchtte. 'Niet de allerleukste eerste werkdag.'

'Hoezo niet?'

'Donna heeft ontslag genomen.'

Ik kon niet verhullen dat ik daarvan schrok. Donna – recht voor zijn raap, grappig, rustig – was de yin die zijn yang nodig had, ze was zijn anker, een baken van redelijkheid op het werk. Ik kon me de een totaal niet voorstellen zonder de ander. 'Wat? Waarom?'

'Haar vader heeft kanker. Een agressieve vorm. Ongeneeslijk. Ze wil er voor hem zijn.'

'Ach nee. Arme Donna. Arme vader van Donna.'

'Ja. Het is heel zwaar. Dus nu moet ik maar afwachten met wie ze me opschepen. Ik denk niet dat het een nieuweling wordt, vanwege die disciplinaire maatregel. Dus het zal wel iemand worden uit een ander district.'

Sam had al twee keer voor de disciplinaire raad moeten verschijnen sinds we een relatie hadden. De laatste keer was dat mijn schuld geweest, en ik voelde het schuldgevoel automatisch de kop opsteken. 'Wat zul je haar missen.'

'Yep.' Hij zag er wat verslagen uit. Ik wilde mijn armen wel door het scherm heen steken om hem te knuffelen. 'Ze heeft me gered,' zei hij.

Hij deed anders nooit zulke dramatische uitspraken, waardoor die vier woorden nog veel meer indruk maakten. Ik herinnerde me die avond in angstaanjagend heldere schokken: Sams schotwond die leegbloedde op de vloer van de ambulance, Donna die me kalm en koelbloedig instructies toe blafte, en hem zo nog net in leven had weten te houden tot de andere ambulance eindelijk arriveerde. Ik kon de angst voelen, proefde die metalen smaak in mijn mond, voelde nog die schokkende warmte van Sams bloed op mijn handen. Ik huiverde en zette het beeld van me af. Ik wilde niet dat Sam aan iemand anders overgeleverd zou zijn. Hij en Donna waren een team. Twee mensen die elkaar nooit in de steek zouden laten. En die elkaar na iets ergs waarschijnlijk genadeloos in de maling zouden nemen.

'Wanneer gaat ze weg?'

'Volgende week. Ze heeft dispensatie gekregen, gezien haar familieomstandigheden.' Hij zuchtte weer. 'Maar goed. Wat wel leuk is, is dat je moeder me uitgenodigd heeft om zondag te komen lunchen. We schijnen gebraden vlees te krijgen, met alles erop en eraan. O, en je zus heeft me gevraagd om langs te komen. Niet zo'n gezicht trekken – ze heeft hulp nodig bij het ontluchten van je radiators.'

'Het is gebeurd. Je kunt niet meer weg. Mijn familie heeft je te pakken, als een vleesetende plant.'

'Het zal wel vreemd zijn, zonder jou.'

'Misschien moet ik maar weer gewoon thuiskomen.'

Hij probeerde te glimlachen, maar het lukte hem niet.

'Wat is er?'

'Niks.'

'Kom op.'

'Ik weet niet... Ik heb het gevoel dat ik mijn twee lievelingsvrouwen kwijt ben.'

Er schoot een brok in mijn keel. De geest van de derde vrouw die hij verloren had – zijn zusje, die twee jaar geleden aan kanker was overleden – hing tussen ons in. 'Sam, je bent ons niet kw–'

'Laat maar. Niet eerlijk van me.'

'Ik ben nog gewoon de jouwe. Alleen een poosje op een afstand.'

Hij blies zijn adem uit. 'Ik had niet verwacht dat ik er zo mee zou zitten.'

'Ik weet niet of ik daar blij of verdrietig om moet zijn.'

'Het komt wel goed. Het was gewoon niet mijn dag.'

Ik bleef even naar hem zitten kijken. 'Oké. Dit is het plan. Je gaat eerst je kippen voeren. Want je wordt er altijd rustig van om naar ze te kijken. En de natuur is goed om dingen in perspectief te zien, en zo.'

Hij ging iets meer rechtop zitten. 'En dan?'

'Dan ga je die geweldige bolognesesaus van je koken. Die saus die eindeloos lang moet pruttelen, met wijn en spek en alles. Niemand voelt zich beroerd na een bord echt lekkere spaghetti bolognese.'

'Kippen. Saus. Oké.'

'En daarna zet je de televisie aan en ga je op zoek naar een goeie film. Iets waar je helemaal in op kunt gaan. Geen reality-tv. En niks met reclames.'

'Louisa Clarks Remedies voor een Fijne Avond. Heel goed.'

'En daarna...' Ik dacht even na. '...daarna ga je denken aan het feit dat we elkaar over een kleine drie weken alweer zien. En wat wil dat zeggen? Dit! Ta-da!' Ik trok mijn blouse op tot aan mijn nek.

Achteraf best jammer dat Ilaria nou juist precies op dat moment mijn deur opentrok om de was binnen te brengen. Daar stond ze, met een stapel schone handdoeken onder haar arm, als aan de grond genageld, omdat ik mijn blote borsten liet zien aan de man op het scherm. Ze trok de deur snel achter zich dicht en prevelde iets, terwijl ik mezelf snel weer bedekte.

'Wat is er?' Sam zat grijnzend naar rechts in het scherm te staren. 'Wat gebeurde daar?'

'De huishoudster,' zei ik, terwijl ik mijn blouse rechttrok. 'O, god.'

Sam viel achterover in zijn stoel. Hij zat keihard te lachen, met een hand op zijn buik, omdat hij altijd nog een beetje voorzichtig was vanwege zijn litteken.

'Nee, je snapt het niet. Ze haat me.'

'En nu ben je ook nog Madam Webcam.' Hij was nog steeds niet uitgelachen.

'Mijn naam gaat door het slijk in de huishoudstergemeenschap van hier tot Palm Springs.' Ik jammerde nog wat door en begon toen ook te giechelen, omdat ik Sam zo zag lachen.

Grinnikend zei hij: 'Nou, Lou, het is je gelukt. Je hebt me weer opgevrolijkt.'

'Het nadeel is wel dat dit de laatste keer was dat je mijn borsten over de wifi te zien hebt gekregen.'

Sam kwam dichterbij en zoende in de lucht. 'Ach, nou ja,' zei hij. 'Ze mag blij zijn dat ik jou niets liet zien.'

Na het webcamincident zei Ilaria twee dagen geen woord tegen me. Als ik binnenkwam draaide ze zich om en stortte zich meteen op een of ander klusje, alsof ik haar alleen al met oogcontact zou kunnen besmetten met mijn scabreuze neiging om overal mijn borsten te laten zien.

Nathan vroeg wat er was gebeurd met ons, nadat ze mijn beker koffie met een spatel mijn kant op had geduwd, maar ik kon het niet uitleggen zonder dat het erger klonk dan het was, dus ik mompelde iets over wasgoed en dat we eigenlijk sloten op onze deuren zouden moeten hebben, en hoopte dat hij het er niet meer over zou hebben.

4

Van: BusyBee@gmail.com
Aan: KatClark!@yahoo.com

Hoi, en je bent zelf een Vieze Stinkerd.

(Vind je nu echt dat je als respectabele accountant je zusje de Globetrotter zo kunt aanspreken?)

Met mij is alles goed. Mijn werkgeefster – Agnes – is even oud als ik en ze is heel aardig. Dus dat is fijn. Je gelooft echt niet waar ik allemaal kom, hier – gisteravond ben ik naar een bal geweest in een jurk die meer kost dan ik in een maand verdien. Ik voelde me net Assepoester. Alleen heb ik natuurlijk een bloedmooie zus. (Lief hè, ben je niet gewend van me! Ha-ha-ha-ha!)
Wat fijn dat Thom het zo naar zijn zin heeft op zijn nieuwe school. Maak je niet druk over dat gedoe met die viltstiften – we kunnen die muur altijd nog een keer overschilderen. Volgens ma wil hij zich gewoon creatief uiten. Wist je dat ze pa naar de avondschool heeft gestuurd om te leren zich beter uit te drukken? Hij schijnt te denken dat het een soort

tantracursus zal zijn. Joost mag weten waar hij dat nou weer vandaan heeft. Toen hij me belde deed ik net alsof ze dat inderdaad ook tegen mij had gezegd, en nu voel ik me een beetje schuldig, omdat hij bang is dat hij zijn je-weet-wel aan een zaal vol onbekenden moet laten zien.

Blijf me alle nieuwtjes schrijven. Vooral over je date!!!

Ik mis je,
Lou xxx

PS Als pa inderdaad zijn je-weet-wel aan een zaal vol onbekenden laat zien, wil ik daar HELEMAAL NIKS van weten.

Volgens de sociale agenda van Agnes waren talloze bijeenkomsten het hoogtepunt van de sociale kalender in New York, maar het benefietdiner van de Neil and Florence Strager Charitable Foundation stond op eenzame hoogte. Alle gasten droegen iets geels – de heren in de vorm van een das, tenzij ze echt heel erg de neiging hadden om te willen opvallen – en de foto's die dat opleverde werden verspreid in alles van de *New York Post* tot *Harper's Bazaar*. Men kwam in avondkleding, en de gele outfits waren oogverblindend, en de kosten per tafel bedroegen op een handvol wisselgeld na dertigduizend dollar. En dan had je er eentje aan de rand van de zaal. Dat wist ik omdat ik voor elk evenement waar Agnes haar opwachting zou maken research deed, en dit was kennelijk iets belangrijks, niet alleen vanwege de voorbereidingen (manicure, kapper, masseur, en 's ochtends extra George), maar ook gezien de stress die Agnes ervan had. Ze zond voelbare trillingen uit, schreeuwde tegen George dat de oefeningen die hij haar liet doen onmogelijk waren en dat ze niet zo'n eind kon lopen. Alles was *niet te doen*. George, die bijna even kalm was als de Boeddha zelve, zei dat het helemaal geen probleem was, dat ze gewoon terug konden wandelen, en dat de endorfine van de wandeling ook goed voor haar was. Toen hij vertrok gaf hij me een knipoog, alsof het precies was wat hij al had verwacht.

Meneer Gopnik, misschien omdat ze hem in paniek had gebeld, kwam naar huis voor de lunch en trof haar opgesloten in haar kleedkamer. Ik haalde wat kleding die naar de stomerij was geweest op bij Ashok, zegde haar afspraak bij de tandenbleker af en ging toen in de hal zitten, niet wetend wat ik nu precies moest doen. Ik hoorde haar gesmoorde stem toen hij de deur opendeed: 'Ik wil er niet heen.'

Wat ze daarna nog zei zorgde ervoor dat meneer Gopnik een heel stuk langer thuisbleef dan ik had verwacht. Nathan was weg, dus ik kon het niet met hem bespreken.

Michael kwam langs en stak zijn hoofd om de deur. 'Is hij daar nou nog?' vroeg hij. 'Mijn tracker doet het niet meer.'

'Je tracker?'

'Op zijn telefoon. Het is meestal de enige manier om bij te houden waar hij uithangt.'

'Hij is bij haar in haar kleedkamer.' Ik wist niet wat ik er verder over kon zeggen en in hoeverre ik Michael kon vertrouwen. Maar de luide stemmen spraken boekdelen. 'Ik geloof niet dat mevrouw Gopnik veel zin heeft om vanavond te gaan.'

'Groot Paars Evenement. Zei ik toch.'

En toen herinnerde ik het me weer.

'De voormalige mevrouw Gopnik. Dit was altijd haar grote avond, en dat weet Agnes ook. Het is nog steeds haar feestje. Al die ouwe harpijen komen. En die zijn niet bepaald vriendelijk.'

'Dat verklaart een hoop.'

'Hij is een belangrijke donateur, dus hij kan niet wegblijven. Bovendien zijn de Stragers oude vrienden van hem. Maar dit is een van de moeilijkste avonden voor hen. Vorig jaar was het één groot drama.'

'Hoezo?'

'Nou ja. Ze werd als een lam naar de slachtbank geleid.' Hij trok een gezicht. 'Dacht dat ze nieuwe vrienden zou maken. Ze hebben geen spaander van haar heel gelaten, hoorde ik achteraf.'

Ik huiverde. 'Kan ze hem niet gewoon in zijn eentje laten gaan?'

'O, *honey*, jij hebt echt geen idee hoe het hier werkt. Nee. Nee. Nee. Ze moet. Ze moet erheen met een brede glimlach en ze moet in de bladen te zien zijn. Dit is nu haar taak. En dat weet ze best. Maar leuk gaat het niet worden.'

De stemmen waren luider geworden. We hoorden Agnes protesteren, gevolgd door meneer Gopniks zachtere stem, pleitend, volkomen redelijk.

Michael keek op zijn horloge. 'Ik ga weer terug naar kantoor. Wil je me een plezier doen en me een appje sturen zodra hij weer weggaat? Ik heb nog achtenvijftig dingen liggen die hij vóór drie uur vanmiddag moet tekenen. *Love ya!*' Hij schonk me een handkus en weg was hij.

Ik bleef nog even zitten en probeerde niet te luisteren naar de ruzie, verderop in de gang. Ik scrolde door de kalender en vroeg me af of ik iets nuttigs kon bijdragen. Felix kwam langslopen, zijn staart een vraagteken, totaal niet onder de indruk van de fratsen van de mensen om hem heen.

En toen ging de deur open. Meneer Gopnik zag me zitten. 'Ach, Louisa. Kun je even binnenkomen?'

Ik stond op en kwam half lopend, half rennend op hem af. Het viel niet mee, omdat mijn spieren van pijn vertrokken.

'Ik vroeg me af of jij vanavond vrij bent.'

'Vrij?'

'Om mee te gaan naar een bijeenkomst. Voor een goed doel.'

'Eh... Tuurlijk.' Ik wist al vooraf dat ik onregelmatige uren zou werken. En zo liep ik tenminste niet het risico om Ilaria tegen het lijf te lopen. Ik zou gewoon een film downloaden op een van de iPads en dan bekeek ik die wel in de auto tijdens het wachten.

'Nou, wat vind je daarvan, lieveling?'

Zo te zien had Agnes gehuild. 'Kan ze dan naast mij zitten?'

'Ik regel het wel.'

Ze slaakte een diepe, trillende zucht. 'Nou goed, dan.'

'Naast u...?'

'Mooi zo!' Meneer Gopnik keek op zijn telefoon. 'Goed, ik moet nu echt weg. Ik zie je in de balzaal. Halfacht. Als ik die conference call eerder kan afwikkelen laat ik het je weten.' Hij deed een stap naar voren, nam haar gezicht in zijn handen en kuste haar. 'Gaat het nu weer?'

'Ja, het gaat weer.'

'Ik hou van jou. Heel erg veel.' Nog een kus, en hij vertrok.

Agnes haalde nog eens diep adem. Ze zette haar handen op haar knieën en keek mij toen aan. 'Heb je een gele avondjapon?'

Ik staarde haar aan. 'Eh, nee. Ik zit sowieso een beetje krap in de avondjaponnen.'

Ze monsterde me van top tot teen, alsof ze probeerde te bepalen of ik er een van haar aan zou kunnen. Ik geloof dat we allebei het antwoord op die vraag wel wisten. Toen stond ze op. 'Bel Garry. We moeten naar Saks.'

Een halfuur later stond ik in een kleedkamer, terwijl twee winkelbediendes mijn boezem in een strapless jurk duwden die de kleur van ongezouten boter had. 'De laatste keer dat iemand me zo intiem beetpakte,' grapte ik, 'was ik daarna meteen verloofd.' Niemand lachte.

Agnes fronste. 'Te bruidsachtig. En haar taille lijkt er te breed in.'

'Dat komt doordat ik ook gewoon een brede taille heb.'

'We hebben corrigerend ondergoed dat erg goed werkt, mevrouw Gopnik.'

'O, maar ik hoef toch niet...'

'Heb je niet iets wat meer in jarenvijftigstijl?' vroeg Agnes, terwijl ze druk was met haar telefoon. 'Want dat lost in één klap het probleem met de taille en de lengte op. We hebben geen tijd meer om iets om te laten zomen.'

'Voor wanneer hebt u de jurk nodig, mevrouw?'

'We moeten er om halfacht zijn.'

'Dan kunnen we de jurk nog op tijd voor u vermaken, mevrouw Gopnik. Dan zorg ik ervoor dat Terri hem voor zessen nog komt brengen.'

'Laten we in dat geval die zonnebloemgele daar maar eens proberen... En die daar, met de lovertjes.'

Als ik had geweten dat die avond de enige keer in mijn leven zou zijn dat ik jurken van drieduizend dollar zou passen, had ik niet mijn onderbroek aangetrokken met de afbeelding van een teckel erop of een beha die bij elkaar gehouden werd met een veiligheidsspeld. Ik vroeg me af hoeveel keer per week je je borsten kon laten zien aan mensen die je verder helemaal niet kende. En ik vroeg me af of ze ooit weleens een lichaam zoals het mijne hadden gezien: eentje met heus vet erop. De winkelbediendes waren veel te beleefd om er iets over te zeggen, afgezien van hun herhaalde aanbod om 'corrigerend' ondergoed voor me te gaan halen, maar ze brachten me gewoon de ene na de andere jurk, waar ze me in en uit hesen, alsof ik een of ander onwillig stuk vee was, totdat Agnes, die in een fauteuiltje zat, ineens riep: 'Ja! Dat is hem. Wat vind je zelf, Louisa? Met die tulen onderrok is hij ook perfect op lengte.'

Ik staarde naar mijn spiegelbeeld. Ik had geen idee wie dat was, die me vanuit de spiegel aangaapte. Mijn taille werd door een ingebouwd korset smaller gemaakt en mijn voorgevel werd opgetild tot een perfect decolleté. De kleur deed mijn huid stralen en door de lange rok leek ik wel tien centimeter langer en een heel ander mens. Het feit dat ik nauwelijks adem kreeg deed er verder niet toe.

'We steken je haar op en dan doe je een paar oorbellen in. Perfect.'

'En op deze jurk zit twintig procent korting,' zei een van de winkelbediendes. 'Na de Strager-benefiet verkopen we nauwelijks nog geel. Dat is elk jaar zo...'

Ik zakte bijna door mijn hoeven van opluchting. Maar toen keek ik op het prijskaartje. De prijs was 2575 dollar. Dat was een heel maandsalaris. Ik denk dat Agnes me zag verbleken, want ze wenkte een van de dames. 'Louisa, ga jij je maar weer omkleden. Hebben jullie daar nog schoenen bij? Kunnen we nog even snel naar de schoenenafdeling?'

'Maar ik heb schoenen. Ik stik van de schoenen.' Ik had een paar ballerina's van goud satijn, die zouden er prima bij passen. Ik had echt geen zin om nog meer uit te geven.

Ik liep terug naar het pashokje en wurmde me voorzichtig uit de jurk, en ik voelde het dure gewicht van de stof om me heen vallen. Terwijl ik mijn kleren weer aantrok hoorde ik Agnes met de winkeldames praten. Agnes liet nog een tas en een paar oorbellen komen, keek er even naar en was kennelijk tevreden. 'Zet maar op mijn rekening.'

'Natuurlijk, mevrouw Gopnik.'

Ik liep naar haar toe bij de kassa. Toen we wegliepen, ik met de tassen tegen me aangedrukt, zei ik zachtjes: 'Dus ik moet er heel voorzichtig mee zijn?'

Ze keek me niet-begrijpend aan.

'Met de jurk.'

Het kwartje viel nog steeds niet.

Ik fluisterde: 'Thuis stoppen we het kaartje weg, en dan kun je de jurk de volgende dag gewoon terugbrengen. Tenminste, zolang er geen wijn op is gemorst en hij niet te erg naar sigarettenrook stinkt. Hoewel we er dan wat Febreze op kunnen spuiten.'

'Terugbrengen?'

'Naar de winkel.'

'Waarom zouden we?' vroeg ze toen we achter in de wachtende auto stapten en Garry de tassen in de achterbak legde. 'Kijk niet zo gespannen, Louisa. Denk je soms dat ik niet snap hoe je je voelt? Toen ik hier kwam had ik helemaal niks. Mijn vriendinnen en ik deelden onze kleren zelfs. Maar als je vanavond naast me zit moet je een goede jurk aan. Je kunt daar niet in je uniform gaan zitten. Vanavond ga je niet mee als personeel. En ik betaal dit graag.'

'Oké.'

'Je begrijpt hoe het zit, toch? Vanavond hoef je je niet als mijn personeel te gedragen. Dat is erg belangrijk.'

Ik dacht aan de enorme draagtas achter me in de achterbak, terwijl de auto zich langzaam een weg door Manhattan baande, en ik was een tikje verbluft door het verloop van de dag.

'Leonard vertelde me dat je voor een man hebt gezorgd die overleden is.'

'Dat klopt. Will heette hij.'

'Hij zegt dat je... discreet bent.'

'Ik doe mijn best.'

'En ook dat je hier verder niemand kent.'

'Alleen Nathan.'

Daar dacht ze even over na. 'Nathan. Dat is volgens mij een goeie vent.'

'Is hij ook.'

Ze bestudeerde haar nagels. 'Spreek jij Pools?'

'Nee.' Ik liet er snel op volgen: 'Maar ik zou het misschien kunnen leren, als je –'

'Weet je wat zo moeilijk voor me is, Louisa?'

Ik schudde mijn hoofd.

'Ik weet niet wie ik...' Ze aarzelde, maar leek toen toch van gedachten te veranderen en zei: 'Vanavond moet je mijn vriendin zijn. Oké? Leonard... die is bezig met werk vanavond. Altijd maar dat praten, praten met de mannen. Maar jij blijft bij mij, goed? De hele tijd.'

'Wat je maar wilt.'

'En als iemand iets vraagt, dan ben jij een vriendin van vroeger. Uit de tijd dat ik in Engeland woonde. We... kennen elkaar nog van school. Je bent niet mijn assistente, oké?'

'Gesnopen. Van school.'

Dat leek haar gerust te stellen. Ze knikte en leunde achterover tegen de achterbank. De hele verdere weg naar het appartement zei ze geen woord meer.

Het New York Palace Hotel, waar het Strager Foundation Gala plaatsvond, was zo overdadig dat het bijna lachwekkend was: een sprookjesfort, met een binnenplaats en gotische ramen, en overal stonden lakeien in narcisgele kniebroeken. Het was alsof ze bij elk luxehotel in Europa waren gaan kijken, aantekeningen hadden gemaakt van druk bewerkte sierlijsten, marmeren lobby's en vergulde versierinkjes en dat ze hadden besloten om dat allemaal in dit gebouw te gebruiken, om er vervolgens nog wat Disney-toverstof overheen te strooien en het idee van wat camp is een heel nieuwe betekenis te geven. Het had me niet verbaasd als er een pompoenkoets had gestaan en als er hier en daar een glazen muiltje op de rode traploper had gelegen. Toen we aan kwamen rijden staarde ik naar het stralende interieur, de twinkelende lichtjes en de zee van gele jurken, en ik schoot bijna in de lach. Maar Agnes was zo gespannen dat ik dat niet durfde. Bovendien zat het lijfje van mijn jurk zo strak dat ik waarschijnlijk uit de naden gebarsten was.

Garry zette ons voor de hoofdingang af, nadat hij de auto in de parkeerzone had gemanoeuvreerd die bomvol zwarte limousines stond. We liepen langs een menigte toeschouwers op de stoep. Een man nam onze jassen aan en pas toen zag ik Agnes' jurk in volle glorie.

Ze zag er oogverblindend mooi uit. Haar jurk was geen gewone avondjurk, zoals die van mij en veel van de andere aanwezige vrouwen, maar het was een neongeel, kokervormig bouwwerk, tot op de grond, met een gebeeldhouwd schoudermotief dat uitstak tot haar hoofd. Haar haar zat ongenadig strak en steil naar achteren, en aan haar oren hingen twee goud-met-gele diamanten oorbellen. Het had er alles bij elkaar heel bijzonder uit moeten zien. Maar mijn maag draaide een beetje om toen ik me realiseerde dat het hier op een of andere manier te veel van het goede was – het paste niet bij de ouderwetse grandeur van het hotel.

Terwijl ze daar zo stond draaiden de hoofden bij ons in de buurt zich om, en trokken de matrones met hun omslagdoeken van gele zijde en korsetten met baleinen hun wenkbrauwen op, terwijl ze haar vanuit hun zorgvuldig opgemaakte ooghoeken bekeken.

Agnes leek het niet te merken. Ze keek afwezig om zich heen, op zoek naar haar echtgenoot. Pas aan zijn arm zou ze zich kunnen ontspannen. Ik zag weleens een bijna tastbare opluchting bij haar als ze wist dat hij bij haar in de buurt was.

'Wat een waanzinnig mooie jurk,' zei ik.

Ze keek naar me alsof het pas op dat moment tot haar doordrong dat ik er ook was. Er werd geflitst en ik zag dat er fotografen tussen de mensen door liepen. Ik stapte opzij om Agnes de ruimte te geven, maar de man gebaarde mijn kant op. 'U ook, mevrouw. Zo, ja. En smile.' Ze glimlachte en keek even snel opzij om zich ervan te verzekeren dat ik nog steeds in de buurt was.

En toen verscheen meneer Gopnik. Hij liep een beetje stijfjes op ons af – Nathan had al gezegd dat hij een slechte week had – en kuste zijn vrouw op de wang. Ik hoorde dat hij iets in haar oor fluisterde en ze glimlachte, oprecht en zich verder van niemand bewust. Ze grepen elkaars hand even vast, en op dat moment zag ik dat twee mensen aan alle mogelijke stereotypes kunnen voldoen, en dan toch samen iets konden delen wat volkomen echt was: de blijdschap om bij elkaar te kunnen zijn. Ineens verlangde ik heel erg naar Sam. Maar ik zag hem niet voor me op een feest zoals dit, opgedirkt in een smoking met vlinderstrik. Hij zou het verschrikkelijk vinden.

'Uw naam, alstublieft?' De fotograaf was naast me komen staan.

Misschien kwam het doordat ik op dat moment aan Sam stond te denken. 'Eh… Louisa Clark-Fielding,' zei ik zo bekakt mogelijk. 'Uit Engeland.'

'Meneer Gopnik! Hier, meneer Gopnik!'

Ik voegde me bij de menigte, terwijl de fotografen foto's van

Agnes en meneer Gopnik maakten, waarbij hij zijn hand licht op haar rug liet rusten, en zij haar schouders rechtte en haar kin iets omhoogstak, alsof ze de hele boel de baas was. En toen zag ik dat hij de lobby afzocht tot hij mijn blik vond, aan de andere kant van de ruimte.

Hij liep met Agnes naar me toe. 'Lieveling, ik moet even wat mensen spreken. Redden jullie je met zijn tweeën?'

'Natuurlijk, meneer Gopnik,' zei ik, alsof dit soort gelegenheden gesneden koek voor me was.

'Kom je snel weer terug?' Agnes hield zijn hand nog steeds vast.

'Ik moet Wainwright en Miller even spreken. Ik heb beloofd dat ik ze tien minuten zou geven om het over die obligatiedeal te hebben.'

Agnes knikte, maar uit haar gezicht sprak dat ze hem niet wilde laten gaan. Terwijl ze door de lobby liep, fluisterde meneer Gopnik mij in: 'Zorg ervoor dat ze niet te veel drinkt. Ze is erg gespannen.'

'Ja, meneer Gopnik.'

Hij knikte en keek om zich heen alsof hij diep in gedachten verzonken was. Toen keek hij weer naar mij en glimlachte. 'Je ziet er mooi uit.' En weg was hij.

De balzaal was een zee van geel en zwart. Ik droeg de armband van zwarte en gele kralen die Wills dochter Lily me had gegeven voordat ik uit Engeland vertrok – en ik dacht bij mezelf dat ik dolgraag ook mijn geel-zwart gestreepte hommelmaillot aan had willen doen. Al die vrouwen leken nog nooit van hun leven lol te hebben gehad in de kleren die ze droegen.

Het eerste wat me opviel was hoe mager de meeste van hen waren, ingesnoerd in hun piepkleine jurkjes, met sleutelbenen die uitstaken als veiligheidsrelingen. Vrouwen van zekere leeftijd in Stortfold werden langzaam maar zeker wat dikker, en verhulden hun extra centimeters onder vesten of lange truien ('Is mijn kont zo goed bedekt?') en het enige wat ze nog deden om er mooi uit te zien was af en toe een nieuwe mascara kopen, en eens in de zes weken hun haar laten knippen. In het stadje waar ik vandaan kwam was het op een of andere manier verdacht om te veel aandacht aan jezelf te besteden; dat vond men ongezond egocentrisch.

Maar aan de vrouwen in deze feestzaal te oordelen was hun uiterlijk een fulltime job. Er was geen haar te zien die niet perfect in model zat, geen bovenarm die niet onderworpen was aan strenge dagelijkse krachttraining. Zelfs de vrouwen van onbepaalde leeftijd (het was gewoon niet te zeggen, door al die Botox en fillers) zagen eruit alsof ze geen idee hadden dat je ook zwabberende kipfiletjes aan je bovenarm kon hebben. Ik dacht aan Agnes, haar personal trainer, haar dermatoloog, al haar bezoekjes aan de kapper en de manicure en ik dacht: dit ís ook echt haar baan, tegenwoordig. Ze moet al dat onderhoud laten doen, zodat ze meetelt tussen al die mensen hier.

Agnes schreed tussen de mensen door, haar hoofd trots geheven, glimlachend naar de vrienden van haar man die haar kwamen begroeten en een paar woorden met haar wisselden, terwijl ik me ongemakkelijk op de achtergrond hield. Die vrienden waren allemaal mannen. En het waren ook alleen mannen die naar haar glimlachten. De vrouwen waren weliswaar niet zo onbeschoft om bij haar weg te lopen, maar wel wendden ze hun gezichten discreet af, alsof er ineens in de verte iets heel interessants te zien was, zodat ze niet met haar hoefden te praten. Terwijl ik achter haar aan de zaal in liep zag ik een paar keer dat het gezicht van een van de echtgenotes verstrakte, alsof de aanwezigheid van Agnes een soort overtreding was.

'Goedenavond,' zei een stem vlak naast mijn oor.

Ik keek op en deinsde terug. Want naast me stond Will Traynor.

5

Achteraf was ik blij dat het zo druk was in de zaal, want toen ik opzij viel stak de man naast me instinctief een hand uit en werd ik in een fractie van een seconde overeind gehouden door een aantal in smoking gestoken armen, terwijl een zee van gezichten bezorgd naar me glimlachte. Terwijl ik hen bedankte en mijn excuses aanbood zag ik dat ik me vergiste. Nee, niet Will – al had zijn haar dezelfde kleur en was het precies hetzelfde geknipt en al had zijn huid dezelfde karameltint. Maar kennelijk was ik hoorbaar ontzet, want de man die niet Will was zei: 'Sorry, heb ik je laten schrikken?'

'Ik... Nee. Nee.' Ik bracht mijn hand naar mijn gezicht en keek hem recht in de ogen. 'Je... Je lijkt alleen heel erg op iemand die ik ken. Kende.' Ik voelde dat ik rood aanliep, het soort rood dat begint op je borst en dan helemaal tot aan je haargrens optrekt.

'Gaat het verder wel?'

'O, jee. Prima. Het gaat prima.' Ik voelde me zo dom. Mijn gezicht gloeide ervan.

'Je komt uit Engeland.'

'En jij niet.'

'Ik kom niet eens uit New York. Boston. Joshua William Ryan de Derde.' Hij stak zijn hand uit.

'Je hebt zelfs dezelfde naam als hij.'

'Pardon?'

Ik schudde zijn hand. Van dichtbij leek hij helemaal niet zo op Will. Zijn ogen waren donkerbruin en zijn voorhoofd was lager. Toch was ik helemaal uit het veld geslagen door de overeenkomsten. Ik wendde mijn blik met moeite van hem af, me bewust dat ik zijn vingers nog vasthad. 'Het spijt me. Ik ben een beetje...'

'Laat me iets te drinken voor je halen.'

'Dat kan niet. Ik moet bij mijn... mijn vriendin blijven, daar.'

Hij keek naar Agnes. 'Dan haal ik voor jullie allebei iets. Jullie zijn... eh... gemakkelijk terug te vinden.' Hij grinnikte en raakte mijn elleboog even aan. Ik deed mijn best om niet naar hem te staren terwijl hij wegliep.

Toen ik bij Agnes aankwam, werd de man met wie ze stond te praten weggesleurd door zijn vrouw. Agnes stak haar hand op alsof ze wilde reageren op iets wat hij had gezegd, maar ineens stond ze tegen het brede achterpand van een smokingjasje te kletsen. Ze draaide zich om met een verstrakt gezicht.

'Sorry. Ik kwam niet door al die mensen heen.'

'Mijn jurk is helemaal verkeerd, hè?' zei ze fluisterend. 'Ik heb een enorme fout gemaakt.'

Ze had het gezien. In die enorme mensenmenigte was haar outfit op een of andere manier te felgekleurd, en eerder ordinair dan avant-garde. 'Wat moet ik doen? Wat een ramp. Ik moet me gaan omkleden.'

Ik probeerde te berekenen of ze redelijkerwijs naar huis zou kunnen gaan en weer terugkomen. Zelfs als het niet druk op de weg was zou het haar een uur kosten. En dan was er altijd nog het risico dat ze helemaal niet meer terugkwam...

'Nee! Het is geen drama. Helemaal niet. Waar het om gaat is...' Ik zweeg even. 'Weet je wat het is, je moet in zo'n jurk doen alsof je overal schijt aan hebt.'

'Wat?'

'Wees trots. Doe alsof het je allemaal geen moer kan schelen.'

Ze staarde me aan.

'Dat heeft een vriend me ooit geleerd. De man voor wie ik werkte. Hij zei dat ik mijn gestreepte benen met trots moest dragen.'

'Je wat?'

'Hij... Wat hij bedoelde was dat het oké was om anders dan alle anderen te zijn. Agnes, jij ziet er honderd keer beter uit dan alle andere vrouwen hier. Je bent prachtig. En het is een heel opvallende jurk. Dus die jurk is een grote opgestoken middelvinger naar de rest. Snap je wat ik bedoel? "Ik draag waar ik zin in heb."'

Ze keek me gespannen aan. 'Denk je dat echt?'

'Dat denk ik echt.'

Ze haalde diep adem. 'Je hebt gelijk. Ik ga gewoon een grote opgestoken middelvinger zijn.' Ze rechtte haar schouders. 'En de mannen boeit het niet wat je aan hebt, toch?'

'Totaal niet.'

Ze glimlachte en keek me veelbetekenend aan. 'Ze zijn alleen geïnteresseerd in wat eronder zit.'

'Dat is een indrukwekkende jurk, mevrouw,' zei Joshua, die weer naast me was komen staan. Hij gaf ons ieder een hoog glas. 'Champagne. Het enige gele drankje dat ze hadden was Chartreuse en ik werd al misselijk als ik ernaar keek.'

'Dank je.' Ik nam een glas van hem aan.

Hij stak zijn hand uit naar Agnes. 'Joshua William Ryan de Derde.'

'Dat heb je vast verzonnen, die naam.'

Ze keken me allemaal aan.

'Zo'n naam komt alleen in soaps voor; zo heet toch geen mens,' zei ik, en toen drong het tot me door dat ik dat alleen had willen denken, maar niet hardop had willen zeggen.

'Oké. Nou ja, dan noem je me Josh,' zei hij gemoedelijk.

'Louisa Clark,' zei ik, en ik voegde eraan toe: 'De Eerste.'

Hij kneep zijn ogen tot spleetjes.

'Mevrouw Leonard Gopnik. De Tweede,' zei Agnes. 'Maar dat wist je waarschijnlijk al.'

'Uiteraard. U bent het gesprek van de dag.' Zijn woorden hadden hard aan kunnen komen, maar hij zei het met warmte in zijn stem. Ik zag dat Agnes' schouders zich wat ontspanden.

Josh, vertelde hij, was hier met zijn tante, want haar man was op reis en ze had geen zin om in haar eentje te gaan. Zelf werkte hij bij een effectenfirma, waar hij met geldbeheerders en hedgefundmanagers sprak over hoe ze hun risico's het best konden managen. Hij was gespecialiseerd in corporate equity en schulden, legde hij uit.

'Ik heb geen idee wat dat allemaal betekent,' zei ik.

'Ik heb zelf vaak ook geen flauw benul.'

Dat zei hij natuurlijk om ons te charmeren. Maar toch voelde het net iets minder kil in die zaal. Hij kwam uit Back Bay Boston, was net verhuisd naar wat hij omschreef als een konijnenhok in SoHo, en hij was sinds hij in New York woonde al twee kilo aangekomen, omdat de restaurants er zo ontzettend goed waren. Hij zei nog veel meer, maar wat precies zou ik je niet kunnen zeggen, want ik kon hem alleen maar aangapen.

'En u, Miss Louisa Clark de Eerste? Wat doet u precies?'

'Ik –'

'Louisa is een vriendin van me. Ze is even over uit Engeland.'

'En, hoe bevalt het in New York?'

'Ik vind het hier geweldig,' zei ik. 'Mijn hoofd blijft maar tollen.'

'En het Yellow Ball is een van uw eerste sociale bijeenkomsten. Ik moet zeggen, mevrouw Leonard Gopnik de Tweede, u pakt het niet bescheiden aan.'

De avond vloog voorbij, geholpen door een tweede glas champagne. Tijdens het diner zat ik tussen Agnes en een man in, die zich niet aan me voorstelde en maar één keer iets tegen me zei – toen hij aan mijn borsten vroeg wie ik hier allemaal kende – om me vervolgens weer de rug toe te keren toen hem duidelijk werd dat dat bijna niemand was. Ik hield een oogje op hoeveel Agnes dronk, zoals meneer Gopnik me had opgedragen, en toen ik zag dat hij onze kant opkeek, ruilde ik haar volle glas snel om voor mijn bijna lege en was opgelucht toen hij me met een subtiele glimlach zijn goedkeuring gaf. Agnes praatte te hard met de man rechts van haar, en haar lachje was iets te schel, haar gebaren breekbaar en zenuwachtig. Ik keek naar de andere vrouwen aan tafel, stuk voor stuk boven de veertig, en zag dat ze naar haar keken en hoe ze elkaar daarna veelbetekenend aankeken, alsof ze een of andere heimelijk uitgesproken zure mening bevestigden. Het was echt verschrikkelijk.

Meneer Gopnik kon haar niet aanraken, vanaf de andere kant van de tafel, maar ik zag zijn blik vaak haar kant op schieten, ook al zat hij te glimlachen en schudde hij allerlei handen en leek hij op het oog de meest relaxte man op aarde.

'Waar is ze?'
Ik kwam dichterbij om Agnes beter te kunnen horen.
'Leonards ex. Waar is ze? Zoek het even voor me uit, Louisa. Ik kan anders niet ontspannen. Ik vóél haar gewoon.'
Groot Paars Evenement. 'Ik ga wel even naar de tafelschikking kijken,' zei ik en ik excuseerde me toen ik van tafel ging.
Ik stond voor het enorme bord met de tafelschikking bij de ingang van de eetzaal. Er stonden ongeveer achthonderd namen op, in heel kleine lettertjes, en ik wist niet eens of de eerste mevrouw Gopnik nog steeds de naam Gopnik gebruikte. Ik vloekte zachtjes en precies op dat moment stond Josh achter me.
'Ben je iemand kwijt?'
Fluisterend zei ik: 'Ik moet weten waar de eerste mevrouw Gopnik zit. Weet jij toevallig of ze haar meisjesnaam weer gebruikt? Agnes wil... weten waar ze ongeveer zit.'
Hij fronste.
'Ze is een beetje gespannen,' voegde ik eraan toe.
'Geen idee, vrees ik. Misschien weet mijn tante het. Die kent iedereen. Wacht maar even.' Hij raakte heel even mijn blote schouder aan en beende de eetzaal in, terwijl ik probeerde te kijken alsof ik het bord bekeek op zoek naar een hoop oude bekenden, en niet als iemand die plotseling vreemd roze aan het kleuren was.
Binnen een minuut was hij weer terug.
'Ze heet nog steeds Gopnik,' zei hij. 'Volgens tante Nancy zit ze in de buurt van de veilingtafel.' Hij liet zijn vinger over de lijst met namen glijden. 'Hebbes. Tafel 144. Daar ben ik net nog langsgelopen en er zit inderdaad een vrouw die aan het signalement voldoet. Ergens in de vijftig, donker haar, met gifpijlen in haar Chaneltasje? Dan hebben ze haar dus zo ver mogelijk bij Agnes vandaan gezet.'
'Goddank,' zei ik. 'Wat zal ze opgelucht zijn.'
'Ze kunnen behoorlijk angstaanjagend zijn, die New Yorkse oude taarten,' zei hij. 'Ik snap best dat Agnes haar in de gaten wil houden. Is de Engelse society ook zo spijkerhard?'
'De Engelse society? O, ik... Ik ben niet zo dol op dit soort sociale gelegenheden,' zei ik.
'Ik ook niet. Eerlijk gezegd ben ik meestal zo uitgeput na mijn

werk dat ik alleen nog maar in staat ben om eten te bestellen. Wat doe jij eigenlijk, Louisa?'

'Eh...' Ik keek ineens naar mijn telefoon. 'O jee. Ik moet weer naar Agnes.'

'Zie ik je nog even voor je weggaat? Aan welke tafel zitten jullie?'

'Tweeëndertig,' zei ik, voordat alle redenen waarom ik dat niet zou moeten doen tot me doordrongen.

'Dan zie ik je straks.' Josh' glimlach hield me heel even gevangen. 'Wat ik nog wilde zeggen: je ziet er beeldschoon uit.' Hij leunde voorover, zodat zijn stem bij mijn oor kietelde. 'Ik vind jouw jurk eerlijk gezegd mooier dan die van je vriendin. Heb je al een foto laten nemen?'

'Een foto?'

'Wacht.' Hij stak zijn hand op en voor ik er erg in had, had hij een foto van ons genomen, terwijl we met onze hoofden vlak bij elkaar stonden. 'Zo. Geef je nummer eens, dan stuur ik hem naar je.'

'Je wilt me een foto sturen van ons samen.'

'O, heb je me door?' Hij grinnikte. 'Nou goed. Dan hou ik hem voor mezelf. Als herinnering aan het mooiste meisje van de avond. Tenzij je wilt dat ik hem weer wis. Toe maar. Aan jou de eer.' Hij hield zijn telefoon voor me op.

Ik tuurde ernaar en mijn vinger hing even boven het schermpje voordat ik hem terugtrok. 'Het is misschien een beetje onbeleefd om iemand te wissen die je pas net hebt ontmoet. Maar, eh... bedankt... Ook voor de geheime tafelspeuractie. Heel aardig van je.'

'Graag gedaan.'

We keken elkaar grijnzend aan. En voordat ik verder nog iets kon zeggen rende ik terug naar mijn tafel.

Ik bracht Agnes het goede nieuws – waarop ze hoorbaar een zucht slaakte – ging weer zitten en nam een hap van mijn inmiddels koude vis, terwijl ik wachtte tot de gedachten in mijn hoofd tot stilstand kwamen. *Hij is Will niet*, maande ik mezelf. Hij had de verkeerde stem. De verkeerde wenkbrauwen. Hij was Amerikaans. En toch was er iets in zijn manier van doen – dat zelfvertrouwen in combinatie met zijn scherpe intelligentie, dat air waardoor hij alles wat ik tegen hem uitkraamde kon pareren, die blik waardoor ik helemaal niet meer kon nadenken. Ik keek achterom en bedacht me dat ik Josh niet had gevraagd waar hij zat.

'Louisa?'

Ik keek naar rechts. Agnes keek me indringend aan.

'Ik moet naar het toilet.'

Het duurde even voor het tot me doordrong dat dat betekende dat ik ook moest.

We liepen langzaam tussen de tafels door naar het damestoilet en ik deed mijn best om de ruimte niet te scannen, op zoek naar Josh. Alle ogen waren op Agnes gericht, niet alleen vanwege de felle kleur van haar jurk, maar ook vanwege haar onbewuste aantrekkingskracht. Ze liep trots, met haar schouders naar achteren, een koningin.

Maar we waren nog niet in het toilet of ze zeeg ineen op de chaise longue in de hoek en gebaarde me haar een sigaret te geven. 'Mijn god. Wat een avond. Ik overleef het niet als we niet snel weggaan.'

De toiletjuffrouw – een vrouw van ergens in de zestig – keek bedenkelijk naar de sigaret, maar wendde haar blik toen af.

'Eh... Agnes, ik denk niet dat je hier mag roken.'

Ze trok zich er niets van aan. Misschien kon je de regels van anderen gewoon aan je laars lappen als je zo rijk was. Want wat konden ze doen; ze zouden haar echt niet uit het hotel zetten.

Ze stak de sigaret op, inhaleerde en slaakte een zucht van opluchting. 'Pff. Die jurk zit zo ongemakkelijk. En mijn string snijdt me straks nog doormidden, als een kaasdraad. Ken je dat?' Ze stond te wiebelen voor de spiegel en stak toen haar gemanicuurde hand onder de jurk om iets recht te trekken. 'Ik had geen onderbroek moeten dragen.'

'Maar voel je je verder goed?' vroeg ik.

Ze schonk me een glimlach. 'Het gaat wel. Sommige mensen zijn vanavond ontzettend aardig geweest. Die Josh is heel leuk en meneer Peterson, die aan de andere kant naast me zit, is erg vriendelijk. Het valt wel mee. Misschien zijn er toch een paar mensen die accepteren dat Leonard een nieuwe vrouw heeft.'

'Het kost gewoon wat tijd.'

'Hou deze eens vast. Ik moet piesen.' Ze gaf me de halfopgerookte sigaret en verdween in een toilethokje. Ik hield de sigaret omhoog tussen twee vingers, als een brandend sterretje. De toiletjuffrouw en ik wisselden een blik en zij haalde haar schouders op, alsof ze wilde zeggen: *je doet er niks aan...*

'Mijn hemel,' zei Agnes vanaf het toilet. 'Dat hele ding moet uit. Het lukt me niet om hem op te hijsen. Je moet me straks maar helpen met de rits.'

'Goed,' zei ik. De toiletjuffrouw trok haar wenkbrauwen op en we deden ons best niet te giechelen.

Er kwamen twee vrouwen van middelbare leeftijd binnen. Ze keken vol afschuw naar mijn sigaret.

'Weet je wat het is, Jane, het is alsof de gekte toeslaat,' zei de een, terwijl ze voor de spiegel bleef staan om haar kapsel te inspecteren. Dat leek me overbodig: de boel zat zo strak in de haarlak dat er een orkaan van de eerste categorie kon opsteken en alles zou gewoon op zijn plek blijven zitten.

'Ik weet het. We hebben het toch al miljoenen keren zien gebeuren.'

'Maar normaal gesproken hebben ze tenminste het fatsoen om er discreet mee om te gaan. Dat is precies waarom het voor Kathryn zo teleurstellend is. Het gebrek aan discretie.'

'Inderdaad. Het zou een stuk gemakkelijker voor haar zijn geweest als het tenminste nog iemand was geweest met een beetje klasse.'

'Precies. Hij heeft zich zo clichématig gedragen.'

Op dat moment draaiden de vrouwen allebei hun hoofd mijn kant op.

'Louisa?' klonk het verstomd uit het toilethokje. 'Wil je even hier komen?'

Op dat moment wist ik over wie ze het hadden. Ik kon het aan hun gezichten zien.

Het bleef even stil.

'U weet toch wel dat hier in het hotel niet gerookt mag worden,' zei een van de vrouwen met klem.

'Echt waar? Neem me niet kwalijk.' Ik drukte de peuk uit in de wastafel en hield hem even onder de kraan.

'Kun je me even helpen, Louisa? Mijn rits zit vast.'

Ze wisten het. Ze wisten wie daarbinnen zat, ik zag het aan hen.

Ik liep langs hen heen, klopte twee keer op de deur van het toilet, en zij liet me binnen.

Agnes stond in haar beha, met de gele kokerjurk om haar middel hangend.

'Wat –' begon ze.

Ik bracht mijn vinger naar mijn lippen en wees zwijgend naar buiten. Ze volgde mijn vinger, alsof ze door de deur kon kijken, en trok een gezicht. Ik draaide haar om. De rits, die tot op een derde omlaag was, was blijven steken bij haar middel. Ik probeerde het twee keer, drie keer, en haalde toen mijn telefoon uit mijn avondtasje en zette de zaklamp aan om te kijken waarom de rits vastzat.

'Kun je hem maken?' fluisterde ze.

'Ik doe mijn best.'

'Je moet hem weer maken. Ik kan zo niet naar buiten, met die vrouwen.'

Agnes stond een paar centimeter bij me vandaan in haar piepkleine behaatje en er sloegen warme golven van een duur parfum van haar bleke huid. Ik probeerde me om haar heen te manoeuvreren en tuurde naar de rits, maar er zat geen beweging in. We hadden ruimte nodig, zodat ze de jurk helemaal kon uittrekken en ik rustig met de rits aan de slag kon, want zo lukte het niet. Ik keek haar aan en haalde mijn schouders op. Ze keek even gekweld.

'Ik geloof niet dat het me zo lukt, Agnes. Er is niet genoeg ruimte en ik kan het zo niet zien.'

'Maar ik kan zo niet naar buiten. Dan maken ze me uit voor hoer.' Haar handen vlogen in wanhoop naar haar gezicht.

Uit de beklemmende stilte aan de andere kant van de deur kon ik opmaken dat de vrouwen stonden te wachten op wat we zouden doen. Ze deden niet eens meer alsof ze naar het toilet moesten. We zaten in de val. Ik stapte iets naar achteren en schudde mijn hoofd terwijl ik nadacht. En toen kreeg ik een idee.

'Een grote opgestoken middelvinger,' fluisterde ik.

Ze keek verbaasd.

Ik keek haar recht in de ogen en knikte even. Ze fronste, en toen klaarde haar gezicht op.

Ik deed de deur open en stapte aan de kant. Agnes haalde diep adem, rechtte haar rug en wandelde vervolgens langs de twee vrouwen heen, als een supermodel backstage bij een modeshow, terwijl de bovenkant van haar jurk om haar middel hing, haar beha twee delicate driehoekjes stof die de bleke borsten eronder nauwelijks verhulden. Midden in de toiletruimte bleef ze staan en ze boog voorover, zodat ik de jurk voorzichtig over haar hoofd kon trekken. Toen kwam ze overeind, naakt, op haar schaarse lingerie na, een toonbeeld van zorgeloosheid. Ik durfde de vrouwen niet aan te kijken, maar toen ik de gele jurk over mijn arm drapeerde hoorde ik hun dramatisch ingehouden adem, en voelde ik het natrillen in de lucht.

'Nou já, zeg –' begon er een.

'Wilt u misschien een naaisetje, mevrouw?' De toiletjuffrouw verscheen naast me. Ze maakte het kleine pakje open, terwijl Agnes sierlijk plaatsnam op de chaise longue, haar lange bleke benen zedig uitgestrekt naar opzij.

Er kwamen nog twee vrouwen binnen, die abrupt stopten met praten bij de aanblik van de vrijwel naakte Agnes. Eentje begon te hoesten, en ze wendden hun blik nadrukkelijk van haar af, naarstig op zoek naar een of ander onnozel gespreksonderwerp. Agnes bleef zitten en deed alsof ze nergens erg in had.

De toiletjuffrouw gaf me een speld en met de punt daarvan trok ik voorzichtig het piepkleine stukje stof dat klem zat in de rits eruit tot die weer in beweging kwam. 'Hebbes!'

Agnes stond op, hield zich vast aan de uitgestoken hand van de toiletjuffrouw en stapte elegant in haar gele jurk die de toiletjuffrouw en ik om haar lichaam optrokken. Toen hij weer op zijn plek zat, trok ik de rits moeiteloos omhoog en omsloot de stof haar naadloos. Ze streek hem even glad over haar eindeloos lange benen.

De toiletjuffrouw hield een bus haarlak op. 'Hier,' fluisterde ze. 'Mag ik?' Ze boog en spoot snel wat lak over de rits. 'Dan blijft hij op zijn plek zitten.'

Ik keek haar dankbaar aan.

'Dank u wel. Dat is heel vriendelijk,' zei Agnes. Ze haalde een biljet van vijftig dollar uit haar tasje en overhandigde dat aan de vrouw. Toen wendde ze zich tot mij en zei glimlachend: 'Louisa, liefje, zullen we weer aan tafel gaan?' En met een koninklijk knikje naar de aanwezige dames stak Agnes haar kin weer in de lucht en liep langzaam naar de deur.

Het bleef stil. Toen keek de toiletjuffrouw mij aan en terwijl ze het geld breed grijnzend in haar zak stak zei ze duidelijk hoorbaar: 'Kijk, dát noem ik nou klasse.'

6

De volgende ochtend kwam George niet. Dat had niemand me verteld. Ik zat klaar in de hal in mijn korte broek, vermoeid en wazig, tot ik rond een uur of halfacht doorkreeg dat ze hem hadden afgezegd.

Agnes stond pas na negen uur op, en Ilaria keek op naar de klok en maakte misprijzende geluidjes. Agnes stuurde me een appje met het verzoek om al haar afspraken van die dag af te zeggen. In plaats daarvan, zo meldde ze me halverwege de ochtend, wilde ze graag een wandeling maken rond het Reservoir. Het was een winderige dag en we liepen met onze sjaals stevig omgeslagen, onze handen diep in onze zakken gestoken. Ik had de hele nacht aan Josh' gezicht gedacht. Het bracht me uit balans en ik vroeg me af hoeveel dubbelgangers van Will er eigenlijk rondliepen in allerlei landen. Josh had zwaardere wenkbrauwen en zijn ogen hadden een andere kleur, en hij had uiteraard een heel ander accent dan Will. Maar toch.

'Weet je wat ik vroeger altijd deed met vriendinnen als we een kater hadden?' onderbrak Agnes mijn gedachten. 'Dan gingen we naar een Japans restaurantje vlak bij Gramercy Park en dan aten we noodles en daar zaten we dan eindeloos te kletsen.'

'Dan gaan we daar toch heen.'

'Waarheen?'

'Naar dat noodlerestaurant. Dan halen we onderweg je vriendinnen op.'

Ze keek even hoopvol, maar schopte toen een steentje weg. 'Dat kan niet meer. Alles is anders.'

'Je hoeft er toch niet heen in Garry's auto. We nemen gewoon een taxi. Ik bedoel, je trekt iets normaals aan en dan gaan we gewoon. Dat kan toch best.'

'Ik zeg toch, het is anders.' Ze keek me aan. 'Ik heb het allemaal al geprobeerd, Louisa. Een poosje. Maar mijn vriendinnen zijn nieuwsgierig. Ze willen alles weten over mijn nieuwe leven. En als ik hun de waarheid vertel doen ze... raar.'

'Raar?'

'Eerst waren we allemaal hetzelfde, snap je? En nu zeggen ze tegen me dat ik geen idee heb van hun problemen. Omdat ik rijk ben. Kennelijk mag ik geen problemen hebben. Of ze gedragen zich vreemd, alsof ik ineens iemand anders ben geworden. Alsof de goede dingen in mijn leven een klap in hun gezicht zijn. Denk je nou echt dat ik over mijn huishoudster kan klagen tegen iemand die niet eens een huis heeft?'

Ze bleef midden op het pad staan. 'Toen ik met Leonard trouwde heeft hij me mijn eigen geld gegeven. Een huwelijkscadeau, zodat ik hem niet steeds om geld hoef te vragen. Toen heb ik Paula, mijn beste vriendin, ook wat geld gegeven. Ik gaf haar tienduizend dollar, zodat ze geen schulden meer had en opnieuw kon beginnen. Eerst was ze zo blij. En ik was ook blij dat ik dat voor mijn vriendin kon doen! Nu hoefde zij zich ook geen zorgen meer te maken, net als ik!' Haar stem kreeg iets weemoedigs. 'En toen... Toen wilde ze me ineens niet meer zien. Ze deed anders, had het altijd te druk om af te spreken. En langzamerhand drong het tot me door dat ze het me kwalijk nam dat ik haar had geholpen. Telkens als ze me ziet wordt ze eraan herinnerd dat ze bij me in het krijt staat. En ze is trots, heel erg trots. Ze wil dat gevoel helemaal niet. Dus' – ze haalde haar schouders op – 'dus wilde ze niet meer met me lunchen en ze nam ook de telefoon niet meer op. Ik ben mijn vriendin kwijtgeraakt vanwege geld.'

'Problemen zijn problemen,' zei ik, toen het tot me doordrong dat ze op een reactie wachtte. 'Het maakt niet uit van wie ze zijn.'

Ze deed een stap opzij om een kleuter op een step door te laten. Ze keek hem na en vroeg toen: 'Heb jij sigaretten?'

Ik was inmiddels wijzer geworden. Dus haalde ik een pakje uit mijn rugzak en gaf het aan haar. Ik wist niet of ik haar wel moest stimuleren om te roken, maar ja, ze was mijn baas. Ze inhaleerde en blies een lange pluim rook uit.

'Problemen zijn problemen,' herhaalde ze langzaam. 'Heb jij problemen, Louisa Clark?'

'Ik mis mijn vriend,' zei ik, voornamelijk om mezelf gerust te stellen. 'Maar verder, niet echt. Dit is... geweldig. Ik ben hier gelukkig.'

Ze knikte. 'Zo was ik ook altijd. New York! Altijd iets nieuws te zien. Altijd opwindend. Maar nu... Nu mis ik...' Ze maakte haar zin niet af.

Heel even meende ik tranen in haar ogen te zien. Maar toen beheerste ze zich.

'Weet je dat ze me haat?'

'Wie?'

'Ilaria. Die trut. Ze was de huishoudster van die ander, en Leonard weigert haar te ontslaan. Dus nu zit ik met haar opgescheept.'

'Misschien draait ze nog wel bij.'

'Ik denk dat de kans groter is dat ze arsenicum in mijn eten stopt. Ik zie heus wel hoe ze naar me kijkt. Ze wil me dood hebben. Weet je hoe het voelt om onder één dak te wonen met iemand die je dood wil hebben?'

Zelf was ik ook als de dood voor Ilaria. Maar dat wilde ik niet tegen Agnes zeggen. We liepen door. 'Ik werkte voor iemand die mij in het begin ook haatte, dat weet ik vrij zeker,' zei ik. 'Maar ik kwam erachter dat het niets met mij persoonlijk te maken had. Hij haatte zijn leven, dat was het. En naarmate we elkaar beter leerden kennen, konden we juist prima met elkaar opschieten.'

'Heeft hij ooit je mooiste blouse "per ongeluk" geschroeid? Of je ondergoed in een soort wasmiddel gewassen waarvan hij wist dat je jeuk aan je je-weet-wel kreeg?'

'Eh... Nee.'

'Of kookte hij dingen voor je, terwijl je al vijftig keer hebt gezegd dat je die niet lekker vindt, zodat het net lijkt alsof jij alleen maar loopt te klagen? Of vertelde hij verhalen waardoor het leek alsof jij een soort prostituee was?'

Mijn mond hing open als die van een goudvis. Ik deed hem weer dicht en schudde mijn hoofd.

Ze veegde haar haren uit haar gezicht. 'Ik hou van hem, Louisa. Maar leven zoals hij is niet te doen. Leven zoals ik is niet te doen...' Ze zweeg weer.

We bleven op het pad staan en keken de mensen na die ons passeerden: de mensen op rollerblades en de kinderen wiebelend op hun stepjes, de stelletjes, arm in arm, en de politieagenten met hun zonnebrillen. Het was nu zo fris dat ik onwillekeurig rilde in mijn trainingsjack.

Ze slaakte een zucht. 'Oké. We gaan weer terug. Eens kijken welk kledingstuk die trut nu weer geruïneerd heeft.'

'Nee,' zei ik. 'Laten we die noodles van je gaan eten. Dat kan echt wel.'

We namen een taxi naar Gramercy Park, naar een restaurant in een bakstenen gebouw in een dubieus zijstraatje dat er zo smoezelig uitzag dat je er vast een forse buikloop kon oplopen. Maar zodra we arriveerden leek Agnes bijna meteen beter in haar hum. Terwijl ik de taxi betaalde draafde zij de trap op, het donkere restaurant in, en toen de jonge Japanse vrouw de keuken uit kwam, sloeg ze meteen haar armen om Agnes heen en knuffelde haar alsof ze oude vriendinnen waren. Toen pakte ze Agnes bij haar elleboog en vroeg steeds maar weer waar ze uitgehangen had. Agnes trok haar muts van haar hoofd en mompelde vaag dat ze het druk had gehad, dat ze getrouwd was, ergens anders was gaan wonen, maar liet niet merken hoe anders haar leven tegenwoordig precies was. Ik zag dat ze haar trouwring om had, maar niet de diamanten verlovingsring die zo groot was dat je er tricepsoefeningen mee kon doen.

En toen we gingen zitten aan het formicatafeltje in een nis leek het wel alsof ik een heel ander mens tegenover me had. Agnes was grappig, levendig en luidruchtig, met een onverwachte, klaterende lach, en ik zag de vrouw op wie meneer Gopnik verliefd was geworden.

'Hoe hebben jullie elkaar eigenlijk leren kennen?' vroeg ik, terwijl we de gloeiend hete noodles uit onze kommen slurpten.

'Leonard? Ik was zijn masseuse.' Ze zweeg alsof ze zat te wachten op mijn ontzette reactie, en toen die niet kwam keek ze omlaag en vertelde verder: 'Ik werkte in het St Regis Hotel. En het hotel stuurde elke week een masseur naar zijn huis – André, meestal. Die was ontzettend goed. Maar op een dag was André ziek en toen vroegen ze of ik wilde gaan. En ik dacht: nee hè, weer zo'n Wall Streetman. Veel van die lui zijn zo vol van zichzelf. Ze zien je niet eens als mens. Nemen niet de moeite je te begroeten, praten niet met je... Sommigen vragen je zelfs om' – vervolgde ze fluisterend – 'een happy ending. Weet je wat dat is, een "happy ending"? Alsof ik een prostituee ben. Jakkes. Maar Leonard was heel aardig. Hij schudde mijn hand, vroeg me of ik thee wilde toen ik daar aankwam. Hij was zo blij met de massage. En toen wist ik het.'

'Wat wist je?'

'Dat zij hem nooit meer aanraakte. Zijn vrouw. Dat merk je als je iemands lichaam aanraakt. Ze was een ijskoude vrouw.' Ze keek weer naar het tafelblad. 'En hij had soms verschrikkelijke pijn. In zijn gewrichten. Dat was nog voordat Nathan kwam. Nathan was mijn idee. Om Leonard fit en gezond te houden, begrijp je wel. Maar goed. Ik deed heel erg mijn best om hem een goede massage te geven. Ik was ruim een uur met hem bezig. Ik luisterde naar wat zijn lichaam me vertelde. En hij was na afloop zo dankbaar. En toen vroeg hij of ik de week erop ook weer wilde komen. Daar was André niet zo blij mee, maar wat kon ik er verder aan doen? Dus vanaf dat moment ging ik twee keer per week naar het appartement. En soms vroeg hij me na afloop of ik zin had in een kopje thee, en dan praatten we. En toen... Nou ja, het was moeilijk. Want ik wist dat ik verliefd op hem was. En dat mocht natuurlijk niet.'

'Net als tussen een dokter en een patiënt. Of zoals een leraar.'

'Precies.' Agnes zweeg om een dumpling in haar mond te steken. Ik had haar nog nooit zo veel zien eten.

Ze kauwde er even op. 'Ik moest steeds maar denken aan die man. Zo verdrietig. En zo lief. En zo eenzaam! Uiteindelijk heb ik tegen André gezegd dat híj maar weer moest gaan. Ik kon het niet meer.'

'En wat gebeurde er toen?' Ik was gestopt met eten.

'Leonard kwam naar mijn huis! In Queens! Hij was op een of andere manier aan mijn adres gekomen en toen stond die grote auto van hem ineens voor de deur. Ik zat met mijn vriendinnen op de brandtrap te roken en ik zag hem uitstappen en hij zegt: "Ik moet met je praten."'

'Net als in *Pretty Woman*.'

'Ja! Inderdaad! Dus ik liep de trap af naar de stoep en hij was zo boos op me. Hij vroeg: "Heb ik je soms voor het hoofd gestoten? Heb ik je onbehoorlijk behandeld?" En ik stond daar maar met mijn hoofd te schudden. En toen kwam hij dichterbij staan en hij vroeg: "Waarom kom je dan niet meer? Ik wil André helemaal niet meer. Ik wil jou." En toen begon ik dom te huilen.'

Ik zag dat ook nu haar ogen zich vulden met tranen.

'Ik stond midden op straat te huilen, waar mijn vriendinnen bij waren. En ik zei: "Ik kan het je niet zeggen." Dus toen werd hij kwaad. Hij wilde weten of zijn vrouw misschien onbeleefd tegen me was geweest. Of dat er soms iets was gebeurd op het werk. En toen zei ik het toch: "Ik kan niet meer komen, want ik vind je leuk. Ik vind je heel erg leuk. En dat is heel erg onprofessioneel. En ik wil mijn baan niet kwijt." Toen keek hij me even aan en hij zei niets. Helemaal niets. En toen liep hij terug naar zijn auto en reed weg met zijn chauffeur. En ik dacht: o nee, nu zie ik deze man nooit meer terug en ben ik bovendien mijn baantje kwijt. Ik was zo zenuwachtig toen ik de volgende dag naar mijn werk ging. Echt zo ontzettend zenuwachtig, Louisa. Ik had er pijn in mijn buik van!'

'Omdat je dacht dat hij het aan je baas had verteld.'

'Precies. Maar weet je wat er gebeurde toen ik op mijn werk kwam?'

'Nou?'

'Er stond een enorm boeket rode rozen op me te wachten. Het grootste boeket dat ik ooit heb gezien, met prachtige, geurende rozen. Zo zacht dat je ze wilde aaien. Er zat geen kaartje bij met een naam erop, maar ik wist het meteen. En vanaf toen kwam er elke dag een bos rozen. Ons appartementje stond helemaal vol. Mijn vrienden zeiden dat ze misselijk werden van de lucht.' Ze schoot in de lach. 'En toen, op de laatste dag, kwam hij weer naar mijn huis en ik ging naar beneden en hij vroeg of ik in de auto wilde stappen. We zaten op de achterbank en hij vroeg de chauffeur of die even een eindje wilde gaan lopen. Toen vertelde hij me dat hij zo vreselijk ongelukkig was en dat hij sinds hij me voor het eerst zag de hele tijd aan me moest denken, en dat ik het maar hoefde te zeggen of hij zou bij zijn vrouw weggaan, zodat we samen konden zijn.'

'En toen hadden jullie elkaar nog niet eens gekust?'

'Nee! Ik had wel zijn billen gemasseerd, maar dat is iets heel anders.' Ze blies haar adem uit en dacht vol genegenheid terug aan die dag. 'En ik wist het. Ik wist dat we bij elkaar hoorden. Dus ik zei het. Ik zei: "Ja."'

Ik zat ademloos te luisteren.

'Die avond is hij naar huis gegaan en heeft hij zijn vrouw verteld dat hij wilde scheiden. Ze was kwaad. Zo ontzettend kwaad. Ze vroeg hem waarom, en hij zei dat hij niet meer zo'n liefdeloos huwelijk wilde. Later die avond belde hij me vanuit een hotel en vroeg me om daarnaartoe te komen. Naar een suite in het Ritz Carlton. Heb je weleens gelogeerd in het Ritz Carlton?'

'Eh... Nee.'

'Ik ging naar binnen en hij stond bij de deur, alsof hij te gespannen was om te zitten, en toen zei hij dat hij best wist dat hij een stereotype was en dat hij te oud voor me is en dat zijn lichaam een wrak is door de reuma, maar dat als ik inderdaad bij hem wil zijn hij er alles aan zal doen om me gelukkig te maken. Want hij had precies dat gevoel over ons. Dat we soulmates waren. En toen hebben we elkaar omhelsd en uiteindelijk hebben we gekust en we zijn de hele nacht wakker gebleven en hebben eindeloos gepraat. Over onze jeugd en onze levens en over onze dromen.'

'Dit is het meest romantische verhaal dat ik ooit heb gehoord.'

'Daarna hebben we natuurlijk ook gewoon geneukt, en mijn god, ik voelde gewoon dat die man al jaren bevroren was, snap je wat ik bedoel?'

Op dat moment proestte ik een klein stukje noodles op tafel. Toen ik opkeek zag ik dat de mensen om ons heen naar ons zaten te kijken.

Agnes' stem zwol aan. Ze gebaarde druk. 'Het was gewoon ongelofelijk. Het was een soort honger in hem. En al die honger van jaren en jaren raasde door zijn aderen. Ráásde. Die nacht was hij onverzadigbaar.'

'Aha,' piepte ik, terwijl ik mijn mond afveegde met een papieren servetje.

'Het was zoiets magisch toen onze lichamen bij elkaar kwamen. En na afloop hebben we elkaar urenlang vastgehouden en ik heb mijn armen en benen om hem geslagen en hij legde zijn hoofd op mijn borst, en ik heb hem beloofd dat ik hem nooit zo zou laten bevriezen. Begrijp je wat ik bedoel?'

Het was stil in het restaurant. Achter Agnes zat een jonge man in een hoodie naar de achterkant van haar hoofd te staren, met zijn lepel tot halverwege zijn mond. Toen hij zag dat ik keek liet hij die kletterend vallen.

'Wat... Wat een mooi verhaal.'

'En hij heeft zich aan zijn belofte gehouden. Alles wat hij zei is waar. We zijn gelukkig samen. Heel erg gelukkig.' Haar gezicht betrok een beetje. 'Maar zijn dochter haat me. Zijn ex haat me. Ze geeft mij overal de schuld van, ook al hield ze helemaal niet van hem. Ze zegt tegen iedereen dat ik een slecht mens ben, omdat ik haar man van haar afgepakt heb.'

Ik wist niet wat ik moest zeggen.

'En ik moet elke week naar een of andere benefietbijeenkomst of cocktailparty en dan moet ik glimlachen en doen alsof ik niet weet wat ze over me zeggen. Zoals die vrouwen naar me kijken! Ik ben niet zoals ze zeggen dat ik ben. Ik spreek vier talen. Ik speel piano. Ik ben gediplomeerd masseuse. Weet je welke taal zij spreekt? *Hypocriet.* Het valt niet mee om te doen alsof het je niet kwetst. Alsof het je allemaal niets kan schelen.'

'Mensen veranderen,' zei ik hoopvol. 'Het kost gewoon wat tijd.'

'Nee. Ik denk niet dat dat nog gaat gebeuren.'

Agnes' gezicht stond even heel verdrietig. En toen haalde ze haar schouders op. 'Maar gelukkig zijn ze allemaal heel oud. Misschien gaan er wel een paar snel dood.'

Die middag, toen Agnes een dutje deed en Ilaria beneden bezig was, belde ik Sam. Mijn hoofd liep nog om van de gebeurtenissen van de vorige avond en de dingen die Agnes me had toevertrouwd. Ik had het gevoel alsof ik een of andere nieuwe dimensie in gegaan was. *Ik heb het gevoel dat je eerder een vriendin bent dan mijn assis-*

tente, had ze tegen me gezegd toen we terugliepen naar het appartement. *Het is zo fijn om iemand te hebben die ik kan vertrouwen.*

'Ik heb je foto's gekregen,' zei hij. Het was daar nu avond, en Jake, zijn neefje, bleef logeren. Ik hoorde zijn muziek op de achtergrond. Hij bracht zijn mond dichter naar de telefoon. 'Je zag er schitterend uit.'

'Ik trek nooit meer van mijn leven zo'n jurk aan. Maar het was wel waanzinnig, allemaal. Het eten en de muziek en die balzaal... En weet je wat zo raar is, het valt die mensen niet eens op. Ze zien het helemaal niet. Er was een hele muur van gardenia's en van die twinkelende lichtjes. Ik bedoel, echt een gigantische muur! En er was een superlekker chocoladetoetje – een vierkant taartje met witte chocoladeveren en piepkleine truffeltjes aan de buitenkant, maar er was geen vrouw die er iets van at. Niet één! Ik ben alle tafels langsgelopen om het te controleren. Ik had bijna een handvol van die truffels in mijn tasje gestopt, maar ik was bang dat ze zouden smelten. Ze hebben het vast allemaal weggegooid. O, en op elke tafel stond een andere decoratie – maar alles was wel steeds van gele veren gemaakt, waar ze allemaal verschillende vogels van hadden gemaakt. Wij hadden een uil.'

'Dat was me het avondje wel, zo te horen.'

'Er was een barman die een cocktail voor je maakte op basis van je karakter. Je moest hem drie dingen over jezelf vertellen en dan maakte hij iets.'

'Voor jou ook?'

'Nee. De man met wie ik stond te praten kreeg een Salty Dog en ik was bang dat hij mij een Corpse Reviver of een Slippery Nipple of zo zou geven. Dus ik hield het maar bij champagne. Ik hield het maar bij champagne! Moet je mij horen!'

'Met wie was je dan aan het praten?'

Hij bleef een fractie van een seconde stil voordat hij het vroeg. En tot mijn ergernis duurde het ook even voor ik antwoordde. 'O... Gewoon een of andere gozer... Josh. Zo'n pakkenman. Hij hield mij en Agnes gezelschap totdat meneer Gopnik er weer was.'

Weer een stilte. 'Geweldig.'

Ik begon te kakelen. 'En het fijnste is dat je nooit bang hoeft te zijn of je wel thuiskomt, want er staat altijd een auto voor je klaar.

Zelfs als je gewoon even naar een winkel wilt. De chauffeur brengt je er gewoon heen en dan wacht hij, of hij rijdt een rondje en als je dan weer buiten komt: ta-da! Daar staat hij, die grote glimmende zwarte auto. Stap maar in. Gooi al je tassen maar achterin. Dus je hoeft nooit met de nachtbus. Of met een late metro, met mensen die over je schoenen kotsen.'

'Het goede leven, dus? Jij wilt straks helemaal niet meer naar huis.'

'O. Nee. Míjn leven is niet zo. Ik ben maar personeel. Maar het is wel gaaf om het eens van dichtbij mee te maken.'

'Ik moet hangen, Lou. Heb Jake beloofd dat we ergens pizza zouden gaan eten.'

'Maar... Maar we hebben nog bijna niets gezegd. Hoe is het met jou? Vertel dan.'

'Ander keertje. Jake heeft honger.'

'Oké!' Mijn stem klonk te hoog. 'Zeg hem maar gedag voor me!'

'Oké.'

'Ik hou van je,' zei ik.

'Ik ook van jou.'

'Nog een weekje! Ik ben al aan het aftellen.'

'Ik moet echt gaan.'

Toen ik ophing begreep ik niet precies wat er nou was gebeurd. Ik zat roerloos op mijn bed. En toen keek ik naar Josh' visitekaartje. Dat had hij me gegeven voordat we weggingen. Hij drukte het in mijn handpalm en vouwde mijn vingers eromheen.

Bel me. Dan laat ik je een paar coole plekken zien.

Ik had het kaartje aangenomen en beleefd geglimlacht. Wat natuurlijk van alles kon betekenen.

7

Fox's Cottage
Dinsdag, 6 oktober

Beste Louisa,

Ik hoop dat alles goed gaat met je, en dat je geniet van je tijd in New York. Ik geloof dat Lily je ook een brief schrijft, maar na ons laatste gesprek heb ik nagedacht en toen ben ik eens op zolder gaan kijken en heb ik wat brieven van Will mee naar beneden genomen, uit zijn tijd in New York. Ik dacht dat je die wel zou kunnen waarderen. Je weet dat hij zo graag reisde, en ik dacht dat je het vast leuk zou vinden om in zijn voetsporen te treden.
Ik heb er zelf ook een paar gelezen; een nogal bitterzoete ervaring. Je mag ze bewaren tot we elkaar weer zien.

Met mijn allerbeste wensen,
Camilla Traynor

New York
12-6-2004

Lieve mama,

*Ik zou anders wel bellen, maar met het tijdsverschil en het werk past dat eigenlijk nooit, dus ik dacht, ik schrijf je eens een brief. Dat is vast een hele schok. De eerste brief sinds mijn korte verblijf op Priory Manor, denk ik. Kostschool was niet echt mijn ding, hè? New York is echt fantastisch. Het is onmogelijk om je niet door de energie die hier in de lucht hangt te laten besmetten. Ik ben elke ochtend om halfzes al de deur uit. Mijn bedrijf zit in Stone Street, in het Financial District. Nigel heeft een kantoor voor me geregeld (niet eentje op een hoek, maar ik heb wel mooi uitzicht op het water – dit zijn blijkbaar dingen waarop mensen je in NY beoordelen) en de jongens op het werk lijken me heel aardig. Wil je tegen pa zeggen dat ik zaterdag met mijn baas en zijn vrouw naar de opera in de Met ben geweest – (*Der Rosenkavalier, *maar het was een beetje overdreven) en het zal je verheugen dat ik naar een uitvoering van Les Liaisons Dangereuses ben geweest. Veel lunches met klanten, veel bedrijfssoftbal. 's Avonds niet zo veel te doen: de meeste van mijn nieuwe collega's zijn getrouwd en hebben jonge kinderen, dus ik moet in mijn eentje de kroegen af…*
Ik ben met een paar meisjes uit geweest – niks serieus ('daten' is hier gewoon een tijdverdrijf, kennelijk) – maar als ik vrij ben zit ik voornamelijk in de sportschool, of ik spreek af met oude bekenden. Er zitten hier veel mensen van Shipmans, en nog een paar oude studiegenoten. Dus het is toch een kleine wereld…
De meeste mensen zijn hier wel erg veranderd, moet ik zeggen. Ze zijn harder en gretiger dan ik me hen herinner. Dat doet de stad kennelijk met je.
Goed! Ik moet gaan, want ik heb vanavond afgesproken met de dochter van Henry Farnsworth. Herinner je je haar nog? De hoop in bange dagen van de paardenclub in Stortfold? Die heeft zichzelf opnieuw uitgevonden en is nu een soort shopgoeroe. (Voordat je er iets van denkt: ik ga alleen om Henry een plezier

te doen.) Ik neem haar mee naar mijn favoriete steakhouse, in de Upper East Side: gigantische lappen vlees, zo groot als een paardendeken. Nu maar hopen dat ze geen vegetariër is. Iedereen heeft hier wel een of ander apart dieet, trouwens. O, en afgelopen zondag ben ik met de F-lijn naar de andere kant van de Brooklyn Bridge gegaan om weer terug te wandelen over het water, zoals jij had geopperd. Dat is het leukste wat ik hier tot nu toe heb gedaan. Het voelde alsof ik zo een oude Woody Allen-film in liep – je weet wel, toen het leeftijdsverschil tussen hem en de hoofdrolspeelsters nog hooguit tien jaar was... Wil je tegen pa zeggen dat ik hem volgende week bel? En geef de hond een knuffel van me.

Liefs, W x

Dankzij die kom goedkope noodles veranderde er iets in mijn relatie met de Gopniks. Ik begreep iets beter dat ik Agnes tot steun zou kunnen zijn in haar nieuwe rol. Ze had iemand nodig op wie ze kon terugvallen en die ze kon vertrouwen. Vanwege dat feit, en door die wonderlijke osmotische energie van New York, sprong ik vanaf dat moment letterlijk uit bed, zoals ik dat sinds ik voor Will werkte niet meer had gedaan. Ilaria maakte daardoor misprijzende geluidjes en rolde met haar ogen en Nathan bekeek me alsof ik aan de drugs was.

Maar het was heel simpel. Ik wilde goed zijn in mijn werk. Ik wilde alles uit mijn tijd in New York halen, waar ik voor deze geweldige mensen mocht werken. Ik wilde alles uit elke dag halen wat er te halen viel, zoals Will zou hebben gedaan. Die eerste brief las ik keer op keer, en zodra ik eroverheen was hoe vreemd het was om zijn stem weer te horen, voelde ik me ineens zo verwant aan hem. We waren immers allebei nieuw in de stad.

Ik ging er vol tegenaan. Elke ochtend rende ik met Agnes en George mee, en soms lukte het me om ze dat hele eind bij te houden zonder de neiging om over te geven. Ik leerde waar Agnes haar afspraken zoal had, wat ze dan waarschijnlijk bij zich zou willen hebben, welke kleren ze aan moest, en wat ze weer mee naar huis wilde nemen. Ik stond in de hal op haar te wachten voordat zij er was, en had water, sigaretten of groentesap voor haar klaar nog voordat ze zelf wist dat ze daar behoefte aan had. Als ze naar een lunch moest waar de Verschrikkelijke Oude Taarten waarschijnlijk ook zouden zijn, maakte ik vooraf grapjes om haar over haar zenuwen heen te helpen, en ik stuurde plaatjes naar haar telefoon van ruftende panda's of mensen die van trampolines vielen, om haar tijdens het eten een beetje op te beuren. Na afloop zat ik voor haar klaar in de auto, en ik luisterde als ze me huilend vertelde wat ze allemaal tegen haar hadden gezegd, of juist niet, knikte meelevend of beaamde dat ze inderdaad 'onmogelijke, valse wezens' waren. Of: 'Dorre stokken. Zonder hart.'

Ik raakte bedreven in het behouden van mijn pokerface als Agnes me net iets te veel vertelde over Leonards prachtige lichaam, en zijn vele 'ongelofelijke' kwaliteiten als minnaar, en ik probeerde mijn lachen in te houden als ze me Poolse woordjes leerde, zoals *cholernica*, waarmee ze Ilaria beledigde zonder dat die het doorhad.

Ik kwam er al snel achter dat Agnes geen filter had. Mijn pa zei vaak dat ik altijd het eerste zei wat bij me opkwam, maar in mijn geval was dat nooit: 'Verbitterde oude hoer!' in het Pools, of: 'Je kunt je toch niet voorstellen dat die afschuwelijke Susan Fitzwalter zich laat waxen? Dat is net zoiets als de baard van een potdichte ouwe mossel afschrapen. Brrr.'

Niet dat Agnes echt vals was. Ik denk dat ze zo veel druk voelde om zich op een bepaalde manier te gedragen, om de hele tijd zo kritisch te worden bekeken en altijd tekort te schieten, dat ik een soort uitlaatklep voor haar werd. Zodra ze bij hen weg kon begon ze te vloeken en schelden, en tegen de tijd dat Gary ons thuis afleverde had ze haar gelijkmatigheid herwonnen en kon ze haar man weer gewoon onder ogen komen.

Ik bedacht manieren om Agnes' leven weer een beetje leuk te maken. Een keer per week verdwenen we midden op de dag, en zonder het in de agenda te zetten, naar de bioscoop op Lincoln Square om een domme, banale comedy te zien, en dan zaten we gierend van de lach popcorn in onze mond te proppen. We daagden elkaar uit om de dure boetieks op Madison Avenue in te gaan en de lelijkste designer outfits te passen die we daar konden vinden, om elkaar vervolgens met een stalen gezicht te bewonderen en te vragen: 'Hebt u deze ook in een iets feller groen?' terwijl de winkelbediendes, die Agnes' Birkin-tas van Hermès in de smiezen hadden, om ons heen fladderden en zichzelf dwongen om complimentjes uit te delen. Een keer had Agnes meneer Gopnik overgehaald om in zijn lunchpauze naar ons toe te komen, en ik keek toe naar hoe zij als een catwalkmodel een hele serie clowneske broekpakken aan hem showde, en zijn mondhoeken vertrokken van de verholen pret. 'Wat ben je toch een ondeugd,' zei hij na afloop en hij schudde zijn hoofd vol genegenheid.

Maar het kwam niet alleen door mijn werk dat ik in zo'n goed humeur was. Ik begon New York een beetje beter te begrijpen en in ruil daarvoor begon de stad mij meer op mijn gemak te stellen. Dat was niet zo moeilijk in een stad vol immigranten – buiten de ijle stratosfeer van Agnes' dagelijks leven was ik gewoon de zoveelste die een paar duizend kilometer van huis was, en die de stad door croste, werkte, eten bestelde en leerde om minstens drie dingen op te geven die ik in mijn koffie of sandwich wilde, gewoon om als een geboren New Yorker over te komen.

Ik observeerde en ik leerde.

Dit is wat ik over New Yorkers leerde tijdens mijn eerste maand in de stad.

1. In mijn gebouw sprak niemand met niemand, en de Gopniks spraken alleen met Ashok. Die oude vrouw op de tweede verdieping, mevrouw De Witt, wisselde geen woord met het echtpaar uit Californië in het penthouse, en het stel met de powersuits op de derde verdieping liep door de gang met hun neus tegen hun iPhone gedrukt, bevelen in de microfoon of tegen elkaar blaffend. Zelfs de kinderen op de eerste verdieping – kleine mannequins in schitterende kleertjes, bijeengehouden door een opgejaagde jonge Filipina – zeiden nooit gedag, maar hielden hun blik strak op het hoogpolige tapijt gericht als ik voorbijliep. Als ik naar het meisje glimlachte keek ze geschrokken, alsof ik iets heel verdachts had gedaan.
   De bewoners van de Lavery liepen regelrecht naar buiten,

naar hun identieke zwarte wagens die geduldig aan de stoep stonden te wachten. Ze leken altijd te weten welke auto die van hen was. Mevrouw De Witt was, voor zover ik kon zien, de enige die überhaupt weleens iets zei. Ze praatte onophoudelijk tegen haar hondje Dean Martin en mompelde zachtjes dingen als 'die vervloekte Russen, die verschrikkelijk Chinezen' terwijl ze haar rondje liep. Dan had ze het over de mensen die in het gebouw achter dat van ons woonden en die hun chauffeur elke dag vierentwintig uur lang op de stoep lieten wachten, zodat de straat altijd vol auto's stond. Ze klaagde luid tegen Ashok of de beheerder over het feit dat Agnes piano speelde en als we haar tegenkwamen in de gang, liep ze ons snel voorbij en deed dan af en toe nog net hoorbaar 'ts'.

2. In de winkels daarentegen praatte iedereen tegen je. De winkelbediendes volgden je als hondjes, met hun hoofd iets uitgestoken alsof ze je dan beter konden verstaan, en altijd vragend of ze nog iets voor je konden betekenen en of ze 'dit vast even voor je in de kleedkamer konden hangen'. Ik had nooit meer zo veel aandacht gekregen in een winkel sinds die ene keer dat Treena en ik waren betrapt op het jatten van een Mars bij het postkantoortje. Ik was toen acht, en mevrouw Barker schaduwde ons de drie daaropvolgende jaren alsof ze bij de geheime dienst zat telkens als wij binnenkwamen voor zure matjes.
En alle winkelbediendes in New York wilden dat je een fijne dag had. Zelfs als je alleen maar een pak sinaasappelsap of een krant had gekocht. Eerst reageerde ik nog op hun vriendelijkheid: 'O! Nou, jij ook een heel fijne dag!' maar dan schrokken ze altijd een beetje, alsof ik de regels van de conversatie in New York niet helemaal begreep.
Wat Ashok betrof, niemand kon de drempel over komen zonder een paar woorden met hem te wisselen. Dat was zijn vak. En hij verstond het goed. Hij vroeg altijd of alles goed ging, of je soms nog iets nodig had. 'Miss Louisa, u kunt niet met die ongepoetste schoenen de stad in!' Als een goochelaar haalde hij een paraplu tevoorschijn voor

het korte stukje naar de auto, en hij nam je fooi aan met het discrete gebaar van iemand die kaartentrucs doet. Zelf trok hij dollars uit zijn mouw om discreet de verkeersagent te bedanken die de weg vrijmaakte voor iemand die boodschappen kwam leveren, of het busje van de stomerij, en hij toverde uit het niets een taxi tevoorschijn met een fluitje dat alleen voor honden te horen was. Hij was niet alleen de poortwachter van ons gebouw, maar de hartenklop. Hij zorgde ervoor dat het bloed van het gebouw kon stromen.

3. New Yorkers – degenen die niet met een limo wegreden bij ons appartementengebouw – liepen heel, heel erg snel. Ze beenden met grote passen over de stoep en verdwenen in de menigte alsof ze sensoren hadden die ervoor zorgden dat ze nooit tegen anderen opbotsten. Ze hadden telefoons in hun handen, of koffiebekertjes, en vóór zeven uur ’s ochtends liep minstens de helft van hen rond in sportkleren. Als ik mijn pas even vertraagde hoorde ik altijd wel iemand zachtjes vloeken, of voelde ik een tas tegen mijn rug zwaaien. Mijn leuke schoenen – de schoenen waarop ik niet vlug vooruitkwam, zoals mijn Japanse geishaslippers of mijn gestreepte laarzen met plateauzolen in jarenzeventigstijl – had ik verruild voor sneakers, zodat ik met de stroom mee kon in plaats van een obstakel te zijn dat zorgde voor een waterscheiding. Als je me van bovenaf zou hebben gezien, zou je nooit denken dat ik er niet bij hoorde.

Tijdens die eerste weekenden liep ik zelf ook, urenlang. Ik had eigenlijk gedacht dat ik met Nathan op stap zou gaan en nieuwe plekken zou verkennen. Maar blijkbaar had hij al een groep maten gevonden. Van die gasten die echt niet zaten te wachten op vrouwelijk gezelschap als ze niet eerst flink wat bier achter de kiezen hadden. Hij zat uren in de sportschool en bekroonde elk weekend met een date, of meer dan een. Als ik opperde om naar een museum te gaan, of misschien een wandeling te maken over de High Line, glimlachte hij ongemakkelijk en zei hij dat hij al plannen had. Dus liep ik in mijn eentje, door Midtown naar het Meatpacking District, naar Greenwich Village, naar SoHo; ik liet de grote avenues achter en liep af op wat er interessant uitzag, met mijn plattegrond in de hand en mijn best doend me te herinneren dat het verkeer hier van een andere kant kwam dan in Engeland. Ik zag dat de wijken in Manhattan elk hun eigen karakter hadden, van de torenhoge gebouwen in Midtown tot de pijnlijk koele geplaveide straatjes rondom Crosby Street, waar bijna iedereen eruitzag als een model, of alsof ze een Instagram-feed hadden over clean eten. Ik liep zonder doel, want ik hoefde nergens heen. Ik at een salade in een saladebar, en bestelde iets met koriander en zwarte bonen omdat ik dat allebei nog nooit had gegeten. Ik nam de metro en deed mijn best er niet uit te zien als een toerist, terwijl ik probeerde uit te vogelen hoe ik een kaartje moest kopen, en wachtte tien minuten tot mijn hartslag weer normaal werd als ik het daglicht weer in stapte. En toen liep ik Brooklyn Bridge over, net als Will, en ik werd helemaal blij bij de aanblik van het glinsterende water onder me, en het gedreun van het verkeer onder mijn voeten, en ik kon zijn stem weer horen: *Durf te leven, Clark.*

Halverwege bleef ik heel stil staan en staarde naar de East River. Ik had heel even het gevoel alsof ik zweefde en het werd me bijna licht in het hoofd door het gevoel dat ik nergens meer echt aan gebonden was. Weer iets van het lijstje afgestreept. En na een poosje hield ik het voor gezien met dat lijstje, want zo ongeveer alles wat ik meemaakte was nieuw en wonderbaarlijk.

Dit is wat ik allemaal zag tijdens die eerste wandelingen:

- Een dragqueen op een fiets die musicalliedjes zong door een microfoon. Hij had speakers bij zich. Een paar mensen applaudisseerden toen hij voorbijreed.
- Vier meisjes die aan het touwtjespringen waren tussen twee brandkranen. Ze deden het met twee springtouwen tegelijk en ik bleef staan om te klappen toen ze eindelijk klaar waren, en ze glimlachten verlegen naar me.
- Een hond op een skateboard. Toen ik mijn zusje appte om het haar te vertellen zei ze dat ik dronken was.
- Robert De Niro.

Tenminste, ik geloof dat het Robert De Niro was. Het was aan het begin van de avond en ik had even last van heimwee en toen liep hij langs op de hoek van Spring Street en Broadway, en voordat ik me kon inhouden zei ik hardop: 'O mijn god. Robert De Niro,' en hij keek niet om, dus ik wist niet of het kwam doordat het gewoon een willekeurige man was die dacht dat ik in mezelf aan het praten was, of dat je je nu eenmaal niet omdraait als je Robert De Niro bent en een of andere vrouw op de stoep je naam uitkraamt.

Ik besloot dat het dat laatste moest zijn. En weer maakte mijn zus me uit voor dronkenlap. Ik stuurde haar een foto vanaf mijn telefoon, maar zij reageerde: 'Dat achterhoofd kan van wie dan ook zijn, sukkel,' en ze voegde eraan toe dat ik niet alleen dronken was, maar ook echt heel dom. En toen had ik ineens een stuk minder heimwee.

Dat wilde ik aan Sam vertellen. Ik wilde hem alles vertellen, in mooie, handgeschreven brieven, of op zijn minst in lange, wijdlopige e-mails, die we zouden bewaren en zouden uitprinten en die dan later op de zolder van ons huis zouden worden gevonden als we vijftig jaar getrouwd waren en onze kleinkinderen ze heel schattig zouden vinden. Maar ik was die eerste weken steeds zo moe dat ik hem alleen maar schreef dat ik zo moe was.

Ik ben zo moe. Ik mis je.

Ik ben ook moe.

Nee, maar echt, zo ongelofelijk moe. Ik huil zelfs bij tv-reclames, zo moe. En ik val in slaap bij het tandenpoetsen en dan word ik wakker onder de tandpasta. Zo moe, dus.

Oké, jij wint.

Ik probeerde er niet moeilijk over te doen dat hij mij zo weinig mailde. Ik bedacht me dat hij een echte, en een echt zware baan had. Dat hij levens redde en echt iets bijdroeg aan de samenleving, terwijl ik zat te wachten bij de manicure en rondjes rende door Central Park.

Zijn manager had de werkschema's omgegooid. Hij werkte vier nachten aan een stuk en wist nog steeds niet wie zijn nieuwe vaste partner zou worden. Dat zou het juist gemakkelijker moeten maken om elkaar te spreken, maar toch was dat niet zo. Als ik 's avonds vrij had checkte ik mijn telefoon, maar meestal begon hij dan juist net aan zijn shift.

Soms voelde ik me vreemd losgezongen van hem, alsof ik hem maar verzonnen had.

Nog één week, stelde hij me gerust. Nog maar één week.

Hoe moeilijk kon dat zijn?

Agnes zat weer achter de piano. Ze speelde als ze gelukkig was, of ongelukkig, boos of gefrustreerd, en koos tumultueuze stukken, zwaar emotioneel. Dan deed ze haar ogen dicht en haar handen vlogen over de toetsen, terwijl ze heen en weer bewoog op de pianokruk. De vorige avond had ze een nocturne gespeeld, en toen ik langs de openstaande deur van de zitkamer liep bleef ik even kijken naar meneer Gopnik, die naast haar op de kruk zat. Ook al ging ze zelf helemaal op in de muziek, het was duidelijk dat ze voor hem speelde. Ik zag hoe fijn hij het vond om daar gewoon maar te zitten en de bladzijden voor haar om te slaan. Toen ze klaar was, keek ze hem stralend aan en hij had zijn hoofd gebogen om haar hand te kussen. Ik sloop weg, alsof ik niets had gezien.

Ik zat in de studeerkamer om de agenda van die week door te nemen en was tot donderdag gekomen (lunch voor het Kinderkankerfonds, *Le Mariage de Figaro*) toen ik iemand op de deur hoorde kloppen. Ilaria was bij de gedragstherapeut voor de kat – Felix had weer iets vies gedaan in het kantoor van meneer Gopnik – dus ik liep naar de hal en deed open.

Voor me stond mevrouw De Witt, die haar stok had geheven alsof ze ermee wilde slaan. Instinctief dook ik weg, en toen ze hem omlaagbracht ging ik weer rechtop staan, met mijn handen in de lucht. Het duurde even voordat het tot me doordrong dat ze die stok gewoon had gebruikt om aan te kloppen.

'Kan ik iets voor u doen?'

'Zeg tegen haar dat ze moet ophouden met dat helse kabaal!' Haar kleine gerimpelde hoofdje was paars van woede.

'Pardon?'

'Die masseuse. Die importbruid. Hoe je haar ook noemen wilt. Ik hoor het helemaal aan de andere kant van de gang.' Ze droeg een Pucci-achtige jas in jarenzeventigstijl, met groene en roze krullen, en een smaragdgroene tulband. Dus ook al maakten haar beledigingen me woest, toch was ik verrukt van haar outfit.

'Eh, Agnes is gediplomeerd fysiotherapeute, hoor. En het is geen kabaal, maar Mozart.'

'Het boeit me niet, al was het Champion het Wonderpaard die op zijn eigen fluit blies. Zeg haar dat ze een keer moet ophouden met die herrie. Ze woont in een appartement. Ze kan weleens een beetje rekening houden met haar medebewoners!'

Dean Martin gromde naar me alsof hij het er helemaal mee eens was. Ik wilde nog iets zeggen, maar het feit ik niet precies wist met welk oog de hond me aankeek leidde me ontzettend af. 'Ik zal het doorgeven, mevrouw De Witt,' zei ik met mijn professionele glimlach.

'Hoe bedoel je "doorgeven"? "Doorgeven" is niet genoeg. Je moet zorgen dat ze ermee óphoudt. Ik word knettergek van dat mens met haar vervloekte pianola. Dag en nacht, het maakt haar niet uit. Dit was vroeger een rustig gebouw.'

'Nou, eerlijk gezegd, uw hond loopt altijd te blaf–'

'Die andere was al net zo erg. Dat verschrikkelijke mens. Altijd maar met die kakelende vriendinnen van haar, *kwek kwek kwek*, in de gang. Je kon hier de straat niet meer in door al die veel te grote auto's van hen. Bah. Het verbaast me niks dat hij haar heeft ingeruild.'

'Ik geloof niet dat meneer Gopnik –'

'"Gediplomeerd fysiotherapeute". Allemachtig, noemen we het tegenwoordig zo? Dan ben ik zeker Hoofd Onderhandelingen bij de Verenigde Naties.' Ze bette haar gezicht met een zakdoekje.

'Ik had altijd begrepen dat het juist zo geweldig was van Amerika dat je hier kunt zijn wat je maar wilt.' Ik glimlachte.

Ze kneep haar ogen tot spleetjes. Ik glimlachte stug door.

'Ben je Engels?'

'Ja.' Ik meende dat ik haar iets voelde verzachten. 'Hoezo? Hebt u daar soms familie, mevrouw De Witt?'

'Doe niet zo idioot.' Ze monsterde me van top tot teen. 'Ik dacht alleen dat Engelse meisjes stijl hadden.' En daarmee draaide ze zich om, zwaaide even afwijzend en hobbelde de gang door, terwijl Dean Martin steeds vol wroeging achteromkeek.

'Was dat dat gekke ouwe wijf van de overkant?' riep Agnes, toen ik de deur zachtjes dichttrok. 'Pff. Geen wonder dat ze nooit bezoek krijgt. Het is net een lelijk stuk opgedroogde *suszony dorsz.*'

Het bleef even stil. Toen hoorde ik dat er bladzijden werden omgeslagen.

En daarop begon Agnes aan een denderend stuk, als een waterval, waarbij haar vingers de toetsen bijna verpletterden en ze het pedaal zo hard intrapte dat ik de houten vloer voelde trillen.

Ik fixeerde mijn glimlach terwijl ik de gang overstak en met een ingehouden zucht op mijn horloge keek. Nog maar twee uur te gaan.

8

Sam kwam die dag aan en hij zou blijven tot maandagavond. Hij had een hotel voor ons geboekt een paar blokken bij Times Square vandaan. Omdat Agnes immers had gezegd dat we niet zo ver bij elkaar vandaan moesten zijn, had ik haar gevraagd of ik misschien een deel van de middag vrij mocht. Ze zei 'misschien' en ik vond haar toon positief, al had ik ook het sterke vermoeden dat het haar irriteerde dat Sam het weekend kwam. Toch liep ik bijna huppelend en met een weekendtas over mijn schouder naar Penn Station en nam daar de AirTrain naar JFK. Toen ik daar iets te vroeg aankwam, stuiterde ik inmiddels bijna van opwinding.

Volgens het aankomstbord was Sams vlucht geland en stond hij nu te wachten op zijn bagage, dus ik liep nog even snel naar het toilet om mijn haar en make-up te controleren. Een beetje zweterig van de wandeling en de overvolle trein werkte ik mijn mascara bij en ik veegde wat door mijn haar met een borstel. Ik droeg mijn culottes van turquoise zijde met een zwart poloshirt en zwarte enkellaarsjes. Ik wilde eruitzien als mezelf, maar toch was ik op een ondefinieerbare manier veranderd, en misschien iets mysterieuzer geworden. Ik dook aan de kant voor een op het oog uitgeputte vrouw met een veel te grote rolkoffer, en spoot wat parfum op. En toen vond ik dat ik eruitzag als een vrouw die haar geliefde afhaalt van internationale luchthavens.

Toch voelde ik me vreemd gespannen toen ik de toiletten uit liep en met bonzend hart op het informatiebord tuurde. Het was pas vier weken nu, dat we elkaar niet hadden gezien. En deze man had me meegemaakt op mijn dieptepunt, toen ik gebroken was, in paniek, verdrietig, dwars, en hij vond me desondanks leuk. Hij was nog steeds gewoon Sam, hield ik mezelf voor. Mijn Sam. Er was niets veranderd sinds hij voor het eerst bij me aanbelde en me door de intercom klunzig mee uit had gevraagd.

Op het bord stond nog steeds: IN AFWACHTING VAN BAGAGE.

Ik wurmde me naar voren bij het hek, checkte nog eens hoe mijn haar zat, en staarde strak naar de dubbele deuren, onwillekeurig glimlachend om de blijde kreten van geluk als stelletjes die lang van elkaar gescheiden waren geweest elkaar weer vonden. Ik dacht: over een paar minuten doen wij dat ook. Ik haalde diep adem en voelde dat mijn handen begonnen te zweten. Er kwam een klein groepje mensen door de deuren, en ik vermoedde dat mijn gezicht er een beetje gek uitzag, verstijfd van afwachting, de wenkbrauwen omhoog, verrukt, als een politicus die zogenaamd een bekende in het publiek ziet staan.

Ik zocht in mijn tas naar een zakdoekje maar schrok ineens op. Daar, op nog geen meter bij me vandaan, in een massa andere mensen, stond Sam, een kop groter dan alle anderen. Hij scande de menigte, net als ik even daarvoor. 'Pardon,' mompelde ik tegen degene rechts van me aan het hek, en ik dook eronder door en rende op hem af. Net op het moment dat ik bij hem was draaide hij zich om en ramde zijn tas keihard tegen mijn scheenbeen.

'O, shit. Gaat het wel? Lou...? Lou?'

Ik greep naar mijn been en slikte een vloek in. De tranen sprongen me in de ogen en toen ik iets zei kwam het er met een zucht van pijn uit. 'Er stond op het bord dat je bagage er nog niet was!' zei ik met opeengeklemde kaken. 'Wat erg dat we onze grote herenigingsscène nu mislopen! Ik zat op de plee!'

'Ik heb alleen handbagage bij me.' Hij legde zijn hand op mijn schouder. 'Alles goed met je been?'

'Maar ik had het helemaal gepland! Ik had een bord en alles!' Ik wurmde het bord, dat ik speciaal had laten plastificeren, uit mijn jack en ging rechtop staan terwijl ik het kloppen van mijn scheenbeen probeerde te negeren: DE KNAPSTE AMBULANCEVERPLEEGKUNDIGE TER WERELD.

'Dit had een van de hoogtepunten van onze relatie moeten worden. Zo'n moment waarop je terugkijkt en dat je dan zegt: "Aaah, weet je nog toen ik je kwam afhalen van JFK?"'

'Het is nog steeds een geweldig moment,' zei hij hoopvol. 'Het is fijn om je weer te zien.'

'Fijn om me weer te zien?'

'Geweldig. Het is geweldig om je weer te zien. Sorry. Ik ben kapot. Niet geslapen.'

Ik wreef over mijn scheen. We staarden elkaar even aan. 'Zo gaat het niet,' zei ik. 'Je moet weer terug.'

'Weer terug?'

'Naar het hek. En dan doe ik het zoals ik van plan was. Dan hou ik mijn bord op en dan ren ik op je af en dan zoenen we en dan begint het allemaal zoals het hoort.'

Hij staarde me aan. 'Meen je dat nou?'

'Het is de moeite waard. Toe nou maar. Alsjeblieft.'

Het duurde even voordat het tot hem doordrong dat ik geen grapje maakte en toen liep hij tegen de stroom aangekomen passagiers in. Een paar mensen keken hem na en iemand zei: 'Ts'.

'Stop!' riep ik door de lawaaiige hal. 'Vanaf daar is goed!'

Maar hij hoorde me niet. Hij liep door, helemaal tot aan de dubbele deuren – ik was even bang dat hij gewoon weer op het vliegtuig zou springen.

'Sám!' gilde ik. 'STOP!'

Iedereen draaide zich om. Toen keerde hij om en kwam weer op me af. En terwijl hij weer terugliep, dook ik onder het hek door en riep: 'Hier! Sam! Hier ben ik!' Ik zwaaide met mijn bordje en hij liep grijnzend op me af, omdat hij het allemaal nogal belachelijk vond.

Ik liet het bordje vallen en rende naar hem toe, en dit keer stootte hij me niet tegen mijn scheenbeen, maar hij liet zijn tas vallen en tilde me op en we kusten zoals mensen dat in films doen, vol op de mond en dolblij en helemaal niet opgelaten of bang dat ze een koffieadem hebben. Of misschien wel. Ik zou het je niet meer kunnen zeggen. Want vanaf het moment dat Sam me optilde viel alles weg, van de tassen tot en met andere mensen en hun blikken. Mijn hemel, die armen om me heen, die zachte lippen op de mijne. Ik wilde hem niet meer loslaten. Ik hield me aan hem vast en voelde hoe sterk hij was en ik snoof de geur van zijn huid op en begroef mijn gezicht in zijn nek, mijn huid tegen de zijne, en ik voelde dat elke cel in mijn lijf hem had gemist.

'Zo beter, raar mens?' zei hij, toen hij zich eindelijk losmaakte om me eens goed te bekijken. Volgens mij zat mijn lippenstift ergens over mijn halve gezicht. En ik wist zeker dat mijn wangen rood waren van zijn stoppelbaard. Mijn ribben deden pijn, zo stevig had hij me vastgehouden.

'O, ja,' zei ik, en ik kon niet meer ophouden met grijnzen. 'Een heel stuk beter.'

We besloten om onze tassen eerst in het hotel te droppen en ik deed mijn best om niet te ratelen van enthousiasme. Ik kraamde onzin uit – een stroom onsamenhangende gedachten en opmerkingen die ongefilterd mijn mond uit kwamen. Hij keek naar me zoals je naar je hond kijkt als die ineens gek begint te dansen: licht geamuseerd en een tikje ongerust. Maar toen de liftdeuren dichtschoven, trok hij me tegen zich aan, nam mijn gezicht in zijn handen en kuste me weer.

'Was dat om me het zwijgen op te leggen?' vroeg ik toen hij me weer losliet.

'Nee. Dat was omdat ik dat al vier weken wilde doen en omdat ik van plan ben om het nog zo vaak mogelijk te doen tot ik weer naar huis ga.'

'Goeie tekst.'

'Heb ik bijna de hele vlucht over nagedacht.'

Ik staarde naar hem terwijl hij de keycard in de deur stak en voor de vijfhonderdste keer bedacht ik me hoeveel mazzel ik had dat ik hem had gevonden, toen ik dacht dat ik nooit meer op iemand verliefd zou kunnen worden. Ik voelde me impulsief, romantisch, als iemand uit een film die je op zondagmiddag kijkt.

'En... Daar zijn we dan.'

We bleven in de deuropening staan. De hotelkamer was nog kleiner dan mijn slaapkamer bij de familie Gopnik. Er lag bruine geruite vloerbedekking en het bed was geen weelderige vlakte met duur wit linnen, zoals ik het me had voorgesteld, maar een doorgezakte twijfelaar met een bordeauxrood met oranje geruite sprei erop. Ik probeerde me maar niet af te vragen wanneer er hier voor het laatst schoongemaakt was. Terwijl Sam de deur achter ons dichtdeed, zette ik mijn tas neer en wurmde me langs het bed zodat ik even in de badkamer kon kijken. Er was alleen een douche, geen bad, en als je het licht aandeed begon de ventilator te jammeren als een peuter bij de kassa in de supermarkt. De kamer rook naar een mengeling van schrale nicotine en industriële luchtverfrisser.

'Je vindt het verschrikkelijk.' Hij keek me onderzoekend aan.

'Nee joh! Het is perfect!'

'Het is niet perfect. Sorry. Ik heb hem van zo'n boekingswebsite en ik heb gereserveerd toen ik net terug was van een nachtdienst. Zal ik even naar beneden gaan om te vragen of ze nog andere kamers hebben?'

'Ik hoorde haar net zeggen dat ze vol zaten. En trouwens, dit is prima! Er staat een bed en er is een douche en het is midden in New York en jij bent er. Dus het is fantastisch!'

'Hè, shit. Ik had het eerst even met je moeten overleggen.'

Liegen is nooit mijn sterkste punt geweest. Hij pakte mijn hand en kneep erin.

'Het is prima. Echt.'

We stonden naar het bed te staren. En ik sloeg mijn hand voor mijn mond totdat het tot me doordrong dat ik me toch niet kon inhouden.

'We moeten alleen wel checken of er geen beestjes in het bed zitten.'

'Serieus?'

'Volgens Ilaria is er een plaag.'

Sam liet zijn schouders hangen.

'Maar zelfs heel chique hotels hebben er last van, hoor.' Ik stapte naar voren en trok de dekens met een ruk weg, scande de witte lakens en boog voorover om de rand van het matras te inspecteren. Ik kwam nog iets dichterbij. 'Niks!' zei ik. 'Dus dat is prima! We zitten in een hotel zonder bedbeestjes!' Ik stak even mijn duimen in de lucht. 'Hoera!'

Er viel een lange stilte.

'Laten we een stukje gaan wandelen,' zei hij.

Dus gingen we wandelen. De locatie was in elk geval geweldig. We liepen een paar blokken over Sixth Avenue en terug via Fifth, al zigzaggend onze neus achterna, terwijl ik mijn best deed om niet eindeloos over mezelf of over New York te praten, wat moeilijker was dan ik dacht, aangezien Sam vooral zweeg. Hij nam mijn hand in de zijne, en ik leunde tegen zijn schouder en probeerde niet al te vaak stiekem naar hem te kijken. Het was onverwacht vreemd dat hij hier nu was. Ik fixeerde me op de kleinste details, een schram op zijn hand, een kleine verandering in de lengte van zijn haar en probeerde mijn voorstelling van hem daarop aan te passen.

'Je loopt niet meer mank,' zei ik, toen we even voor het raam van het Museum of Modern Art bleven staan. Het maakte me nerveus dat hij niet praatte, alsof die vreselijke hotelkamer alles had verpest.

'Jij ook niet.'

'Ik ben aan het hardlopen!' zei ik. 'Dat heb ik toch verteld? Ik loop elke ochtend met Agnes en George mee, haar trainer. Hier – moet je mijn benen eens voelen!' Sam kneep in mijn dijbeen toen ik mijn been voor hem ophield en hij leek onder de indruk. 'Nou mag je wel weer loslaten,' zei ik toen mensen begonnen te staren.

'Sorry,' zei hij. 'Het is ook zo lang geleden.'

Ik was helemaal vergeten dat hij liever luisterde dan praatte. Het duurde even voordat hij iets over zichzelf vertelde. Hij had eindelijk een nieuwe partner. Na twee keer een valse start – een jongen die erachter kwam dat hij toch niet op de ambulance wilde werken, en Tim, een vakbondsvertegenwoordiger van middelbare leeftijd die heel de mensheid haatte (wat geen geweldige instelling is voor dat werk) – hadden ze hem aan een jonge vrouw gekoppeld die eerst voor North Kensington werkte en pas was verhuisd en liever dichter bij huis wilde werken.

‘Hoe is ze?’

‘Het is geen Donna,’ zei hij, ‘maar ze is oké. Ze weet in elk geval waar ze mee bezig is.’

Hij had de week ervoor koffie gedronken met Donna. De chemotherapie sloeg niet aan bij haar vader. Maar ze had haar verdriet verstopt onder sarcasme en grappen, zoals Donna dat altijd deed. ‘Ik wilde eigenlijk tegen haar zeggen dat ze dat niet hoefde te doen,’ zei hij. ‘Ze weet waar ik doorheen gegaan ben, toen met mijn zus. Maar’ – hij keek me aan van opzij – ‘we hebben allemaal zo onze eigen manier om met dit soort dingen om te gaan.’

Hij vertelde dat Jake het goed deed op de universiteit. Ik moest de groeten hebben. Zijn vader, Sams zwager, was gestopt met rouwtherapie omdat het niks voor hem was, zei hij, ook al was hij dankzij de therapie wel gestopt met het dwangmatig versieren van vreemde vrouwen. ‘Tegenwoordig eet hij zijn verdriet weg. Hij is al bijna drie kilo aangekomen sinds jij weg bent.’

‘En jij?’

‘O. Ik red me wel.’

Hij zei het zo simpel, maar mijn hart brak een beetje.

‘Het is niet voor altijd,’ zei ik, toen we bleven staan.

‘Weet ik.’

‘En we gaan een hele hoop leuke dingen doen nu je hier bent.’

‘Wat heb je allemaal gepland, dan?’

‘Eh, nou, voornamelijk jou uit de kleren helpen. En dan eten. En dan moet jij weer uit de kleren. Misschien een wandeling door Central Park, wat afgezaagde toeristische dingen, zoals met de boot naar Staten Island en naar Times Square, en dan wat shoppen in de East Village en nog meer superlekker eten en dan weer, hop, uit die kleren.’

Hij grinnikte. ‘Gaan jouw kleren ook uit?’

‘O, ja, gelijke monniken, gelijke kappen.’ Ik leunde tegen hem aan. ‘Maar even serieus. Ik zou het ook heel leuk vinden als je komt kijken waar ik werk. Misschien kun je Nathan en Ashok ontmoeten en alle mensen over wie ik het de hele tijd heb. Meneer en mevrouw Gopnik zijn de stad uit, dus die krijg je waarschijnlijk niet te zien, maar dan heb je tenminste een beetje een idee.’

Hij bleef staan en draaide me om zodat ik hem aankeek. 'Lou, het maakt me niet uit wat we doen, zolang we maar samen zijn.' Hij werd een beetje rood toen hij het zei, alsof hij zichzelf zelfs met die woorden verbaasde.

'Wat ontzettend romantisch van u, meneer Fielding.'

'Maar ik moet wel heel snel iets eten als ik straks aan mijn kledingloze verplichting moet voldoen. Waar kan dat hier?'

We liepen langs Radio City, waar allemaal enorme kantoorgebouwen stonden. 'Daar heb je een koffiezaakje,' zei ik.

'Nee, nee,' zei hij, en hij klapte in zijn handen. 'Kijk, dat is beter. Een authentieke New Yorkse foodtruck!' Hij wees naar een van de alom aanwezige foodtrucks. Deze verkocht 'gestapelde burrito's': *We maken ze precies zoals jij ze wilt.* Ik liep achter hem aan en wachtte terwijl hij iets bestelde dat even lang was als zijn onderarm en dat rook naar warme kaas en ondefinieerbaar, vet vlees. 'We hadden toch geen plannen om uit eten te gaan, hè?' Hij propte het ene eind van de burrito in zijn mond.

Ik schoot onwillekeurig in de lach. 'Wat je maar wakker houdt. Hoewel ik vrees dat je door dat ding straks in een voedselcoma raakt.'

'Jemig, wat is dit lekker. Ook een hap?'

Ik had best trek. Maar aan de andere kant had ik heel mooi ondergoed aan en ik wilde niet dat mijn buik over mijn slipje zou puilen. Dus wachtte ik tot hij uitgegeten was, luidruchtig zijn vingers aflikte en zijn servet in de vuilnisbak mikte. Hij slaakte een intens tevreden zucht. 'Zo,' zei hij, terwijl hij me bij de arm nam, en ineens voelde alles zo heerlijk normaal. 'Zeg, dat over dat uitkleden, hè...'

We liepen in stilte terug naar ons hotel. Ik voelde me niet meer ongemakkelijk, niet meer alsof de tijd dat we niet bij elkaar waren geweest een onverwacht gat tussen ons had geslagen. Ik wilde niet meer praten. Het enige wat ik wilde was zijn huid tegen de mijne voelen. Ik wilde weer helemaal de zijne zijn, zijn lichaam om me heen. We liepen Sixth Avenue af langs Rockefeller Center en ik zag de toeristen die ons in de weg liepen niet eens meer. Ik had het gevoel alsof ik in een onzichtbare bubbel liep, met al mijn zintuigen geconcentreerd op de warme hand die de mijne omsloot, en de arm om mijn schouders. Al zijn bewegingen voelden doelgericht. Het benam me bijna de adem. Ik kon wel leven met zijn afwezigheid, dacht ik, als de tijd die we wel samen hadden zo heerlijk kon zijn als dit.

We stonden nog niet in de lift of hij had me alweer tegen zich aan getrokken. We kusten en ik smolt, en verloor me in het gevoel van zijn lijf tegen het mijne. Mijn bloed klopte in mijn oren, zodat ik nauwelijks hoorde dat de liftdeuren opengingen. We strompelden naar buiten.

'Deurding,' zei hij, terwijl hij ongeduldig op zijn zakken klopte. 'Deurding! Waar heb ik hem nou gelaten?'

'Ik heb hem,' zei ik, en ik trok hem uit mijn achterzak.

'Goddank,' zei hij, en toen hij de deur achter ons dicht geschopt had fluisterde hij me met zijn lage stem in mijn oor: 'Je hebt geen idee hoelang ik hieraan heb gedacht.'

Twee minuten later lag ik op de Gruwelijke Bordeauxrode Sprei terwijl het zweet afkoelde op mijn huid, en ik vroeg me af of hij beledigd zou zijn als ik mijn onderbroek weer zou aantrekken. We hadden dan wel gecontroleerd of er beestjes waren, maar die sprei was zo naar dat ik toch graag een barrière tussen dat ding en mijn naakte lichaam wilde.

Sams stem klonk naast me. 'Sorry,' mompelde hij. 'Ik wist dat ik blij was om je weer te zien, maar niet zo blij.'

'Geeft niks,' zei ik, en ik draaide me op mijn zij om hem aan te kunnen kijken. Hij trok me altijd tegen zich aan, bijna alsof hij me optilde, zodat ik me helemaal beschermd voelde. Ik begreep het vroeger nooit als vrouwen zeiden dat hun man hun een veilig gevoel gaf, maar bij Sam voelde ik me veilig. Zijn ogen vochten tegen de slaap. Ik berekende dat het voor hem nu drie uur 's nachts was. Hij plantte een kus op mijn neus. 'Geef me twintig minuten en ik kan er weer tegenaan.'

Ik liet mijn vinger zachtjes langs zijn gezicht en om zijn lippen glijden, en ging verliggen zodat hij de dekens over ons heen kon trekken. Ik legde mijn been over het zijne, zodat ik nu bijna geen lichaamsdeel meer had dat hem niet aanraakte. En zelfs die beweging leek iets in me te ontbranden. Ik weet niet wat het precies was waardoor ik bij Sam zo anders was dan ik mezelf kende – zo ongeremd, en zo hongerig. Ik was bang dat ik hem niet kon aanraken zonder automatisch die hitte vanbinnen te voelen. Ik hoefde maar naar zijn schouders te kijken, naar zijn stevige bovenarmen, de zachte, donkere babyhaartjes waar zijn nek overging in zijn haren, en ik stond bijna in brand van lust.

'Ik hou van jou, Louisa Clark,' zei hij zachtjes.

'Ja, ja, twintig minuten,' zei ik met een glimlach en ik pakte hem wat steviger vast.

Maar hij viel in slaap alsof hij van een rots viel. Ik bleef een poosje naar hem kijken en vroeg me af of ik hem wakker kon maken, en hoe dan, maar toen wist ik weer hoe gedesoriënteerd en uitgeput ik was toen ik hier zelf net was. En toen herinnerde ik me dat hij er net een hele week op had zitten met diensten van twaalf uur aan een stuk. En dat het maar een paar uurtjes waren van de drie hele dagen die we samen hadden. Met een zucht liet ik hem los en plofte op mijn rug. Het was inmiddels donker buiten, en de geluiden van het verkeer stegen op vanaf de straat. Ik had miljoenen gevoelens en het verontrustte me dat een daarvan teleurstelling was.

Hou op, zei ik streng tegen mezelf. Mijn verwachtingen voor dit weekend waren gewoon te hoog gerezen, als een soufflé die zijn hoogte niet kon behouden als je hem uit de oven haalde. Hij was hier nu, we waren samen, en over een paar uur was hij weer wakker. Ga nou maar slapen, Clark, maande ik mezelf. Ik trok zijn arm over me heen en snoof de geur van zijn warme huid op. En toen deed ik mijn ogen dicht.

Anderhalf uur later lag ik aan de rand van het bed op mijn telefoon door mijn Facebook te scrollen, en verwonderde me over mijn moeders schijnbaar eindeloze reeks motiverende quotes en foto's van Thom in zijn schooluniform. Het was halfelf en de slaap wilde maar niet komen. Ik stapte uit bed en ging naar de wc, zonder het licht aan te doen, zodat Sam niet wakker zou worden van die luidruchtige ventilator. Ik aarzelde voordat ik weer in bed stapte. Vanwege de kuil in de matras was Sam naar het midden van het bed gerold, en had ik nog maar een paar centimeter over voor mezelf, tenzij ik boven op hem ging liggen. Ik vroeg me af of anderhalf uur slaap genoeg was. En toen ging ik er maar weer bij liggen, met mijn lichaam tegen zijn warme lijf, en na een korte aarzeling kuste ik hem.

Sams lichaam werd eerder wakker dan hijzelf. Hij trok me tegen zich aan, en zijn grote handen gleden over me heen, terwijl hij mijn kus beantwoordde met trage, slaperige zoenen die teder en zacht waren en waardoor mijn lijf zich tegen hem aan kronkelde. Ik ging verliggen zodat ik nu zijn gewicht op me voelde. Mijn handen zochten de zijne en onze vingers vervlochten, terwijl ik zacht zuchtte van genot. Hij wilde me. In het vage licht deed hij zijn ogen open en ik keek hem aan. Ik zag zijn verlangen en merkte tot mijn verbazing dat hij nu al zweette.

Ik staarde hem even aan.

'Zo, knapperd,' fluisterde ik.

Het leek alsof hij iets wilde zeggen, maar er kwam niets.

Hij keek opzij. En ineens liet hij me weer los.

'Wat is er?' vroeg ik. 'Heb ik iets verkeerds gezegd?'

'Sorry,' zei hij. 'Wacht even.'

Hij schoot de badkamer in en smeet de deur achter zich dicht. Ik hoorde: 'O god,' gevolgd door geluiden die deels overstemd werden door de ventilator, wat in dit geval maar goed was ook.

Ik bleef even als verstijfd zitten, stapte toen uit bed en trok een T-shirt aan. 'Sam?'

Ik leunde tegen de deur en drukte mijn oor ertegenaan om meteen weer een stap naar achteren te doen. Intimiteit kon niet alle geluiden aan, wilde het overleven.

'Sam? Gaat het wel?'

'Ja, ja,' klonk hij gesmoord.

Maar het ging helemaal niet.

'Wat is er aan de hand?'

Een lange stilte. Het doortrekken van de plee.

'Ik... Eh... Ik vrees dat ik een voedselvergiftiging heb opgelopen.'

'Dat meen je niet. Kan ik iets doen?'

'Nee. Kom... Kom maar liever niet binnen. Oké?' Hierop volgde nog meer braakgeluiden en zacht gevloek. 'Niet binnenkomen.'

Zo bleven we nog bijna twee uur zitten: hij in die gruwelijke strijd met zijn ingewanden verwikkeld aan de ene kant van de deur, ik gespannen in mijn T-shirt aan de andere kant. Hij liet me niet binnen – zijn trots verhinderde dat, denk ik.

De man die rond een uur of een eindelijk de badkamer uit kwam had de kleur van klei met een waasje vaseline erover. Ik stond snel op toen de deur opengging en hij schrok een beetje en strompelde, alsof het hem verbaasde dat ik daar nog steeds zat. Ik stak mijn hand uit alsof ik daarmee de val van iemand van zijn lengte zou kunnen breken. 'Kan ik iets doen? Heb je een dokter nodig?'

'Nee. Ik... Ik moet het er gewoon uitzieken.' Hij plofte op bed, hijgend en met zijn handen op zijn maag. Hij had donkere kringen onder zijn ogen en staarde omhoog, naar het plafond.

'Letterlijk.'

'Ik ga even wat water voor je halen.' Ik keek hem aan. 'Sterker nog, ik ga naar een apotheek en dan haal ik een of andere diarreeremmer voor je.' Hij reageerde niet eens, maar rolde op zijn zij en staarde voor zich uit, zijn lichaam klam van het zweet.

Ik haalde medicijnen en bedankte in stilte de *city-that-never-sleeps*-en-waar-je-gewoon-midden-in-de-nacht-medicijnen-kunt-kopen. Sam nam een tabletje, verontschuldigde zich en vertrok weer naar de badkamer. Ik overhandigde hem af en toe een fles water door een kier van de deur en uiteindelijk zette ik de tv maar aan.

'Sorry,' mompelde hij toen hij weer naar buiten kwam, iets voor vieren. Daarna viel hij weer op de Gruwelsprei en viel in een onrustige slaap.

Ik sliep een paar uur onder een badjas en toen ik wakker werd lag hij nog te slapen. Ik douchte en kleedde me aan, en ging zachtjes de kamer uit om koffie te gaan halen uit de automaat in de lobby. Ik was doodop. Nou ja, hield ik mezelf voor, we hadden nog twee dagen.

Maar toen ik terugkwam in de kamer zat Sam weer in de badkamer.

'Het spijt me zo,' zei hij toen hij weer tevoorschijn kwam. Ik had de gordijnen opengetrokken en bij daglicht stak hij zo mogelijk nog grauwer af tegen de hotellakens. 'Ik denk niet dat ik vandaag tot veel in staat ben.'

'Geeft niks!' zei ik.

'Misschien dat het vanmiddag wel weer gaat,' zei hij.

'Prima!'

'Maar laat dat boottochtje maar even zitten. Ik geloof niet dat ik veel zin heb om ergens te zijn waar...'

'...je van een openbaar toilet gebruik zou moeten maken. Ik snap het.'

Hij slaakte een zucht. 'Zo had ik me deze dag niet voorgesteld.'

'Het geeft echt niet,' zei ik en ik stapte bij hem in bed.

'Wil je alsjeblieft ophouden met je "het geeft niet",' zei hij geïrriteerd.

Ik aarzelde even en zei toen ijzig: 'Prima.'

Hij keek naar me vanuit zijn ooghoeken. 'Sorry.'

'Hou op met sorry zeggen.'

We zaten op de sprei, maar keken allebei recht voor ons uit. En toen stak hij zijn hand uit naar de mijne. 'Luister,' zei hij uiteindelijk. 'Ik denk dat ik hier nog een paar uur blijf hangen. Proberen om weer een beetje op krachten te komen. Maar jij hoeft hier niet te blijven. Ga lekker shoppen, of zo.'

'Maar je bent er maar tot maandag. Ik wil helemaal niks doen zonder jou.'

'Je hebt niks aan me, Lou.'

Hij keek alsof hij een gat in een muur had willen slaan als hij de kracht had gehad om een vuist te maken.

Ik liep twee blokken naar een kiosk en kocht daar een hele stapel kranten en tijdschriften. Daarna kocht ik een fatsoenlijke kop koffie voor mezelf en een volkorenmuffin, en voor hem een gewone witte bagel, voor het geval hij iets wilde eten.

'Voorraad,' zei ik, terwijl ik alles aan mijn kant van het bed liet vallen. 'We kunnen ons net zo goed hier verschansen.' En zo brachten we de dag door. Ik las alle katernen van de *New York Times*, inclusief de honkbalverslagen. Ik hing het NIET STOREN-bordje aan de deur, keek toe hoe hij lag te dommelen en wachtte tot er weer wat kleur op zijn gezicht kwam.

Misschien is hij wel op tijd beter, zodat we nog een stukje bij daglicht kunnen wandelen.

Misschien kunnen we iets gaan drinken in de bar van het hotel.

Het zou al mooi zijn als hij rechtop kon zitten.

Oké, misschien is hij morgen weer beter.

Toen ik om kwart voor tien 's avonds het praatprogramma op televisie uitzette en onder het dekbed kroop, raakten alleen onze vingertoppen elkaar nog aan.

Op zondag werd hij iets vrolijker wakker. Volgens mij had hij op dat moment nog maar zo weinig in zijn lijf dat hij er ook niets meer uit kon gooien. Ik kocht wat heldere soep voor hem die hij voorzichtig opat en hij verklaarde dat hij zich goed genoeg voelde voor een wandelingetje. Twintig minuten later renden we terug en sloot hij zichzelf weer op in de badkamer. Hij was inmiddels echt heel kwaad. Ik probeerde nog te zeggen dat het allemaal niet zo erg was, maar dat maakte hem alleen nog maar bozer. Er is echt niets zieligers dan een boom van een vent die zijn woede probeert te uiten, terwijl hij nog geen glas water kan optillen.

Toen heb ik hem toch maar een poosje met rust gelaten, want mijn eigen teleurstelling werd zichtbaar. Ik moest een stukje lopen en mezelf inprenten dat dit geen teken was, dat het verder niets te betekenen had en dat je dingen niet meer in het juiste perspectief kon zien als je achtenveertig uur opgescheept zat met een buikgrieperige man en een badkamer die geen goede geluidsisolatie had.

Maar het feit dat het al zondag was brak mijn hart. Ik moest morgen weer aan het werk. En we hadden helemaal niets gedaan van alle dingen die ik had gepland. We waren niet naar het honkbal geweest en we hadden geen boottochtje gemaakt naar Staten Island. We hadden de Empire State niet beklommen en we hadden niet arm in arm over de High Line gewandeld. Die avond zaten we op bed en hij at wat gekookte rijst die ik bij een sushirestaurant had gehaald en ik at gegrilde kip die nergens naar smaakte.

'Het gaat de goede kant op,' mompelde hij, terwijl ik de deken over hem heen trok.

'Fijn,' zei ik. En toen viel hij in slaap.

Ik trok het niet om nog een avond door mijn telefoon te scrollen, dus ik stond zachtjes op, schreef een briefje voor hem en ging de kamer uit. Ik voelde me ellendig en gek genoeg ook heel boos. Waarom had hij dan ook iets gegeten waar hij voedselvergiftiging van kreeg? Waarom zorgde hij er niet voor dat hij wat sneller beter werd? Hij was toch zeker verpleegkundige? En waarom had hij niet een beter hotel uitgekozen? Ik liep Sixth Avenue af, mijn handen diep in mijn zakken gestoken en voordat ik er erg in had liep ik naar huis.

Naar huis.

Met een schok realiseerde ik me dat ik het zo was gaan zien.

Ashok stond onder de luifel met een andere conciërge te kletsen, die meteen wegliep toen ik eraan kwam.

'Hallo, Miss Louisa. Moet jij niet bij je vriendje zijn?'

'Die is ziek,' zei ik. 'Voedselvergiftiging.'

'Dat meen je niet. En waar is hij nu dan?'

'Hij slaapt. Ik... Ik trok het niet om nog eens twaalf uur in dat kamertje te zitten.' De tranen zaten me ineens hoog. Ashok zag dat, volgens mij, want hij gebaarde me binnen te komen. In zijn kleine kantoortje zette hij water op en maakte een kop muntthee voor me. Ik ging ermee aan zijn bureau zitten, terwijl hij af en toe een blik in de gang wierp om te checken dat mevrouw De Witt daar niet was om hem ervan te beschuldigen dat hij de kantjes ervan afliep. 'Maar goed,' zei ik, 'wat doe jij eigenlijk hier? Ik dacht dat de nachtportier er nu zou zijn.'

'Die is ook ziek. Mijn vrouw is ongelofelijk boos op me. Ze had een vergadering in de bibliotheek en we hebben geen babysitter. Ze zei dat ze persoonlijk een hartig woordje zou gaan wisselen met meneer Ovitz als ik nog een keer een vrije dag moest opofferen. En daar zit echt niemand op te wachten.' Hij schudde zijn hoofd. 'Mijn vrouw is ontzagwekkend, Miss Louisa. Die wil je echt niet tegen je in het harnas jagen.'

'Ik zou je anders graag helpen, maar ik denk dat ik maar beter weer even bij Sam kan gaan kijken.'

'Wees lief voor hem,' zei hij, toen ik hem zijn beker teruggaf. 'Hij is van heel ver gekomen om je te zien. En ik garandeer je dat hij zich op dit moment een stuk beroerder voelt dan jij.'

Toen ik terugkwam in de kamer was Sam wakker en zat hij met zijn rug tegen de kussens naar het korrelige televisiebeeld te kijken. Hij keek op toen ik de deur opende.

'Ik ben een eind gaan lopen. Ik... Ik...'

'Je trok het niet om nog een minuut langer hier met mij opgescheept te zitten.'

Ik stond in de deuropening. Zijn hoofd was tussen zijn schouders gezakt. Hij zag er bleek en onvoorstelbaar down uit.

'Lou... Als je eens wist hoe ongelofelijk ik baal van mezelf...'

'Het geeft ni... ' Ik hield me nog net op tijd in. 'Serieus,' zei ik. 'Alles is oké.'

Ik stuurde hem onder de douche en waste zijn haar met het laatste restje shampoo uit het piepkleine flesje van het hotel, en zag hoe het schuim over zijn enorme gebogen schouders gleed. Terwijl ik daarmee bezig was pakte hij zwijgend mijn hand en drukte zachtjes een verontschuldigende kus op de binnenkant van mijn pols. Ik legde de handdoek om zijn schouders en we gingen de kamer weer in. Hij ging met een zucht liggen. Ik had mijn kleren uitgetrokken en wenste dat ik me niet nog steeds zo vlak voelde.

'Vertel me eens iets over je wat ik nog niet weet,' zei hij.

Ik keek hem aan. 'Maar je weet alles al. Ik ben een open boek.'

'Kom op. Doe me een plezier.' Zijn stem klonk diep, vlak bij mijn oor. Ik kon helemaal niets bedenken. *Ik ben ontzettend geïrriteerd over dit weekend, ook al weet ik dat dat niet eerlijk is.*

'Oké,' zei hij, toen duidelijk werd dat ik niets zou zeggen. 'Dan begin ik wel. Ik eet voortaan alleen nog maar geroosterd brood.'

'Heel grappig.'

Hij bestudeerde mijn gezicht. Toen hij weer iets zei, was dat met een ongewoon zachte stem: 'En het is thuis niet zo gemakkelijk geweest.'

'Hoe bedoel je?'

Het duurde even voordat hij weer iets zei, alsof hij niet zeker wist of hij het wel moest vertellen. 'Het is het werk. Weet je, voordat ik neergeschoten werd, was ik nergens bang voor. Ik zag mezelf denk ik als een stoere gast. Maar nu zit ik de hele tijd in mijn hoofd met wat er is gebeurd.'

Ik probeerde niet te laten blijken dat ik ervan schrok.

Hij wreef over zijn gezicht. 'Sinds ik weer aan de slag ben, ben ik steeds elke situatie waar ik op af moet aan het inschatten... Maar anders dan vroeger. Ik kijk naar vluchtroutes, mogelijke bronnen van problemen. Zelfs als daar helemaal geen aanleiding toe is.'

'Ben je bang?'

'Ja. Ík.' Hij lachte droog en schudde zijn hoofd. 'Ze hebben me psychotherapie aangeboden. Ach, ik weet heus wel hoe het werkt, van mijn tijd in het leger. Je moet het van je af praten, begrijpen dat je brein op deze manier verwerkt wat er is gebeurd. Dat weet ik allemaal wel. Maar het brengt me uit mijn evenwicht.' Hij rolde terug op zijn rug. 'Ik ben mezelf niet meer, om je de waarheid te zeggen.'

Ik wachtte af.

'Daarom was het ook zo'n klap toen Donna wegging, omdat... omdat ik wist dat zij altijd op me zou letten.'

'Maar die nieuwe partner van je beschermt je toch zeker ook wel? Hoe heet ze eigenlijk?'

'Katie.'

'Katie zorgt ook echt wel voor je. Ik bedoel, ze is ervaren, en jullie worden toch ook getraind om op elkaar te letten?'

Zijn blik gleed mijn kant op.

'Je wordt niet nog een keer neergeschoten, Sam. Dat weet ik zéker.'

Achteraf snapte ik ook wel dat het heel dom was om dat te zeggen. Ik zei het omdat ik het zo'n verschrikkelijk idee vond dat hij ongelukkig was. Ik zei het omdat ik wilde dat het echt zo was.

'Het komt wel weer goed,' zei ik zachtjes.

Ik had het gevoel dat ik hem tekortgedaan had en vroeg me af hoelang hij me dit al had willen vertellen. We lagen een poosje te zwijgen. Ik liet mijn vinger licht over zijn arm glijden en probeerde te bedenken wat ik moest zeggen.

'En jij?' zei hij zacht.

'Ik wat?'

'Vertel me eens iets wat ik nog niet weet. Over jou.'

Ik wilde eigenlijk zeggen dat hij alles wat ertoe deed al wist. Ik wilde mijn New Yorkse zelf zijn, levenslustig, recht op mijn doel af, ondoordringbaar. Ik wilde iets zeggen om hem aan het lachen te maken. Maar hij had me een waarheid over zichzelf verteld.

Ik draaide me om zodat ik hem kon aankijken. 'Er is wel iets. Maar ik wil niet dat je me anders ziet. Als ik het je vertel.'

Hij fronste.

'Het is iets wat al heel lang geleden is gebeurd. Maar jij hebt mij iets... iets belangrijks verteld. Dus dat ga ik nu ook doen.' Ik haalde diep adem en vertelde het hem. Ik vertelde hem het verhaal dat ik alleen nog maar aan Will had verteld, een man die naar me had geluisterd en me daarna had bevrijd van de grip die het op me had. Ik vertelde Sam het verhaal over het meisje dat, tien jaar geleden, te veel had gedronken en te veel had gerookt en dat een hoge prijs had moeten betalen voor de les dat als een groep jongens uit goede families kwam dat niet inhield dat die jongens zelf ook goed waren. Ik vertelde het rustig en een beetje afstandelijk. Tegenwoordig voelde het niet meer alsof het mij echt was overkomen. Sam luisterde in het donker en zei niets.

'Het is een van de redenen waarom het zo belangrijk voor me was om naar New York te gaan. Ik heb mezelf jarenlang schuilgehouden. Mezelf voorgehouden dat ik me boven alles veilig wilde voelen; dat dát was wat ik nodig had. En nu... Nou ja, nu vind ik dat ik juist mijn grenzen moet verleggen. Ik moet weten waar ik allemaal toe in staat ben als ik niet meer steeds de veiligheid opzoek.'

Toen ik uitverteld was bleef hij heel lang stil. Zo lang dat ik even twijfelde of ik het hem wel had moeten vertellen. Maar hij stak zijn hand uit en streelde me over mijn haar. 'Wat erg,' zei hij. 'Ik wou dat ik er was geweest om je te beschermen. Ik wou –'

'Het is oké,' zei ik. 'Het is al zo lang geleden.'

'Het is niet oké.' Hij trok me tegen zich aan. Ik legde mijn hoofd tegen zijn borst en liet zijn regelmatige hartslag op me inwerken.

'Als je nu maar niet anders naar me kijkt,' fluisterde ik.

'Natuurlijk kijk ik wel anders naar je, daar kan ik niks aan doen.'

Ik tilde mijn hoofd schuin omhoog, zodat ik hem kon aankijken.

'In die zin dat ik je nu nog veel geweldiger vind,' zei hij, en zijn armen omsloten me. 'Los van alle andere redenen om van je te houden, ben je ook nog dapper, en sterk, en heb je me er net aan herinnerd dat we... dat we allemaal zo onze hordes te nemen hebben. Over die van mij kom ik ook wel heen. Maar ik beloof je één ding, Louisa Clark.' Hij bleef even stil en zei toen met een zachte, tedere stem: 'Niemand gaat jou ooit nog kwetsen.'

9

Van: BusyBee@gmail.com
Aan: SillyLily@gmail.com

Ha, Lily!

Even snel, want ik zit in de metro (ik heb tegenwoordig altijd haast), maar ik vond het zo fijn om van je te horen. Mooi dat het zo goed gaat op school, ook al had je zo te horen wel mazzel met dat gedoe met die sigaretten. Mevrouw Traynor heeft gelijk: het zou jammer zijn als je vlak voor je examen van school gestuurd wordt.
Maar ik ga je verder niet de les lezen. New York is waanzinnig. Ik geniet van elk moment. En ja, het zou super zijn als je kwam, maar ik denk wel dat je dan in een hotel zou moeten slapen, dus ik wil eerst met je ouders overleggen. Bovendien ben ik er vaak niet, want mijn werkdagen bij de Gopniks zijn lang, dus ik kan niet veel met je doen.
Met Sam gaat alles goed. En nee, hij heeft me nog niet gedumpt. Sterker nog, hij is nu hier. Hij gaat later vandaag weer naar huis. Je kunt hem dus morgen vragen of je zijn

motor mag lenen. Dat lijkt me iets wat jullie maar samen moeten regelen.
Oké – ik moet eruit bij de volgende halte. Doe Mrs. T de groeten van me. Zeg maar dat ik alle dingen aan het doen ben waar je vader over schreef in zijn brieven (nou ja, niet alle: ik heb geen dates met blonde meisjes met lange benen van de pr-afdeling).

Lou xxx

Mijn wekker ging om halfzeven, een ijle micro-sirene die door de stilte heen sneed. Ik moest om halfacht weer terug zijn bij de Gopniks. Ik kreunde zachtjes, terwijl ik mijn hand uitstak naar het nachtkastje en naar de uitknop zocht. Ik had bedacht dat het me een kwartier zou kosten om naar Central Park terug te lopen. In gedachten maakte ik snel een to-dolijstje, terwijl ik me afvroeg of er nog wat shampoo over was in de badkamer en of ik mijn blouse moest strijken.

Sam stak zijn arm uit en trok me tegen zich aan. 'Niet weggaan,' zei hij slaperig.

'Ik moet wel.' Hij liet me niet gaan.

'Kom gewoon te laat.' Hij deed één oog open. Hij rook warm en lekker en hij hield mijn blik gevangen, terwijl hij langzaam een zwaar, gespierd been over me heen schoof.

Ik kon hem onmogelijk iets weigeren. Sam voelde zich weer beter. Veel beter, kennelijk.

'Ik moet me gaan aankleden.'

Hij kuste me op mijn sleutelbeen, vederlichte kussen die me deden huiveren. Zijn mond, licht en geconcentreerd, begon zich een weg omlaag te banen. Hij keek naar me op vanonder de deken, met een opgetrokken wenkbrauw. 'Ik was deze littekens alweer vergeten. Prachtig zijn ze.' Hij boog zijn hoofd en kuste de zilverkleurige ribbels op mijn heup, waardoor ik begon te kronkelen, en toen verdween hij.

'Sam, ik moet gaan. Echt.' Mijn vingers grepen zich vast aan de sprei. 'Ik... Ik moet echt... ik... O.'

Een poosje later, mijn huid prikkend van de opgedroogde transpiratie en zelf hard hijgend, lag ik met een domme grijns en met spierpijn op onverwachte plekken op mijn buik. Mijn haar viel over mijn gezicht, maar ik had de energie niet om het weg te vegen. Eén lok ging met mijn adem op en neer. Sam lag naast me. Zijn hand ging over het laken op zoek naar de mijne. 'Ik heb je gemist,' zei hij. Hij rolde om zodat hij boven op me kwam te liggen, en hield me zo op mijn plek. 'Louisa Clark,' mompelde hij, en zijn stem, zo goddelijk laag, resoneerde ergens binnen in me. 'Je doet iets met me.'

'Volgens mij deed jij iets met mij, om precies te zijn.'

Zijn gezicht was een en al tederheid. Ik tilde het mijne even op, zodat ik hem kon kussen. Het was alsof de afgelopen achtenveertig uur weggevallen waren. Ik was precies waar ik moest zijn, met de juiste man. En die man had zijn armen om me heen gevouwen en zijn lichaam was prachtig en vertrouwd. Ik liet een vinger over zijn wang glijden, kwam wat dichterbij en kuste hem langzaam.

'Dat mag je nooit meer doen,' zei hij, terwijl hij in mijn ogen keek.

'Hoezo niet?'

'Omdat ik me dan niet meer kan inhouden, en je bent al veel te laat en ik wil het niet op mijn geweten hebben dat jij je baan kwijtraakt.'

Ik draaide mijn hoofd om. Ik knipperde met mijn ogen. 'Kwart voor ácht? Dat meen je niet! Hoe kan het in gódsnaam al kwart voor acht zijn?' Ik wurmde me onder hem vandaan en hopte met maaiende armen naar de badkamer. 'O mijn god. Ik ben zo ontzettend laat. O, nee... O nee nee néé néé NEE.'

Ik douchte zo snel dat het zou kunnen dat de druppels niet eens contact met mijn lichaam maakten, en toen ik eronder vandaan kwam hield hij mijn kleren voor me omhoog, zodat ik erin kon glippen.

'Schoenen. Waar zijn mijn schoenen?'

Hij hield ze voor me op. 'Haar,' zei hij, naar mijn hoofd gebarend. 'Je moet je haar kammen. Het is helemaal... Nou ja...'

'Wat?'

'Plakkerig. Sexy. Na-de-seks-haar. Ik pak je spullen wel,' zei hij.

Terwijl ik naar de deur rende pakte hij me bij mijn arm en trok me tegen zich aan. 'Of je komt nog ietsje later.'

'Ik bén al later. Superveel later.'

'Het is maar voor deze ene keer. Ze is toch je nieuwe beste vriendin? Ze gaat je heus niet ontslaan.' Hij sloeg zijn armen om me heen en kuste me en liet toen zijn lippen langs mijn nek glijden, zodat ik weer begon te huiveren. 'En dit is mijn laatste ochtend hier...'

'Sam...'

'Nog vijf minuutjes.'

'Het duurt nooit vijf minuutjes. Jemig – niet te geloven dat ik doe alsof dat iets ergs is.'

Hij gromde van frustratie. 'Verdomme. En vandaag voel ik me juist zo goed. Echt héél erg goed.'

'Dat heb ik gemerkt, ja.'

'Het spijt me,' zei hij. En toen: 'Nee, het spijt me helemaal niet. In de verste verte niet.'

Ik keek hem grijnzend aan, deed mijn ogen dicht en beantwoordde zijn kus, en voelde hoe gemakkelijk het zou zijn om terug te vallen op die Gruwelijke Bordeauxrode Sprei en mezelf weer helemaal in hem te verliezen. 'Het spijt mij ook niet. Maar toch. Tot straks.' Ik maakte me los uit zijn armen en rende de kamer uit, de gang door, en luisterde naar zijn: 'Ik hou van jou!' En toen bedacht ik me dat dit, ondanks de mogelijke bedbeestjes, het onhygiënische beddengoed en de beroerde geluidsisolatie van de badkamer, eigenlijk een hartstikke fijn hotel was.

Meneer Gopnik had acute pijn in zijn benen en had de halve nacht wakker gelegen, waardoor Agnes gespannen en licht ontvlambaar was. Ze had een vreselijk weekend gehad op de countryclub, waar de andere vrouwen haar buiten hun gesprekken hadden gehouden en over haar hadden geroddeld in de spa. Wat Nathan me toefluisterde toen ik hem tegenkwam in de lobby klonk als een uit de hand gelopen logeerpartijtje van valse dertienjarigen.

'Je bent te laat,' gromde Agnes toen ze terugkwam van haar rondje hardlopen met George, haar gezicht deppend met een handdoek. In de aangrenzende kamer hoorde ik meneer Gopnik zijn stem verheffen aan de telefoon, iets wat hij anders nooit deed. Ze keek me niet aan.

'Het spijt me. Het komt doordat...' begon ik, maar ze liep alweer door.

'Ze zit in de stress over de benefietreceptie van vanavond,' mompelde Michael, die langs me heen liep met een arm vol tassen van de stomerij en een klembord.

Naarstig spitte ik mijn mentale kaartenbakje door. 'Voor het Children's Cancer Hospital?'

'Die, ja,' zei hij. 'Ze moet een doodle meenemen.'

'Een doodle?'

'Een tekeningetje. Op een speciale kaart. Die veilen ze tijdens het diner.'

'Maar dat is toch niet zo moeilijk? Dan tekent ze toch gewoon een smiley, of een bloem, of zo. Ik wil het anders wel voor haar doen. Ik kan een lachend paard tekenen. Desnoods met een hoed, met zijn oren erdoorheen.' Ik was nog helemaal vol van Sam en ik zag nergens het probleem van in.

Hij keek me aan. 'Liefje. Denk jij nou echt dat ze met "doodle" ook echt een doodle bedoelen? Nee, nee. Het moet heuse kunst zijn.'

'Ik had een zeven voor mijn eindexamen handvaardigheid.'

'Wat ben je toch een schatje. Nee, Louisa, dit kunnen ze niet zelf. En elke kunstenaar tussen hier en Brooklyn Bridge is dit weekend al bezig geweest om een schitterend inkttekeningetje te maken voor een bak centen. Daar kwam ze pas gisteravond achter. Ze hoorde twee van die Heksen praten, vlak voordat ze uit de club vertrokken, en toen ze hen ernaar vroeg vertelden ze haar hoe het zat. Dus raad maar eens wat jij vandaag gaat doen... Fijne ochtend!'

Hij gaf me een handkus en draafde de deur uit.

Terwijl Agnes douchte en ontbeet, ging ik op internet op zoek naar 'kunstenaars in New York'. Dat had evenveel zin als zoeken naar 'honden met staarten'. De paar mensen die een website hadden en die de moeite namen om op te nemen toen ik hen belde reageerden op mijn verzoek alsof ik ze vroeg om naakt rond te walsen in het dichtstbijzijnde winkelcentrum. 'U wilt dat meneer Fischl een... dóódle maakt? Voor een benefíét?' Twee mensen hingen op zonder verder iets te zeggen. Het bleek dat kunstenaars zichzelf heel erg serieus nemen.

Ik belde iedereen die ik kon vinden. Ik belde galeriehouders in Chelsea. Ik belde de New York Academy of Art. En al die tijd probeerde ik niet te denken aan wat Sam ondertussen aan het doen was. Hij zou lekker gaan brunchen in die *diner* waar we samen naartoe zouden gaan. Hij zou over de High Line wandelen, zoals we samen hadden zullen doen. Ik moest in elk geval op tijd zijn om dat boottochtje nog te kunnen maken voordat hij weer terugging naar Engeland. Het zou vast heel romantisch zijn om dat te doen bij zonsondergang. Ik zag helemaal voor me hoe we naar de Statue of Liberty opkeken, hij met zijn armen om me heen, me een zoen op mijn haar gevend. Ik moest mijn hersenen geweld aandoen om bij de les te blijven. En toen dacht ik ineens aan de enige die ik kende in New York die me zou kunnen helpen.

'Josh?'

'Daar spreek je mee.' Achter hem klonken talloze stemmen van andere mannen.

'Met... Met Louisa Clark. We hebben elkaar ontmoet op het Yellow Ball.'

'Louisa! Wat leuk om van je te horen! Hoe gaat het?' Hij klonk zo relaxt, alsof hij elke dag werd gebeld door wildvreemde vrouwen. Wat waarschijnlijk ook zo was. 'Wacht, ik loop even naar buiten... Zo. Vertel?'

Hij was zo iemand die je meteen op je gemak wist te stellen. Ik vroeg me af het soms een gen was waar alle Amerikanen mee geboren werden.

'Nou, ik heb een probleempje, en ik ken verder niemand in New York, dus ik vroeg me af of jij me misschien zou kunnen helpen.'

'Ik zal mijn best doen.'

Ik legde uit wat de situatie was, zonder het over Agnes' beroerde humeur te hebben, haar paranoia, en dat ik geen idee had hoe je met de kunstscene in New York moest omgaan.

'Dat moet toch niet zo moeilijk zijn. Wanneer heb je dat ding nodig?'

'Dat is juist het punt. Vanavond al.'

Hij zoog zijn adem in. 'Ooo-kééé... Aha. Dan wordt het ietsje lastiger.'

Ik haalde mijn hand door mijn haar. 'Ik weet het. Het slaat nergens op. Als ik het eerder had geweten, had ik misschien nog wel iets kunnen regelen. Nou ja, het spijt me dat ik je heb gestoord.'

'Nee, nee. We gaan dit regelen. Kan ik je terugbellen?'

Agnes stond op het balkon te roken. Blijkbaar was ik toch niet de enige die daar weleens kwam. Het was koud en ze was ingezwachteld in een gigantische kasjmieren stola, en haar lichtroze vingers staken een stukje onder de zachte wol uit.

'Ik heb wat telefoontjes gepleegd en ik wacht op iemand die me straks terugbelt.'

'Weet je wat ze gaan zeggen, Louisa? Als ik met een domme doodle aan kom zetten?'

Ik wachtte af.

'Dan gaan ze zeggen dat ik geen klásse heb. Wat kun je ook verwachten van een domme Poolse masseuse? Of ze zeggen dat niemand het voor me wilde doen.'

'Het is pas tien voor halfeen. We hebben nog tijd.'

'Waarom neem ik de moeite eigenlijk?' zei ze zachtjes.

Strikt genomen, wilde ik zeggen, nam ze helemaal geen moeite. Zelf hield ze zich voornamelijk bezig met Roken En Chagrijnig Kijken. Maar ik kende mijn plek. En toen ging mijn telefoon.

'Louisa?'

'Josh?'

'Ik denk dat ik iemand heb die kan helpen. Kun je naar East Williamsburg komen?'

Twintig minuten later zaten we in de auto, op weg naar de Midtown Tunnel.

Terwijl we stilstonden in het verkeer, Garry onbeweeglijk en stil voorin, belde Agnes met meneer Gopnik, omdat ze zich zorgen maakte over zijn gezondheid, zijn pijn. 'Komt Nathan naar kantoor? Heb je pijnstillers genomen? ... Weet je zeker dat het goed gaat, liefste? Moet ik je niet iets komen brengen? ... Nee... Ik zit in de auto. Ik moet nog iets regelen voor vanavond. Ja, ik ga gewoon. Het komt allemaal goed.'

Ik kon zijn stem horen aan de andere kant van de lijn. Diep, geruststellend.

Ze hing op en staarde uit het raam, terwijl ze een diepe zucht slaakte. Ik wachtte even en begon toen mijn aantekeningen door te nemen.

'Die Steven Lipkott is kennelijk een rijzende ster in de kunstwereld. Hij heeft geëxposeerd op een paar belangrijke plekken. En hij is' – ik las mijn notities voor – 'figuratief. Niet abstract. Dus je moet hem gewoon vertellen wat je wilt hebben en dan tekent hij dat voor je. Ik weet alleen niet wat het je gaat kosten.'

'Dat maakt me niet uit,' zei Agnes. 'Het wordt anders een ramp.'

Ik stortte me weer op de iPad en googelde de naam van de kunstenaar. Tot mijn opluchting bleek hij inderdaad heel mooi te tekenen: ijle afbeeldingen van het menselijk lichaam. Ik gaf de iPad aan Agnes zodat zij het kon zien en dat vrolijkte haar een beetje op. 'Dit is goed.' Ze klonk bijna verbaasd.

'Yep. Als jij nou bedenkt wat je wilt, dan vragen we of hij dat wil tekenen en dan zijn we om... een uur of vier weer terug?' *En dan kan ik weg*, voegde ik er zwijgend aan toe. Terwijl zij door nog een paar afbeeldingen scrolde, stuurde ik Sam een appje.

Hoe gaat het?

Gaat wel aardig. Heb mooie wandeling gemaakt. En een biermuts gekocht als souvenir voor Jake. Niet lachen.

Was ik maar bij je.

Het bleef even stil.

Hoe laat ben je vrij, denk je? Ik moet om zeven uur op het vliegveld zijn.

Ik hoop rond vier uur. Hou je op de hoogte xxxxx

Het verkeer was zo druk dat het ons een uur kostte om bij het adres te komen dat Josh me had gegeven: een aftands, saai voormalig kantoorgebouw helemaal achteraan op een soort bedrijventerrein.

Garry parkeerde en snoof sceptisch. 'Weet je wel zeker dat het hier is?' vroeg hij, en hij draaide zich met moeite om in zijn stoel.

Ik controleerde het adres. 'Dat staat hier.'

'Ik blijf in de auto, Louisa. Ik ga Leonard nog eens bellen.'

De bovenste gang had allemaal deuren, waarvan er een paar openstonden en waaruit muziek schalde. Ik liep langzaam door en controleerde het nummer. Voor sommige deuren stonden blikken witte muurverf en langs een van de openstaande deuren zag ik een vrouw in een baggy spijkerbroek die bezig was om een stuk doek over een enorm houten frame te spannen.

'Hallo! Weet jij waar Steven is?'

Ze vuurde een hele reeks nietjes af met een enorm metalen nietpistool in het frame. 'Nummer veertien. Maar volgens mij is hij net iets te eten gaan halen.'

Nummer veertien was aan het eind van de gang. Ik klopte aan en duwde toen voorzichtig de deur open en liep naar binnen. De studio was behangen met doeken en er stonden twee enorme tafels die vol stonden met bladen vol olieverf en intens gebruikte pastelkrijtjes. Op de schitterende, reusachtige doeken stonden vrouwen in verschillende staten van ontkleding, sommige nog niet helemaal af. Het rook er naar verf, terpentine en verschaalde sigarettenrook.

'Hallo.'

Toen ik me omdraaide stond daar een man met een witte plastic tas in zijn hand. Hij was een jaar of dertig, had regelmatige trekken maar een intense blik, een ongeschoren kin, en gekreukte, praktische kleren, alsof het hem verder niet kon schelen hoe hij eruitzag. Hij leek een model uit een wel heel esoterisch modeblad.

'Hoi. Ik ben Louisa Clark. We hebben elkaar net aan de lijn gehad. Nee, dat is niet waar – je vriend Josh zei dat ik kon komen.'

'O ja. Je wilt een tekening kopen.'

'Niet helemaal. We zouden graag willen dat je een tekening voor ons máákt. Een kleintje maar.'

Hij ging op een klein krukje zitten, maakte zijn kartonnen bakje met noodles open en begon die met snelle bewegingen van zijn eetstokjes naar binnen te werken.

'Het is voor een benefietding. Mensen moeten doo– kleine tekeningen maken,' verbeterde ik mezelf. 'En blijkbaar heeft iedereen daar een topkunstenaar uit New York voor ingehuurd, dus –'

'"Topkunstenaar",' herhaalde hij.

'Nou. Ja. Kennelijk mag je het niet gewoon zelf doen, en Agnes – mijn werkgever – moet er echt eentje van iemand hebben die briljant is.' Mijn stem klonk hoog en gespannen. 'Ik bedoel, je hoeft er niet veel tijd in te stoppen. We... hoeven niks moeilijks...'

Hij staarde me aan en ik hoorde mijn stem wegsterven, kleintjes en onzeker.

'We... We kunnen je ervoor betalen. Heel behoorlijk zelfs,' voegde ik eraan toe. 'En het is voor een goed doel.'

Hij nam nog een hap en tuurde aandachtig in zijn bakje eten. Ik stond bij het raam en wachtte af.

'Tja,' zei hij, toen hij uitgekauwd was. 'Ik ben niet wat je zoekt.'

'Maar Josh zei – '

'Jij wilt dat ik iets maak om het ego van een of andere vrouw te strelen die zelf niet kan tekenen en die niet voor gek wil staan bij haar chique vriendinnen...' Hij schudde zijn hoofd. 'Je wilt dat ik een ansichtkaart voor je teken.'

'Meneer Lipkott. Alstublieft. Ik leg het waarschijnlijk niet goed uit. Ik –'

'Ik begreep je heel goed.'

'Maar Josh zei –'

'Josh heeft me niks verteld over die ansichtkaarten. Ik heb een bloedhekel aan al die benefietshit.'

'Ik ook.' Agnes stond in de deuropening. Ze zette een stap naar binnen en keek om zich heen om er zeker van te zijn dat ze niet op de tubes verf of stukjes papier ging staan waar de grond mee bezaaid lag. Ze stak een lange, bleke hand uit. 'Agnes Gopnik. Ik deel je bloedhekel aan al die benefietshit.'

Steven Lipkott stond langzaam op, en toen, bijna als een soort impuls uit een hoofsere tijd waar hij nauwelijks controle over had, stak hij zijn hand omhoog om die van haar te schudden. Hij kon zijn ogen niet van haar gezicht afhouden. Ik was alweer vergeten dat Agnes dat effect op je had als je haar voor het eerst zag.

'Meneer Lipkott... Zo heet u toch? Lipkott? Ik weet heel goed dat u zulke dingen normaal niet doet. Maar ik moet erheen, en de hele zaal zit straks vol met heksen. Echte heksen, snapt u? En zelf teken ik als een kind van drie met wanten aan. Dus als ik iets van mezelf inlever, doen ze straks nog gemener tegen me dan ze normaal gesproken al doen.' Ze ging zitten en haalde een sigaret uit haar handtas. Ze pakte een aansteker van een van de verftafels en stak haar sigaret op. Steven Lipkott zat nog steeds naar haar te kijken, zijn eetstokjes losjes in zijn hand.

'Ik kom hier niet vandaan. Ik ben een masseuse uit Polen. Daar hoef ik me niet voor te schamen. Maar ik wil die heksen niet de kans geven om weer op me neer te kijken. Weet u hoe het voelt als mensen op je neerkijken?' Ze blies haar adem uit en staarde hem aan, haar hoofd een beetje schuin, zodat de rook horizontaal op hem af kwam. Ik geloof dat hij het zelfs inhaleerde.

'Ik... Eh... Ja.'

'Dus wat ik van u vraag is niet iets groots. Ik vraag u me te helpen. Ik weet dat dit niet uw ding is, en dat u een serieuze kunstenaar bent, maar ik heb echt hulp nodig. En ik betaal u er goed voor.'

Het viel stil. Mijn telefoon trilde in mijn achterzak. Ik probeerde dat te negeren. Want ik wist dat ik me op dat moment niet mocht verroeren. We bleven met zijn drieën een eeuwigheid zo staan.

'Goed,' zei hij uiteindelijk. 'Maar op één voorwaarde.'

'En dat is?'

'Dat ik u mag tekenen.'

Niemand zei iets. Agnes trok een wenkbrauw op en nam toen langzaam een trek van haar sigaret zonder zijn blik los te laten. 'Mij?'

'Het is vast niet de eerste keer dat iemand dat vraagt.'

'Waarom wilt u mij tekenen?'

'Doe nu maar niet zo argeloos.'

Toen glimlachte hij en zij bleef hem met een uitgestreken gezicht aankijken, alsof ze nog overwoog of ze dit als belediging moest opvatten. Toen viel haar blik op haar voeten en toen ze weer opkeek was hij er: haar lachje, subtiel, veelbetekenend, een prijs die hij dacht te hebben gewonnen.

Ze trapte haar sigaret uit op de grond. 'Hoelang gaat dat duren?'

Hij schoof het bakje noodles aan de kant en pakte een stapel dik, wit papier. Misschien was ik de enige die merkte dat het volume van zijn stem afnam toen hij zei: 'Dat hangt af van hoe goed u stil kunt zitten.'

Een paar minuten later zat ik weer in de auto. Ik trok het portier achter me dicht. Garry zat naar zijn bandjes te luisteren.

'Por favor, habla mas despacio.'

'Por fah-vor, ah-blah mahs des-pahs-ie-oo.' Hij sloeg met zijn mollige hand op het dashboard. 'Shit. Nog een keer. Ah-blah mahs des-pahs-ie-oo.' Hij oefende nog drie zinnen en draaide zich toen om. 'Is ze nog lang bezig?'

Ik staarde naar de niets onthullende ramen op de tweede verdieping. 'Ik mag hopen van niet,' zei ik.

Om kwart voor vier kwam Agnes eindelijk naar buiten, een uur en drie kwartier nadat de toch al beperkte conversatie tussen Garry en mij was opgedroogd. Nadat hij een comedy had bekeken die hij op zijn iPad had gedownload (hij vroeg niet of ik wilde meekijken) was hij in slaap gevallen, en zijn onderkinnen rustten op zijn enorme borstkas, terwijl hij zachtjes snurkte. Ik zat achter in de auto en werd met de minuut zenuwachtiger. Ik stuurde Sam af en toe een appje. Steeds een variatie op: *Ze is nog niet terug. Nog steeds niet terug. Lieve hemel, wat is ze daar in godsnaam aan het doen?* Hij was gaan lunchen in een piepkleine deli aan de andere kant van de stad en hij zei dat hij zo veel trek had dat hij wel vijftien paarden op kon. Hij klonk vrolijk, ontspannen, en bij elk woord dat we wisselden voelde ik dat ik op de verkeerde plek was, dat ik bij hem hoorde te zijn, tegen hem aan, met zijn gefluister in mijn oor. Ik begon Agnes zo zoetjesaan te haten.

En toen was ze er ineens. Ze beende het gebouw uit met een brede glimlach en een plat pakketje onder haar arm.

'Goddank,' zei ik.

Garry schrok wakker en stapte snel uit om het portier voor haar open te houden. Ze ging kalmpjes zitten, alsof ze maar twee minuten weggeweest was in plaats van twee uur. Ze bracht de vage geur van sigaretten en terpentine met zich mee.

'We moeten op de terugweg even stoppen bij McNally Jackson. Om wat mooi pakpapier te halen.'

'We hebben nog pakpapier th–'

'Steven vertelde dat ze daar heel bijzonder met de hand bedrukt papier hebben. Ik wil het inpakken in bijzonder papier. Garry, ken jij die zaak? We kunnen op de terugweg wel via SoHo, toch?' Ze gebaarde met haar hand.

Ik leunde licht wanhopig achterover. Garry reed weg en de auto hobbelde voorzichtig over de gaten in het wegdek van de parkeerplaats, terug naar wat volgens Garry de beschaving was.

Om tien over halfvijf waren we op Fifth Avenue. Toen Agnes uitstapte liep ik snel met haar mee, de tas met het bijzondere papier tegen me aangedrukt.

'Agnes, ik... Ik vroeg me af... Je zei dat ik vandaag iets eerder weg kon...'

'Ik weet niet wat ik vanavond zal aantrekken. De Temperley of de Badgley Mischka. Wat vind jij?'

Ik probeerde me de twee jurken voor de geest te halen. Ik had geen idee. Ondertussen probeerde ik te berekenen hoelang het zou duren om naar Times Square te komen, waar Sam inmiddels zat te wachten. 'De Temperley, denk ik. Nee, ik weet het zeker. Die is perfect. Agnes... Weet je nog dat je zei dat ik vandaag iets eerder weg kon?'

'Maar het is zulk donker blauw. Ik geloof niet dat die kleur veel voor me doet. En de schoenen die erbij horen doen pijn aan mijn hielen.'

'We hebben het er vorige week nog over gehad. Kan het? Ik wil Sam zo graag naar de luchthaven brengen.' Ik moest ontzettend mijn best doen om mijn irritatie niet te laten blijken.

'Sam?' Ze knikte naar Ashok bij wijze van groet.

'Mijn vriend.'

Ze dacht er even over na. 'Hm. Oké. O, ze zullen zo onder de indruk zijn van deze tekening. Steven is een genie. Echt een genie.'

'Dus kan ik dan gaan?'

'Ja, hoor.'

Mijn schouders zakten omlaag van opluchting. Als ik over tien minuten wegging, kon ik de metro pakken en dat was ik om halfzes bij hem. Dan hadden we nog een uurtje samen. Beter dan niks.

De liftdeuren gingen achter ons dicht. Agnes klapte een spiegeltje open en bekeek haar lippenstift. Ze trok een pruilmondje naar haar spiegelbeeld. 'Maar blijf nog even totdat ik me heb omgekleed. Ik heb je mening nodig over die Temperley.'

Agnes verkleedde zich vier keer. Het was te laat om Sam nog te zien in Midtown, op Times Square of waar dan ook. In plaats daarvan was ik een kwartier voordat hij door de douane moest op JFK. Ik wurmde me langs de andere passagiers heen naar waar ik hem had zien staan bij het bord met vertrektijden, en sprong door de deuren van de luchthaven tegen zijn rug op.

'Het spijt me. Het spijt me zo ontzettend.'

We hielden elkaar even vast.

'Wat was er aan de hand?'

'Agnes was er aan de hand.'

'Maar je mocht toch eerder weg? Ik dacht dat jullie vriendinnen waren.'

'Ze was helemaal aan het stressen over dat kunstgedoe en toen ging het… Godallemachtig, ik werd er knettergek van.' Ik stak mijn handen in de lucht. 'Waarom doe ik dit stomme werk überhaupt, Sam? Ze liet me wachten omdat ze niet wist wat ze aan moest. Will had me tenminste echt nodig.'

Hij legde zijn voorhoofd tegen het mijne. 'We hadden vanochtend toch.'

Ik kuste hem en sloeg mijn armen om zijn nek, zodat ik mijn hele lichaam tegen hem aan kon houden. Zo bleven we staan, met onze ogen dicht, terwijl het vliegveld om ons heen zwierde.

En toen ging mijn telefoon.

'Ik neem niet op,' zei ik tegen zijn borst.

Maar hij bleef dringend door rinkelen.

'Straks is zij het.' Hij hield me zachtjes een eindje van zich af.

Ik gromde, haalde de telefoon uit mijn achterzak en hield hem tegen mijn oor. 'Agnes?' Ik kon mijn ergernis nauwelijks onderdrukken.

'Nee, met Josh. Ik belde even om te vragen hoe het vandaag is gegaan.'

'Josh! Eh… O. Ja, het ging prima. Nog bedankt!' Ik draaide me half om en hield mijn hand tegen mijn andere oor. Ik voelde Sam naast me verstijven.

'Dus hij heeft die tekening voor je gemaakt?'

'Ja. En ze is er heel blij mee. Dus superbedankt dat je dat wilde regelen. Luister: ik ben even druk, maar ontzettend bedankt. Dat was echt heel erg aardig van je.'

'Fijn dat het goed gekomen is. Hé, bel je, oké? Laten we een keer samen koffie doen.'

'Da's goed!' Ik hing op en zag dat Sam naar me keek.

'Josh,' zei hij.

Ik stak de telefoon weer in mijn zak.

'Dat is die gast die je op dat bal hebt ontmoet.'

'Lang verhaal.'

'Ik luister.'

'Hij heeft me vandaag geholpen om die tekening voor Agnes te regelen. Ik wist niet wie ik het anders moest vragen.'

'Dus je had zijn nummer.'

'Dit is New York. Iedereen heeft hier iedereens nummer.'

Hij haalde zijn hand over zijn hoofd en keerde zich van me af.

'Het betekent verder niks. Echt niet.' Ik deed een stap zijn kant op en trok aan de gesp van zijn riem. Ik voelde het weekend me weer ontglippen. 'Sam... Sam...'

Hij slikte het weg en sloeg zijn armen weer om me heen, legde zijn kin op mijn hoofd en schudde het zijne heen en weer. 'Dit is...'

'Ik weet het,' zei ik. 'Ik weet wat dit is. Maar ik hou van jou en jij houdt van mij en we hebben tenminste dat Zonder Kleren-ding nog kunnen doen. Toch?'

'Ja, vijf minuten.'

'De mooiste vijf minuten van de afgelopen vier weken. Vijf minuten die me de komende vier weken op de been gaan houden.'

'Zeven weken, bedoel je.'

Ik stak mijn handen in mijn kontzakken. 'Laten we niet zo uit elkaar gaan. Alsjeblieft. Ik wil niet dat je boos weggaat om een of ander dom telefoontje van iemand die letterlijk niets voor me betekent.'

Zijn gezicht verzachtte toen hij me aankeek, zoals altijd. Dat was een van de dingen waar ik zo van hield, dat zijn harde trekken wegsmolten als hij naar me keek. 'Ik ben niet kwaad op jou. Ik ben kwaad op mezelf. En op het vliegtuigeten of die burrito, of wat het ook was. En op dat mens van je, dat kennelijk niet in staat is zichzelf in een jurk te hijsen.'

'Ik ben er weer met kerst. Een hele week.'

Sam fronste. Hij nam mijn gezicht in zijn handen. Ze voelden warm en een beetje ruw aan. Zo bleven we nog even staan, en toen kusten we elkaar en eindeloos veel later ging hij rechtop staan en keek naar het bord.

'En nu moet je gaan.'

'En nu moet ik gaan.'

Ik slikte het brok dat ik in mijn keel voelde door. Hij gaf me nog één zoen en slingerde toen zijn tas over zijn schouder. Ik bleef achter in de hal en keek nog een dikke minuut naar het gat dat was gevallen toen de douane hem had opgeslokt.

Ik ben eigenlijk geen chagrijnig type. Ik ben niet goed in met-deuren-smijten, mokken, met-mijn-ogen-rollen. Maar toen ik die avond weer terugging naar de stad duwde ik mensen met mijn ellebogen van me af op het perron van de metro, humeurig als een geboren New Yorker. De hele rit zat ik te checken hoe laat het was. *Nu zit hij in de vertrekhal. Nu gaat hij boarden. En... nu is hij weg.* Op het moment dat zijn toestel de lucht in ging voelde ik vanbinnen iets zinken en mijn stemming werd nog veel somberder. Ik kocht onderweg wat sushi en liep van het metrostation naar het gebouw waar de Gopniks woonden. Toen ik in mijn kleine kamertje zat, staarde ik naar de doos met sushi en daarna naar de muur, en ik wist dat ik hier niet alleen met mijn eigen gedachten kon blijven zitten, dus ik klopte op Nathans deur.

'Binnen!'

Nathan zat American football te kijken, met een biertje in zijn hand. Hij droeg een surfshort en een T-shirt. Hij keek me afwachtend aan, maar met enige vertraging, zoals mensen doen om je te laten weten dat ze eigenlijk iets anders aan hun hoofd hebben.

'Mag ik mijn eten bij jou opeten?'

Hij keek weer weg van het scherm. 'Rotdag?'

Ik knikte.

‘Knuffel nodig?’

Ik schudde mijn hoofd. ‘Een virtuele is genoeg. Als je lief tegen me gaat doen, moet ik waarschijnlijk huilen.’

‘Aha. Dus je vent is weer naar huis?’

‘Het was een drama, Nathan. Hij was bijna het hele weekend ziek en toen liet Agnes me vandaag niet gaan, terwijl ze het had beloofd, dus ik heb hem bijna niet gezien en toen ik hem wel zag was het steeds zo… ongemakkelijk tussen ons.’

Nathan zette de televisie met een zucht zachter en klopte op de rand van zijn bed. Ik klom erop, zette mijn zak met eten op mijn schoot en zoals ik later zou ontdekken lekte er sojasaus op mijn werkbroek. Ik legde mijn hoofd op zijn schouder.

‘Langeafstandsrelaties zijn moeilijk,’ verkondigde Nathan, alsof hij de eerste was bij wie die gedachte opkwam. ‘Ik bedoel echt heel moeilijk.’

‘Aha.’

‘Het is niet alleen de seks en de onvermijdelijke jaloezie –’

‘We zijn geen jaloerse types.’

‘Maar hij is niet meer de eerste aan wie je dingen vertelt. De dagelijkse dingetjes. En die dingetjes zijn juist belangrijk.’

Hij hield zijn biertje voor me op, en ik nam een slok en gaf hem weer terug. ‘We wisten heus wel dat het moeilijk zou worden. Ik bedoel, daar hebben we het over gehad voordat ik vertrok. Maar weet je wat me nou echt dwarszit?’

Hij keek weer weg van het scherm. ‘Nou?’

‘Agnes wist hoe graag ik bij Sam wilde zijn. Daar hebben we het nog over gehad. Zij was degene die vond dat we bij elkaar moesten zijn, dat het niet goed was om niet samen te zijn, bla bla bla. Terwijl ze me vervolgens tot de absolute laatste minuut hier heeft gehouden.’

‘Dat is je werk, Lou. Zij komen altijd op de eerste plaats.’

‘Maar ze wist hoe belangrijk dit voor me was.’

‘Misschien.’

‘Ik dacht dat ze mijn vriendin was.’

Nathan fronste. ‘Lou. De Traynors waren geen gewone werkgevers. Will was geen gewone werkgever. En dat zijn de Gopniks ook niet. Ze doen misschien aardig, maar je moet goed onthouden dat het uiteindelijk altijd een machtsverhouding is. Het is een zakelijke transactie.' Hij nam een slok van zijn bier. 'Weet je wat er is gebeurd met de vorige persoonlijke assistente van de Gopniks? Agnes heeft tegen de ouwe Gopnik gezegd dat die achter haar rug over haar roddelde en geheimen door klepte. Dus toen hebben ze haar ontslagen. Na tweeëntwintig jaar. Gewoon de zak gegeven.'

'Maar was dat ook zo?'

'Was wat zo?'

'Klepte ze dingen door?'

'Weet ik veel. Daar gaat het ook helemaal niet om.'

Ik wilde hem niet tegenspreken door hem uit te leggen waarom het tussen Agnes en mij anders zat, want dan zou ik haar verraden. Dus zei ik niks.

Nathan leek nog iets te willen toevoegen, maar hij bedacht zich.

'Wat?'

'Luister... Je kunt niet álles hebben.'

'Hoe bedoel je?'

'Nou, dit is een geweldige baan, of niet soms? Ik bedoel, dat vind je vanavond misschien niet, maar je hebt een geweldige plek midden in New York, een prima salaris en een fatsoenlijke werkgever. Je komt op de geweldigste plekken en af en toe is er een leuk extraatje. Ze hebben een avondjurk van bijna drieduizend dollar voor je gekocht, of niet soms? Ik ben een paar maanden geleden met Mr. G op de Bahama's geweest. In een vijfsterrenhotel, kamer aan het strand, alles. En dat allemaal voor maar een paar uur werk per dag. Dus wij hebben mazzel. Maar uiteindelijk kan het zijn dat we daarvoor de prijs betalen van een relatie met iemand die een heel ander leven heeft, duizenden kilometers verderop. Die keuze maak je als je hiernaartoe komt.'

Ik staarde hem aan.

'Ik vind dat je realistisch moet zijn over dat soort dingen.'

'Dit helpt niet echt, Nathan.'

'Ik vertel je gewoon de waarheid. En, hé, bekijk het van de zonnige kant. Je hebt het vandaag geweldig gedaan, met die tekening. Mr. G zei dat hij heel erg onder de indruk was.'

'O ja, vonden ze het mooi?' Ik probeerde niet te laten merken dat ik daar best een beetje trots op was.

'Man. Serieus. Ze vonden het super. Die benefietvrouwtjes kunnen hun borst natmaken.'

Ik leunde tegen hem aan en hij zette het geluid weer harder. 'Bedankt, Nathan,' zei ik en ik deed mijn bakje met sushi open. 'Aan jou heb ik wat.'

Hij trok een grimas. 'Ja, ja. Hé, die viszooi, kun je die misschien in je eigen kamer opeten?'

Ik deed het bakje weer dicht. Hij had gelijk. Je kon niet alles hebben.

10

Van: BusyBee@gmail.com
Aan: MrandMrsBernardClark@yahoo.com

Hoi mam,

Sorry voor de late reactie. Het is hier zo druk! Je verveelt je geen moment!
Fijn dat je de foto's leuk vond. Ja, de kleden zijn van zuiver wol, en sommige van zijde. Het hout is absoluut geen fineer en ik heb het aan Ilaria gevraagd en ze laten hun gordijnen eens per jaar stomen, als ze een maand in de Hamptons zitten. De schoonmakers zijn heel grondig, maar Ilaria doet de keukenvloer elke dag zelf omdat ze hen niet vertrouwt. Ja, mevrouw Gopnik heeft inderdaad een inloopdouche en ook een inloopkast in haar kleedkamer. Ze is heel dol op haar kleedkamer, en ze zit er heel vaak te bellen met haar moeder in Polen. Ik heb nog geen tijd gehad om al haar schoenen te tellen, zoals je vroeg, maar ik zou zeggen dat het meer dan honderd paar zijn. Ze staan opgestapeld in dozen met een foto van de schoenen er voorop, zodat ze weet wat waar in zit. Als ze een nieuw paar krijgt, is het

mijn taak om die foto te nemen. Daar heeft ze een speciale camera voor!
Fijn dat de kunstcursus zo goed ging, en de cursus Beter Communiceren Voor Echtparen klinkt ook geweldig, maar je moet pa nog wel even uitleggen dat het niet over dingen in de slaapkamer gaat. Hij heeft me deze week al drie keer gemaild met de vraag of hij niet net kon doen alsof hij het aan zijn hart had.
Het spijt me te horen dat opa niet zo lekker in zijn vel zit. Verstopt hij zijn groente nog steeds onder de tafel? En weet je wel zeker dat jij je avondlessen nu moet opgeven? Lijkt me zo zonde.
Oké... Ik moet stoppen. Agnes roept me. Ik laat je nog weten over de kerstdagen, maar maak je geen zorgen, ik kom gewoon.

Veel liefs,
Louisa xxx

PS Nee, ik heb Robert De Niro niet nog een keer gezien en ha, als ik hem nog eens tegenkom zal ik zeker zeggen dat je hem zo goed vond in *The Mission*.

PPS Nee, ik ben niet in Angola geweest en je hoeft ook niet dringend geld over te maken. Niet reageren op dat soort mailtjes.

Ik ben geen deskundige op het gebied van depressies. Toen Will was overleden had ik niet eens door dat ik er zelf eentje had. Maar Agnes' stemmingen vond ik moeilijk te doorgronden. De vriendinnen van mijn moeder die aan een depressie leden – en dat was een verontrustend groot aantal – leken lamgeslagen door het leven en worstelden zich door een mist heen die was neergedaald, zodat ze nergens meer de vreugde van inzagen en geen hoop meer hadden dat het ooit nog leuk werd. Het maakte hun toekomst duister.

Je zag het aan hoe ze door de stad liepen, hun gebogen schouders, hun monden een smalle, gelaten streep. Het leek wel alsof het verdriet uit hun poriën sijpelde.

Bij Agnes was het anders. Die was het ene moment levendig en praatgraag en het volgende moment in tranen en woedend. Ze had me gezegd dat ze zich geïsoleerd voelde, veroordeeld, dat ze geen bondgenoten had. Maar toch klopte dat niet helemaal. Want hoe meer tijd ik met haar doorbracht, hoe meer het me begon op te vallen dat die vrouwen niet echt allemaal zo op haar neerkeken: zij werd vooral heel woest van hen. Ze ging maar tekeer over hoe oneerlijk ze waren, krijste tegen meneer Gopnik; achter zijn rug imiteerde ze hen vals, en ze mompelde de vreselijkste dingen over exmevrouw Gopnik, of over Ilaria en haar stiekeme streken. Ze was opvliegerig, een menselijk woedende vlam, dingen grommend over *cipa* of *debil* of *dziwka*. (In mijn vrije tijd googelde ik die termen tot ik er rode oortjes van kreeg.)

En dan, zomaar ineens, was ze een volkomen ander mens – een vrouw die zich opsloot in een kamer en zachtjes huilde, een gespannen, verstijfd gezicht na een lang telefoongesprek in het Pools. Haar verdriet kwam tot uitdrukking in hoofdpijn, al wist ik nooit zeker of die wel echt was.

Ik had het erover met Treena in de koffiezaak waar ze gratis wifi hadden; het zaakje waar ik mijn eerste ochtend in New York was geweest. We gebruikten FaceTime Audio, wat ik fijner vond dan naar elkaars gezicht kijken tijdens het gesprek. Ik raakte afgeleid doordat mijn neus zo enorm leek of doordat er ineens iemand achter me stond. Bovendien wilde ik niet dat zij kon zien hoe groot de beboterde muffins waren die ik at.

'Misschien heeft ze wel een bipolaire stoornis,' zei Treena.

'Ja, dat heb ik al opgezocht, maar dat past ook niet helemaal. Ze is nooit manisch, alleen een soort van... energiek.'

'Maar een depressie is niet maar één labeltje dat je overal op kunt plakken, Lou,' zei mijn zusje. 'En trouwens, in Amerika is er toch met iedereen iets mis? Daar slikt iedereen toch handenvol pillen?'

'In tegenstelling tot bij ons. Mama zou zeggen: "Ga even lekker een eind wandelen."'

'"Dan ben je niet zo met jezelf bezig."' Mijn zusje grinnikte.

'"Zet die frons eens ondersteboven."'

'"Smeer eens wat lippenstift op. Daar knapt je gezicht van op. Zo. Al die pillen, nergens voor nodig."'

Er was iets gebeurd met mijn relatie met Treena sinds ik weg was. We belden elkaar een keer per week, en voor het eerst in ons volwassen leven maakten we geen ruzie telkens als we elkaar spraken. Ze leek oprecht geïnteresseerd in wat ik allemaal deed, waar ik allemaal naartoe ging en wat de mensen om me heen de hele dag deden. Als ik haar om advies vroeg dacht ze na en kwam ze met iets zinvols in plaats van me uit te maken voor sukkel of te vragen of ik wel snapte waar Google voor was.

Er was iemand die ze leuk vond, had ze me twee weken geleden toevertrouwd. Ze waren hipster-cocktails gaan drinken in een bar in Shoreditch en daarna waren ze naar een pop-upbioscoop in Clapton geweest, en daarna was ze een paar dagen helemaal door het dolle geweest. Het idee dat mijn zus door het dolle kon zijn was iets heel nieuws voor me.

'Hoe is hij? Je kunt me nú toch wel iets over hem vertellen.'

'Ik zeg nog niks. Elke keer als ik iets over een date zeg loopt het verkeerd af.'

'Zelfs niet tegen mij?'

'Nog even niet. Het is... Nou ja. Anyway. Ik ben gelukkig.'

'O. Dus daarom ben je zo aardig.'

'Pardon?'

'Omdat je van bil gaat. Ik dacht dat het was omdat je eindelijk vond dat ik iets goeds met mijn leven deed.'

Ze lachte. En mijn zus lachte anders nooit. Ze deed alleen aan uitlachen. 'Ik vind het gewoon fijn dat het allemaal een keer goed gaat. Je hebt een geweldige baan in de *US of A*. Ik heb het zelf ontzettend naar mijn zin op het werk. Thom en ik vinden het heerlijk in de stad. Dus ik heb het idee dat het balletje eindelijk is gaan rollen, voor ons allemaal.'

Het was zo onverwacht om mijn zus zoiets te horen zeggen dat ik niet het hart had om haar over Sam te vertellen. We kletsten nog wat, over ma die parttime aan de slag wilde op een school in de buurt, en de verslechterende gezondheid van opa, waardoor ze toch niet had gesolliciteerd. Ik at de laatste hap van mijn muffin op en dronk mijn koffie op, en ik realiseerde me dat ik weliswaar geïnteresseerd was, maar dat ik totaal geen heimwee had.

'Je gaat toch niet met zo'n afgrijselijk trans-Atlantisch accent praten, hè?'

'Ik ben mezelf, Treen. Dat gaat echt niet veranderen,' zei ik met een afgrijselijk trans-Atlantisch accent.

'Wat ben je toch ook een sukkel,' zei ze.

'Ach, hemel. Je bent er nog steeds.'

Mevrouw De Witt kwam net het gebouw uit toen ik weer thuiskwam. Ze stond haar handschoenen aan te trekken onder de luifel. Ik deed een stap naar achteren, ontweek handig Dean Martins tanden die naar mijn benen hapten en glimlachte beleefd naar haar.

'Goedemorgen, mevrouw De Witt. Waar had ik anders moeten zijn?'

'Ik had gedacht dat die Oost-Europese stripper je inmiddels wel zou hebben ontslagen. Het verbaast me dat ze niet bang is dat je er met die ouwe baas vandoor gaat, net als zijzelf heeft gedaan.'

'Dat is niet zo mijn stijl, mevrouw De Witt,' zei ik opgewekt.

'Ik hoorde haar laatst weer krijsen op de gang. Wat ging ze tekeer, zeg. Die andere was tenminste zo beschaafd om een paar decennia alleen maar te mokken. Een stuk beter te harden voor de buren.'

'Ik zal het doorgeven.'

Ze schudde haar hoofd en wilde weglopen, maar toen bleef ze staan en staarde naar mijn outfit. Ik droeg een goudkleurige rok met fijne plooitjes, mijn gilet van nepbont en een aardbeikleurige beanie muts die Thom twee jaar geleden voor kerst cadeau had gekregen en hij weigerde te dragen, omdat het een 'meidenmuts' was. Aan mijn voeten droeg ik een paar brogues van felrood lakleer die ik in de uitverkoop had gekocht in een kinderschoenenwinkel, waar ik mijn vuist midden tussen de uitgeputte moeders en krijsende peuters in de lucht stak van blijdschap toen ze bleken te passen.

'Die rok.'

Ik keek omlaag en zette me schrap voor de rotopmerking die ze voor me in petto had.

'Ik had er vroeger precies zo een. Van Biba.'

'Dit ís Biba!' zei ik verrukt. 'Ik heb hem twee jaar geleden gekocht op eBay. Voor vierenhalve pond! En er zit maar één piepklein gaatje in de tailleband.'

'Ik had precies dezelfde rok. Ik reisde veel in de jaren zestig. Altijd als ik in Londen was, ging ik naar die winkel. Ik nam altijd vrachtladingen Biba-jurken mee naar Manhattan. Zoiets hadden we hier niet.'

'Dat lijkt me heerlijk. Ik heb foto's gezien van vroeger,' zei ik. 'Wat ongelofelijk dat u dat toen kon doen. Wat deed u dan? Ik bedoel, waarom reisde u zo veel?'

'Ik werkte in de mode. Voor een damestijdschrift. Het was –' Ze klapte dubbel, plotseling overvallen door een hoestbui, en ik wachtte tot ze weer op adem gekomen was. 'Enfin. Je kan ermee door,' zei ze, en ze legde een hand tegen de muur. Toen draaide ze zich om en hobbelde de straat in, terwijl Dean Martin vuile blikken achterom wierp naar mij en naar de stoeprand.

De rest van de week was, zoals Michael het uitdrukte, *interessant*. Tabitha's appartement in SoHo werd geschilderd en ons appartement werd daardoor een hele week het toneel waarop een serie veldslagen werd uitgevochten om territorium, veldslagen die onzichtbaar waren voor het mannelijk oog, maar die Agnes maar al te duidelijk waren. Ik hoorde haar sissen tegen meneer Gopnik als ze dacht dat Tabitha buiten gehoorsafstand was.

Ilaria genoot van haar rol als voetsoldaat. Ze serveerde expres Tabs lievelingsgerechten – scherpe curry's en rood vlees – waar Agnes niet van wilde eten, en deed alsof haar neus bloedde als Agnes zich erover beklaagde. Ze deed steeds Tabs was eerst, en liet het keurig opgevouwen achter op haar bed, terwijl Agnes door het huis rende in een badjas, op zoek naar de blouse die ze die dag per se aan wilde.

's Avonds ging Tab pontificaal in de zitkamer zitten, terwijl Agnes aan de telefoon was met haar moeder in Polen. Ze neuriede luidruchtig terwijl ze door haar iPad scrolde, totdat Agnes, inwendig razend, opstond en zich in haar kleedkamer verschanste. Tab nodigde een paar keer vriendinnen uit, die de keuken of de televisiekamer annexeerden met hun luide gekakel, geroddel, gegiebel. Een kring blonde hoofden die stilvielen zodra Agnes toevallig langsliep.

'Het is ook haar huis, liefje,' zei meneer Gopnik mild als Agnes protesteerde. 'Ze is hier opgegroeid.'

'Ze behandelt me alsof ik hier maar tijdelijk ben.'

'Ze zal uiteindelijk wel aan je wennen. In veel opzichten is ze nog een kind.'

'Ze is vierentwíntig.' Agnes maakte een laag, grommend geluid; het was een geluid dat geen enkele Engelse haar zou kunnen nadoen (ik heb het een paar keer geprobeerd) en gooide geïrriteerd haar handen in de lucht. Michael liep met een stalen gezicht langs me heen, maar liet zijn ogen even mijn kant op glijden in stilzwijgende solidariteit.

Agnes vroeg me een pakje naar Polen te sturen via FedEx. Ze wilde dat ik het contant zou betalen en ik moest het bonnetje bewaren. Het was een grote, vierkante en niet heel zware doos, en we spraken erover in haar studeerkamer, die ze tegenwoordig tot Ilaria's ergernis op slot draaide.

'Wat is dit?'

'Gewoon, een cadeautje voor mijn moeder.' Ze wuifde met haar hand. 'Maar Leonard vindt dat ik te veel aan mijn familie uitgeef, dus ik wil niet dat hij weet wat ik allemaal verstuur.'

Ik ging ermee naar het FedEx-filiaal op West 57th Street en wachtte in de rij op mijn beurt. Toen ik samen met de medewerker het formulier invulde vroeg hij: 'Wat is de inhoud van het pakket? Vanwege douanetoeslagen.' en ik realiseerde me dat ik eigenlijk geen idee had. Ik appte Agnes en ze reageerde meteen:

Zeg maar gewoon cadeautjes voor de familie.

'Maar wat voor soort cadeautjes, mevrouw?' vroeg de man vermoeid.

Ik appte haar weer. In de rij achter me begon iemand hoorbaar te zuchten.

Tchotchkes.

Ik staarde naar haar bericht. Toen hield ik mijn telefoon op. 'Sorry. Dit kan ik niet uitspreken.'

Hij keek ernaar. 'Hoor eens, dame, daar heb ik niks aan.'

Ik stuurde Agnes nog maar een berichtje.

Zeg dat hij zich met zijn eigen zaken moet bemoeien! Het gaat hem niks aan wat ik aan mijn moeder wil sturen!

Ik stak mijn telefoon weer in mijn zak. 'Ze zegt cosmetica, een trui en een paar dvd's.'

'Waarde?'

'Honderdvijfentachtig dollar en tweeënvijftig cent.'

'Hè, hè,' mompelde de FedEx-man. Ik betaalde en hoopte dat niemand zag dat ik de vingers van mijn andere hand gekruist hield.

Op vrijdagmiddag, toen Agnes' pianoles begonnen was, trok ik me terug op mijn kamer en belde naar Engeland. Terwijl ik Sams nummer koos, voelde ik het vertrouwde opgewonden gefladder bij het idee dat ik zo zijn stem zou horen. Er waren dagen dat ik hem zo miste dat ik de pijn voortdurend met me meedroeg. Ik ging zitten en wachtte tot de telefoon overging.

En toen nam er een vrouw op. 'Hallo?' zei ze. Ze had een beschaafd accent, en haar stem had een rafelrandje, alsof ze te veel had gerookt.

'O, neem me niet kwalijk. Ik denk dat ik een verkeerd nummer heb gekozen.' Ik haalde de telefoon even van mijn oor en staarde naar het schermpje.

'Wie zoek je?'

'Sam. Sam Fielding.'

'Die staat onder de douche. Wacht, ik roep hem wel even.' Ze deed haar hand over de telefoon zodat haar stem even gedempt werd. Ik viel helemaal stil. Sam had verder helemaal geen jonge vrouwen in zijn familie. 'Hij komt eraan,' zei ze toen ze weer aan de lijn kwam. 'Wie kan ik zeggen?'

'Louisa.'

'O. Oké.'

Bij langeafstandstelefoontjes ben je je vreemd bewust van de kleinste variaties in toon en klemtoon en er was iets aan dat 'O' wat me een ongemakkelijk gevoel gaf. Ik wilde haar net vragen wie ik eigenlijk aan de telefoon had toen ik Sam aan de lijn kreeg.

'Hoi!'

'Hoi!' Het kwam er een beetje gebroken uit, alsof mijn mond ineens was opgedroogd en ik moest het nog een keer zeggen.

'Wat is er?'

'Niks! Ik bedoel, niks dringends. Ik... Nou ja, ik wilde gewoon je stem even horen.'

'Wacht, even de deur dichtdoen.' Ik zag voor me hoe hij in zijn kleine treinwagon de slaapkamerdeur achter zich dichttrok. Toen hij weer sprak klonk hij vrolijk, heel anders dan toen we elkaar voor het laatst spraken. 'En, hoe gaat het? Alles oké met jou? Hoe laat is het daar?'

'Iets over tweeën. Eh, wie was dat?'

'O. Dat is Katie.'

'Katie.'

'Katie Ingram. Mijn nieuwe partner, weet je wel.'

'Katie! Oké! Maar... Eh... Wat doet die bij jou thuis?'

'O, ze geeft me een lift naar de afscheidsborrel van Donna. Mijn motor staat bij de garage. Probleem met de uitlaat.'

'Nou, dus dan zorgt ze wel degelijk voor je!' Ik vroeg me af of hij een handdoek om zijn middel had geslagen.

'Ja, ze woont vlakbij, dus het was wel logisch.' Hij zei het achteloos neutraal, als iemand die zich ervan bewust was dat er twee vrouwen waren die naar hem luisterden.

'Waar gaan jullie naartoe dan?'

'Naar die tapaszaak in Hackney. In die oude kerk. Ik weet niet of wij daar samen ooit zijn geweest.'

'Een kerk! Ha, ha, ha! Dan moeten jullie je allemaal dus keurig gedragen!' Ik lachte, te hard.

'Een stel ambulancemensen die een avondje uit mogen? Dat betwijfel ik.'

Het bleef even stil. Ik probeerde de knoop in mijn maag te negeren. Sams stem verzachtte. 'Weet je zeker dat alles goed gaat? Je klinkt een beetje –'

'Het gaat prima! Helemaal goed! Dat zei ik toch. Ik wilde alleen even je stem horen.'

'Schatje, ik vind het fijn je even te spreken, maar ik moet nu hangen. Katie matst me met die lift en we zijn al laat.'

'Oké! Nou, heb het leuk! Niks doen wat ik ook niet zou doen!' Ik sprak in uitroeptekens. 'En wens Donna het beste van me!'

'Komt goed. We spreken elkaar later.'

'Hou van jou.' Het klonk smekender dan mijn bedoeling was. 'Schrijf me!'

'O, Lou...' zei hij.

En toen was hij weg. En ik zat in een veel te stille kamer naar mijn telefoon te staren.

Ik organiseerde een privévoorstelling van een nieuwe film in een kleine screeningzaal voor de vrouwen van meneer Gopniks zakenpartners, en de hors d'oeuvres die daarbij zouden worden geserveerd. Ik deed mijn beklag over een rekening voor bloemen die nooit waren geleverd en toen rende ik naar Sephora om twee flesjes nagellak te halen die Agnes in de *Vogue* had gezien en die ze wilde meenemen naar het buitenhuis.

Twee minuten nadat mijn dienst erop zat en de Gopniks waren vertrokken voor het weekend bedankte ik voor de oude gehaktballen die Ilaria me aanbood en rende naar mijn kamer.

En daar, lieve lezer, deed ik iets heel stoms. Ik zocht haar op op Facebook.

Het kostte me nog geen veertig minuten om de juiste Katie Ingram uit de dikke honderd vrouwen met die naam te filteren. Haar profiel was openbaar en er stond een ziekenhuislogo bij. In de omschrijving van haar baan stond: 'Ambulanceverpleegkundige: Topbaan!!!' Ze had haar dat rood of roodblond zou kunnen zijn, dat kon ik niet opmaken uit de foto's, en ik denk dat ze ergens achter in de twintig was, knap met een wipneusje. Op de eerste dertig foto's die ze had gepost stond ze te lachen met vriendinnen, bevroren in de Dikke Pret. Ze zag er irritant goed uit in een bikini (Skiathos 2014!! Lachen!!!!), ze had een klein harig hondje, een voorkeur voor hakken waar je hoogtevrees op zou krijgen, en een beste vriendin met lang, donker haar, die haar op de foto steeds een zoen op haar wang gaf (heel even koesterde ik de hoop dat ze lesbisch was, maar ze was lid van een Facebook-groep genaamd: *Steek je hand op als je stiekem dolblij bent dat Brad Pitt weer single is!!).*

Haar relatiestatus stond op single.

Ik scrolde door haar feed en haatte mezelf dat ik dat deed, maar ik kon me niet inhouden. Ik scande al haar foto's op zoek naar eentje waar ze dik leek, of chagrijnig, of waarop ze misschien een nare schurftige huidaandoening bleek te hebben. Ik klikte en klikte. En net toen ik mijn laptop wilde dichtklappen zag ik het. Drie weken geleden gepost. Katie Ingram op een heldere winterdag, in haar donkergroene uniform, haar tas trots aan haar voeten, voor het ambulancestation in Oost-London. En dit keer had ze haar arm om Sam heen geslagen, die in zijn uniform, met zijn armen over elkaar geslagen naar de camera lachte.

'Beste partner van de hele WERELD,' stond eronder. 'Blij met mijn nieuwe baan!'

En vlak daaronder schreef haar vriendin met het donkere haar in de comments: 'Waarom zou dat nou zijn...?!' met een knipogende smiley ernaast.

Weet je wat het is met jaloezie: het staat niemand goed. En je rationele zelf weet dat ook best. Jij bent geen jaloers type! Jaloerse vrouwen zijn verschrikkelijk! En het slaat ook nergens op! Als iemand je leuk vindt blijft hij bij je; als hij je niet leuk genoeg vindt om bij je te blijven, is hij je überhaupt niet waard. Dat weet je toch. Je bent een verstandige, volwassen vrouw van achtentwintig. Je hebt al die zelfhulpartikelen toch gelezen. Je kijkt naar *Dr. Phil.*

Maar als je dik vijfduizend kilometer bij je knappe, sexy ambulancevriendje vandaan bent en hij heeft een nieuwe partner die klinkt en eruitziet als Pussy Galore... Een vrouw die minstens twaalf uur per dag heel dicht bij de man is van wie jij houdt... Een man die al aan jou heeft opgebiecht hoe zwaar het hem valt om fysiek van je gescheiden te zijn... Dan wordt het rationele deel van jezelf behoorlijk de kop ingedrukt door die naarling: je irrationele zelf.

Wat ik ook deed, ik kon dat beeld van die twee samen niet van me afzetten. Het zat als een fotonegatief ergens achter mijn ogen, waar het niet weg wilde, en het achtervolgde me: haar lichtbruine arm stevig om zijn middel, haar vingers rustend op de tailleband van zijn uniform. Stonden ze naast elkaar in de bar, 's avonds laat, en porde ze hem om een grapje dat ze samen deelden? Was ze zo'n aanrakerig type dat zijn arm vastpakte om haar woorden kracht bij te zetten? Rook ze lekker, zodat hij, als ze er niet meer was aan het eind van de dag, op een ondefinieerbare manier het gevoel had dat hij iets miste?

Ik wist dat ik gegarandeerd gek zou worden als ik mezelf geen halt zou toeroepen. Ik overwoog om hem te bellen, maar wie om vier uur 's nachts belt is duidelijk een stalkerig, onzeker vriendinnetje. Mijn gedachten buitelden over elkaar heen en vormden een grote, giftige wolk. En ik haatte mezelf erom. Maar ze buitelden verder en de wolk groeide.

'Konden ze je niet gewoon een aardige man van middelbare leeftijd als partner geven?' mompelde ik tegen het plafond. En ergens in de kleine uurtjes viel ik eindelijk in slaap.

Op maandag liepen we hard (ik stopte maar één keer) en gingen toen naar Macy's om te shoppen; we kochten een hele hoop kleertjes voor het nichtje van Agnes. Ik stuurde ze via het FedEx-kantoortje naar Krakau, dit keer zeker van de inhoud van het pakket.

Tijdens de lunch vertelde ze me over haar zus en het feit dat die te jong getrouwd was met de bedrijfsleider van de plaatselijke brouwerij, die haar weinig respectvol behandelde, en dat ze zich nu zo onderdrukt en waardeloos voelde dat Agnes haar niet eens kon overhalen om weg te gaan. 'Ze huilt elke dag bij mijn moeder om wat hij allemaal tegen haar zegt. Dat ze dik is, of lelijk, of dat hij een veel betere vrouw had kunnen trouwen. Die stinkende hoop kippenstront. Een hond zou nog niet tegen zijn been willen pissen, al had hij honderd emmers water leeggedronken.'

Haar doel was, vertrouwde ze me toe boven haar salade van biet en bietenblad, om haar zusje naar New York te halen, weg bij die man. 'Ik denk dat Leonard wel werk voor haar heeft. Misschien als secretaresse bij hem op kantoor. Of nog beter, als onze huishoudster! Dan kunnen we eindelijk van Ilaria af! Mijn zusje is ontzettend goed, namelijk. Heel erg consciëntieus. Maar ze wil niet uit Krakau weg.'

'Misschien wil ze haar kind niet van school halen. Mijn zusje vond het ook maar niks om met Thom naar Londen te gaan,' zei ik.

'Hm,' zei Agnes. Maar ik zag wel dat ze dat zelf niet echt als een obstakel zag. Ik vroeg me af of rijke mensen überhaupt ooit obstakels zien.

We waren nauwelijks een halfuur thuis of ze keek op haar telefoon en kondigde aan dat we naar East Williamsburg gingen.

'Naar die kunstenaar? Maar ik dacht –'

'Steven leert me tekenen. Tekenlessen.'

Ik knipperde met mijn ogen. 'Oké.'

'Het is een verrassing voor Leonard, dus je mag er niets over zeggen.'

Ze keek me de hele rit erheen niet aan.

'Wat ben je laat,' zei Nathan toen ik weer thuiskwam. Hij was op weg naar een potje basketbal met wat vrienden van de sportschool. Zijn sporttas hing over zijn schouder en hij had de capuchon van zijn hoodie over zijn haar getrokken.

'Ja, nou ja.' Ik liet mijn tas vallen en vulde de waterkoker. Ik haalde een bakje noodles uit een plastic tas en zette dat op het aanrecht.

'Heb je iets leuks gedaan?'

Ik aarzelde. 'Gewoon… Van hot naar her. Je weet hoe ze is.' Ik zette de waterkoker aan.

'Gaat het wel?'

'Ja, best.'

Ik voelde zijn blik totdat ik me omdraaide en een glimlach forceerde. Toen gaf hij me een klap op mijn schouders en liep weg. 'Ach ja, je hebt van die dagen.'

Van die dagen, dat kun je wel zeggen. Ik staarde naar het aanrecht. Ik wist niet wat ik tegen hem moest zeggen. Ik wist niet hoe ik moest uitleggen dat Garry en ik tweeënhalf uur op haar hadden zitten wachten in de auto, terwijl mijn blik steeds heen en weer schoot tussen het licht achter het raam en mijn telefoon. Na een uur had Garry, die zijn talencursus beu was, een appje naar Agnes gestuurd om te zeggen dat de parkeerwacht wilde dat hij de auto verplaatste en dat ze hem een berichtje moest sturen als ze weg wilde, maar ze reageerde niet. We reden een blok verder, hij ging tanken en opperde om ergens koffie te gaan drinken. 'Ze zei niet hoelang ze zou wegblijven. Meestal duurt het dan een paar uur.'

'Is dit dan al eerder gebeurd?'

'Mrs. G doet waar ze zin in heeft.'

Hij bestelde koffie voor me in een bijna lege *diner*, waar een geplastificeerde menukaart lag met slecht uitgelichte foto's van alle gerechten, en we zaten en zwegen, en hielden allebei onze telefoon in de gaten voor het geval ze belde, en zo zagen we de schemering van Williamsburg langzaamaan overgaan in een door neonlicht verlichte avond. Ik was naar de opwindendste stad op aarde verhuisd en toch voelde het soms alsof mijn leven kleiner was geworden: van limo naar appartement; van appartement naar limo.

'Werk je eigenlijk al lang voor de Gopniks?'

Garry roerde langzaam twee zakjes suiker door zijn koffie en verfrommelde die vervolgens in zijn mollige knuist. 'Anderhalf jaar.'

'Voor wie werkte je daarvoor?'

'Voor iemand anders.'

Ik nam een slok van mijn koffie, die verrassend lekker was. 'Vind je het nooit vervelend?'

Hij keek op en staarde me aan vanonder zijn zware wenkbrauwen.

'Al dat rondhangen?' verduidelijkte ik. 'Ik bedoel, doet ze dit vaak?'

Hij bleef in zijn koffie roeren, zijn blik weer op zijn beker gericht. 'Luister, meisje,' zei hij na een korte stilte. 'Ik wil niet onbeleefd zijn, maar ik zie wel dat jij nog niet zo lang in deze business zit, en je houdt het een stuk langer vol als je verder geen vragen stelt.' Hij leunde naar achteren en zijn dikke buik zakte een beetje over zijn schoot. 'Ik ben de chauffeur. Ik ben er als ze me nodig hebben. Ik praat alleen als ze me iets vragen. Ik zie niks, ik hoor niks, ik vergeet alles. Daarom draai ik al tweeëndertig jaar mee in deze wereld, en zo heb ik mijn twee ondankbare kinderen een universitaire opleiding kunnen geven. Over tweeënhalf jaar ga ik met vervoegd pensioen en dan verhuis ik naar mijn strandhuis in Costa

Rica. Zo doe je dat.' Hij veegde zijn neus af met een papieren servetje, waardoor zijn wangzakken gingen lillen. 'Begrijp je wat ik bedoel?'

'Je ziet niks, je hoort niks...'

'...en je vergeet alles. Zo is het. Wil je een donut? Ze hebben hier heel lekkere donuts. Ze worden de hele dag door vers gebakken.' Hij stond op en liep moeizaam naar de toonbank. Toen hij weer terugkwam zei hij verder geen woord meer tegen me, maar knikte alleen tevreden toen ik zei dat de donuts inderdaad heel lekker waren.

Agnes zei geen woord toen ze zich weer bij ons voegde. Na een paar minuten vroeg ze alleen: 'Heeft Leonard nog gebeld? Ik had mijn telefoon per ongeluk uit staan.'

'Nee.'

'Hij zal nog wel op kantoor zitten. Ik bel hem even.' Ze trok haar haar recht en leunde toen tegen de achterbank. 'Dat was een geweldige les. Ik heb er echt veel van opgestoken. Steven is een heel goede kunstenaar,' verklaarde ze.

Pas halverwege de rit naar huis zag ik dat ze helemaal geen tekeningen bij zich had.

11

Lieve Thom,

Ik stuur je een honkbalpet, omdat ik met Nathan naar een echte honkbalwedstrijd ben geweest en alle spelers droegen er zo eentje (nou ja, eigenlijk droegen ze helmen, maar van origine droegen ze dit). Dus ik heb er eentje gekocht voor jou en voor nog iemand die ik ken. Laat je moeder een foto nemen van jou met de pet op, dan kan ik die hier aan de muur hangen!
Nee, helaas zijn er in dit deel van Amerika geen cowboys, maar vandaag ga ik wel naar een countryclub dus ik zal opletten of er daar niet eentje voorbijrijdt.
Bedankt voor de tekening van mijn achterwerk en mijn denkbeeldige hond. Ik wist niet dat mijn billen zo paars waren, maar ik zal eraan denken als ik een keer besluit om, zoals ik op jouw tekening doe, in mijn blootje langs het Vrijheidsbeeld te wandelen. Volgens mij is jouw versie van New York nog spannender dan de stad al is van zichzelf.

Heel veel liefs
Tante Lou xxx

Grand Pines Country Club spreidde zich uit over eindeloze hectaren weelderig landschap, en de bomen en glooiende velden waren zo perfect en zo felgroen dat het leek alsof ze uit de verbeelding van een zevenjarig kind met krijtjes waren ontsproten.

Op een frisse, heldere dag reed Garry ons langzaam de lange oprit op en bleef toen staan voor een enorm laag gebouw, waar een jongeman in een lichtblauw uniform naar voren stapte en Agnes' portier opendeed.

'Goedemorgen, mevrouw Gopnik. Hoe is het met u?'

'Heel goed, dank je, Randy. En met jou?'

'Kon niet beter, mevrouw. Het wordt al druk. Grote dag!'

Omdat meneer Gopnik niet weg kon van het werk was het aan Agnes om Mary, een van de medewerkers van zijn countryclub die daar al heel lang werkte, een afscheidscadeau te brengen, want ze ging met pensioen. Agnes had de week ervoor duidelijk laten blijken wat ze daarvan vond. Ze haatte de countryclub. De trawanten van de voormalige mevrouw Gopnik zouden er ook zijn. En Agnes vond het verschrikkelijk om in het openbaar te spreken. Ze kon dit niet zonder Leonard. Maar dit keer was hij onvermurwbaar. *Het zal je helpen om je plek te verwerven, lieveling. En Louisa is bij je.*

We oefenden haar speech en smeedden een plan. We zouden zo laat mogelijk naar de Grote Zaal gaan, vlak voordat het voorgerecht zou worden geserveerd, zodat we ons verontschuldigend konden aanschuiven, en we zouden het drukke verkeer in Manhattan de schuld geven. Mary Lander, de gepensioneerde in kwestie, zou om twee uur opstaan, na de koffie, en dan zouden er een paar mensen wat aardigs tegen haar zeggen. En dan zou Agnes gaan staan, zich verontschuldigen voor het feit dat meneer Gopnik er zelf niet bij kon zijn, en dan zou ze iets vriendelijks over Mary zeggen om haar vervolgens haar cadeau te overhandigen. Dan zouden we een diplomatiek halfuurtje wachten en vervolgens zeggen dat we iets belangrijks te doen hadden in de stad.

'Is deze jurk oké, denk je?' Ze droeg een voor haar doen ongewoon conservatief pakje: een fuchsiaroze jurk met een lichter roze jasje met korte mouwen en een parelsnoer. Niet haar gebruikelijke look, maar ik snapte dat ze een pantser nodig had.

'Perfect.' Ze haalde diep adem en ik gaf haar een porretje en glimlachte. Ze gaf een kneepje in mijn hand.

'Erin en eruit,' zei ik. 'Het stelt niks voor.'

'Ik geef ze twee enorme vingers,' mompelde ze en ze schonk me een glimlachje.

Het was een enorm, licht gebouw, dat gebroken wit was geschilderd en helemaal vol stond met nepantiek. De gangen met eikenhouten lambrisering, de portretten van de oprichters aan de muren en het stille personeel dat kamer in en kamer uit schoot, gingen vergezeld van zachte conversatiegeluiden en af en toe wat gerinkel van een koffiekopje of glas. Waar je ook keek, het uitzicht was schitterend, en in elke behoefte leek voorzien.

De Grote Zaal stond vol met een stuk of zestig ronde, elegant gedecoreerde tafels waaraan keurige dames zaten te kletsen met een glas mineraalwater of vruchtenbowl. Iedereen had perfect geföhnd haar, en iedereen droeg dure, elegante kleding – jurkjes van goede snit met bouclé jasjes, of zorgvuldig op elkaar afgestemde rokjes en blouses. In de lucht hing een zware cocktail van verschillende parfums. Aan een aantal tafeltjes zat een enkele man, geflankeerd door dames, maar die kerels leken hun mannelijkheid te verliezen in een ruimte met zo veel vrouwen.

Voor de argeloze toeschouwer – of misschien: voor de gemiddelde man – was er niet echt iets mis. Hier en daar een hoofd dat omgedraaid werd, een subtiele daling van het volume toen wij voorbijliepen, het lichte tuiten van lippen. Ik liep achter Agnes, en ineens vertraagde ze wat, zodat ik bijna tegen haar op botste. En toen zag ik de tafelschikking: Tabitha, een jongeman en een oudere man, twee vrouwen die ik niet herkende, en naast mij een oudere vrouw die opkeek en Agnes recht in de ogen staarde. Toen de ober naar voren stapte om haar stoel aan te schuiven bleek Agnes pal tegenover het Grote Paars zelve te zitten: Kathryn Gopnik.

'Goedemiddag,' zei Agnes aan alle disgenoten, zonder de eerste mevrouw Gopnik daarbij aan te kijken.

'Goedemiddag, mevrouw Gopnik,' zei de man, die aan mijn kant van de tafel zat.

'Meneer Henry,' zei Agnes, met moeite glimlachend. 'Tab. Je had helemaal niet verteld dat jij er vandaag ook zou zijn.'

'We hoeven je toch zeker niet van al onze activiteiten op de hoogte te houden, of wel soms, Agnes?' zei Tabitha.

'En u bent?' vroeg de oudere heer rechts van me. Ik wilde zeggen dat ik een vriendin van Agnes uit Londen was, maar toen drong het tot me door dat dat nu niet meer kon. 'Ik ben Louisa,' zei ik. 'Louisa Clark.'

'Emmett Henry,' zei hij, en hij stak zijn knoestige hand naar me uit. 'Het is me een genoegen. Hoor ik daar een Engels accent?'

'Dat hoort u goed.' Ik keek op om de serveerster te bedanken die me wat water inschonk.

'Wat ontzettend leuk. Bent u hier op bezoek?'

'Louisa is de assistente van Agnes, Emmett,' klonk Tabitha's stem luid over tafel. 'Agnes heeft de bijzondere gewoonte om haar personeel mee te nemen naar sociale gelegenheden.'

Mijn wangen verschoten van kleur. Ik voelde de kritische blik van Kathryn Gopnik, en de ogen van de rest van de tafel.

Emmett dacht daar even over na. 'Nou ja, mijn Dora nam haar verpleegster Libby de laatste tien jaar ook echt overal mee naartoe. Naar restaurants, het theater, waar we ook maar naartoe gingen. Ze zei altijd dat Libby betere conversatie leverde dan ik.' Hij gaf me een klopje op mijn hand en grinnikte, en een paar van de anderen lachten netjes mee. 'En ik vrees dat ze gelijk had.'

En zo werd ik gered van de sociale schande door een man van zesentachtig. Emmett Henry kletste de hele garnalencocktail lang tegen me aan. Hij vertelde me over zijn lange geschiedenis bij de countryclub, zijn tijd als advocaat in Manhattan, en zijn verhuizing naar een bejaardenoord, vlak bij de club.

'Ik kom hier elke dag. Het houdt me actief en er zijn altijd mensen om mee te praten. Het is echt mijn tweede thuis.'

'Het is hier prachtig,' zei ik met een blik achterom. Een paar hoofden draaiden zich vlug om. 'Ik begrijp wel dat u hier graag komt.' Agnes leek kalm van buiten, maar ik zag dat haar handen een beetje trilden.

'O, maar dit is ook echt een historisch gebouw, kindje.' Emmett gebaarde naar de zijkant van de zaal, waar een plaquette stond. 'Het is gebouwd in...' Hij zweeg om meer impact te maken, en zei toen langzaam: '1937.'

Ik vertelde hem maar niet dat onze straat in Engeland sociale woningbouw had die nog ouder was. Sterker nog, ik vermoed dat mijn moeder panty's heeft die ouder zijn dan dat. Ik knikte, glimlachte, at mijn kip met wilde paddenstoelen en vroeg me af hoe ik dichter bij Agnes kon komen, die zich duidelijk heel ellendig voelde.

De lunch sleepte zich voort. Emmett vertelde me eindeloze verhalen over de club, en over de grappige dingen die mensen van wie ik nog nooit had gehoord hadden gedaan of gezegd, en af en toe keek Agnes op en ik glimlachte naar haar, maar ik zag haar wegzakken. Mensen wierpen heimelijk blikken naar onze tafel en hoofden doken bij elkaar. *De twee mevrouwen Gopnik, zo dicht bij elkaar! Moet je je voorstellen!* Na het hoofdgerecht excuseerde ik me.

'Agnes, zou je me misschien even willen laten zien waar het damestoilet is?' vroeg ik. Ik dacht dat het goed zou zijn om even tien minuten van tafel te kunnen.

Maar nog voordat ze kon reageren, legde Kathryn Gopnik haar servet op tafel en zei: 'Ik laat het je wel even zien, kindje. Ik moet toch die kant op.' Ze pakte haar handtas, ging naast me staan en wachtte. Ik wierp een blik op Agnes, maar die verroerde zich niet.

Agnes knikte. 'Ga maar. Ik... Ik ben nog niet klaar met mijn kip,' zei ze.

Ik volgde mevrouw Gopnik tussen de tafeltjes van de Grote Zaal door, de hal in, en ik pijnigde mijn hersenen. We liepen over de vloerbedekking in de gang, ik een paar stappen achter haar aan, en we stopten bij het damestoilet. Ze deed de mahoniehouten deur open en liet mij eerst naar binnen gaan.

'Dank u wel,' mompelde ik en ik schoot een toilet in. Ik hoefde niet eens te plassen. Ik zat op de bril. Als ik hier maar lang genoeg zou blijven zitten, ging zij misschien eerder weg. Maar toen ik weer tevoorschijn kwam stond ze bij de wastafels haar lippenstift bij te werken. Haar blik gleed mijn kant op, terwijl ik mijn handen stond te wassen.

'Dus jij woont in mijn oude huis,' zei ze.

'Ja.' Het had geen zin om daarover te liegen.

Ze tuitte haar lippen en deed toen tevreden haar lippenstift terug in de huls. 'Dit moet allemaal nogal ongemakkelijk zijn voor jou.'

'Ik doe gewoon mijn werk.'

'Hm.' Ze haalde een kleine haarborstel uit haar tas en haalde die lichtjes over haar haren. Ik vroeg me af of het onbeschoft zou zijn om nu weg te gaan, of dat de etiquette voorschreef dat ik ook weer met haar terug moest lopen naar onze tafel. Ik droogde mijn handen en leunde iets dichter naar de spiegel toe om mijn ogen te controleren op uitgelopen mascara, en ik nam er zo lang mogelijk de tijd voor.

'Hoe gaat het met mijn man?'

Ik knipperde met mijn ogen.

'Leonard. Hoe gaat het met hem? Je beschaamt toch zeker niemands vertrouwen als je me dat vertelt.' Haar spiegelbeeld keek me aan.

'Ik... Ik zie hem niet zo vaak. Maar volgens mij gaat het prima.'

'Ik vroeg me af waarom hij er niet bij is. Of hij soms weer last had van zijn reuma.'

'O. Nee. Volgens mij heeft hij vandaag iets op zijn werk.'

'"Iets op zijn werk." Aha. Nou, dat is dan goed nieuws, dunkt me.' Ze stopte haar borstel behoedzaam terug in haar tas en haalde een poederdoosje tevoorschijn. Ze drukte de poederdons een, twee keer aan elke kant van haar neus, om het doosje vervolgens weer dicht te klappen. Ik wist niet meer wat ik nu moest doen. Ik graaide wat in mijn tas en probeerde me te herinneren of ik zelf ook een poederdoosje had meegenomen. En toen draaide mevrouw Gopnik zich om en keek me aan. 'Is hij gelukkig?'

'Pardon?'

'Dat lijkt me een duidelijke vraag.'

Mijn hart bonkte onaangenaam tegen mijn ribben.

Haar stem was honingzoet. 'Tab praat niet met me over hem. Ze is nog heel boos op haar vader, ook al houdt ze ontzettend veel van hem. Ze was altijd al een vaderskindje. Dus ik denk niet dat zij me kan vertellen wat er echt aan de hand is.'

'Mevrouw Gopnik, met alle respect, ik geloof niet dat het aan mij is om –'

Ze wendde haar hoofd af. 'Nee. Dat zal ook wel niet.' Ze stopte haar poederdoosje terug in haar tas. 'Ik kan wel raden wat men u over mij heeft verteld, juffrouw...?'

'Clark.'

'Juffrouw Clark. En ik weet ook zeker dat u wel weet dat het leven zelden zwart en wit is.'

'Dat weet ik, ja.' Ik slikte. 'En ik weet dat Agnes een goed mens is. Slim. Vriendelijk. Beschaafd. En geen golddigger. Want zoals u zelf al zegt: dit soort dingen zijn bijna nooit zwart of wit.'

Ze keek me weer aan in de spiegel. Zo bleven we nog een paar seconden staan. Toen knipte ze haar handtas dicht en na een laatste blik op haar spiegelbeeld schonk ze me een geforceerd lachje. 'Het doet me deugd dat Leonard het goed maakt.'

Toen we weer terugkwamen aan tafel werden de borden net afgeruimd. De rest van de middag zei ze geen woord meer tegen me.

De desserts werden tegelijk met de koffie geserveerd, de gesprekken bloedden dood en de lunch liep ten einde. Een aantal oudere dames werd naar de toiletten gebracht en hun looprekken werden onderweg met gemoedelijke commotie losgetrokken vanachter stoelpoten. De man in het pak stond op het kleine podium voor in de zaal, licht transpirerend bij zijn kraag, en bedankte de aanwezigen voor hun komst, om vervolgens een paar woorden te wijden aan toekomstige evenementen op de club, waaronder een benefietavond over twee weken, die kennelijk al helemaal uitverkocht was (dit nieuws was goed voor een applausje). Toen zei hij dat iemand nog iets wilde zeggen en hij knikte naar onze tafel.

Agnes zuchtte even en stond op. Alle ogen in de zaal waren op haar gericht. Ze liep het podium op en nam de plek van de manager achter de microfoon in. Terwijl ze daar stond te wachten, liep hij met een oudere zwarte dame in een donker pak naar voren. De vrouw zwaaide wat met haar handen, alsof ze wilde zeggen dat ze er niet zo'n toestand van moesten maken. Agnes lachte naar haar, haalde nog eens diep adem, zoals ik haar had opgedragen, legde toen voorzichtig twee kaartjes op het spreekgestoelte en begon te praten met een heldere, duidelijke stem.

'Goedemiddag, allemaal. Hartelijk dank voor uw aanwezigheid vandaag, en ook veel dank aan het personeel voor de heerlijke lunch.'

Haar stem was perfect gemoduleerd en de woorden gepolijst als kiezelstenen door al die uren die ze de afgelopen week had geoefend.

Er klonk instemmend gemompel. Ik keek naar mevrouw Gopnik, wier gezicht niets prijsgaf.

'Zoals velen van u wel zullen weten, is het vandaag Mary Landers' laatste dag op de club. We willen haar een heel gelukkige tijd toewensen na haar pensionering. Mary, Leonard wil graag dat ik je vertel dat het hem verschrikkelijk spijt dat hij er vandaag niet bij kon zijn. Hij heeft veel waardering voor alles wat je voor de club hebt gedaan en hij weet dat alle anderen dat ook hebben.' Ze zweeg nu even, zoals ik haar had geïnstrueerd. Het was heel stil in de zaal en de vrouwen keken aandachtig. 'Mary is in 1967 als keukenmedewerkster van Grand Pines begonnen en is opgeklommen tot assistent beheerder. Door de jaren heen heeft iedereen genoten van je aanwezigheid en van je harde werk, Mary, en we zullen je allemaal erg missen. Wij – en alle andere leden van de club – willen je dit graag aanbieden als een klein teken van onze waardering en we hopen echt dat je gaat genieten van de tijd na je werkzame leven.'

Er werd beleefd geapplaudisseerd en Agnes kreeg een glazen sculptuur aangereikt waar Mary's naam in gegraveerd was. Die overhandigde ze met een glimlach aan de vrouw en ze poseerden voor wat foto's. Toen liep ze naar de rand van het podium en ging weer aan tafel zitten. De opluchting dat ze uit de spotlights weg mocht stond op haar gezicht te lezen. Ik keek naar Mary, die lachte voor nog een paar foto's, dit keer met de manager. Ik wilde net voorover leunen om Agnes te feliciteren toen Kathryn Gopnik opstond.

'Voordat je weggaat,' zei ze met luide stem boven het geklets uit, 'zou ik ook nog graag een woordje tot je willen richten.'

We zagen haar zich een weg naar het podium banen, waar ze langs de katheder liep. Ze nam Mary haar geschenk uit handen en gaf het aan de manager. Toen nam ze Mary's handen in de hare. 'Ach, Mary,' zei ze en toen draaide ze zich om zodat ze de zaal in keken: 'Mary, Mary, Mary. Wat ben jij toch altijd een schát geweest.'

Overal in de zaal werd spontaan geklapt. Mevrouw Gopnik knikte en wachtte tot men weer stil was. 'Mijn dochter is opgegroeid met jou als haar hoedster – en onze hoedster – tijdens al die honderden, of nee, dúízenden uren die we hier hebben doorgebracht. Wat zijn we hier gelukkig geweest. En als er eens iets was, dat was jij er om het voor ons te regelen. Een pleister op een geschaafde knie, of eindeloze zakken met ijsblokjes op een gebutst hoofd. We herinneren ons natuurlijk allemaal nog maar al te goed het incident in het botenhuis!'

De zaal begon te lachen.

'Je hield vooral van onze kinderen, en deze plek voelde voor mij en Leonard altijd als een toevluchtsoord, omdat we wisten dat ons gezin hier veilig en gelukkig was. Op de schitterende gazons hebben we menig leuk feest gehad, en we hebben hier zo veel met iedereen gelachen. En als wij aan het golfen waren of met onze vrienden genoten van een heerlijke cocktail, waakte jij over onze kinderen of deelde glazen van je onovertroffen ijsthee uit. Die ijsthee van jou, daar zijn we allemaal zo dol op, of niet?'

Er werd gejuicht. Ik zag hoe Agnes verstijfde, en als een robot applaudisseerde, alsof ze niet wist wat ze anders moest doen.

Emmett leunde naar mij toe. 'Mary's ijsthee is iets heel bijzonders. Ik weet niet wat ze er allemaal in stopt, maar mijn hemel, dat spul is dódelijk.' Hij sloeg zijn ogen ten hemel.

'Tabitha is zoals zovelen van ons speciaal overgekomen uit de stad, want ik weet dat ze jou niet alleen ziet als iemand die op deze club werkt, maar als deel van onze familie. En we weten allemaal: er gaat niets boven familie!'

Ik durfde niet naar Agnes te kijken toen iedereen weer begon te klappen.

'Mary,' zei Kathryn Gopnik toen iedereen weer stil was, 'jij hebt de werkelijke waarden van deze club uitgedragen – waarden die sommige mensen misschien een beetje ouderwets vinden, maar die deze countryclub maken wat het is: consistentie, voortreffelijkheid en tróúw. Jij bent het lachende gezicht van de club, het kloppende hart. Ik weet dat ik namens iedereen spreek als ik zeg dat het nooit meer hetzelfde zal zijn zonder jou.' De oude dame stond nu te stralen en de tranen glansden in haar ogen. 'Dus schenk allemaal je glas nog eens vol en laten we proosten op onze geweldige Máry.'

De zaal ontplofte. Wie nog kon staan stond op. Toen Emmett zichzelf moeizaam omhooghees keek ik om me heen en toen deed ik hetzelfde, al voelde ik me wel een beetje een verrader. Agnes was de laatste die ging staan, nog steeds applaudisserend, haar glimlach een glimmende streep op haar gezicht.

Er ging iets troostrijks uit van een echt bomvolle bar, eentje waar je je arm door drie rijen mensen heen moest steken om de aandacht van de barkeeper te trekken, en waar als je geluk had driekwart van je drankje in je glas bleef als je je weer een weg terug baande naar je tafeltje. Balthazar, had Nathan me verteld, was een soort instituut in SoHo: altijd vol, altijd leuk, een vaste waarde in de New York barscene. En vanavond, ook al was het zondag, was het er ook heel erg druk, en al dat lawaai, de barmannen die voortdurend in beweging waren, de lichtjes en het gerinkel verdreven de gebeurtenissen van de dag uit mijn hoofd.

We sloegen allebei staand aan de bar een paar biertjes achterover en Nathan stelde me voor aan zijn sportschoolvrienden, wier namen ik bijna meteen weer vergat, maar die heel grappig en aardig waren en voor wie ik fungeerde als een excuus om elkaar vrolijke beledigingen naar het hoofd te slingeren. Uiteindelijk wisten we een tafeltje te bevechten, waar ik nog wat meer dronk, met een cheeseburger erbij, en daar knapte ik een beetje van op. Rond tien uur, toen de jongens het druk hadden met imitaties van het gekreun van andere mensen in de sportschool, compleet met gezichtsuitdrukkingen en uitpuilende aderen, stond ik op om naar de wc te gaan. Daar bleef ik tien minuten zitten, genietend van de relatieve stilte. Ik werkte mijn make-up bij en haalde mijn handen door mijn haar. Ik probeerde niet te denken aan wat Sam nu aan het doen was. Die gedachte was geen troost meer, maar bezorgde me eerder een knoop in mijn maag. Toen ging ik weer naar buiten.

'Ben je me soms aan het stalken?'

Ik draaide me met een ruk om. In de gang, gekleed in een T-shirt en spijkerbroek, en met opgetrokken wenkbrauwen, stond Josh.

'Wat? O. Hoi!' Mijn hand schoot instinctief naar mijn haar. 'Nee... Nee, ik ben hier gewoon met een paar vrienden.'

'Ik maak maar een geintje. Hoe is het met je, Louisa Clark? Je bent ver weg van Central Park.' Hij boog zich voorover om me een zoen op mijn wang te geven. Hij rook verrukkelijk, naar limoen en iets zachts en muskachtigs. 'Wauw. Dat leek wel poëzie.'

'Ik ben gewoon alle bars in Manhattan aan het afwerken. Je weet wel.'

'O, ja. Dat "nieuwe dingen proberen" van je. Wat zie je er schattig uit. Leuk, die' – hij gebaarde naar mijn jurk met het vestje met korte mouwen – 'kakkineuze vibe.'

'Ik moest vandaag op een countryclub zijn.'

'Staat je goed, hoor. Zin om een biertje te doen?'

'Ik... Ik kan niet echt weg bij mijn vrienden.' Hij leek teleurgesteld. 'Maar dan kom je toch gewoon bij ons staan!' voegde ik eraan toe.

'Leuk! Wacht, ik ga het even zeggen tegen de mensen met wie ik hier ben. Ik ben het vijfde wiel aan de wagen op een date; ze zullen wel blij zijn dat ze van me af zijn. Waar zit jij?'

Ik baande me een weg terug naar Nathan, met rode wangen en een licht gegons in mijn oren. Het deed er niet toe dat hij het verkeerde accent had, en dat zijn wenkbrauwen zo anders waren of dat zijn ooghoeken de verkeerde kant op stonden, het was onmogelijk om naar Josh te kijken en niet Will in hem te zien. Ik vroeg me af of ik ooit over de schrik heen zou komen. En ik verwonderde me over het onbewuste gebruik van het woord 'ooit'.

'Ik ben een vriend tegengekomen!' zei ik, toen Josh zich bij ons voegde.

'Een vriend,' zei Nathan.

'Nathan, Dean, Arun, dit is Josh Ryan.'

'Je vergeet "de Derde".' Hij keek me grijnzend aan, alsof het een vast grapje tussen ons was. 'Hoi.' Josh stak zijn hand uit, leunde voorover en schudde die van Nathan.

Ik zag hoe Nathans blik over hem heen gleed en dat zijn ogen toen mijn kant op schoten. Ik lachte vrolijk en neutraal, alsof ik overal in Manhattan vrienden had die gezellig met ons mee wilde drinken in bars.

'Iemand een biertje?' vroeg Josh. 'Het eten is hier ook heel lekker, mocht er iemand trek hebben.'

'Een "vriend"?' mompelde Nathan, toen Josh naar de bar vertrok.

'Ja. Een vriend. Ik heb hem leren kennen tijdens het Yellow Ball. Met Agnes.'

'Hij lijkt op –'

'Weet ik.'

Nathan dacht er even over na. Hij keek naar mij en toen naar Josh. 'Zeg, dat "ja zeggen" van jou. Je bent toch niet...'

'Ik hou van Sam, Nathan.'

'Tuurlijk, *mate*. Ik vraag het alleen maar.'

Ik voelde Nathans ogen de rest van de avond branden. Op een of andere manier eindigde ik met Josh aan de rand van de tafel, weg van alle anderen, en hij had het over zijn werk en de krankzinnige combinatie van opiaten en antidepressiva die zijn collega's naar binnen schoven om dag in dag uit aan de eisen van zijn kantoor te kunnen voldoen, en dat hij op zijn tenen moest lopen om niet op die van zijn baas te trappen en dat dat steeds maar niet lukte, en over het appartement dat hij nog moest inrichten, waar hij maar niet aan toekwam en wat er gebeurde met zijn moeder, die smetvrees had, wanneer die over was uit Boston. Ik knikte en glimlachte en luisterde, en probeerde ervoor te zorgen dat ik hem alleen aanstaarde op een keurige, geïnteresseerde manier in plaats van een licht geobsedeerde, melancholieke o-wat-lijk-je-toch-op-hem-manier.

'En jij, Louisa Clark? Je hebt bijna de hele avond nog niets over jezelf verteld. Hoe bevalt je vakantie? Wanneer ga je weer terug?'

Mijn baan. Ik schrok me een ongeluk toen ik me realiseerde dat ik had gelogen over wie ik was, toen we elkaar leerden kennen. En ook dat ik te veel had gedronken om wat voor leugen dan ook vol te kunnen houden, of om me zo te schamen als ik me waarschijnlijk behoorde te schamen toen ik het opbiechtte. 'Josh. Ik moet je wat vertellen.'

Hij leunde naar voren. 'O. Je bent getrouwd.'

'Nope.'

'Nou, dat valt dan alweer mee. Heb je een ongeneeslijke ziekte? Nog maar een paar weken te leven?'

Ik schudde mijn hoofd.

'Verveel je je soms? Je verveelt je. Je wilt liever met iemand anders praten? Ik snap het wel, hoor. Ik heb je de oren van het hoofd gekletst.'

Ik begon te lachen. 'Nee. Dat is het niet. Je bent geweldig gezelschap.' Ik keek naar mijn voeten. 'Ik ben... niet wat ik je heb verteld. Ik ben niet Agnes' vriendin uit Engeland. We deden alsof, omdat ze een bondgenote nodig had op het Yellow Ball. Ik... Nou ja, ik ben haar assistente. Ik ben maar gewoon een assistente.'

Toen ik opkeek, keek hij me aan met een uitgestreken gezicht.

'Ja, en?'

Ik staarde hem aan. Er zaten kleine spikkeltjes goud in zijn ogen.

'Louisa. Dit is New York. Iedereen doet zich hier belangrijker voor dan hij is. Iedere loketmedewerker is hier een "junior vice president". Elke barman heeft een productiemaatschappij. Ik vermoedde al dat je voor Agnes werkte, want je liep het vuur voor haar uit de sloffen. Dat doet een vriendin niet. Tenminste, dat doen alleen oliedomme vriendinnen. En dat ben jij overduidelijk niet.'

'En je vindt het niet erg?'

'Joh, ik ben vooral blij dat je niet getrouwd bent. Tenzij je natuurlijk wél getrouwd bent. Dat loog je toch niet, hè?'

Hij had een van mijn handen vastgepakt. Ik voelde mijn adem een beetje stokken en moest slikken voordat ik kon antwoorden. 'Nee. Maar ik heb wel een vriend.'

Hij bleef me aankijken, een beetje onderzoekend misschien, alsof ik toch een grapje maakte, en toen liet hij mijn hand met tegenzin los. 'O. Nou, dat is wel jammer.' Hij leunde naar achteren en nam een slok van zijn drankje. 'Maar waarom is hij dan niet hier?'

'Omdat hij in Engeland zit.'

'Komt hij ook hierheen?'

'Nee.'

Hij trok een gezicht; het soort gezicht dat mensen trekken als ze vinden dat je iets heel doms doet zonder dat ze dat hardop willen zeggen. Hij haalde zijn schouders op. 'Dan zijn we gewoon vrienden. Je weet toch dat iedereen hier datet? Hoeft niets te betekenen. Dan ben ik gewoon je ongelofelijk aantrekkelijke mannelijke vriendin.'

'Bedoel je daten als "seks hebben met"?'

'Hola de bola. Jullie Engelse meisjes nemen geen blad voor de mond, zeg.'

'Ik wil je gewoon niet aan het lijntje houden.'

'Dus je wilt zeggen dat dit geen friends-with-benefitssituatie wordt. Prima, Louisa Clark. Ik snap het.'

Ik probeerde mijn glimlach te onderdrukken. Maar het lukte niet.

'Je bent echt schattig,' zei hij. 'En grappig. En direct. En totaal anders dan andere meisjes die ik ken.'

'En jij bent een charmeur.'

'Dat komt doordat ik gewoon erg verrukt van je ben.'

'En ik ben een tikje dronken.'

'Oei, nu doe je me pijn. Echt heel erg pijn.' Hij greep naar zijn hart.

Precies op dat moment keek ik om en zag ik Nathan naar ons kijken. Hij trok heel licht zijn wenkbrauwen op en tikte toen op zijn pols. En daarmee stond ik weer met mijn beide benen op de grond. 'Hé, luister... Ik moet nu echt gaan. Ik moet vroeg op.'

'Ik ben te ver gegaan. Ik heb je weggejaagd.'

'Nou, zo snel laat ik me niet wegjagen. Maar ik heb morgen wel een lastige werkdag. En dat hardlopen 's ochtends vroeg gaat ook niet zo goed met een paar glazen bier op en een tequila erachteraan.'

'Ga je me bellen? Voor een platonisch biertje? Zodat ik nog een beetje verliefd naar je kan staren?'

'Als je daar gelukkig van wordt,' zei ik, en hij begon te lachen.

'Misschien niet. Tenzij jij er zelf gelukkig van wordt, natuurlijk.'

'Nou, nou, wat een aanbod.'

'Ik meen het. Bel me.'

Ik liep de bar uit en voelde zijn ogen in mijn rug branden, de hele weg naar buiten. Terwijl Nathan een taxi aanhield draaide ik me nog een keer om voor de deur van de bar dichtviel. Ik zag Josh nog net door de kleine kier. Hij keek nog steeds naar me. En hij lachte.

Ik belde Sam. 'Hoi,' zei ik toen hij opnam.

'Lou? Wie anders? Ik zou niet weten wie me anders om kwart voor vijf 's ochtends zou bellen.'

'Wat ben je aan het doen?' Ik lag op mijn bed en liet mijn schoenen van mijn voeten op de vloerbedekking vallen.

'Net terug van mijn dienst. Lig te lezen. Hoe is het met je? Je klinkt vrolijk.'

'Ben naar een bar geweest. Had een rotdag. Maar nu voel ik me weer veel beter. En ik wilde gewoon even je stem horen. Want ik mis je. En je bent mijn vriendje.'

'En je bent dronken,' zei hij lachend.

'Zou kunnen. Een beetje. Zei je nou dat je aan het lezen was?'

'Yep. Een roman.'

'Serieus? Ik dacht dat je niet van fictie hield.'

'O, ik heb dit boek van Katie. Die zei steeds maar dat ik het goed zou vinden. En ik heb geen zin in de eindeloze kruisverhoren als ik het steeds maar niet lees.'

'Koopt ze boeken voor je?' Ik duwde mezelf overeind. Mijn goede humeur was als sneeuw voor de zon verdwenen.

'Hoezo? Wat betekent het dan dat ze een boek voor me koopt?' Hij klonk licht geamuseerd.

'Dat betekent dat ze jou wel ziet zitten.'

'Welnee.'

'Welja!' Door de alcohol had ik geen rem meer. Ik voelde de woorden opborrelen en ik kon ze niet meer inhouden. 'Als vrouwen willen dat je iets leest, dan is dat omdat ze je leuk vinden. Dan willen ze in je hoofd kruipen. Dan willen ze dat je bepaalde dingen denkt.'

Ik hoorde hem grinniken. 'Maar wat nou als het een handboek is voor hoe je zelf je motor kunt repareren?'

'Dat maakt niet uit. Want dan wil ze je laten zien wat voor coole, sexy motorchick ze is.'

'Nou, dit gaat anders niet over motoren. Het is iets Frans.'

'Iets Frans? Dan is het helemaal erg. Wat is de titel?'

'*Madame de*.'

'*Madame de* wat?'

'Alleen *Madame de*. Het gaat over een generaal en een paar oorbellen en…'

'En wat?'

'Hij heeft een affaire.'

'Ze laat je een boek lezen over Franse mensen die affaires hebben? O mijn god. Die is dus echt helemaal gek van je.'

'Dat zie je verkeerd, Lou.'

'Ik weet echt wel wanneer iemand gek is op iemand, Sam.'

'Kom op.' Hij klonk vermoeid.

'Nou, ik ben vanavond ook versierd door een man. En ik wist dat hij me leuk vond. Dus ik heb hem meteen verteld dat ik al iemand heb. Om het de kop in te drukken.'

'O ja? En wie was dat dan?'

'Hij heet Josh.'

'Josh. Is dat soms dezelfde Josh die toen belde op het vliegveld?'

Zelfs ondanks mijn licht benevelde staat begon het tot me door te dringen dat dit gesprek een slecht idee was geweest. 'Ja.'

'En die liep jij toevallig tegen het lijf in een bar.'

'Ja! Ik was daar met Nathan. En ik liep hem letterlijk tegen het lijf toen ik uit het damestoilet kwam.'

'En, wat zei hij toen?' Zijn stem klonk inmiddels licht geïrriteerd.

'Hij... Hij zei dat het jammer was.'

'En is het dat ook?'

'Wat?'

'Jammer?'

Ik bleef even stil en voelde me plotseling afschuwelijk nuchter. 'Ik zeg alleen wat hij zei. Ik ben met jou, Sam. Ik gebruik dit alleen als voorbeeld van het feit dat ik het doorheb als iemand me leuk vindt en dat ik het heb afgekapt voordat hij op verkeerde ideeën kwam. En dat is een concept dat jij kennelijk niet wilt snappen.'

'Nee. Zoals ik het zie bel jij mij midden in de nacht om tegen me tekeer te gaan over mijn collega, die me een boek heeft geleend, maar het feit dat jij uitgaat en dronken gesprekken voert over relaties met die Josh is allemaal geen probleem. Jezus. Je wilde zelfs niet toegeven dat wij een relatie hadden totdat ik je dwong om het te zeggen. En nu zit jij gezellig allerlei intieme dingen te bespreken met een of andere gast, die je nog maar net in een bar hebt ontmoet. Als het tenminste waar is dat je hem daar pas hebt ontmoet.'

'Ik had gewoon wat tijd nodig, Sam! Ik dacht dat het voor jou allemaal maar een spelletje was!'

'Jij had tijd nodig omdat je nog verliefd was op de herinneringen aan een andere man. Een overleden man. En nu zit je in New York omdat, nou ja, omdat *híj* wilde dat je daarnaartoe zou gaan. Dus ik snap niet zo goed waarom je zo raar en jaloers doet over Katie. Je deed er ook nooit moeilijk over dat ik zo veel tijd met Donna doorbracht.'

'Omdat Donna geen oogje op je had.'

'Je hebt Katie nog nooit ontmoet! Hoe weet je dan in vredesnaam dat ze een oogje op me heeft?'

'Ik heb de foto's gezien!'

'Wélke foto's?' Hij ontplofte.

Wat was ik toch stom. Ik deed mijn ogen dicht. 'Op haar Facebook-pagina. Daar staat een foto op.' Ik slikte. 'Van jullie samen.'

Er viel een lange stilte. Het soort stilte waarmee je zegt: *dit kun je niet menen.* Het soort dreigende stilte die valt als iemand zijn beeld van je moet bijstellen. Toen zei Sam met een zachte, beheerste stem: 'Dit is een belachelijke discussie, en ik moet nu slapen.'

'Sam, ik –'

'Ga jij ook maar slapen, Lou. We praten een andere keer nog wel.' En hij hing op.

12

Ik sliep nauwelijks, omdat alle dingen die ik niet had willen zeggen door mijn hoofd draaiden in een eindeloze carrousel, en ik werd groggy wakker toen er iemand op mijn deur klopte. Ik strompelde mijn bed uit en toen ik mijn deur opendeed stond mevrouw De Witt daar, in haar badjas. Zonder haar make-up en keurige gekapte haar zag ze er heel klein en breekbaar uit, en haar gezicht was vertrokken van spanning.

'O, je bent er wél,' zei ze, alsof ik ergens anders had kunnen zijn. 'Kom. Kom mee. Ik heb je hulp nodig.'

'W-wat? Wie heeft u binnengelaten?'

'Die grote. Die Australiër. Kom mee. Geen tijd te verliezen.'

Ik wreef in mijn ogen en had moeite om bij mijn positieven te komen.

'Hij heeft me al een keer eerder geholpen, maar hij zei dat hij niet bij meneer Gopnik weg kon. Ach, wat doet het er ook toe? Vanochtend deed ik de deur open om mijn vuilnis buiten te zetten en toen is Dean Martin weggerend, en hij is nu ergens in het gebouw. Ik heb alleen geen idee waar. En ik kan hem niet vinden in mijn eentje.' Haar stem klonk haperend maar gebiedend, en ze wapperde met haar handen om haar hoofd. 'Snel. Kom op. Ik ben zo bang dat iemand beneden de deur opendoet en dat hij naar buiten glipt.' Ze wrong in haar handen. 'Hij kan niet alleen naar buiten. En wat als iemand hem steelt. Het is immers een rashond.'

Ik griste mijn sleutel mee en liep achter haar aan de gang in, nog steeds alleen in mijn T-shirt.

'Waar hebt u allemaal al gezocht?'

'Nou, nog nergens, kindje. Ik loop niet zo best. Daarom moet jij het ook voor me doen. Ik ga nu even mijn stok halen.' Ze keek naar me alsof ik iets heel doms had gezegd.

Ik zuchtte en probeerde me voor te stellen wat ik zou doen als ik een kleine, schele mopshond was die zomaar ineens de vrijheid had geroken.

'Hij is alles wat ik heb. Je moet hem vinden.' Ze begon te hoesten, alsof haar longen de spanning niet aan konden.

'Ik ga het eerst in de lobby beneden proberen.'

Ik rende de trappen af, aangezien Dean Martin waarschijnlijk niet bij het knopje van de lift kon, en ik scande de gang op zoek naar een klein, boos hondje. Niks te zien. Ik keek op mijn horloge en zag tot mijn lichte ongenoegen dat het nog geen zes uur was. Ik wierp een blik achter en onder Ashoks bureau, en rende toen door naar zijn kantoortje, maar dat zat op slot. Ik riep de hele tijd zachtjes Dean Martins naam, waardoor ik me beetje dom voelde. Geen spoor te bekennen. Ik rende de trap weer op en deed hetzelfde op onze verdieping, waar ik ook in de keuken en achterste gangen keek. Niets. Ik zocht ook de vierde verdieping af, totdat ik me bedacht dat als ik al buiten adem was, de kans niet groot was dat een kleine, dikke mopshond heel snel al die trappen op kon lopen. En toen hoorde ik buiten het vertrouwde jankende geluid van de vuilniswagen. En ik dacht aan onze oude hond die een spectaculair vermogen had om de smerigste geuren ter wereld te tolereren – sterker nog, ervan te genieten.

Ik liep naar de dienstingang. En daar stond Dean Martin als betoverd te kwijlen, terwijl de mannen de gigantische, stinkende vuilcontainers heen en weer reden tussen ons gebouw en hun wagen. Ik liep heel langzaam op hem af, maar het lawaai was zo enorm en hij was zo gefocust op het afval dat hij me pas hoorde op het moment dat ik hem oppakte.

Heb je weleens een razende mopshond vastgehouden? Ik heb

nog nooit iets in mijn armen gehad dat zich zo driftig probeerde los te wurmen, zelfs niet die keer dat ik de tweejarige Thom op de bank moest houden, terwijl mijn zus een verdwaalde knikker uit zijn linker neusgat probeerde te peuteren. Ik klemde Dean Martin onder mijn armen, en hij spartelde wild, zijn ogen uitpuilend van woede, en zijn woeste gekef vulde het stille gebouw. Ik moest mijn armen stevig om hem heen houden en mijn hoofd van hem afwenden om te voorkomen dat zijn happende bek me te grazen nam. Van boven hoorde ik mevrouw De Witt roepen: 'Dean Martin? Heb je hem?'

Ik moest hem uit alle macht vasthouden. Ik rende de laatste trap op, want ik wilde dolgraag van hem af.

'Hebbes!' hijgde ik. Mevrouw De Witt deed een stap naar voren met uitgestrekte armen. Ze had een riempje klaar en ze klikte het snel aan zijn halsband toen ik hem op de grond zette. En op dat moment, met een snelheid omgekeerd evenredig aan zijn omvang, draaide hij zich om en zette zijn tanden in mijn linkerhand.

Als er nog iemand in het gebouw was die niet al wakker geworden was van het geblaf, dan zou mijn kreet hen wel hebben gewekt. Die klonk in elk geval zo hard dat Dean Martin ervan schrok en me losliet. Ik klapte dubbel van de pijn en vloekte, terwijl het bloed uit de wond opwelde. 'Uw hond heeft me gebeten! Hij beet me, verdomme!'

Mevrouw De Witt haalde diep adem en ging iets rechterop staan. 'Ja, natuurlijk bijt hij je, dan had je hem maar niet zo stevig moeten vasthouden. Dat was natuurlijk ook vreselijk onprettig voor hem!' Ze werkte het hondje naar binnen, vanwaar hij met ontblote tanden naar me bleef grommen. 'Zie je nou wat je hebt gedaan?' zei ze, zijn kant op gebarend. 'Hij is helemaal bang door al dat geschreeuw en gegil van je. En vreselijk overstuur. Je moet maar eens leren hoe je met honden moet omgaan.'

Ik was met stomheid geslagen. Mijn mond hing open, als in een tekenfilm. En precies op dat moment gooide meneer Gopnik, in een joggingbroek en T-shirt, zijn voordeur open.

'Wat is dit allemaal voor kabaal?' vroeg hij, terwijl hij de gang in beende. Ik schrok van de woede in zijn stem. Hij nam het tafereel in zich op, ik in mijn T-shirt en onderbroek, mijn bloedende hand tegen me aan gedrukt, en de oude dame in haar badjas met het keffende hondje aan haar voeten. Achter meneer Gopnik zag ik Nathan in zijn uniform, die een handdoek naar zijn gezicht bracht. 'Wat is hier in godsnaam aan de hand?'

'Vraag dat maar aan dat vervelende kind hier. Het is allemaal haar schuld.' Mevrouw De Witt nam Dean Martin weer in haar magere armen en zwaaide toen met een vinger naar meneer Gopnik. 'En waag het niet om mij de les te lezen over lawaai in dit gebouw, jongeman! Dat appartement van jou lijkt wel een casino in Las Vegas, met al die mensen die er in en uit lopen. Onvoorstelbaar dat er nog nooit iemand over heeft geklaagd bij meneer Ovitz.' En met opgeheven hoofd draaide ze zich om en deed de deur achter zich dicht.

Meneer Gopnik knipperde twee keer met zijn ogen, keek naar mij, en toen weer naar de dichte deur. Het bleef even stil. En toen begon hij onverwacht te lachen. '"Jongeman"! Nou, zeg,' zei hij hoofdschuddend. 'Het is heel lang geleden dat iemand me voor het laatst zó noemde.' Hij keerde zich om naar Nathan. 'Dus kennelijk doe je iets goed.'

Vanaf de andere kant van de deur klonk een gedempt antwoord: 'Haal je nou maar niks in je hoofd, Gopnik!'

Meneer Gopnik liet Garry me naar zijn lijfarts brengen voor een tetanusinjectie. Ik zat in een wachtkamer die meer weg had van de lounge van een luxehotel en werd behandeld door een Iraanse arts van middelbare leeftijd, die waarschijnlijk de meest bezorgde man was die ik ooit heb meegemaakt. Toen ik de rekening zag, die door de secretaris van meneer Gopnik moest worden betaald, vergat ik de hele bijtwond en vreesde ik even dat ik zou flauwvallen.

Toen ik terugkwam had Agnes het verhaal al gehoord. Blijkbaar had het hele gebouw het over me. 'Je moet haar aanklagen!' zei ze vrolijk. 'Het is een verschrikkelijk oud mens, ze zoekt altijd ruzie. En die hond is duidelijk gevaarlijk. Is het wel veilig om met dat beest in hetzelfde gebouw te wonen? Misschien kan ik haar wel aanklagen omdat jij nu niet voor me kan werken.'

Ik zei niets en hield mijn woedende gedachten over mevrouw De Witt en Dean Martin voor me.

'Wie goed doet, goed ontmoet, zeggen ze toch?' zei Nathan,

toen ik hem in de keuken tegenkwam. Hij tilde mijn hand op en bekeek het verband. 'Tjonge jonge. Dat kleine beestje is een dolle hond.'

Maar ook al was ik inwendig woest op haar, toch dacht ik steeds maar aan wat mevrouw De Witt had gezegd toen ze op mijn deur had geklopt. *Hij is alles wat ik heb.*

Hoewel Tabitha die week weer in haar eigen appartement trok, bleef de stemming bij ons in huis licht ontvlambaar, en was het stil, met af en toe een explosie. Meneer Gopnik maakte lange dagen op kantoor, terwijl Agnes heel vaak in het Pools zat te bellen met haar moeder. Ik had het gevoel dat er een soort crisis in haar familie gaande was. Ilaria brandde weer een gat in een van Agnes' lievelingsblouses – volgens mij was het echt per ongeluk, want ze klaagde al weken over de temperatuurinstelling van het nieuwe strijkijzer – en toen Agnes tegen haar schreeuwde dat ze niet loyaal was, een verrader, een *suka* in haar huis, en haar de gehavende blouse naar het hoofd slingerde, was Ilaria eindelijk ontploft en had ze tegen meneer Gopnik gezegd dat ze niet meer voor hem kon werken, dat het onmogelijk was, en dat niemand zo weinig waardering kreeg voor zulk hard werken als zij, de afgelopen jaren. Ze kon er niet meer tegen en diende haar ontslag in. Meneer Gopnik bracht haar met vriendelijke woorden en een meelevend schuin gehouden hoofd op andere gedachten (het kan ook zijn dat hij haar geld bood) en dit kennelijk verraad zorgde ervoor dat Agnes zo hard met haar deur smeet dat ook het tweede Chinese vaasje rinkelend stukviel vanaf de tafel in de hal, en dat ze de hele avond bleef huilen in haar kleedkamer.

Toen ik me de volgende ochtend aandiende zat Agnes naast haar man aan de ontbijttafel, met haar hoofd op zijn schouder en haar vingers door de zijne gevlochten, en hij fluisterde in haar oor. Terwijl hij toekeek bood ze Ilaria stijfjes en met een glimlach haar excuses aan, en toen hij naar zijn werk vertrokken was, liep ze tijdens ons hele rondje hardlopen door Central Park woedend te vloeken, in het Pools.

Die avond kondigde ze aan dat ze een lang weekend naar Polen zou gaan om haar familie te bezoeken en ik was opgelucht toen bleek dat ik niet mee hoefde. Het appartement was weliswaar gigantisch, maar met Agnes' voortdurende stemmingswisselingen en de spanningen tussen haar en meneer Gopnik, zijn familie en Ilaria voelde het er soms verschrikkelijk claustrofobisch. Het idee dat ik een paar dagen alleen zou zijn voelde als een soort oase.

'Wat wil je dat ik doe als jij er niet bent?' vroeg ik.

'Neem een paar dagen vrij!' zei ze glimlachend. 'Jij bent mijn vriendin, Louisa! Ik vind dat je een beetje plezier moet maken als ik er niet ben. O, ik heb zo'n zin om mijn familie weer te zien. Zoveel zin!' Ze klapte in haar handen. 'Ik ga gewoon naar Polen! Geen stomme benefietdingen meer! Ik ben zo blij.'

Ik herinnerde me hoe vreselijk ze het vond om haar man zelfs maar een avond alleen te laten, toen ik hier pas kwam werken.

Toen ik de keuken weer in liep, hier nog wat over piekerend, sloeg Ilaria een kruis.

'Alles goed, Ilaria?'

'Ik bid,' zei ze, terwijl ze opkeek van de pan.

'Maar gaat het wel goed met je?'

'Het gaat prima. Ik bid dat die *puta* nooit meer terugkomt.'

Ik mailde Sam, omdat ik ineens een ideetje kreeg waar ik helemaal opgewonden van werd. Ik zou hem anders gebeld hebben, maar ik had sinds ons laatste telefoontje niets meer van hem gehoord, en ik was bang dat hij nog steeds boos op me was. Ik mailde dat ik onverwacht drie dagen vrij had, en dat ik vluchten had uitgezocht en dat ik overwoog om eens flink wat stuk te slaan aan een spontaan tripje naar huis. Wat hij daarvan vond. Waar verdien je anders geld voor, toch? Ik sloot af met een smiley, een vliegtuig-emoji, en een paar hartjes en kussen.

Binnen een uur kreeg ik antwoord.

> Sorry. Ik ben het hele weekend aan het werk, en zaterdag-avond ga ik met Jake naar de O2-arena, want daar speelt een of andere band. Het is een leuk idee, maar dit weekend komt niet zo goed uit. S x

Ik staarde naar het mailtje en probeerde de kilte niet te voelen. *Het is een leuk idee.* Alsof ik had voorgesteld een wandelingetje door het park te maken.

'Is hij me zat?'

Nathan las de mail twee keer. 'Nee. Hij zegt dat hij het druk heeft en dat dit niet een goed moment is om spontaan thuis te komen.'

'Hij is me zat. Er staat helemaal niks in dat mailtje. Geen liefde, geen... verlángen.'

'Of hij was net onderweg naar zijn werk toen hij dat schreef. Of hij zat op de plee. Of hij had zijn baas aan de telefoon. Hij is gewoon een man.'

Ik geloofde er niks van. Ik kende Sam. Ik staarde steeds maar weer naar die twee regels tekst in een poging hun betekenis, hun verborgen bedoeling te ontleden. Ik ging op Facebook, en haatte mezelf erom, en checkte of Katie Ingram had gemeld dat ze dat weekend iets bijzonders zou gaan doen. (Irritant genoeg had ze helemaal niets gepost. Wat natuurlijk precíés is wat je doet als je van plan was om andermans knappe vriendje te versieren.) En toen haalde ik diep adem en typte een antwoord. Tenminste, ik typte er een paar, maar dit was het enige wat ik niet meteen weer wiste.

Geeft niet. Het was zomaar een idee! Veel plezier met Jake.
Lx

En toen klikte ik op 'verzenden', en verwonderde me dat de woorden in een mailtje zo ver af konden staan van wat je eigenlijk dacht.

Agnes vertrok op donderdagavond, haar koffers vol met cadeaus. Ik zwaaide haar uit met een brede glimlach en stortte toen in voor de televisie.

Op vrijdagochtend ging ik naar een tentoonstelling van Chinese operakostuums in het Met Costume Institute, waar ik een uurtje de ingewikkelde borduursels, de felgekleurde jurken en de spiegelende glans van de zijden stoffen bewonderde. Van daaruit liep ik geïnspireerd door naar West 37th Street, waar ik een paar stoffen- en fourniturenzaken bezocht die ik de week ervoor had opgezocht. Het was een frisse oktoberdag en de winter hing al in de lucht. Ik nam de metro en genoot van de smoezelige, bedompte warmte. In de winkels was ik een uur bezig met het scannen van de planken en ik ging helemaal op in de rollen stof met allerlei patronen. Ik had besloten om een moodboard voor Agnes te maken, voor als ze terug was. Ze kon bijvoorbeeld de kleine chaise longue en kussens laten bekleden met felle, vrolijke kleuren – verschillende tinten en prints, iets totaal anders dan het beschaafde damast en de gordijnen die die dure interieurdesigners haar steeds aanboden. Dat waren de kleuren van de eerste mevrouw Gopnik. Agnes moest haar eigen stempel op het appartement drukken – iets gedurfds en levendigs en moois. Ik legde uit wat ik aan het doen was en de vrouw achter de balie vertelde me over een andere winkel, in East Village – een winkel waar ze tweedehandskleren verkochten, maar waar ze achter in de zaak rollen vintage stoffen hadden liggen.

De buitenkant van de winkel was niet bepaald veelbelovend. Op de gevel stond: VINTAGE CLOTHING EMPORIUM, ALLE DECENNIA, ALLE STIJLEN, LAGE PRIJZEN. Maar toen ik naar binnen ging wist ik niet wat ik zag. De winkel was ingericht als een magazijn, met carrousels vol kleding, ingedeeld in aparte afdelingen onder zelfgemaakte bordjes waarop stond: JAREN 40, JAREN 60, DROOMOUTFITS en KOOPJESHOEK: KAPOTTE ZOOM GEEN BEZWAAR. De lucht rook muskusachtig, naar heel oud parfum, door de motten aangevreten bont en lang-vergeten avondjes uit. Ik snoof de geur gretig op, het was als zuurstof voor me, en ik had het gevoel alsof ik een deel van mezelf had teruggevonden, terwijl ik me er niet bewust van was geweest dat ik het miste. Ik zwierf door de winkel en paste armenvol kleren van ontwerpers van wie ik nog nooit had gehoord, hun namen een zachte echo van lang vervlogen tijden – ontworpen door Michel, Fonseca of New Jersey, Miss Aramis – en ik liet mijn vingers over onzichtbaar stiksel glijden, hield Chinese zijde en chiffon tegen mijn wang. Ik had wel twintig verschillende dingen kunnen kopen, maar uiteindelijk koos ik voor een petrolkleurige, strakke cocktailjurk met enorme manchetten van bont en een lage ronde hals (ik zei tegen mezelf dat bont wel mocht als het al zestig jaar oud was), een vintage tuinbroek van spijkerstof en een geruit shirt waarin ik meteen een boom wilde omhakken, of misschien op een paard met een zwiepende staart wilde rijden. Ik had er wel de hele dag kunnen blijven.

'Op die jurk heb ik al zó lang een oogje,' zei het meisje bij de kassa toen ik hem op de toonbank legde. Ze zat onder de tatoeages, haar zwartgeverfde haar zat in een enorme knot, en om haar ogen zat een dikke lijn zwart kohlpotlood. 'Maar hij paste niet om mijn achterwerk. Hij stond je schattig.' Ze had een hese stem van het roken en ze was ongelofelijk cool.

'Ik zou niet weten wanneer ik hem ooit aan kan, maar ik móét hem gewoon hebben.'

'Dat vind ik nou ook altijd van kleren. Ze praten tegen je, heb jij dat nou ook? Die jurk, bijvoorbeeld, heeft zo vaak naar me geschreeuwd: "Koop me nou, domkop! En blijf eens met je handen van de chips af!"' Ze streelde de jurk even. 'Dag, kleine blauwe vriendin. Het spijt me dat ik je zo teleurgesteld heb.'

'Jullie hebben een fantastische winkel.'

'Ach ja, we houden ons nog staande. Maar we voelen de klappen van de huurverhogingen en van mensen die liever naar TK Maxx gaan dan dat ze iets moois en origineels kopen. Moet je deze kwaliteit nou zien.' Ze hield de voering van de jurk op en wees op het ragfijne stiksel. 'Je denkt toch niet dat je dit soort werk kunt laten doen in een of ander naaiatelier in Indonesië? Niemand in de hele staat New York heeft zo'n jurk.' Ze trok haar wenkbrauwen op. 'Behalve jij, Britse dame. Waar heb je die schoonheid vandaan?'

Ik droeg een groene militaire overjas. Mijn vader zei altijd voor de grap dat die rook alsof hij de Krimoorlog nog had meegemaakt. Op mijn hoofd droeg ik mijn rode beanie en ik had mijn turquoise Dr Martens-laarzen aan, een korte broek van tweed en een maillot.

'Wat een geweldige look. Als je ooit van die jas af wilt, dan heb ik hem zó voor je verkocht.' Ze knipte zo hard met haar vingers dat mijn hoofd naar achteren schoot. 'Militaire jassen raken nooit uit de mode. Ik heb zelf een rode infanteriejas. Mijn oma beweert dat ze die heeft gestolen van een wachter bij Buckingham Palace. Ik heb de slippen afgeknipt en er een kort jasje van gemaakt. Wil je een foto zien?'

Dat wilde ik wel. We kirden bij de foto van dat korte jasje zoals andere mensen kirren bij foto's van een baby. Ze heette Lydia en ze woonde in Brooklyn. Samen met haar zus Angelica had ze zeven jaar geleden de winkel van hun ouders overgenomen. Ze hadden een kleine maar trouwe clientèle, en werden voornamelijk overeind gehouden door bezoekjes van kostuumontwerpers voor televisie en film, die hier dingen kochten om uit elkaar te halen en iets nieuws van te maken. De meeste kleding kochten ze uit boedels.

'Florida is het best. Daar heb je van die oma's met gigantische kledingkasten, met airconditioning, vol met cocktailjurken uit de jaren vijftig die ze nooit weggegooid hebben. We vliegen er om de zoveel maanden naartoe en halen dan nieuwe voorraad op, meestal bij de rouwende achterblijvers. Maar het wordt steeds lastiger. Er is ook zo veel concurrentie tegenwoordig.' Ze gaf me een kaartje met hun website en e-mail. 'Als je ooit iets hebt wat je wilt verkopen, bel me dan gewoon.'

'Lydia,' zei ik toen ze mijn kleren in vloeipaper had ingepakt en in een tas had gestopt, 'ik ben meer een koper dan een verkoper, maar bedankt. Je winkel is fantastisch. En jij bent ook fantastisch. Ik voel me... Ik voel me hier thuis.'

'Ah, je bent een schat.' Ze zei het zonder een spier te vertrekken. Toen stak ze een vinger op en zakte op haar hurken onder de toonbank. Ze kwam weer omhoog met een zonnebril, donkere glazen met een lichtblauw montuur.

'Die heeft iemand hier maanden geleden een keer laten liggen. Ik wilde hem in de verkoop doen, maar ik bedacht me ineens dat hij jou geweldig zou staan, vooral bij die jurk.'

'Nou,' begon ik, 'ik heb eigenlijk al te veel uitgegeven, dus –'

'Ssst! Een cadeautje. Dus nu sta je bij me in het krijt, en nou moet je wel terugkomen. Zet eens op. Hoe schattig is dat?' Ze hield een spiegel voor me op.

Het stond inderdaad best schattig. Ik zette de bril recht op mijn neus. 'Nou, dit is nu officieel mijn mooiste dag in New York. Lydia, ik zie je volgende week, want ik ga voortaan al mijn geld hier uitgeven.'

'Cool! Zo doen we dat hier, we chanteren onze klanten, en zo kunnen we blijven bestaan!' Ze stak een Sobranie op en zwaaide me uit.

Die middag was ik druk met het moodboard maken en mijn nieuwe kleren passen, en toen was het ineens zes uur en zat ik op mijn bed met mijn vingers op mijn knieën te trommelen. Ik had me er zo op verheugd om wat tijd voor mezelf te hebben, maar nu strekte de avond zich voor me uit als een somber, kaal landschap. Ik appte Nathan, die nog bezig was met meneer Gopnik, om te vragen of hij soms een hapje wilde eten na het werk, maar hij had een date, en ik had wel in de gaten dat hij niet echt zat te wachten op een vijfde wiel aan de wagen.

Ik overwoog om Sam nog eens te bellen, maar ik had er geen vertrouwen meer in dat onze telefoontjes in het echt net zo zouden verlopen als in mijn hoofd, en ook al staarde ik de hele tijd naar mijn telefoon, mijn vingers wilden de toetsen maar niet aanraken. Ik dacht aan Josh en vroeg me af of hij zou denken dat Het Iets Betekende als ik hem zou bellen met de vraag of hij zin had om iets te gaan drinken. En toen vroeg ik me af of het feit dat ik zin had om iets met hem te gaan drinken ook Echt Iets Betekende. Ik checkte Katie Ingrams Facebook-pagina nog eens, maar ze had nog steeds niets gepost. En toen liep ik naar de keuken, en voordat ik iets doms kon doen, vroeg ik Ilaria of ze hulp nodig had bij het bereiden van het avondeten, zodat zij zich met een ruk omdraaide op haar zwarte pantoffels en me een volle tien seconden achterdochtig aangaapte. 'Jij wilt mij helpen koken?'

'Ja,' zei ik, en ik glimlachte.

'Nee,' zei ze, en ze draaide zich weer om.

Tot die avond had ik me niet gerealiseerd hoe weinig mensen ik kende in New York. Ik had het vanaf het begin steeds zo druk gehad en mijn leven draaide zo volkomen om Agnes, haar agenda en haar behoeften, dat het niet eens bij me opgekomen was om zelf vrienden te maken. Maar een vrijdagavond in de stad zonder plannen gaf je het gevoel dat je... Nou ja, dat je een beetje een loser was.

Ik liep naar mijn favoriete sushizaakje en kocht misosoep en wat sashimi die ik nog niet eerder had geproefd en probeerde niet te denken: *Paling! Ik eet nu dus paling!* Ik dronk een biertje en ging toen op bed liggen zappen, terwijl ik de gedachten aan andere dingen van me afzette, zoals de gedachte aan wat Sam nu aan het doen was. Ik hield mezelf voor dat ik in New York was, het centrum van het universum. Wat maakte het uit dat ik op vrijdagavond thuisbleef? Ik was gewoon aan het uitrusten na een week werken voor mijn veeleisende werkgever. Als ik per se wilde, kon ik elke avond wel uitgaan. En toen maakte mijn telefoon een geluidje.

Ben je weer op onderzoek in de beste bars van New York?

Ik hoefde niet te kijken van wie het bericht was. Mijn hart maakte een sprongetje. Ik aarzelde even voordat ik antwoordde.

Ik ben gewoon thuis, eerlijk gezegd.

Zin in een gezellig biertje met een uitgeputte loonslaaf? Dan kun je er in elk geval voor zorgen dat ik niet met een foute vrouw naar huis ga.

Ik moest lachen. En toen typte ik:

Hoe kom je erbij dat ik een goed schild ben?

Wil je nou beweren dat we geen geloofwaardig stelletje vormen, zo op het oog? Ook niet erg aardig van je.

Ik bedoelde: hoe kom je erbij dat ik je ervan zou kunnen weerhouden om met iemand anders naar huis te gaan?

Nou, omdat je reageert op mijn appjes, bijvoorbeeld.
(Hier voegde hij een smiley aan toe.)

Ik stopte met typen en voelde me ineens heel ontrouw. Ik staarde naar mijn telefoon en zag de cursor ongeduldig knipperen. Toen schreef hij:

Heb ik het nu verpest? Ja, hè? Verdorie, Louisa Clark. Ik had gewoon zin om een biertje te drinken met een knap meisje en ik was bereid me over het vage gevoel van afwijzing heen te zetten dat ik heb, omdat ik weet dat ze verliefd is op een ander. Zo gezellig vind ik het dus met je. Kom je? Eén biertje maar?

Ik legde mijn hoofd op mijn kussen, deed mijn ogen dicht en kreunde. Toen kwam ik weer overeind en typte:

Het spijt me ontzettend, Josh. Het kan niet. x

Hij reageerde niet. Ik had hem beledigd. Ik zou nooit meer iets van hem horen. En toen maakte mijn telefoon weer geluid.

Oké. Maar als ik mezelf vanavond in de nesten werk stuur ik je morgenochtend meteen een appje, en dan doe je alsof je mijn krankzinnig jaloerse vriendin bent en dan kom je me redden. Deal?

Ik moest hardop lachen.

Dat is wel het minste wat ik kan doen. Fijne avond. x

Jij ook. Maar niet té fijn. Want het enige wat me nu op de been houdt, is de gedachte dat jij stiekem spijt hebt. x

Ik had ook een beetje spijt. Natuurlijk had ik spijt. Je kunt maar een beperkt aantal afleveringen van *The Big Bang Theory* aan, op één avond. Ik zette de televisie uit en staarde naar het plafond, terwijl ik dacht aan mijn vriendje aan de andere kant van de wereld en aan een Amerikaan die op Will Traynor leek en die een avond wilde doorbrengen met mij, en niet met een meisje met woest blond haar dat waarschijnlijk een string met glimmers onder haar uniform droeg. Ik dacht erover om mijn zusje te bellen, maar ik wilde Thom niet wakker maken.

Voor het eerst sinds ik in Amerika was had ik het bijna fysieke gevoel dat ik op de verkeerde plek was, alsof onzichtbare touwen me naar oorden miljoenen kilometers verderop wilden trekken. Op een gegeven moment voelde ik me zo slecht dat ik niet eens, zoals anders, begon te gillen toen ik mijn badkamer in liep en daar een grote, kastanjebruine kakkerlak in de wastafel zag zitten, maar zelfs even overwoog om hem als huisdier te nemen, alsof ik een personage in een kinderboek was. En toen dat tot me doordrong besefte ik dat ik nu officieel gek aan het worden was, en bespoot hem toen in plaats daarvan met insectenverdelger.

Om tien uur liep ik geïrriteerd en rusteloos naar de keuken, waar ik twee van Nathans biertjes jatte, om vervolgens een excuusbriefje onder zijn deur te schuiven. Ik dronk ze op, achter elkaar, zo snel dat ik een enorme boer moest onderdrukken. Ik voelde me schuldig om die vervloekte kakkerlak. Wat had hij me in feite misdaan? Hij ging gewoon zijn kakkerlakkige gang. Misschien was hij ook wel eenzaam. Misschien wilde hij wel vriendjes worden met míj. Ik ging naar de badkamer en gluurde onder de wastafel, want daar had ik hem naartoe geschopt, maar hij was echt morsdood. Daar werd ik onredelijk kwaad van. Je hoorde kakkerlakken helemaal niet te kunnen doden. Dat was een leugen die ze me op de mouw hadden gespeld. Ik zette het op mijn lijst met dingen waar ik kwaad om was.

Ik zette mijn koptelefoon op en zong dronken een paar nummers van Beyoncé mee, waarvan ik best wist dat ik er me nog rotter door zou voelen. Maar dat kon me niet schelen. Ik scrolde door mijn telefoon en bekeek de paar foto's van Sam en mij samen die ik had, en probeerde te bepalen hoe sterk zijn gevoelens voor me waren aan de hand van de arm die hij om me heen geslagen had, of de manier waarop zijn hoofd naar het mijne neeg. Ik staarde naar de foto's en probeerde me te herinneren waarom ik eigenlijk zo zeker van mijn eigen gevoelens was en waarom ik me in zijn armen zo veilig voelde. En toen pakte ik mijn laptop, opende een nieuw bericht en tikte zijn adres in.

Mis je me nog?

En toen klikte ik op 'verzenden' en besefte, terwijl de mail met een suizend geluidje de ether in schoot, dat ik mezelf nu had veroordeeld tot eindeloze e-mailstress, omdat ik op zijn reactie moest wachten.

13

Ik werd misselijk wakker en dat kwam niet door het bier. Het duurde nog geen tien seconden voor het vage misselijke gevoel een synaps binnen sijpelde en verbinding maakte met de herinnering aan wat ik de vorige avond had gedaan. Ik klapte langzaam mijn laptop open en balde mijn vuisten in mijn oogkassen toen ik ontdekte dat ja, ik de mail inderdaad had verstuurd en dat nee, hij niet had gereageerd. Zelfs niet nadat ik veertien keer op 'verversen' had geklikt.

Ik bleef een poosje in een foetushouding liggen in de hoop dat die knoop in mijn maag zou verdwijnen. Toen overwoog ik hem te bellen en op luchtige toon uit te leggen: 'Haha, ik had een beetje te veel gedronken en ik had wat last van heimwee en ik wilde gewoon je stem even horen en, nou ja, sorry...', maar hij had gezegd dat hij de hele zaterdag aan het werk was, wat wilde zeggen dat hij nu met Katie Ingram in de ambu zat. En iets in mij deinsde terug voor een gesprek met hem over dit onderwerp met haar binnen gehoorafstand.

Voor het eerst sinds ik voor de Gopniks werkte strekte het weekend zich voor me uit als een eindeloze tocht door een somber landschap.

En dus deed ik wat ieder meisje doet als ze ver van huis is en een beetje verdrietig. Ik at een half pak chocoladekoekjes en belde mijn moeder.

'Lou! Ben jij dat? Wacht, ik ben bezig de onderbroeken van je opa te wassen. Ik zet even de warme kraan uit.'

Ik hoorde mijn moeder naar de andere kant van de keuken lopen, dat de radio die op de achtergrond speelde ineens het zwijgen opgelegd werd en ik was meteen weer in ons kleine huis in Renfrew Road.

'Hallo! Daar ben ik weer! Is alles oké?' Ze klonk wat kortademig. Ik zag voor me dat ze nu haar schort afdeed. Ze deed altijd haar schort af voor een belangrijk telefoontje.

'Ja prima! Ik heb nog nauwelijks de tijd gehad om je fatsoenlijk te bellen, dus ik dacht, dat doe ik nu maar eens.'

'Is dat niet verschrikkelijk duur? Ik dacht dat je alleen maar wilde mailen. Je krijgt nu toch geen rekening van duizend pond, hè? Ik zag een heel stuk op televisie over mensen die in de problemen waren gekomen, omdat ze hun telefoon hadden gebruikt op vakantie. Straks moet je je huis nog verkopen als je weer terug bent.'

'Ik heb gecheckt hoe duur het was. Goed om je stem te horen, mam.'

Mijn moeder vond het duidelijk zo fijn om me weer te spreken, dat ik me een beetje schaamde dat ik haar niet eerder had gebeld. Ze rebbelde maar door, over dat ze van plan was om die cursus poëzie te doen als opa zich weer wat beter voelde, en over de Syrische vluchtelingen die aan het eind van de straat waren komen wonen – ze gaf hun inmiddels Engelse les. 'Ik snap natuurlijk niks van wat ze allemaal zeggen, maar we tekenen dingen voor elkaar, snap je? En Zeinah – dat is de moeder – bakt altijd iets voor me als bedankje. Je gelooft niet wat zij allemaal kan met bladerdeeg. Ze zijn allemaal zulke aardige mensen.'

Ze zei dat de nieuwe dokter pa had opgedragen om af te vallen; opa's gehoor ging steeds meer achteruit en de tv stond tegenwoordig zo hard dat ze het bijna in haar broek deed van schrik als hij hem aanzette, en Dymphna van twee deuren verderop was in verwachting en ze konden haar de hele dag horen braken. Ik zat op mijn bed en voelde me getroost door het feit dat het leven ergens anders op de wereld gewoon doorging.

'Heb je je zus nog gesproken?'

'Dat is alweer een paar dagen geleden, hoezo?'

Ze begon te fluisteren, alsof Treena in de andere kamer was, in plaats van vijftig kilometer verderop. 'Ze heeft een man.'

'O, ja, dat wist ik.'

'Wist je dat al? Wat is het voor man? Ze wil ons helemaal niks vertellen. En inmiddels gaat ze twee of drie keer per week met hem op stap. Ze loopt de hele tijd te neuriën en te glimlachen. Het is echt heel vreemd.'

'Vreemd?'

'Ja, dat je zus zo veel lacht. Ik weet niet zo goed wat ik ermee aan moet. Ik bedoel, het is natuurlijk hartstikke fijn voor haar, maar ze is zichzelf niet meer. Lou, ik ben daar een avondje geweest om op Thom te passen zodat zij uit kon, en toen ze terugkwam liep ze te *zingen*.'

'Wow.'

'Ja toch? En nog niet eens echt vals, ook. Ik vertelde het aan je vader, maar die beschuldigde me ervan dat ik onromantisch ben. Onromantisch! Dus ik zei dat alleen iemand die echt in de romantiek geloofde getrouwd wilde blijven met iemand wiens vuile ondergoed ze al dertig jaar wast.'

'Mam!'

'O jee, sorry, je hebt natuurlijk nog niet ontbeten. Even vergeten. Maar goed. Als je haar spreekt, probeer dan eens wat informatie los te peuteren. Hoe is het trouwens met die man van jou?'

'Met Sam? O, eh... Prima.'

'Fijn, fijn. Hij is nog een paar keer in je huis geweest sinds jij weg bent. Ik denk dat hij gewoon nog even in je buurt wilde zijn, de arme schat. Volgens Treena was hij heel verdrietig. Hij bleef maar klusjes verzinnen die hij kon doen. En hij is hier een keer komen lunchen. Maar nu heb ik alweer een poosje niks van hem gehoord.'

'Hij heeft het druk, ma.'

'Ja, dat zal wel. Het is ook wel een heel zware baan, toch? Nou ja, laten we maar ophangen, anders gaan we allebei nog failliet aan dit telefoontje. Had ik nou al gezegd dat ik van de week met Maria heb afgesproken? Die toiletjuffrouw van dat mooie hotel waar we in augustus waren? Ik ga vrijdag naar Treena en Thom, maar dan ga ik eerst met Maria lunchen.'

'Bij de toiletten?'

'Doe niet zo raar. Ze hebben zo'n aanbieding bij die Italiaanse restaurantketen vlak bij Leicester Square. Ik weet niet meer hoe het heet. Twee pasta's voor de prijs van één. Zij wil lang niet overal heen – ze beweert dat hoe schoon het damestoilet is een graadmeter is van de keuken van een restaurant. En kennelijk hebben ze in deze zaak een goed schoonmaakrooster hangen. Precies op elk heel uur. Alles goed met jou? Hoe is het met al die glamour op Fifth Street?'

'Avenue. Fifth Avenue, mam. Het is geweldig. Het is allemaal echt... ongelofelijk.'

'Vergeet je niet om me nog een paar foto's te sturen? Ik heb die ene van jou op het Yellow Ball aan mevrouw Edwards laten zien en ze vond dat je eruitzag als een filmster. Ze zei er niet bij welke, maar ze bedoelde het goed. Ik zei tegen pa dat we een keer bij je op bezoek moeten gaan voordat je te belangrijk bent geworden en je ons niet meer wilt kennen!'

'Ja, die kans lijkt me groot.'

'We zijn verschrikkelijk trots op je, kindje. Niet te geloven dat ik een dochter heb die in de hoogste kringen in New York verkeert, en rondrijdt in limousines en met al die dure types rondhangt.'

Ik keek om me heen in mijn kleine kamertje, naar het jarentachtigbehang en de dode kakkerlak onder de wastafel. 'Ja,' zei ik. 'Ik ben een mazzelkont.'

Ik kleedde me aan en probeerde niet te denken aan wat het betekende dat Sam niet meer naar mijn oude huis ging om dichter bij me te kunnen zijn. Ik dronk een kop koffie en ging naar beneden. Ik wilde weer naar het Vintage Clothes Emporium. Ik had het gevoel dat Lydia het niet erg zou vinden als ik daar gewoon een beetje wilde rondhangen.

Ik had mijn kleren met zorg uitgekozen – dit keer droeg ik een turquoise Chinees bloesje, met een zwarte wollen culotte en rode ballerina's. Alleen al het feit dat ik me kon aankleden in iets anders dan een poloshirt en een nylon broek maakte dat ik me meer mezelf voelde. Ik deed mijn haar in twee vlechten die ik achter op mijn hoofd met een klein rood strikje bijeenbond, en zette toen de zonnebril op die Lydia me had gegeven. Tot slot deed ik oorbellen in die de vorm hadden van het Vrijheidsbeeld. Ik had er geen weerstand aan kunnen bieden, ook al kwamen ze uit zo'n toeristisch souvenirwinkeltje.

Toen ik de trap af liep hoorde ik de commotie. Ik vroeg me even af wat mevrouw De Witt nu weer uitspookte, maar toen ik de hoek om liep, zag ik dat de schreeuwende stem toebehoorde aan een jonge Aziatische vrouw, die Ashok een kind in handen duwde.

'Je zei dat dit mijn dag was. Je hebt het beloofd. Ik moet meelopen met die protestmars!'

'Het kan echt niet, *baby*. Vincent is er niet. Ze hebben niemand om op de lobby te passen.'

'Dan pas je hier maar op je kinderen. Ik ga naar die protestmars. Ze hebben me nodig.'

'Ik kan hier echt niet op de kinderen passen!'

'Ze gaan de bibliotheek slúíten, schat. Hoor je wat ik zeg? Je weet heel goed dat het de enige plek met airco is waar ik in de zomer naartoe kan! En het is de enige plek waar ik me een beetje geestelijk gezond voel. Zeg jij maar waar ik anders naartoe kan met de kids in Washington Heights als ik achttien uur per dag alleen met hen ben.'

Ashok keek op en zag me staan. 'O, hallo, Miss Louisa.'

Ze draaide zich om. Ik weet niet precies wat ik anders had verwacht bij de vrouw van Ashok, maar in elk geval niet deze felle dame in een spijkerbroek met een bandana om haar hoofd en krullend haar dat over haar rug viel.

'Goeiemorgen.'

'Goeiemorgen.' Ze draaide zich weer om. 'Ik ga hier verder niet meer over in discussie, *baby*. Je had beloofd dat ik zaterdag vrij zou zijn. Ik ga naar de protestmars om onze waardevolle openbare voorziening te beschermen. Punt uit.'

'Volgende week is er weer een protestmars.'

'Ja, omdat we de druk op de ketel moeten houden! Dit is de tijd waarin het gemeentebestuur besluit waar het geld naartoe gaat! Als we nu geen protestmars houden, komt het niet in het plaatselijke nieuws, en dan denken ze dat het niemand iets kan schelen. Heb je wel enig idee hoe pr werkt, *baby*? Hoe de wereld in elkaar zit?'

'Wat ik weet is dat ik mijn baan verlies als mijn baas hier komt en ziet dat ik hier zit met drie kinderen. Ik hou van je, Nadia. Echt, heel veel. Niet huilen, lieveling.' Hij wendde zich tot de peuter op zijn arm en kuste haar natte wangetje. 'Maar papa moet vandaag werken.'

'Ik ga nu weg, *baby*. Ik ben begin van de middag weer terug.'

'Als je het maar laat – hé!'

Ze liep weg, met haar hand in de lucht, alsof ze verdere protesten wilde afweren en ze liep het gebouw uit, en bukte zich om het bord dat ze bij de deur had neergezet op te pakken. En alsof ze het zo hadden ingestudeerd, begonnen alle drie de kindjes te huilen. Ashok vloekte zachtjes. 'Wat moet ik nou, verdomme?'

'Ik pas wel op ze.' Het was eruit voordat ik er erg in had.

'Wat?'

'Er is niemand thuis. Ik neem ze wel mee naar boven.'

'Dat meen je niet?'

'Ilaria is op zaterdag altijd naar haar zuster. Meneer Gopnik is naar zijn club. Ik parkeer ze wel voor de televisie. Hoe moeilijk kan het zijn?'

Hij keek me aan. 'Je hebt zelf zeker geen kinderen, hè, Miss Louisa?' Maar toen herpakte hij zich. 'Maar je zou me er ongelofelijk mee helpen. Als meneer Ovitz langskomt en me met deze drie hier ziet, dan ontslaat hij me voor je kunt zeggen, eh...' Hij zocht even naar een goed voorbeeld.

'"Je bent ontslagen"?'

'Precies. Oké. Ik loop wel even mee naar boven en dan leg ik uit wie wie is en hoe je ze herkent. Hé jongens, jullie gaan met Miss Louisa mee naar boven, op avontuur! Hoe cool is dat?' De drie kinderen staarden me aan met natte, snotterige gezichtjes. Ik glimlachte stralend. En toen begonnen ze alle drie tegelijk te huilen.

Als je ooit een melancholieke bui hebt, en je familie is niet in de buurt en je bent niet helemaal zeker van je geliefde, dan raad ik je aan om jezelf tijdelijk op te zadelen met de verantwoordelijkheid voor drie kleine kinderen die je verder niet kent, en van wie er minstens twee niet zonder begeleiding naar het toilet kunnen. Ik begreep zelf de uitdrukking 'in het moment leven' pas echt toen ik achter een baby aankroop wiens onbehoorlijk volle luier half loshing en zo over een kostbaar Aubusson-kleed schoof, terwijl ik tegelijkertijd een kind van vier ervan probeerde te weerhouden om achter een getraumatiseerde kat aan te gaan.

Het middelste kind, Abhik, kon ik koest houden met koekjes,

en hem parkeerde ik in de televisiekamer en liet hem tekenfilms kijken, terwijl hij met zijn dikke handjes de kruimels in zijn kwijlende mondje propte en ik ondertussen mijn best deed om de andere twee op zijn minst binnen een straal van vijf meter te houden. Ze waren grappig en lief en beweeglijk en uitputtend. Ze gilden en renden rondjes en botsten bij herhaling tegen de meubels op. Vazen wiebelden, boeken werden van planken getrokken en haastig weer op hun plek gezet. Lawaai – en allerlei vieze luchtjes – vulden de lucht. Op een gegeven moment zat ik op de grond met mijn arm om twee kinderen heen, terwijl Rachana, de oudste, met haar plakkerige vingertjes in mijn ogen prikte en lachte. Ik lachte mee. Het was ook grappig, in de zin van: goddank is dit straks weer voorbij.

Na twee uur kwam Ashok naar boven om me te vertellen dat zijn vrouw nog niet weg was bij haar protestmars. Of ik nog een uurtje langer kon oppassen. Ik zei ja. Hij had van die grote ogen die je alleen opzet als je echt wanhopig bent en ik had toch niets beters te doen. Wel verhuisde ik ze uit voorzorg naar mijn kamer, waar ik tekenfilms opzette en accepteerde dat het hier nooit meer hetzelfde zou ruiken. Ik was net bezig om Abhik ervan te weerhouden om kakkerlakspray in zijn mond te stoppen, toen er op mijn deur werd geklopt.

'Wacht even, Ashok!' riep ik, terwijl ik de spuitbus uit de handjes van het kleintje probeerde te trekken voordat zijn vader het zou zien.

Maar het was Ilaria die haar gezicht om de deur stak. Ze staarde eerst naar mij, toen naar de kinderen, en toen weer naar mij. Abhik hield eventjes op met huilen en staarde haar met grote bruine ogen aan.

'Eh... Hoi, Ilaria!'

Ze zei niets.

'Ik... Ik help Ashok een paar uurtjes. Ik weet dat dit niet ideaal is, maar eh, zou je er alsjeblieft niets over willen zeggen? Ze blijven nog maar heel even.'

Ze nam het tafereel in zich op en snoof toen eens.

'Ik zal de kamer straks wel uitroken. Maar vertel het alsjeblieft niet aan meneer Gopnik. Ik beloof je dat het nooit meer gebeurt.

Ik weet dat ik het eerst had moeten vragen, maar er was niemand en Ashok was wanhopig.' Terwijl ik dat allemaal zei rende Rachana jammerend op de oudere vrouw af en stortte zich als een rugbybal tegen haar buik. Ik kromp ineen terwijl Ilaria bijna omviel. 'Ze zijn zo weer weg. En anders vraag ik Ashok of hij ze meteen komt halen. Niemand hoeft er verder iets van te merken, echt niet...'

Maar Ilaria trok haar blouse recht en nam het kleine meisje toen op haar arm. 'Heb je soms dorst, *compañera*?' En zonder verder nog een blik achterom te werpen, nestelde Rachana zich tegen Ilaria's enorme boezem en stak haar duim in haar mond.

En terwijl ik achterbleef in mijn kamer, hoorde ik Ilaria's stem door de gang galmen. 'Breng ze maar naar de keuken.'

Ilaria maakte een bord vol gebakken bananen, en gaf de kinderen ondertussen stukjes banaan om ze bezig te houden terwijl zij aan het frituren was. Ik vulde de bekertjes water bij en probeerde te voorkomen dat de kleinste twee van de keukenstoelen vielen. Tegen mij zei ze niets, maar met een onverwacht lief gezicht kletste ze met hen met een lage, muzikale stem. De kinderen, als hondjes die reageren op een geoefende trainer, waren meteen stil en gehoorzaam, en staken hun mollige handjes uit voor nog een stukje banaan, en zeiden netjes 'alstublieft' en 'dank u wel', zoals Ilaria hun opdroeg. Ze aten en aten, lachten zoet, en de kleinste wreef met haar knuistjes in haar ogen alsof ze eraan toe was om naar bed te gaan.

'Honger,' zei Ilaria en ze knikte naar de lege bordjes.

Ik probeerde me te herinneren of Ashok iets had gezegd over eten in de rugzak van de baby, maar ik was te afgeleid om erin te kijken. Zelf was ik vooral dankbaar dat er nog een andere volwassene bij was. 'Je bent ontzettend goed met kinderen,' zei ik, kauwend op een stukje gebakken banaan.

Ze haalde haar schouders op. Maar stiekem leek ze toch tevreden. 'Je moet die kleine verschonen. Dan maken we wel een bedje voor haar op in de onderste la van je kast.'

Ik staarde haar aan.

'Omdat ze anders uit bed zou vallen als je haar in je eigen bed legt.' Ze rolde met haar ogen, alsof ik dat had moeten snappen.

'O. Tuurlijk.'

Ik nam Nadia mee naar mijn kamer en verschoonde haar gruwelend. Ik trok de gordijnen dicht. En toen trok ik mijn onderste la uit, legde mijn truien zo neer dat die de zijkanten bedekten, en ik legde Nadia erin. Toen wachtte ik tot ze in slaap viel. Ze vocht er eerst nog even tegen en keek me aan met grote, starende ogen, terwijl ze haar mollige handjes naar me uitstak, maar ik zag dat ze de strijd zou verliezen. Ik probeerde Ilaria te imiteren en zong zachtjes een slaapliedje. Of nou ja, strikt genomen was het geen slaapliedje: het enige liedje waar ik de woorden nog van wist was 'The Molahonkey Song', en daar moest ze alleen maar om lachen, en verder herinnerde ik me nog een liedje over Hitler met maar één testikel dat mijn vader altijd zong toen ik nog klein was. Maar de baby vond het blijkbaar prima. Haar ogen vielen dicht.

Ik hoorde Ashoks voetstappen op de gang, en toen ging de deur achter me open.

'Niet binnenkomen,' fluisterde ik. 'Ze slaapt bijna... *Himmler heeft hetzelfde...*'

Ashok bleef staan.

'Maar die arme Goebbels, die had geen ene bal.'

En weg was ze. Ik wachtte even, legde mijn turquoise kasjmieren coltrui over haar heen zodat ze het niet koud zou krijgen, en kwam toen weer overeind.

'Je kunt haar hier wel laten liggen als je wilt,' fluisterde ik. 'Ilaria zit met de andere twee in de keuken. Volgens mij is ze –'

Ik draaide me om en slaakte een gil. Want in mijn deuropening stond Sam, met zijn armen over elkaar en een half glimlachje. Aan zijn voeten stond een weekendtas. Ik knipperde met mijn ogen en vroeg me af of ik soms hallucineerde. En toen bracht ik mijn handen langzaam naar mijn gezicht.

'Verrassing!' mimede hij en ik struikelde door de kamer en duwde hem de gang in, zodat ik hem kon kussen.

Hij had het geregeld zodra ik hem vertelde van mijn onverwachte vrije weekendje, zei hij. Jake was geen probleem – en er waren genoeg vrienden die voor niks meewilden naar dat concert – en hij had collega's om een gunst gesmeekt en diensten geruild. En toen had hij een goedkope lastminutevlucht geboekt, om me te verrassen.

'Je hebt mazzel dat ik niet precies hetzelfde heb gedaan om jou te verrassen.'

'Die gedachte bekroop mij ook, op dertigduizend voet. Ik had ineens een beeld van jou in een vliegtuig, precies de andere kant op.'

'Hoelang hebben we?'

'Maar achtenveertig uur, vrees ik. Ik moet maandagochtend vroeg alweer weg. Maar weet je, Lou... Ik wilde niet nóg een paar weken wachten.'

Hij zei verder niets, maar ik begreep wat hij bedoelde. 'Ik ben zo blij dat je dit hebt gedaan. Dankjewel. Dankjewel. Wie heeft je binnengelaten?'

'Je vriend bij de receptie. Hij waarschuwde me ook voor de kinderen. En toen vroeg hij of ik al hersteld was van mijn voedselvergiftiging.' Hij fronste licht.

'Ja. We hebben geen geheimen in dit gebouw.'

'Hij vertelde ook dat je een schat bent, en de aardigste van het hele gebouw. Wat ik natuurlijk al wist. En toen kwam er een klein oud vrouwtje met een keffertje de gang in, en die begon tegen hem te schelden over afval, dus toen heb ik hem verder maar gelaten.'

We dronken koffie tot Ashoks vrouw terug was en de kinderen meenam. Ze heette Meena. Nog nagloeiend van de energie die de protestmars haar had gegeven, bedankte ze me hartelijk en ze vertelde ons over de bibliotheek in Washington Heights die ze probeerden te redden. Het leek wel alsof Ilaria Abhik niet terug wilde geven: ze zat onophoudelijk tegen hem te kirren, kneep hem zachtjes in zijn wangetjes en maakte hem aan het lachen. En al die tijd stonden wij daar met de twee vrouwen te kletsen. Ik voelde Sams hand tegen mijn onderrug, terwijl zijn enorme gestalte onze keuken vulde. In zijn vrije hand had hij een van onze koffiekopjes, en ineens voelde ik me hier een paar graden meer thuis, omdat ik me het huis nu kon voorstellen met hem erin.

'Ontzettend leuk om je te ontmoeten,' had hij tegen Ilaria gezegd, en toen hij zijn hand naar haar uitstak, had ze hem niet haar gebruikelijke achterdochtige, uitgestreken blik geschonken, maar had ze geglimlacht en hem de hand geschud. Ik realiseerde me hoe weinig mensen de moeite namen om zich aan haar voor te stellen. Zij en ik waren meestal de onzichtbaren, Ilaria nog meer dan ik – misschien vanwege haar leeftijd, of nationaliteit.

'Zorg er wel voor dat meneer Gopnik hem niet ziet,' zei ze zachtjes toen Sam even naar het toilet was. 'Vriendjes mogen hier niet binnenkomen. Gebruik de dienstingang maar.' Ze schudde haar hoofd alsof ze niet kon geloven dat ze zoiets immoreels toestond.

'Ilaria, ik zal dit nooit vergeten. Dankjewel,' zei ik. Ik stak mijn armen naar haar uit om haar te knuffelen, maar ze schonk me weer zo'n priemende blik. Dus ik stapte niet verder op haar af en stak mijn duimen maar zo'n beetje naar haar op.

We aten pizza – een vegetarische, voor de zekerheid – en toen gingen we een donkere, smoezelige bar in, waar een televisie boven ons hoofd keihard aanstond op een honkbalwedstrijd. We zaten aan een klein tafeltje, met onze knieën tegen elkaar aan gedrukt. De helft van de tijd had ik geen idee waar we het over hadden, omdat ik niet kon geloven dat Sam daar tegenover me zat, achterovergeleund in zijn stoel, lachend om dingen die ik zei, zijn hand over zijn hoofd strijkend. Alsof we het zo hadden afgesproken, hadden we het niet over Katie Ingram en Josh, maar praatten we over onze families. Jake had een nieuw vriendinnetje en was bijna nooit meer bij Sam thuis. Hij miste hem, zei hij, ook al begreep hij best dat geen enkele jongen van zeventien zin heeft om de hele tijd met zijn oom te chillen. 'Hij is een stuk gelukkiger, ook al is zijn vader nog niet helemaal de oude, dus eigenlijk zou ik blij voor hem moeten zijn. Maar het is gek, ik was er gewoon al zo aan gewend dat hij er altijd was.'

'Je kunt altijd bij mijn familie op bezoek gaan,' zei ik.

'Weet ik wel.'

'Mag ik voor de achtenvijftigste keer zeggen hoe blij ik ben dat je nu hier bent?'

'Jij mag alles zeggen wat je wilt, Louisa Clark,' zei hij zachtjes en hij bracht mijn knokkels naar zijn lippen.

We bleven tot elf uur in de bar. Gek genoeg, ondanks het feit dat we niet veel tijd hadden, voelden we geen van beiden die paniek die we de vorige keer hadden om alles uit elke minuut te halen. Het feit dat hij hier was, was zo'n onverwacht extraatje dat we stilzwijgend hadden besloten om gewoon maar te genieten van het samenzijn. We hoefden niet naar de bezienswaardigheden, de ervaringen afstrepen van een lijstje, of naar bed te rennen. Het was gewoon goed, zo.

Met onze armen om elkaar heen tuimelden we de bar uit als blije dronkenlappen, en ik ging aan de stoeprand staan, zette twee vingers aan mijn mond en floot. Toen de taxi met piepende banden voor ons stilhield vertrok ik geen spier. Ik draaide me om, om naar Sam te gebaren, maar hij stond me aan te staren.

'O. Ja. Heb ik van Ashok geleerd. Je moet je vingers onder je tong houden. Kijk... Zo.'

Ik keek hem stralend aan, maar iets aan zijn gezichtsuitdrukking zat me niet lekker. Ik dacht dat hij het leuk zou vinden, dat zwierige taxi-aanhouden van me, maar het was alsof hij me ineens niet meer terug kende.

We kwamen terug in een doodstil gebouw. De Lavery stond zwijgend en majestueus over het park uit te kijken, uitstijgend boven het lawaai en de chaos van de stad, alsof het daar allemaal boven verheven was. Sam bleef staan toen we bij het overdekte stuk stoep kwamen dat naar de voordeur leidde en staarde omhoog naar het boven hem uit torende gebouw, de monumentale stenen façade, de palladiaanse vensters. Hij schudde zwijgend zijn hoofd en we liepen naar binnen. Het was muisstil in de marmeren lobby en de nachtportier zat te doezelen in Ashoks kantoortje. We lieten de dienstlift voor wat hij was en liepen de trap op, onze voetstappen gedempt door de enorme koningsblauwe traploper, en onze handen gleden over de leuning van gepoetst koper, en toen nog een trap, tot we in de gang waren waar het appartement van de Gopniks was. In de verte begon Dean Martin te blaffen. Ik liet ons binnen en deed de enorme deur zachtjes achter ons dicht.

Nathans licht was uit en verderop in de gang murmelde Ilaria's televisie. Sam en ik liepen op onze tenen de grote hal door, langs de keuken, naar mijn kamer. Ik trok een T-shirt aan, wenste ineens dat ik iets eleganters droeg om in te slapen, en ging toen naar mijn badkamertje om mijn tanden te poetsen. Onder het poetsen liep ik mijn kamer weer in, waar Sam op bed naar de muur zat te staren. Ik keek hem vragend aan, voor zover dat mogelijk is met een mond vol pepermuntschuim.

'Wat is er?'

'Het is zo... vreemd,' zei hij.

'Mijn T-shirt?'

'Nee. Om hier te zijn. In dit huis.'

Ik ging weer terug naar de badkamer, spuugde de tandpasta uit en spoelde mijn mond.

'Het is prima,' begon ik, terwijl ik de kraan dichtdraaide. 'Ilaria vindt het goed en meneer Gopnik is pas zondagavond weer thuis. Als je je morgen niet op je gemak voelt, dan boek ik wel een kamer in een klein hotel waar Nathan het weleens over heeft, twee blokken verderop, en dan kunnen we –'

Hij schudde zijn hoofd. 'Nee, het gaat niet om dít. Maar om jou. Hier. Toen we in het hotel zaten waren we gewoon samen, als altijd. Alleen op een andere plek dan normaal. Maar hier zie ik eindelijk dat alles anders is, voor jou. Jij woont op Fifth Avenue, notabene. Een van de duurste adressen ter wereld. Je werkt in dit krankzinnige gebouw. Het ruikt hier overal naar geld. En het is voor jou de gewoonste zaak van de wereld.'

Ik had vreemd genoeg de behoefte om me te verdedigen. 'Ik ben nog gewoon mezelf, hoor.'

'Tuurlijk,' zei hij. 'Maar je bent op een andere plek. Letterlijk.'

Hij zei het op neutrale toon, maar er was iets aan dit gesprek dat me een ongemakkelijk gevoel gaf. Ik liep op mijn blote voeten naar hem toe, legde mijn handen op zijn schouders en zei iets dringender dat mijn bedoeling was: 'Ik ben nog steeds gewoon Louisa Clark, je lichtelijk labiele vriendinnetje uit Stortfold.' Toen hij niet reageerde zei ik: 'Ik ben hier maar gewoon personeel, Sam.'

Hij keek me aan, stak toen een hand op en streelde mijn wang. 'Je begrijpt het niet. Je ziet zelf niet hoe je veranderd bent. Je bent anders, Lou. Je loopt hier over straat alsof je hier thuishoort. Je fluit naar taxi's en ze stoppen nog ook. Je loopt zelfs anders. Het lijkt wel alsof... Ik weet niet... Alsof je meer jezelf bent. Of misschien een ander mens bent.'

'Ja maar, nu zeg je iets heel aardigs en toch klinkt het alsof het niet goed is.'

'Het is niet verkeerd,' zei hij. 'Het is alleen... anders.'

Ik ging op zijn schoot zitten, met mijn blote benen tegen zijn spijkerbroek gedrukt. Ik bracht mijn gezicht dicht bij dat van hem, mijn neus tegen de zijne gedrukt, mijn mond een paar millimeter bij zijn mond vandaan. Ik haakte mijn armen om zijn nek, zodat ik zijn zachte donkere haar tegen mijn huid voelde, en zijn warme adem tegen mijn borst. Het was donker, en er viel een kille straal neonlicht over mijn bed. Ik kuste hem, en met die kus probeerde ik hem te laten voelen wat hij voor me betekende, en dat ik nog een miljoen taxi's tot stilstand kon brengen met een fluitje en dat hij dan nog steeds de enige was met wie ik in zo'n taxi zou willen stappen. Ik kuste hem steeds intenser, me tegen hem aandrukkend tot hij meegaf, tot zijn handen mijn middel omvatten en omhoogschoven, tot ik precies het moment kon voelen waarop hij ophield met denken. Hij trok me ineens tegen zich aan. Zijn mond drukte de mijne haast plat, en ik snakte naar adem toen hij zich omdraaide en me op bed legde, zijn hele wezen teruggebracht tot maar één doel.

Die nacht gaf ik Sam iets. Ik had geen remmingen, zoals anders. Ik werd iemand anders, omdat ik hem zo graag wilde laten voelen hoe hard ik hem nodig had. Het was een gevecht, al wist hij het niet. Ik verborg mijn eigen macht en verblindde hem met de zijne. Er was geen tederheid, er waren geen zachte woordjes. Toen onze blikken elkaar vonden was ik bijna kwaad op hem. *Ik ben het gewoon*, zei ik zwijgend tegen hem. *Waag het niet om aan me te twijfelen. Niet na wat we allemaal hebben meegemaakt.* Hij bedekte mijn ogen, drukte zijn mond tegen mijn haar en nam bezit van me. Ik liet hem zijn gang gaan. Ik wilde hem zo graag dat ik er halfgek van werd. Ik wilde dat hij zou voelen dat hij me helemaal had. Ik heb geen idee wat voor geluid ik maakte, maar toen het voor bij was gonsde het in mijn oren.

'Dat was... anders,' zei hij toen we weer op adem waren gekomen. Zijn hand gleed nu teder over me heen en zijn duim aaide zachtjes over mijn dij. 'Zo heb ik je nog nooit meegemaakt.'

'Misschien heb ik je wel nog nooit zo erg gemist.' Ik kuste hem op zijn borst en proefde zout op mijn lippen. We lagen in het donker te knipperen naar de strook neonlicht op het plafond.

'Het is dezelfde hemel,' zei hij. 'Dat moeten we ons blijven herinneren. We liggen onder dezelfde hemel.'

In de verte begon een politiesirene te loeien, gevolgd door nog zo'n vreemd loeiend alarm. Het viel mij normaal al niet meer op: de geluiden van New York waren me vertrouwd en waren als ruis waar ik nooit meer naar luisterde. Sam keek me aan, en ik zag zijn gezicht niet goed.

'Weet je, ik was al dingetjes aan het vergeten. Kleine dingen van jou waar ik zo van hou. Ik kon me de geur van je haar niet meer herinneren.' Hij bracht zijn hoofd naar het mijne en snoof. 'Of de vorm van je kaak. Of hoe je huid rilt als ik dit doe...' Hij liet zachtjes zijn vinger over mijn sleutelbeen glijden en ik glimlachte om de onwillekeurige reactie van mijn lichaam. 'En die schattige verdwaasde blik van je altijd, na afloop... Ik moest gewoon hierheen om mezelf te helpen herinneren.'

'Ik ben nog gewoon mezelf, Sam,' zei ik.

Hij kuste me en zijn lippen landden zachtjes op de mijne, vijf keer, voor hij fluisterde: 'Welke jij je ook bent, Louisa Clark, ik hou van je,' zei hij en hij rolde voorzichtig en met een zucht op zijn rug.

Maar dat was het moment waarop ik een ongemakkelijke waarheid onder ogen moest zien. Ik had me anders gedragen bij hem. En dat kwam niet alleen doordat ik hem wilde laten merken hoe graag ik hem wilde, hoeveel ik van hem hield, al was dat deels wel het geval.

Op een of andere duistere, verborgen manier wilde ik hem ook laten zien dat ik beter was dan zíj.

14

We sliepen uit tot na tienen en liepen toen naar de *diner* in de buurt van Columbus Circle. We aten tot we pijn in ons buik hadden, dronken liters oude koffie en zaten tegenover elkaar, met onze knieën om en om.

'Ben je blij dat je er bent?' vroeg ik, alsof ik geen idee had wat het antwoord zou zijn.

Hij stak een hand naar me uit en legde die zachtjes achter in mijn nek, leunde over tafel tot hij me kon kussen, zonder op de andere mensen in de *diner* te letten, tot ik het antwoord had dat ik wilde. Om ons heen zaten stelletjes van middelbare leeftijd met de weekendkranten, groepjes krankzinnig geklede mensen die zo uit de club kwamen en door elkaar heen schreeuwden, en uitgeputte echtparen met zeurende kinderen.

Sam leunde naar achteren en slaakte een diepe zucht. 'Mijn zus wilde hier altijd zo graag eens naartoe. Ik vind het nu zo stom dat dat nooit is gebeurd.'

'Echt?' Ik stak mijn hand naar hem uit en hij draaide de zijne om en pakte me vast en sloot zijn vingers om de mijne.

'Ja. Ze had een hele lijst van dingen die ze graag eens wilde doen. Naar een honkbalwedstrijd, bijvoorbeeld. De Kicks? Knicks? Nou ja, een of andere club die ze graag wilde zien spelen. En ze wilde een keer eten in een New Yorkse *diner*. Maar wat ze vooral heel graag wilde was boven op Rockefeller Center staan.'

'Niet op het Empire State?'

'Nope. Ze zei dat ze had gehoord dat Rockefeller beter was – een of ander glazen observatoriumachtig ding waar je doorheen kon kijken. Het schijnt dat je vanaf daar het Vrijheidsbeeld kunt zien.'

Ik gaf zijn hand een kneepje. 'Dat zouden we vandaag kunnen doen.'

'Dat kan, ja,' zei hij. 'Het zet je wel aan het denken, vind je niet?' Hij pakte zijn koffie. 'Je moet je kansen grijpen als het kan.'

Hij werd overvallen door een lichte melancholie. Ik deed niks om hem daarvan af te helpen. Ik had inmiddels wel geleerd dat je het soms iemand gewoon even moet gunnen om verdrietig te zijn. Dus ik wachtte even en zei toen: 'Dat gevoel heb ik elke dag.'

Hij keek op.

'En ik ga nu iets heel erg Will Traynor-achtigs zeggen,' waarschuwde ik.

'Oké.'

'Er gaat hier bijna geen dag voorbij zonder dat ik denk dat hij trots op me zou zijn.'

Toen ik dit zei was ik een heel klein beetje gespannen, omdat ik Sam de eerste dagen van onze relatie op de proef had gesteld door het steeds maar over Will te hebben, over wat die voor me had betekend en over het Will-vormige gat dat hij in me had achtergelaten.

Maar hij knikte alleen. 'Dat denk ik ook.' Hij aaide mijn vinger met zijn duim. 'Ik ben het in elk geval zeker. Trots op jou. Ik bedoel, ik mis je waanzinnig, maar allemachtig, Lou, wat ben je geweldig. Je bent naar een vreemde stad gekomen en je hebt een baan die je leuk vindt, tussen al die miljonairs en miljardairs, je hebt vrienden gemaakt, en je hebt een hele nieuwe wereld voor jezelf geschapen. Mensen leven een heel leven zonder ook maar een tiende te doen van wat jij hebt gedaan.' Hij gebaarde om zich heen.

'Jij zou het ook kunnen.' Ik zei het zonder nadenken. 'Ik heb het uitgezocht. Hier in New York zijn ze altijd op zoek naar goed ambulancepersoneel. En wij kennen er wel eentje.' Ik bracht het als een geintje, maar ik had het nog niet gezegd of ik besefte hoe graag ik dit wilde. Ik leunde over de tafel. 'Sam. We zouden een appartementje kunnen huren in Queens of zo, en dan zouden we elke avond samen zijn, als we tenminste niet idiote dagen draaien, en we zouden dit elke zondagochtend kunnen doen. We zouden bij elkáár zijn. Dat zou toch super zijn?'

Je hebt maar één leven. Die woorden klonken nog na in mijn oren. *Zeg ja,* zei ik stilzwijgend tegen hem. *Zeg nou gewoon ja.*

Hij pakte mijn hand. Toen zuchtte hij. 'Het kan niet, Lou. Mijn huis is nog niet klaar. En zelfs al zou ik besluiten om het in de verhuur te doen, dan nog zou ik het moeten afmaken. En ik kan Jake nog niet alleen laten. Hij heeft me nodig. Nog eventjes.'

Ik forceerde een glimlach, het soort glimlach dat je opzet als je iets niet echt meende. 'Ja, tuurlijk! Het was ook zo maar een dom ideetje.'

Hij drukte zijn lippen tegen mijn handpalm. 'Niet dom. Gewoon voorlopig onmogelijk.'

We besloten, zonder het hardop uit te spreken, om het niet meer over mogelijk lastige onderwerpen te hebben, waarmee meteen een verrassend aantal gespreksonderwerpen van de baan was – zijn werk, zijn leven thuis, onze toekomst – en we wandelden over de High Line, en liepen toen door naar het Vintage Clothes Emporium waar ik Lydia begroette als een oude vriendin, en waar ik een roze jumpsuit met lovertjes aantrok uit de jaren zeventig en vervolgens een bontjas uit de fifties waar ik een matrozenpet bij opzette, waarmee ik Sam aan het lachen maakte.

'Kijk,' zei hij toen ik de kleedkamer uit kwam in een psychedelische kokerjurk van roze met gele nylon, 'dit is de Louisa Clark waar ik zo van hou.'

'Heeft ze je die blauwe cocktailjurk al laten zien? Die met de mouwen?'

'Ik zit te twijfelen tussen deze en die bontjas.'

'Liefje,' zei Lydia, terwijl ze een Sobranie opstak, 'je kunt je echt niet vertonen op Fifth Avenue in een bontjas. Mensen zien er de ironie niet van in.'

Toen ik eindelijk de kleedkamer uit kwam stond Sam bij de toonbank. Hij hield een pakje op.

'Het is die jurk uit de sixties,' zei Lydia behulpzaam.

'Heb jij die voor me gekocht?' Ik nam het pakje van hem aan. 'Serieus? Vond je hem niet te druk?'

'Hij is krankzinnig,' zei Sam, met een stalen gezicht. 'Maar je keek zo blij toen je hem aan had... Dus...'

'Jeetje, deze zou ik maar houden,' fluisterde Lydia voordat we de winkel uit liepen, met haar sigaret in haar mondhoek bungelend. 'De volgende keer moet hij die jumpsuit maar voor je kopen. Die stond je super.'

We gingen een paar uur later terug naar het appartement en deden een dutje, met onze kleren aan en kuis in elkaars armen. Na al die koolhydraten van de brunch waren we slaperig geworden. Om vier uur stonden we groggy op en we vonden dat we er nog even op uit moesten gaan, aangezien Sam de volgende dag al om acht uur weer van JFK zou vertrekken. Hij pakte wat spullen in en ik ging theezetten in de keuken, waar Nathan bezig was met het mengen van een of andere proteïneshake. Hij grijnsde. 'Je vent is er, hoorde ik?'

'Kan er dan ook nooit eens iets geheim blijven in deze gang?' Ik vulde de waterkoker en zette de schakelaar om.

'Nee, *mate*, daar zijn de muren hier te dun voor,' zei hij. 'Geintje!' zei hij toen ik tot in mijn haar begon te blozen. 'Ik heb niks gehoord. Maar ik zie nu aan je kleur dat jullie een leuke avond hebben gehad.'

Ik wilde hem net een klap geven toen Sam in de deuropening verscheen. Nathan bleef voor hem staan en stak een hand naar hem uit. 'Aha, de beroemde Sam. Leuk om je eindelijk eens te ontmoeten, *mate*.'

'Dat is dan wederzijds.' Ik keek gespannen toe of ze het alfamannetje gingen uithangen naar elkaar toe. Maar Nathan was daar van nature te relaxt voor en Sam was nog een beetje suffig van al dat eten en al die seks. Ze schudden elkaar alleen de hand, grinnikten wat en begonnen te kletsen.

'Gaan jullie vanavond stappen?' Nathan sloeg zijn drankje achterover, terwijl ik Sam een beker thee gaf.

'We wilden eigenlijk naar het dak van Rockefeller nummer 30. Het is een soort missie.'

'Kom op, jongens. Jullie willen toch niet op je laatste avond samen met al die toeristen in de rij gaan staan? Ga anders mee naar de Holiday Cocktail Lounge in East Village. Daar heb ik met mijn vrienden afgesproken. Lou, je hebt die gasten laatst al een keer ontmoet. Er is vanavond een of andere speciaal evenement. En er hangt altijd een fijne sfeer.'

Ik keek Sam aan. Hij haalde zijn schouders op. We konden wel even een halfuurtje gaan, zei ik. En dan misschien samen nog even naar Top of the Rock. Die was tot kwart over elf open.

Drie uur later zaten we rond een bomvolle tafel en waren mijn hersenen een beetje wattig van de cocktails die steeds maar aangevoerd werden. Ik had mijn psychedelische kokerjurk aan, omdat ik Sam wilde laten zien hoe blij ik ermee was. Hij was ondertussen dikke mik met Nathan en zijn vrienden. Ze bespraken hun muzikale voorkeuren en wisselden horrorverhalen uit over concerten die ze in hun jeugd hadden bezocht.

Terwijl een deel van mij lachend deelnam aan het gesprek, zat een ander deel van me te berekenen hoeveel geld ik zou kunnen vrijmaken om Sam twee keer zo vaak over te laten komen als we eigenlijk van plan waren geweest. Hij zag toch zeker zelf ook wel in hoe goed het leven hier was. Hoe goed wij samen waren.

Sam stond op om het volgende rondje te gaan bestellen. 'Ik haal wel een paar menukaarten,' mimede hij naar mij. Ik knikte. Ik wist wel dat ik beter iets kon eten, anders zou ik straks niet meer op mijn benen kunnen staan.

En toen voelde ik een hand op mijn schouder.

'Dus je bent me écht aan het stalken!' Josh keek me stralend aan, witte tanden in een brede smile. Ik stond abrupt op en verschoot van kleur. Ik draaide me om, maar Sam stond aan de bar met zijn rug naar ons toe. 'Josh! Hoi!'

'Je weet dat dit mijn andere favoriete bar is, toch?' Hij droeg een zacht, gestreept blauw overhemd met opgerolde mouwen.

'Nee, dat wist ik niet!' Mijn stem klonk te hoog en mijn woorden kwamen te snel.

'Ik geloof je. Wil je iets drinken? Ze hebben hier een ongelofelijk goede Old-Fashioned.' Hij stak zijn hand uit en raakte mijn elleboog even aan.

Ik deinsde achteruit alsof hij me had gestoken. 'Ja, dat weet ik. En nee, dank je. Ik ben hier met vrienden en...' Ik draaide me net op tijd om, om te zien dat Sam er weer was met een blad vol drankjes en een paar menukaarten onder zijn arm.

'Hallo,' zei hij met een blik op Josh voordat hij de glazen op tafel zette. Toen kwam hij langzaam omhoog en keek hem eens goed aan.

Ik stond daar maar met mijn handen stijfjes langs mijn zij. 'Josh, dit is Sam, mijn... mijn vriend. Sam, dit is... dit is Josh.'

Sam staarde naar Josh, alsof hij iets op zich moest laten inwerken. 'Ja,' zei Sam uiteindelijk. 'Dat had ik zo ook wel geweten, denk ik.' Hij keek mij aan en toen weer naar Josh.

'Willen... Willen jullie nog iets anders drinken? Ik bedoel, jullie hebben natuurlijk net iets gehaald, maar ik haal met alle plezier nog een paar glazen.' Josh gebaarde naar de bar.

'Nee. Bedankt, man,' zei Sam, die was blijven staan, zodat hij dik een half hoofd boven Josh uit torende. 'We hebben wel genoeg, zo.'

Er viel een ongemakkelijk stilte.

'Goed dan.' Josh keek naar me en knikte. 'Leuk je te ontmoeten, Sam. Blijf je hier lang?'

'Lang genoeg.' Sam glimlachte gemaakt. Ik had hem nog nooit zo stekelig meegemaakt.

'Nou, in dat geval... laat ik jullie verder alleen. Louisa... Ik zie je nog wel. Fijne avond.' Hij stak zijn handen in de lucht, een verzoenend gebaar. Ik deed mijn mond open, maar er viel niets te zegen, dus wapperde ik maar zo'n beetje onnozel met mijn vingers.

Sam ging moeizaam zitten. Ik keek naar Nathan aan de andere kant van de tafel, maar die hield zijn gezicht nadrukkelijk neutraal. Ze hadden het nog steeds over de prijs van de kaartjes van het concert waar ze laatst naartoe geweest waren. Sam leek in gedachten verzonken. Toen keek hij eindelijk op. Ik greep zijn hand, maar hij gaf de mijne geen kneepje.

De stemming kwam er niet meer in. Het was te lawaaiig in de bar om hem te kunnen verstaan en ik wist trouwens toch niet wat ik moest zeggen. Ik nipte van mijn cocktail en in mijn hoofd speelden zich honderden mogelijke ruzies af in een loop. Sam nam grote teugen en knikte en glimlachte om de grappen van de jongens, maar ik zag de tic in zijn kaak en wist dat het voor hem niet meer hoefde. Om tien uur taaiden we af en namen we een taxi naar huis.

Ik liet hem er eentje aanhouden.

We namen de dienstlift, zoals me opgedragen was, en luisterden eerst voor we mijn kamer in slopen. Meneer Gopnik leek in bed te liggen. Sam zei niets. Hij ging de badkamer in om zich te verkleden en deed de deur achter zich dicht. Ik hoorde dat hij zijn tanden poetste en gorgelde terwijl ik in bed kroop, verward en kwaad tegelijk. Hij leek een eeuwigheid in de badkamer te blijven. Toen deed hij eindelijk de deur open en daar stond hij in zijn boxershort. Zijn littekens liepen nog steeds vuurrood over zijn buik. 'Ik ben een zak.'

'Ja. Ja, inderdaad.'

Hij slaakte een heel diepe zucht. Hij keek naar mijn foto van Will, die tussen die van hem en die van mijn zusje met Thom stond; de laatste had zijn vinger in zijn neus. 'Sorry. Ik schrok er gewoon van. Dat hij zo veel lijkt op...'

'Ik weet het. Maar dan zou ik ook kunnen zeggen dat het raar is dat je weleens bij mijn zus bent, omdat ze zo op mij lijkt.'

'Maar die lijkt helemaal niet op jou.' Hij keek verbaasd. 'Wat is er nou?'

'Het is de bedoeling dat jij nu zegt dat ik veel knapper ben.'

'Je bent belachelijk veel knapper.'

Ik duwde de dekens voor hem opzij en hij stapte naast me in bed.

'Je ziet er echt veel en veel beter uit dan je zus. Je bent eigenlijk net een topmodel.' Hij legde een hand op mijn heup. Die voelde warm en zwaar. 'Maar dan met kortere beentjes. Zo goed?'

Ik verbeet mijn glimlach. 'Beter. Maar vrij bot dat je met mijn korte beentjes komt.'

'Het zijn prachtige beentjes. Mijn lievelingsbeentjes. Die benen van topmodellen zijn gewoon... saai.' Hij kwam overeind en leunde over me heen. Als hij dat deed was het altijd net alsof ik her en der onwillekeurig tot leven kwam, en ik moest mijn best doen om niet te kronkelen. Hij leunde op zijn ellebogen en hield me zo op mijn plek, zodat hij me kon aankijken. Ik probeerde een ernstig gezicht te trekken, ook al bonsde mijn hart.

‘Volgens mij heb je die arme man de stuipen op het lijf gejaagd,’ zei ik. ‘Het leek net alsof je hem wilde slaan. Een beetje.’

‘Dat was omdat ik dat ook wilde. Een beetje.’

‘Je bent niet goed bij je hoofd, Sam Fielding.’ Ik kuste hem en toen hij me terug kuste glimlachte hij weer. Hij had stoppels op de plekken die hij overgeslagen had met scheren.

Dit keer was hij teder. Deels omdat we er nu van uitgingen dat de muren heel dun waren en hij hier eigenlijk niet mocht zijn. Maar ik denk dat we ook voorzichtig met elkaar waren na de onverwachte wending die de avond had genomen. Hij raakte me bijna eerbiedig aan. Hij zei dat hij van me hield, met zachte, diepe stem, en hij keek me recht in de ogen als hij het uitsprak. De woorden trilden door me heen als kleine aardbevinkjes.

Ik hou van je.

Ik hou van je.

Ik hou ook van jou.

We hadden de wekker op kwart voor vijf gezet en ik werd vloekend wakker toen het schelle geluid me uit mijn slaap haalde. Sam lag naast me te kreunen en trok een kussen over zijn hoofd. Ik moest hem wakker porren.

Ik duwde hem grommend de badkamer in, zette de douche aan en slofte naar de keuken om koffie voor ons te zetten. Toen ik terugkwam hoorde ik met een *klonk* het water terugslaan in de leiding toen hij de douche weer uitzette. Ik zat op de rand van het bed, dronk mijn koffie en vroeg me af van wie het briljante idee was gekomen om op zondagavond aan de cocktails te gaan. De badkamerdeur ging open toen ik net weer achterover op bed viel.

‘Mag ik jou de schuld geven van die cocktails? Ik wil iemand de schuld kunnen geven.’ Mijn hoofd bonkte en ik tilde het voorzichtig op en legde het meteen weer neer. ‘Wat zat er überhaupt allemaal in?’ Ik bracht mijn vingertoppen naar mijn slaap. ‘Ik denk dat ze er steeds twee maatjes in gegooid hebben. Normaal voel ik me nooit zo beroerd. O, man. We hadden gewoon naar 30 Rock moeten gaan.’

Hij zei helemaal niets. Ik draaide mijn hoofd, zodat ik hem kon zien. Hij stond in de deuropening van de badkamer. ‘Was je nog van plan me hier iets over te vertellen?’

'Waarover?' Ik duwde mezelf overeind. Hij droeg een handdoek om zijn middel en in zijn handen hield hij een klein, rechthoekig doosje. Heel even dacht ik dat hij me een sieraad ging geven en ik moest bijna lachen. Maar toen stak hij het doosje naar me toe en hij lachte er helemaal niet bij.

Ik nam het van hem aan en staarde vol ongeloof naar een zwangerschapstest. Het doosje was open en het witte plastic staafje zat er los in. Ik keek erop en het drong vaag tot me door dat er geen blauwe lijntjes op stonden. Toen keek ik naar hem op en ik wist niet wat ik moest zeggen.

Hij ging moeizaam op bed zitten. 'We hebben toch een condoom gebruikt? Toen ik hier de vorige keer was? Toen hebben we een condoom gebruikt.'

'Wat... Waar heb je dat ding vandaan?'

'Uit jouw prullenbak. Ik wilde mijn scheermesje er net in gooien.'

'Dat ding is niet van mij, Sam.'

'Deel je die badkamer dan met iemand anders?'

'Nee.'

'Waarom weet je dan niet van wie het is?'

'Weet ik veel! Maar... Maar dat ding is niet van mij! Ik ben verder nooit met iemand naar bed geweest!' Het drong tot me door dat het feit dat je aanvoerde dat je niet met een ander naar bed was geweest júíst klonk alsof je wel met iemand anders naar bed was geweest. 'Ik snap ook best dat dit vreemd lijkt, maar ik heb geen idee hoe dat ding in mijn badkamer terechtgekomen is!'

'Is dit soms de reden waarom je steeds zo zit te zeuren over Katie? Omdat jij je juist schuldig voelt, omdat jij het zelf met een ander doet? Hoe noemen ze dat ook weer? Projectie? Is... dat de reden waarom je... zo anders was, gisteravond?'

De lucht werd uit de kamer gezogen. Het voelde als een klap in mijn gezicht. Ik staarde hem aan. 'Denk je dat nou echt? Na alles wat we hebben meegemaakt?'

Hij zei niets.

'Je denkt... Je denkt echt dat ik vreemd zou gaan?'

Hij zag bleek en was even geschokt als ik. 'Ik denk alleen dat als iets waggelt als een eend en het kwaakt als een eend, nou... dan is het meestal een eend.'

'Ik ben verdomme géén eend... Sam. Sam.'

Met tegenzin draaide hij zijn hoofd om.

'Ik zou jou nooit bedriegen. Dat ding is niet van mij. Je moet me geloven.'

Hij keek me onderzoekend aan.

'Hoe vaak moet ik het zeggen? Het is niet van mij.'

'We zijn nog maar zo kort bij elkaar. En veel tijd daarvan hebben we zonder elkaar doorgebracht. Ik weet niet...'

'Wat weet je niet?'

'Dit is zo'n situatie, snap je wel? Als je je vrienden erover vertelt, in de kroeg, dan kijken ze je zo aan van: *kom op, man...*'

'Dan vertel je je vrienden er toch niet over! Je moet naar míj luisteren!'

'Dat wil ik ook best, Lou!'

'Wat is dan in vredesnaam het probleem?'

'Hij leek precies op Will Traynor!' Hij flapte het eruit alsof hij het niet meer binnen kon houden. Hij legde zijn hoofd in zijn handen. En toen zei hij het nog eens, maar zachter. 'Hij leek precies op Will Traynor.'

Mijn ogen vulden zich met tranen. Ik veegde ze weg met de muis van mijn hand, in de wetenschap dat ik zo de mascara van de vorige avond waarschijnlijk helemaal over mijn wangen smeerde, maar het kon me niet meer schelen. Toen ik weer sprak klonk mijn stem laag en ernstig, en helemaal niet meer als mijn eigen stem.

'Ik zeg dit nog één keer. Ik doe het niet met iemand anders. En als jij dat niet gelooft... Nou ja, dan begrijp ik niet wat je hier doet.'

Hij reageerde niet, maar het was alsof zijn antwoord stilzwijgend tussen ons in hing: *ik ook niet.* Hij stond op en liep naar zijn tas. Hij haalde er een onderbroek uit en trok die aan met een korte, boze beweging. 'Ik moet gaan.'

Ik kon verder geen woord meer uitbrengen. Ik zat op het bed en keek naar hem, en ik voelde me ontzettend verdrietig en woedend tegelijk. Ik zei geen woord terwijl hij zich verder aankleedde en de rest van zijn spullen in zijn tas gooide. Die zwaaide hij over zijn schouder, en toen liep hij naar de deur en draaide zich om.

'Goede reis,' zei ik. Ik kon het niet opbrengen om te glimlachen.

'Ik bel wel als ik weer thuis ben.'

'Oké.'

Hij boog en gaf me een zoen op mijn wang. Ik keek niet op toen hij de deur opendeed. Hij bleef nog even staan, maar ging toen weg, de deur zachtjes achter zich dichttrekkend.

Agnes kwam rond twaalf uur 's middags terug. Garry haalde haar op van het vliegveld en toen ze thuiskwam was ze vreemd stilletjes; alsof ze geen zin had om thuis te zijn. Ze begroette me vanachter haar zonnebril met een zijdelings 'hallo' en trok zich toen terug in haar kleedkamer, waar ze de vier uur erop achter gesloten deuren bleef zitten. Rond theetijd kwam ze weer tevoorschijn, gedoucht en omgekleed, en ze schonk me een geforceerd glimlachje toen ik met mijn moodboards haar studeerkamer binnenging. Ik legde alles uit over de kleuren en de stoffen en ze knikte afwezig, maar ik zag dat het totaal niet tot haar doordrong wat ik had gemaakt. Ik liet haar haar thee drinken en wachtte tot ik zeker wist dat Ilaria naar beneden was. Toen deed ik de deur dicht, zodat ze naar me opkeek.

'Agnes,' zei ik zachtjes. 'Ik weet dat dit een vreemde vraag is, maar heb jij soms een zwangerschapstest weggegooid in mijn badkamer?'

Ze knipperde met haar ogen boven haar theekopje. En toen zette ze het kopje terug op het schoteltje en trok een gezicht. 'O. Dat. Ja, dat wilde ik nog tegen je zeggen.'

Ik voelde de woede opkomen als gal. 'Dat wilde je nog zéggen? Weet je wel dat mijn vriend hem heeft gevonden?'

'Was je vriend er dan dit weekend? Wat leuk! Hebben jullie het gezellig gehad?'

'Totdat hij die test in mijn badkamer vond wel, ja.'

'Maar je hebt toch zeker wel gezegd dat die niet van jou was?'

'Dat heb ik gezegd, ja, Agnes. Maar gek genoeg worden mannen een tikje achterdochtig als ze een zwangerschapstest in de badkamer van hun vriendin vinden. Vooral als die vriendin een paar duizend kilometer verderop woont.'

Ze maakte een wegwuifgebaar. 'Kom op, zeg. Als hij jou vertrouwt, is er toch verder niets aan de hand. Jij bedriegt hem toch niet? Hij moet niet zo dom doen.'

'Maar waarom? Waarom heb je dat ding in mijn badkamer weggegooid?'

Ze keek langs me heen, alsof ze wilde checken dat de deur echt dicht was. En ineens keek ze heel ernstig. 'Omdat Ilaria erachter was gekomen als die hem in mijn badkamer had gevonden,' zei ze effen. 'En Ilaria mag het niet zien.' Ze keek erbij alsof ik heel dom was. 'Leonard was daar heel duidelijk over toen we gingen trouwen. Geen kinderen. Dat was de afspraak.'

'Serieus? Maar dat is niet... Wat nou als jij toch kinderen wilt?'

Ze kneep haar lippen samen. 'Dat gaat niet gebeuren.'

'Maar... Maar je bent net zo oud als ik. Hoe kun je dat dan zo zeker weten? Ik weet niet eens of ik nog wel hetzelfde merk haarconditioner wil houden. Zoveel mensen veranderen van gedachten als –'

'Ik krijg geen kinderen met Leonard,' zei ze bits. 'Nou goed? Genoeg over kinderen nu.'

Ik stond op en ze keerde haar hoofd met een ruk opzij, haar blik fel. 'Het spijt me. Het spijt me als jij hierdoor in de problemen bent gekomen.' Ze duwde even met haar hand tegen haar voorhoofd. 'Oké? Het spijt me. Ik ga nu even hardlopen. Alleen.'

Toen ik even later de keuken in liep zat Ilaria daar. Ze duwde met felle, gelijkmatige gebaren een enorme klomp deeg rond in een mengkom en ze keek niet op.

'Jij denkt dat ze je vriendin is.'

Ik wilde mijn beker net onder het koffiezetapparaat zetten, maar bleef staan.

Ze zette heel veel kracht tijdens het kneden van het deeg. 'Maar die *puta* zou je zo verlinken als ze zichzelf daarmee kon redden.'

'Hier heb ik niks aan, Ilaria,' zei ik. Dit was misschien wel de eerste keer dat ik zo op haar reageerde. Ik vulde mijn beker en liep naar de deur. 'En je gelooft het misschien niet, maar jij weet niet alles.'

Nog halverwege de hal hoorde ik haar snuiven.

Ik liep naar beneden, naar Ashoks kantoortje om Agnes' stomerijgoed op te halen, en ik bleef even kletsen om mijn sombere stemming te verjagen. Ashok was altijd hetzelfde, altijd opgewekt. Als je met hem praatte, was het net alsof je door het raam een lichtere wereld in keek. Toen ik weer terugkwam in het appartement lag er een klein licht gekreukt plastic tasje bij onze voordeur. Ik bukte om het op te pakken en zag tot mijn verrassing dat het voor mij was. Tenminste, het was voor: 'Ik geloof dat ze Louisa heet.'

In mijn kamer maakte ik het zakje open. Ik haalde er een in gerecycled vloeipapier verpakte vintage sjaal van Biba uit, met een print van pauwenveren, die ik om mijn nek drapeerde, en ik bewonderde de subtiele glans van de stof en hoe die zelfs bij het vage daglicht nog glom. De sjaal rook naar kruidnagel en oud parfum. Toen stak ik mijn hand nog eens in de tas en haalde er een klein kaartje uit. Bovenaan stond een naam gedrukt in krullerige, donkerblauwe letters: Margot De Witt. Daaronder stond in een beverig handschrift: *Bedankt dat je mijn hond hebt gered.*

15

Aan: MrandMrsBernardClark@yahoo.com
Van: BusyBee@gmail.com

Hoi mam,

Ja, Halloween is hier best een big deal. Ik liep hier gisteren door de stad, en het was zo schattig, al die kleine spookjes en heksjes met hun manden vol snoep, en ouders met zaklampen op een afstandje achter hen aan. Sommige van die ouders waren ook verkleed. Er zijn mensen die er helemaal voor gaan; niet in onze straat, want hier doet de helft van de buren hun lichten uit. Ze verstoppen zich in de achterkamer zodat de kinderen niet aankloppen. Iedereen heeft plastic pompoenen voor zijn raam, of nepspoken, en mensen vinden het gewoon heel leuk om zich te verkleden. Maar in ons gebouw komen er dus geen kindjes aan de deur voor trick-or-treat. Dit is niet een buurt waar mensen bij elkaar aankloppen. Je moet ook eerst langs de nachtportier en die is van zichzelf al best een engerd.
Hierna komt Thanksgiving. Ze hebben de spokenbende nog niet opgeruimd of de kalkoenreclames vliegen je om de oren.

Ik weet eigenlijk niet waar Thanksgiving over gaat – volgens mij vooral over eten. Zoals de meeste feestdagen, hier.
Met mij is alles goed. Sorry dat ik niet zo vaak bel. Liefs aan papa en opa.

Ik mis jullie.
Lou x

Mr. Gopnik, die sentimenteel was over familiebijeenkomsten zoals pas gescheiden mannen dat vaak zijn, had verordonneerd dat hij graag met zijn naasten Thanksgiving wilde vieren in het appartement, dankbaar gebruikmakend van het feit dat de voormalige mevrouw Gopnik naar haar zus in Vermont zou gaan. Dit gezellige vooruitzicht – plus het feit dat hij tegenwoordig achttien uur per dag aan het werk was – maakte dat Agnes een niet-aflatend slecht humeur had.

Sam stuurde me een appje toen hij weer thuis was – dat wil zeggen, vierentwintig uur na zijn terugkomst – waarin hij me schreef dat hij moe was en dat dit moeilijker was dan hij had gedacht. Het enige wat ik antwoordde was: 'Ja', want eerlijk gezegd was ik zelf ook moe.

's Ochtends vroeg ging ik hardlopen met Agnes en George. Als ik niet hardliep, werd ik wakker in het kleine kamertje met de geluiden van de stad in mijn oren en een beeld van Sam in de deuropening van mijn badkamer in mijn hoofd. Dan lag ik maar te draaien tot mijn laken een grote kluwen was en mijn stemming inktzwart. Dan was de hele dag al bedorven voordat hij zelfs maar was begonnen. Maar als ik moest opstaan en mijn hardloopschoenen aantrok, dan was ik al in beweging bij het wakker worden, en werd ik gedwongen om na te denken over het leven van andere mensen, het spierpijntje in mijn dij, de koude lucht in mijn longen, het geluid van mijn ademhaling in mijn oren. Dan voelde ik me strak, sterk, klaar om alle shit die ik die dag waarschijnlijk op mijn pad zou vinden van me af te slaan.

En er kwam die week behoorlijk wat shit. Garry's dochter stopte met haar studie, zodat zijn stemming tot het nulpunt was gedaald en hij, telkens als Agnes uit de auto stapte, een tirade afstak over de ondankbaarheid van kinderen, die niet begrepen wat opoffering was en die de waarde van zuurverdiende centen niet inzagen. Ilaria zweeg alleen nog maar woedend om de bizarre gewoonten van Agnes, zoals het bestellen van eten dat ze dan toch maar niet opat, of het op slot draaien van haar kleedkamer als ze er niet was, zodat Ilaria haar kleren niet kon opbergen. 'Wil ze soms dat ik haar ondergoed in de gang neerleg? Wil ze dat de man die de boodschappen komt leveren haar stoeipakjes kan zien liggen? Wat houdt ze daar eigenlijk verstopt?'

Michael schoot als een geest door het appartement, met de uitgeputte, gejaagde uitdrukking van iemand die twee banen tegelijk had – en zelfs Nathan was niet zo gelijkmatig als anders en hij viel uit tegen de Japanse kattenmevrouw toen die opperde dat de kat in zijn schoen had geplast vanwege zijn 'verkeerde energie'. 'Ik zal haar eens wat verkeerde energie laten voelen,' zei hij mokkend toen hij zijn hardloopschoenen in de vuilnisbak gooide. Mevrouw De Witt klopte die week twee keer bij ons aan om te klagen over de piano, en als wraak zette Agnes een opname van een stuk op dat 'Het trappenhuis van de duivel' heette, op vol volume, vlak voordat we zelf weggingen. 'Een etude van Ligeti,' snoof ze, en ze bekeek haar make-up in haar tasspiegeltje terwijl we naar de lift liepen. Boven ons hoorden we het atonale gebeuk van de muzieknoten op en neer gaan. Ik stuurde Ilaria snel een berichtje om haar te vragen de muziek weer uit te zetten zodra wij het gebouw uit waren.

Het was kouder buiten en het was nog drukker dan anders op de stoepen, en zo zoetjesaan werden de etalages ingenomen door kerstversieringen, als een soort bontgekleurde, glinsterende uitslag. Ik boekte mijn vlucht naar huis, maar ik had weinig zin, omdat ik niet meer wist wat voor welkom me daar zou wachten. Ik belde mijn zusje in de hoop dat ze niet te veel vragen zou stellen. Die zorg bleek onnodig. Ze was spraakzamer dan ooit, kletste over wat Thom allemaal deed op school, de nieuwe vriendjes die hij in de buurt had gemaakt, hoe goed hij kon voetballen. Ik vroeg haar naar haar vriendje, en toen was ze een stuk minder spraakzaam.

'Krijgen we dan echt helemaal níks over hem te horen? Je weet best dat ma er helemaal gek van wordt.'

'Kom je nog thuis met kerst?'
'Yep.'
'Misschien dat ik jullie dan wel laat kennismaken. Als je tenminste denkt dat je je een paar uurtjes normaal kunt gedragen.'
'Heeft hij Thom al ontmoet?'
'Dat gaat dit weekend gebeuren,' zei ze, en ineens klonk ze een stuk minder zeker van haar zaak. 'Tot nu toe heb ik ze gescheiden gehouden. Stel dat het niet werkt? Ik bedoel, Eddie is gek op kinderen, maar wat nou als ze elkaar niet –'
'Eddie!'
Ze zuchtte. 'Ja. Eddie.'
'Eddie. Eddie en Treena. *Treena is op Eddieieie, Treena is op Eddieieie!*'
'Wat ben je toch een klein kind.'
Het was de eerste keer die week dat ik moest lachen. 'Het komt helemaal goed,' zei ik. 'En als dat achter de rug is kun je hem meenemen naar pa en ma. Dan ben jij tenminste degene aan wie ze steeds vraagt of er al een bruiloft in het verschiet ligt en dan heb ik even rust.'
'Dat gaat dus echt niet gebeuren. Weet je wel dat ze bang is dat jij veel te chic geworden bent om nog met hen te kunnen praten, straks, met kerst? Ze denkt dat je niet meer bij pa in de bestelbus wilt als hij je van het vliegveld haalt, omdat je inmiddels gewend bent dat je rondgereden wordt in limousines.'
'Dat is ook zo.'
'Maar serieus, hoe is het met jou? Je hebt me nog helemaal niets verteld.'
'Ik vind New York geweldig,' zei ik soepel, als een mantra. 'En ik werk hard.'
'Shit, ik moet hangen. Thom is wakker.'
'Laat me weten hoe het is gegaan.'
'Zal ik doen. Tenzij het niet goed ging. Dan emigreer ik en dan praat ik de rest van mijn leven nooit meer met wie dan ook.'
'Je bent echt familie van me. Altijd zo redelijk en beheerst.'

Zaterdag diende zich aan als een koude dag, geserveerd met een portie rukwinden. Ik had geen idee dat het zo guur kon waaien in

New York. Het leek wel alsof de hoge gebouwen elk briesje opvingen, en omtoverden tot iets ijzigs en snijdends. Het voelde vaak alsof ik door een of andere sadistische windtunnel liep. Ik liep met mijn hoofd gebogen en mijn lichaam in een hoek van vijfenveertig graden en moest me af en toe vastgrijpen aan een brandkraan of lantaarnpaal. Ik nam de metro naar het Vintage Clothes Emporium, dronk daar een kop koffie om te ontdooien en kocht in het koopjeshoekje een jas met zebraprint voor twaalf dollar. Om je de waarheid te zeggen bleef ik zo lang mogelijk plakken. Ik wilde niet terug naar mijn stille kamertje, waar ik Ilaria's nieuwsprogramma door de gang hoorde kabbelen, en de spookachtige echo van Sam en de verleiding om mijn e-mail elk kwartier te checken. Toen ik thuiskwam was het al heel donker en ik was zo verkleumd en vermoeid dat ik niet rusteloos was, of ondergedompeld in dat eeuwige gevoel dat je had in New York: de angst om iets te missen als je thuisbleef.

Ik zat in mijn kamer televisie te kijken en overwoog om Sam een mailtje te sturen, maar ik was nog zo boos dat ik geen zin had me verzoenend op te stellen, en wat ik hem te zeggen had zou het er vast niet beter op maken.

Ik had een roman van John Updike geleend uit de bibliotheek van meneer Gopnik, maar die bleek te gaan over de complexe aard van moderne relaties, en alle personages waren óf ongelukkig, óf ze wilden een ander dan degene met wie ze waren, dus uiteindelijk deed ik het licht maar gewoon uit en ging slapen.

Toen ik de volgende ochtend naar beneden ging stond Meena in de lobby. Ze had de kinderen dit keer niet bij zich, maar Ashok, die niet in uniform was. Ik schrok een beetje om hem in zijn gewone kleren te zien rommelen onder zijn bureau. Ineens drong het tot me door waarom het voor de rijken zoveel gemakkelijker is om niets van ons te weten als we ons niet als individu kleden.

'Hallo, Miss Louisa,' zei hij. 'Ik was mijn pet vergeten. Dus moest nog even snel naar binnen voordat we naar de bibliotheek gaan.'

'Die ene die ze willen sluiten?'

'Yep,' zei Ashok. 'Wil je soms met ons mee?'

'Ja, ga mee, en help ons onze bibliotheek te redden, Louisa!'

Meena sloeg me op mijn rug met haar in een want gestoken hand. 'Alle hulp is welkom!'

Ik was eigenlijk op weg naar de koffiezaak, maar ik had niet echt iets te doen en de zondag strekte zich voor me uit als een stuk braakliggend land, dus ik zei ja. Ze gaven me een bord waarop stond: EEN BIBLIOTHEEK BIEDT MEER DAN BOEKEN, en checkten of ik wel een muts en handschoenen bij me had. 'Je redt het anders een uur of twee, maar tegen het derde uur ben je door en door koud,' zei Meena toen we naar buiten liepen. Ze was het type dat mijn vader een vrouw met ballen noemde – een voluptueuze, sexy New Yorker met een enorme bos haar. Iemand die alles wat haar man zei met iets ad rems pareerde en die het leuk vond om hem de les te lezen over zijn kapsel, hoe hij met hun kinderen omging en zijn kunsten in bed. Ze had een luide, diepe lach en pikte niks van niemand. Hij droeg haar overduidelijk op handen. Ze noemden elkaar zo vaak *baby* dat ik me afvroeg of ze elkaars voornaam soms vergeten waren.

We namen de metro naar Washington Heights en zij vertelden me dat hij deze baan eigenlijk voor tijdelijk had aangenomen toen Meena voor het eerst zwanger was, en dat hij iets anders zou gaan zoeken als de kinderen naar school gingen. Iets met gewone kantooruren, zodat hij meer kon helpen bij de opvoeding. ('Maar ja, ik heb hier een goede ziektekostenverzekering, dus dat maakt het moeilijk om weg te gaan.') Ze hadden elkaar leren kennen tijdens hun studie – tot mijn schande moet ik bekennen dat ik had gedacht dat ze een gearrangeerd huwelijk hadden.

Toen ik dat tegen haar zei was Meena in lachen uitgebarsten. 'Girl… Denk je nou echt dat mijn ouders niet wat beters voor mij zouden uitzoeken?'

Ashok: 'Dat zei je gisteravond anders niet, *baby*.'

Meena: 'Dat was omdat ik me op de tv probeerde te concentreren.'

Toen we uiteindelijk lachend het metrostation op 163rd Street uit liepen was ik ineens in een heel ander New York.

De gebouwen in dit deel van Washington Heights zagen er uitgeteld uit: dichtgetimmerde winkeletalages, doorgezakte brandtrappen, veel drankzaken, kiprestaurants en kappers met verschoten foto's van ouderwetse kapsels in de etalage. Er liep een zachtjes vloekende man voorbij, die een winkelwagentje vol plastic tassen voortduwde. Op de straathoeken hingen groepjes jongeren die naar elkaar floten, en op de stoeprand lagen de vuilniszakken in slordige hopen opgestapeld. Sommige van die zakken hadden hun inhoud op straat uitgespuugd. Het had hier niet die glans die Lower Manhattan had, en hier hing ook niet die doelgerichte ambitie die in Midtown overal in de lucht hing. Hier hing alleen de geur van gefrituurde kip en desillusie.

Meena en Ashok leken het niet te merken. Ze beenden door, hun hoofden naar elkaar toe neigend, en af en toe een blik op hun telefoon werpend om zien of Meena's moeder de kinderen nog wel aankon. Meena draaide zich om, om te zien of ik nog achter hen liep, en ze glimlachte. Ik wierp snel een blik achterom, stak mijn portemonnee wat dieper in mijn jaszak en zorgde dat ik bij hen bleef.

We hoorden de demonstratie nog voordat we hem zagen, een trilling die steeds duidelijker de vorm aannam van gescandeerde protesten. We sloegen een hoek om en daar, voor een met roet beslagen bakstenen gebouw, stonden een stuk of honderdvijftig mensen te zwaaien met borden, hun stemmen vooral gericht op een kleine cameraploeg. Toen we dichterbij kwamen stak Meena haar eigen bord in de lucht. 'Onderwijs voor iedereen!' joelde ze. 'Dit is een veilige plek voor onze kinderen. Pak hen die niet af!' We voegden ons bij de menigte en gingen al snel op in het gewoel. Ik dacht al wel dat New York divers was, maar nu realiseerde ik me pas dat ik alleen maar verschil in huidskleur en kledingstijl had gezien. Hier zag ik een heel ander soort diversiteit. Er waren oude dames met gebreide mutsen, hipsters met baby's in rugdragers, jonge zwarte mannen met strak ingevlochten haren en oudere Indiase dames in sari's. Mensen waren geanimeerd, verbonden door dit doel, en er allemaal even erg op gebrand om hun punt te maken. Ik deed mee met het scanderen, zag Meena's stralende lach en hoe ze haar mededemonstranten omhelsde, terwijl ze door de menigte liep.

'Ze zeggen dat het vanavond op het nieuws komt.' Een bejaarde vrouw keek me aan en knikte tevreden. 'Dat is het enige waar het stadsbestuur aandacht voor heeft. Ze willen allemaal in het nieuws.'

Ik glimlachte.

'Het is elk jaar hetzelfde liedje! En elk jaar moeten we weer wat harder knokken om de buurt bij elkaar te houden. Elk jaar moeten we harder vechten voor waar we recht op hebben.'

'Ik... Sorry. Daar weet ik eigenlijk niks van. Ik ben hier met vrienden.'

'Maar je helpt ons. Daar gaat het om.' Ze legde een hand op mijn arm. 'Mijn kleinzoon runt hier een mentorprogramma. Hij krijgt betaald om andere jongelui computervaardigheden aan te leren. Dat is zijn werk. En volwassenen geeft hij ook les. Hij helpt hen met hun sollicitatiebrieven.' Ze klapte in haar gehandschoende handen in een poging ze warm te houden. 'Als de gemeente de bibliotheek sluit kunnen al die mensen nergens meer terecht. Terwijl je er vergif op kunt innemen dat die lui in het stadsbestuur de eerste zijn om te klagen over al die hangjongeren. Je weet toch hoe dat gaat.' Ze glimlachte alsof ik dat inderdaad wel zou weten.

Voor me stak Meena haar bord weer op. Naast haar bukte Ashok zich om het zoontje van een vriendin te begroeten. Hij tilde hem boven de mensen uit, zodat hij beter kon zien wat er gebeurde. Hij zag er hier, tussen al die mensen, totaal anders uit dan in zijn conciërgekostuum. Al die keren dat ik met hem had gepraat, had ik hem steeds gezien door het prisma van zijn uniform. Ik had nooit stilgestaan bij zijn leven buiten het bureau in de lobby, of bij de vraag hoe hij geld moest verdienen voor zijn gezin of hoelang hij eigenlijk onderweg was van zijn huis naar zijn werk, of wat hij verdiende. Ik bekeek de mensen om me heen, die ietsje stiller waren nu de cameraploeg weer weg was, en ik schaamde me dat ik zo weinig had gedaan om New York écht te leren kennen. En dit hoorde net zo goed bij de stad als de glimmende wolkenkrabbers in Midtown.

We joelden nog een uurtje door. Voorbijrijdende auto's en vrachtwagens toeterden om ons te steunen, en wij juichten als dank. Er kwamen twee mensen van de bibliotheek naar buiten met dienbladen vol warme drankjes. Ik nam zelf niks. Ik had inmiddels de jas van de oude dame naast me gezien, de sleetsheid van de kleren van de andere mensen om me heen. Een Indiase vrouw en haar zoon staken de weg over met grote aluminium schalen vol warme pakora's en we doken erbovenop, en bedankten haar uitbundig. 'Wat jullie doen is heel belangrijk,' zei ze. 'Dank jullie wel.' Mijn pakora zat vol met doperwten en aardappel, en was zo pittig dat ik naar adem snakte, maar hij smaakte zó ontzettend lekker. 'Die brengen ze elke week, de schatten,' zei de oude dame, terwijl ze deegkruimels van haar sjaal veegde.

Er kroop twee, drie keer een patrouillewagen voorbij, en de agent scande de menigte met een uitgestreken gezicht. 'Help ons onze bibliotheek te redden, meneer!' riep Meena naar hem. Hij wendde zijn gezicht af, maar zijn collega moest lachen.

Op een gegeven moment gingen Meena en ik naar binnen om gebruik te maken van het toilet, wat mij de kans bood om eens te zien waarvoor ik nu eigenlijk aan het strijden was. Het was een oud gebouw, met hoge plafonds, zichtbare pijpleidingen en een nadrukkelijke stilte. De muren waren behangen met posters waarop volwassenenonderwijs aangeboden werd, of meditatiesessies, hulp met het opstellen van je cv of een uurloon van zes dollar als je als mentor wilde werken. Het zat er vol met mensen. De kinderafdeling was afgeladen met jonge gezinnen, het computergedeelte gonsde van de volwassenen die behoedzaam op de toetsenborden zaten te tikken, omdat het allemaal nog een beetje nieuw voor hen was. Een handvol tieners zat zachtjes te kletsen in een hoek. Sommigen lazen een boek, een paar met een koptelefoontje op. Het verbaasde me dat er in de buurt van de balie twee beveiligingsbeambten stonden.

'Er wordt weleens gevochten. Want de bieb is voor iedereen gratis toegankelijk, snap je wel?' fluisterde Meena. 'Meestal gaat het om drugs. Er kan altijd iets gebeuren, zo is het nu eenmaal.' Toen we de trap af liepen, op weg naar buiten, liepen we langs een oudere vrouw. Haar muts was smerig, haar blauwe nylon jas gekreukt en vuil van de straat, met scheuren bij de schouders, als epauletten. Ik staarde naar haar, terwijl zij zich moeizaam de trap ophees, trede voor trede, waarbij haar afgetrapte pantoffels nauwelijks aan haar voeten bleven hangen. Ze hield een tas tegen zich aan gedrukt waar één enkele paperback uitstak.

We bleven nog een uur buiten. Er kwam nog een verslaggever langs en later nog een cameraploeg, die vragen stelden en beloofden dat ze hun best zouden doen om het verhaal op het nieuws te krijgen. En toen, rond een uur of een, vertrok iedereen. Ik liep met

Meena en Ashok terug naar de metro, zij geanimeerd kletsend over wie ze allemaal hadden gesproken en de protesten die voor volgende week gepland stonden.

'Waar gaan jullie naartoe als hij toch moet sluiten?' vroeg ik toen we weer in de metro zaten.

'Serieus?' vroeg Meena, terwijl ze haar bandana op zijn plek schoof. 'Geen idee. Maar ik vrees dat het hoe dan ook gaat gebeuren. Drie kilometer verderop zit nog een bibliotheek, met betere voorzieningen, en ze zullen wel zeggen dat we onze kinderen daar naartoe moeten brengen. Want ja, natuurlijk heeft iedereen hier een auto. En het is gezond voor die oude mensen om lekker een stuk te lopen als het bloedheet is, buiten.' Ze rolde met haar ogen. 'Maar tot die tijd vechten we door.'

'Je hebt nu eenmaal plekken nodig voor de mensen uit de buurt.' Ashok stak zijn hand op en gebaarde druk om zijn woorden kracht bij te zetten. 'Je hebt een plek nodig waar mensen kunnen afspreken om te praten en ideeën uit te wisselen, zonder dat het meteen over geld gaat, snap je? Boeken leren je over het leven. Boeken leren je over médeleven. Maar als je nauwelijks geld hebt voor je huur, heb je zeker geen geld voor een boek. Dus die bibliotheek is van levensbelang! Als je een bibliotheek sluit, Louisa, dan sluit je niet alleen een gebouw, maar dan neem je mensen hun hoop af.'

Het bleef even stil.

'Wat hou ik toch van je, *baby*,' zei Meena en ze kuste hem vol op de mond.

'En ik van jou, *baby*.'

Ze staarden elkaar aan en ik veegde wat denkbeeldige kruimels van mijn jas en probeerde niet aan Sam te denken.

Ashok en Meena gingen naar het appartement van haar moeder om de kinderen op te halen, dus ze omhelsden me en drongen erop aan dat ik volgende week weer mee zou gaan. Ik liep naar de *diner*, waar ik een kop koffie met een stuk taart nam. Ik kon de gedachte aan de demonstratie, de mensen in de bibliotheek en de smerige straten vol gaten in het wegdek eromheen niet van me afzetten. Ik zag steeds de scheuren in de jas van die vrouw voor me, en die bejaarde dame naast me die zo trots was op wat haar kleinzoon als mentor verdiende. Ik dacht aan Ashoks gepassioneerde pleidooi voor zijn buurt. Ik dacht aan hoe mijn eigen leven was veranderd door onze bibliotheek, thuis, en dat Will altijd zo stellig zei: *kennis is macht.* Dat elk boek dat ik tegenwoordig las, bijna elke beslissing die ik nam, terug te voeren was naar die tijd.

Ik dacht aan het feit dat elke demonstrant wel iemand anders in die groep kende, of op een of andere manier aan een ander was verbonden, of eten en drinken kwam brengen, en dat ik die rush van energie en plezier had gevoeld die je krijgt als je samen hetzelfde doel deelt.

Ik dacht aan mijn nieuwe huis, in een stil gebouw, waar misschien een man of dertig woonden die allemaal nooit met elkaar praatten. Hooguit om te klagen over een minuscule inbreuk op hun eigen rust. En niemand mocht elkaar, of nam zelfs maar de moeite elkaar te leren kennen.

Zo zat ik te denken, tot mijn koffie koud geworden was.

Toen ik weer thuis was deed ik twee dingen: ik schreef een kaartje aan mevrouw De Witt om haar te bedanken voor de prachtige sjaal, en haar te zeggen dat mijn hele week goed was door haar cadeau, en dat als ze ooit nog hulp nodig had met de hond, ik graag meer van haar zou leren over hoe je met honden moet omgaan. Ik deed het in een envelop en duwde het onder haar deur door.

Toen klopte ik op Ilaria's deur, en probeerde me niet te laten intimideren toen ze opendeed en me met onverholen achterdocht bekeek. 'Ik kwam langs de zaak waar ze die kaneelkoekjes verkopen die jij zo lekker vindt. Dus ik heb er een paar voor je meegenomen. Alsjeblieft.' Ik hield het zakje voor haar op.

Ze keek er wantrouwend naar. 'Wat moet je van me?'

'Niks!' zei ik. 'Gewoon... Om je te bedanken voor dat gedoe met die kinderen, laatst. En ook, nou ja, we zijn toch collega's en dus...' Ik haalde mijn schouders op. 'Het zijn maar gewoon een paar koekjes.'

Ik hield het zakje nog iets dichter onder haar neus, zodat ze het wel moest aannemen. Ze keek naar de koekjes, en toen naar mij, en ik dacht even dat ze het zakje terug zou duwen, dus ik zwaaide snel en schoot naar mijn eigen kamer.

Die avond ging ik het internet op en daar las ik alles wat ik maar over de bibliotheek kon vinden: nieuwsberichten over de bezuinigingen op het budget, de dreigende sluiting, kleine succesverhalen – JONGE BUURTBEWONER DANKT ZIJN STUDIEBEURS AAN DE BIBLIOTHEEK – en ik printte de belangrijkste stukken uit, en sloeg alle bruikbare informatie op in een map.

Om kwart over negen viel er ineens een bericht in mijn inbox. De titel luidde: SORRY.

Lou

Ik draai de hele week al late diensten en ik wilde je schrijven als ik meer dan vijf minuten de tijd zou hebben en zeker wist dat ik het allemaal niet nog erger zou maken. Ik ben niet zo goed met woorden. En ik denk dat er trouwens maar één woord is dat echt van belang is. Het spijt me. Ik weet best dat jij niet vreemd zou gaan. En het was belachelijk van me om dat te denken.
Het punt is, het valt me zwaar om zo ver bij je vandaan te zijn en niet te weten wat er zich allemaal afspeelt in jouw leven. Als we elkaar zien is het alsof het volume steeds veel te hoog staat. We kunnen gewoon niet meer ontspannen bij elkaar.
Ik weet dat het belangrijk is voor jou, deze tijd in New York en ik wil ook niet dat je daar verder niks doet.
Dus nogmaals, het spijt me.

Je Sam
xxx

Hij had me nog nooit iets gestuurd met zo veel woorden erin. Ik staarde er even naar en probeerde te bepalen wat ik eigenlijk voelde. Toen opende ik een nieuw bericht en typte:

Ik snap het wel. Ik hou van je. Als we elkaar weer zien, met kerst, hebben we hopelijk de tijd om gewoon lekker bij elkaar te zijn. Lou xxx

Ik verstuurde hem, beantwoordde toen een mail aan mijn moeder en schreef er eentje voor Treena. Ik typte op de automatische piloot en dacht de hele tijd aan Sam.

> Ja mam, ik zal even kijken naar de foto's van de tuin, op Facebook. Ik weet dat de dochter van Bernice altijd een duckface trekt op al haar foto's. Dat doet ze om aantrekkelijker te lijken.

Ik logde in bij mijn bank, en toen ging ik naar Facebook en moest onwillekeurig lachen om de eindeloze reeks foto's van Bernice' dochter met haar eeuwige getuite lippen. Ik bekeek ma's foto's van ons kleine tuintje en de nieuwe stoelen die ze in het tuincentrum had aangeschaft. En toen zat ik zomaar ineens op Katie Ingrams pagina. En meteen wenste ik dat ik dat niet had gedaan. Want daar stonden zeven messcherpe en onlangs geüploade foto's van een avondje stappen met haar collega's van de ambulance, misschien wel van die ene avond toen ik had gebeld.

Of misschien was het wel een andere avond. Wat nog erger zou zijn.

Daar was Katie, in een donkerroze blouse, zo te zien van zijde, met een brede smile en een veelbetekenende blik, over tafel leunend alsof ze iets duidelijk wilde maken, haar hals bloot omdat ze haar hoofd lachend achterover hield. En daar was Sam, in zijn ouwe jack, met een grijs T-shirt, een glas limonade in zijn grote hand, een dikke decimeter langer dan alle anderen. De groep zag er op elke foto zo blij uit, lachend om elkaars geintjes. Sam was volkomen relaxt, op zijn gemak. En op elke foto stond Katie Ingram tegen hem aan gedrukt, in het holletje onder zijn arm, samen rond de tafel in de kroeg, en staarde ze hem aan, met een hand losjes op zijn schouder.

16

'Ik heb een project voor je.' Ik zat in een hoekje bij haar supertrendy kapper te wachten, terwijl Agnes haar haar liet verven en föhnen. Ik zat de reportages over de bibliotheekprotesten in de lokale media te bekijken en zette snel mijn telefoon uit toen zij op me af kwam, haar haren in zorgvuldig gevouwen laagjes aluminiumfolie. Ze ging naast me zitten en negeerde de kleurspecialist die duidelijk wilde dat ze weer op haar stoel plaatsnam.

'Ik wil dat je een heel klein pianootje voor me zoekt. Om naar Polen te versturen.'

Ze zei het alsof ze me vroeg even een pakje kauwgum te gaan halen bij de drogist.

'Een heel klein pianootje.'

'Een heel klein pianootje, waar een kind op kan leren spelen. Voor de dochter van mijn zus,' zei ze. 'Maar wel van heel goede kwaliteit.'

'Kun je dan in Polen geen kleine piano's kopen?'

'Niet zulke goede als hier. Ik wil er eentje van Hossweiner and Jackson. Die maken de beste piano's ter wereld. En je moet speciaal transport regelen, met klimaatbeheersing, zodat hij niet te lijden heeft onder de kou of het vocht, want dat zou de klank beïnvloeden. Maar daar kan de winkel ons vast wel bij helpen.'

'Hoe oud is het kind van je zus ook alweer?'

'Ze is vier.'

'Eh... Oké.'

'En het moet echt de allerbeste zijn, want dan kan ze leren hoe anders die klinkt. Er is namelijk enorm veel verschil in klank tussen piano's. Het is hetzelfde als het verschil tussen een Stradivarius en een of andere goedkope viool.'

'Natuurlijk.'

'Maar het zit zo.' Ze draaide zich om en negeerde de inmiddels wanhopige kleurspecialist die vanaf de andere kant van de salon naar haar hoofd wees en op een denkbeeldig horloge tikte. 'Ik wil niet dat het op mijn creditcardafschrift te zien is. Dus je moet elke week een bedrag opnemen om ervoor te betalen. Goed? Ik heb alvast wat cash voor je.'

'Maar... Dat vindt meneer Gopnik toch zeker helemaal niet erg?'

'Hij vindt dat ik te veel geld uitgeef aan mijn nichtje. Hij snapt het niet. En als Tabitha hierachter komt verdraait ze het, zodat ik een slecht mens lijk. Je weet toch hoe ze is, Louisa. Dus, regel je het?' Ze keek me indringend aan vanonder de lagen folie.

'Eh, goed, hoor.'

'Je bent geweldig. Ik ben zo blij met een vriendin zoals jij.' En ineens gaf ze me een knuffel, en de folie verkreukelde tegen mijn wang, zodat de kleurspecialist op een holletje aankwam om te zien wat voor schade mijn gezicht had aangericht.

Ik belde de zaak voor een offerte voor twee verschillende minipiano's plus transportkosten. Toen ik eenmaal van de schrik om de prijs bekomen was, printte ik de offertes uit en liet ze aan Agnes zien, in haar kleedkamer.

'Dat is me nogal een cadeautje,' zei ik.

Ze wuifde met haar hand.

Ik slikte. 'En dan komt er nog vijfentwintighonderd dollar bij voor het transport.'

Ik was ervan ondersteboven. Agnes niet. Ze liep naar haar ladekast en haalde die van het slot met een sleutel die ze in haar spijkerbroek bewaarde. Daar haalde ze een slordige stapel briefjes van vijftig dollar uit, zo dik als haar arm. 'Hier. Dit is achtduizend en vijfhonderd dollar. Ik wil dat je elke ochtend naar de geldautomaat gaat tot je de rest bij elkaar hebt. Vijfhonderd dollar per keer. Oké?'

Ik voelde me niet helemaal op mijn gemak bij het idee dat ik zo veel geld moest opnemen zonder dat meneer Gopnik ervan afwist. Maar ik wist dat Agnes een heel intense band had met haar familie in Polen, en ik wist ook als geen ander hoe je kon verlangen naar mensen die zo ver weg waren. En wie was ik om vragen te stellen bij hoe zij haar geld wilde uitgeven? Bovendien wist ik vrij zeker dat ze jurken had die meer kostten dan die kleine piano.

De tien daaropvolgende dagen liep ik dan ook plichtsgetrouw op enig moment op de dag naar de geldautomaat op Lexington Avenue en nam het geld op. Voordat ik terug naar huis liep propte ik de biljetten diep in mijn beha en zette me schrap om het gevecht aan te gaan met de straatrovers die er nooit waren. Als we alleen waren gaf ik het geld aan Agnes, die het bij de stapel in haar ladekast legde, die ze vervolgens weer op slot draaide. Uiteindelijk ging ik met het hele bedrag naar de pianozaak, tekende de vereiste papieren en telde het bedrag uit voor de verwonderde winkelier. De piano zou nog vóór de kerst in Polen worden afgeleverd.

Het leek wel het enige waar Agnes nog een beetje plezier in had. Elke week reden we naar de studio van Steven Lipkott voor haar tekenles, en Garry en ik namen dan zwijgend een overdosis cafeïne en suiker in de Beste Donutzaak, en als we niet zwegen mompelde ik instemmend als hij zijn mening gaf over ondankbare volwassen kinderen, of karameldonuts met spikkels. Een paar uur later pikten we Agnes weer op en negeerden het feit dat ze nooit tekeningen bij zich had.

Haar weerzin tegen het genadeloze liefdadigheidscircuit werd steeds sterker. Ze deed al niet eens meer haar best om aardig te doen tegen de andere vrouwen, vertelde Michael fluisterend, toen we even snel een kop koffie dronken in de keuken. Ze zat er altijd prachtig en mokkend bij, wachtend tot de happening voorbij was. 'Je kunt het haar ook niet echt kwalijk nemen als je weet hoe bitchy ze tegen haar zijn geweest. Maar hij wordt er wel horendol van. Het is voor hem van belang om iemand naast zich te hebben die op zijn minst af en toe glimlacht; ze hoeft heus niet de *trophy wife* uit te hangen of zo.'

Meneer Gopnik leek uitgeput door zijn werk en door het leven in het algemeen. Michael vertelde dat het moeizaam liep op kantoor. Een grote deal om een bank in de lucht te houden in een of andere opkomende economie was misgelopen en iedereen werkte nu de klok rond om te proberen die zaak toch nog te redden. Tegelijkertijd – of misschien wel daardoor – was meneer Gopniks reuma weer gaan opspelen, zei Nathan, en ze moesten extra sessies inplannen om ervoor te zorgen dat hij zich normaal kon blijven bewegen. Hij slikte veel pillen. Er kwam twee keer per week een privéarts langs.

'Ik haat dit leven,' zei Agnes tegen mij, terwijl we door het park naar de andere kant liepen. 'Hij geeft al dat geld weg, en waarvoor? Zodat we vier keer in de week uitgedroogde borrelhapjes mogen eten met uitgedroogde mensen. En zodat die uitgedroogde vrouwen gemene dingen over mij kunnen zeggen.' Ze bleef even staan en keek om naar het appartementengebouw en ik zag dat haar ogen vol tranen stonden. Fluisterend vervolgde ze: 'Weet je, Louisa, ik trek dit soms gewoon niet meer.'

'Hij houdt van je,' zei ik. Ik wist niet hoe ik anders moest reageren.

Ze veegde haar tranen weg met de binnenkant van haar hand en schudde haar hoofd, alsof ze haar gevoel van zich af probeerde te schudden. 'Ik weet het.' Ze glimlachte naar me, en het was de minst overtuigende glimlach die ik ooit had gezien. 'Maar ik geloof al heel lang niet meer dat liefde alles kan oplossen.'

In een opwelling stapte ik naar haar toe en sloeg mijn armen om haar heen. Achteraf wist ik niet meer of ik dat nou voor haar deed of voor mezelf.

De gedachte was vlak voor het Thanksgiving-diner bij me opgekomen. Agnes wilde de hele dag niet uit bed komen, omdat ze die avond een liefdadigheidsbijeenkomst had voor geestelijke gezondheidszorg. Ze zei dat ze te depressief was om er naartoe te gaan, en zag er zelf de ironie niet van in.

Ik dacht erover na in de tijd die het me kostte om een beker thee leeg te drinken en toen besloot ik dat ik weinig te verliezen had.

'Meneer Gopnik?' Ik klopte op de deur van zijn studeerkamer en wachtte tot hij me binnenriep.

Hij keek op, zijn lichtblauwe overhemd onberispelijk, zijn ogen dodelijk vermoeid. Meestal had ik met hem te doen, zoals je het te doen hebt met een beer in een kooi; dus met gezond en enigszins angstig ontzag.

'Wat is er?'

'Het... Het spijt me dat ik u lastigval. Maar ik heb een idee. Ik denk dat ik iets weet wat Agnes zou kunnen helpen.'

Hij leunde naar achteren in zijn leren stoel en gebaarde dat ik de deur dicht moest doen. Ik zag dat er een glas cognac op zijn bureau stond. Dat was vroeger op de dag dan gewoonlijk.

'Mag ik eerlijk zijn?' vroeg ik. Ik was een beetje misselijk van de zenuwen.

'Graag.'

'Oké. Nou, ik heb gemerkt dat Agnes niet zo, eh, gelukkig is als ze zou moeten zijn.'

'Dan druk je het nog zacht uit,' zei hij.

'En het lijkt me dat dat vooral te maken heeft met het feit dat ze uit haar oude leven is gestapt en niet echt geïntegreerd is in haar nieuwe leven. Ze heeft me verteld dat ze haar oude vriendinnen niet meer spreekt, omdat die haar nieuwe leven niet echt begrijpen, en van wat ik heb gezien zijn er in haar nieuwe leven niet echt mensen die graag vriendschap met haar willen sluiten. Ik denk dat ze dat... niet loyaal vinden.'

'Aan mijn ex.'

'Ja. Dus ze heeft geen werk en geen mensen waar ze bij hoort. En in dit gebouw heerst ook niet echt een gemeenschapszin. U hebt uw werk en u kent de mensen om u heen al jaren, en die mensen vinden u aardig en ze respecteren u. Maar Agnes heeft dat allemaal niet. En ik weet dat ze het liefdadigheidscircuit heel moeilijk vindt, terwijl juist die filantropie voor u heel erg belangrijk is. Dus nu heb ik een idee.'

'Vertel.'

'Nou, in Washington Heights is een bibliotheek die met sluiten wordt bedreigd. Ik heb alle informatie hier bij me.' Ik schoof mijn map over zijn bureau. 'Het is een echte buurtbibliotheek, die wordt gebruikt door allerlei soorten mensen van allerlei verschillende nationaliteiten, en het is voor de mensen in de buurt van het grootste belang dat hij openblijft. Ze vechten keihard om de bieb te redden.'

'Maar dat is een zaak voor het stadsbestuur.'

'Misschien. Ik heb iemand van het personeel daar gesproken en die zei dat ze in het verleden individuele donaties hebben ontvangen waarmee ze een poos vooruit konden.' Ik leunde naar voren. 'Als u er eens naartoe zou gaan, dan kon u het met eigen ogen zien, meneer Gopnik... Er zijn mentorprogramma's en mensen houden er hun kinderen warm en veilig en er zijn mensen die echt iets van hun leven proberen te maken. Op een praktische manier. En ik weet best dat het niet zo veel glamour heeft als de evenementen waar u anders naartoe gaat... Ik bedoel, er is geen chic bal of zo, maar het is toch ook een goed doel, of niet soms? En ik dacht, misschien... Nou ja, misschien kunt u op een of andere manier iets doen. En wat nog beter zou zijn, als Agnes erbij betrokken raakt zou ze weer deel uit kunnen maken van een hechte gemeenschap. Dit zou haar eigen project kunnen worden. U zou samen iets ongelofelijk moois kunnen doen.'

'Washington Heights?'

'U zou er eens moeten gaan kijken. Het is een heel gemengde wijk. Heel anders dan... hier. Ik bedoel, er zijn wel wat stukken van de wijk waar wat meer rijke mensen wonen, maar –'

'Ik ken Washington Heights, Louisa.' Hij trommelde met zijn vingers op zijn bureau. 'Heb je dit al met Agnes besproken?'

'Ik dacht dat ik het beter eerst met u kon bespreken.'

Hij trok de map naar zich toe en sloeg hem open. Fronsend keek hij naar het eerste stuk papier: een krantenknipsel over een van de eerste protesten. De tweede van een budgetoverzicht dat ik van de website van de gemeente had gedownload, met de cijfers van het afgelopen boekjaar.

'Meneer Gopnik, ik denk echt dat u een verschil zou kunnen maken. Niet alleen voor Agnes, maar voor die hele wijk.'

Op dat moment zag ik dat het hem niet raakte, dat hij zelfs afwijzend leek. Niet dat zijn gezicht ineens betrok, maar ik zag het licht verharden, en ik zag dat hij zijn ogen neersloeg. En toen drong het tot me door dat iemand die zo rijk was als hij waarschijnlijk honderd keer per dag om geld werd gevraagd of suggesties kreeg wat hij allemaal met dat geld zou kunnen doen. En dat ik, door dat nu ook te doen, over een soort onzichtbare grens was gestapt tussen hem als werkgever en mij als werknemer.

'Maar goed. Het was maar een idee. En misschien was het wel helemaal geen goed idee. Het spijt me als ik u te lang heb opgehouden. Ik ga zelf ook weer aan het werk. U hoeft die dingen niet te bekijken als u het druk hebt. Ik neem het gewoon weer mee –'

'Het geeft niet, Louisa.' Hij drukte zijn vingers tegen zijn slapen en deed zijn ogen dicht.

Ik stond op, niet zeker of hij wilde dat ik wegging.

Uiteindelijk keek hij me aan. 'Wil je alsjeblieft met Agnes gaan praten? Wil je checken of ik alleen naar dat diner moet?'

'Ja. Natuurlijk.' Ik liep achterwaarts de kamer uit.

Ze ging mee naar het diner ten bate van de geestelijke gezondheidszorg. We hoorden geen geruzie toen ze weer thuiskwamen, maar de volgende dag zag ik dat zij in haar kleedkamer had geslapen.

In de twee weken voor ik naar huis zou gaan om kerst te vieren, ontwikkelde ik een bijna obsessieve Facebook-gewoonte. 's Ochtends en 's avonds checkte ik Katie Ingrams Facebook-pagina en las ik de openbare gesprekken die ze voerde met haar vriendinnen, en keek ik of ze soms nieuwe foto's had gepost. Een van haar vriendinnen vroeg of ze het naar haar zin had op haar nieuwe werkplek en ze antwoordde: 'HET IS GEWELDIG' met een knipoogje erachter (ze was irritant dol op knipoogjes). Een andere keer postte ze: 'Super zware dag, vandaag. Goddank heb ik zo'n fantastische partner! #blessed'.

Ze postte nog een foto van Sam, achter het stuur van de ambulance. Hij lachte en stak een hand op alsof hij haar wilde tegenhouden, en toen ik zijn gezicht zag, en de intimiteit van de foto – ik had het gevoel dat ik bij hen in de wagen zat – stokte mijn adem.

We hadden de vorige avond, zijn tijd, afgesproken dat we zouden bellen, maar hij nam niet op. Ik probeerde het nog twee keer, maar er gebeurde niks. Twee uur later, toen ik me al flink zorgen begon te maken, kreeg ik een berichtje: 'Sorry... Ben je er nog?'

'Alles oké? Was er iets op het werk?' vroeg ik, toen hij me belde.

Er klonk een lichte aarzeling voordat hij antwoordde: 'Nee, dat was het niet.'

'Wat was het dan wel?' Ik zat met Garry in de auto te wachten terwijl Agnes bij de pedicure zat, en ik was me ervan bewust dat hij misschien meeluisterde, al leek hij nog zo verdiept in het sportkatern van zijn *New York Post.*

'Ik was bezig om Katie ergens mee te helpen.'

Mijn maag kromp ineen alleen al toen hij haar naam noemde. 'Waarmee dan?' Ik probeerde luchtig te klinken.

'Gewoon, een kast. Van Ikea. Die had ze gekocht, maar het lukte haar niet om hem in haar eentje in elkaar te zetten, dus ik zei dat ik wel even zou helpen.'

Ik voelde me misselijk worden. 'Dus je bent in haar huis geweest?'

'Haar flat. Ik was daar alleen om haar met die kast te helpen, Lou. Ze heeft verder niemand. En ik woon zo dichtbij.'

'Dus je bent er naartoe gegaan met je gereedschapskist.' Ik dacht eraan hoe hij altijd bij mij thuis kwam om dingen te repareren. Dat was een van de eerste dingen die ik zo geweldig vond aan hem.

'Ja. Ik ben ernaartoe gegaan met mijn gereedschapskist. En ik heb haar geholpen met die Ikea-kast, meer niet.' Zijn stem klonk inmiddels vermoeid.

'Sam?'

'Wat is er?'

'Heb je dat zelf aangeboden? Of heeft ze je gevraagd?'

'Maakt dat wat uit?'

Ik wilde hem uitleggen dat dat inderdaad uitmaakte, omdat het wel duidelijk was dat ze hem van me wilde afpakken. Ze speelde afwisselend het hulpeloze vrouwtje, het feestbeest, en de begripvolle beste vriendin en collega. Hij was er blind voor, of nog erger: hij zag het best. Ze had geen enkele foto op Facebook gezet waarin ze niet als een soort bloedzuiger met lippenstift op aan hem vast zat. Ik vroeg me weleens af of ze wist dat ik die foto's ook kon zien, en of ze het leuk vond dat het mij pijn deed. Of het soms deel uitmaakte van haar plan, om mij ongelukkig en achterdochtig te maken. Mannen begrepen natuurlijk niks van de subtiele wapens die vrouwen tegen elkaar gebruikten.

De stilte tussen ons aan de telefoon duurde steeds langer en veranderde in drijfzand. Ik wist dat ik dit niet kon winnen. Als ik zou proberen om hem te waarschuwen voor wat er aan de hand was, zou ik ineens een jaloers kreng zijn. Als ik mijn mond hield, zou hij regelrecht in haar mannenval lopen. Tot hij op een dag ineens doorhad dat hij nog minder zonder haar kon leven dan zonder mij. Of dat zij ineens haar poezelige handje in de zijne legde als ze in de kroeg steun bij hem zocht na een zware dag. En ze boordevol adrenaline na een of ander incident ineens begonnen te zoenen en –

Ik kneep mijn ogen dicht.

'Dus wanneer kom je weer thuis?'

'De dag voor kerst.'

'Super. Dan probeer ik wat te schuiven met mijn diensten. Maar ik moet wel werken met kerst, Lou. Je weet hoe het is met mijn werk. Dat stopt nooit.'

Hij slaakte een zucht. Het bleef even stil voordat hij weer wat zei. 'Luister, ik heb zitten denken. Misschien is het een goed idee als Katie en jij elkaar dan ontmoeten. Dan kun je zelf zien dat ze oké is. Ze wil gewoon een maatje zijn, meer niet.'

Ach, kom op, man.

'Goed idee! Lijkt me leuk,' zei ik.

'Ik denk dat je haar wel mag.'

'Als jij het zegt, dan is dat vast zo.'

Ik mag haar vast even graag als het ebolavirus. Ik schaaf nog liever mijn eigen ellebogen af. Ik eet nog liever die ene kaas waar levende insecten in zitten.

Hij klonk opgelucht toen hij zei: 'Kan niet wachten om je weer te zien. Je blijft toch een hele week?'

Ik boog mijn hoofd in een poging wat minder hoorbaar te zijn. 'Sam, wil... wil Katie me echt ontmoeten? Ik bedoel, hebben jullie het erover gehad?'

'Ja.' Toen ik niet reageerde voegde hij eraan toe: 'Ik bedoel, niet op die manier... Ik heb het niet met haar gehad over wat er tussen ons gebeurd is. Maar ze begrijpt wel dat het zwaar is voor ons.'

'Aha.' Ik voelde mijn kaak verstrakken.

'Je lijkt haar een geweldig mens, dus dat beeld heb ik even moeten bijstellen, dat snap je.'

Ik lachte, en zelfs de allerslechtste acteur ter wereld had dat niet minder overtuigend kunnen doen.

'Je zult het wel zien als je haar ontmoet. Ik kan niet wachten.'

Toen hij ophing keek ik op en ik zag dat Garry via de achteruitkijkspiegel naar me keek. Onze ogen vonden elkaar heel even en toen gleed zijn blik weg.

Ook al woonde ik in een van de drukste metropolen ter wereld, toch was mijn eigen wereldje heel klein. Alles draaide om wat de Gopniks nodig hadden, van zes uur 's ochtends tot 's avonds heel laat. Mijn hele leven was verweven met dat van hen. Net als bij Will destijds was ik heel erg gericht op Agnes' stemming, en kon ik uit de kleinste aanwijzingen opmaken of ze depressief was, boos of dat ze gewoon iets moest eten. Ik wist precies wanneer ze ongesteld moest worden en noteerde dat in mijn eigen agenda, zodat ik wist wanneer ik me schrap moest zetten voor vijf dagen extra emotie en extra nadrukkelijk pianospel. Ik wist hoe ik mezelf onzichtbaar moest maken als er een familieconflict speelde en wanneer ik vooral aanwezig moest zijn. Ik werd een schaduw, zo erg dat ik soms het gevoel had dat ik geen substantie had – dat ik alleen nut had zo lang iemand me nodig had.

Mijn leven van vóór de Gopniks had zich teruggetrokken en was een vaag, spookachtig ding geworden, waar ik alleen nog contact mee had tijdens sporadische telefoontjes (als de agenda's van de Gopniks dat toelieten) en mailtjes. Ik had mijn zus al twee weken niet gebeld en moest huilen toen mijn moeder me een handgeschreven brief stuurde met foto's van haar en Thom bij een theatermatinee, 'voor het geval je niet meer weet hoe we eruitzien'.

Het was me soms wel wat te veel. Dus voor de balans ging ik elk weekend met Ashok en Meena naar de bibliotheek. Ik ging zelfs een keer in mijn eentje, toen hun kinderen ziek waren. Ik wist beter hoe ik me op de kou moest kleden en ik maakte mijn eigen bord – KENNIS IS MACHT! – een heimelijk knikje naar Will. Daarna nam ik altijd de metro terug en ging naar East Village om een kop koffie te drinken in het Vintage Clothes Emporium en te bekijken wat Lydia en haar zus voor nieuwe kledingstukken binnen hadden.

Meneer Gopnik kwam nooit meer terug op de bibliotheek. Licht teleurgesteld constateerde ik dat liefdadigheid hier iets anders betekende; dat het niet genoeg was om iets te geven, maar dat mensen ook moesten zíén dat je iets gaf. Ziekenhuizen vermeldden de namen van hun weldoeners in koeienletters boven de deur. Elk bal droeg de naam van degene die het geld ervoor had verstrekt. Zelfs bussen hadden lijsten met namen op hun achterruiten. Meneer en mevrouw Leonard Gopnik stonden bekend als gulle gevers, omdat men hen zo kende, in societykringen. Een morsig bibliotheekje in een armoedige stadswijk had hun wat dat betrof niets te bieden.

Ashok en Meena hadden me uitgenodigd voor Thanksgiving in hun appartement in Washington Heights, omdat ze het vreselijk vonden dat ik geen andere plannen had. 'Je kunt niet alleen zitten met Thanksgiving!' zei Ashok, dus ik vertelde maar niet dat mensen in Engeland geen idee hadden waar het überhaupt over ging. 'Mijn moeder heeft de kalkoen klaargemaakt, maar verwacht geen Amerikaans eten,' zei Meena. 'We houden niet van dat smakeloze. Dus dit is een serieuze tandoori-kalkoen.'

Het kostte me in dit geval geen moeite om ja te zeggen tegen iets nieuws: ik verheugde me er enorm op. Ik kocht een fles champagne, wat dure chocolaatjes en een bos bloemen voor Meena's moeder, en trok mijn blauwe cocktailjurk met de bontmouwtjes aan, want het leek me dat een Indiase Thanksgiving een prima gelegenheid was om die voor het eerst te dragen – ze hadden me tenminste geen duidelijke dresscode gegeven. Ilaria was druk in de weer met de voorbereidingen voor het diner voor de familie Gopnik en ik besloot haar niet te storen. Dus ging ik ongezien naar buiten, met het adres dat Ashok me had gegeven op zak.

Toen ik door de gang liep zag ik dat de deur van mevrouw De Witt openstond. Ver weg in het appartement hoorde ik de televisie murmelen. Een halve meter verderop, in de hal, stond Dean Martin me kwaad aan te staren. Ik vroeg me af of hij soms weer van plan was om de benen te nemen en belde aan.

Mevrouw De Witt kwam tevoorschijn.

'Mevrouw De Witt? Ik denk dat Dean Martin zin heeft om weer aan de wandel te gaan.'

De hond liep op zijn gemak terug naar zijn baasje. Ze leunde tegen de muur. Ze zag er broos en vermoeid uit.

'Wil jij de deur voor me dichttrekken, kindje? Ik heb hem waarschijnlijk niet goed afgesloten.'

'Zal ik doen. Fijne Thanksgiving, mevrouw De Witt,' zei ik.

'Is het Thanksgiving? Ik had geen idee.' Ze verdween de kamer weer in, met de hond achter zich aan, en ik trok de voordeur dicht. Ik had nog nooit gezien dat er iemand bij haar op bezoek kwam en vond het een verdrietig idee dat ze Thanksgiving in haar eentje doorbracht.

Ik wilde net vertrekken toen Agnes de gang in kwam in haar sportkleren. Ze keek geschrokken. 'Waar ga jij heen?'

'Naar een etentje!' Ik wilde niet zeggen met wie. Ik wist niet wat de baas van het gebouw ervan vond dat de personeelsleden elkaar buiten hen om zagen. Ze keek me ontzet aan.

'Maar je kunt helemaal niet weg, Louisa. Leonards familie komt hier. Ik kan dat niet alleen aan. Ik had gezegd dat jij er ook bij zou zijn.'

'Echt? Maar –'

'Je moet blijven.'

Ik keek naar de deur. De moed zonk me in de schoenen.

En toen fluisterde ze: 'Alsjeblieft, Louisa. Je bent mijn vriendin. Ik heb je nodig.'

Ik belde Ashok om het hem te vertellen. Mijn enige troost was dat hij de situatie meteen begreep, vanwege zijn baan. 'Het spijt me zo,' fluisterde ik in de hoorn. 'Ik had er zo'n zin in.'

'Nee, joh. Je moet gewoon daar blijven. Wacht, Meena roept dat ze een stukje kalkoen voor je bewaart. Ik neem het morgen wel mee... Ja, *baby*, dat zeg ik net tegen haar! Ja, echt! Meena zegt dat je al hun dure wijn moet opdrinken. Afgesproken?'

Ik kon wel huilen. Ik had me zo verheugd op een avond met giebelende kinderen, heerlijk eten en plezier. In plaats daarvan werd ik weer een schaduw, een zwijgend decorstuk in een ijzige kamer.

Mijn tranen bleken terecht.

Er kwamen nog drie andere leden van de familie Gopnik voor

Thanksgiving. Zijn broer, een oudere, grijzere, blekere versie van meneer Gopnik, die kennelijk jurist was. Het zou me niet verbazen als hij de minister van justitie was of zo. Hij kwam met hun moeder, die in een rolstoel zat en de hele avond weigerde haar bontjas uit te trekken en luid klaagde dat ze niet kon verstaan wat iedereen zei. En de vrouw van meneer Gopniks broer, een violiste die kennelijk heel beroemd was geweest. Zij was de enige die de moeite nam om mij te vragen wat ik deed. Ze begroette Agnes met twee kussen en een soort professionele glimlach die voor iedereen bedoeld kon zijn.

Tab maakte het gezelschap compleet, maar arriveerde laat en kwam binnen met het air van iemand die net in de taxi een intens telefoongesprek had gevoerd over hoe ontzettend graag ze hier nu niet wilde zijn. Een paar tellen nadat zij binnenkwam gingen we aan tafel in de eetkamer – die was afgescheiden van de grote zitkamer en werd gedomineerd door een lange, ovale mahoniehouten eettafel.

Ik overdrijf niet als ik zeg dat de gesprekken moeizaam verliepen. Meneer Gopnik en zijn broer staken meteen van wal over de juridische restricties in het land waar hij momenteel zakendeed, en de twee vrouwen stelden elkaar stijfjes wat vragen, als mensen die een gesprek over koetjes en kalfjes in een vreemde taal oefenden.

'Hoe gaat het met jou, Agnes?'

'Prima, dank je. En met jou, Veronica?'

'Uitstekend. Je ziet er goed uit. Prachtige jurk is dat.'

'Dank je. Jij ziet er ook leuk uit.'

'Hoorde ik nou dat je naar Polen was geweest? Ik meen dat Leonard vertelde dat je bij je moeder op bezoek bent geweest.'

'Twee weken geleden, ja. Het was fijn om haar weer te zien.'

Ik zat tussen Tab en Agnes in, en zag dat Agnes te veel witte wijn dronk en dat Tab dwars op haar telefoon zat te scrollen en af en toe met haar ogen rolde. Ik nam kleine hapjes van de pompoensoep met salie, knikte, glimlachte en probeerde niet al te hard te verlangen naar Ashoks huis en de vrolijke chaos die daar zou heersen. Ik had eigenlijk Tab moeten vragen naar haar week – iets doen om de moeizame conversatie wat te versoepelen – maar ze had zo veel rotopmerkingen gemaakt over het feit dat er 'personeel' aan tafel zat tijdens een familiebijeenkomst dat ik het niet durfde.

Ilaria bracht het ene na het andere gerecht binnen. 'Die Poolse *puta* kan niet koken. Dus moet iemand weer haar Thanksgiving opofferen,' klaagde ze achteraf. Ze had een feestmaal aangericht met kalkoen, in de oven gebakken aardappelen en heel veel bijgerechten die ik nog nooit had gezien, maar waar ik waarschijnlijk meteen diabetes van kreeg – een ovenschotel van zoete aardappelen met een laag gesmolten marshmallow erop, sperziebonen met honing en spekjes, geroosterde pompoen met bacon die droop van de maple syrup, maisbrood vol boter en in de oven geroosterde worteltjes met honing en specerijen. Er waren ook popovers – een soort deegdingetjes – die ik achterdochtig inspecteerde voor het geval die ook onder de stroop zaten.

Uiteraard deden alleen de mannen het eten eer aan. Tab schoof haar eten heen en weer op haar bord. Agnes at alleen wat kalkoen en verder bijna niks. Zelf nam ik van alles een klein beetje, want dat gaf me gelukkig iets te doen, en ik was blij dat Ilaria mijn bord niet meer voor me neerkwakte. Sterker nog, ze keek me af en toe aan van opzij om te laten merken dat ze met me te doen had. De mannen spraken alleen over zaken, zich niet bewust van de permafrost aan de andere kant van de tafel, of niet bereid die onder ogen te zien.

Af en toe werd de stilte verbroken door de oude mevrouw Gopnik, die eiste dat iemand haar wat aardappels zou opscheppen of voor de vierde keer op luide toon vroeg wat 'dat mens' in vredesnaam met de wortelen had gedaan. Dan gaven ze allemaal tegelijk antwoord, alsof ze blij waren zich ergens mee bezig te kunnen houden, al was het nog zoiets onnozels.

'Wat een ongewone jurk, Louisa,' zei Veronica, na een wel heel lange stilte. 'Erg opvallend. Heb je die ergens in Manhattan gekocht? Mouwen van bont, dat zie je niet vaak meer.'

'Dank u. Ik heb hem in East Village gekocht.'

'Is het dan Marc Jacobs?'

'Eh, nee. Het is vintage.'

'Vintage,' snoof Tab.

'Wat zei ze?' vroeg mevrouw Gopnik keihard.

'Ze heeft het over de jurk van het meisje, moeder,' zei de broer van meneer Gopnik. 'Ze zegt dat het vintage is.'
'Vintage wat?'
'Wat is precies het probleem met "vintage", Tab?' vroeg Agnes koeltjes.
Ik kromp ineen in mijn stoel.
'Nou, het is nogal een betekenisloze term, lijkt me. Wat het in feite betekent is: "tweedehands". Gewoon een woord om zo'n jurk iets te laten lijken wat het niet is.'
Ik wilde tegen haar zeggen dat vintage veel meer betekende dan dat, maar ik kon de juiste woorden niet vinden – en ik vermoedde dat het niet de bedoeling was om haar tegen te spreken. En trouwens, ik wilde helemaal niet dat het gesprek over mij ging.
'Ik geloof dat ze tegenwoordig erg in de mode zijn, die vintage outfits,' zei Veronica, en ze richtte zich direct tot mij, met veel diplomatie. 'Maar ik ben natuurlijk veel te oud om al die jongemensentrends van tegenwoordig nog te begrijpen.'
'En veel te beleefd om zulke dingen te zeggen,' mompelde Agnes.
'Sorry?' vroeg Tab.
'O, dus het spijt je?'
'Ik bedoel: wat zei je?'
Meneer Gopnik keek op van zijn bord. Zijn ogen schoten alert van zijn vrouw naar zijn dochter.
'Ik bedoel, waarom doe je zo onbeleefd tegen Louisa? Ze is mijn gast, ook al is ze personeel. En jij moet weer zo nodig onbeschoft doen over haar outfit.'
'Ik deed niet onbeschoft. Ik benoem gewoon de feiten.'
'Dat is tegenwoordig toch de manier om onbeschoft te zijn? "Ik zeg gewoon waar het op staat. Ik ben gewoon eerlijk." Dat is de taal van een pestkop. We weten allemaal precies wat je eigenlijk bedoelt.'
'Waar maak je me nu voor uit?'
'Agnes. Liefje.' Meneer Gopnik stak zijn arm uit en legde zijn hand over de hare.
'Wat zeggen ze allemaal?' vroeg mevrouw Gopnik. 'Zeg eens dat ze wat harder moeten praten.'
'Ik zei dat Tab heel onbeschoft is tegen mijn vriendin.'

'Ze is je vriendin niet, mens. Ze is je assistente. Je betáált haar. Maar ja, dat is tegenwoordig natuurlijk de enige manier waarop jij nog aan vriendinnen kunt komen.'

'Tab!' zei haar vader. 'Zoiets zeg je toch niet.'

'Nou, het is waar. Niemand wil iets met haar te maken hebben. Doe nou maar niet net alsof je niet door hebt dat dat overal waar we komen zo is. Weet je wel dat ze onze familie vierkant uitlachen, papa? Je bent een cliché geworden. Zij is ook een wandelend cliché. En waarvoor? We weten allemaal wat haar plan is.'

Agnes haalde haar servet van haar schoot en maakte er een prop van. 'Mijn plan? Zou je mij misschien ook willen vertellen wat mijn plan is?'

'Zoals elke immigrant die haar ellebogen weet te gebruiken. Je hebt papa op een of andere manier zo ver gekregen dat hij met je getrouwd is. En nu doe je er ongetwijfeld alles aan om zwanger worden en een paar baby's uit te poepen, en over een jaar of vijf laat je je weer van hem scheiden. En dan ben jij voor de rest van je leven binnen. Hoppa! Hoef je nooit meer massages te geven. Nee, voor jou alleen nog maar winkelen bij Bergdorf Goodman, een auto met chauffeur en lunchen met die Poolse heksenkring van je.'

Meneer Gopnik leunde over tafel. 'Tabitha, ik wil niet dat je ooit nog het woord "immigrant" op zo'n denigrerende manier gebruikt, in dit huis. Jouw overgrootouders waren immigranten. Je stamt af van immigranten – '

'Maar niet van dát soort immigranten.'

'Hoe bedoel je dat?' vroeg Agnes met vuurrode wangen.

'Moet ik het voor je spellen? Je hebt mensen die dingen bereiken door keihard te werken en je hebt mensen die dingen bereiken door op hun rug te gaan –'

'Zoals jij?' gilde Agnes. 'Zoals jij, die leeft van het geld uit je trust fund, terwijl je bijna vijfentwintig bent? Zoals jij, die nog nooit van je leven een baantje hebt gehad? Dus ik moet een voorbeeld nemen aan jou? Ik weet tenminste wat dat is, keihard werken –'

'Ja. Boven op naakte kerels zitten. Tjonge, wat een werkervaring.'

'Zo is het wel genoeg!' Meneer Gopnik was opgestaan. 'Je vergist je volkomen, Tabitha, en je moet je excuses aanbieden.'

'Hoezo? Omdat ik haar kan zien zonder die roze bril van jou? Papa, het spijt me dat ik het moet zeggen, maar jij bent volkomen blind voor wat voor soort vrouw dit eigenlijk is.'

'Nee. Jíj bent volkomen blind!'

'Dus ze gaat echt nooit kinderen willen? Ze is achtentwintig, papa. Word eens wakker!'

'Waar hebben ze het over?' vroeg de oude mevrouw Gopnik opstandig aan haar schoondochter. Veronica fluisterde haar iets in het oor. 'Maar ze zei ook iets over naakte kerels. Dat verstond ik wel.'

'Niet dat het jou verder iets aangaat, Tabitha, maar er komen verder geen kinderen hier in huis. Dat hebben Agnes en ik afgesproken, voor ons huwelijk.'

Tab trok een gezicht. 'Ooo. Dus jullie hebben een áfspraak. Alsof je daar iets voor koopt. Een vrouw als zij zou toch alles zeggen om met jou te kunnen trouwen! Het spijt me dat ik het moet zeggen, pap, maar je bent hopeloos naïef. Over een jaar of wat krijgt ze een "ongelukje" en dan haalt ze jou alsnog over om –'

'Niks ongelukje!' Meneer Gopnik sloeg zo hard met zijn hand op tafel dat het glaswerk begon te rinkelen.

'Hoe weet je dat zo zeker?'

'Omdat ik me verdomme heb laten steriliseren!' Meneer Gopnik ging weer zitten. Zijn handen trilden. 'Twee maanden voor de bruiloft. In het Mount Sinai-ziekenhuis. Met Agnes' volledige instemming. Nou goed?'

Het viel helemaal stil. Tab gaapte haar vader aan.

De oude dame keek van de een naar de ander en vroeg toen, turend naar meneer Gopnik: 'Wat heeft Leonard precies laten doen?'

Ergens achter in mijn hoofd begon het te gonzen. Het leek alsof ik heel in de verte hoorde dat meneer Gopnik eiste dat zijn dochter haar excuses zou aanbieden, en toen zag ik dat zij haar stoel naar achteren duwde en van tafel wegliep zonder dat ook inderdaad te doen. Ik zag Veronica een blik wisselen met haar man en een lange, vermoeide slok van haar wijn nemen.

En toen keek ik naar Agnes, die stom geslagen naar haar bord staarde, waar haar eten lag te stollen in met honing bedropen en met spek bestrooide porties. Toen meneer Gopnik zijn hand uitstak en even in die van haar kneep bonsde mijn hart keihard in mijn oren.

Ze keek me niet aan.

17

Op 22 december vloog ik naar huis, beladen met cadeautjes en in mijn nieuwe vintage jas met zebraprint, die zoals ik later zou ontdekken niet zo goed tegen de gerecyclede lucht in de 767 kon en die tegen de tijd dat we op Heathrow aankwamen naar dood paard rook.

Ik zou eigenlijk pas op de dag voor kerst weggaan, maar Agnes stond erop dat ik eerder ging, omdat ze zelf een onaangekondigd bezoekje zou brengen aan Polen om bij haar moeder op bezoek te gaan, want die was ziek. Het had geen nut als ik in New York bleef, dus kon ik net zo goed vast naar mijn familie. Meneer Gopnik had het omboeken van mijn ticket betaald. Agnes was sinds het Thanksgiving-diner zowel extreem aardig als afstandelijk. Zelf was ik professioneel en inschikkelijk. Mijn hoofd liep soms om van alles wat ik meemaakte. Maar dan dacht ik aan wat Garry had gezegd toen ik hier in de herfst was komen werken: *Zie niks, hoor niks, vergeet alles.*

Er was iets gebeurd in de dagen voor kerst, mijn stemming was iets minder bedrukt. Misschien was ik gewoon opgelucht dat ik even weg kon uit dat disfunctionele huishouden. Of misschien kwam het wel doordat het kopen van kerstcadeautjes iets van mijn plezier in mijn relatie met Sam had doen herleven. Want wanneer had ik voor het laatst een man gehad om kerstcadeaus voor te kopen? De laatste twee jaar van onze relatie had Patrick me mailtjes gestuurd met links naar specifieke fitnessspullen die hij wilde. *Je hoeft ze niet in te pakken, schat, want als je het verkeerde koopt moet ik het weer terugsturen.* Dus het enige wat ik hoefde te doen was op een link klikken. Met Will had ik nooit kerst gevierd. Nu liep ik schouder aan schouder met de andere shoppers in Saks, en probeerde mijn vriend voor me te zien in de kasjmieren truien die ik tegen mijn gezicht drukte, of de zachte geruite overhemden die hij altijd graag droeg als hij in de tuin bezig was, en dikke sokken voor buiten van REI. Ik kocht speelgoed voor Thom en kreeg een sugar high van de geur in de M&M's-winkel op Times Square. Voor Treena kocht ik briefpapier bij McNally Jackson en voor opa een prachtige ochtendjas bij Macy's. Ik voelde me rijk, want ik had de afgelopen maanden bijna niks uitgegeven, en dus kocht ik voor ma een armbandje van Tiffany en een opwindradio voor pa, voor in zijn schuurtje.

En toen kocht ik nog een kerstsok voor Sam, die ik vulde met kleine cadeautjes: aftershave, grappige kauwgum, sokken en een bierhouder in de vorm van een vrouw in hotpants van spijkerstof. Toen ging ik terug naar de speelgoedwinkel waar ik Thoms cadeautje had gekocht en daar kocht ik nog wat poppenhuismeubeltjes – een bed, een tafel en stoelen, een bankje en een badkamertje. Die pakte ik in, met een kaartje waarop ik schreef: *Totdat de echte straks klaar is.* Ik vond ook een piepklein dokterssetje en dat deed ik er ook bij. Wonderbaarlijk hoe gedetailleerd het allemaal was. En ineens voelde de kerst echt en spannend, en het vooruitzicht dat ik tien dagen weg kon bij de Gopniks en de stad voelde als een geschenk op zich.

Ik arriveerde op de luchthaven en bad in stilte dat mijn koffer niet te zwaar was geworden door het gewicht van mijn cadeautjes. De vrouw bij de incheckbalie nam mijn paspoort aan en vroeg me of ik mijn koffer op de weegschaal wilde zetten – en fronste toen ze op haar scherm keek.

'Is er een probleem?' vroeg ik, toen ze een blik op mijn paspoort wierp en vervolgens achteromkeek. In gedachten berekende ik hoeveel ik misschien zou moeten bijbetalen voor het extra gewicht.

'Nee, nee, mevrouw. Maar u staat in de verkeerde rij.'

'Dat meent u niet.' De moed zonk me in de schoenen toen ik omkeek naar de drukke rijen achter me. 'Waar moet ik dan naartoe?'

'U vliegt businessclass.'

'Business?'

'Ja, mevrouw. U hebt een upgrade gekregen. Dan moet u dus naar die balie, daar. Maar het is geen probleem, hoor, ik kan het hier ook voor u regelen.'

Ik schudde mijn hoofd. 'O, maar ik geloof niet dat ik...'

Toen maakte mijn telefoon een geluidje en ik keek erop.

Je zult inmiddels wel op het vliegveld zijn! Hoop dat je zo een iets comfortabelere reis hebt. Een klein cadeautje van Agnes. Zie je in het nieuwe jaar, kameraad! Michael x

Ik wist niet hoe ik het had. 'Prima. Dankuwel.' Ik zag mijn gigantische koffer over de lopende band verdwijnen en stak mijn telefoon weer in mijn zak.

Op de luchthaven was het een gekkenhuis, maar in het businessclassgedeelte van het vliegtuig heerste rust en vrede, een kleine oase van collectieve zelfingenomenheid omdat iedereen er zo blij was geen deel te hoeven uitmaken van de kerstchaos. Eenmaal aan boord inspecteerde ik de inhoud van het gratis toilettasje, trok mijn gratis sokken aan en probeerde niet te veel te praten met de man in de stoel naast me, die uiteindelijk zijn oogmasker voordeed en ging liggen. Er ging alleen even iets mis met mijn eigen ligstoel doordat mijn schoen klem kwam te zitten in de voetsteun, maar de steward was ontzettend aardig en liet me zien hoe ik die er weer uit kon krijgen. Ik at eend met sherrysaus en citroentaart, en bedankte al het personeel dat me alles kwam brengen. Ik bekeek twee films en toen drong het tot me door dat ik beter wat kon gaan slapen. Maar dat viel niet mee, want het was zo'n fantastische ervaring. Dit was echt iets waar ik anders over naar huis had geschreven... Maar ja, bedacht ik me, met vlinders in mijn buik, ik kon het iedereen nu persoonlijk vertellen.

Ik was een heel andere Louisa Clark geworden. Dat had Sam gezegd en ik had besloten om het te geloven. Ik had meer zelfvertrouwen, was professioneler, heel anders dan het verdrietige, tobbende, fysiek gebroken meisje van zes maanden geleden. Ik dacht aan Sams gezicht als ik hem zou verrassen, zoals hij mij ook had verrast. Hij had me zijn werkschema voor de komende veertien dagen gestuurd, zodat ik mijn bezoekjes aan mijn ouders daaromheen kon plannen, en ik had bedacht dat ik mijn spullen in mijn appartement zou droppen, een paar uurtjes bij mijn zus zou meepakken en dat ik dan naar zijn huis zou gaan om hem op te wachten als hij thuis zou komen van zijn dienst.

Dit keer zou het goed gaan, dacht ik. We hadden nu tenminste normaal de tijd voor elkaar. En dit keer zouden we er iets op verzinnen – een manier om bij elkaar te zijn zonder ongelukken of misverstanden. De eerste drie maanden waren zwaar, maar dat was ook te verwachten. Ik trok mijn deken over me heen, maar omdat we al te ver over de oceaan waren lukte het me niet om de slaap te vatten, ook omdat ik de spanning voelde in mijn buik en omdat mijn hoofd overliep. Dus keek ik naar het knipperlichtje van het vliegtuigje dat langzaam over mijn beeldschermpje gleed.

Vlak na lunchtijd kwam ik aan bij mijn appartement. Ik zocht naar mijn sleutels en liet mezelf binnen. Treena was aan het werk, Thom zat nog op school, en het grauwe van Londen werd doorbroken door glitter, kerstlampjes en het geluid van overbekende kerstliedjes uit de winkels. Ik liep de trap van mijn oude gebouw op, snoof de vertrouwde geur van goedkope luchtverfrisser en Londense mottigheid op, en deed toen mijn voordeur open, liet mijn koffer vallen en slaakte een diepe zucht.

Thuis. Of iets wat daarop leek.

Ik liep de gang door, liet mijn jas van me afglijden en liep de zitkamer in. Ik was een beetje bang geweest om hier terug te komen – ik dacht terug aan de maanden waarin ik in een diepe depressie weggezonken was en te veel dronk. In die tijd waren de lege, liefdeloze kamers een verwijt aan mezelf, omdat ik niet in staat was geweest de man te redden die me dit huis had geschonken. Maar ik zag meteen dat dit niet datzelfde appartement was: in drie maanden tijd was het totaal van gedaante verwisseld. Het eens zo kale interieur barstte nu van de kleur en de muren hingen vol met schilderijen van Thoms hand. Er lagen geborduurde kussens op de bank en er stond een opnieuw beklede stoel, er hingen gordijnen en er was een plank die uitpuilde van dvd's. De keuken lag vol met eten en nieuw serviesgoed. Een kom met een restje Coco Pops op een regenboogplacemat sprak van een haastig naar binnen gewerkt ontbijt.

Ik deed de deur van mijn logeerkamer open – nu Thoms kamer – en moest glimlachen om de voetbalposters en het dekbedovertrek met tekenfilmfiguren. Er stond een nieuwe kledingkast propvol met kleren. Toen liep ik naar mijn eigen slaapkamer – nu die van Treena – waar ik een verfrommelde sprei aantrof, een nieuwe boekenkast en een rolgordijn dat ik niet kende. Ze had nog altijd niet veel kleding, maar ze had wel een stoeltje en een spiegel neergezet, en het kleine kaptafeltje lag bezaaid met potjes gezichtscrème, haarborstels en make-up, wat me deed vermoeden dat mijn zusje in de paar maanden dat ik haar niet had gezien onherkenbaar veranderd was. Het enige waaruit duidelijk bleek dat Treena hier sliep was de leesstof op het nachtkastje: allemaal saaie accountancyboeken.

Ik wist best dat mijn oververmoeidheid me parten speelde, maar toch voelde ik me een beetje vreemd. Had Sam zich ook zo gevoeld toen hij de tweede keer was overgekomen en hij mij weer zag? Had ik me toen ook tegelijkertijd vertrouwd en vreemd gevoeld?

Mijn ogen waren branderig van vermoeidheid en mijn inwendige klok was dolgedraaid. Nog drie uur voordat ze thuis zouden zijn. Ik waste mijn gezicht, deed mijn schoenen uit en ging met een zucht op de bank liggen, terwijl het geluid van de stad langzaam steeds verder weg klonk.

Ik werd wakker van een plakkerig handje dat op mijn wang klopte. Ik knipperde met mijn ogen en probeerde het handje weg te slaan, maar er lag een gewicht op mijn borst. Weer voelde ik het handje kloppen. En toen opende ik mijn ogen en keek recht in die van Thom.

'Tante Lou! Tante Lou!'

Ik kreunde. 'Hé, Thom.'

'Heb je een cadeautje voor me?'

'Zeg, mag ze eerst even wakker worden?'

'Je ligt op mijn tiet, Thom. Au.'

Eenmaal bevrijd kwam ik overeind en keek met knipperende ogen naar mijn neefje, dat inmiddels stond te stuiteren.

'Wat heb je voor me meegenomen?'

Mijn zus boog voorover en gaf me een zoen op mijn wang; haar hand lag op mijn schouder, waar ze een kneepje in gaf. Ze rook naar een duur parfum en ik leunde iets achterover om haar beter te kunnen bekijken. Ze droeg inderdaad make-up. Echte make-up, subtiel aangebracht, en niet meer dat blauwe oogpotlood dat ze in 1994 een keer gratis bij een of ander tijdschrift had gekregen en dat ze al tien jaar uit de la viste als ze een keer 'op netjes' moest.

'Dus het is je gelukt. Je bent niet in het verkeerde vliegtuig gestapt, naar Caracas of zo. Ik had erom gewed met pa en ma.'

'Rat.' Ik pakte haar hand en hield die net iets langer vast dan we allebei hadden verwacht. 'Wow. Wat zie je er mooi uit.'

Het was ook echt zo. Ze had haar haar op schouderlengte afgeknipt en het hing nu in geföhnde golven om haar hoofd, in plaats van de gebruikelijke strakke paardenstaart. Met dat haar, die getailleerde blouse en haar mascara was ze echt mooi.

'Nou ja. Dat moet voor mijn werk. In de City moet je een beetje je best doen.' Ze draaide zich om toen ze dat zei, dus ik geloofde er niks van.

'Ik denk dat ik die Eddie nodig eens moet ontmoeten,' zei ik. 'Hij heeft duidelijk meer invloed op wat jij aantrekt dan ik ooit heb gehad.'

Ze vulde de waterkoker en zette hem aan. 'Dat komt doordat jij je altijd kleedt alsof je een hele rommelmarkt hebt opgekocht.'

Het werd donker buiten en het drong tot mijn jetlaghoofd door wat dat betekende. 'O, wow. Hoe laat is het?'

'Tijd voor mijn cadeautjes?' Ik kreeg Thoms half-tandeloze glimlach weer in beeld en zag zijn smekend gevouwen handen.

'Niks aan de hand,' zei Treena. 'Je hebt nog een uur voordat Sam klaar is, tijd zat. Thom, als Lou zo een kop thee op heeft en haar deodorant heeft gevonden, krijg jij je cadeau, als ze iets heeft meegebracht. En wat ligt daar in vredesnaam voor gestreept geval in de gang? Dat ding stinkt naar vis.'

Nú was ik weer thuis.

'Oké, Thom,' zei ik. 'Ik heb misschien wel wat voortijdige kerstcadeautjes voor je in die blauwe tas. Breng die maar even hier.'

Er was een douche en verse make-up voor nodig voor ik me weer een beetje mens voelde. Ik trok een zilverkleurige minirok aan, een zwarte coltrui en suède sleehakken die ik bij het Vintage Clothes Emporium had gekocht, deed de Biba-sjaal van mevrouw De Witt om en spoot wat La Chasse aux Papillons op, het parfum dat Will me had laten kopen en dat me altijd wat meer zelfvertrouwen gaf. Thom en Treena zaten te eten toen ik me klaarmaakte om weg te gaan. Ze had me een bordje pasta met kaas en tomaat aangeboden, maar mijn maag zat in de knoop en mijn inwendige klok was helemaal ontregeld.

'Leuk, hoe je je ogen opgemaakt hebt. Heel verleidelijk,' zei ik tegen haar.

Ze trok een gezicht. 'Kun je wel rijden? Je ziet duidelijk niet zo scherp.'

'Het is niet zo ver. En ik heb een powernap gedaan.'

'En wanneer kunnen we je weer thuis verwachten? Die nieuwe slaapbank is trouwens echt fantastisch. Echt een goed verenmatras, niet vijf centimeter schuimrubber of zo.'

'Ik hoop eigenlijk dat ik de slaapbank de komende twee dagen niet nodig heb.' Ik schonk haar een schalks glimlachje.

'Wat is dat?' Thom slikte zijn pasta door en wees naar het pakje onder mijn arm.

'O. Dat is een kerstsok. Sam moet op eerste kerstdag werken, en ik zie hem dan pas 's avonds, dus het leek me leuk als hij vast iets krijgt als hij wakker wordt.'

'Hmm. Vraag maar liever niet wat erin zit, Thom.'

'Er zit niks in wat ik niet ook aan opa zou kunnen geven. Het is maar voor de gein.'

Ze gaf me een knipoog. Niet te geloven. In stilte bedankte ik Eddie en zijn magische uitwerking op haar.

'Stuur me straks toch maar even een appje, goed? Dan weet ik of ik de ketting op de deur moet doen of niet.'

Ik gaf ze allebei een zoen en liep naar de deur.

'En val hem niet lastig met dat belachelijke halve Amerikaanse accent van je!'

Ik stak mijn middelvinger naar haar op en liep de deur uit.

'En vergeet niet dat je hier links moet rijden! En doe die jas uit, want die ruikt naar makreel!'

Ik hoorde haar lachen toen ik de deur achter me dichttrok.

De afgelopen drie maanden had ik alleen gelopen, een taxi genomen of ik werd rondgereden in de enorme zwarte limousine. Het kostte me een verbluffende hoeveel concentratie om weer te wennen, achter het stuur van mijn kleine hatchback met zijn rammelende versnellingsbak en koekkruimels in de passagiersstoel. Ik voegde me bij het laatste staartje avondspits en probeerde het gebonk in mijn borstkas te negeren, niet zeker of dat het gevolg was van mijn rijangst of het vooruitzicht om Sam weer te zien.

Het was donker, de straten vol winkelende mensen en slingers kerstlichtjes, en mijn schouders begonnen zich langzaam te ontspannen terwijl ik langzaamaan de buitenwijken in reed. De stoepen gingen over in bermen en de mensen verdwenen uit zicht. Heel af en toe zag ik nog iemand achter een helverlicht raam, in het voorbijgaan. En toen, net iets na acht uur, reed ik langzaam een onverlicht pad op, turend over het stuur of ik wel goed reed.

De treinwagon stond zachtjes gloeiend in het midden van het donkere veld. Er viel goudkleurig licht door het raampje op de modder en het gras. Ik zag nog net zijn motor aan de andere kant van het hek; hij stond in het kleine schuurtje achter de heg. Hij had zelfs een slingertje kerstlampjes in de meidoorn gehangen. Hij was echt thuis.

Ik parkeerde de auto, deed het licht uit en keek naar de treinwagon. En toen pakte ik spontaan mijn telefoon en typte:

Verheug me er zo op je weer te zien. Bijna! XXX

Het bleef even stil. En toen kwam zijn antwoord met een rinkeltje.

Ik ook. Goeie vlucht. xx

Ik grinnikte. Toen stapte ik uit en merkte te laat dat ik in een plas geparkeerd stond, zodat het koude, modderige water over mijn schoenen stroomde. 'Fijn,' fluisterde ik. 'Komt dat even goed uit.'

Ik zette de kerstmuts, die ik speciaal voor de gelegenheid had gekocht, op mijn hoofd en pakte zijn kerstsok van de passagiersstoel. Toen deed ik het portier zachtjes dicht, zodat hij niet zou horen dat ik er al was.

Mijn voeten sopten in mijn schoenen terwijl ik naar de wagon sloop en ik dacht terug aan de eerste keer dat ik hier was geweest, doorweekt van een onverwachte hoosbui en dat ik in zijn kleren had zitten wachten terwijl de mijne in de badkamer dampend te drogen hingen. Wat een bijzondere avond was dat geweest. Alsof alle lagen die door het verdriet om Will om me heen gegroeid waren weer afgepeld werden. Ik had ineens een flashback van onze eerste kus, en het gevoel van zijn enorme sokken aan mijn ijskoude voeten, en er liep een warme rilling over mijn rug.

Ik deed het hek open en zag tot mijn opluchting dat hij een eenvoudig pad van stoeptegels had aangelegd sinds ik hier voor het laatst was. Er reed een auto voorbij en in het schijnsel van de koplampen zag ik voor me uit heel even het huis dat Sam aan het bouwen was. Er zat inmiddels een dak op en de ramen zaten er ook al in. Voor het ene raam waar nog geen glas in zat klapperde een blauw dekzeil langzaam heen en weer, en ineens bedacht ik me dat dit echt het huis was waar we misschien ooit samen in zouden wonen.

Ik sloop nog een paar passen door en bleef toen voor de deur wachten. Er dreef een geur door een raampje dat op een kier stond – de geur van een ovenschotel, misschien? – een volle geur, iets met tomaat en wat knoflook. Ineens had ik trek. Sam at nooit noodles uit een pakje of bonen uit blik: hij kookte altijd vers, omdat hij het fijn vond om de dingen systematisch aan te pakken. En toen zag ik hem – hij had zijn uniform nog aan en er hing een theedoek over zijn schouder, terwijl hij zich over een pan boog, en heel even stond ik daar ongezien in het donker en ik voelde me volkomen rustig. Ik hoorde het zachte getok van de hennetjes in de ren, het verre geronk van het verkeer op weg naar de stad. Ik voelde de koele lucht tegen mijn huid en de lucht die ik inademde was vol kerstvoorpret.

Alles was mogelijk. Dat had ik de afgelopen maanden wel geleerd. Het leven was misschien ingewikkeld, maar uiteindelijk ging het om mij en de man van wie ik hield en zijn treinwagon en het vooruitzicht van een heerlijke avond. Ik haalde diep adem en genoot nog even van die gedachte, deed een stap naar voren en legde mijn hand op de deurkruk.

En toen zag ik haar.

Ze liep door de wagon en zei iets wat ik niet verstond, omdat haar stem werd gedempt door het glas. Ze had haar haar opgestoken met een klem en om haar gezicht bungelden zachte krullen. Ze droeg een mannenshirt – het zijne? En toen, terwijl hij zo over zijn fornuis gebogen stond, kwam ze achter hem staan, legde haar handen in zijn nek en begon met kleine ronddraaiende bewegingen van haar duimen over zijn spieren te wrijven, een gebaar waaruit vertrouwdheid sprak. Haar duimnagels waren felroze gelakt. Terwijl ik daar stond en mijn adem in mijn borst stokte, leunde hij zijn hoofd even naar achteren, met zijn ogen dicht alsof hij zich aan haar machtige kleine handjes overgaf.

Hij draaide zich om, keek haar glimlachend aan, zijn hoofd een beetje schuin. En zij deed lachend een stap naar achteren en hief haar glas naar hem.

Verder zag ik niets meer. Mijn hart bonkte zo luid in mijn oren dat ik bang was dat ik zou flauwvallen. Ik strompelde achteruit, draaide me toen om en rende het pad af, hijgend en op ijskoude voeten in mijn natte schoenen. En ook al stond mijn auto een heel eind verderop, toch hoorde ik haar lachsalvo door het open raam, als brekend glas.

Ik zat in mijn auto op de parkeerplaats achter mijn gebouw tot ik zeker wist dat Thom op bed lag. Ik zou niet verborgen kunnen houden wat ik voelde en ik wilde het niet aan Treena moeten uitleggen waar hij bij was. Ik keek af en toe omhoog, en zag zijn slaapkamerlicht aan- en uitgaan, en toen, een halfuur later, zette ik de motor uit en liet hem tikkend afkoelen. En met het wegsterven van het geluid stierf ook elke droom waar ik me aan vastgehouden had.

Het was ook eigenlijk niet echt een verrassing. Katie Ingram had haar kaarten meteen al op tafel gegooid. Wat me wel schokte was dat Sam eraan meewerkte. Hij had haar niet van zich afgeschud. Hij had mijn appje beantwoord en toen had hij voor haar gekookt en zich door haar laten masseren, als voorbereiding op... waarop, precies?

Elke keer als ik hen voor me zag greep ik naar mijn buik en klapte ik dubbel, alsof ik een stomp had gehad. Ik kon het beeld maar niet van me afschudden. Hoe hij zijn hoofd achterover had gehouden toen hij haar vingers voelde. Hoe zij vol zelfvertrouwen had gelachen, plagend, alsof ze een of ander geintje deelden.

Het vreemdste was nog wel dat ik niet kon huilen. Wat ik voelde was groter dan verdriet. Ik was verdoofd en mijn hoofd gonsde van de vragen – *Hoelang al? Hoever heen al? Waarom?* – en dan klapte ik weer dubbel en wenste dat ik het kon uitkotsen, deze nieuwe wetenschap, deze zware klap, deze pijn, deze pijn, deze pijn.

Ik weet niet precies hoelang ik daar zo heb gezeten, maar rond een uur of tien liep ik langzaam de trap op en liet mezelf binnen. Ik hoopte dat Treena al naar bed was, maar ze zat in haar pyjama naar het nieuws te kijken, met haar laptop op schoot. Ze zat te glimlachen om iets op haar scherm en schrok toen ik de deur opendeed.

'Jezus, ik schrik me helemaal dood... Lou?' Ze duwde haar computer aan de kant. 'Lou? Ah nee, hè...'

Het is altijd de vriendelijkheid van een ander die de druppel is. Mijn zus, die fysiek contact tussen volwassen mensen altijd nog onprettiger vond dan een bezoekje aan de tandarts, sloeg haar armen om me heen en vanuit een onbekende plek, heel diep vanbinnen, begon ik te snikken en kwamen de dikke, ademloze, snotterige tranen. Ik huilde zoals ik sinds Wills dood niet meer had gehuild, snikken waarin de dood van dromen schuilging en de angst voor de maanden van verdriet die nog in het verschiet lagen. We zakten langzaam op de bank en ik begroef mijn gezicht in haar schouder en klampte me aan haar vast, en dit keer liet mijn zus haar hoofd op het mijne rusten en hield ze me vast en liet ze me niet meer los.

18

Noch Sam, noch mijn ouders hadden verwacht om me die eerste twee dagen te zien, dus ik kon me schuilhouden in het appartement en doen alsof ik er niet was. Ik was niet in staat om mensen onder ogen te komen. Ik was er niet klaar voor om met ze te praten. Toen Sam me appte negeerde ik het, want hij dacht toch dat ik als een kip zonder kop door New York aan het rennen was. Ik staarde herhaaldelijk naar zijn twee berichtjes – 'Waar heb je zin in, op kerstavond? Naar de kerk? Of te moe?' en 'Zien we elkaar op tweede kerstdag ook nog?' – en ik verwonderde me erover dat deze man, die altijd zo direct was, en zo eerbaar, ineens zo keihard tegen me kon liegen.

Die eerste twee dagen zette ik een glimlach op als Thom thuis was en ik klapte de slaapbank op, terwijl hij zijn ontbijt at en tegen me aan kletste, om vervolgens onder de douche te verdwijnen. Maar zodra hij weg was ging ik op de bank naar het plafond liggen staren, terwijl de tranen uit mijn ooghoeken drupten, of ik piekerde hoe het mogelijk was dat ik het zo bij het verkeerde eind had gehad.

Had ik wel aan een relatie met Sam moeten beginnen terwijl ik nog steeds rouwde om Will? Kende ik hem überhaupt wel? We zien toch wat we willen zien, en al helemaal als we verblind zijn door fysieke aantrekkingskracht. Had hij dit gedaan vanwege Josh? Vanwege de zwangerschapstest van Agnes? Hoefde er eigenlijk een reden voor te zijn? Ik vertrouwde mijn eigen beoordelingsvermogen niet meer, dus ik had geen idee.

Voor de verandering zat Treena me niet achter de vodden om eens wat constructiefs te gaan doen. Ze schudde haar hoofd vol ongeloof en vervloekte Sam buiten Thoms gehoorafstand. Zelfs in het diepst van mijn ellende verbaasde ik me over Eddies vermogen om mijn zuster iets te geven wat veel weg had van medeleven.

Ze zei niet één keer dat het ook geen verrassing was, aangezien ik duizenden kilometers verderop was gaan wonen, of dat ik vast iets had gedaan waarmee ik hem in de armen van Katie Ingram had gejaagd, of dat je hier ook gewoon op had kunnen wachten. Ze luisterde toen ik vertelde wat er allemaal aan die avond voorafgegaan was, en zij zorgde ervoor dat ik at, me douchte en me aankleedde. En al was ze zelf niet zo'n drinker, toch kwam ze thuis met twee flessen wijn en zei ze dat ik het wel had verdiend om een paar dagen te zwelgen in mijn verdriet (al voegde ze er wel aan toe dat ik het zelf moest opruimen als ik over mijn nek zou gaan).

Tegen kerstavond zat er een keiharde laag om me heen, een schild. Ik voelde me net een standbeeld van ijs. Het drong tot me door dat ik hem zou moeten spreken, maar ik was er nog niet klaar voor. Ik wist niet of ik er ooit wel klaar voor zou zijn.

'Wat ga je doen?' vroeg Treena, die op de plee zat terwijl ik in bad lag. Ze zag Eddie pas weer op eerste kerstdag en zat in voorbereiding daarop haar teennagels zachtroze te lakken, al wilde ze niet toegeven dat het daarvoor was. In de zitkamer had Thom de televisie oorverdovend hard gezet. Hij was op de bank aan het springen, door het dolle heen, omdat het nu toch echt bijna Kerstmis was.

'Wat als ik tegen hem zeg dat ik mijn vlucht heb gemist? Dat we elkaar na de kerst wel spreken?'

Ze trok een gezicht. 'Dus je wilt hem gewoon niet spreken? Dat gelooft hij natuurlijk nooit.'

'Het boeit me niet wat hij wel en niet gelooft. Ik wil gewoon kerst vieren met mijn familie, zonder drama.' Ik liet me onder water zakken, zodat ik Treena niet kon horen schreeuwen tegen Thom dat hij de televisie zachter moest zetten.

Hij geloofde me inderdaad niet. Hij appte:

Wat? Hoe kun je nou je vlucht missen?

Gewoon. Ik zie je op tweede kerstdag

Ik bedacht me te laat dat ik er geen x'jes bij gezet had. Het bleef heel lang stil, en toen kwam er een antwoord van één enkel woord:

Oké.

Treena reed met ons naar Stortfold. De hele anderhalf uur lange rit zat Thom op de achterbank te stuiteren. We luisterden naar kerstliedjes op de radio en spraken niet veel. Toen we net een kilometer de stad uit waren en ik haar bedankte dat ze zo tactvol was, zei ze dat ze niet zo stil was om mij een plezier te doen: Eddie had pa en ma nog nooit ontmoet en ze was misselijk bij de gedachte aan eerste kerstdag.

'Het komt wel goed,' zei ik tegen haar. Haar glimlach was niet erg overtuigend.

'Kom op. Die accountantgast waar je eerder dit jaar mee was vonden ze ook leuk. En om je de waarheid te zeggen, Treen: je bent nu al zo lang single dat hij wel een soort Attila de Hun moet zijn, willen ze niet met hem in hun nopjes zijn.'

'Nou, die theorie gaan we dan nu op de proef stellen.'

Voordat ik nog iets kon zeggen parkeerde ze de auto, en ik checkte mijn ogen die nog de grootte van een doperwt hadden van al het huilen en stapte uit. Mijn moeder stormde de voordeur uit en rende het pad af, als een sprinter die uit de startblokken schiet. Ze gooide haar armen om me heen en drukte me zo stevig tegen zich aan dat ik haar hart voelde bonzen.

'Kijk nou!' riep ze uit, terwijl ze me een eindje van zich af hield om me vervolgens weer tegen zich aan te trekken. Ze veegde een lok haar uit mijn gezicht en draaide haar hoofd om naar mijn vader die met zijn armen over elkaar op de drempel stond te stralen. 'Wat zie je er geweldig uit! Bernard! Kijk dan hoe fantastisch ze eruitziet! Ach kind, we hebben je zo ontzettend gemist! Ben je afgevallen? Het lijkt wel alsof je dunner bent. Je ziet er wel moe uit. En je moet wat eten. Kom binnen. Je hebt natuurlijk geen ontbijt gehad in dat vliegtuig. Ik heb weleens gehoord dat het allemaal van eipoeder is gemaakt.'

Ze gaf Thom een knuffel, en voordat mijn vader een stap buiten de deur kon zetten had ze mijn tassen al gepakt en liep ermee het pad op, wenkend dat we mee moesten komen.

'Hallo, schat,' zei mijn vader zachtjes en ik stapte in zijn armen. Pas toen ik die om me heen voelde, kon ik uitademen.

Opa had de drempel niet gehaald. Hij had weer een hersenbloedinkje gehad, fluisterde ma, en het kostte hem moeite om te staan en te lopen, dus hij zat overdag voornamelijk in zijn leunstoel in de zitkamer. ('We wilden niet dat jij je zorgen maakte.') Hij was voor de gelegenheid netjes gekleed in een overhemd en een trui, en hij lachte een scheve lach toen ik binnenkwam. Hij stak een bevende hand naar me uit en ik knuffelde hem, terwijl ik me bedacht dat hij ineens een stuk kleiner leek.

Maar ja, alles leek kleiner. Het huis van mijn ouders, met het twintig jaar oude behang en de kunst die niet om esthetische redenen aan de muur was gehangen, maar om de butsen in het stucwerk te bedekken, het ingezakte bankstel, het piepkleine eethoekje waar de stoelen tegen de muur stootten als je ze te ver naar achteren schoof, en de lamp aan het plafond die maar een paar centimeter boven het hoofd van mijn vader hing. Ik merkte dat ik de vergelijking trok met het enorme appartement met de eindeloze geboende vloeren, de gigantisch hoge, druk bewerkte pleisterwerkplafonds, en de uitgestrekte, luidruchtige straten van Manhattan voor de deur. Ik had gedacht dat het me troost zou bieden om weer thuis te zijn.

Maar in plaats daarvan voelde ik me losgezongen, alsof het pas op dat moment tot me doordrong dat ik daar niet thuishoorde, maar hier ook niet meer.

We aten een licht avondmaal van rundvlees, aardappelen, Yorkshire puddings en een trifle, gewoon iets wat mijn moeder 'even bij elkaar had geraapt' vóór het grote gebeuren van morgen. Pa had de kalkoen in de schuur gelegd omdat hij niet in de koelkast paste en hij ging om het halfuur kijken of Houdini, de kat van de buren, er niet mee vandoor was. Ma vertelde ons over de verschillende tragedies die onze buren overkomen waren: 'Nou ja, dat was natuurlijk voordat Andrew netelroos kreeg. Hij heeft me zijn buik laten zien – had ik meteen geen trek meer in mijn Weetabix – en ik heb tegen Dymphna gezegd dat ze een keer rustig moet gaan zitten voor de baby geboren wordt. Serieus, die spataderen van haar lijken net een soort plattegrond met alle provinciale weggetjes erop. En had ik al gezegd dat de vader van mevrouw Kemp is overleden? Dat is die man die vier jaar vastgezeten heeft voor een roofoverval, voordat ze erachter kwamen dat het die vent van het postkantoor was, die hetzelfde toupetje had.' Ma ratelde maar door.

Pas toen ze de borden afruimde leunde pa naar me toe en zei: 'Ze is zenuwachtig. Merk je niks van, hè?'

'Hoezo, zenuwachtig?'

'Vanwege jou. Omdat je zo'n hoogvlieger bent. Ze was bijna bang dat je niet meer thuis wilde komen. Dat je de kerstdagen bij die man van je zou zitten en dat je dan meteen weer terug zou gaan naar New York.'

'Waarom zou ik dat doen?'

Hij haalde zijn schouders op. 'Geen idee. Ze dacht dat je ons misschien ontgroeid was. Ik zei dat dat nergens op sloeg. Je moet het niet verkeerd opvatten, kindje. Ze is belachelijk trots op je. Ze print alle foto's die je opstuurt uit en die plakt ze in een album waar ze de buren mee verveelt. Sterker nog, het verveelt mij al, en ik ben nog wel familie van je.' Hij grinnikte en kneep me in mijn schouder.

Ik schaamde me even omdat ik inderdaad van plan was geweest voornamelijk bij Sam thuis te zijn. Het was mijn bedoeling geweest om alle kerstdingen, en mijn familie en opa, zoals altijd aan mijn moeder over te laten.

Ik liet Treena en Thom bij pa achter en bracht de rest van de vaat naar de keuken, waar mijn moeder en ik een poosje gemoedelijk zwijgend de afwas deden. Toen keek ze me aan. 'Je ziet er moe uit, schat. Heb je zo'n jetlag?'

'Een beetje.'

'Ga maar lekker bij de anderen zitten. Ik doe de rest wel.'

Ik rechtte mijn schouders. 'Nee, ma. Ik heb je al maanden niet gezien. Waarom hou je al die dingen eigenlijk stil voor me? En hoe gaat het met je avondschoolplannen? En wat zegt de dokter over opa?'

De avond duurde eindeloos en de televisie stond in de hoek te pruttelen en de temperatuur steeg totdat we allemaal half in coma lagen, met onze handen om onze volle buiken als een stel zwangere vrouwen, zoals altijd na een van mijn moeders lichte maaltijden. Bij het idee dat er de volgende dag nog zoiets zou volgen keerde mijn maag zich langzaam om, uit protest. Opa zat in zijn stoel te dommelen en we lieten hem met rust totdat het tijd was om naar de mis te gaan. In de kerk kwamen er een heleboel mensen om me heen staan die ik al kende sinds ik heel klein was. Allemaal stonden ze me te porren en naar me te lachen, en ik zong de kerstliederen die ik me nog kon herinneren en playbackte de liederen die ik niet kende, en ik probeerde niet te denken aan wat Sam op dat moment aan het doen was, wat ik een keer of honderdachttien per dag deed. Treena keek me af en toe aan vanuit de kerkbank en schonk me dan een bemoedigend glimlachje en ik lachte terug, alsof ik wilde zeggen: 'Het gaat wel, hoor, niks aan de hand,' ook al ging het niet en was er juist van alles aan de hand. Toen ik me terug kon trekken in mijn piepkleine kamer toen we weer thuiskwamen was ik opgelucht. Misschien kwam het doordat ik weer in mijn ouderlijk huis was, of omdat ik kapot was van die drie dagen vol zware emoties, maar voor het eerst sinds ik weer in Engeland was sliep ik als een blok.

Ik was me er vaag van bewust dat Treena om vijf uur 's ochtends wakker werd gemaakt met opgewonden gebons, en dat pa toen naar Thom riep dat het nog midden in de nacht was, verdomme, en dat hij de Kerstman zou bellen dat hij alle cadeaus maar weer moest komen halen als hij nu niet meteen weer zijn bed in zou gaan. De volgende keer dat ik wakker werd zette ma een beker thee naast mijn bed met de vraag of ik me zou willen aankleden, omdat iedereen klaar zat voor het openen van de cadeautjes. Het was kwart over elf.

Ik pakte het wekkertje op, keek ernaar door half dichtgeknepen ogen en schudde er even mee.

'Je had het nodig,' zei ze en ze aaide me over mijn hoofd. Toen ging ze de spruitjes opzetten.

Twintig minuten later kwam ik naar beneden in een kersttrui met een rendier erop met een verlichte neus. Die had ik bij Macy's gekocht, omdat ik wist dat Thom het zo leuk zou vinden. De anderen waren allemaal al beneden. Ze zaten keurig in de kleren en hadden hun ontbijt al achter de kiezen. Ik gaf iedereen een zoen en wenste hen een fijn kerstfeest, en toen zette ik mijn rendierneus aan, deelde mijn eigen cadeautjes uit en probeerde steeds maar niet te denken aan de man die de kasjmier trui en een superzacht flanellen overhemd van me zou krijgen die nu nog onder in mijn koffer lagen.

Ik zou vandaag niet aan hem denken, hield ik mezelf streng voor. De tijd met mijn familie was kostbaar en die wilde ik niet laten verpesten door mijn verdriet.

Mijn cadeaus waren een groot succes en hadden kennelijk extra glans door het feit dat ze uit New York kwamen, al wist ik vrij zeker dat de meeste dingen hier ook in de winkels lagen. 'Helemaal uit New York!' zei mijn moeder vol ontzag bij elk ding dat werd uitgepakt, totdat Treena met haar ogen rolde en Thom zijn moeder begon na te doen. Uiteraard was het cadeau dat de grootste hit was het goedkoopst: een plastic sneeuwbol die ik had gekocht bij een souvenirstalletje op Times Square. Ik wist vrij zeker dat het water in dat ding binnen een week in Thoms ladekast zou zijn weggelekt.

Zelf kreeg ik:

- Sokken van opa (99 procent zeker dat ma ze had gekocht)
- Zeep van pa (idem dito)
- Een klein zilveren lijstje met een foto van ons gezin erin. ('Dan zijn we altijd een beetje bij je.' – Ma. Pa: 'Waarom zou ze dat in vredesnaam willen? Ze wilde juist naar dat vervloekte New York om bij ons uit de buurt te zijn.')
- Een apparaatje om neusharen mee te verwijderen, van Treena. ('Kijk maar niet zo! Je hebt er de leeftijd voor.')
- Een tekening van een kerstboom met een gedicht eronder,

van Thom. Bij navraag bleek dat hij het niet echt zelf had gemaakt. 'De juf zegt dat we de versieringen anders op de verkeerde plek plakken, dus wij hoeven alleen onze naam er maar op te schrijven.'

- En een cadeau van Lily, dat ze de dag ervoor had afgegeven voordat ze met mevrouw Traynor op wintersport ging – 'Ze ziet er goed uit, Lou. Hoewel ze mevrouw Traynor behoorlijk uitput, als ik het zo hoor.' – een vintage ring met een enorme groene steen in een zilveren zetting die perfect om mijn pink paste. Haar had ik een paar zilveren oorbellen gestuurd in de vorm van handboeien. De vrouw in de angstaanjagend trendy winkel in SoHo had me verzekerd dat dit het perfecte cadeau was voor een meisje van die leeftijd. Vooral voor eentje die ineens op onverwachte plekken piercings had.

Ik bedankte iedereen en zag opa indutten. Ik glimlachte en volgens mij lukte het me aardig om te doen als iemand die een leuke dag had. Maar mijn moeder trapte er niet in.

'Is alles wel in orde, kindje? Ik vind je zo vlak.' Ze lepelde ganzenvet over de aardappelen en deed een stap naar achteren toen er een woest sissende damp vanaf sloeg. 'Kijk eens aan. Die gaan straks lekker knapperig worden.'

'Er is niks aan de hand.'

'Heb je nou nog steeds last van die jetlag? Ronnie van verderop in de straat zegt dat het drie weken duurde voor hij niet meer tegen muren opliep, toen hij een keer naar Florida was geweest.'

'Ja, zoiets.'

'Niet te geloven, ik heb een dochter met een jetlag. Iedereen op de club is stikjaloers, weet je dat?'

Ik keek op. 'Kom je daar dan weer?'

Nadat Will euthanasie had gepleegd, werden mijn ouders met de nek aangekeken bij de buurtclub waar ze al jaren lid van waren. Mensen namen het mij kwalijk dat ik Will had bijgestaan bij het uitvoeren van zijn plan, en dus wilden ze niks meer te maken hebben met onze familie. Het was een van de talloze dingen waar ik me schuldig over voelde.

'Nou ja, die Marjorie is verhuisd naar Cirencester. En zij was de ergste van dat stelletje roddelkonten. Dus toen zei Stuart van de garage langs zijn neus weg tegen pa dat hij weer eens moest komen biljarten. En toen was alles weer goed.' Ze haalde haar schouders op. 'En weet je, al dat gedoe is ook alweer een paar jaar geleden. Mensen hebben weer andere dingen aan hun hoofd.'

Mensen hebben weer andere dingen aan hun hoofd. Ik weet niet waarom die onschuldige uitspraak me naar de keel greep, maar dat deed hij wel. Terwijl ik een plotselinge golf verdriet probeerde weg te slikken schoof ma het bakblik met aardappelen de oven in. Tevreden klapte ze de deur dicht en ze trok de ovenhandschoenen uit.

'O, ik vergeet het bijna te zeggen – zo raar. Sam belde vanochtend om te vragen of we het erg vonden dat hij je zelf van het vliegveld zou halen, morgen...'

Ik verstijfde. 'Wat?'

Ze tilde het deksel van een pan die een wolk stoom uitbraakte en deed hem er toen weer op. 'Nou ja, toen zei ik dus dat hij zich vergiste en dat je er al was, dus hij zei dat hij straks langs zou komen. Hij draait te veel nachtdiensten, denk ik. Ik heb laatst op de radio gehoord dat nachtdiensten heel slecht zijn voor je hersenen. Dat zou ik maar eens tegen hem zeggen.'

'Wat... Wanneer komt hij?'

Ma keek op de klok. 'Eh... Ik geloof dat hij zei dat hij ergens halverwege de middag klaar was en dat hij daarna deze kant opkwam. Dat hele eind, op eerste kerstdag! Hé, heb jij Treena's vriend al ontmoet? Heb je gezien hoe ze zich tegenwoordig kleedt?' Ze wierp een blik achterom naar de deur en haar stem klonk verwonderd toen ze zei: 'Ze lijkt wel een normaal mens.'

In de hoogste staat van paraatheid schoof ik aan bij de kerstlunch, uitwendig kalm, maar innerlijk ineenkrimpend telkens als er buiten iemand langsliep. Alles wat mijn moeder had gekookt smaakte als zand. Ieder flauw grapje dat mijn vader maakte ging langs me heen. Ik at niks, zag niks, hoorde niks. Ik zat onder een stolp van ellendige afwachting. Af en toe keek ik Treena's kant op, maar die leek ook ergens anders met haar hoofd en ik realiseerde me dat zij zat te wachten op Eddies komst. Hoe erg kon het zijn? dacht ik grimmig. Haar vriendje bedroog haar tenminste niet. Hij wilde tenminste bij haar zijn.

Het begon te regenen en de druppels spatten fel tegen de ramen, terwijl de lucht even donker werd als mijn stemming. Ons huisje, behangen met engelenhaar en met glitters bestrooide kerstkaarten, leek nog meer te krimpen en ik had afwisselend het gevoel dat ik geen lucht meer kreeg en het gevoel dat buiten iets gruwelijks op de loer lag. Af en toe zag ik ma's blik mijn kant op glijden, alsof ze zich afvroeg wat er aan de hand was, maar ze zei niets en ik gaf ook niks prijs.

Ik hielp haar met de vaat opbergen en kletste – naar ik dacht, overtuigend – over hoe heerlijk het was dat in New York de boodschappen aan huis worden gebracht, totdat er eindelijk werd aangebeld en mijn benen pap werden.

Ma draaide zich om en keek me aan. 'Gaat het, Louisa? Je ziet zo bleek.'

'Ik vertel het je nog wel, ma.'

Mijn moeder staarde me eerst intens aan, maar toen verzachtte haar blik. 'Dat is goed.' Ze stak haar hand uit en veegde toen een lok haar achter mijn oor. 'Wat het ook maar is, je kunt het me gewoon vertellen.'

Sam stond op de stoep in een zachte kobaltblauwe trui die ik niet eerder had gezien. Ik vroeg me af van wie hij die had gekregen. Hij glimlachte half, maar boog zich niet voor een kus en sloeg ook niet zijn armen om me heen, zoals anders. We staarden elkaar wantrouwend aan.

'Wil je binnenkomen?' Mijn stem klonk vreemd formeel.

'Ja, graag.'

Ik liep voor hem uit de smalle gang in en wachtte terwijl hij mijn ouders vanuit de deuropening naar de zitkamer begroette voordat ik hem voorging naar de keuken en de deur achter ons dichtdeed. Ik was me scherp bewust van zijn aanwezigheid, alsof er een soort elektriciteit van ons allebei uitging.

'Wil je thee?'

'Ja hoor... Leuke trui.'

'O... Dank je.'

'Je… Je neus staat nog aan.'

'O ja.' Ik zette het lichtje uit, omdat ik geen zin had om de stemming tussen ons op wat voor manier dan ook te verzachten.

Hij ging aan tafel zitten, met dat lijf dat te groot was voor onze keuken, en bleef me aankijken, terwijl hij zijn handen op het tafelblad ineensloeg als iemand die zat te wachten op een sollicitatiegesprek. In de kamer hoorde ik mijn pa lachen om een of andere film en Thoms schrille stemmetje dat vroeg wat er zo grappig was. Ik stortte me op het theezetten, maar voelde zijn ogen de hele tijd branden.

'Dus,' zei Sam toen ik hem zijn beker gaf en ging zitten, 'je bent er.'

Op dat moment had ik bijna toegegeven. Ik keek naar dat knappe gezicht, die brede schouders en die handen die hij voorzichtig om zijn beker had gevouwen en er kwam ineens een gedachte bij me op: *Ik wil niet dat hij bij me weggaat.*

Maar toen zag ik weer voor me hoe ik op die koude stoep stond, haar slanke vingers in zijn nek, mijn ijskoude voeten in mijn natte schoenen, en ik werd weer kil.

'Ik ben twee dagen geleden al thuisgekomen,' zei ik.

Het bleef heel even stil. 'Oké.'

'Ik wilde je verrassen. Donderdagavond.' Ik krabde aan een vlekje op het tafelkleed. 'Maar toen bleek dat jij ook een verrassing voor mij had.'

Ik zag hoe het besef langzaam tot hem doordrong: zijn lichte frons, een verre blik in zijn ogen, die even half dichtgeknepen werden toen hij snapte wat ik misschien had gezien.

'Lou, ik weet niet precies wat je hebt gezien, maar…'

'Maar wat? "Maar het is niet wat ik denk"?'

'Nou, in zekere zin wel, maar niet helemaal.'

Het voelde als een mokerslag.

'Niet doen, Sam.'

Hij keek op.

'Ik weet namelijk heel goed wat ik heb gezien. Als jij nu gaat beweren dat het niet was wat ik denk dat het was, dan wil ik je zo graag geloven dat ik het straks nog doe ook. Maar wat ik me de afgelopen twee dagen heb gerealiseerd is dat dit… dat dit niet goed voor me is. Het is voor ons allebei niet goed.'

Sam zette zijn beker neer. Hij veegde met zijn hand over zijn gezicht en keek opzij. 'Ik hou niet van haar, Lou.'

'Het kan me niet schelen wat je voor haar voelt.'

'Maar ik wil dat je het weet. Ja, je had gelijk over Katie. Ik heb de signalen niet goed geïnterpreteerd. Ze vindt me inderdaad leuk.'

Ik lachte bitter. 'En jij haar ook.'

'Ik weet niet wat ik van haar vind. Jij bent degene die in mijn hoofd zit. Jíj bent degene aan wie ik denk als ik wakker word. Maar het punt is, jij bent...'

'...niet hier. Je gaat mij hier niet de schuld van geven. Waag het niet om mij hier de schuld van te geven. Jij hebt gezegd dat ik moest gaan. JIJ HEBT GEZEGD DAT IK MOEST GAAN.'

We zaten er even zwijgend bij. Ik staarde naar zijn handen – de sterke, gehavende knokkels die er zo hard, zo sterk uitzagen, maar die zo veel tederheid in zich hadden. En ik liet mijn blik naar de vlek op tafel glijden.

'Weet je wat het is, Lou, ik dacht dat ik het wel zou rooien, in mijn eentje. Ik was al zo lang alleen. Maar door jou is er iets in me opengesprongen.'

'O, dus dat is ook al mijn schuld.'

'Dat zeg ik helemaal niet!' zei hij fel. 'Ik probeer het uit te leggen. Wat ik bedoel is... Ik bedoel dat ik niet meer zo goed was in alleen-zijn als ik dacht. Toen mijn zusje overleed wilde ik nooit meer iets voor iemand voelen, oké? Ik had nog net ruimte voor Jake, maar verder voor niemand. Ik had mijn werk en mijn half afgebouwde huis en mijn kippen, en dat was genoeg. Het ging gewoon... zijn gangetje. En toen viel jij van dat verdomde gebouw en letterlijk de eerste keer dat je mijn hand vastpakte voelde ik iets afbrokkelen, vanbinnen. Toen had ik ineens iemand met wie ik graag praatte. Iemand die begreep hoe ik me voelde. Die me echt, echt begreep. Als ik langs jouw huis reed wist ik dat ik je aan het eind van een rotdag kon bellen of dat ik langs kon komen en dat ik me dan beter zou voelen. En ja, ik weet best dat we ook zo onze dingetjes hadden, maar ik had gewoon diep vanbinnen het gevoel dat het goed zat tussen ons, snap je?'

Hij had zijn hoofd over zijn thee gebogen en zijn kaken op elkaar geklemd.

'En net toen we heel close werden – closer dan ik me ooit heb gevoeld met iemand – toen was je... toen was je ineens wég. En ik had het gevoel... Ik had het gevoel alsof iemand me met de ene hand een cadeau had gegeven om het met de andere hand weer van me af te pakken.'

'Waarom heb je me dan laten gaan?'

Zijn stem klonk als een explosie in de keuken. 'Omdat... Omdat ik niet zo'n soort man ben, Lou! Ik ben niet iemand die erop staat dat je blijft. Ik ben niet iemand die jou je avonturen misgunt en alle dingen die je daar doet. Zo ben ik niet!'

'Nee... Jij bent zo iemand die meteen met een ander aanpapt zodra ik mijn hielen heb gelicht! Iemand die lekker dichtbij woont! Ik wou dat ik daar gebleven was.'

Sam wendde zich van me af en moest duidelijk zijn best doen om zich in te houden. Ik was me vaag bewust van het feit dat het aan de andere kant van de keukendeur, in de voorkamer, stilgevallen was.

Na een paar minuten zei ik zachtjes: 'Ik heb hier geen zin in, Sam.'

'Waar heb je geen zin in?'

'Ik heb geen zin om me zorgen te maken over Katie Ingram en haar pogingen om jou te verleiden... Want wat er eergisteravond ook is gebeurd, ik heb precies gezien wat háár bedoeling was, ook al weet ik niet wat jij van haar wilde. Ik word er gek van en heel verdrietig, en wat nog het ergste is' – ik slikte moeizaam – 'ik haat je door dit allemaal. En ik begrijp gewoon niet hoe dat in drie maanden zover gekomen is.'

'Louisa...'

Er werd discreet op de deur geklopt. Mijn moeder stak haar gezicht om de deur. 'Het spijt me dat ik jullie stoor, maar zouden jullie het heel erg vinden als ik even snel thee zet. Opa is uitgedroogd.'

'Ja, hoor.' Ik bleef de andere kant opkijken.

Ze kwam snel binnen en vulde de waterkoker, met haar rug naar ons toe. 'Ze zitten een of andere film over aliens te kijken. Niet erg kerstmisachtig. Vroeger keek je op eerste kerstdag altijd naar *The Wizard of Oz* of *The Sound of Music*, of iets anders dat voor iedereen leuk is. En nou kijken ze naar van die laserpistoolonzin en opa en ik snappen er geen bal van.'

Mijn moeder kakelde door en het was duidelijk dat ze het verschrikkelijk vond om ons te storen. Ze trommelde met haar vingers op het aanrecht, terwijl ze wachtte tot het water kookte. 'We hebben niet eens gekeken naar de toespraak van de koningin! Pa heeft het wel opgenomen, maar het terugkijken is toch iets anders, vind je niet? Ik vind het juist leuk om te kijken als iedereen kijkt. Die arme oude mevrouw, opgesloten in al die opnameapparaten totdat iedereen klaar is met zijn aliens en tekenfilms. Na een dikke zestig jaar trouwe dienst – of hoelang zit ze inmiddels op de troon? – kunnen we toch op zijn minst naar haar kijken als ze haar verhaaltje vertelt. Pa vindt het onzin, omdat ze het waarschijnlijk al weken geleden opgenomen heeft. Sam, wil je een stuk cake?'

'Nee dank je, Josie.'

'Lou?'

'Nee, mam, dank je.'

'Dan laat ik jullie verder alleen.' Ze glimlachte ongemakkelijk, legde een kerstcake zo groot als een wagenwiel op een schaal en schoot de keuken uit. Sam stond op en deed de deur achter haar dicht.

We zaten er zwijgend bij en luisterden naar het tikken van de keukenklok, en de lucht was loodzwaar. Ik werd verpletterd onder het gewicht van de dingen die we niet uitspraken.

Sam nam een grote slok van zijn thee. Ik wilde dat hij wegging. Ik was bang dat ik dood zou gaan als hij niet ging.

'Het spijt me,' zei hij uiteindelijk. 'Van die avond. Het was nooit mijn bedoeling om... Nou ja, ik had het echt verkeerd ingeschat.'

Ik schudde mijn hoofd. Ik kon geen woord meer uitbrengen.

'Ik ben niet met haar naar bed geweest. Al wil je verder niks van me horen, ik wil toch dat je dat weet.'

'Je zei...'

Hij keek op.

'Je zei... dat niemand me ooit nog pijn zou doen. Dat heb je gezegd. Toen je in New York was.' Mijn stem kwam van heel diep. 'Ik had nooit gedacht dat jij juist degene zou zijn die me pijn deed.'

'Louisa...'

'Ik wil liever dat je nu weggaat.'

Hij stond moedeloos op en aarzelde, met zijn handen op het tafelblad. Ik kon niet naar hem kijken. Ik wilde het gezicht waar ik zo van hield niet voor eeuwig uit mijn leven zien verdwijnen. Hij ging rechtop staan, blies hoorbaar zijn adem uit en draaide zich van me weg.

Toen haalde hij een pakje uit zijn binnenzak en legde het op tafel. 'Fijne kerst,' zei hij. En toen liep hij naar de deur.

Ik liep achter hem aan door de gang, elf lange stappen, en toen stonden we op de stoep voor het huis. Ik kon echt niet naar hem kijken, want dan was ik verloren. Dan zou ik hem smeken te blijven, beloven dat ik mijn baan zou opgeven, hem smeken om ergens anders te gaan werken, zodat hij Katie Ingram nooit meer zou zien. Ik zou mezelf belachelijk maken, het soort vrouw zijn dat ik sneu vond. Het soort vrouw dat hij nooit had gewild.

Ik stond daar maar met verkrampte schouders en wilde nergens anders naar kijken dan naar die stomme, veel te grote voeten van hem. Er stopte een auto. Verderop in de straat hoorden we het portier dichtslaan. Vogels zongen. En ik stond daar maar gevangen in mijn verdriet, in een moment dat koppig weigerde om voorbij te gaan.

En toen deed hij ineens een stap naar voren en sloeg zijn armen om me heen. Hij trok me tegen zich aan, en in die omhelzing voelde ik alles wat we ooit voor elkaar waren geweest: de liefde en de pijn en onmogelijkheid van alles. En zonder dat hij het zag begon ik te huilen.

Ik weet niet hoelang we daar zo stonden. Waarschijnlijk waren het maar een paar seconden. Maar de tijd stond even stil, verdween. De wereld bestond alleen nog maar uit hem en mij en het verschrikkelijke, dode gevoel dat me van mijn hoofd tot mijn tenen bekroop, alsof ik versteende.

'Niet doen, raak me niet aan,' zei ik toen ik het niet meer verdroeg. Mijn stem klonk verstikt en ik duwde hem van me af.

'Lou…'

Dat was niet zijn stem. Het was die van mijn zus.

'Lou, zou je even… Sorry, maar wil je alsjeblieft even aan de kant gaan? Ik wil er graag even langs.'

Ik knipperde met mijn ogen en keek achter me. Mijn zus stond met haar handen in de lucht en wilde zich langs ons wurmen door de smalle deuropening. 'Sorry,' zei ze. 'Maar ik moet even...'

Sam liet me ineens los en liep weg met ferme passen, zijn schouders gebogen, en stopte alleen nog om het hek open te doen. Hij keek niet meer om.

'Is Treena's nieuwe vriend daar soms?' vroeg ma, achter me. Ze deed haar schort af en schikte haar haar in één vloeiende beweging. 'Ik dacht dat hij er pas om vier uur zou zijn. Ik heb nog niet eens lippenstift op kunnen doen... Gaat het wel?'

Treena draaide zich om en door mijn waas van tranen zag ik nog net dat ze hoopvol naar me glimlachte. 'Ma, pa, dit is Eddie,' zei ze.

En een slanke, zwarte vrouw in een korte bloemetjesjurk zwaaide aarzelend naar ons.

19

Als je je tweede grote liefde kwijtraakt kan ik qua afleiding de coming-out van je zus op eerste kerstdag van harte aanbevelen, vooral als ze verkering blijkt te hebben met een donkere jonge vrouw genaamd Edwina.

Ma herstelde zich van haar aanvankelijke schok met een overdreven hartelijk welkom en de belofte dat ze meteen even thee zou gaan zetten. Ze bonjourde Eddie en Treena de zitkamer in en bleef heel even staan om mij een blik te schenken waar, al vloekte mijn moeder nooit, iets uit sprak als: *what the fuck*. Toen verdween ze de gang in en ze liep naar de keuken. Thom kwam op haar afgerend – 'Eddie!' – en gaf onze gast een dikke knuffel, terwijl hij huppelend stond te wachten tot hij zijn cadeautje kreeg. Hij scheurde het papier eraf en rende toen weg met alweer een nieuwe doos Lego.

En pa, volkomen met stomheid geslagen, staarde alleen maar naar de scène die zich voor zijn ogen afspeelde, als iemand die midden in een hallucinogene droom zat.

Ik zag Treena's gespannen uitdrukking, wat niets voor haar was, en toen ik de stijgende paniek in de lucht voelde wist ik dat ik iets moest doen. Ik fluisterde mijn vader in dat hij zijn mond dicht moest doen en stak mijn hand uit. 'Eddie!' zei ik. 'Hoi! Ik ben Louisa. Mijn zus zal je ongetwijfeld al veel slechts over me hebben verteld.'

'Nou,' zei Eddie, 'ze heeft me eigenlijk juist allemaal geweldige dingen over je verteld. Je woont in New York, toch?'

'Zo'n beetje.' Ik hoopte maar dat mijn glimlach er niet zo geforceerd uitzag als hij voelde.

'Ik heb zelf twee jaar in Brooklyn gewoond, na mijn studie. Ik mis het nog steeds.'

Ze liet haar bronskleurige jas van haar schouders glijden en wachtte tot Treena hem aan onze overvolle kapstok had gehangen. Ze was heel klein, een poppetje, met de mooiste symmetrische trekken die ik ooit bij iemand had gezien en amandelvormige ogen met intens zwarte wimpers. Ze kletste erop los terwijl we de zitkamer in liepen – misschien was ze te beleefd om de nauwelijks verholen schrik van mijn ouders op te merken – en boog zich om opa de hand te schudden, die haar een scheve glimlach schonk en toen weer naar de televisie staarde.

Ik had mijn zus nog nooit zo meegemaakt. Het was net of we kennisgemaakt hadden met twéé onbekenden in plaats van één. Met Eddie – onberispelijk beleefd, interessant, betrokken, ons kalm en beheerst door deze woelige wateren leidend – en met deze Nieuwe Treena, met haar wat onzekere blik, haar broze glimlach, haar hand die af en toe over de bank naar de hand van haar vriendin schoot voor een geruststellend kneepje. De eerste keer dat ze dat deed leek pa's kaak nog een paar centimeter verder open te vallen, en ma porde hem net zo lang in zijn ribben tot hij zijn mond dichtklapte.

'Nou! Edwina!' zei mijn moeder, terwijl ze de thee inschonk. 'Treena heeft ons... eh... eigenlijk bijna niks over je verteld. Hoe... Hoe hebben jullie elkaar leren kennen?'

Eddie glimlachte. 'Ik run een interieurzaak vlak bij Katrina's huis en daar kwam ze een paar keer langs voor wat kussens en stof, en toen zijn we aan de praat geraakt. Daarna zijn we een keer iets wezen drinken, en later gingen we naar de film... En, nou ja, toen bleek dat we veel gemeen hadden.'

Ik merkte dat ik zat te knikken en probeerde te bedenken wat mijn zus in hemelsnaam gemeen kon hebben met het beschaafde, elegante schepsel dat voor mijn neus zat.

'Jullie hebben dingen gemeen! Wat heerlijk. Dingen met elkaar gemeen hebben is geweldig. Ja. En… En waar kom je precies vandaan… Ach, jee, ik bedoel niet…'

'Waar ik vandaan kom? Uit Blackheath. Ik weet het: mensen verhuizen niet zo snel van het noorden naar het zuiden van Londen. Mijn ouders zijn naar Borehamwood verhuisd toen ze drie jaar geleden met pensioen gingen. Dus ik ben een zeldzaamheid, zowel een Noord- als een Zuid-Londenaar.' Ze keek Treena stralend aan, alsof het een geintje was dat ze samen deelden, en wendde zich toen weer tot ma. 'Hebt u hier altijd gewoond?'

'Pa en ma vertrekken hooguit in een kist uit Stortfold,' zei Treena.

'Wat hopelijk niet al te snel gebeurt!' zei ik.

'Het lijkt me een prachtig stadje. Ik snap best waarom jullie hier willen blijven,' zei Eddie en ze hield haar bord omhoog. 'Wat een ongelofelijk lekkere cake, mevrouw Clark. Hebt u die zelf gemaakt? Mijn moeder maakt er eentje met rum en ze zweert dat je de rozijnen drie maanden in de drank moet laten weken om echt een volle smaak te krijgen.'

'Katrina is lésbisch?' zei pa.

'Hij is echt lekker, ma,' zei Treena. 'De rozijnen zijn… heel… sappig.'

Pa keek ons een voor een aan. 'Onze Treena valt op meisjes? En niemand zegt er iets van? Jullie kleppen verdorie alleen maar over kussentjes en cáke?'

'Bernard,' zei mijn moeder.

'Misschien moet ik jullie even alleen laten,' zei Eddie.

'Nee, blijf, Eddie.' Treena keek even naar Thom, die geboeid naar de televisie zat te kijken en zei: 'Ja, pa. Ik val op vrouwen. Of tenminste, ik val op Eddie.'

'Dan is Treena misschien wel genderfluïde,' zei ma nerveus. 'Noem je dat niet zo? De jonge mensen op de avondschool vertellen me ook dat veel mensen tegenwoordig niet meer hetero of gay zijn. Er is blijkbaar een spectrum. Of een speculum. Ik kan het nooit precies onthouden.'

Pa keek verbijsterd.

Ma slikte haar thee zo hoorbaar door dat het bijna pijnlijk was.

'Nou ja,' zei ik, toen Treena gestopt was om mijn moeder op de rug te kloppen. 'Ik vind het al heel wat dat er überhaupt iemand iets met Treena wil. Wie dan ook. Gewoon, iemand met ogen en oren en een hart, en zo.'

Treena keek me oprecht dankbaar aan.

'Je droeg inderdaad wel vaak denim. Als kind,' overpeinsde ma, terwijl ze haar mond afveegde. 'Misschien had ik je vaker een jurk moeten aantrekken.'

'Het heeft niks te maken met denim, ma. Hooguit met dna.'

'Het zit anders absoluut niet bij ons in de familie,' zei pa. 'Ik bedoel het niet beledigend verder, Edwina.'

'Geeft niet, meneer Clark.'

'Ik ben lesbisch, pa. Ik ben lesbisch en ik ben nog nooit zo gelukkig geweest en het gaat niemand verder iets aan waar ik gelukkig van word, maar ik zou het wel prettig vinden als jij en ma blij waren dat ik gelukkig ben, want dat ben ik, en ik hoop vooral dat Eddie nog heel lang bij Thom en mij blijft.' Ze keek even naar Eddie, die geruststellend naar haar glimlachte.

Het bleef heel lang stil.

'Je hebt nooit iets gezegd,' zei pa op beschuldigende toon. 'En je hebt je ook nooit lesbisch gedragen.'

'Hoe gedraagt een lesbienne zich dan precies?' vroeg Treena.

'Nou, gewoon. Lesbisch. Bijvoorbeeld... Je hebt nog nooit eerder een meisje mee naar huis genomen.'

'Ik heb überhaupt nog nooit iemand mee naar huis genomen. Behalve Sundeep. Die accountant. En die vond jij maar niks, omdat hij niet van voetbal hield.'

'Ik hou wel van voetbal,' zei Eddie om behulpzaam te zijn.

Pa zat naar zijn bord te staren. Toen slaakte hij een zucht en wreef met de muis van allebei zijn handen in zijn ogen. Toen hij daarmee klaar was stond zijn hele gezicht verbluft, als dat van iemand die plotseling wakker geschrokken was. Ma keek hem gespannen aan en de stress stond op haar gezicht te lezen.

'Eddie. Edwina. Het spijt me als ik overkom als een ouwe lul. Ik heb niks tegen homo's, echt niet, maar...'

'O, god,' zei Treena. 'Er is een "maar".'

Pa schudde zijn hoofd. 'Maar ik zeg waarschijnlijk precies het verkeerde en ik strijk iedereen tegen de haren in, omdat ik maar gewoon een ouwe baas ben die niks snapt van al die nieuwerwetse taal en van hoe het tegenwoordig allemaal gaat – daar kan mijn vrouw je alles van vertellen. Maar goed, zelfs ík weet dat het er uiteindelijk alleen maar om gaat dat mijn twee meiden gelukkig zijn. En als jij haar gelukkig maakt, Eddie, zoals Sam onze Lou, dan vind ik dat geweldig. Dus, aangenaam kennis te maken.'

Hij stond op en stak een hand over de salontafel. Het duurde heel even, maar toen stak Eddie de hare naar hem uit.

'Goed, geef me dan nu maar een stuk van die cake.'

Ma slaakte even een zucht van opluchting en pakte het mes op.

En ik kon het nog net opbrengen om te glimlachen, maar haastte me toen de kamer uit.

Ik ben er inmiddels achter dat er een soort gebrokenhartenhiërarchie bestaat. Boven aan de lijst staat de dood van je geliefde. Er is geen enkele andere situatie die mensen meer schokt en die meer medeleven losmaakt: gezichten betrekken, een zorgzame hand wordt uitgestoken om je even in je schouder te knijpen. *Jemig, wat verschrikkelijk.* Op nummer twee staat waarschijnlijk verlaten worden voor een ander – het verraad, de verdorvenheid van twee mensen maakt gedeelde woede en solidariteit los. *O, wat moet dat een schok voor je zijn geweest.* En dan kun je nog gedwongen scheiding, religieuze obstakels en ernstige ziekte op de lijst zetten. Maar *we zijn uit elkaar gegroeid omdat we op verschillende continenten wonen* maakt hooguit een begrijpend knikje los, een pragmatisch schouderophalen. *Ja, zo lopen die dingen nu eenmaal.*

Ik zag die gedachte, al ging hij gehuld in moederlijke bezorgdheid, in mijn moeders reactie op mijn nieuws, en daarna ook in die van mijn vader. *Wat ontzettend jammer, zeg. Maar ja, het is ook weer niet echt een verrassing.* En dat stak me op een manier die ik niet kon verklaren. *Hoezo is dat niet echt een verrassing? IK HIELD VAN HEM.*

Tweede kerstdag kroop langzaam voorbij, het ene na het andere slome en verdrietige uur. Ik sliep onrustig, was blij met de afleiding die Eddie bood, zodat ikzelf niet in het centrum van de belangstelling hoefde te staan. Ik lag in bad en op het bed in mijn kleine piepkleine kamertje, veegde af en toe een traan weg die hopelijk niemand had gezien. Ma bracht me thee en probeerde niet te veel te zeggen over het stralende geluk van mijn zusje.

En dat was ook echt geweldig om te zien. Tenminste, ik had het anders, als ik zelf niet zo kapot was van verdriet, echt geweldig gevonden. Ik zag ze af en toe stiekem elkaars hand pakken onder het tafelblad toen ma het eten opdiende, en dat hun hoofden naar elkaar toe negen toen ze een of ander artikel uit een tijdschrift bespraken, en dat hun voeten elkaar raakten als ze naar de televisie keken, terwijl Thom zich tussen hen in wurmde met het zelfvertrouwen van iemand die zich honderd procent geliefd voelt en die het niet uitmaakte wie er precies van hem hield. Toen we eenmaal over de grote verbazing heen waren was het eigenlijk heel logisch, vond ik: Treena was zo gelukkig en ontspannen bij deze vrouw. Zo had ik haar nog nooit meegemaakt. Ze schonk me af en toe een verlegen en voorzichtig triomfantelijke blik, en ik lachte terug, in de hoop dat mijn lach niet zo nep leek als hij voelde.

Want het enige wat ik voelde was een tweede, gigantisch groot gat waar ooit mijn hart had gezeten. Zonder de woede die me de afgelopen twee dagen op de been had gehouden, voelde ik me leeg. Sam was weg en dat kwam doordat ik hem in feite had weggestuurd. Andere mensen mochten het eind van mijn relatie misschien logisch vinden, zelf begreep ik er helemaal niets van.

Op de middag van tweede kerstdag, terwijl mijn familie op de bank lag te doezelen (ik was alweer vergeten hoeveel tijd er bij ons thuis ging zitten in discussiëren, eten of het verteren van eten), greep ik mezelf bij de kladden en liep naar Stortfold Castle. Het was er uitgestorven, op een kordate dame in een windjack na, en haar hond. Ze knikte gedag op een manier waaruit bleek dat ze verder geen interesse had in een gesprek, en ik liep naar de vestingwal waar ik op een bankje ging zitten dat uitkeek over het labyrint en het zuidelijke deel van Stortfold. Ik liet mijn oren rood worden en mijn voeten koud, en ik hield mezelf voor dat ik niet voor altijd zo verdrietig zou blijven. Ik dwong mezelf om aan Will te denken en aan alle middagen die we in de buurt van dit kasteel hadden doorgebracht, en dat ik zijn dood had overleefd en ik hield mezelf voor dat deze pijn veel minder erg was: er lag nu geen maandenlang verdriet in het verschiet. Zulk intens verdriet dat ik er misselijk van werd. Ik zou niet meer aan Sam denken. Ik zou niet meer denken aan hem en die vrouw. Ik zou niet meer op Facebook kijken. Ik zou weer teruggaan naar mijn spannende, drukke, rijke nieuwe leven in New York, en als ik eenmaal echt bij hem uit de buurt was, dan zou het deel van mij dat gehavend was, verwoest, wel weer helen. Misschien hadden we wel niet wat ik dacht dat we hadden. Misschien had de intensiteit van onze eerste ontmoeting ons wel doen geloven dat die intensiteit ook echt bestond tussen ons – wie kan er nou weerstand bieden aan een ambulanceverpleegkundige? Misschien had ik wel gewoon iemand nodig die een eind zou maken aan mijn verdriet. Misschien was het wel een reboundrelatie en zou ik me sneller beter voelen dan ik had gedacht.

Dat hield ik mezelf de hele tijd voor, maar een koppig deel van me weigerde om ernaar te luisteren. En uiteindelijk, toen ik er moe van was om te doen alsof alles wel goed zou komen, deed ik mijn ogen dicht, legde ik mijn hoofd in mijn handen en huilde. Bij een leeg kasteel, op een dag dat verder iedereen thuis zat, liet ik mijn verdriet door me heen razen en ik snikte zonder me in te houden en zonder bang te hoeven zijn dat iemand het zou merken. Ik huilde zoals ik niet zou kunnen huilen in het kleine huisje op Renfrew Road, en zoals ik ook niet zou kunnen huilen als ik weer terug was bij de Gopniks, huilen van woede en verdriet, een soort emotionele aderlating.

'Stomme éíkel,' snikte ik in mijn knieën. 'Ik ben maar drie maanden weggeweest...'

Mijn stem klonk vreemd, gesmoord. En net als Thom, die altijd expres naar zijn eigen spiegelbeeld keek als hij huilde, en dan nog harder begon te huilen, vond ik die woorden zo droevig en gruwelijk definitief dat ik mezelf nog harder aan het huilen maakte. 'Je kunt de klere krijg, Sam. Donder maar op, mij een beetje te laten geloven dat ik het risico wel kon nemen.'

'Zeg, mag ik misschien naast je komen zitten, of is dit een besloten jammerfeestje?'

Mijn hoofd schoot omhoog. Voor me stond Lily in een gigantische zwarte parka met een rode sjaal om, haar armen over elkaar geslagen, met een blik alsof ze me daar al een hele poos had staan bestuderen. Ze grijnsde, alsof het eigenlijk best grappig was om mij daar te zien zitten, terwijl ik er zo doorheen zat, en zij wachtte tot ik weer een beetje tot bedaren was gekomen.

‘Zo, ik hoef jóú duidelijk niet te vragen hoe het met je is,’ zei ze en ze stompte tegen mijn arm.

‘Hoe wist je dat ik hier was?’

‘Ik was naar je huis gelopen om even dag te zeggen, want ik ben al twee dagen terug van het skiën en jij hebt niet eens de moeite genomen om me te bellen.’

‘Het spijt me,’ zei ik. ‘Het is een beetje…’

‘Het is een beetje moeilijk, omdat je net bent gedumpt door Sexy Sam. Was het die blonde trut?’

Ik snoot mijn neus en staarde haar aan.

‘Ik was voor de kerst een paar dagen in Londen, dus toen ben ik langs het ambulancestation gegaan om even gedag te zeggen en toen liep ze aan hem te klitten als een soort menselijke schimmel.’

Ik snoof. ‘Was het zo duidelijk?’

‘Eh, ja. Ik wilde je nog waarschuwen, maar toen dacht ik: wat voor nut heeft dat? Jij kunt toch verder niks doen, vanuit New York. Bleh. Mannen zijn echt zo dom. Dat hij daar in trapt!’

‘O, Lily, ik heb je zo gemist.’ Ik wist eigenlijk pas op dat moment hoeveel. Wills dochter, in al haar ongrijpbare, puberachtige glorie. Ze ging naast me zitten en ik leunde tegen haar aan, alsof zij de volwassene was. We staarden in de verte. Ik kon nog net Wills huis zien, Grantchester House.

‘Ik bedoel, dat ze nou toevallig knap is en gigantische tieten heeft en zo’n pijpmondje..’

‘Oké, zo is het wel genoeg.’

‘Maar goed, als ik jou was zou ik maar ophouden met huilen,’ zei ze wijselijk. ‘Ten eerste, geen man is het waard. Luister maar naar Katy Perry. En ten tweede, je krijgt echt bizar kleine oogjes van het huilen. Ik bedoel, echt microdot-klein.’

Ik schoot onwillekeurig in de lach.

Ze stond op en stak een hand naar me uit. ‘Kom op. Dan lopen we terug naar jouw huis. Er is niks open op tweede kerstdag en ik word knettergek van opa en Della en de Briljante Baby. Ik heb nog vierentwintig lange uren te gaan voordat oma me weer komt ophalen. Getver, zit je nou snotsporen te maken op mijn jas? Ja, dus! Maak zelf maar schoon.’

Bij een kop thee bij ons thuis praatte Lily me bij over de dingen die niet in haar e-mails stonden: dat ze het hartstikke leuk vond op haar nieuwe school, maar dat ze nog steeds niet bij was met al het werk dat ze moest inhalen. ('Kennelijk loop je dus inderdaad een achterstand op als je zo veel school mist. Wat vrij irritant is, met al die volwassenen die dan "zei ik het niet" zeggen.'). Ze vond het zo leuk om bij haar grootmoeder te wonen, dat ze zelfs een beetje lelijk over haar deed, wat Lily alleen deed over mensen van wie ze echt hield – met humor en een vrolijk soort sarcasme. Oma was zo onredelijk over het feit dat ze de muren in haar slaapkamer zwart had geverfd. En ze liet haar niet in de auto rijden, ook al kon Lily dat prima en wilde ze gewoon wat ervaring opdoen voor ze aan haar rijlessen begon.

Pas toen ze het over haar eigen moeder had verdween haar vrolijkheid. Lily's moeder was eindelijk bij haar stiefvader weg – 'uiteraard' – maar de architect van verderop in de straat die ze voor zich had gezien als haar volgende echtgenoot hapte niet en weigerde bij zijn vrouw weg te gaan. Haar moeder was nu permanent hysterisch in een huurhuis in Holland Park, waar ze woonde met de tweeling en een reeks Filipijnse kindermeisjes, die ondanks hun verbluffende tolerantie toch nooit tolerant genoeg bleken om het langer dan een paar weken uit te houden bij Tanya Houghton-Miller.

'Ik had nooit gedacht dat ik ooit medelijden zou hebben met de jongens, maar het is zo,' zei ze. 'Bleh. Ik heb echt ontzettend zin in een sigaret. Ik wil altijd alleen maar roken als ik het over mijn moeder heb. Je hoeft geen Freud te zijn om te weten wat dat betekent.'

'Ik vind het rot voor je, Lily.'

'Hoeft niet. Met mij gaat het prima. Ik heb oma en school. Ik heb zelf niet echt meer last van mijn moeders drama's. Nou ja, ze spreekt ellenlange berichten in op mijn voicemail. Dan zit ze te janken of ze zegt dat ik egocentrisch ben omdat ik niet meer bij haar wil wonen, maar dat kan me echt niks meer schelen.' Ze huiverde even. 'Ik denk weleens dat ik totaal doorgedraaid zou zijn als ik daar was gebleven.' Ik dacht aan het hoopje mens dat ik maanden geleden voor mijn deur had aangetroffen – dronken, ongelukkig, helemaal alleen – en heel even voelde ik stiekem iets van voldoening dat ik haar in huis had genomen en dat ik eraan had bijgedragen dat Wills dochter nu zo'n goede relatie had met haar oma.

Ma liep af en aan om de schaal met plakken ham, stukjes kaas en opgewarmde mince pies aan te vullen, en ze leek in haar nopjes met het feit dat Lily er was, vooral toen die met volle mond begon te vertellen over het reilen en zeilen in het grote huis. Lily had het idee dat meneer Traynor niet echt gelukkig was. Della, zijn nieuwe vrouw, vond het moederschap moeilijk en was de hele tijd met de baby in de weer, en kromp huilend ineen bij elke kik die het kind gaf. En dat was zo ongeveer de hele tijd.

'Opa zit bijna altijd in zijn studeerkamer en daar wordt ze alleen nog maar bozer om. Maar als hij dan probeert te helpen, scheldt ze hem de huid vol omdat hij alles verkeerd doet. *Steven! Zo moet je haar niet vasthouden! Steven! Je hebt haar het truitje achterstevoren aangetrokken!* Ik zou tegen haar zeggen dat ze kon oprotten, maar hij is veel te lief.'

'Hij is nog van een generatie mannen die niet veel met baby's te maken hadden,' zei ma vriendelijk. 'Ik geloof ook niet dat ik jullie vader ooit een luier heb zien verschonen.'

'Hij vraagt altijd hoe het met oma is, dus toen heb ik gezegd dat er een nieuwe man in haar leven is.'

'Heeft mevrouw Traynor een vriend?' Mijn moeder zette ogen op als schoteltjes.

'Nee, tuurlijk niet. Oma zegt dat ze geniet van haar vrijheid. Maar dat hoeft hij toch niet te weten? Ik zei tegen opa dat een knappe oudere heer met een Aston Martin en nog al zijn eigen haar twee keer in de week langkomst om haar op te halen, en dat ik niet weet hoe hij heet, maar dat ik het zo fijn vind dat oma weer zo gelukkig lijkt. Hij wil me echt van alles vragen, dat zie ik wel, maar dat durft hij niet met Della in de buurt, dus dan zet hij zijn ontzettend neppe glimlach op en zegt: "Geweldig", en dan vertrekt hij weer naar zijn studeerkamer.'

'Lily!' zei mijn moeder. 'Je kunt toch niet zomaar allerlei leugens verspreiden!'

'Waarom niet?'

'Nou, omdat het niet waar is!'

'Er is zoveel niet waar in dit leven. De kerstman, die is ook niet waar. Maar ik durf te wedden dat jullie Thom toch hebben wijsgemaakt dat hij bestaat. Opa heeft een ander. Dus het is net goed voor hem – en het is goed voor oma – als hij denkt dat ze heerlijk weekendjes naar Parijs gaat met een knappe, rijke meneer. En ze spreken elkaar toch nooit, dus wat maakt het uit?'

Qua logica was het behoorlijk waterdicht. Mijn moeders mond bewoog als die van iemand die een losse tand had, maar er kwam niets uit, want ze kon geen andere reden verzinnen waarom Lily dit niet zou mogen doen.

'Maar goed,' zei Lily, 'ik moest maar weer eens teruggaan. Familiedinertje. Ho-ho-ho.'

En op dat moment kwamen Treena en Eddie terug van de speeltuin waar ze met Thom waren geweest. Ik zag mijn moeders onverholen paniek en ik dacht: zeg alsjeblieft niks vreselijks, Lily. Ik maakte een gebaar hun kant op. 'Dit is Lily, Eddie. Eddie, Lily. Lily is de dochter van mijn oude baas, Will. Eddie is –'

'Mijn vriendin,' zei Treena.

'O. Leuk.' Lily gaf Eddie een hand en draaide zich toen weer naar mij om. 'Dus ik ben wel nog steeds van plan om met oma naar New York te komen. Ze zegt dat ze niet wil komen zolang het nog zo koud is, maar in de lente zou wel kunnen. Dus hou dan maar vast een paar dagen vrij. In april is het toch ook al best lente? Zin in?'

'Ik kan niet wachten,' zei ik. Naast me liep mijn moeder zachtjes leeg van opluchting.

Lily gaf me een dikke knuffel en holde het tuinpad af. Ik keek haar na en benijdde de jeugd om hun veerkracht.

20

Van: BusyBee@gmail.com
Aan: KatClark!@yahoo.com

Geweldige foto, Treen! Echt heel leuk. Bijna net zo leuk als de vier foto's die je me gisteren stuurde. De mooiste is nog steeds de foto die je dinsdag stuurde. Die van jullie drieën in het park. Ja, Eddie heeft heel mooie ogen. Jullie zien er echt heel gelukkig uit. Ik ben blij voor jullie.
Wat betreft je andere punt: ik denk wel dat het iets te vroeg is om hem in te lijsten en aan pa en ma te sturen, maar nou ja, dat is natuurlijk aan jou.

Veel liefs aan Thommo,
Lx

PS Met mij gaat het goed, hoor. Lief dat je ernaar vroeg.

Toen ik terugkwam woedde er in New York zo'n sneeuwstorm die je weleens op het nieuws ziet. Auto's waren ingesneeuwd en kinderen reden op sleetjes door de anders zo drukke straten, en zelfs de weermannen en vrouwen op tv konden hun kinderlijke blijdschap niet verhullen. De brede avenues waren sneeuwvrij gemaakt, op bevel van de burgemeester, en de gemeentelijke sneeuwschuivers ploegden plichtsgetrouw heen en weer als gigantische pakezels en trokken geulen voor het verkeer.

Normaal was ik vast dolblij geweest om zo veel sneeuw te zien, maar mijn persoonlijke weersgesteldheid was grauw en nat en hing boven mijn hoofd als een ijskoude wolk die overal de vreugde uit zoog.

Mijn hart was nog nooit gebroken, tenminste niet door iemand die nog leefde. Bij Patrick was ik zelf weggegaan, omdat ik diep vanbinnen best wist dat onze relatie voor ons allebei meer een gewoonte was geworden; een paar schoenen die je misschien niet echt fijn vindt, maar die je toch afdraagt, omdat je geen zin hebt om nieuwe te gaan kopen. Toen Will was overleden dacht ik dat ik nooit meer iets zou kunnen voelen.

En nu bleek dat er weinig troost uitging van de wetenschap dat degene van wie je hield en die je kwijtgeraakt was nog gewoon in leven was. Mijn hersenen, sadistisch als ze waren, wilden per se de hele dag aan Sam denken. Wat zou hij nu aan het doen zijn? Wat dacht hij? Was hij bij haar? Had hij spijt van hoe het met ons was gelopen? Had hij überhaupt aan me gedacht? Ik had dagelijks talloze stilzwijgende discussies met hem en sommige won ik zelfs.

Mijn rationele zelf probeerde zich erin te mengen en zei steeds dat het geen zin had om aan hem te denken. Het was voorbij. Ik zat weer op een ander continent. Onze toekomsten lagen talloze mijlen uit elkaar.

Maar af en toe stak een licht manische zelf de kop op met een soort geforceerd optimisme: *Ik kan worden wie ik maar wil! Ik zit aan niemand vast! Ik kan waar dan ook op de wereld wonen zonder schuldgevoel!* Deze drie zelven vochten om een paar minuten ruimte in mijn hoofd, en vaak ook. Het was een soort schizofreen bestaan en heel erg uitputtend.

Ik deed mijn best om niet naar hen te luisteren. Ik liep 's ochtends vroeg hard met George en Agnes en hield niet in als mijn borst pijn deed en mijn schenen aanvoelden als gloeiendhete haardpoken. Ik vloog door het appartement, anticiperend op wat Agnes wilde, bood Michael hulp aan als hij er wel heel erg overwerkt uitzag, schilde aardappels voor Ilaria en negeerde haar als ze misprijzende geluiden maakte. Ik bood zelfs aan om Ashok te helpen om de stoep sneeuwvrij te maken – alles om maar niet stil te zitten en over mijn eigen leven na te denken. Hij trok een gezicht en zei dat ik niet zo raar moest doen: wilde ik soms zijn baan afpakken?

Josh stuurde me een appje op de derde dag dat ik terug was, net toen Agnes schoentjes omhooghield in een kinderschoenenzaak, terwijl ze met haar moeder Pools sprak aan de telefoon, kennelijk omdat ze wilde weten welke maat ze moest kopen en of haar zus het goed zou vinden. Ik voelde mijn telefoon trillen en keek ernaar.

> Hallo, Louisa Clark de Eerste. Lang niet van je gehoord. Hoop dat je een leuke kerst had. Zin om een keer koffie te doen?

Ik staarde. Er was geen enkele reden voor, maar ergens voelde het verkeerd. Het verdriet was nog te rauw en mijn zintuigen waren nog te vol van een man die een paar duizend kilometer verderop woonde.

> Ha Josh. Beetje druk op het moment (van hot naar her met Agnes!), maar misschien binnenkort eens. Hoop dat alles goed gaat met je. L x

Hij reageerde niet en gek genoeg voelde ik me schuldig.

Garry laadde Agnes' aankopen achter in de auto en toen maakte haar telefoon een geluid. Ze haalde hem uit haar tas en staarde ernaar. Ze keek even uit het raam en toen naar mij. 'Ik was helemaal vergeten dat ik nu tekenles heb. We moeten naar East Williamsburg.'

Het was overduidelijk een leugen. Ik dacht ineens aan die verschrikkelijke lunch met Thanksgiving en al die onthullingen, en ik probeerde om niet te laten blijken dat ik dat soort gedachten had. 'Dan zeg ik de pianoles wel af,' zei ik neutraal.

'Ja. Garry, ik heb tekenles. Was ik vergeten.'

Zonder een woord te zeggen draaide Garry de limousine de weg op.

Garry en ik zaten zwijgend op de parkeerplaats. De motor bleef zachtjes ronken om ons tegen de kou van buiten te beschermen. Ik was woest op Agnes dat ze deze middag had uitgekozen voor haar 'tekenles', omdat ik nu alleen was met mijn gedachten, een stelletje logees in mijn hoofd waar ik vanaf wilde maar die weigerden te vertrekken. Ik deed mijn oortjes in en zette vrolijke muziek op. Ik pakte mijn iPad erbij om de rest van Agnes' week te organiseren. Ik deed drie zetten in een potje Wordfeud met ma. Ik beantwoordde een e-mail van Treena, die me had gevraagd of ik dacht dat ze Eddie kon meenemen naar een etentje van haar werk, of dat dat te vroeg was. (Ik vond dat ze het gewoon maar moest doen.) Ik staarde naar de neerslachtige sneeuwlucht en vroeg me af of er nog meer zou vallen. Garry zat naar een comedyshow te kijken op zijn tablet en snoof mee met de ingeblikte lachsalvo's, zijn kin rustend op zijn borst.

'Trek in koffie?' vroeg ik toen ik geen nagel meer over had om af te bijten. 'Ze gaat weer een eeuwigheid binnenblijven, toch?'

'Beter van niet. Ik moet van de donuts afblijven, zegt de dokter. En je weet wat er gebeurt als we naar die goeie donutzaak gaan.'

Ik plukte een los draadje van mijn broek. 'Zullen we "ik zie ik zie wat jij niet ziet" spelen?'

'Dat meen je niet.'

Zuchtend ging ik achterover hangen op de achterbank en luisterde naar de rest van de comedyshow, en toen naar Garry's zware ademhaling, die steeds rustiger werd totdat hij overging in af en toe gesnurk. De lucht werd steeds donkerder en had inmiddels een onvriendelijke staalgrijze kleur. De terugrit zou uren kosten, gezien de verkeersdrukte. En toen ging mijn telefoon.

'Louisa? Ben je bij Agnes? Ze heeft haar telefoon blijkbaar uitgezet. Wil je me even aan haar geven?'

Ik keek uit het raam naar de gele rechthoek licht die uit het atelier van Steven Lipkott op de grauwe sneeuw viel.

'Eh... Nou... Ze is wat dingen aan het passen, meneer Gopnik. Ik loop even naar de kleedkamers en dan vraag ik haar of ze u meteen terugbelt.'

De deur beneden werd opengehouden met twee verfblikken, alsof iemand spullen kwam leveren. Ik draafde de betonnen trappen op en rende de gang in tot ik bij het atelier was. Daar bleef ik hijgend voor de dichte deur staan. Ik staarde naar mijn telefoon en toen naar de hemel. Ik wilde niet naar binnen. Ik wilde geen onomstotelijk bewijs van wat er met Thanksgiving was gesuggereerd. Ik legde mijn oor tegen de deur en vroeg me af of ik kon aankloppen. Ik voelde me stiekem, alsof ik degene was die iets misdeed. Maar ik hoorde alleen muziek en gedempt gepraat.

Iets gerustgesteld klopte ik aan. Een paar seconden later probeerde ik of de deur opengin. Steven Lipkott en Agnes stonden met hun rug naar me toe aan de andere kant van de ruimte naar een aantal doeken te kijken dat tegen een muur geleund stond. Zijn hand lag op haar schouder en in de andere hand had hij een sigaret waarmee hij naar een van de kleinere schilderijen wees. Het atelier rook naar sigaretten en terpentine en er hing een zweem van parfum.

'Breng me anders nog wat andere foto's van haar,' zei hij. 'Als jij vindt dat dit haar niet goed weergeeft, dan moeten we –'

'Louisa!' Agnes draaide zich met een ruk om en hield een hand op, alsof ze me wilde weren.

'Het spijt me,' zei ik en ik hield mijn telefoon omhoog. 'Het punt is... Meneer Gopnik. Die probeert je te bellen.'

'Je mag hier niet binnenkomen! Waarom heb je niet op de deur geklopt?' Ze zag lijkbleek.

'Dat heb ik wel gedaan. Het spijt me. Maar ik kon je anders niet...' Pas toen ik de deur uit liep zag ik een glimp van het schilderij. Een kind, met blond haar en grote ogen, half weggedraaid alsof ze op het punt stond weg te huppelen. En ineens was alles me volkomen duidelijk: de depressie, de eindeloze gesprekken met haar moeder, de hopen speelgoed en schoentjes...

Steven boog zich om het op te pakken. 'Luister, neem deze nou maar gewoon mee, als je wilt. Denk er maar rustig over na –'

'Hou je mónd, Steven!' Hij deed geschrokken een stap naar achteren, alsof hij niet begreep waarom ze ineens zo reageerde. Voor mij was dat de bevestiging.

'Ik zie je beneden,' zei ik en ik trok de deur zachtjes achter me dicht.

We reden in stilte terug naar Upper East Side. Agnes belde meneer Gopnik en verontschuldigde zich: *ze had zich niet gerealiseerd dat haar telefoon uitstond, een fout in het design – dat ding ging de hele tijd maar uit terwijl ze dat niet wilde – ze moest echt hoognodig een nieuwe, ja, schat. We komen eraan. Ja, ik weet het...*

Ze keek me niet aan. En eerlijk gezegd kon ik haar ook nauwelijks aankijken. Mijn hoofd liep om, terwijl ik de gebeurtenissen met dit nieuwe inzicht aan elkaar verbond.

Toen we eindelijk thuis waren bleef ik een paar passen achter haar lopen in de lobby, maar zodra we bij de lift waren draaide ze zich om, staarde naar de grond en keerde zich toen weer om naar de deur. 'Oké. Kom mee.'

We zaten in een donkere hotelbar met veel verguldsel. Het soort bar waar in mijn verbeelding rijke zakenmannen uit het Midden-Oosten hun klanten entertainden en zonder ernaar te kijken hun barrekening wegwuifden. Er zat bijna niemand. Agnes en ik zaten in een vaag verlichte nis in de hoek, en we wachtten terwijl de ober met veel aplomb twee wodka-tonic en een schaaltje glanzende, groene olijven neerzette, en zijn best deed om Agnes blik te vangen, maar zonder succes.

'Ze is van mij,' zei Agnes toen hij wegliep.

Ik nam een slok van mijn drankje. Er zat belachelijk veel alcohol in en daar was ik blij om. Het was goed dat ik me ergens anders op kon concentreren.

'Het is mijn dochter.' Haar stem klonk ingehouden en er klonk een vreemd soort woede in door. 'Ze woont bij mijn zus in Polen. Met haar is alles prima – ze was nog zo jong toen ik wegging dat ze zich bijna niet meer kan herinneren dat mama ooit bij haar woonde – en mijn zus is blij, want die kan zelf geen kinderen krijgen, maar mijn moeder is heel boos op me.'

'Maar –'

'Ik heb het hem nooit verteld toen ik hem leerde kennen, oké? Ik was zo... zo blij dat iemand zoals hij mij leuk vond. Ik had nooit gedacht dat we ook echt een relatie zouden krijgen. Het was meer een soort droom, snap je? Ik dacht, dit wordt gewoon een mooi avontuur, en dan verloopt mijn visum en ga ik weer terug naar Polen, en dan is dit een heel mooie herinnering. Maar toen ging alles ineens zo snel en verliet hij zijn vrouw voor mij. Ik wist niet hoe ik het hem moest vertellen. Iedere keer als ik met hem afsprak dacht ik: *Nu moet het gebeuren, nu moet het gebeuren.* En toen... Toen zei hij ineens dat hij geen kinderen meer wilde. Hij was er klaar mee, zei hij. Hij vond dat hij een puinhoop had gemaakt van zijn gezin en hij wilde het niet nog erger maken met stieffamilies, halfbroertjes en halfzusjes, en zo. Hij houdt van me, maar geen kinderen is voor hem een absolute voorwaarde. Dus hoe zou ik hem dit dan moeten vertellen?'

Ik leunde voorover zodat niemand me kon horen. 'Maar... Maar dat is echt totale waanzin, Agnes. Je hebt al een dochter!'

'Maar hoe moet ik hem dat vertellen, na twee jaar? Denk je dan niet dat hij me een slechte vrouw vindt? Denk je dan niet dat hij dit zal zien als een gruwelijk bedrog? Ik heb een enorm probleem voor mezelf gecreëerd, Louisa. Dat weet ik zelf ook wel.' Ze nam een slok van haar drankje.

'Ik denk de hele tijd – de héle tijd – aan hoe ik dit in vredesnaam kan oplossen. Maar het valt niet op te lossen. Ik heb tegen hem gelogen. Voor hem is vertrouwen het allerbelangrijkste wat er is. Hij zou het me niet vergeven. Dus het is simpel. Op deze manier is hij gelukkig. En ik ben blij dat ik voor iedereen kan zorgen. Ik probeer mijn zus over te halen om in New York te komen wonen. Dan kan ik Zofia elke dag zien.'

'Maar je moet haar toch verschrikkelijk missen.'

Haar gezicht verhardde. 'Ik zorg voor haar toekomst.' Ze sprak alsof ze dat uit haar hoofd had geleerd. 'Hiervoor had onze familie bijna niks. Maar nu woont mijn zus in een goed huis – vier slaapkamers, alles nieuw. In een heel goede buurt. Zofia gaat straks naar de beste school in heel Polen, speelt op de mooiste piano, ze heeft alles wat haar hartje begeert.'

'Maar geen moeder.'

Haar ogen vulden zich ineens met tranen. 'Nee. Ik moet óf bij Leonard weg, óf bij haar. Dus ik moet boeten door zonder haar te moeten leven.' Haar stem brak een beetje.

Ik nam kleine slokjes van mijn wodka, want ik had geen idee wat ik anders moest doen. We zaten allebei naar ons glas te staren.

'Ik ben geen slecht mens, Louisa. Ik hou van Leonard. Heel veel.'

'Dat weet ik wel.'

'Ik dacht, misschien, als we getrouwd waren, als we een poos bij elkaar zouden zijn, dat ik het hem dan wel zou kunnen vertellen. Dat hij wel een beetje boos zou zijn, maar dat het wel zou bijtrekken. Of dat ik anders heen en weer zou kunnen reizen naar Polen, weet je wel? Of dat ze anders een poos kon komen logeren. Maar het is allemaal zo... zo ingewikkeld. Zijn familie heeft zo'n hekel aan me. Weet je wat er zou gebeuren als ze er nu achter zouden komen dat zij bestaat? Weet je wat er zou gebeuren als Tabitha dit wist?'

Ik kon het wel raden.

'Ik hou van hem. Ik weet best dat je van alles van me vindt. Maar ik hou van hem. Hij is een goede man. Ik vind het weleens moeilijk omdat hij zo hard werkt en omdat er verder niemand is die om me geeft... En dan voel ik me zo eenzaam en misschien... misschien gedraag ik me niet altijd even netjes, maar het idee dat ik zonder hem verder moet kan ik niet verdragen. Hij is echt mijn soulmate. Dat wist ik vanaf het eerste moment.'

Met haar slanke vinger trok ze een patroon op het tafelblad. 'Maar het idee dat mijn dochter de komende tien, vijftien jaar zonder mij moet opgroeien, dat... Dat...'

Ze slaakte een huiverende zucht, zo hard dat het de aandacht van de barkeeper trok. Ik stak mijn hand in mijn tas, en toen ik geen zakdoekje kon vinden gaf ik haar een servetje. Toen ze opkeek had haar gezicht iets zachts. Het was een uitdrukking die ik niet van haar kende, vol liefde en tederheid.

'Ze is zo mooi, Louisa. Ze is al bijna vier en ze is zo slim. Zo intelligent. Ze kent de dagen van de week al, en ze kan landen aanwijzen op de wereldbol en ze kan heel mooi zingen. Ze weet waar New York ligt. Ze kan een lijn tekenen tussen Krakau en New York zonder dat iemand het haar voordoet. En elke keer als ik langsga klampt ze zich aan me vast en vraagt ze: "Waarom moet je weer weg, mama? Ik wil niet dat je weggaat." En dan breekt mijn hart... God, het is zo erg... Soms wil ik haar liever niet eens zien omdat het zo vreselijk veel pijn doet als ik weer weg moet... Het is...' Agnes boog zich over haar glas en tilde haar hand mechanisch op om de tranen weg te vegen die stilletjes op de glimmende tafel vielen.

Ik gaf haar nog een servetje. 'Agnes,' zei ik zachtjes, 'ik snap niet dat je dit zo lang volhoudt.'

Ze bette haar ogen, haar hoofd nog steeds gebogen. Toen ze weer opkeek was het niet te zien dat ze had gehuild. 'Wij zijn toch vriendinnen? Goede vriendinnen.'

'Natuurlijk.'

Ze keek achter zich en leunde toen over de tafel. 'Jij en ik zijn allebei immigranten. We weten hoe moeilijk het is om een plek in deze wereld te verwerven. Je wilt een beter leven voor jezelf, bent bereid om hard te werken in een land dat niet het jouwe is. Je krijgt een nieuw leven, nieuwe vrienden, je vindt een nieuwe liefde. Je wordt een heel ander mens! Maar het is nooit makkelijk, je betaalt er altijd een prijs voor.'

Ik slikte en zette het verschrikkelijke beeld van Sam in zijn treinwagon van me af.

'Ik weet het best: je kunt niet alles hebben. En wij immigranten weten dat beter dan wie dan ook. Je staat altijd met een been in twee landen. Je bent nooit echt helemaal gelukkig, want zodra je weggaat uit je eigen land word je eigenlijk twee helften. En waar je ook bent, de ene helft blijft altijd roepen dat je naar de andere helft moet komen. Dat is de prijs die we moeten betalen, Louisa.'

Ze nam een slok van haar wodka, en toen nog eentje. Toen haalde ze diep adem en bewoog haar handen boven tafel alsof ze de overtollige emotie door haar vingertoppen van zich af kon schudden. Toen ze weer sprak klonk haar stem hard en ijskoud: 'Je mag het nooit aan hem vertellen. Je mag nooit tegen hem zeggen wat je vandaag hebt gezien.'

'Agnes, ik denk niet dat je dit eeuwig voor hem verborgen kunt houden. Het is te groot. Het –'

Ze stak een hand uit en legde die op mijn arm. Haar vingers omsloten mijn pols stevig. 'Alsjeblieft. We zijn toch vriendinnen?'

Ik slikte.

Het blijkt dat er onder de rijken geen geheimen bestaan. Er zijn alleen mensen die ze betalen om hun geheimen te bewaren. Ik liep de trap op en deze nieuwe last drukte zwaar op me. Ik dacht aan een klein meisje aan de andere kant van de wereld dat alles had, op datgene na wat ze het allerliefst zou willen hebben, en aan de vrouw die waarschijnlijk precies hetzelfde gevoel had, ook al begon ze dat nu pas in te zien. Ik overwoog mijn zus te bellen – de enige die ik nog had met wie ik dit zou kunnen bespreken – maar ik wist zo al wat die ervan zou vinden. Ze zou nog liever haar eigen arm afhakken dan Thom in een ander land achterlaten.

Ik dacht aan Sam en de deals die we met onszelf sluiten om onze keuzes te rechtvaardigen. Die avond bleef ik op mijn kamer zitten tot mijn gedachten als duistere spoken door mijn hoofd waarden en ik pakte mijn telefoon.

Ha, Josh, staat dat aanbod nog? En mag het ook een borrel zijn, in plaats van koffie?

Nog geen dertig seconden later pingde zijn antwoord:

Zeg maar waar en wanneer, Louisa.

21

Josh en ik spraken af in een foute kroeg die Josh kende, in de buurt van Times Square. Het was een lange, smalle ruimte, de muren hingen vol met foto's van boksers en de vloer voelde plakkerig. Ik had een zwarte spijkerbroek aan en droeg mijn haar in een strakke paardenstaart. Niemand keek op toen ik me langs de mannen van middelbare leeftijd en de gesigneerde foto's van vlieggewichten wurmde en mannen met nekken die breder waren dan hun hoofden.

Hij zat aan een piepklein tafeltje aan het eind van de bar, in een bruine waxjas – zo eentje die je koopt omdat je wil dat mensen denken dat je een buitenmens bent. Toen hij me zag begon hij ineens zo aanstekelijk te glimlachen dat ik heel even blij was dat zo'n ongecompliceerd iemand blij was mij te zien in een wereld die verder zo'n puinhoop was.

'Hoe is het?' Hij stond op en het leek alsof hij me wilde omhelzen, maar er was iets – misschien de omstandigheden tijdens onze vorige ontmoeting – wat hem ervan weerhield. In plaats daarvan raakte hij even mijn arm aan.

'Ik heb een beetje een gekke dag achter de rug. Een gekke week, eigenlijk. En ik kan wel een paar borrels met een vriend gebruiken. En jouw naam was de eerste die ik uit mijn hoge New York-hoed toverde!'

'Waar heb je zin in? Weet wel dat ze hier maar een stuk of zes verschillende drankjes serveren.'

'Wodka-tonic?'

'Dat zit er vast en zeker tussen.'

Binnen een paar minuten was hij terug met een flesje bier voor zichzelf en een wodka-tonic voor mij. Ik had mijn jas inmiddels uitgetrokken en was gek genoeg heel nerveus, nu ik zo tegenover hem zat.

'Vertel... Die week van jou. Wat is er allemaal gebeurd?'

Ik nam een slok van mijn drankje. Het ging er veel te gemakkelijk in na de borrel van vanmiddag. 'Ik... Ik ben vandaag iets te weten gekomen. En daar ben ik nogal van ondersteboven. Ik kan niet zeggen wat het is, niet omdat ik jou niet vertrouw, maar omdat het iets heel groots is dat op allerlei mensen betrekking heeft. En ik weet niet wat ik ermee moet.' Ik ging zitten. 'Ik denk dat ik het gewoon maar moet inslikken en dan zorgen dat ik er geen maagpijn van krijg. Snap je dat? Dus nou hoopte ik dat we een paar borrels konden doen en dat jij me dan wat zou vertellen over jouw leven – een leuk leven, zonder grote, duistere geheimen, tenminste, ik neem aan dat je die niet hebt, grote duistere geheimen. Om mezelf eraan te herinneren dat het leven ook normaal en leuk kan zijn. Dus je moet niet proberen om mij iets over mijn eigen leven te laten zeggen. Als ik per ongeluk even niet oplet, bedoel ik.'

Hij legde zijn hand op zijn hart. 'Louisa, ik wil helemaal niks over jouw geheim weten. Ik ben gewoon blij je te zien.'

'Ik zou het je echt vertellen, als het kon.'

'Ik ben totaal niet nieuwsgierig naar dat gigantische geheim dat zo veel levens op zijn kop zet. Met mij zit je safe.' Hij nam een slok van zijn bier en schonk me die perfecte glimlach van hem en voor het eerst in twee weken voelde ik me een piepklein beetje minder alleen.

Twee uur later was het bloedheet in de bar en stond het bomvol toeristen die zich verwonderden over de dure biertjes, en verschansten de meeste vaste gasten zich voor de televisie in de hoek, waar een bokswedstrijd te zien was. Eensgezind slaakten ze een kreet bij een snelle uppercut, en ze loeiden als één man toen hun favoriet, met een tot moes geslagen gezicht, in de touwen vloog.

Josh was de enige man in de hele zaak die niet keek. Hij zat stilletjes over zijn bier gebogen en hield mijn blik gevangen.

Zelf hing ik over de tafel heen en vertelde hem tot in detail het verhaal over Treena en Edwina op eerste kerstdag, een van de weinige dingen die ik wel gewoon kon delen, plus het verhaal van opa's beroerte, het verhaal over de kleine piano (ik zei dat hij voor Agnes' nichtje was) en voor het geval ik te somber klonk vertelde ik hem ook over mijn heerlijke upgrade op de vlucht van New York naar Londen. Ik weet niet precies hoeveel wodka-tonics ik tegen die tijd op had – Josh toverde ze op tafel voordat ik doorhad dat het vorige glas leeg was – maar ergens was ik me er wel van bewust dat mijn stem vreemd zangerig was geworden, en omhoog en omlaag schoot, terwijl dat niet altijd paste bij wat ik precies aan het vertellen was.

'Maar dat was toch heel cool?' zei hij toen ik over pa's speech over geluk had verteld. Misschien bracht ik het wat meer filmisch dan die in werkelijkheid was. In mijn versie was mijn vader een soort Atticus Finch tijdens zijn eindpleidooi in de rechtszaal in *To Kill a Mockingbird*.

'Geweldig juist,' ging Josh verder. 'Hij wil alleen maar dat zij gelukkig is. Toen mijn neef Tim uit de kast kwam, heeft mijn oom ongeveer een jaar niet meer met hem gepraat.'

'Ze zijn zo gelukkig samen,' zei ik en ik legde mijn armen op het tafeltje om wat koelte op mijn huid te voelen, al was het ook wat plakkerig. 'En dat is super. Echt.' Ik nam nog maar een slok. 'Als je ze samen ziet dan ben je zo blij voor haar, nou ja, Treena is al een miljoen jaar alleen, maar om je de waarheid te zeggen… Het zou best fijn zijn als ze een heel klein beetje minder stralend en blij met elkaar waren. Dat ze elkaar niet de héle tijd in de ogen zitten te staren. Of van die stiekeme lachjes uitwisselen om allerlei grapjes tussen hen. Of zo'n lachje waardoor je weet dat ze net ge-wel-di-ge seks hebben gehad. En het zou ook heel prettig zijn als Treena niet steeds foto's van hun tweetjes zou sturen. Of appjes over alle geweldige dingen die Eddie zegt of doet. Want blijkbaar is alles wat ze zegt of doet geweldig.'

'Ah joh, kom op. Ze zijn pas net verliefd, dan zijn mensen nu eenmaal zo.'

'Ik niet. Jij? Ik heb nog nooit foto's verstuurd waarop ik iemand zoen. Al had ik Treena zelfs maar eentje gestuurd waarop ik met een vriendje knuffelde, dan had ze gedaan alsof ik haar een foto van zijn blote pik had gestuurd. Ik bedoel, dit is de vrouw die elke vorm van emotie tonen wálgelijk vond.'

'Dan is dit vast de eerste keer dat ze echt verliefd is. En ze vindt het nu vast hartstikke leuk om een foto van jou en je vriendje te krijgen waarop jullie misselijkmakend gelukkig lijken.' Hij keek me aan alsof hij me uitlachte. 'Maar eentje met een blote pik gaat waarschijnlijk te ver.'

'Je vindt me een naar mens, hè?'

'Ik vind je helemaal geen naar mens. Ik vind je hooguit een tamelijk... aangeschoten mens.'

Ik kreunde. 'Ik weet het. Ik ben vreselijk. Ik wil ook niet dat ze niet gelukkig zijn, maar wel dat ze iets meer gevoelig zijn voor mensen die misschien niet zo... Die net...' Ik wist niet hoe ik mijn zin moest afmaken.

Josh leunde inmiddels weer naar achteren en keek naar me.

'Het is uit,' zei ik. 'Dus hij is nu mijn ex.'

Hij trok zijn wenkbrauwen op. 'Wow. Dus je hebt een paar leuke weken achter de rug.'

'O, man.' Ik legde mijn voorhoofd op tafel. 'Je hebt geen idee.'

Ik was me bewust van de stilte die tussen ons viel. Ik vroeg me af of ik soms even een powernap zou doen. Ik lag zo lekker. Het geluid van de bokswedstrijd verdween naar de achtergrond. Mijn voorhoofd voelde maar een klein beetje nat. En toen voelde ik zijn hand op de mijne. 'Oké, Louisa. Het lijkt me tijd om jou hier weg te krijgen.'

Ik nam afscheid van alle lieve mensen die ik op weg naar buiten tegenkwam en gaf zoveel mogelijk van hen een high five (sommigen misten mijn hand – sukkels). Om een of andere reden bleef Josh maar sorry zeggen tegen iedereen. Misschien omdat hij tegen hen op botste? Hij trok me mijn jas aan toen we bij de deur waren en ik kreeg de slappe lach omdat hij mijn armen niet in de mouwen kreeg, en toen het eindelijk lukte zat het jack achterstevoren, als een dwangbuis. 'Ik geef het op,' zei hij uiteindelijk. 'Dan draag je hem maar zo.' Ik hoorde iemand roepen: 'Rustig aan, lady.'

'Ik ben een lady!' riep ik uit. 'Een Engelse lady! Ik ben Louisa Clark de Eerste, toch, Joshua?' Ik draaide me naar hen om en stompte in de lucht. Ik leunde tegen de muur met fotolijstjes, zodat er een paar omlaagkwamen. Ze vielen boven op me.

'We gaan al, we gaan al,' zei Josh tegen de barman, terwijl hij zijn handen in de lucht stak. Er begon iemand te schreeuwen. En hij bleef zich maar verontschuldigen tegen Jan en alleman. Ik zei dat het niet goed was om je overal voor te verontschuldigen; dat had ik van Will geleerd. Je moet je trots bewaren.

We stonden ineens in de bijtend koude buitenlucht. En toen struikelde ik ergens over, voordat ik er erg in had, en lag ik op de beijzelde stoep. Mijn knieën smakten tegen het keiharde beton. Ik vloekte.

'O, jemig,' zei Josh, die zijn arm stevig om mijn middel sloeg en me omhooghees. 'Ik denk dat we maar eens een kop koffie voor jou gaan regelen.'

Hij rook zo lekker. Hij rook precies zoals Will altijd had geroken: duur, als de herenafdeling van een chic warenhuis. Ik stak mijn neus in zijn nek en snoof terwijl we over de stoep strompelden. 'Jij ruikt verrukkelijk.'

'Dank je.'

'Zo duur.'

'Goed om te weten.'

'Ik zou je zo kunnen likken.'

'Als je je dan beter voelt, ga je gang.'

Ik likte hem. Zijn aftershave smaakte minder lekker dan hij rook, maar toch had het wel iets prettigs om iemand te likken. 'Ja, ik voel me inderdaad beter,' zei ik enigszins verbaasd. 'Serieus!'

'Ooo-ké. Dit is de beste plek om een taxi te krijgen.' Hij draaide om me heen zodat hij me aankeek en legde zijn handen op mijn schouders. We stonden op Times Square en alles om ons heen was verblindend en duizelingwekkend, een groot glinsterend neoncircus, en de monsterlijk grote videobeelden staarden me ongelofelijk fel aan. Ik draaide langzaam rond en staarde omhoog naar de lichtjes, terwijl ik het gevoel had dat ik elk moment kon omvallen. Rond en rond ging ik, tot de lichtjes een vage streep vormden en ik een beetje overhelde. Ik voelde dat Josh me opving.

‘Ik kan je nu in een taxi zetten, want ik geloof dat je je roes moet uitslapen. Of we lopen naar mijn huis en dan giet ik wat koffie in je. Kies maar.’

Het was al na enen ’s nachts, maar hij moest schreeuwen om boven het lawaai van de mensen om ons heen uit te komen. Hij was zo knap in zijn overhemd en jasje. Zo fris en fruitig. Ik vond hem zo ontzettend aardig. Ik draaide me om in zijn armen en keek hem aan met knipperende ogen. Het was fijn geweest als hij niet zo op zijn benen stond te zwaaien.

‘Dat is lief van je,’ zei hij.

‘O, zei ik dat dan allemaal hardop?’

‘Yep.’

‘Sorry. Maar het is zo. Je bent superknap. Amerikaans knap. Je lijkt wel een filmster. Josh?’

‘Ja?’

‘Ik moet even zitten, geloof ik. Mijn hoofd voelt een beetje wattig.’ Ik zat al bijna op de grond toen ik hem weer aan me voelde sjorren.

‘Zo dan.’

‘Ik zou je echt wel willen vertellen over dat ene. Maar ik mag je niet vertellen over dat ene.’

‘Vertel het me dan maar niet.’

‘Jij zou het wel begrijpen. Dat weet ik zeker. Weet je… Jij lijkt zo ongelofelijk op iemand van wie ik hield. Echt van hield. Wist je dat? Je lijkt zo ontzettend op hem.’

‘Aha… Fijn om te weten.’

‘Het ís ook echt fijn. Hij was superknap. Net als jij. Filmsterrenknap… Of had ik dat al gezegd? Hij is overleden. Had ik je al verteld dat hij is overleden?’

‘Dat vind ik heel erg voor je. Maar je moet hier nu echt weg.’ Hij liep nog twee blokken door en hield toen een taxi aan, waar hij me met wat moeite in zette. Ik moest ontzettend mijn best doen om rechtop te blijven zitten op de achterbank en hield me vast aan zijn mouw. Hij hing half naar binnen.

‘Waar gaan we naartoe, dame?’ De chauffeur keek achterom.

Ik keek naar Josh. ‘Wil je bij me blijven?’

‘Tuurlijk. Waar gaan we heen?’

Ik zag de achterdochtige blik van de chauffeur in zijn achteruitkijkspiegel. Achter op zijn stoel hing een televisieschermpje en ik zag een studiopubliek losbarsten in applaus. Buiten begon iedereen tegelijkertijd te toeteren. De lichten waren te fel. New York was me ineens te hard, te alles. 'Ik weet niet. Jouw huis,' zei ik. 'Ik kan zo niet terug. Nog niet.' Ik keek hem aan en voelde me plotseling huilerig. 'Wist je wel dat ik met één been in twee verschillende landen sta?'

Hij neeg zijn hoofd naar me toe. Zijn gezicht was vriendelijk. 'Dat verbaast me niks, Louisa Clark.'

Ik legde mijn hoofd op zijn schouder en voelde zijn arm voorzichtig om me heen glijden.

Ik werd wakker van het geluid van een telefoon die ging; schel en aanhoudend. De goddelijke opluchting toen dat eindelijk ophield, gevolgd door een mompelende mannenstem. De welkome bittere geur van koffie. Ik ging verliggen, maar probeerde mijn hoofd daarbij op het kussen te houden. De pijn in mijn slapen was zo intens en genadeloos dat ik dierlijke geluidjes maakte, als een hond die zijn staart tussen de deur had gekregen. Ik deed mijn ogen dicht, haalde diep adem en opende ze toen weer.

Dit was niet mijn eigen bed.

Toen ik ze voor de derde keer opendeed was het nog steeds niet mijn eigen bed.

Dit onweerlegbare feit was genoeg om mijn hoofd weer op te tillen, en dit keer negeerde ik de bonzende pijn lang genoeg om me te focussen. Nee, dit was honderd procent zeker niet mijn bed. En dit was ook niet mijn slaapkamer. Sterker nog, ik had deze slaapkamer nog nooit gezien. Ik keek naar de kleren – mannenkleren – die keurig over de rugleuning van een stoel hingen, de televisie in de hoek, het bureau en de kledingkast, en ik werd me ervan bewust dat die stem dichterbij kwam. En toen ging de deur open en liep Josh naar binnen, in pak, met een beker in de ene hand en in de andere hand zijn telefoon, die hij tegen zijn oor gedrukt hield. Hij ving mijn blik, trok een wenkbrauw op en zette de beker op het nachtkastje, terwijl hij doorpraatte.

'Ja, er zijn problemen met de metro. Ik neem een taxi en dan ben ik er over twintig minuten... Tuurlijk. Geen probleem... Nee, ze is er al mee bezig.'

Ik duwde mezelf overeind en terwijl ik dat deed ontdekte ik dat ik een mannenshirt aan had. Het duurde een paar minuten voordat het tot me doordrong wat dat betekende en ik voelde mijn blos zo ongeveer vanaf mijn borst opkruipen.

'Nee, daar hebben we het gisteren al over gehad. Hij heeft alle papieren klaar om van start te gaan.'

Hij draaide zich om en ik kroop snel tot mijn nek onder het dekbed. Ik had mijn onderbroek nog aan. Dat was tenminste iets.

'Ja. Geweldig. Yup... Lunch lijkt me prima.' Josh hing op en stak zijn telefoon in zijn zak. 'Goeiemorgen! Ik wilde net een Advil voor je regelen, als bijgerechtje. Zal ik? Daarna moet ik weg, vrees ik.'

'Weg?' Ik had een vieze smaak in mijn mond, die zo droog was dat het leek alsof er een laagje poeder in gestrooid was. Ik deed hem een paar keer open en dicht, en hoorde dat ik daarbij een onsmakelijk smakgeluid maakte.

'Naar mijn werk. Het is vrijdag, weet je wel.'

'O god. Hoe laat is het?'

'Kwart over zeven. Ik moet rennen. Ben al te laat. Vind je het erg om jezelf uit te laten?' Hij rommelde wat in een la en haalde daar een strip pillen uit die hij naast me neerlegde. 'Zo. Die helpen vast.'

Ik veegde mijn haar uit mijn gezicht. Het was een beetje nat van het zweet en er zaten verbluffend veel klitten in. 'Wat... Wat is er gebeurd?'

'Daar hebben we het nog wel een keer over. Drink je koffie nou maar op.'

Gehoorzaam nam ik een slok. Het smaakte sterk en ontnuchterend. Ik vermoedde dat ik nog zes bekers nodig zou hebben. 'Waarom heb ik jouw T-shirt aan?'

Hij grinnikte. 'Vanwege het dansen.'

'Het dansen?' Mijn maag kromp ineen.

Hij boog voorover en gaf me een kus op mijn wang. Hij rook naar zeep en schoon en citrusvruchten en allemaal gezonde dingen. Ik was me ervan bewust dat van mij wolken oud zweet en alcohol en schaamte afsloegen.

'Het was een leuke avond. Hé... Wil je de deur flink hard achter je dichttrekken als je weggaat? Hij wil soms niet goed sluiten. Ik bel je later.'

Hij salueerde toen hij bij de deur was, draaide zich om en verdween, terwijl hij op zijn zakken klopte om te checken of hij bij zich had wat hij nodig had voordat hij vertrok.

'Wacht... Waar ben ik eigenlijk?' gilde ik een minuutje later, maar hij was al weg.

Het bleek dat ik in SoHo zat. Een gigantische, boze verkeersopstopping verwijderd van waar ik eigenlijk hoorde te zijn. Ik nam de metro van Spring Street naar 59th Street en probeerde niet te zweten in mijn gekreukte blouse van de vorige dag, en ik was blij dat ik niet zoals gewoonlijk uitgegaan was in een of andere glitteroutfit. Pas die ochtend werd me duidelijk wat 'onfris' eigenlijk betekende. Ik kon me bijna niets herinneren van wat er de avond ervoor was gebeurd. En wat ik me nog wel herinnerde kwam tot me in onaangename warme flashbacks.

Dat ik midden op Times Square op de grond was gaan zitten.

Dat ik Josh' nek had gelikt. Ik had dus écht aan zijn nek gelikt...

Maar dansen, hoe zat dat dan?

Als ik me niet zo aan de paal in de metro had hoeven vastklampen, had ik mijn hoofd in mijn handen gelegd. In plaats daarvan kneep ik mijn ogen dicht terwijl de metrostations voorbijschoten, en bewoog me alleen om niet tegen de rugzakken en de chagrijnige forenzen opgesloten in hun koptelefoontjes op te botsen, en probeerde uit alle macht om niet over te geven.

Zorg nou maar eerst dat je deze dag doorkomt, hield ik mezelf voor. Als ik iets had geleerd in het leven, dan was het wel dat de antwoorden zich snel genoeg zouden aandienen.

Ik had mijn kamerdeur net geopend toen meneer Gopnik aan kwam lopen. Hij had zijn sportkleren nog aan – niks voor hem, na zeven uur 's ochtends – en stak zijn hand op toen hij mij zag, alsof hij al een poosje naar me op zoek was. 'Ah. Louisa.'

'Het spijt me dat ik – '

'Ik zou je graag even willen spreken in mijn studeerkamer. Nu.'

Natuurlijk wil je dat, dacht ik. Uiteraard. Hij draaide zich om en liep de gang door. Ik wierp een gekwelde blik in mijn kamer, waar mijn schone kleren, mijn deo en mijn tandpasta lagen. Verlangend dacht ik aan een tweede kop koffie. Maar meneer Gopnik was niet het soort man dat je liet wachten.

Ik keek op mijn telefoon en rende toen achter hem aan.

Toen ik de studeerkamer in liep zat hij al achter zijn bureau. 'Het spijt me dat ik tien minuten te laat was. Ik kom anders nooit te laat. Maar ik moest...'

Meneer Gopnik keek me aan met een blik waaruit ik niets kon opmaken. Agnes zat in haar sportkleren in de leunstoel bij de salontafel. Ze boden me geen van beiden een stoel aan. Er hing iets in de lucht waardoor ik op slag akelig nuchter was.

'Is... Is alles oké?'

'Dat moet jij me maar eens uitleggen. Ik kreeg vanochtend een telefoontje van mijn persoonlijke accountmanager.'

'Uw wat?'

'De man die mijn bankzaken regelt. Ik vroeg me af of jij hier een verklaring voor hebt.'

Hij schoof een vel papier mijn kant op. Het was een bankoverzicht, waarin de saldo's onleesbaar waren gemaakt. Ik zag een beetje wazig, maar dit zag ik glashelder: een spoor van bedragen, vijfhonderd dollar per dag, onder het kopje 'kasopnamen'.

Pas toen zag ik Agnes' gezichtsuitdrukking. Ze staarde nadrukkelijk naar haar handen, haar lippen samengeperst tot een smalle streep. Haar blik schoot even mijn kant op, maar ze keek meteen weer weg. Terwijl ik daar zo stond druppelde een straaltje zweet langs mijn rug.

'Hij vertelde me iets heel interessants. In de aanloop naar kerst is er een aanzienlijk bedrag opgenomen van onze gezamenlijke bankrekening. Elke dag is er een bedrag opgenomen bij een geldautomaat in de buurt. Misschien was het de bedoeling dat op die manier niemand iets zou merken. Het was hem opgevallen omdat ze antifraudesoftware hebben waarmee ze ongebruikelijke patronen kunnen opsporen in het gebruik van onze bankpassen, en dit rolde uit de analyse. Ik vond het natuurlijk wel wat verontrustend, dus toen heb ik Agnes ernaar gevraagd en die vertelde me dat zij hier niets van afwist. Daarom heb ik Ashok gevraagd om de beelden van de beveiligingscamera aan me te geven voor de dagen in kwestie, en mijn eigen beveiligingsmensen hebben die beelden bekeken en wat blijkt, Louisa' – hij keek me nu recht in mijn ogen – 'de enige die al die keren het gebouw in en uit ging ben jij.'

Ik was verbijsterd.

'Ik zou naar de banken in kwestie kunnen gaan en hun vragen om me de beelden van hun camera's te geven die tijdens al die geldopnamen zijn gemaakt, maar ik bespaar hen die moeite liever. Dus ik zou graag willen dat je nu uitlegt wat er precies is gebeurd. En waarom er bijna tienduizend dollar is opgenomen van onze privérekening.'

Ik keek naar Agnes, maar die had haar blik afgewend.

Mijn mond voelde nog droger dan eerder die ochtend.

'Ik moest wat... kerstinkopen doen. Voor Agnes.'

'Daar heb je een kaart voor. En met die kaart heb ik duidelijk inzicht in de winkels waar je zou zijn geweest, en kan ik ook aan de bonnetjes komen voor alle aankopen. En ik begrijp van Michael dat je dat tot nu toe ook netjes hebt gedaan. Maar cash... cash is een stuk minder transparant. Heb je de bonnetjes van deze aankopen?'

'Nee.'

'En kun je me vertellen wat je precies van dat geld hebt gekocht?'

'Ik... Nee.'

'Wat is er dan met dat geld gebeurd, Louisa?'

Ik kon geen woord uitbrengen. Ik slikte. En toen zei ik: 'Dat weet ik niet.'

'Dat weet je niet?'

'Ik... Ik heb niets gestolen.' Ik voelde de kleur naar mijn wangen stijgen.

'Dus Agnes liegt?'

'Nee.'

'Louisa... Agnes weet dat ik haar alles geef wat ze hebben wil. Eerlijk gezegd mag ze wat mij betreft nog tien keer zoveel uitgeven per dag en ik zou niet eens met mijn ogen knipperen. Dus zij heeft helemaal geen reden om stiekem kleine bedragen op te nemen bij de dichtstbijzijnde geldautomaat. Dus ik vraag het je nog een keer: wat is er met dat geld gebeurd?'

Ik liep rood aan en raakte in paniek. En toen keek Agnes me smekend aan.

'Louisa?'

'Misschien... Misschien heb ik het geld gebruikt.'

'Je hebt het misschien gebruikt?'

'Voor boodschappen. Niet voor mezelf. U kunt mijn kamer controleren. En mijn bankrekening.'

'Je hebt tienduizend dollar uitgegeven aan "boodschappen". Wat waren dat dan voor inkopen?'

'Gewoon... Van alles en nog wat.'

Hij boog zijn hoofd heel even, alsof hij probeerde zijn woede in bedwang te houden.

'Van alles en nog wat,' herhaalde hij langzaam. 'Louisa, je beseft dat jouw aanwezigheid in dit huishouden op vertrouwen gebaseerd is.'

'Dat besef ik, meneer Gopnik. En dat neem ik heel serieus.'

'Jij hebt overal toegang toe. Je hebt sleutels, creditcards, je kent onze gewoonten tot in de meest intieme details. Daar word je goed voor beloond – want wij begrijpen dat jij een verantwoordelijke positie hebt en we vertrouwen erop dat je die verantwoordelijkheid niet verraadt.'

'Meneer Gopnik. Ik vind mijn werk geweldig. Ik zou nooit...' Ik wierp Agnes een angstige blik toe, maar ze staarde weer naar de grond. Ik zag dat haar ene hand de andere vasthield en dat haar nagel diep in het vlees van de muis bij haar duim stak.

'Dus je hebt echt geen verklaring voor wat er met dat geld is gebeurd?'

'Ik... Ik heb het niet gestolen.'

Hij keek me een poos aandachtig aan, alsof hij ergens op wachtte. Toen er niks kwam verhardde zijn gezichtsuitdrukking. 'Dit stelt me teleur, Louisa. Ik weet dat Agnes erg op je gesteld is en dat ze veel aan je heeft. Maar ik wil hier niet iemand in mijn huishouden hebben die ik niet kan vertrouwen.'

'Leonard...' begon Agnes, maar hij stak een hand op.

'Nee, lieveling. Ik heb dit al eens eerder meegemaakt. Het spijt me, Louisa, maar je arbeidscontract wordt met onmiddellijke ingang ontbonden.'

'W-Wat?'

'Je krijgt een uur de tijd om je kamer uit te ruimen. Laat een adres achter bij Michael, dan neemt hij contact met je op over eventuele zaken die jou nog toekomen. Ik wil je nog wijzen op de geheimhoudingsclausule in je contract. Je dient de details van deze bespreking geheim te houden. Ik mag hopen dat je inziet dat dat zowel voor jouw bestwil is als voor die van ons.'

Agnes zag lijkbleek. 'Nee, Leonard. Dit kun je niet doen.'

'Ik ben niet bereid hier verder over in discussie te gaan. Ik moet aan het werk Louisa, je uur gaat nu in.'

Hij stond op. Hij wachtte tot ik de kamer uit ging.

Met een tollend hoofd liep ik de studeerkamer uit. Michael stond me op te wachten en het duurde een paar seconden voordat ik doorhad dat hij daar niet stond om te kijken of het wel goed met me ging, maar om me naar mijn kamer te begeleiden. Omdat ik niet meer vertrouwd werd in dit huis.

Ik liep zwijgend de gang in, me vaag bewust van Ilaria's verblufte gezicht bij de keukendeur, het geluid van een verhit gesprek ergens aan de andere kant van het appartement. Nathan zag ik nergens. Terwijl Michael in de deuropening bleef staan haalde ik mijn koffer onder mijn bed vandaan en begon in te pakken, slordig, chaotisch. Ik trok laden uit, smeet dingen zo snel mogelijk in mijn tassen als ik maar kon, in de wetenschap dat dit een race was tegen een wispelturige klok. Mijn hersenen draaiden op volle toeren – de schok en woede werden getemperd door de gedachte dat ik niets moest vergeten. *Lag er nog wasgoed van me in de waskamer? Waar lagen mijn gympen?* En toen, twintig minuten later, was ik klaar. Al mijn bezittingen zaten in een koffer, een weekendtas en een grote geruite boodschappentas.

'Wacht, ik neem hem wel,' zei Michael, die mijn rolkoffer pakte toen hij zag dat het me moeite kostte om de drie stuks bagage tegelijk door mijn slaapkamerdeur te krijgen. Het duurde even voor ik me realiseerde dat hij het niet aanbood uit vriendelijkheid, maar vanwege de efficiëntie.

'iPad?' zei hij. 'Werktelefoon? Creditcard.' Ik gaf hem alles, met de sleutels, die hij in zijn zak stak.

Ik liep door de hal en kon nog steeds niet geloven dat dit echt gebeurde. Ilaria stond weer bij de keukendeur, met haar schort voor en haar mollige handen tegen elkaar gedrukt. Toen ik langsliep keek ik even opzij, half in de verwachting dat ze een Spaanse vloek over me zou uitspreken, of me die misprijzende blik zou toewerpen die vrouwen van haar leeftijd voorbehouden aan dieven. Maar ze deed een stap naar voren en raakte zwijgend mijn hand aan. Michael wendde zich af alsof hij het niet had gezien. En toen waren we bij de voordeur.

Hij gaf me mijn koffer.

'Tot ziens, Louisa,' zei hij. Ik kon uit zijn gezicht niets opmaken. 'Veel succes.'

Ik stapte naar buiten. En de enorme mahoniehouten deur viel stevig achter me in het slot.

Twee uur lang zat ik in de *diner*. Ik was in shock. Huilen kon ik niet. Mijn woede kon geen kant op. Ik voelde me alleen maar verlamd. Ik dacht eerst nog dat Agnes dit wel zou regelen. Dat ze wel een manier zou vinden om haar man duidelijk te maken dat hij ernaast zat. We waren toch vriendinnen? Dus zat ik daar te wachten tot Michael zou verschijnen, een beetje ongemakkelijk zou kijken en mijn koffer weer mee terug zou rollen naar de Lavery. Ik staarde naar mijn mobieltje, wachtend op een appje. *Louisa, het was een gruwelijk misverstand. Kom terug.* Maar er kwam niets.

Toen het tot me doordrong dat het nooit zou komen, dacht ik erover dat ik dan maar terug moest naar Engeland. Maar dat zou Treena's leven overhoopgooien – het laatste waar zij en Thom op zaten te wachten was dat ik hen mijn appartement uit zou werken. Terug naar pa en ma kon niet – niet alleen omdat ik al doodging bij het idee terug te moeten naar Stortfold, maar ook vanwege de afgang om voor de tweede keer als een mislukkeling terug te keren, eerst toen ik met mijn dronken kop van een gebouw af gevallen was en de tweede keer omdat ik de baan kwijt was waar ik zo van hield.

En bij Sam kon ik natuurlijk ook niet meer terecht.

Ik hield mijn nog altijd trillende vingers om mijn koffiebeker en zag wel in dat ik mezelf in feite buiten mijn eigen leven had gesloten. Ik overwoog om Josh te bellen, maar ik vond het niet kunnen om hem te vragen of ik bij hem kon logeren, aangezien we nog niet eens een officiële date hadden gehad.

En als ik nergens een kamer kon vinden, wat moest ik dan? Ik had geen werk. Ik wist ook niet of meneer Gopnik mijn werkvergunning kon intrekken. Waarschijnlijk bestond die alleen zolang als ik voor hem werkte.

Maar het ergste was wel die blik van hem, die achtervolgde me. Die verschrikkelijke teleurstelling en het lichte minachten toen ik niet met een bevredigend antwoord kwam. Zijn stilzwijgende goedkeuring was juist een van de vele kleine leuke dingen in mijn leven – dat een man van zijn statuur vond dat ik mijn werk goed deed was een enorme boost voor mijn zelfvertrouwen. Ik voelde me professioneel, had het idee dat ik echt iets kon, en dat gevoel had ik sinds Will niet meer gehad. Ik wilde het hem zo ontzettend graag uitleggen, om te zorgen dat hij me weer in een ander licht ging zien, maar dat kon niet. Ik zag Agnes' gezicht voor me, die grote ogen, die smekende uitdrukking. Ze zou toch wel bellen? Waarom had ze nog niet gebeld?

'Zal ik nog wat koffie bijschenken, kindje?' Ik keek op naar de serveerster, een vrouw van middelbare leeftijd met mandarijnkleurig haar. Ze hield de koffiekan op. Ze keek naar mijn spullen met een blik alsof ze dit scenario al duizenden keren had meegemaakt. 'Ben je hier pas?'

'Nee, niet echt.' Ik wilde glimlachen, maar het werd een grimas.

Ze schonk de koffie in, boog zich naar me toe en fluisterde: 'Mijn nicht heeft een hostel in Bensonhurst als je nergens naartoe kunt. Bij de kassa staan kaartjes. Het is niet heel mooi, maar wel goedkoop en schoon. Ik zou maar snel bellen, want het loopt er snel vol.' Ze legde even een hand op mijn schouder en liep door naar de volgende klant.

Dat kleine, vriendelijke gebaar brak me bijna. Voor het eerst voelde ik me overweldigd, verpletterd door het besef dat ik helemaal alleen was in een stad waar ik niet meer welkom was. Ik wist niet wat ik moest doen nu ik op twee continenten helemaal niks meer had. Ik probeerde me in te denken hoe ik aan mijn ouders zou uitleggen wat er was gebeurd, maar stuitte meteen weer op die enorme muur van Agnes' geheim. Kon ik het hun wel vertellen zonder dat de waarheid toch langzaam aan de oppervlakte zou komen? Mijn ouders zouden zo kwaad zijn, en het zou me niks verbazen als mijn vader meneer Gopnik zou bellen om hem eens even flink de oren te wassen over zijn stiekeme vrouw. En wat als Agnes alles zou ontkennen? Ik dacht aan wat Nathan had gezegd: we waren maar personeel, geen vrienden. Stel dat ze zou liegen en zeggen dat ik het geld had gestolen? Zou dat het niet allemaal nog veel erger maken?

Misschien wel voor de eerste keer sinds ik in New York was gearriveerd, wenste ik dat ik nooit was gekomen. Ik had mijn kleren van de vorige avond nog aan, smoezelig en gekreukt, waardoor ik me nog veel beroerder voelde. Ik snoof zachtjes en veegde mijn neus af aan een papieren servetje, terwijl ik naar mijn koffie staarde. Buiten ging het leven in Manhattan verder, zich nergens iets van aantrekkend, in een hoog tempo, zonder oog voor de troep die zich in de goten ophoopte. Wat moet ik nou, Will? dacht ik en ik voelde een gigantisch brok in mijn keel.

En als bij toverslag begon mijn telefoon te pingen. Nathan.

Wat is er in godsnaam aan de hand? Bel me, Clark.

En ondanks alles moest ik glimlachen.

Nathan zei dat er geen sprake van was dat ik in een of ander verschrikkelijk hostel tussen de verkrachters en de drugsdealers en andere ellende zou gaan slapen. Ik moest wachten tot halfacht 's avonds als die vervloekte Gopniks naar een vervloekt diner waren, en dan zou hij op me wachten bij de dienstingang, en dan zouden we het erover hebben hoe-de-fuck het verder moest. Er werd stevig gevloekt in de drie appjes die hij stuurde.

Toen ik daar aankwam was hij woest. Zo had ik hem nog nooit meegemaakt.

'Ik snap het niet. Het lijkt wel alsof ze je gewoon hebben uitgewist. Het is net een soort maffiacode. Michael wilde me niks vertellen, behalve dat het een "kwestie van oneerlijkheid" was. Dus ik zei tegen hem dat ik nog nooit iemand ben tegengekomen die zo eerlijk is als jij en dat ze zich allemaal eens goed moeten laten nakijken. Wat is er in vredesnaam gebeurd?'

Hij had me snel via de dienstingang zijn kamer in gewerkt en de deur achter ons dichtgedaan. Het was zo'n opluchting om hem te zien dat ik me moest inhouden om hem niet om de hals te vliegen.

Bovendien had ik de afgelopen vierentwintig uur wel genoeg mannen omhelsd.

'Sodeju. Mensen. Wil je een biertje?'

'Graag.'

Hij maakte twee blikjes open en gaf er eentje aan mij, terwijl hij in zijn gemakkelijke stoel ging zitten. Ik zat op de rand van zijn bed en nam een slokje.

'Nou... Vertel op.'

Ik trok een gezicht. 'Ik mag het niet vertellen, Nathan.'

Zijn wenkbrauwen schoten zo ongeveer tot aan het plafond. 'Jij ook al? Kom op, *mate*. Ga me nou niet vertellen dat je –'

'Natuurlijk niet. Ik zou nog geen theezakje van de Gopniks stelen. Maar als ik je zou vertellen wat er echt is gebeurd, dan zou dat... Dat zou tot een ramp leiden. Voor anderen in dit huishouden... Het ligt heel moeilijk.'

Hij fronste. 'Wat bedoel je? Zeg je nou dat jij de schuld op je neemt voor iets wat je niet hebt gedaan?'

'Zoiets, ja.'

Nathan zette zijn ellebogen op zijn knieën en schudde zijn hoofd. 'Dit kan zo niet.'

'Vertel mij wat.'

'Iemand moet er iets van zeggen. Wist je dat hij eigenlijk van plan was om de politie erbij te halen?'

Mijn mond zakte open.

'Ja. Zij heeft hem omgepraat, maar Michael zei dat hij zo kwaad was dat hij echt op het punt stond. Iets met een geldautomaat?'

'Ik heb het niet gedaan, Nathan.'

'Dat weet ik heus wel, Clark. Jij zou zo'n beroerde crimineel zijn. Ik ken niemand met zo'n slecht pokerface.' Hij nam een slok van zijn bier. 'Verdomme. Weet je, ik hou van mijn werk. Ik vind het leuk om voor dit soort mensen te werken. En ik mag die ouwe Gopnik. Maar af en toe vinden ze het nodig om ons eraan te herinneren dat we volkomen inwisselbaar zijn. Hoe vaak ze ook tegen je zeggen dat jij hun vriend bent, hoe geweldig je bent, dat ze niet weten wat ze zonder je moeten, blablabla, zodra ze je niet meer nodig hebben, of als je ook maar iets doet dat hen niet bevalt, hóp. Weg ben je. Van redelijkheid hebben ze nog nooit gehoord.'

Ik geloof niet dat ik Nathan zo veel achter elkaar had horen zeggen sinds ik in New York was.

'Ik vind het verschrikkelijk, Lou. Want ik weet bijna niks, maar je wordt overduidelijk genaaid. En dat deugt van geen kanten.'

'Het is ingewikkeld.'

'Ingewikkeld?' Hij keek me recht in de ogen, schudde zijn hoofd weer en nam een flinke slok. 'Ik zal je wel vertellen, je bent een beter mens dan ik.'

We wilden Chinees halen, maar net toen Nathan zijn jack aantrok om naar de afhaal te gaan werd er op zijn deur geklopt. We keken elkaar verschrikt aan en hij gebaarde dat ik de badkamer in moest gaan. Ik schoot naar binnen en deed de deur zachtjes achter me dicht. Maar toen ik tegen zijn handdoekenrek aan gedrukt stond hoorde ik een vertrouwde stem.

'Clark, kom maar. Het is Ilaria,' zei Nathan even later.

Daar stond ze, in haar schort, met een pan met een deksel erop in haar handen. 'Voor jou. Ik hoorde jullie praten.' Ze stak de pan mijn kant op. 'Heb ik voor jou gemaakt. Je moet eten. Het is die kip die je zo lekker vindt, die met pepersaus.'

'Ah, schat.' Nathan gaf Ilaria een klap op haar rug. Ze viel een beetje naar voren, vond haar balans weer en zette de pan voorzichtig op Nathans bureau.

'Heb je dat echt voor mij gemaakt?'

Ilaria prikte met een vinger in Nathans borst. 'Ik weet zeker dat ze niet heeft gedaan wat zij zeggen dat ze heeft gedaan. Ik weet heel veel. Heel veel van wat er hier in huis allemaal gebeurt.' Ze tikte tegen haar neus. 'Ja, ja.'

Ik tilde het deksel even op; er steeg een verrukkelijke geur uit de pan op. Ineens bedacht ik me dat ik de hele dag nog bijna niets had gegeten. 'Bedankt, Ilaria. Ik weet niet wat ik moet zeggen.'

'Waar moet je nu heen?'

'Ik heb geen idee.'

'Je gaat in elk geval niet naar een hostel in dat Bensonhurst,' zei Nathan. 'Je kunt hier wel een paar nachten slapen totdat je iets hebt geregeld. Ik draai mijn deur wel op slot. Jij zegt niks, toch, Ilaria?'

Ze trok een beledigd gezicht, alsof het een ontzettend domme vraag van hem was.

'Ze loopt die Agnes van jou al de hele middag te vervloeken. Ze zegt dat ze jou een oor aangenaaid heeft. Ze heeft vis voor hen gekookt, terwijl ze dat allebei haten. Ik heb vandaag een heleboel nieuwe scheldwoorden geleerd.'

Ilaria mompelde zachtjes. Het enige wat ik ervan verstond was het woord *puta.*

De leunstoel was te klein voor Nathan om in te slapen en hij was te ouderwets om voor te stellen dat ik er dan maar in moest gaan pitten, dus we kwamen overeen dat ik bij hem in zijn tweepersoonsbed mocht, maar dan wel met kussens in het midden, als barrière, zodat we elkaar niet per ongeluk zouden aanraken 's nachts. Ik weet niet precies wie van ons zich het ongemakkelijkst voelde. Nathan maakte er een hele show van om mij eerst van de badkamer gebruik te laten maken en drukte me op het hart dat ik de deur op slot moest doen, en hij kwam zelf pas na zijn gebadder terug toen hij zeker wist dat ik in bed lag. Hij droeg een T-shirt en een gestreepte katoenen pyjamabroek, maar toch wist ik niet waar ik moest kijken.

'Beetje raar, dit, hè?' zei hij toen hij in bed stapte.

'Eh, ja.' Ik weet niet of het door de schok kwam, of de uitputting, of gewoon de onwerkelijkheid van wat er was gebeurd, maar ik begon te giechelen. En het gegiechel ging over in tranen. En voordat ik er erg in had zat ik met mijn hoofd in mijn handen en mijn rug gebogen te snikken in een vreemd bed.

'Ah, *mate.*' Nathan voelde zich duidelijk te ongemakkelijk om me te knuffelen, nu we samen in bed zaten. Dus klopte hij de hele tijd maar op mijn schouder en zei: 'Het komt allemaal wel goed.'

'Hoe dan? Ik ben mijn werk kwijt, en ik heb geen plek meer om te wonen en de man van wie ik hield is ook weg. Ik heb geen referenties, omdat meneer Gopnik denkt dat ik een dief ben, en ik weet niet eens in welk land ik eigenlijk thuishoor.' Ik veegde mijn neus af aan mijn mouw. 'Ik heb alweer een puinhoop van mijn leven gemaakt en ik weet niet of het nog wel zin heeft om iets anders te proberen, want het draait toch altijd allemaal uit op een drama.'

'Je bent gewoon moe. Het komt echt goed. Echt.'

'Zoals met Will, bedoel je?'

'Eh... Dat was iets heel anders. Kom...' Toen sloeg Nathan toch zijn grote armen om me heen en trok me tegen zijn schouder aan. Ik huilde tot ik geen tranen meer over had en toen viel ik uitgeput van de gebeurtenissen van de dag – en de avond ervoor – in slaap.

Ik werd acht uur later wakker en was alleen in Nathans kamer. Het duurde een paar minuten voordat ik door had waar ik was en wat er de vorige dag was gebeurd. Ik bleef een poosje in foetushouding onder het dekbed liggen en vroeg me af of ik zo niet een jaar of twee kon blijven liggen totdat mijn leven op een of andere manier vanzelf weer op de rit was gekomen.

Ik keek op mijn telefoon: twee gemiste oproepjes en een hele reeks appjes van Josh, die hij de vorige avond laat had gestuurd.

Hoi, Louisa... Hoop dat je je wat beter voelt. Ik moest steeds maar denken aan dat dansje van je, en ik moest er hardop om lachen op het werk! Wat een avond! Jx

Gaat het wel? Laat even weten of je wel goed thuisgekomen bent en of je niet weer midden op Times Square bent gaan tukken ;-) Jx

Oké. Het is nu halfelf geweest. Ik neem aan dat je je roes aan het uitslapen bent. Hoop dat ik je niet beledigd hebt. Ik maakte maar een geintje. Bel me x

Die avond, met de bokswedstrijd en de glinsterende lichtjes op Times Square, leek een heel leven geleden. Ik stapte uit bed, nam een douche en kleedde me aan, en zette toen mijn spullen in de hoek van de badkamer. Zo was er niet zoveel ruimte, maar het leek me wel zo veilig, mocht er een loslopende Gopnik bij Nathan naar binnen kijken.

Ik appte hem om te vragen wanneer ik veilig de deur uit kon en hij reageerde met:

NU. Allebei in de studeerkamer.

Ik glipte het appartement uit via de dienstingang en liep snel met gebogen hoofd langs Ashok. Hij stond te praten met een man die iets kwam afleveren, maar ik zag dat hij zijn hoofd met een ruk omdraaide en hoorde zijn: 'Hé! Louisa!' maar ik was al weg.

Manhattan was bevroren en grijs. Het was zo'n grauwe dag waarop er ijsdeeltjes in de lucht lijken te hangen, de kou tot in je botten doordringt en je alleen ogen om je heen ziet, met hier en daar een neus. Ik liep met gebogen hoofd en mijn muts diep over mijn oren getrokken, en wist niet waar ik naartoe moest. Ik ging maar weer naar de *diner*, omdat alles nu eenmaal gemakkelijker lijkt na een goed ontbijt. Ik zat alleen in een nis en keek naar de forenzen die allemaal een doel hadden en dwong mezelf een muffin te eten – het goedkoopste en meest vullende gerecht op de kaart – en probeerde niet te letten op het feit dat het ding nergens naar smaakte en aan mijn gehemelte bleef plakken.

Om tien over halftien kwam er een appje. Het was Michael. Mijn hart maakte een sprongetje.

> Hi, Louisa. Meneer Gopnik betaalt je aan het eind van de maand uit. Dan eindigt je contract. Ook je ziektekostenverzekering loopt op dat moment af. Dit heeft geen effect op je werkvergunning. Dit is natuurlijk uitermate vriendelijk van hem; hij had dit niet hoeven doen, gezien de manier waarop jij je arbeidsovereenkomst hebt geschonden, maar Agnes heeft hem hiertoe gedwongen. Groet, Michael

'Reuze aardig van haar,' mompelde ik en ik typte:

> Fijn dat je me dit laat weten.

Hij reageerde verder niet.

En toen pingde mijn telefoon nog een keer.

> Oké, Louisa, nu begin ik me echt zorgen te maken dat ik iets heb misdaan en dat je boos bent. Of ben je soms verdwaald op de terugweg naar Central Park? Bel me alsjeblieft. Jx

Ik sprak met Josh af vlak bij zijn kantoor, in zo'n gebouw in Midtown dat zo hoog is dat je hersenen denken dat je omvalt als je omhoogkijkt als je ervoor staat. Hij kwam met grote passen op me af. Hij droeg een zachte, grijze sjaal om zijn nek. Toen ik van het lage muurtje af stapte waar ik op zat, liep hij regelrecht op me af en gaf me een hug.

'Niet te geloven, dit. Kom. Jemig, mens, je bent helemaal bevroren. We gaan iets warms te eten voor je regelen.'

We zaten in een dampende, lawaaiige tacobar twee blokken verderop, waar een onophoudelijke stroom kantoorpersoneel in- en uitliep en de mensen achter de balie de orders door schreeuwden. Ik vertelde hem wat ik ook aan Nathan had verteld, alleen het hoogstnoodzakelijke. 'Meer kan ik er niet over zeggen, behalve dan dat ik niets heb gestolen. Dat zou ik nooit doen. Ik heb nog nooit van mijn leven iets gestolen, of nou ja, één keer, toen ik acht was. Mijn moeder heeft het er nog weleens over, als ze een voorbeeld zoekt van hoe ik bijna in de criminaliteit was beland.' Ik probeerde te glimlachen.

Hij fronste. 'Dus dat wil zeggen dat je weg moet uit New York?'

'Ik weet niet wat ik ga doen. Maar ik kan me niet voorstellen dat de Gopniks me een referentie meegeven en ik weet niet hoe ik mezelf hier zou kunnen onderhouden. Ik bedoel, ik heb geen werk, en de hotels op Manhattan zijn iets boven mijn budget...' In de *diner* had ik gegoogeld naar huurwoningen en toen had ik bijna mijn koffie uitgespuugd. Het kleine kamertje waar ik zulke gemengde gevoelens over had toen ik pas bij de Gopniks was, bleek alleen betaalbaar van een managerssalaris. Geen wonder dat die kakkerlak niet wilde verhuizen.

'Zou het helpen als je bij mij kan logeren?'

Ik keek op van mijn taco.

'Tijdelijk. Niet als mijn verkering, of zo. Ik heb een slaapbank in de zitkamer. Maar dat herinner je je waarschijnlijk niet meer.' Hij lachte even. Ik was vergeten dat Amerikanen het meenden als ze mensen bij hen thuis uitnodigden. In tegenstelling tot de Engelsen, die je weliswaar uitnodigden, maar meteen zouden emigreren als je daarop in zou gaan.

'Dat is ontzettend aardig. Maar het zou het allemaal wel wat ingewikkeld maken, Josh. Ik vrees dat ik weer terug naar huis moet. Voorlopig, in elk geval. Tot er zich weer ergens een baan aandient.'

Josh staarde naar zijn bord. 'De timing is waardeloos, hè?'

'Yep.'

'Ik verheugde me juist zo op nog zo'n dans.'

Ik trok een gezicht. 'O, god. Dat dansen. Ik... Heb ik... Wil ik weten wat er die avond is gebeurd?'

'Kun je je het dan echt niet meer herinneren?'

'Alleen dat we op Times Square waren. En misschien nog dat we in een taxi zijn gestapt.'

Hij trok zijn wenkbrauwen op. 'O, o, Louisa Clark. Het is echt heel verleidelijk om je nu te pesten, maar er is niets gebeurd. Tenminste niet in dát opzicht. Behalve als neklikken echt jouw ding is.'

'Maar ik had mijn kleren niet aan toen ik wakker werd.'

'Dat kwam doordat je die per se wilde uittrekken tijdens je dansje. Toen we bij mij thuis aankwamen zei je dat je je graag wilde uitdrukken door middel van de vrije dansvorm en je begon je in de lobby al uit te kleden, dus ik heb alles maar opgeraapt totdat we in mijn zitkamer waren.'

'Ik heb zelf mijn kleren uitgetrokken?'

'Ja, ik moet zeggen, dat deed je heel charmant. Met van die... zwaaiende gebaren.'

Ineens kwam er een beeld boven waarin ik rondjes draaide, schalks een been uitstak vanachter een gordijn, het gevoel van het koele raam tegen mijn achterwerk. Ik wist niet of ik moest lachen of huilen. Mijn wangen waren vuurrood en ik bedekte ze met mijn handen.

'Ik moet zeggen, je bent een uitermate vermakelijke dronkenlap.'

'En... Toen we je slaapkamer in gingen?'

'O, tegen die tijd had je alleen je ondergoed nog aan. En je zong een of ander gestoord liedje. Iets met monkey, of molahonkey, of zo? En toen viel je ineens als een klein hoopje op de grond. Dus toen heb ik je een T-shirt aangetrokken en je in mijn bed gelegd. En zelf heb ik op de slaapbank geslapen.'

'Het spijt me verschrikkelijk. Maar bedankt.'

'Graag gedaan.' Hij glimlachte en zijn ogen twinkelden. 'De meeste van mijn dates zijn niet half zo lollig.'

Ik boog mijn hoofd snel over mijn beker. 'Weet je, ik sta de afgelopen dagen de hele tijd op het punt om te gaan lachen of huilen, maar nu zou ik het allebei wel kunnen.'

'Slaap je vannacht bij Nathan?'

'Dat denk ik wel.'

'Oké. Nou, doe niets overhaasts. Laat me eerst eens wat rondbellen voordat je een ticket boekt. Gewoon eens vragen of er ergens een vacature is.'

'Zou dat kunnen, denk je?' Hij had altijd zo veel vertrouwen in alles. Dat was een van de dingen die me aan Will deden denken.

'Er is altijd wel iets te vinden. Ik bel je later.'

En toen kuste hij me. Hij deed het zo achteloos dat het eerst bijna niet tot me doordrong wat hij deed. Hij leunde voorover en gaf me een kus op mijn mond, alsof hij dat al zo vaak had gedaan, alsof al onze lunchafspraakjes zo eindigden. Voordat ik de tijd kreeg om ervan te schrikken liet hij mijn vingers los en wikkelde zijn sjaal om zijn nek. 'Oké. Ik moet gaan. Nog een paar belangrijke vergaderingen vanmiddag. Hou je haaks.' Hij glimlachte zijn perfecte, bijna lichtgevende glimlach, en liep terug naar zijn kantoor en liet mij achter op mijn hoge plastic kruk, met openhangende mond.

Ik vertelde niet aan Nathan wat er was gebeurd. Ik stuurde hem een appje om te vragen of ik alweer thuis kon komen, en hij zei dat de Gopniks om zeven uur weer weg zouden gaan, dus dat het beter was om pas om kwart over zeven te komen. Ik liep door de kou en ging in de *diner* zitten, en toen ging ik naar huis, waar Ilaria nog wat soep voor me had en twee van die zachte scones die ze hier *biscuits* noemen. Nathan had die avond een date en toen ik 's ochtends wakker werd was hij alweer weg. Hij had een briefje voor me neergelegd om te zeggen dat hij hoopte dat het goed met me ging en dat ik gerust nog even mocht blijven. En dat ik maar een piepklein beetje snurkte.

Maandenlang had ik gewenst dat ik meer vrije tijd had. En nu ik wel tijd had, maar geen geld om stuk te slaan, vond ik de stad helemaal niet zo vriendelijk. Toen de kust veilig was ging ik het gebouw uit en liep ik over straat tot mijn tenen te koud waren. Toen dronk ik een kop thee in een Starbucks, waar ik een paar uur bleef hangen, om met behulp van de gratis wifi op banenjacht te gaan. Er was niet veel in de aanbieding voor iemand zonder referenties en ik zag alleen horecabaantjes.

Ik begon me te kleden in allerlei lagen kleding, nu ik niet meer hooguit een paar tellen in de buitenlucht kwam, van de lobby naar de warme limousine. Ik droeg een blauwe schipperstrui, mijn tuinbroek, met daaronder een maillot en een paar sokken. Niet zo elegant, maar elegantie was geen prioriteit meer.

Rond lunchtijd ging ik naar een fastfoodrestaurant waar de hamburgers goedkoop waren en niemand aandacht besteedde aan een eenzame gaste die twee uur over haar hamburger deed. Warenhuizen waren me te deprimerend, aangezien ik geen geld meer kon uitgeven, hoewel ze er wel goede toiletten en wifi hadden. Ik ging twee keer naar het Vintage Clothes Emporium, waar de meisjes met me te doen hadden, maar enigszins gestrest keken omdat ze bang waren dat ik ze om een gunst zou vragen. 'Als je hoort dat ergens werk is – vooral zo'n baan als die van jullie – zouden jullie me dat dan willen laten weten?' vroeg ik nu ik niet meer in hun rekken kon neuzen.

'Liefje, het is dat we zelf nauwelijks de huur kunnen opbrengen, anders nam ik je meteen aan.' Lydia blies een meelevende rookkring naar het plafond en keek naar haar zusje, dat hem wegwapperde.

'Zo gaat de kleding stinken. We houden onze oren voor je open,' zei Angelica. Uit de manier waarop ze het zei kon ik opmaken dat ik niet de eerste was die het vroeg.

Met een wanhopig gevoel sjokte ik de winkel uit. Ik wist niet wat ik met mezelf aan moest. Er was nergens een stille plek waar ik een poos kon zitten, nergens een ruimte waar ik kon blijven totdat ik wist wat ik zou gaan doen. Als je zonder geld in New York zat was je een soort vluchteling, nergens welkom, tenminste, niet heel lang. Misschien was het tijd om de handdoek in de ring te gooien en toch maar een vliegticket te kopen. En toen bedacht ik ineens iets.

Ik nam de metro naar Washington Heights en stapte vlak bij de bibliotheek uit. Voor het eerst sinds dagen had ik het gevoel dat ik ergens was waar het vertrouwd voelde, ergens waar ik wél mocht zijn. Dit zou mijn toevluchtsoord worden, mijn springplank naar een nieuwe toekomst. Ik liep de stenen trap op. Op de eerste verdieping vond ik een vrije computer. Ik ging moeizaam zitten, haalde diep adem en voor het eerst sinds de Gopnik-ramp deed ik mijn ogen dicht en liet ik mijn gedachten los.

Ik voelde wat van de spanning, die ik al zo lang in mijn schouders vasthield, van me af glijden en liet mezelf wegdrijven op het zachte gemompel van de mensen om me heen, een wereld verwijderd van de chaos en het gewoel buiten. Ik weet niet of het kwam doordat het zo heerlijk was om al die boeken om me heen te hebben, en die stilte, maar ik voelde me hier een gelijke, onopvallend, een stel hersenen, een keyboard, gewoon iemand die op zoek was naar informatie.

En pas toen vroeg ik me voor het eerst af wat er in godsnaam was gebeurd. Agnes had me verraden. De maanden bij de Gopniks voelden ineens als een koortsdroom, een tijd buiten de tijd, een vreemde, compacte wereld van limousines en vergulde interieurs, een wereld waarvan het gordijn heel even opzijgetrokken was en toen ineens weer dichtging.

Terwijl dit hier écht was. Dit was een plek waar ik elke dag naartoe kon, hield ik mezelf voor, totdat ik mijn strategie had bepaald. Hier zou ik erachter komen welke stappen ik moest zetten om uit dit dal te komen.

Kennis is macht, Clark.

'Mevrouw.'

Ik deed mijn ogen open en zag een beveiligingsmedewerker staan. Hij stond voorovergebogen zodat hij me recht in de ogen keek. 'U mag hier niet slapen.'

'Wat?'

'U mag hier niet slapen.'

'Ik sliep niet,' zei ik verontwaardigd. 'Ik zat te denken.'

'Zou u dan misschien met uw ogen open willen denken? Anders moet u vertrekken.' Hij draaide zich om en mompelde iets in een walkietalkie. Het duurde even voordat het tot me doordrong wat hij eigenlijk tegen me zei. Twee mensen aan een tafeltje vlakbij keken op en wendden toen hun blik af. Mijn gezicht liep rood aan.

Ik zag de ongemakkelijke blikken van de andere bibliotheekbezoekers om me heen. Ik keek omlaag naar mijn kleren, naar mijn tuinbroek, de met fleece gevoerde werkschoenen eronder en de wollen muts in mijn hand. Niet bepaald Bergdorf Goodman, maar ook weer niet echt een zwerverslook.

'Hé! Ik ben niet dakloos!' riep ik naar zijn wegwandelende rug. 'Ik heb meegedaan aan protesten voor deze bibliotheek! Meneer! IK BEN NIET DAKLOOS!' Twee vrouwen keken op van hun fluisterende gesprek en eentje trok een wenkbrauw op.

En toen drong het tot me door: dat was ik wel.

22

Lieve ma,

Het spijt me dat het alweer zo lang geleden is dat ik iets van me heb laten horen. We werken hier de klok rond aan die Chinese deal, en ik ben vaak de hele nacht aan het werk vanwege al die verschillende tijdzones. Als ik een beetje uitgeblust klink, dan komt dat doordat ik ook uitgeblust bén. Ik heb die bonus inderdaad gekregen, dus dat was fijn (ik stuur Georgina een deel ervan, dan kan ze die auto kopen die ze zo graag hebben wil), maar de afgelopen weken besef ik dat ik me hier niet meer echt thuis voel.

Niet dat de lifestyle me niet bevalt, en van hard werken ben ik ook niet vies, zoals je weet. Maar er zijn zo veel dingen aan Engeland die ik mis. Ik mis de humor. Ik mis de zondagse lunch. Ik mis de Engelse accenten, tenminste, de niet-nep-accenten (je hebt geen idee hoeveel mensen hier nog bekakter praten dan Hare Majesteit). Ik vind het zo heerlijk om een weekendje naar Parijs te kunnen. Of naar Barcelona, of Rome. En het expatgedoe is stomvervelend. In de goudvissenkom die de financiële wereld hier is kom je steeds weer dezelfde gezichten tegen, of je nu in Nantucket zit of in Manhattan. Ik weet best

dat jij denkt dat ik altijd voor hetzelfde type val, maar hier is het bijna lachwekkend: blond haar, maatje zero, identieke kleren, allemaal op pilates...
Dus, hier komt het: herinner jij je Rupe nog? Mijn oude vriend van Churchill's? Hij vertelde me dat er een plek vrijkomt bij zijn bedrijf. Zijn baas komt over een paar weken hier en die wil een afspraak met me. Dus als alles goed gaat dan zou ik weleens sneller weer in Engeland kunnen zijn dan je denkt.
Ik vond het heerlijk in New York. Maar voor alles is een tijd, en mijn tijd hier zit erop, denk ik.

Liefs, W x

In de dagen die volgden belde ik over talloze baantjes op Craigslist, maar die aardige mevrouw die ik aan de lijn had over de baan als nanny hing op toen ze hoorde dat ik geen referenties had en de horecabaantjes waren al weg als ik belde. De baan in de schoenenwinkel was nog beschikbaar, maar de man met wie ik sprak zei dat ik twee doller minder per uur zou verdienen dan in de advertentie stond, omdat ik geen relevante ervaring had, en volgens mijn berekening dekte dat amper mijn reiskosten. Mijn ochtenden bracht ik door in de *diner*, mijn middagen in de bibliotheek in Washington Heights, waar het stil en warm was, en los van die ene beveiliger keek niemand er ooit naar me alsof ze verwachten dat ik in een dronken lied zou uitbarsten of in een hoekje zou gaan plassen.

Ik sprak met Josh af voor lunch in de noodlebar vlak bij zijn kantoor, gaf hem updates over mijn banenjacht en probeerde te negeren dat ik me naast zijn onberispelijk geklede, doelgerichte aanwezigheid steeds meer een smoezelige loser begon te voelen. 'Het komt allemaal wel goed, Louisa. Gewoon volhouden,' zei hij dan, en hij kuste me altijd bij het afscheid, alsof we allang verkering hadden. Over wat dat betekende kon ik niet nadenken, want ik had al genoeg aan mijn hoofd, dus besloot ik maar dat het in elk geval niet iets érgs was. En trouwens, hij smaakte altijd lekker pepermuntig.

Ik kon niet veel langer meer in Nathans kamer blijven. Toen ik vorige ochtend wakker werd had hij zijn grote arm om me heen geslagen en voelde ik iets hards tegen mijn onderrug drukken. Blijkbaar was de muur van kussens aan de wandel gegaan, want die lag in een slordige hoop bij onze voeten. Ik verstijfde en probeerde me discreet uit zijn slapende greep te wurmen, en toen deed hij zijn ogen open, keek me aan en sprong uit bed alsof hij ergens door was gestoken, met een kussen tegen zijn kruis gedrukt. '*Mate*. Het was niet… Ik wilde helemaal niet…'

'Waar heb je het over?' hield ik vol en ik trok snel een sweater over mijn hoofd. Ik durfde niet naar hem te kijken, voor het geval dat ding…

Hij sprong van zijn ene voet op de andere. 'Ik was gewoon… Ik had helemaal niet door… Ah, nee hè. Ah, shit.'

'Geeft niks! Ik moest toch opstaan!' Ik schoot uit bed en verdween het kleine badkamertje in waar ik tien minuten bleef rondhangen, met vuurrode wangen, terwijl ik hoorde hoe hij zich met veel kabaal aan het aankleden was. Hij was verdwenen voordat ik weer tevoorschijn kwam.

En wat had het voor zin om daar nog langer rond te hangen? Nee, bij Nathan kon ik hooguit nog een nacht of twee blijven. Het beste alternatief waar ik op kon hopen, als ik al het geluk had om ander werk te vinden, was een baan tegen minimumloon, en een gedeelde kamer die vergeven was van de kakkerlakken en bedwantsen. Als ik weer naar huis zou gaan, kon ik tenminste op mijn eigen bank slapen. Misschien waren Treen en Eddie wel zo verliefd dat ze wilden samenwonen en dan had ik mijn eigen huis weer terug. Ik probeerde niet te denken aan hoe dat zou voelen: de lege kamers en de terugkeer naar het punt waarop ik een halfjaar geleden was, om nog te zwijgen van het feit dat het zo dicht bij Sams werk was. Elke voorbijkomende sirene zou een bittere herinnering zijn aan wat ik kwijt was.

Het was gaan regenen, maar ik hield mijn pas in toen ik vlak bij het gebouw was en vanonder mijn wollen muts keek ik omhoog naar de ramen van de Gopniks, waar nog licht achter scheen, ook al had Nathan gezegd dat ze naar een of ander gala waren. Voor hen was het leven gewoon doorgegaan, alsof ik nooit had bestaan. Misschien was Ilaria daar nu aan het stofzuigen, of maakte ze misprijzende geluidjes omdat Agnes weer al haar tijdschriften op de bank had laten liggen. De Gopniks – en deze stad – hadden me opgezogen en weer uitgespuugd. Ondanks al haar lieve woorden had Agnes me volledig van zich afgeschud, als een hagedis die zich van zijn huid ontdoet, en ze had niet één keer omgekeken.

Als ik nooit hierheen was gekomen, dacht ik boos, had ik nog steeds een huis. En een baan.

Als ik nooit hierheen was gekomen, zou ik Sam nog hebben.

Door die gedachte werd mijn stemming nog veel somberder, en ik boog mijn schouders en duwde mijn verkleumde handen diep in mijn zakken. Ik zette me schrap om terug te gaan naar mijn tijdelijke onderkomen, een kamer waar ik stiekem naar binnen moest glippen en een bed dat ik moest delen met iemand die als de dood was om me aan te raken. Mijn leven was lachwekkend, een slechte grap die steeds maar weer herhaald werd. Ik wreef in mijn ogen en voelde de ijskoude regen op mijn huid. Ik ging vanavond nog mijn ticket boeken en dan ging ik met de eerste de beste vlucht terug naar huis. Ik moest het allemaal maar onder ogen zien en opnieuw beginnen. Ik had niet echt een keuze.

Voor alles is een tijd.

En op dat moment zag ik Dean Martin. Hij stond op het overdekte tapijt dat naar het gebouw leidde. Hij had zijn dekje niet aan en stond huiverend van links naar rechts te kijken, alsof hij probeerde te bepalen waar hij eens heen zou gaan. Ik deed een stap dichterbij, wierp een blik in de lobby, maar de nachtportier was druk met wat pakketjes en had hem dus niet gezien. Ik zag mevrouw De Witt ook nergens. Vliegensvlug bukte ik me en ik tilde hem op voordat hij wist wat hem overkwam. Met zijn heen en weer kronkelende lijf op een armslengte van me af rende ik snel de achterste trap op om hem bij haar terug te brengen, met een knikje naar de portier toen ik die passeerde.

Het was een geldige reden om hier binnen te zijn, maar toen ik de gang van de Gopniks in liep stond ik doodsangsten uit: als zij ineens terugkwamen en mij zouden zien, zou meneer Gopnik dan concluderen dat ik iets misdadigs van plan was? Zou hij me ervan beschuldigen dat ik op privéterrein was? Was dat ook zo, als ik in deze gang was? Die vragen spookten door mijn hoofd, terwijl

Dean Martin steeds furieuzer begon te spartelen en naar mijn armen hapte.

'Mevrouw De Witt?' riep ik zachtjes en ik wierp een blik achterom. Haar voordeur stond weer op een kier en ik stapte naar binnen, waar ik wat harder begon te roepen. 'Mevrouw De Witt? Uw hond was weer ontsnapt.' Ik hoorde de televisie schallen in de hal en zette nog een paar passen.

'Mevrouw De Witt?'

Toen er geen reactie kwam trok ik de deur zachtjes achter me dicht en zette Dean Martin op de grond, want ik wilde hem niet langer vasthouden dan nodig. Hij banjerde meteen naar de zitkamer.

'Mevrouw De Witt?'

Ik zag eerst haar been, dat uitgestrekt op de grond achter de leunstoel uitstak. Het duurde een paar tellen voordat ik doorhad waar ik naar keek. Toen rende ik om de stoel heen en stortte me op de grond, en bracht mijn oor bij haar mond. 'Mevrouw De Witt?' zei ik. 'Kunt u me horen?'

Ze ademde moeizaam. Maar haar gezicht had dat blauwwitte van marmer. Ik vroeg me even af hoelang ze daar al lag.

'Mevrouw De Witt? Word eens wakker! O god... Word wakker!'

Ik rende het appartement door, op zoek naar de telefoon. Die hing in de hal, op een tafeltje waar ook een paar telefoonboeken op lagen. Ik belde 911 en legde uit wat ik had aangetroffen.

'Er is een team naar u onderweg, mevrouw,' zei de stem. 'Wilt u bij de patiënt blijven zodat u hen kunt binnenlaten?'

'Ja, ja, ja. Maar ze is heel oud en kwetsbaar en het lijkt wel of ze buiten westen is. Kom alstublieft zo snel mogelijk.' Ik rende naar haar slaapkamer om een dekbed te halen dat ik over haar heen legde, en ik probeerde me te herinneren wat Sam me had verteld over wat je moest doen met oudere mensen die gevallen waren. Een van de grootste risico's was dat ze onderkoeld raakten, omdat ze vaak urenlang op de grond lagen voordat ze werden gevonden. En ze voelde inderdaad zo koud aan, ook al stond de centrale verwarming hoog. Ik ging naast haar op de grond zitten, en nam haar ijskoude hand in de mijne en streelde die voorzichtig om haar te laten weten dat er iemand bij haar was. Ineens kwam er een gedachte bij me op: als ze nu zou overlijden, zouden ze mij dan de schuld geven? Meneer Gopnik zou dan zeker getuigen dat ik een misdadiger was. Ik vroeg me af of ik weg moest gaan, maar ik kon haar niet alleen laten.

En terwijl ik mezelf kwelde met deze gedachtegang deed zij een oog open.

'Mevrouw De Witt?'

Ze knipperde met haar ogen, alsof ze probeerde te bedenken wat er was gebeurd.

'Ik ben het, Louisa. Van de andere kant van de gang. Hebt u pijn?'

'Ik weet het niet… Mijn… Mijn pols…' zei ze zwakjes.

'De ambulance komt eraan. Het komt allemaal goed. Het komt goed.'

Ze keek me wezenloos aan, alsof ze moest uitpuzzelen wie ik ook alweer was, en waar het allemaal op sloeg wat ik zei. En toen vertrok haar voorhoofd. 'Waar is hij? Dean Martin? Waar is mijn hond?'

Ik scande de kamer. Het hondje zat in de hoek op zijn kont en onderwierp luidruchtig zijn genitaliën aan nader onderzoek. Toen hij zijn naam hoorde keek hij op en ging weer staan. 'Daar is hij. Met hem is alles goed.'

Opgelucht sloot ze haar ogen weer. 'Wil jij voor hem zorgen? Als ik naar het ziekenhuis moet? Want ik moet naar het ziekenhuis, hè?'

'Ja. En natuurlijk zorg ik voor hem.'

'In mijn slaapkamer ligt een map waar alles in staat wat hij nodig heeft. Op mijn nachtkastje.'

'Geen probleem. Dat regel ik wel.'

Ik sloot mijn handen om de hare en terwijl Dean Martin me achterdochtig bekeek vanuit de deuropening – tenminste, hij keek met één oog naar mij en met het andere naar de schouw – wachtten we zwijgend tot de ambulance kwam.

Ik ging met mevrouw De Witt mee naar het ziekenhuis en liet Dean Martin thuis, omdat hij niet mee mocht de ambulance in. Zodra haar papieren in orde waren en zij geïnstalleerd was ging ik terug naar de Lavery, haar op het hart drukkend dat ik voor de hond zou zorgen. Ik zou de volgende ochtend terugkomen om haar te laten weten hoe het met hem ging. Haar kleine blauwe oogjes vulden zich met tranen, terwijl ze met haar kraakstem instructies gaf over zijn eten, hoe vaak hij uitgelaten moest worden, en waar hij allemaal wel en niet van hield, totdat de verpleger haar het zwijgen oplegde en zei dat ze moest rusten.

Ik nam de metro terug naar Fifth Avenue en was doodop, maar stond tegelijkertijd stijf van de adrenaline. Ik liet mezelf binnen met de sleutel die mevrouw De Witt me had gegeven. Dean Martin stond in de hal te wachten en zijn compacte lijfje straalde argwaan uit.

'Goedenavond, jongeman! Wil jij soms een hapje eten?' zei ik alsof ik een goede vriendin van hem was en niet iemand die half verwachtte dat hij een hap uit mijn onderbenen zou nemen. Met geveinsd zelfvertrouwen liep ik langs hem heen naar de keuken, waar ik de instructies voor de juiste hoeveelheden gekookte kip en brokjes probeerde te ontcijferen die ik op de rug van mijn hand had gekrabbeld.

Ik deed het eten in zijn bak en duwde die met mijn voet zijn kant op. 'Zo, dan! Eet smakelijk!'

Hij staarde me aan en schonk me een norse, opstandige blik met die bolle ogen van hem, terwijl zijn voorhoofd een bezorgde massa rimpels was.

'Eten! Jammie!'

Hij bleef staren.

'Dus je hebt nog geen trek?' vroeg ik. Ik liep voorzichtig de keuken uit. Ik moest gaan kijken waar ik kon slapen.

Het appartement van mevrouw De Witt was ongeveer half zo groot als dat van de Gopniks, maar dat wilde nog niet zeggen dat het klein was. Het bestond uit een gigantische zitkamer met ramen van de vloer tot het plafond, met uitzicht op Central Park. De kamer was ingericht met bronskleurige elementen en rookglas, alsof hij voor het laatst onderhanden genomen was in de hoogtijdagen van Studio 54. Er was een wat traditionelere eetkamer, vol met antiek waarop een flinke laag stof lag, wat suggereerde dat hij al generatieslang niet meer was gebruikt, een keuken met melanine en formica, een bijkeuken, en vier slaapkamers, waaronder haar eigen slaapkamer, die een aangrenzende badkamer had en een tamelijk grote kleedkamer. De badkamers waren nog ouder dan die bij de Gopniks en uit de kranen kwam een onvoorspelbare, sputterende stroom. Ik liep rond met de wonderlijke eerbied die je altijd voelt als je in het lege huis bent van iemand die je niet goed kent.

Toen ik haar slaapkamer in liep moest ik even rustig ademhalen. Tegen drieënhalve muur stonden rekken vol met kleren die in keurige stapeltjes op de planken lagen, of keurig aan beklede hangertjes hingen. In de kleedkamer vond ik een woeste mix van kleuren en stoffen, met eronder en erboven stapels handtassen, hoedendozen en voor elke outfit een bijpassend paar schoenen. Ik liep langzaam een rondje en liet mijn vingers over de stoffen glijden. Af en toe bleef ik even staan om voorzichtig aan een mouw te trekken of een hanger opzij te duwen zodat ik elke outfit beter kon bekijken.

En het bleef niet beperkt tot deze twee kamers. Terwijl de kleine mopshond achterdochtig achter me aan sjokte, ging ik nog twee slaapkamers in en ook daar vond ik eindeloze rijen jurken, broekpakken, jassen en boa's in lange kasten met airconditioning. Ik zag labels van Givenchy, Biba, Harrods en Macy's, schoenen van Saks Fifth Avenue en Chanel. Ik zag merken waar ik nog nooit van had gehoord: Franse, Italiaanse, zelfs Russische; kleding uit allerlei decennia: keurige Kennedy-achtige vierkante mantelpakjes, soepele kaftans, jasjes met flinke schoudervullingen. Ik gluurde in dozen en vond dophoedjes en tulbanden, enorme zonnebrillen met jadekleurige monturen en verfijnde parelkettinkjes. Er zat geen logica in, dus ik haalde willekeurige dingen tevoorschijn, vouwde het vloeipapier opzij, voelde aan stoffen, het gewicht ervan, snoof de geur van een oud parfum op en hield verschillende stukken op om de snit of de patronen te bewonderen.

Op het kleine stukje muur dat nog zichtbaar was boven de planken kon ik nog net de ingelijste kledingontwerpen, covers van tijdschriften uit de jaren vijftig en zestig zien, met stralende, hoekige fotomodellen in psychedelische jurkjes of overhemdjurken met onmogelijk strakke lijfjes. Ik was waarschijnlijk al een uur zo aan het dwalen voordat ik me realiseerde dat ik helemaal geen ander bed had gezien. Pas in de vierde slaapkamer vond ik er eentje, bedolven onder opgehoopte kledingstukken – een smal eenpersoonsbed, waarschijnlijk nog uit de jaren vijftig, met een hoofdbord van druk bewerkt notenhout – met een bijpassende hang- en ladekast. En er stonden nog vier rekken, meer basic, zoals de rekken die ze in kleedkamers van winkels hebben, en daarnaast stonden stapels en stapels dozen vol met accessoires: bijouterieën, riemen en sjaals. Voorzichtig ruimde ik het bed leeg, ging liggen en voelde het matras meteen vermoeid inzakken, maar dat kon me niet schelen. Ik sliep in een kledingkast. En voor het eerst sinds dagen vergat ik mijn depressie.

Ik was in Wonderland, al was het maar voor één nacht.

De volgende ochtend voerde ik Dean Martin en liet hem uit, en probeerde me niet te laten beledigen door het feit dat hij mij de hele wandeling over Fifth Avenue met een schuin oog in de smiezen hield, alsof hij verwachtte dat ik op een of andere manier over de schreef zou gaan. Daarna vertrok ik richting ziekenhuis, omdat ik mevrouw De Witt graag gerust wilde stellen dat alles goed was met haar schatje, ook al stond hij permanent klaar om in de aanval te gaan. Ik besloot dat ik haar maar beter niet kon vertellen dat ik hem alleen had weten te verleiden om zijn voer op te eten door wat Parmigiano-Reggiano over zijn ontbijt te raspen.

Toen ik in het ziekenhuis aankwam zag ik tot mijn opluchting dat ze een wat menselijker roze kleur had, hoewel ze er wonderlijk amorf uitzag zonder haar make-up en keurig gekapte haar. Ze had inderdaad haar pols gebroken en moest onder het mes. Daarna zou ze nog een week in het ziekenhuis moeten blijven, vanwege iets wat de dokter 'complicerende factoren' noemde. Toen ik bekende dat ik geen familie van haar was wilden ze me verder niets vertellen.

'Kun jij voor Dean Martin blijven zorgen?' vroeg ze, met diepe rimpels van bezorgdheid. Het was duidelijk dat ze zich in de uren dat ik er niet was vooral druk had gemaakt om hem. 'Misschien mag je van hen wel even bij mij naar binnen, zo nu en dan, om te zien hoe het met hem gaat? Denk je dat Ashok hem kan uitlaten? Hij zal zo verschrikkelijk eenzaam zijn. Hij is er niet aan gewend dat ik er niet ben.'

Ik had me afgevraagd of het verstandig was om haar de waarheid te vertellen. Maar de waarheid was tegenwoordig een schaars goed in ons gebouw en ik wilde open kaart spelen.

'Mevrouw De Witt,' begon ik. 'Ik moet u iets vertellen. Ik... Ik werk niet meer voor de familie Gopnik. Ze hebben me ontslagen.'

Ze leunde achterover in haar kussen. Ze mimede het woord alsof ze het niet kende. '*Ontslágen?*'

Ik slikte. 'Ze denken dat ik hen bestolen heb. En ik kan u er verder niets over vertellen, behalve dat ik dat niet heb gedaan. Maar ik vind dat u dit wel moet weten, want misschien wilt u nu liever niet dat ik u help.'

'Jeetje,' zei ze zwakjes. En toen nog eens: 'Jeetje.'

We zaten er een poosje zwijgend bij.

Toen kneep ze haar ogen tot spleetjes. 'Maar je hebt het niet gedaan.'

'Nee, mevrouw.'

'Heb je al ander werk?'

'Nee, mevrouw. Ik ben nog op zoek.'

Ze schudde haar hoofd. 'Gopnik is knettergek. Waar woon je nu?'

Ik wendde mijn blik af. 'Eh... Ik... Voorlopig logeer ik in Nathans kamer. Maar dat is niet bepaald ideaal. We hebben niks; geen relatie bedoel ik. En de Gopniks weten er natuurlijk niks van...'

'Nou, dan lijkt het me dat we allebei uit de brand geholpen zijn. Wil jij voor mijn hond zorgen? En je banenjacht voortzetten vanaf mijn kant van de gang? Totdat ik weer thuis ben?'

'Mevrouw De Witt, met alle plezier.' Ik kon mijn glimlach niet onderdrukken.

'Je zult natuurlijk wel nog beter je best voor hem moeten doen. Ik zet nog wel het een en ander voor je op papier. Hij is vast helemaal de kluts kwijt.'

'Wat u maar wilt, ik doe het.'

'En je moet me elke dag komen vertellen hoe het met hem gaat. Dat is van het grootste belang.'

'Uiteraard.'

En toen dat allemaal beklonken was leek ze wat te ontspannen van opluchting. Ze deed haar ogen dicht. 'Oude dwaas,' mompelde ze. Ik wist niet precies of ze het over meneer Gopnik, zichzelf of nog weer iemand anders had, dus wachtte ik tot ze sliep en ging toen terug naar haar appartement.

Die hele week wijdde ik me aan de zorg voor een zesjarige, bol-ogige, achterdochtige, chagrijnige mopshond. Ik liet hem vier keer per dag uit, raspte Parmezaanse kaas over zijn ontbijt, en na een paar dagen gaf hij de brui aan zijn gewoonte om waar ik ook maar was naar me te staren alsof ik van plan was iets verschrikkelijks te doen, en ging hij zachtjes hijgend een halve meter bij me vandaan liggen. Ik bleef op mijn hoede, maar ik had het ook met hem te doen – de enige mens van wie hij ooit had gehouden was ineens verdwenen, en ik kon niets doen om hem gerust te stellen dat ze binnenkort weer thuis zou zijn.

Het was wel fijn om weer in het gebouw te kunnen zijn zonder dat ik me een inbreker hoefde te voelen. Ashok, die een paar dagen weggeweest was, luisterde eerst geschokt, toen woedend, en daarna verrukt naar mijn relaas over wat er allemaal was gebeurd. 'Man, wat een mazzel dat jij hem zag staan! Straks was hij weggelopen en dan had niemand geweten dat zij daar op de grond lag!' Hij huiverde theatraal. 'Als ze weer thuis is ga ik voortaan elke dag bij haar kijken om te checken of alles wel goed is.'

We keken elkaar aan.

'Wat zal ze dan woest zijn,' zei ik.

'Yep, dat vindt ze verschrikkelijk,' zei hij en hij stortte zich weer op zijn werk.

Nathan deed alsof hij het jammer vond dat hij zijn kamer weer voor zichzelf had, maar bracht mijn spullen met onbetamelijk veel haast, zogenaamd om mij 'een tripje te besparen' van nog geen vijfenhalve meter. Ik denk dat hij vooral heel zeker wilde weten dat ik echt wegging. Hij zette mijn spullen neer en keek om zich heen in het appartement, verbluft starend naar die muren vol kleding. 'Moet je al die zooi eens zien!' riep hij uit. 'Het is net de grootste Leger des Heils-winkel ter wereld. Moet je je voorstellen dat je al die meuk moet uitzoeken als dat ouwe mens straks het loodje legt.'

Ik glimlachte uitgestreken.

Hij vertelde het aan Ilaria, die de volgende dag bij me aanklopte om te vragen hoe het met mevrouw De Witt ging en me wat muffins voor haar meegaf. 'Van dat ziekenhuiseten word je ziek,' zei ze, en ze gaf me een klopje op mijn arm en liep snel weer weg, voordat Dean Martin haar kon bijten.

Ik hoorde Agnes pianospelen aan de andere kant van de gang, een keer een prachtig stuk dat ontspannen en melancholiek klonk, en later iets energieks en bozigs. Ik dacht aan al die keren dat mevrouw De Witt aangebeld had en woedend had geëist dat het klaar moest zijn met die herrie. Dit keer eindigde de muziek abrupt, zonder haar tussenkomst, Agnes leek haar handen op de toetsen te slaan. Soms hoorde ik schreeuwende stemmen en het duurde een paar dagen voor ik mijn lichaam ervan had weten te overtuigen dat mijn eigen adrenaline niet meer samen met dat van hen hoefde te stijgen, dat ik niets meer met ze te maken had.

Ik kwam meneer Gopnik maar één keer tegen, in de lobby. Hij zag me eerst niet, maar keek toen ineens om en leek bezwaar te willen maken tegen mijn aanwezigheid. Ik hief mijn hoofd op en hield de riem van Dean Martin omhoog. 'Ik help mevrouw De Witt met haar hond,' zei ik zo waardig mogelijk. Hij keek omlaag naar Dean Martin, vertrok zijn kaak en draaide zich weer om alsof hij me niet had gehoord. Michael, die naast hem liep, keek me even snel aan en concentreerde zich toen weer op zijn mobieltje.

Josh kwam vrijdagavond na zijn werk langs met een afhaalmaaltijd en een fles wijn. Hij had zijn pak nog aan en vertelde dat hij de hele week had overgewerkt. Hij en een collega zaten samen in de race voor een promotie, dus was hij veertien uur per dag op de zaak en was hij ook van plan om op zaterdag te gaan werken. Hij keek om zich heen in het appartement en leek verbaasd over de inrichting. 'Hondenoppas was zeker niet een van de vacatures die ik voor je in gedachten had,' merkte hij op toen Dean Martin hem argwanend op de hielen zat. Hij liep langzaam de zitkamer door, pakte de onyx asbak en het golvende Afrikaanse vrouwenbeeldje op, zette ze weer neer, om vervolgens aandachtig naar de vergulde kunst aan de muren te kijken.

'Het stond ook niet boven aan mijn lijst.' Ik legde een spoor van hondensnoepjes naar de grote slaapkamer en sloot het hondje daar op totdat hij weer wat gekalmeerd was. 'Maar ik vind het wel prima.'

'En hoe gaat het nu?'

'Beter!' zei ik, terwijl ik de keuken in liep. Ik wilde Josh laten zien dat ik meer was dan de morsige, dronken werkloze die hij de afgelopen week steeds had gezien, dus had ik mijn zwarte Chanel-achtige jurk aan met het witte kraagje en de witte manchetten, en ik droeg mijn smaragdgroene Mary Jane-schoenen van nep-krokodillenleer. Mijn haar was glad geföhnd in een keurige bob.

'Je ziet er in elk geval leuk uit,' zei hij, terwijl hij achter me aan liep. Hij zette zijn fles en zijn tas in de keuken, liep naar me toe en kwam heel dichtbij staan, zodat zijn gezicht mijn blikveld vulde. 'En ook helemaal niet als een zwerver. Dus dat is goed.'

'Tijdelijk, ja.'

'Dus wil dat zeggen dat je nog een poosje blijft?'

'Wie zal het zeggen?'

Hij stond echt heel dichtbij. Er kwam ineens een zintuiglijke herinnering bij me op, dat ik mijn gezicht vorige week in zijn hals had verstopt.

'Je bloost, Louisa Clark.'

'Dat komt doordat je zo belachelijk dichtbij staat.'

'O, dus dit is het effect dat ik op je heb?' vroeg hij met een lage stem en fronsende wenkbrauwen. Hij kwam nog een stap dichterbij en legde zijn handen toen aan weerszijden van mijn heupen op het aanrecht.

'Blijkbaar,' zei ik kuchend. En toen zette hij zijn lippen op de mijne en kuste me. Hij kuste en ik leunde achterover tegen de keukenkastjes en sloot mijn ogen, terwijl ik de pepermuntsmaak van zijn mond op me in liet werken, en het beetje vreemde gevoel van zijn lichaam tegen het mijne, de onbekende handen die de mijne omvatten. Ik vroeg me af of het zo zou hebben gevoeld om Will te kussen vóór zijn ongeluk. En toen bedacht ik me dat ik Sam nooit meer zou kussen. Het was vast helemaal niet netjes, dacht ik, om te denken aan kussen met andere mannen op het moment dat je net met een heel leuk exemplaar aan het zoenen was. Ik hield mijn hoofd wat naar achteren en hij stopte en keek me in mijn ogen, terwijl hij probeerde in te schatten wat dat betekende.

'Het spijt me,' zei ik. 'Het is... Het gaat me een beetje te snel. Ik vind je heel erg leuk, maar...'

'Maar je bent pas net bij die andere man weg.'

'Sam.'

'Die overduidelijk niet goed bij zijn hoofd is. En niet goed genoeg voor jou.'

'Josh...'

Hij liet zijn voorhoofd tegen het mijne rusten en ik liet zijn hand niet los.

'Het voelt nog steeds allemaal een beetje ingewikkeld. Sorry.'

Hij deed zijn ogen even dicht en opende ze toen weer. 'Zou je het eerlijk zeggen als ik mijn tijd aan je verdoe?' zei hij.

'Je verdoet je tijd niet. Maar... Het is nog niet eens twee weken geleden uit gegaan.'

'Er is heel veel gebeurd in die twee weken.'

'Nou, wie weet wat er de komende twee weken allemaal nog met ons gaat gebeuren?'

'Je zei "ons".'

'Ja, je hebt gelijk.'

Hij knikte, alsof hij dit een bevredigend antwoord vond. 'Zal ik je eens wat zeggen,' zei hij, al leek het eerder alsof hij het tegen zichzelf had. 'Ik heb het gevoel dat het wel iets gaat worden tussen ons, Louisa Clark. En mijn gevoel bedriegt me nooit.'

En toen, nog voordat ik kon reageren, liet hij mijn hand los en liep naar de kastjes, die hij opentrok en weer dichtdeed, op zoek naar borden. Toen hij zich omdraaide keek hij me aan met een stralende glimlach. 'Kom, we gaan eten.'

Ik kwam die avond veel over Josh aan de weet. Over zijn jeugd in Boston, de honkbalcarrière die hij had moeten opgeven van zijn half-Ierse vader, een zakenman, omdat die vond dat je in de sport op de langere termijn niet zeker was van een goed inkomen. Zijn moeder was een advocate die – en dat was in hun kringen ongebruikelijk – was blijven werken toen hij klein was, en nu ze met pensioen waren moesten zijn ouders nogal wennen aan het feit dat ze allebei elke dag thuis waren. Ze werden er kennelijk knettergek van. 'We zijn doeners in onze familie, snap je wel? Dus heeft pa maar een bestuursfunctie aanvaard op de golfclub, en ma werkt als mentor op een highschool in de buurt. Alles beter dan de hele dag op elkaars lip moeten zitten.' Hij had twee broers, allebei ouder dan hij. Eentje had een Mercedes-garage vlak bij Weymouth, Massachusetts, en de ander was accountant, net als mijn zus. Ze waren een hecht gezin en competitief ingesteld, en hij had zijn broers gehaat met de machteloze woede van het jongste broertje, totdat ze het huis uit gingen en hij hen tegen zijn verwachting in zo erg miste dat het pijn deed. 'Ma zegt dat het komt doordat ik toen niemand meer had om me aan te meten.'

Beide broers waren inmiddels getrouwd en allebei hadden ze twee kinderen. De familie kwam met de feestdagen bij elkaar en in de zomer huurden ze elk jaar hetzelfde vakantiehuis in Nantucket. In zijn puberteit vond hij dat vreselijk, maar nu verheugde hij zich elk jaar weer op die week.

'Het is zo leuk. Met de kinderen, en met elkaar, en met de boot... Je moet ook komen,' zei hij, terwijl hij achteloos zijn char siu bao naar binnen werkte. Hij praatte vol zelfvertrouwen, als een man die eraan gewend was dat alles altijd liep zoals hij dat wilde.

'Naar een familiegebeuren? Ik dacht dat mannen in New York niet hielden van te veel vastigheid.'

'Ja, nou ja, dat heb ik allemaal al achter me liggen. Bovendien kom ik niet uit New York.'

Hij was iemand die zich overal vol overgave in leek te storten. Hij werkte duizend uur per week, wilde dolgraag promotie maken, zat altijd al vóór zes uur 's ochtends in de sportschool. Hij honkbalde met een team van kantoor, en overwoog om ook vrijwilligerswerk te gaan doen als mentor op een highschool, net als zijn moeder, maar hij was bang dat hij zich vanwege zijn werk niet aan bepaalde tijden kon vastleggen. Hij was doortrokken van de *American Dream*: je werkte hard, had succes en dan gaf je ook weer terug. Ik deed mijn best hem niet steeds met Will te vergelijken. Ik luisterde naar hem, deels vol bewondering, deels doodmoe.

Hij schetste zijn toekomst in de lucht die tussen ons hing – een appartement in de Village, misschien een weekendhuis in de Hamptons als hij zijn bonussen wist te halen. Hij wilde een boot. Hij wilde kinderen. Hij wilde vroeg met pensioen. Hij wilde een miljoen verdiend hebben voor zijn dertigste. Hij zette zijn woorden steeds kracht bij door met zijn eetstokjes te zwaaien en lardeerde zijn verhaal met: 'Je moet meekomen!' of: 'Dat zou jij geweldig vinden!' en ik voelde me voor een deel gevleid, maar ik was vooral blij dat hij zich niet uit het veld had laten slaan door mijn terughoudendheid eerder die avond.

Om halfelf ging hij weg, aangezien hij er weer om vijf uur uit wilde, en we stonden in de hal bij de voordeur, terwijl Dean Martin op een halve meter bij ons vandaan de wacht hield.

'Gaat het nog lukken om samen te lunchen? Met die hond en je ziekenhuisbezoek?'

'Misschien kunnen we een keer 's avonds afspreken?'

'"Misschien kunnen we een keer 's avonds afspreken,"' zei hij me zachtjes na. 'Heerlijk, dat Britse accent.'

'Ik heb helemaal geen accent,' zei ik. 'Jij hebt een accent.'

'En jij bent grappig. Er zijn niet veel meisjes om wie ik kan lachen.'

'Aha. Dan heb je gewoon nooit het juiste meisje ontmoet.'

'Dat ben ik niet met je eens.' Toen stopte hij met praten en sloeg zijn ogen ten hemel, alsof hij zich stond in te houden. En daarna glimlachte hij, alsof hij wilde zeggen dat het wel een beetje belachelijk was, twee volwassen mensen van bijna dertig die hun best moesten doen om elkaar niet te zoenen bij de deur. En het was die lach die het hem deed.

Ik stak mijn handen uit en legde ze heel licht achter in zijn nek. Toen ging ik op mijn tenen staan en kuste hem. Ik hield mezelf voor dat het geen zin had om stil te staan bij iets wat voorbij was. Ik hield mezelf voor dat twee weken lang genoeg was om de knoop door te hakken, vooral als je die ander in de maanden ervoor nauwelijks had gezien en dus in feite al als single door het leven ging. Ik hield mezelf voor dat het leven verderging.

Josh aarzelde niet. Hij beantwoordde mijn kus en liet zijn handen langzaam over mijn rug glijden, terwijl hij me tegen de muur zette en zich tegen me aandrukte. Hij kuste me en maakte het me onmogelijk om nog verder na te denken, en ik gaf toe aan mijn gevoel, zijn nog niet vertrouwde lichaam, slanker en iets harder dat het lichaam dat ik gekend had, en aan de intensiteit van zijn mond. Die knappe Amerikaan. We waren allebei een beetje wazig toen we stopten om adem te halen.

'Als ik nu niet wegga...' zei hij en hij deed een stap naar achteren, knipperde met zijn ogen en legde zijn hand in zijn hals.

Ik grinnikte en vermoedde dat mijn hele gezicht waarschijnlijk onder de lippenstift zat. 'Je moet vroeg op. Ik spreek je morgen.' Ik deed de deur open en met een laatste kus op mijn wang stapte hij de gang in.

Toen ik de deur weer dichtdeed stond Dean Martin nog naar me te staren. 'Wat is er nou?' zei ik. 'Wat? Ik ben single, hoor.'

Vol walging liet hij zijn hoofd zakken, draaide zich om en sjokte naar de keuken.

23

Van: BusyBee@gmail.com
Aan: MrandMrsBernardClark@yahoo.com

Hoi ma,

Leuk om te horen dat je zo leuk theegedronken hebt met Maria bij Fortnum & Mason voor Maria's verjaardag. Hoewel ik het met je eens ben dat dat HEEL VEEL GELD is voor wat koekjes, en ik weet inderdaad zeker dat jij en Maria zelf thuis lekkerdere scones bakken. Die van jou zijn inderdaad heel luchtig. En nee, de toiletten in het theater lijken mij ook niets. Als toiletjuffrouw heeft zij daar waarschijnlijk oog voor. Ik ben blij dat je iemand hebt die zo goed let op jouw… hygiëne.
Hier is alles goed. Het is wel heel koud in New York, nu, maar je kent me: ik heb kleren voor alle weersomstandigheden! Er spelen een paar dingen op het werk, maar ik hoop dat alles weer goed is als we elkaar binnenkort spreken.
En ja hoor, dat met Sam, daar kom ik wel overheen. Zo gaan die dingen nu eenmaal.
Sorry, het spijt me dat het niet zo goed gaat met opa.

Ik hoop dat hij een beetje opknapt zodat jij weer naar je lessen kunt.
Ik mis jullie allemaal. Heel erg.

Veel liefs
Lou xx

PS Wil je alsjeblieft mailen, of anders je brieven adresseren aan Nathan, want we hebben wat problemen met de post.

Mevrouw De Witt kwam tien dagen na haar opname uit het ziekenhuis, met haar ogen knijpend omdat ze nog aan het daglicht moest wennen en met haar rechterarm in gips dat veel te zwaar leek voor haar magere lijfje. Ik bracht haar met de taxi thuis. Ashok stond haar bij de stoep op te wachten en hielp haar langzaam het bordes op. Voor de verandering snauwde ze hem niet af en wuifde ze hem niet weg, maar liep voetje voor voetje, alsof ze niet meer op haar balans kon vertrouwen. Ik had de outfit voor haar meegenomen zoals ze me had opgedragen – een lichtblauw broekpak van Céline, uit de jaren zeventig, met een narcisgele blouse en een zachtroze wollen baret – samen met wat make-up van haar kaptafel, en was bij haar op haar ziekenhuisbed gaan zitten om haar te helpen die aan te brengen. Ze zei dat ze het zelf had geprobeerd met haar linkerhand, maar dat het toen net leek alsof ze drie cocktails bij het ontbijt had gedronken.

Dean Martin huppelde door het dolle met haar mee en snuffelde aan haar hielen, keek naar haar op om mij vervolgens nadrukkelijk aan te kijken met een blik van: 'Je kunt nu wel weer gaan.' We hadden een soort wapenstilstand bereikt, de hond en ik. Hij at zijn maaltijden en kroop elke avond bij me op schoot, en ik had het idee dat hij mijn iets snellere passen en onze langere wandelingen begon te waarderen, want zijn kleine staartje begon altijd wild te kwispelen als hij zag dat ik zijn riem pakte.

Mevrouw De Witt was dolgelukkig om hem weer te zien. Dat kon ik opmaken uit de regen aan klachten over mijn overduidelijke onkunde wat zijn verzorging betrof, en uit het feit dat ze binnen twaalf uur beweerde dat hij te dun was en toen weer te dik, en uit de onophoudelijke stroom aan verontschuldigingen die ze kirde voor het feit dat ze hem aan mijn onkunde had overgeleverd. 'Mijn arme schatje. Heb ik je bij een wildvreemd mens achtergelaten? Heb ik dat gedaan? En heeft ze wel goed voor je gezorgd? Nu is het goed. Mama is weer thuis. Alles is weer goed.'

Ze vond het overduidelijk heerlijk om weer thuis te zijn, maar ik kan niet ontkennen dat ik me zorgen maakte. Ze moest een onvoorstelbare hoeveelheid medicijnen slikken – zelfs naar Amerikaanse maatstaven – en ik vroeg me af of ze soms een soort brozebottenziekte had: ik vond het zo veel voor een simpele gebroken pols. Ik vertelde het aan Treena, die beweerde dat ze je in Engeland zouden zeggen dat je maar een aspirientje moest nemen en dat je voorlopig geen zware dingen moest optillen en daar zelf hartelijk om moest lachen.

Maar ik vond dat mevrouw De Witt na haar ziekenhuisopname nog breekbaarder leek dan daarvoor. Ze zag bleek en hoestte veel, en haar slank gesneden kleding lubberde hier en daar om haar lijf. Toen ik macaroni met kaassaus voor haar kookte at ze daar vier of vijf hapjes van, beweerde dat het heerlijk was, maar weigerde om er meer van te eten. 'Ik denk dat mijn maag gekrompen is in dat verschrikkelijke ziekenhuis. Waarschijnlijk omdat hij zich wilde afschermen voor dat abominabele eten daar.'

Het duurde een halve dag voordat ze zich weer vertrouwd voelde in haar appartement. Langzaam schuifelde ze van de ene naar de andere kamer, om zich eraan te herinneren hoe die eruitzagen en om te controleren dat alles was zoals het moest zijn. Ik probeerde het maar niet op te vatten als een controlerondje om te checken dat ik niets had gestolen. Toen nam ze eindelijk plaats op haar hoge stoel met de beklede rugleuning en slaakte een korte zucht. 'Je hebt geen idee hoe fijn het is om weer thuis te zijn.' Ze zei het alsof ze ergens had gedacht dat ze het niet zou halen. En toen dommelde ze in. Ik dacht voor de honderdste keer aan opa en hoeveel geluk hij had dat hij ma had die voor hem zorgde.

Mevrouw De Witt was duidelijk nog veel te zwak om alleen te kunnen blijven, en blijkbaar had ze er ook geen haast mee om mij de deur uit te werken. Dus zonder dat we het er verder over hadden bleef ik bij haar. Ik hielp haar zich te wassen en aankleden, en kookte voor haar, in elk geval de eerste week, en ik liet Dean Martin een paar keer per dag uit. Tegen het eind van die week zag ik dat ze wat ruimte voor me had vrijgemaakt in de vierde slaapkamer door een voor een de boeken en kledingstukken weg te halen, zodat ik nu een nachtkastje en een plank had waar ik mijn spullen op kwijt kon. Ik nam haar extra badkamer in gebruik, nadat ik die grondig geschrobd had en de kranen net zolang had laten lopen totdat er helder water uit kwam. En toen begon ik discreet alles schoon te maken in haar eigen badkamer en keuken, omdat ze zelf niet meer zo goed kon zien.

Ik ging met haar naar het ziekenhuis voor haar controles en zat dan buiten te wachten met Dean Martin tot ik haar weer kon ophalen. Ik maakte een afspraak voor haar met haar kapper en wachtte tot haar dunne, zilverkleurige haar weer keurig in de watergolf zat; het was maar iets kleins, maar het leek geneeskrachtiger dan alle medische aandacht die ze kreeg. Ik hielp haar met haar make-up en vond al haar brillen voor haar terug. Ze bedankte me zachtjes maar nadrukkelijk voor mijn hulp, alsof ik een gewaardeerde gast was bij haar thuis.

Omdat ik me ervan bewust was dat ze al zo veel jaar alleen woonde en ze dus waarschijnlijk wat ruimte nodig had voor zichzelf ging ik vaak een paar uur per dag weg. Dan zat ik in de bibliotheek om naar werk te zoeken, maar zonder de haast die ik daar eerst bij voelde. Eerlijk gezegd vond ik ook niks wat ik zou willen doen. Als ik dan terugkwam zat ze meestal te slapen of ze keek televisie. 'Zo, Louisa,' zei ze dan en ze duwde zichzelf overeind alsof we midden in een gesprek zaten. 'Ik vroeg me al af waar je was gebleven. Zou je zo lief willen zijn om een stukje te gaan wandelen met Dean Martin? Hij kijkt een beetje bezorgd...'

Op zaterdagen ging ik met Meena mee naar de protesten voor de bibliotheek. Er kwamen inmiddels minder mensen en er was naast de demonstraties ook een crowdfundingactie gestart om een advocaat te kunnen betalen voor een rechtszaak. Niemand leek nog veel hoop te hebben. Naarmate de weken verstreken stonden we steeds een beetje minder verkleumd te zwaaien met onze gehavende bordjes, en namen dankbaar de warme dranken en snacks in ontvangst die mensen en winkeliers in de buurt nog steeds kwamen brengen. Ik ging steeds op zoek naar vertrouwde gezichten – de oma die ik tijdens mijn eerste protest had leren kennen en die Martine heette, en die me inmiddels met een knuffel en een brede smile begroette. Een handvol anderen zwaaiden en zeiden me gedag: de beveiligingsmedewerker, de vrouw die de pakora's kwam brengen, de vrouw van de bibliotheek met het prachtige haar. Maar de oude vrouw met de gescheurde epauletten zag ik nooit meer.

Ik woonde inmiddels dertien dagen bij mevrouw De Witt toen ik Agnes tegen het lijf liep. Het was nog een wonder dat dat niet eerder was gebeurd, aangezien we zo dicht bij elkaar waren. Het regende dat het goot en ik had een van mevrouw De Witts oude regenjassen aan – eentje uit de seventies, van geel met oranje plastic en grote ronde bloemen erop – en ze had Dean Martin een klein regenjasje met een kapje over zijn kop aangetrokken. Telkens als ik ernaar keek moest ik hardop lachen. We renden door de gang, ik giechelend om dat ronde kopje onder die plastic capuchon, maar bleef staan toen de liftdeuren opengingen en Agnes eruit stapte, gevolgd door een jonge vrouw met een iPad en een strakke paardenstaart. Zij bleef ook staan en staarde me aan. Er gleed iets over haar gezicht dat ik niet kon duiden – het zou ongemak kunnen zijn geweest, een stilzwijgende verontschuldiging of zelfs ingehouden woede dat ik er nog was, ik had geen idee. Ze keek me in de ogen, deed haar mond open alsof ze iets wilde zeggen, maar klemde haar lippen toen op elkaar en liep langs me heen alsof ze me niet had gezien. Haar glanzend blonde haar zwaaide heen en weer en het meisje volgde haar op de voet.

Ik zag hoe de voordeur achter hen dichtviel en mijn wangen waren rood als die van een afgewezen minnaar.

Ik herinnerde me vaag dat we samen hadden zitten lachen in een noodlebar.

We zijn toch vriendinnen, Louisa?

Toen haalde ik diep adem, riep het hondje zodat ik zijn riem vast kon doen en stapte de regen in.

Uiteindelijk boden de meisjes van het Vintage Clothes Emporium me betaald werk aan. Er zou een container vol spullen binnenkomen uit Florida – de garderobes van een aantal dames – en ze hadden een extra paar handen nodig om alles te bekijken voordat ze het in de winkel konden hangen. Er moesten ontbrekende knopen aangezet worden, en alles moest schoon en gestreken zijn voor een vintage kledingmarkt, eind april. (Mensen brachten dingen die niet fris roken vaak weer terug.) Ze betaalden me het minimumloon, maar het gezelschap was leuk, de koffie gratis en ik kreeg twintig procent korting als ik iets zou willen kopen. Mijn zin om nieuwe kleren te kopen was tegelijk met het dak boven mijn hoofd verdwenen, maar ik maakte dankbaar gebruik van het aanbod. Zodra ik zeker wist dat mevrouw De Witt stabiel genoeg was om zelf tenminste tot het eind van het blok met Dean Martin te kunnen lopen en weer terug, ging ik elke dinsdag om tien uur naar de winkel, waar ik in een ruimte achterin kleding reinigde en repareerde, en met de meisjes kletste tijdens hun rookpauzes, die ze zo ongeveer elk kwartier namen.

Margot – ze had me verboden om haar mevrouw De Witt te blijven noemen: 'Alsjeblieft, zeg, je woont hier in huis!' – luisterde aandachtig toen ik haar over mijn nieuwe rol vertelde en vroeg wat ik gebruikte om de kleding mee te repareren. Ik beschreef de enorme plastic doos vol oude knopen en ritsen, maar voegde eraan toe dat het zo'n chaos was dat ik vaak niets bijpassends kon vinden, en maar heel zelden meer dan drie dezelfde knopen. Ze stond moeizaam op uit haar stoel en gebaarde dat ik haar moest volgen. Ik bleef steeds heel dicht bij haar – ze leek me nog zo wankel, en ze helde vaak over, als een verkeerd beladen schip op volle zee. Maar het lukte haar, met haar hand langs de muur voor extra steun.

'Onder dat bed, kindje. Nee, daar. Daar staan twee kisten. Die ja.' Ik knielde neer en trok met moeite twee zware houten kisten met deksels onder het bed vandaan. Toen ik ze opende bleken die tot de nok gevuld met knopen, ritsen, bandjes en franje. Er zaten haakjes en oogjes in, alle denkbare sluitingen, en alles was keurig soort bij soort ingedeeld en gelabeld: koperen scheepsknopen en piepkleine Chinese knoopjes overtrokken met felgekleurde zijde, knoopjes van been en schelp, keurig op kleine strookjes karton genaaid. Op het kussendeksel zaten waaiers van spelden, en rijen naalden in alle soorten en maten, en er waren kleine klosjes met zijdegaren. Eerbiedig liet ik mijn vingers eroverheen glijden.

'Deze heb ik gekregen op mijn veertiende verjaardag. Had mijn grootvader laten overkomen uit Hong Kong. Dus als je iets niet kunt vinden, moet je hier maar even in kijken. Ik haalde altijd de knopen en ritsen van de kleren die ik niet meer droeg. Als je een knoopje kwijtraakte van een mooi jasje of zo, en je kon geen bijpassende knoop meer vinden, dan had je altijd een complete set die je erop kon naaien.'

'Maar hebt u deze zelf niet nodig?'

Ze wuifde het weg met haar goede hand. 'O, mijn vingers zijn tegenwoordig veel te onhandig om nog te kunnen verstellen. Ik krijg mijn knopen bijna niet eens meer dicht. En tegenwoordig nemen mensen bijna nooit meer de moeite om knopen aan te zetten of ritsen te vervangen; ze gooien hun kleding gewoon bij de vuilnis en kopen iets nieuws bij zo'n verschrikkelijke goedkope zaak. Gebruik jij ze maar, kindje. Ik vind het een fijn idee dat iemand er nog iets aan heeft.'

Dus met wat geluk, maar misschien ook omdat het zo moest zijn, had ik nu twee geweldige baantjes. En met die banen kwam ook een nieuw soort tevredenheid. Elke dinsdagavond nam ik een paar kledingstukken mee uit de winkel in een geruite plastic waszak, en terwijl Margot zat te dutten of televisiekeek, haalde ik voorzichtig de overgebleven knoopjes van de kleding af om er een nieuw setje aan te zetten, waarna ik de stukken ophield zodat zij mijn werk kon keuren.

'Je kunt aardig naaien,' merkte ze op, mijn stikwerk nauwkeurig onder de loep nemend, terwijl we voor *Wheel of Fortune* zaten. 'Ik had gedacht dat je een prutser zou zijn, want verder ben je nergens handig in.'

'Op school was handwerken het enige vak waar ik iets van bakte.' Ik veegde de plooien op mijn schoot glad zodat ik het jasje netjes kon opvouwen.

'Ik was precies zo,' zei ze. 'Op mijn dertiende maakte ik al mijn kleren zelf. Mijn moeder had me geleerd om patronen te knippen, en zo is het begonnen. Mijn obsessie met mode.'

'Wat heb je eigenlijk voor werk gedaan, Margot?' Ik legde mijn verstelwerk neer.

'Ik was hoofd van de moderedactie bij *Ladies' Look*. Dat tijdschrift bestaat niet meer – het heeft de jaren negentig niet gehaald. Maar we hebben ruim dertig jaar bestaan en het grootste deel van die tijd deed ik dus de mode.'

'Is dat het tijdschrift in de lijsten? Die lijsten die hier hangen?'

'Ja, dat waren mijn favoriete covers. Ik was een beetje sentimenteel, dus ik heb er een paar bewaard.' Haar gezicht verzachtte even, en ze hield haar hoofd een beetje schuin en schonk me een vertrouwelijke blik. 'Het was in die tijd een belangrijke baan, moet je weten. De uitgever had liever geen vrouwen in leidinggevende functies en mijn hoofdredacteur – een geweldige man, meneer Aldridge – bracht daar tegenin dat je moeilijk een tuttige oude baas die nog sokophouders droeg kon laten schrijven over mode, omdat de jongedames dat niet zouden pikken. Hij vond dat ik er oog voor had, dus hij gaf me promotie en dat was dat.'

'Dus daarom heb je zo veel prachtige kleding.'

'Nou ja, het komt in elk geval niet doordat ik met een rijke man getrouwd was.'

'Ben je überhaupt getrouwd geweest?'

Ze keek omlaag en plukte iets van haar knie. 'Mijn hemel, wat stel jij een hoop vragen. Ja, ik ben getrouwd geweest. Met een geweldige man. Terrence. Hij zat ook in de uitgeverij. Maar hij overleed al in 1962, drie jaar na ons huwelijk, en daarna heb ik nooit meer een man gehad.'

'Wilde je dan nooit kinderen?'

'Ik had een zoon, kindje, maar niet van mijn man. Is dat soms wat je wilde weten?'

Ik verschoot van kleur. 'Nee. Zo bedoelde ik het niet. Ik... Jeetje... Kinderen krijgen is... Ik bedoel, ik zou natuurlijk nooit zo...'

'Hou eens op met dat gebazel, Louisa. Ik werd verliefd op iemand die niet geschikt was als vader, toen ik in de rouw was om mijn man, en toen werd ik zwanger. Ik heb het kind gekregen, maar het deed nogal wat stof opwaaien, dus uiteindelijk is besloten dat het voor iedereen het beste was als mijn ouders hem in Westchester grootbrachten.'

'Waar is hij nu dan?'
'Nog altijd in Westchester. Voor zover ik weet.'
Ik keek verbaasd. 'Zie je hem dan nooit meer?'
'O, vroeger wel. Toen zag ik hem elk weekend en alle vakanties, gedurende zijn hele jeugd. Maar zodra hij begon te puberen werd hij nogal boos op me, omdat ik een ander soort moeder was dan hij vond dat ik moest zijn. Ik moest namelijk kiezen. In die tijd was het niet gebruikelijk dat je bleef werken als je trouwde of kinderen kreeg. En ik koos voor mijn werk. Ik was echt bang dat ik dood zou gaan als ik mijn werk niet meer had. En Frank – mijn baas – steunde me.' Ze slaakte een zucht. 'Helaas heeft mijn zoon me dat nooit vergeven.'
Het bleef lang stil.
'Dat vind ik heel erg voor je.'
'Ja. Ik ook. Maar gedane zaken nemen geen keer en het heeft geen zin om er te lang bij stil te staan.' Ze begon te hoesten, dus schonk ik een glas water voor haar in. Ze gebaarde naar een potje met pillen dat op het dressoir stond en ik wachtte terwijl ze er daar een van innam. Ze ging weer rustig zitten, als een hen die haar veren opgeschud had.
'Hoe heette hij?' vroeg ik.
'Nog meer vragen... Frank Junior.'
'Dus zijn vader was...'
'...mijn hoofdredacteur, ja. Frank Aldridge. Hij was beduidend ouder dan ik, en bovendien was hij getrouwd, en ik vrees dat dat de andere enorme wrok was die mijn zoon koesterde. Hij had er op school ook echt last van. Mensen dachten in die tijd heel anders over dit soort dingen.'
'Wanneer heb je hem voor het laatst gezien? Je zoon, bedoel ik.'
'Dat moet zijn geweest in... 1987. Het jaar waarin hij trouwde. Ik kwam er achteraf achter en toen heb ik hem een brief geschreven om uit te leggen dat ik erg gekwetst was dat hij me niet had uitgenodigd, en toen heeft hij me in niet mis te verstane bewoordingen laten weten dat ik al heel lang geleden het recht had opgegeven om deel te mogen uitmaken van zijn leven.'
We zaten er een poosje zwijgend bij. Haar gezicht stond volkomen onbewogen en ik kon er met geen mogelijkheid uit opmaken

wat ze dacht of zelfs maar of ze niet gewoon naar de televisie keek. Ik wist niet wat ik moest zeggen. Ik kon geen woorden vinden voor zo'n enorm verdriet. Maar toen keek ze me aan.

'En dat was het dan. Een paar jaar later overleed mijn moeder. Zij was het laatste draadje dat me nog aan hem verbond. Ik vraag me echt weleens af hoe het met hem gaat – of hij nog wel leeft, of hij kinderen heeft. Ik heb hem een poosje brieven gestuurd. Maar in de loop der jaren heb ik me erbij neergelegd. Hij had natuurlijk volkomen gelijk. Ik had er helemaal geen recht op om bij zijn leven te worden betrokken.'

'Maar hij was je zoon,' fluisterde ik.

'Dat was hij, maar ik heb me niet bepaald als een moeder gedragen, toch?' Ze haalde beverig adem. 'Ik heb een heel goed leven gehad, Louisa. Ik hield van mijn baan, ik heb met een aantal geweldige mensen gewerkt. Ik heb gereisd naar Parijs, Milaan, Berlijn, Londen, veel vaker dan de meeste andere vrouwen van mijn leeftijd... Ik had mijn prachtige appartement en een paar heel goede vrienden. Maak je over mij nu maar geen zorgen. Al die onzin over die vrouwen die alles willen. We kunnen niet alles hebben, en dat zal ook nooit gebeuren. Vrouwen zullen altijd moeilijke keuzes moeten maken. Maar iets doen waar je echt van houdt is een enorme troost.'

We zwegen en lieten dit op ons inwerken. Toen plantte ze haar handen op haar knieën. 'Lieve kind, zou je me nu even naar mijn badkamer willen brengen? Ik ben een beetje moe en ik denk dat ik maar onder de wol kruip.'

Die nacht lag ik wakker omdat ik dacht aan wat ze me had verteld. Ik dacht aan Agnes en aan het feit dat deze twee vrouwen, die op maar een paar meter bij elkaar vandaan woonden, allebei dit heel specifieke verdriet hadden en dat ze elkaar in een andere wereld misschien hadden kunnen troosten. Ik dacht aan het feit dat een vrouw die zelf wilde bepalen hoe ze haar leven wilde invullen een hoge prijs moest betalen, tenzij ze laag inzette. Maar ja, dat wist ik natuurlijk al. Ik was hier gekomen en dat was me duur komen te staan.

In de kleine uurtjes liet ik me vaak door Wills stem vertellen dat ik niet zo belachelijk en melancholiek moest doen, en dat ik beter kon denken aan alle dingen die ik had bereikt. Ik lag in het donker al mijn prestaties op mijn vingers af te tellen. Ik had een thuis – tenminste, voorlopig. Ik had betaald werk. Ik was nog steeds in New York, en ik had vrienden. Ik had een nieuwe relatie, ook al vroeg ik me wel af hoe ik in die situatie terechtgekomen was. Kon ik met mijn hand op mijn hart zeggen dat ik het allemaal anders had willen doen?

Maar toen ik uiteindelijk toch in slaap viel, was het de oude dame in een kamer verderop aan wie ik dacht.

Er stonden veertien trofeeën bij Josh op de plank, vier ervan even groot als mijn hoofd. Voor American football, honkbal, atletiek en een beker voor een spellingswedstrijd die hij had gewonnen op de lagere school. Ik was hier al eens geweest, maar pas nu, nuchter en zonder haast, kon ik mijn omgeving en de omvang van zijn prestaties echt in me opnemen. Er stonden foto's van hem in zijn sportkleding, gevangen in zijn momenten van triomf, met zijn armen om zijn sportmakkers geslagen, zijn perfecte tanden ontbloot door zijn perfecte glimlach. Ik dacht aan Patrick en de talloze diploma's aan de muur van zijn appartement, een pauw die voortdurend met zijn veren pronkte.

Ik schrok toen Josh de telefoon ophing. 'Ik heb gewoon iets besteld. Ik vrees dat het zo druk is op het werk dat ik verder nergens tijd voor heb. Maar het is wel het lekkerste Koreaanse eten dat je ten zuiden van Koreatown kunt krijgen.'

'Het maakt me niet uit,' zei ik. Ik had toch verder geen ervaring met Koreaans eten om het mee te vergelijken. Ik vond het gewoon leuk om weer bij hem langs te gaan. Toen ik op weg ging om de metro in zuidelijke richting te nemen, genoot ik van de nieuwe ervaring om de stad in te kunnen zonder last te hebben van een Siberische wind, dikke pakken sneeuw of ijskoude slagregen.

En het appartement van Josh bleek bepaald niet het konijnenhok dat hij had omschreven, tenzij je konijn had besloten om zijn intrek te nemen in een gerenoveerde loft in een buurt waar vroeger allemaal ateliers waren, maar tegenwoordig vier verschillende Marc Jacobs-filialen, en hier en daar een winkel met handgemaakte sieraden, koffiezaken en boetieks waar bewakers met oortjes op de stoep stonden. Het had wit gestuukte muren en eikenhouten vloeren, met een modernistische marmeren tafel en een doorleefde leren bank. Uit de zorgvuldig uitgekozen ornamenten en meubels bleek dat de inrichting goed doordacht was, of dat hij misschien een binnenhuisarchitect in de arm had genomen.

Hij had bloemen voor me meegenomen, een verrukkelijk boeket hyacinten en fresia's. 'Waar is dit voor?' vroeg ik.

Hij haalde zijn schouders op terwijl hij me binnenliet. 'Ik zag ze staan op weg naar huis en ik dacht dat jij ze wel mooi zou vinden.'

'Wow. Bedankt.' Ik snoof de geur op. 'Dat is het aardigste wat me in tijden is overkomen.'

'De bloemen? Of ik?' Hij trok een wenkbrauw op.

'Nou ja, jij bent natuurlijk ook best aardig.'

Zijn gezicht betrok.

'Jij bent geweldig, en deze zijn prachtig.'

Toen lachte hij weer breeduit en gaf me een kus. 'Nou, jij bent ook het mooiste wat mij in eeuwen is overkomen,' zei hij zachtjes, en toen hij me losliet zei hij: 'Ik heb het gevoel dat ik al heel lang op jou heb gewacht, Louisa.'

'Maar we kennen elkaar pas sinds oktober.'

'Ah. Maar wij leven in een tijdperk waarin elke behoefte meteen wordt bevredigd. En we wonen in een stad waarin je alles wat je wilt hebben gisteren al had gekocht.'

Er ging een wonderlijke kracht van uit om zo begeerd te worden als Josh mij kennelijk begeerde. Ik snapte niet precies waar ik het aan verdiend had. Ik wilde hem vragen wat hij in me zag, maar ik vermoedde dat het een beetje klef klonk om dat hardop uit te spreken, dus ik probeerde er op andere manieren achter te komen.

'Vertel eens over de vrouwen die je vóór mij hebt gedatet,' zei ik vanaf de bank, terwijl hij bezig was in zijn kleine kitchenette, waar hij borden en bestek en glazen pakte. 'Hoe waren die?'

'Los van mijn Tinder-dates? Slim, knap, meestal vrij succesvol...' Hij bukte om een fles vissaus achter uit een keukenkastje te vissen. 'Maar wil je het echt weten? Allemaal een beetje te druk met zichzelf,' zei hij. 'Wilden niet zonder make-up gezien worden, of werden helemaal hysterisch als hun haar niet goed zat, en alles moest meteen op Instagram of op de foto, of er moest een zo gunstig mogelijk verslagje van komen op de social media. Dus ook van hun dates met mij. Ze waren nooit eens lekker los.'

Hij kwam weer overeind, met flessen in zijn hand. 'Wil je chilisaus? Of soja? Ik heb ook een keer iets gehad met een meisje dat me vroeg hoe laat ik opstond en dan stond zij altijd een halfuur eerder op zodat ze haar haar en make-up alvast kon doen. Dat ik haar vooral niet een keer zou zien als ze er minder perfect uitzag. Zelfs als dat betekende dat zij dan dus om halfvijf op moest.'

'Aha. Dan waarschuw ik je maar vast: zo ben ik niet.'

'Dat weet ik, Louisa. Ik heb je immers al een keer ingestopt.'

Ik schopte mijn schoenen uit en ging in kleermakerszit zitten. 'Ik vind het wel bewonderenswaardig dat ze zo veel moeite doen.'

'Tuurlijk, maar een beetje vermoeiend is het ook wel. En je weet nooit precies... wat er nu echt onder de oppervlakte gebeurt. Terwijl dat met jou juist vrij duidelijk is. Jij bent gewoon zoals je bent.'

'Moest ik dat als een compliment opvatten?'

'Absoluut. Jij bent zoals je meisjes die ik in mijn jeugd kende. Je bent eerlijk.'

'De Gopniks vinden anders van niet.'

'Fuck de Gopniks.' Zijn stem klonk hard, wat ik niet gewend van hem was. 'Weet je, ik heb erover nagedacht. Je kunt bewijzen dat jij niet hebt gedaan waar zij je van beschuldigen, toch? Dat betekent dat je ze voor de rechter kunt slepen voor onredelijk ontslag en reputatieschade en immateriële schade en –'

Ik schudde mijn hoofd.

'Ik meen het. Gopnik draait op de reputatie dat hij een fatsoenlijke, ouderwetse vent is, eentje die deugt, en hij doet altijd van alles en nog wat voor het goede doel, maar hij heeft jou ontslagen, terwijl daar geen enkele reden voor was, Louisa. Jij bent zomaar ineens je werk en je huis kwijtgeraakt, en daar heb je geen enkele compensatie voor ontvangen.'

'Hij dacht dat ik hem had bestolen.'

'Ja, maar hij moet hebben geweten dat er iets niet in de haak was, anders had hij de politie er wel bijgehaald. En omdat hij is wie hij is, was er ongetwijfeld een of andere advocaat geweest die de zaak had aangenomen op een no cure, no pay-basis.'

'Het is goed zo. Echt. Rechtszaken zijn niks voor mij.'

'Jij bent gewoon veel te aardig. Je vat dit veel te Brits op.'

Er werd aangebeld. Josh stak zijn vinger op, alsof hij wilde aangeven dat we dit gesprek straks zouden voortzetten. Hij verdween de smalle gang in en ik hoorde dat hij de bezorger betaalde terwijl ik het kleine tafeltje dekte.

'En zal ik je nog eens wat vertellen?' zei hij, toen hij met de zak de keuken in kwam. 'Zelfs al heb je helemaal geen bewijs, dan nog durf ik te wedden dat Gopnik je een fors bedrag zou betalen om te voorkomen dat jij met je verhaal naar de krant gaat. Moet je nagaan wat dat voor jou zou betekenen! Ik bedoel, een paar weken geleden sliep je nog bij iemand op de grond.' (Ik had hem maar niet verteld dat ik bij Nathan in bed sliep.)

'Dan heb je geld voor de borg voor een fatsoenlijk appartementje. En als je een goede advocaat neemt, zou je zelfs iets kunnen kopen. Heb je wel enig idee hoeveel geld Gopnik heeft? Ik bedoel, die man is beróémd om hoe rijk hij is. En dat in een stad vol serieus rijke mensen.'

'Josh, ik weet best dat je het goed bedoelt, maar ik wil het liever achter me laten.'

'Louisa, je –'

'Néé.' Ik legde mijn handen op tafel. 'Ik ga niemand voor de rechter slepen.'

Hij wachtte even, misschien gefrustreerd omdat hij me niet kon overhalen, maar haalde toen zijn schouders op en glimlachte. 'Nou ja... Oké, dan gaan we gewoon lekker eten! Je bent toch nergens allergisch voor, hè? Neem wat kip. Hier... Hou je van aubergine? Dit is echt een geweldig gerechtje met aubergine en chili.'

Die nacht bleef ik bij Josh slapen. Ik was niet dronken en ik was niet kwetsbaar en ik was niet buiten adem van verlangen naar hem. Ik denk dat ik gewoon wilde dat mijn leven weer normaal voelde. En we hadden tot laat gegeten en gedronken en gepraat en gelachen, en hij had de gordijnen dichtgetrokken en het leek een natuurlijke voortzetting van de avond. Ik zag in elk geval geen reden om het niet te doen. Hij was zo mooi. Zijn huid was helemaal gaaf en hij had mooie jukbeenderen, en zijn haar was zacht en kastanjebruin en er zaten hier en daar wat goudblonde lokjes door, ook al was het allang winter. We kusten elkaar op zijn bank, eerst lief en toen steeds intenser, en hij had ineens geen overhemd meer aan, en toen deed ik mijn blouse uit en ik dwong mezelf me te concentreren op deze prachtige, attente man, deze New Yorkse prins, in plaats van op het eindeloze geneuzel in mijn hoofd. En ik voelde het verlangen groeien, als een verre, geruststellende vriend, totdat het me lukte om al het andere van me af te zetten en me alleen nog te concentreren op het gevoel van zijn lichaam tegen het mijne, en later, zijn lichaam in het mijne.

Na afloop kuste hij me teder en vroeg me of ik gelukkig was. Toen mompelde hij dat hij moest slapen en ik lag daar maar en probeerde de tranen te negeren die om onverklaarbare redenen uit mijn ooghoeken stroomden.

Wat had Will ook alweer gezegd? Dat je de dag moest plukken. Dat je kansen moest grijpen zodra die zich voordeden. Je moest iemand zijn die 'ja' zei tegen het leven. Als ik 'nee' zou hebben gezegd tegen Josh, zou ik daar dan niet voor eeuwig spijt van hebben gehad?

Ik draaide me zachtjes op mijn zij in het onbekende bed en bestudeerde zijn slapende profiel, de perfect rechte neus en de mond die zo op die van Will leek. Ik dacht aan alle redenen waarom Will hem goed zou keuren. Ik kon ze zelfs samen zien lachen, met een licht competitief randje aan hun grappen. Misschien waren ze vrienden geworden. Of vijanden. Ze leken bijna te veel op elkaar.

Misschien hoorde ik wel bij deze man, dacht ik, al was ik via een vreemde, nogal onthutsende weg bij hem terechtgekomen. Misschien was dit Will wel, die in deze vorm bij me teruggekomen was. En met die gedachte veegde ik mijn ogen droog en ik viel in een korte, rusteloze slaap.

24

Van: BusyBee@gmail.com
Aan: KatClark!@yahoo.com

Lieve Treen,

Ik weet dat je het te snel vindt. Maar wat heeft Will me nou geleerd? Dat je maar één keer leeft. En jij bent toch ook gelukkig met Eddie? Waarom mag ik dan niet gelukkig zijn? Je zult hem wel ontmoeten als je hier bent.
Zo'n man is Josh dus: gisteren nam hij me mee naar de mooiste boekwinkel in Brooklyn en daar kocht hij een stapel boeken voor me waarvan hij dacht dat ik ze leuk zou vinden, en voor de lunch gingen we naar een chic Mexicaans restaurant op East 46th Street en daar bestelde hij vistaco's voor me – geen vies gezicht trekken, ze waren echt goddelijk. En toen zei hij dat hij me iets wilde laten zien (nee, niet dat). We gingen naar Grand Central Terminal en het was er zoals gewoonlijk superdruk, en ik dacht: oké, dit is een beetje vreemd, gaan we soms ergens naartoe met de trein? Maar toen zei hij dat ik mijn hoofd in de hoek van een boog moest houden, vlak bij de Oyster Bar. Ik lachte hem uit.

Ik dacht dat hij een geintje maakte. Maar hij drong aan en hij zei dat ik hem moest vertrouwen.
Dus ik sta daar, met mijn hoofd in de hoek van zo'n enorme gemetselde boog, terwijl al die forenzen om me heen voorbijrazen, en ik voel me ontzettend suf, en ik kijk om, en zie hem bij me weglopen. Hij blijft diagonaal aan de overkant staan, een meter of vijftien verderop, en hij steekt zelf ook zijn hoofd in een hoekje, en ineens hoor ik hem boven alle lawaai en chaos en treingeluiden in mijn oor fluisteren, alsof hij pal naast me staat: 'Louisa Clark, jij bent het leukste meisje van heel New York City.'
Treen, het leek wel tovenarij. Ik keek op en toen draaide hij zich om en lachte naar me. Ik heb geen idee hoe het werkte, maar hij liep terug, nam me in zijn armen en kuste me waar al die mensen bij waren, en het was het echt het meest romantische wat me ooit is overkomen.
Dus ja, ik ga verder met mijn leven. En Josh is fantastisch.
Het zou leuk zijn als je een beetje blij voor me was.
Geef Thom een dikke zoen van me.

Lx

Er gingen weken voorbij en zoals bij de meeste andere gelegenheden denderde New York met duizend kilometer per uur op de lente af, met weinig subtiliteit en veel kabaal. Het verkeer werd drukker, er kwam nog meer volk op straat, en elke dag was het stuk van de stad om ons blok heen een kakofonie van lawaai en drukte die zelfs in de kleine uurtjes nauwelijks tot bedaren kwam. Ik droeg geen muts en wanten meer als ik voor de bibliotheek ging demonstreren. Dean Martins gevoerde dekje werd gestoomd en in de kast opgeborgen. Het park werd weer groen. Niemand zei dat ik maar weer eens moest vertrekken.

Margot betaalde me niet, maar in plaats daarvan gaf ze me zo veel kledingstukken dat ik maar niet meer zei dat ik iets heel mooi vond, omdat ik bang was dat ze zich verplicht voelde om het dan aan me te geven. In de loop van de weken werd het me duidelijk dat ze weliswaar hetzelfde adres had als de Gopniks, maar dat de gelijkenis daar ophield. Zij had geen nagel om haar gat te krabben, zoals mijn moeder dat zou uitdrukken.

'Met de rekeningen van het ziekenhuis en de onderhoudsrekeningen van het gebouw weet ik niet waar ik nog geld voor eten vandaan moet halen,' merkte ze op, toen ik haar alweer een brief gaf die persoonlijk door de beheerder van het gebouw was afgeleverd. Op de envelop stond: DIRECT OPENMAKEN – BEVAT INFORMATIE OVER JURIDISCHE STAPPEN. Ze trok haar neus op en legde de brief op een keurig stapeltje op het dressoir, waar hij een paar weken bleef liggen, totdat ik hem openmaakte.

Ze mopperde vaak over de onderhoudskosten, die opliepen tot duizenden dollars per maand, en ze leek een punt te hebben bereikt waarop ze had besloten ze te negeren, omdat ze geen keus had.

Ze vertelde dat ze het appartement had geërfd van haar grootvader, een avontuurlijk type, de enige in haar familie die vond dat een vrouw zich niet tot een man en kinderen hoefde te beperken. 'Mijn vader was woest dat hij het niet kreeg. Hij heeft jaren niet met me gesproken. Mijn moeder probeerde nog te bemiddelen, maar tegen die tijd speelden die... andere kwesties.' Ze slaakte een zucht.

Ze kocht haar boodschappen bij een buurtwinkeltje dat toeristenprijzen rekende, omdat dat de enige winkel was die ze te voet kon bereiken. Daar maakte ik een eind aan en ik ging twee keer per week naar een Fairway op East 86th Street waar ik van alles insloeg voor een derde van het geld dat ze er anders aan had uitgegeven.

Als ik niet kookte, at ze zelf bijna niets verstandigs, maar ze kocht wel goed vlees voor Dean Martin of ze pocheerde witvis in melk voor hem, 'want dat was zo goed voor zijn spijsvertering'.

Ik denk dat ze gewend geraakt was aan mijn gezelschap. Bovendien stond ze zo wankel op haar benen dat we allebei wel wisten dat ze het in haar eentje niet meer zou redden. Ik vroeg me af hoelang het duurde totdat iemand van haar leeftijd over de schok van een operatie heen kwam. Ik vroeg me ook af wat ze in vredesnaam had gemoeten als ik er niet was geweest.

'Wat ga je ermee doen?' zei ik, gebarend naar de stapel rekeningen.

'O, die negeer ik gewoon.' Ze zwaaide met een hand. 'Ik ga dit appartement uit in mijn kist. Ik kan nergens anders heen en ik heb ook niemand om het aan na te laten, en die schurk van een Ovitz weet dat maar al te goed. Ik denk dat hij gewoon rustig afwacht tot ik dood ben en dan claimt hij het appartement voor zichzelf, want in het contract staat dat hij dat kan doen als ik het onderhoud niet heb betaald. En dan verdient hij straks een fortuin door het te verkopen aan een of andere dotcom-jongen of een verschrikkelijke CEO, zoals die gek aan de andere kant van de gang.'

'Misschien kan ik helpen? Ik heb wat geld gespaard van mijn tijd bij de Gopniks. Ik bedoel, om je een paar maanden verder te helpen. Je bent zo aardig voor me geweest.'

Ze moest heel hard lachen. 'Lieve kind. Je zou het onderhoud van de wc bij de logeerkamer nog niet eens kunnen betalen.'

Ze bleef er zo hard om gieren dat ze een hoestbui kreeg en moest gaan zitten. Maar toen ze naar bed was las ik toch stiekem de brief. Uit de 'kosten voor te late betaling', de 'schending van de voorwaarden' en de 'ophanden zijnde gedwongen uitzetting' maakte ik op dat meneer Ovitz misschien niet zo barmhartig – of geduldig – was als zij scheen te denken.

Ik liet Dean Martin nog steeds vier keer per dag uit en tijdens die wandelingetjes naar het park probeerde ik me te bedenken hoe Margot kon worden geholpen. Het idee dat ze haar huis uitgezet zou worden was afschuwelijk. Dat zou die beheerder een oude dame die nog herstellende was toch zeker niet aandoen? De andere bewoners zouden daar toch tegen in protest gaan? Maar toen dacht ik aan hoe snel meneer Gopnik mij op straat had gezet en hoe geïsoleerd de bewoners van de appartementen leefden. Ze zouden het misschien niet eens merken.

Ik stond op Sixth Avenue naar een groothandel in ondergoed te staren toen het kwartje viel. De meisjes van het Emporium verkochten weliswaar geen Chanel en Yves Saint Laurent, maar als ze het konden krijgen zouden ze dat wel doen – of anders kenden ze wel een andere zaak die interesse had. Margot had talloze designerlabels in haar collectie, stukken waar verzamelaars flinke bedragen voor zouden neertellen. Alleen al haar handtassen waren duizenden dollars waard.

Ik nam Margot mee om hen te ontmoeten, onder het mom van

een uitje. Ik zei dat het zulk heerlijk weer was en dat we best wat verder konden gaan dan normaal, en dat ze zou aansterken in de frisse buitenlucht. Ze zei dat ik niet zo belachelijk moest doen en dat in Manhattan geen mens frisse lucht meer had ingeademd sinds 1937, maar ze stapte zonder al te veel te klagen in de taxi, met Dean Martin op schoot, en we reden naar East Village, en ze keek bedenkelijk naar de betonnen gevel van de winkel, alsof ik haar vroeg om voor de lol een slachthuis in te stappen.

'Wat heb jij in hemelsnaam met je armen gedaan?' Margot bleef bij de kassa staan en staarde naar Lydia's huid. Lydia droeg een smaragdgroene blouse met pofmouwtjes zodat haar armen zichtbaar waren, met daarop drie gestileerde Japanse koikarpers, in oranje, jadegroen en blauw.

'O, mijn tattoos. Vindt u ze mooi?' Lydia pakte haar sigaret over met haar andere hand en hield haar arm in het licht.

'Als je eruit wilt zien als een bootwerker.'

Ik nam Margot mee naar een ander deel van de winkel. 'Kijk, Margot. Ze hebben al hun vintagekleding ingedeeld per tijdperk – dit zijn de kleren uit de jaren zestig, en daar heb je de jaren vijftig. Het heeft wel iets weg van bij jou thuis.'

'Het heeft helemaal niets weg van bij mij thuis.'

'Ik bedoel, ze verkopen hier outfits zoals die van jou. Het levert tegenwoordig goed geld op.'

Margot trok aan de mouw van een nylon blouse en keek toen over de rand van haar bril naar het label. 'Amy Armistead is een verschrikkelijk merk. Ik kon dat mens niet uitstaan. Les Grandes Folies trouwens ook niet. Hun knopen vielen er altijd meteen af. Ze bezuinigden op garen.'

'Daarachter hangen een paar heel bijzondere jurken, onder plastic.' Ik liep naar het rek met cocktailjurken, waar de mooiste stukken hingen. Ik haalde een jurk van Saks Fifth Avenue van het rek, een turquoise japon, waarvan de zoom en mouwen afgezet waren met lovertjes en kraaltjes, en hield hem lachend voor.

Margot keek er even naar en draaide toen het prijskaartje om in haar hand. Ze trok een gezicht toen ze het bedrag zag. 'Je bent toch gek als je dit ervoor betaalt?'

'Mensen zijn dol op echt goede kledingstukken,' zei Lydia, die achter ons was komen staan. Ze kauwde luidruchtig op een stuk kauwgom en ik zag Margots ogen opflikkeren telkens als Lydia's kaken elkaar raakten.

'Je bedoelt dat hier serieus een markt voor is?'

'Een heel goede markt,' zei ik. 'En al helemaal voor spullen die in een onberispelijke staat zijn, zoals die van jou. Margot bewaart al haar outfits in plastic en in kamers met airconditioning. Ze heeft zelfs dingen uit de jaren veertig.'

'Die zijn niet van mezelf. Die waren van mijn moeder,' zei ze stijfjes.

'Serieus? Wat hebt u allemaal dan?' zei Lydia en ze monsterde Margots jas van boven naar beneden. Margot had een driekwart wollen Jaeger-mantel aan en ze droeg een hoed van zwart bont in de vorm van een grote ronde taart. Want ook al was het bijna warm buiten, zij had het kennelijk nog steeds koud.

'Wat ik heb? Niets wat ik hier zou willen verkopen, in elk geval.'

'Maar, Margot, je hebt een paar prachtige mantelpakjes, die van Chanel en Givenchy die jou niet meer passen. En je hebt sjaals, tassen... Die zou je kunnen verkopen via gespecialiseerde dealers. Je zou ze zelfs kunnen laten veilen.'

'Chanel levert enorme bedragen op,' zei Lydia met kennis van zaken. 'De tassen al helemaal. Als ze niet al te afgedragen zijn, kan een fatsoenlijke Chanel-tas met dubbele klep in kaviaarleer zo tussen de tweeënhalf- en vierduizend dollar opleveren. Een nieuwe kost nog veel meer, snapt u wel? En tassen van pythonleer gaan helemaal voor astronomische bedragen weg.'

'Je hebt wel meer dan één Chanel-tas, Margot,' zei ik tegen haar.

Margot klemde haar Hermès-tas van krokodillenleer wat steviger onder haar arm.

'Hebt u nog meer? Wij kunnen ze wel voor u verkopen, mevrouw De Witt. We hebben een wachtlijst voor echt goede spullen. Er is een dame in Asbury Park die wel vijfduizend dollar wil betalen voor een Hermès in goede conditie.' Lydia stak haar vinger uit om even aan de tas te voelen, maar Margot deed een stap naar achteren alsof ze aangevallen werd.

'Dit zijn geen spullen,' zei ze. 'Mijn kledingstukken zijn geen "spullen".'

'Ik vind gewoon dat je er eens over zou kunnen nadenken. Je hebt best veel dingen die je nooit meer gebruikt. Die zou je kunnen verkopen, zodat je de onderhoudsrekeningen kunt betalen en dan kun je weer wat ontspannen.'

'Ik bén ontspannen,' zei ze bits. 'En ik zou het op prijs stellen als je mijn financiële zaken niet in het openbaar ter sprake brengt, alsof ik er niet eens bij ben. En ik vind het hier verschrikkelijk. Het stinkt naar oude mensen. Kom, Dean Martin. Ik heb frisse lucht nodig.'

Ik liep achter haar aan, mimede mijn verontschuldigingen naar Lydia, die onaangedaan haar schouders ophaalde. Ik vermoedde dat de mogelijkheid om Margots garderobe in handen te krijgen, al was de kans nog zo klein, haar natuurlijke neiging om te gaan bekvechten had verzacht.

Zwijgend stapten we in een taxi. Ik was kwaad op mezelf omdat ik zo weinig diplomatiek was geweest en tegelijk irriteerde Margot me omdat ze mijn verstandige plan meteen van de hand had gewezen. De hele rit weigerde ze me aan te kijken. Ik zat naast haar, met Dean Martin hijgend tussen ons in, en oefende de discussies in mijn hoofd tot haar stilzwijgen me op de zenuwen begon te werken. Maar toen ik opzijkeek zag ik een oude dame die net uit het ziekenhuis kwam. Ik had het recht niet haar zo onder druk te zetten.

'Het was niet mijn bedoeling om je zo overstuur te maken, Margot,' zei ik toen ik haar voor het gebouw uit de taxi hielp. 'Ik dacht alleen dat het een oplossing zou kunnen zijn. Ik wil gewoon niet dat je je huis kwijtraakt.'

Margot rechtte haar rug en zette met een frêle handje haar bontmuts recht. Haar stem klonk opstandig en bijna huilerig, en ik realiseerde me dat zij deze discussie ook in gedachten had geoefend. 'Je begrijpt het niet, Louisa. Dit zijn mijn díngen, mijn kindjes. Het zijn misschien oude kleren en misschien leveren ze financieel iets op, maar ze zijn mij díerbaar. Ze zijn mijn geschiedenis, prachtige, geliefde overblijfselen van mijn leven.'

'Het spijt me.'

'Ik zou nog liever aan de bedelstaf raken dan ze naar die smoezelige tweedehandszaak te brengen. En het idee dat ik iemand op straat zou tegenkomen in kleding waar ik zelf zo van hield! Daar zou ik kapot van zijn. Nee. Ik weet dat je alleen maar wilde helpen, maar nee.'

Ze draaide zich om en wuifde mijn uitgestoken hand weg, en wachtte in plaats daarvan tot Ashok haar de lift in hielp.

Ondanks het feit dat we elkaar soms niet helemaal goed begrepen, waren Margot en ik die lente heel tevreden met het leven.

In april kwamen Lily en mevrouw Traynor zoals beloofd naar New York. Ze logeerden in het Ritz Carlton, een paar blokken verderop, en ze nodigden Margot en mij uit voor de lunch. Om daar zo samen te zijn voelde alsof de verschillende onderdelen van mijn leven met naald en draad aan elkaar werden vastgemaakt.

Mevrouw Traynor, met haar tactvolle goede manieren, was alleraardigst voor Margot, en ze spraken geïnteresseerd over de geschiedenis van het gebouw en die van New York in het algemeen. Bij de lunch kreeg ik een andere Margot te zien: ze maakte grapjes, wist veel en leefde op dankzij het nieuwe gezelschap. Het bleek dat mevrouw Traynor hier was geweest voor haar huwelijksreis in 1978 en ze hadden het over restaurants, galeries en tentoonstellingen uit die tijd. Mevrouw Traynor had het over haar tijd als rechter en Margot vertelde over de kantoorpolitiek in de jaren zeventig, en ze lachten hartelijk op een manier die suggereerde dat wij jongelui geen idee hadden. We aten een salade en een klein stukje in prosciutto gerolde vis. Ik zag dat Margot overal een piepklein hapje van nam en de rest opzijschoof, en ik wanhoopte in stilte. Zo zou ze nooit wat meer vlees op haar botten krijgen.

Ondertussen wilde Lily weten waar je allemaal naartoe kon zonder dat het te maken had met oude mensen of 'goed was voor haar culturele ontwikkeling'.

'Oma heeft deze vier dagen helemaal volgestouwd met educatieve onzin. Ik moet naar het Museum of Modern Art en een of andere botanische tuin en zo, blablabla, prima hoor, als je ervan houdt, maar ik wil eigenlijk gewoon lekker stappen en drinken en shoppen. Ik bedoel, ik ben in New York!'

'Ik heb er al over gesproken met mevrouw Traynor. Dus morgen ga ik met je op stap als zij met een nicht van haar heeft afgesproken.'

'Echt? Goddank. Ik ga in de grote vakantie backpacken door Vietnam. Had ik dat al verteld? Ik wil een leuke korte broek, eentje met rafels. Iets wat ik weken aan kan zonder dat het erg is dat het niet wordt gewassen. En misschien een oud leren jack. Iets wat al lekker uitgewoond is.'

'Met wie ga je? Met een vriendin?' Ik trok een wenkbrauw op.

'Je lijkt oma wel.'

'Nou?'

'Met een vriendje.' En toen ik mijn mond opendeed zei ze: 'Maar ik wil verder niks over hem vertellen.'

'Hoezo niet? Ik vind het hartstikke leuk dat je een vriendje hebt. Heel mooi nieuws.' Met een fluisterstem zei ik: 'De vorige keer dat iemand zo schimmig deed was dat mijn zus, die zat in de kast.'

'Ik zit niet in de kast. Ik heb echt geen zin om mijn neus in iemands damestuintje te stoppen, hoor, getver.'

Ik deed mijn best om mijn lachen in te houden. 'Lily, je hoeft niet alles geheim te houden. We willen allemaal dat je gelukkig bent. Het is prima als mensen dingen van je weten.'

'Oma weet "dingen" van me.'

'Waarom mag ik het dan niet weten? Ik dacht dat jij en ik elkaar alles vertelden!'

Lily zette het berustende gezicht op van iemand die in een hoek gedreven was. Ze zuchtte theatraal en legde haar mes en vork neer. Ze keek me aan met een blik alsof ze zich schrap zette voor een ruzie. 'Omdat het Jake is.'

'Jake?'

'Jake van Sam.'

Om me heen stond het restaurant stil. Ik dwong mezelf te glimlachen. 'Oké...! Wow!'

Ze keek boos. 'Ik wist wel dat je zo zou reageren. Hoor eens, het is gewoon zo gelopen. En we hebben het heus niet de hele tijd over jou, of zo. Ik kwam hem gewoon een paar keer toevallig tegen... Je weet toch dat we elkaar hadden leren kennen bij die bijeenkomst van die gênante rouwverwerkingsgroep waar hij altijd naartoe ging en dat we elkaar toen heel aardig vonden? Nou, we snappen elkaars situatie heel goed, en dus gaan we deze zomer samen backpacken. Niks bijzonders verder.'

Mijn hoofd liep om. 'Heeft mevrouw Traynor hem al ontmoet?'

'Ja. Hij komt bij mij thuis en ik bij hem.' Ze keek bijna defensief.

'Dus je ziet...'

'...zijn vader. Ik bedoel, Sam de Ambulanceman zie ik ook weleens, maar meestal ben ik bij Jakes vader. Het gaat redelijk met hem, maar hij is wel nog steeds vrij depressief en hij propt zich vol met taart, waar Jake behoorlijk gestrest van raakt. Dat is ook voor een deel waarom we er tussenuit willen. Voor een week of zes.'

Ze praatte door, maar ergens in mijn achterhoofd was het zacht gaan gonzen en het drong niet helemaal tot me door wat ze zei. Ik wilde niets horen over Sam, zelfs niet uit de tweede hand. Ik wilde niet weten dat de mensen van wie ik hield het gezellig hadden zonder mij, terwijl ik zo ver weg was. Ik wilde niet horen dat Sam gelukkig was met Katie met haar sexy mondje, of dat ze nu ongetwijfeld samenwoonden in zijn net afgebouwde liefdesnestje, en in elkaar verstrengelde identieke uniformen.

'En hoe is het met jouw nieuwe vriendje?' vroeg ze.

'Met Josh? Met Josh! O, die is geweldig. Echt geweldig.' Ik legde mijn mes en vork keurig aan de zijkant van mijn bord. 'Hij is echt... superknap.'

'Waarom zie ik dan nooit een foto van jullie samen? Zo irritant dat je nooit updates op Facebook of Instagram zet. Heb je geen foto van hem op je telefoon?'

'Nope,' zei ik, en ze trok haar neus op alsof dat een volkomen fout antwoord was.

Het was trouwens niet waar. Ik had een foto van ons tweeën in een pop-uprestaurant, ergens op een dak, die ik een week daarvoor had genomen. Maar ik wilde niet dat zij wist dat Josh als twee druppels water op haar vader leek. Het zou haar misschien uit haar evenwicht brengen, of nog erger: als ze het hardop zou zeggen, zou het mij misschien uit mijn evenwicht brengen.

'Wanneer gaan we weg uit dit uitvaartcentrum? We kunnen die oudjes toch wel alleen laten? Dan kunnen zij rustig hun lunch afmaken.' Lily gaf me een por. De twee vrouwen zaten nog te kletsen. 'Heb ik je al verteld dat ik opa enorm zit op te naaien met oma's denkbeeldige knappe *lover*? Ik zei dat ze samen naar de Malediven op vakantie gingen en dat oma naar Rigby and Peller was geweest om nieuw ondergoed in te slaan. Ik zweer het je, hij staat op het punt om in te storten en haar te zeggen dat hij nog steeds van haar houdt. Ik lach me dood.'

Al was ik nog zo dol op Lily, ik was blij dat mevrouw Traynors overvolle agenda met culturele uitjes betekende dat ik niet veel tijd met haar hoefde door te brengen, op het shoppen na. Het feit dat zij in de stad was – en zo veel wist over wat er in Sams leven speelde – had een spanning veroorzaakt in de lucht en ik wist niet hoe ik er vanaf kon komen. Ik was blij dat Josh het krankzinnig druk had op zijn werk en dat het hem niet opviel dat ik down was, of er niet helemaal bij met mijn gedachten. Maar Margot zag het wel, en op een avond, na afloop van haar geliefde tv-programma *Wheel of Fortune* toen ik opstond om Dean Martin voor de laatste keer die dag uit te laten, vroeg ze me recht voor zijn raap wat er aan de hand was.

Ik vertelde het haar. Ik zag geen reden om dat niet te doen.

'Dus je houdt nog van die ander,' zei ze.

'Je lijkt mijn zus wel,' zei ik. 'Maar het is niet zo. Ik... Ik heb wel ontzettend veel van hem gehouden. Maar het einde was zo afschuwelijk en ik dacht dat ik daarvan afgeschermd zou zijn door hier te wonen en een heel ander leven te leiden. Ik ga niet meer op social media. Ik wil niemand meer in de gaten kunnen houden. Maar informatie over je ex weet jou op een of andere manier toch altijd te vinden. En ik kan me niet concentreren nu Lily hier is, omdat zij nu ook deel van zijn leven is.'

'Misschien moet je toch maar contact met hem zoeken, liefje. Zo te horen heb je hem nog van alles te zeggen.'

'Ik heb hem helemaal niks meer te zeggen,' zei ik fel. 'Ik heb ontzettend mijn best gedaan, Margot. Ik heb hem brieven geschreven en e-mails gestuurd en gebeld. Denk je dat hij mij ook maar één brief heeft gestuurd? In drie maanden tijd? Ik vroeg of hij wilde schrijven, omdat ik dat zo'n mooie manier vond om contact te houden en omdat we dan dingen van elkaar aan de weet konden komen en we ons konden verheugen op de keren dat we elkaar weer zouden zien. En dan zouden we later iets tastbaars hebben om ons te herinneren aan de tijd dat we niet bij elkaar waren, maar hij... hij deed het gewoon niet.'

Ze zat naar me te kijken, met haar handen om de afstandsbediening gevouwen.

Ik rechtte mijn schouders. 'Maar het is prima zo. Ik heb de draad weer opgepakt. En Josh is echt fantastisch. Ik bedoel, hij is knap, en lief, en hij heeft een geweldige baan, en hij is ambitieus... zo ontzettend ambitieus. Hij maakt echt iets van zijn leven. Hij wil van alles... Huizen en een carrière en dingen teruggeven aan de samenleving. Hij wil dingen teruggeven! En hij heeft nog niet eens iets om terug te geven!'

Ik ging zitten. Dean Martin stond voor me en keek me verward aan. 'En hij is er volkomen duidelijk over dat hij met mij verder wil. Geen mitsen en maren. Hij noemt me letterlijk al sinds onze eerste date zijn vriendin. En ik ken de verhalen, hoor, over mannen in deze stad die de een na de ander daten. Dus ik mag in mijn handjes knijpen. Snap je?'

Ze knikte kort.

Ik stond weer op. 'Dus ik geef geen moer om Sam. Ik bedoel, we kenden elkaar nauwelijks toen ik hiernaartoe kwam. Ik betwijfel of we überhaupt iets hadden gekregen als we niet allebei in het ziekenhuis waren beland. Sterker nog, dat weet ik wel zeker. En ik was duidelijk niet de ware voor hem, anders had hij toch zeker wel op me gewacht? Want dat doen mensen. Dus het is allemaal prima, nu. Ik ben echt heel blij met hoe alles is gelopen. Het is goed zo. Helemaal goed.'

Het bleef even stil.

'Dat zie ik, ja,' zei Margot zachtjes.

'Ik ben heel gelukkig.'

'Dat is me duidelijk, kindje.' Ze keek me even aan en legde toen haar handen op de armleuningen van haar stoel. 'Zou je dan nu misschien de hond willen uitlaten? Zijn ogen beginnen uit hun kassen te puilen.'

25

Het kostte me twee avonden om Margots kleinzoon te vinden. Josh had het druk op zijn werk en Margot ging 's avonds meestal al rond negen uur naar bed. Dus op een avond zat ik op de grond, bij de voordeur – de enige plek waar ik de wifi van de Gopniks kon oppikken – en daar googelde ik haar zoon. Ik gebruikte de naam Frank De Witt, en toen die naam geen hits opleverde zocht ik op Frank Aldridge Junior. Ik vond niemand die haar zoon kon zijn, tenzij hij naar een ander deel van het land verhuisd was, maar zelfs dan hadden alle mannen die ik vond met die naam de verkeerde leeftijd of nationaliteit.

De tweede avond kreeg ik een ingeving en zocht ik de naam van Margots overleden echtgenoot op in wat oude documenten, die in een la op mijn slaapkamer lagen. Ik vond een kaart met een aankondiging van de begrafenis van Terrence Weber, en dus zocht ik op Frank Weber en kwam tot de weemoedige ontdekking dat ze haar zoon naar haar geliefde man had genoemd, die al voor zijn geboorte was overleden. En dat ze zelf een poos later haar meisjesnaam weer had aangenomen – De Witt – en zichzelf helemaal opnieuw had uitgevonden.

Frank Weber Junior was een tandarts die in een oord woonde dat Tuckahoe heette, in Westchester. Ik vond een aantal verwijzingen op LinkedIn, en op Facebook via zijn vrouw, Laynie. Het grote nieuws was dat ze een zoon hadden, Vincent, die iets jonger was dan ik. En die werkte in Yonkers voor een educatief centrum voor kansarme kinderen, en hij gaf voor mij de doorslag. Frank Weber Junior was misschien te boos op zijn moeder om nog iets van een relatie met haar te willen opbouwen, maar wat voor kwaad zou het kunnen om Vincent eens te proberen? Ik vond zijn profiel, haalde diep adem, stuurde hem een berichtje en wachtte af.

Josh nam even pauze van zijn eindeloze gewerk om met mij te lunchen bij de noodlebar en deelde mee dat er komende zaterdag een 'familiedag' was van de zaak, bij het Loeb Boathouse, en dat hij het leuk zou vinden als ik meeging als zijn date.

'Ik was van plan om te gaan demonstreren bij de bibliotheek.'

'Daar moet je een keer mee ophouden, Louisa. Er verandert echt niets doordat jullie met een stel mensen naar passerende auto's staan te schreeuwen.'

'Bovendien ben ik niet echt familie,' zei ik een beetje korzelig.

'Je bent een soort van familie. Kom op! Het wordt een hartstikke leuke dag. Ben je weleens bij het boothuis geweest? Het is schitterend. Laat dat maar aan mijn bedrijf over, een feestje bouwen. Je zou toch overal "ja" op zeggen? Nou, dan moet je wel.' Hij keek mij aan met smekende puppyogen. 'Ah toe, Louisa, alsjeblieft.'

Hij had me te pakken en dat wist hij. Ik glimlachte gelaten. 'Oké. Ja.'

'Geweldig! Vorig jaar hadden ze blijkbaar allemaal van die opblaasbare sumoworstelaarpakken aan en toen hebben ze geworsteld op het gras, en er waren familieraces en georganiseerde spelletjes. Je gaat het superleuk vinden.'

'Klinkt heel leuk,' zei ik. De woorden 'georganiseerde spelletjes' klonken mij even aanlokkelijk in de oren als 'verplicht uitstrijkje'. Maar het was Josh en hij keek zo blij bij het idee dat ik met hem mee zou gaan, dat ik het hart niet had om nee te zeggen.

'Ik beloof je dat je niet met mijn collega's hoeft te worstelen. Hooguit met mij, na afloop,' zei hij en hij kuste me en vertrok.

Ik controleerde de hele week mijn inbox, maar er kwam niets. Alleen een mailtje van Lily, die wilde weten of ik wist waar je als minderjarige moest zijn voor een tattoo; een berichtje van iemand met wie ik blijkbaar op school had gezeten, al kon ik me daar niets van herinneren, en die me de hartelijke groeten deed; eentje van mijn moeder met een filmpje van een veel te dikke kat die tegen een kind van twee leek te praten en een linkje naar een spelletje genaamd Farm Fun Fandango.

'Weet je zeker dat je het redt in je eentje, Margot?' vroeg ik, terwijl ik mijn sleutels en mijn portemonnee in mijn handtas stopte. Ik droeg een witte jumpsuit met gouden epauletten en biesjes uit de vroege jaren tachtig die ik van Margot had gekregen, en ze klapte in haar handen toen ze dat zag.

'O, dat staat je magnifiek. Je hebt precies dezelfde maten als ik had toen ik zo oud was als jij. Want ik had vroeger echt wel een buste, hoor! In de jaren zestig en zeventig was dat alleen hopeloos onmodieus.'

Ik wilde haar liever niet vertellen dat ik mijn adem moest inhouden om niet uit de naden te knappen, maar ze had gelijk: ik was inderdaad wat kilo's afgevallen sinds ik bij haar ingetrokken was, vooral dankzij mijn pogingen om gezonde dingen voor haar te koken. Ik voelde me heel mooi in de jumpsuit en draaide een pirouette voor haar. 'Heb je je pillen al ingenomen?'

'Uiteraard. Doe nou niet zo moeilijk, kindje. Wil dit trouwens zeggen dat je straks niet thuis slaapt?'

'Ik weet het niet zeker. Ik laat Dean Martin nog even snel uit voordat ik wegga. Voor de zekerheid.' Ik zweeg en pakte de hondenriem. 'Margot? Waarom heb je hem eigenlijk Dean Martin genoemd? Dat wilde ik altijd nog vragen.'

Uit haar toon kon ik opmaken dat ze het een belachelijke vraag vond: 'Omdat Dean Martin een ongelofelijk knappe man was, en hij is een ongelofelijk knappe hond, natuurlijk.'

Het hondje ging gehoorzaam zitten en zijn uitpuilende ogen, die weer elk een andere kant opkeken, rolden boven zijn hijgende tong.

'Domme vraag, inderdaad,' zei ik en ik liep de deur uit.

'Jemig!' Ashok floot toen Dean Martin en ik de trap naar de begane grond af renden. 'Discodiva!'

'Vind je het leuk?' vroeg ik en ik nam een modellenpose aan. 'Is van Margot geweest.'

'Echt waar? Die vrouw zit ook vol verrassingen.'

'Wil je een beetje op haar letten? Ze lijkt vandaag behoorlijk wiebelig.'

'Ik heb post achtergehouden zodat ik een smoes heb om rond een uur of zes bij haar aan te kloppen.'

'Je bent een held.'

We renden naar het park en Dean Martin deed zijn hondending en ik deed licht rillend mijn ding met een plastic zakje. Mensen die ons voorbijliepen keken naar me zoals je kijkt naar een meisje dat rondrent in een discopak met een opgewonden hondje en een zakje vol poep. Toen we terugrenden, Dean Martin verrukt keffend achter mij aan, botsten we tegen Josh op in de lobby. 'O, hoi!' zei ik en ik gaf hem een kus. 'Geef me nog twee minuten, oké? Ik moet alleen nog even mijn handen wassen en mijn handtasje pakken.'

'Je handtasje?'

'Ja!' zei ik. 'Ik kan niet zonder mijn handtasje.'

'Maar ik bedoel... Moet je je niet omkleden?'

Ik keek omlaag naar mijn jumpsuit. 'Ik ben al omgekleed.'

'Liefje, als je dat draagt naar ons bedrijfsuitje, dan denkt iedereen dat je komt optreden.'

Het duurde even voor het tot me doordrong dat hij geen grapje maakte. 'Dus je vindt het niet leuk?'

'O. Nee. Het staat je geweldig. Maar je ziet er wel een beetje uit als een... travestiet? We zijn een kantoor vol pakken. Die andere vrouwen komen allemaal in een jurk of in een witte broek. De dresscode is gewoon smart casual.'

'Aha.' Ik probeerde mijn teleurstelling te onderdrukken. 'Sorry. Ik snap die Amerikaanse dresscodes nog niet zo goed. Oké. Oké. Wacht hier. Ik ben zo terug.'

Ik rende met twee treden tegelijk de trap op en stormde Margots appartement binnen, en gooide Dean Martins riem naar Margot, die uit haar stoel was opgestaan en nu achter me aan door de hal liep, met een magere arm steun zoekend tegen de muur.

'Vanwaar die bloedspoed? Het lijkt wel alsof er een kudde olifanten door het huis dendert.'

'Ik moet me omkleden.'

'Omkleden? Hoezo?'

'Omdat ik er zo niet mee door kan, blijkbaar.' Ik trok mijn hele garderobe leeg. Jurken? De enige schone jurk die ik had was die met die psychedelische print die Sam voor me had gekocht, en het voelde ontrouw om die aan te trekken.

'Ik vond anders dat je er héél leuk uitzag,' zei Margot nadrukkelijk.

Josh verscheen in de deuropening. Blijkbaar was hij achter me aan gelopen. 'O, maar dat is ook zo. Ze ziet er zelfs geweldig uit. Het punt is... Ik wil graag dat ze over haar praten, maar dan wel om de juiste redenen.' Hij lachte. Margot lachte niet mee.

Ik bleef in mijn kast graven en smeet van alles op mijn bed, tot ik mijn donkerblauwe Gucci-achtige blazer vond met een gestreept zijden jurkje. Die gooide ik over mijn hoofd en ik stapte in mijn groene Mary Janes.

'En dit dan?' vroeg ik, toen ik haastig de gang in liep en mijn haar probeerde glad te strijken.

'Geweldig!' zei hij en hij stak zijn opluchting niet onder stoelen of banken. 'Oké, we gaan.'

'Ik laat de deur van het slot, kindje,' hoorde ik Margot zachtjes zeggen, terwijl ik achter Josh aan rende, die alweer bijna buiten stond. 'Voor het geval je toch naar huis wilt.'

Het Loeb Boathouse was een prachtige locatie, die door zijn ligging was afgeschermd van het lawaai en de chaos buiten Central Park. Het had enorme ramen die een panoramisch uitzicht boden op het meer, dat glinsterde in de middagzon. Het stond bomvol keurige mannen in precies dezelfde chino's en vrouwen met professioneel geföhnd haar, en zoals Josh al had voorspeld zag ik een zee aan pastelkleurige jurken en witte broeken.

Ik pakte een glas champagne van een blad dat werd opgehouden door een ober, en keek zwijgend toe terwijl Josh een rondje maakte en allerlei mannen hartelijk de hand schudde. Die mannen leken allemaal precies op elkaar, met hun keurige korte kapsels, vierkante kaaklijn en rechte, witte tanden. Ik moest even denken aan de evenementen die ik met Agnes had bezocht: ik was weer terug in dat andere New York, zo ver weg van de wereld van vintage kledingwinkels, truien uit de mottenballen en goedkope koffie waar ik tegenwoordig bij hoorde. Ik nam een flinke slok van mijn champagne en besloot om er maar het beste van te maken.

Josh kwam weer naast me staan. 'Dit is niet niks, hè?'

'Het is erg mooi.'

'Beter dan de hele middag bij zo'n oud mens thuis te zitten, of niet soms?'

'Nou, ik geloof niet dat ik –'

'Daar heb je mijn baas. Oké. Ik zal je even aan hem voorstellen. Blijf bij me. Mitchell!'

Josh stak een arm op en de oudere man liep langzaam onze kant op, met een brunette die wel wat weg had van een standbeeld en die wezenloos glimlachte aan zijn zijde. Misschien was dat wel wat er met je gezicht gebeurde als je de hele tijd vriendelijk moest doen tegen iedereen.

'Heb je een leuke middag?'

'Heel erg leuk, meneer,' zei Josh. 'Wat een prachtige setting. Mag ik mijn vriendin aan u voorstellen? Dit is Louisa Clark, uit Engeland. Louisa, dit is Mitchell Dumont. Hij is hoofd van de afdeling Fusies en Overnamen.'

'Aha, uit Engeland?' Ik voelde de enorme hand van de man die van mij omsluiten en nadrukkelijk schudden.

'Ja. Ik –'

'Mooi. Mooi.' Hij wendde zich weer tot Josh. 'Zo, jongeman, ik hoor dat jij behoorlijk aan de weg timmert op jouw afdeling.'

Josh straalde helemaal en glimlachte van oor tot oor. Hij gebaarde met zijn blik van mij naar de vrouw naast me, en het drong tot me door dat hij wilde dat ik een praatje met haar maakte. Niemand had ons aan elkaar voorgesteld. Mitchell Dumont legde een vaderlijke arm om Josh' schouder en ging met hem een stukje verderop staan.

'Dus...' zei ik. Ik trok mijn wenkbrauwen op en liet ze weer zakken.

Ze schonk mij een nietszeggende glimlach.

'Mooie jurk heb je aan,' zei ik, want dat was het universele praatje dat twee vrouwen altijd afstaken als ze elkaar absoluut niets te vertellen hadden.

'Dank je. Leuke schoenen,' zei ze op een manier waaruit bleek dat ze ze eigenlijk helemaal niet leuk vond. Ze keek om zich heen, duidelijk op zoek naar iemand anders om mee te praten. Met één blik op mijn outfit had ze besloten dat ik een armoedzaaier was.

Maar er was verder niemand in de buurt, dus probeerde ik het nog een keer. 'Kom je hier vaker? In het Loeb Boathouse, bedoel ik?'

'Het is Loob,' zei ze.

'Loob?'

'Je zei "Leub", maar je spreekt het uit als "Loob".'

Met een blik op haar perfect gestifte, verdacht dikke lippen die dat woord steeds maar herhaalden, kreeg ik bijna de slappe lach. Ik nam een slok van mijn champagne om dat te verbergen. 'Aha. Kom je vaak in het Loooob Boathouse?' zei ik, want ik kon me niet inhouden.

'Nee,' zei ze. 'Maar een van mijn vriendinnen is hier vorig jaar getrouwd. Een prachtige bruiloft was dat.'

'Dat geloof ik graag. En wat doe jij?'

'Ik ben moeder.'

'Mooder! Mijn mooder is ook mooder.' Ik nam nog een slok. 'Het mooderschap is wonderschoen.' Ik zag Josh zijn baas geconcentreerd aankijken. Het deed me denken aan Thom als hij mijn vader om chips smeekte.

De vrouw keek inmiddels een tikje bezorgd – voor zover een vrouw die haar voorhoofd niet kon bewegen bezorgd kon kijken. De slappe lach die ik inhield begon aan te zwellen, en ik smeekte een onzichtbare godheid dat ik mezelf in bedwang zou kunnen houden.

'Maya!' Haar stem zong van opluchting. Mevrouw Dumont (ik nam tenminste aan dat ze zijn echtgenote was) zwaaide naar een vrouw die onze kant op kwam, haar perfecte figuurtje in een mintkleurige jurk gesnoerd. Ik wachtte terwijl zij elkaar luchtzoenen gaven.

'Wat zie jij er fantastisch uit.'

'Jij ook. Schitterende jurk.'

'Joh, dit is al zo'n oudje. Maar je bent lief. En hoe is het met die doddige man van je? Weer druk met zaken, zeker.'

'Ach, je kent Mitchell.' Mevrouw Dumont kon mijn aanwezigheid duidelijk niet langer negeren. 'Dit is de vriendin van Joshua Ryan. Het spijt me, maar ik heb je naam gemist. Het is hier ook zo lawaaiig.'

'Louisa,' zei ik.

'Wat enig. Ik ben Chrissy. Ik ben Jeffreys wederhelft. Ken je Jeffrey, van Sales en Marketing?'

'O, iedereen kent Jeffrey,' zei mevrouw Dumont.

'O, Jeffrey...' zei ik, hoofdschuddend, toen knikkend en toen weer hoofdschuddend.

'En wat doe jij?'

'Wat ik doe?'

'Louisa zit in de mode.' Josh kwam ineens naast me staan.

'Ik moet zeggen: je hebt een heel eigen stijl. Ik ben zo dol op de Britten. Jij ook, Maya? Ze maken zulke interessánte keuzes.'

Het bleef stil terwijl iedereen mijn keuzes in zich opnam.

'Louisa gaat aan de slag bij *Women's Wear Daily*.'

'O ja?' vroeg Maya Dumont.

'O ja?' zei ik. 'O. Ja.'

'Wat geweldig voor je. Zo'n fantastisch tijdschrift. Ik moest maar weer eens op zoek naar mijn man. Neem me niet kwalijk.' En met alweer een nietszeggende glimlach liep ze weg op haar hoge stelten van naaldhakken, met Maya naast zich.

'Waarom zei je dat nou?' vroeg ik, terwijl ik nog een glas champagne pakte. 'Omdat het beter klinkt dan: "Ik verzorg een oude dame"?'

'Nee. Maar... Je ziet eruit als iemand die in de mode zou kunnen werken.'

'Dus je vindt nog steeds dat ik vreemde kleren aan heb?' Ik keek naar de twee vrouwen in hun complementaire jurken en ineens bedacht ik hoe Agnes zich op dit soort bijeenkomsten moest hebben gevoeld, met al die subtiele manieren die vrouwen hebben om andere vrouwen het gevoel te geven dat ze er niet bij horen.

'Je ziet er super uit. Het maakt het gewoon gemakkelijk om jouw... jouw specifieke... jouw unieke manier van kleden uit te leggen als ze denken dat je in de mode zit. Wat in zekere zin ook zo is.'

'Ik ben volkomen gelukkig met het werk dat ik doe, Josh.'

'Maar je wilt toch zeker wel in de mode werken? Je kunt toch niet eeuwig voor ouwe vrouwtjes blijven zorgen? Luister, ik wilde het pas straks vertellen... Mijn schoonzus, Debbie, kent iemand op de afdeling Marketing van *Women's Wear Daily*. En die gaat ze vragen of ze misschien vacatures hebben voor een juniorfunctie. Nou...? Wat zeg je daarvan?' Hij keek me stralend aan, alsof hij me de Heilige Graal had laten zien.

Ik nam een slok. 'Leuk, hoor.'

'Zie je nou wel. Spannend toch!' Hij bleef me met opgetrokken wenkbrauwen aankijken.

'Yay!' zei ik uiteindelijk.

Hij gaf me een kneepje in mijn schouder. 'Ik wist wel dat je er blij mee zou zijn. Oké, daar gaan we weer. De familierace begint zo. Zin in een frisdrankje? Het is beter als ze je niet met meer dan één glas champagne zien. Wacht, geef mij maar.' Hij zette mijn glas op het blad van een passerende ober en we liepen de zon in.

Omdat het zo'n elegante bedoening was en de setting zo spectaculair, had ik me eigenlijk een paar uur geweldig moeten vermaken. Ik had per slot van rekening 'ja' gezegd tegen deze nieuwe ervaring. Maar in werkelijkheid voelde ik me met de minuut minder op mijn gemak tussen al deze professionals en hun echtgenotes. Ik snapte niets van het ritme van de gesprekken, dus als ik bij een groepje betrokken werd zei ik of niks of iets doms. Josh liep van de een naar de ander, als een nauwkeurig gerichte managementraket, en iedereen die hij sprak keek hij gretig en betrokken aan, hij bewoog gemakkelijk en vol zelfvertrouwen. Ik keek naar hem en vroeg me weer eens af wat hij in hemelsnaam in mij zag. Ik leek totaal niet op deze vrouwen, met hun glimmende, perzikkleurige benen en hun onkreukbare jurkjes, hun verhalen over onmogelijke kindermeisjes en vakanties naar de Bahama's. Ik volgde hem in zijn kielzog en herhaalde zijn leugen over mijn aanstaande modecarrière, en ik glimlachte zwijgend of zei instemmend dingen als: 'Ja, ja het is inderdaad prachtig.' Of: 'Ja, ik wil graag nog een glas champagne,' en ik probeerde niet op Josh' gefrons te letten.

'Heb je het naar je zin?'

Een vrouw met een rood bobkapsel dat zo glom dat je je er bijna in kon spiegelen kwam naast me staan, terwijl Josh hartelijk lachte om de grap van een of andere oudere man in een lichtblauw overhemd en een chino.

'O. Het is heel leuk, dank je.'

Ik was er inmiddels heel goed in: glimlachen en helemaal niets zeggen.

'Felicity Lieberman. Ik werk twee bureaus bij Josh vandaan. Hij doet het geweldig.'

Ik schudde haar hand. 'Louisa Clark. Ja, dat doet hij zeker.' Ik deed een stap naar achteren en nam een slok.

'Die is binnen twee jaar partner, dat weet ik wel zeker. Zijn jullie al lang aan het daten?'

'Eh, niet zo heel lang. Maar we kennen elkaar al wel wat langer.'

Ze leek te wachten totdat ik weer iets zou zeggen.

'We waren eerst een soort van vrienden.'

Ik had te veel gedronken en vertelde haar veel meer dan ik van plan was. 'Ik was eigenlijk met iemand anders, maar ik bleef Josh steeds overal tegen het lijf lopen. Of nou ja, hij beweert dat hij op mij had zitten wachten. Tenminste, dat hij had gewacht tot mijn ex en ik uit elkaar gingen. Het was best romantisch. Er gebeurden allerlei dingen en toen – poef! Ineens hadden we een relatie. Je weet hoe dat gaat.'

'Ja, dat weet ik heel goed. Hij is enorm overtuigend, onze Josh.'

Iets aan haar lachje zat me niet lekker. '"Overtuigend"?' vroeg ik.

'Heeft hij dat ding op het station ook met je gedaan, met dat fluisteren tussen de bogen?'

'Wat bedoel je?'

Ze moet gezien hebben dat ik ervan schrok. Toen kwam ze wat dichterbij. '*Felicity Lieberman, je bent het leukste meisje in heel New York.*' Ze keek even naar Josh en deed weer een stap naar achteren. 'O, kijk niet zo. We hadden niks serieus. En Josh vindt jou echt heel leuk. Hij heeft het heel veel over jou, op het werk. Dus hij meent het serieus. Absoluut. Maar, allemachtig, mannen en hun versiertrucjes. Erg, toch?'

Ik probeerde te lachen. 'Heel erg.'

Tegen de tijd dat meneer Dumont een toespraak had gehouden waarin hij vooral zichzelf een veer in de kont stak, en de stelletjes allemaal weer huiswaarts gingen, leed ik aan een vroege kater. Josh hield het portier van een taxi die klaarstond voor me open, maar ik zei dat ik liever wilde lopen.

'Wil je niet met mij mee naar huis? We kunnen nog even ergens een hapje eten.'

'Ik ben moe. En Margot heeft morgenochtend een afspraak,' zei ik. Mijn wangen gloeiden van al het neplachen.

Hij keek me onderzoekend aan. 'Je bent boos op me.'

'Ik ben niet boos op je.'

'Je bent boos op me, om wat ik over je werk heb gezegd.' Hij pakte mijn hand. 'Louisa, ik wilde je niet boos maken, liefje.'

'Maar je wilde dat ik iemand was die ik niet ben. Je vond me niet goed genoeg voor hen.'

'Niet waar. Ik vind je geweldig. Maar het punt is, je kunt zoveel beter krijgen, want je hebt zo veel potentie, en ik –'

'Wil je dat alsjeblieft niet zeggen? Dat over wat ik voor poténtie heb? Dat is kleinerend en beledigend en... Nou ja, ik wil gewoon niet dat je dat tegen me zegt. Nooit meer. Oké?'

'Wow.' Josh keek achter zich, misschien om te checken of er geen collega's stonden te kijken. Toen pakte hij me bij mijn elleboog. 'Oké, wat is er nou echt aan de hand?'

Ik staarde naar mijn voeten. Ik had geen zin om nog iets te zeggen, maar ik kon me niet inhouden. 'Hoeveel?'

'Hoeveel wat?'

'Met hoeveel vrouwen heb je dat precies gedaan? Dat gefluister op het station?'

Die had hij niet zien aankomen. Hij rolde met zijn ogen en wendde even zijn blik af. 'Felicity.'

'Felicity, ja.'

'Nou en, dan was je niet de eerste. Het was toch leuk? Ik dacht dat je het waardeerde. Luister, ik wilde je alleen maar aan het lachen maken.'

We stonden ieder aan een kant van het taxiportier, terwijl de meter doortikte en de chauffeur afwachtend in de achteruitkijkspiegel keek.

'En je moest toch ook lachen? Het was een mooi moment. Of vond jij het geen mooi moment?'

'Maar je had dat moment al een keer beleefd. Met iemand anders.'

'Kom op, Louisa. Ben ik de enige man tegen wie jij ooit lieve dingen hebt gezegd? Voor wie jij je mooi aangekleed hebt? Met wie je het bed hebt gedeeld? We zijn geen kinderen meer. We hebben een geschiedenis.'

'En een arsenaal beproefde trucjes.'

'Dat is niet eerlijk.'

Ik haalde diep adem. 'Het spijt me. Het is niet alleen dat fluistergedoe. Ik vind dit soort bijeenkomsten ook lastig. Ik ben er niet aan gewend om me anders te moeten voordoen dan ik ben.'

Daar was zijn glimlach weer en zijn gezicht verzachtte. 'Hé. Het komt wel goed. Het zijn aardige mensen als je ze eenmaal leert kennen. Zelfs de mensen met wie ik ooit heb gedatet.'

'Als jij het zegt.'

'We gaan wel een keertje naar een van de softbalwedstrijden. Dat is iets relaxter. Dat ga je heel leuk vinden.'

Ik trok mijn mondhoeken tot een lachje.

Hij leunde voorover en gaf me een kus. 'Alles oké tussen ons?' vroeg hij.

'Alles oké.'

'Weet je heel zeker dat je niet met me mee naar huis wil?'

'Ik moet bij Margot kijken. En bovendien heb ik hoofdpijn.'

'Dat krijg je ervan, met al die drank! Drink maar veel water. Het zal wel door de uitdroging komen. Ik spreek je morgen.' Hij gaf me een kus, stapte in de taxi en trok het portier dicht. Terwijl ik daar naar hem stond te kijken zwaaide hij en tikte toen twee keer op het scherm ten teken dat de taxi kon vertrekken.

Toen ik terugkwam keek ik op de klok in de lobby en tot mijn verbazing was het pas halfzeven. De middag leek een eeuwigheid te hebben geduurd. Ik trok mijn schoenen uit en voelde de onvoorstelbare opluchting die een vrouw voelt als haar samengeknepen tenen eindelijk in het hoogpolig tapijt kunnen wegzinken, en ik liep op blote voeten naar Margots appartement, de schoenen aan mijn hand bungelend. Ik was doodmoe en kwaad, al kon ik niet precies zeggen waarom – alsof ik een spelletje had moeten spelen waarvan ik de regels niet begreep. Ik had overal liever willen zijn dan daar. En ik dacht aan Felicity Liebermans: *Heeft hij dat ding op het station ook met je gedaan, met dat fluisteren tussen de bogen?*

Toen ik naar binnen liep zakte ik op mijn hurken om Dean Martin te begroeten die door de hal aan kwam huppelen om me te begroeten. Zijn gerimpelde snuitje leek zo verrukt dat ik er weer was dat ik moeilijk chagrijnig kon blijven. Ik ging op de grond zitten en liet hem om me heen springen, en me besnuffelen tot hij me een haal over mijn gezicht gaf met zijn roze tong en ik weer kon lachen.

'Ik ben het maar, Margot,' riep ik.

'Ik dacht heus niet dat het George Clooney was, hoor,' klonk het antwoord. 'Jammer genoeg. Hoe was het met de Plastic Echtgenotes? Heeft hij je al bekeerd?'

'Het was een leuke middag, Margot,' loog ik. 'Ze waren allemaal heel aardig.'

'Aha, dus het was echt verschrikkelijk? Wil je een klein glaasje vermout voor me pakken als je toevallig langs de keuken loopt, kindje?'

'Wat is dat in vredesnaam, vermout?' mompelde ik tegen de hond, maar hij bleef zitten om zich achter een oor te krabben met zijn achterpoot.

'En neem er zelf ook een, als je zin hebt,' voegde ze eraan toe. 'Je kunt wel een borrel gebruiken, denk ik zo.'

Ik stond net op toen mijn telefoon ging. Ik baalde – het was vast Josh en ik had geen zin om met hem te praten, maar toen ik op mijn schermpje keek was het mijn nummer thuis. Ik drukte de telefoon tegen mijn oor.

'Pa?'

'Louisa? O, gelukkig.'

Ik keek op mijn horloge. 'Is alles wel oké? Het is midden in de nacht bij jullie.'

'Liefje, ik heb slecht nieuws. Je opa.'

26

Albert John Compton, 'Opa'

Begrafenisplechtigheid: St Mary and All Saints Parish Church, Stortfold Green
23 april 12.30 uur

De familie heet u welkom voor een kop koffie na afloop van de plechtigheid in de Laughing Dog in Pinemouth Street. Geen bloemen, donaties aan het Fonds voor gehandicapte jockeys worden op prijs gesteld.

'Ons hart is gebroken, maar we voelen ons gezegend dat we jou hebben gekend.'

Drie dagen later vloog ik naar huis, nog op tijd voor de begrafenis. Ik had tien dagen vooruit eten voor Margot gekookt en ik had Ashok de opdracht gegeven minstens één keer per dag bij haar aan te kloppen met een smoes, om te checken of het goed met haar ging, zodat ik haar als ik een week later weer thuiskwam niet in gevaarlijk slechte gezondheid zou aantreffen. Ik verzette een van haar afspraken in het ziekenhuis, verschoonde haar bed, zorgde ervoor dat er genoeg voer in huis was voor Dean Martin en betaalde Magda, een professionele hondenuitlaatster, om hem twee keer per dag uit te laten. Tegen Margot zei ik streng dat ze Magda niet al op dag één mocht ontslaan. Ik vertelde de meiden van het Vintage Clothes Emporium dat ik niet zou komen. Josh zag ik nog twee keer. Ik liet hem over mijn haar aaien en zeggen dat hij het zo erg voor me vond en dat hij zich nog kon herinneren hoe het voelde om zijn eigen grootvader te verliezen. Maar pas toen ik eindelijk in het vliegtuig zat, drong het tot me door dat ik me op al die dingen had gestort zodat ik niet onder ogen hoefde te zien wat er eigenlijk was gebeurd.

Opa was er niet meer.

Nog een beroerte, had pa gezegd. Hij en ma zaten in de keuken te kletsen terwijl mijn opa naar de paardenrennen keek, en ze was naar hem toe gegaan om te vragen of hij nog wat thee wilde, en toen was hij weggegleden en hij zat er zo stil en vredig bij dat het een kwartier duurde voordat ze doorhadden dat hij niet gewoon sliep.

'Hij zag er zo ontspannen uit, Lou,' zei hij toen we in zijn busje zaten en wegreden bij de luchthaven. 'Zijn hoofd hing opzij en hij had zijn ogen dicht, alsof hij zat te dutten. Ik bedoel, we wilden hem niet kwijt, die schat, maar als het dan toch moet, dan maar zo, of niet soms? In je lievelingsstoel in je eigen huis, voor de televisie. En hij had geen geld op de race ingezet, dus hij hoefde ook niet naar het hiernamaals met het idee dat hij nu zijn winst misliep.' Hij deed zijn best om te glimlachen.

Ik voelde me als verdoofd. Pas toen ik achter pa aan ons huis in liep en die lege stoel zag drong het tot me door dat het echt zo was. Ik zou hem nooit meer zien, ik zou die kromme rug nooit meer onder mijn vingertoppen voelen als ik hem een knuffel gaf, nooit meer een kop thee voor hem zetten of zijn stille woorden duiden of geintjes met hem maken over hoe hij altijd valsspeelde met zijn sudokupuzzels.

'O, Lou.' Ma liep de gang door en trok me tegen zich aan.

Ik omhelsde haar en voelde haar tranen op mijn schouder druppen, terwijl pa achter haar stond en haar op haar rug klopte terwijl hij mompelde: 'Ach liefje, het komt goed, het komt goed,' alsof het ook echt goed zou komen als hij het maar vaak genoeg zei.

Hoeveel ik ook van opa hield, toch had ik me weleens afgevraagd, in theorie, of het in zekere zin voor ma een bevrijding zou zijn als ze de verantwoordelijkheid voor zijn verzorging niet meer hoefde te dragen. Haar leven was al zo lang zo met dat van hem vervlochten dat ze altijd maar zo nu en dan wat tijd voor zichzelf had kunnen vrijmaken – en toen het die laatste maanden zo slecht met zijn gezondheid ging kon ze zelfs niet meer naar haar geliefde avondschool.

Maar ze voelde zich niet bevrijd. Ze was kapot van verdriet en moest steeds huilen. Ze voelde zich schuldig omdat ze niet in de kamer was geweest toen hij overleed, schoot vol als ze zijn spulletjes zag en vroeg zich steeds maar af of ze niet meer voor hem had kunnen doen. Ze was rusteloos, voelde zich verloren nu ze niemand meer had om voor te zorgen. Ze stond op en ging weer zitten, schudde kussentjes op, keek op de klok of het al tijd was voor een niet-bestaande afspraak. Als ze echt heel ongelukkig was sloeg ze manisch aan het schoonmaken, veegde ze denkbeeldig stof van de plinten en schrobde ze de vloer tot haar knokkels rood en rauw waren. 's Avonds zaten we aan de keukentafel als pa naar de pub ging – zogenaamd om nog wat dingen af te spreken voor de koffie na de begrafenis – en ze gooide de vierde beker thee weg die ze per ongeluk had gemaakt voor een man die er niet meer was en kwam met alle vragen die haar sinds zijn dood kwelden.

'Stel dat ik nog iets had kunnen doen? Stel dat ik met hem naar het ziekenhuis was gegaan om hem nog eens te laten onderzoeken? Misschien hadden ze dan gezien dat er een risico was op nog meer beroertes.' Haar handen verwrongen haar zakdoek.

'Maar dat heb je allemaal gedaan. Je bent wel duizend keer met hem naar het ziekenhuis geweest.'

'Weet je nog die keer dat hij een hele rol chocoladekoekjes had opgegeten? Misschien heeft dat hem wel de das omgedaan. Suiker is de duivel, schijnt. Ik had de rol op een hogere plank moeten opbergen. En ik had hem niet van die vervloekte taart moeten laten eten...'

'Hij was geen klein kind, ma.'

'Ik had hem meer groente moeten laten eten. Maar het was echt moeilijk, hoor. Je kunt een volwassen mens niet voeren. O, jee, ik heb het natuurlijk niet over Will, dat was heel anders...'

Ik legde mijn handen over die van haar en zag haar gezicht vertrekken. 'Je had niet méér van hem kunnen houden, ma. Je had niet nog beter voor opa kunnen zorgen dan je hebt gedaan.'

Eerlijk gezegd vond ik het moeilijk om haar zo verdrietig te zien. Het leek te veel op wat ik zelf had meegemaakt, nog maar zo kort geleden. Ik was huiverig voor haar verdriet, alsof het besmettelijk was, en ik merkte dat ik smoesjes bedacht om niet bij haar in de buurt te hoeven zijn. Ik verzon bezigheden om me niet door haar verdriet te laten opzuigen.

Die avond, toen pa en ma bezig waren met wat papieren van de notaris, ging ik naar opa's kamer. Het was er nog precies zoals hij hem had achtergelaten. Het bed was opgemaakt, er lag een exemplaar van de *Racing Post* op de stoel. Hij had twee paardenraces voor de volgende middag omcirkeld met een blauwe pen.

Ik zat op de rand van het bed en volgde met mijn wijsvinger het patroon van de bolletjessprei. Op het nachtkastje stond een foto van mijn oma uit de jaren vijftig, haar haar in de watergolf, haar lach open en vol vertrouwen. Ik kon me haar maar vaag herinneren. Maar mijn opa was er altijd geweest, in mijn jeugd, eerst in het kleine huisje verderop in de straat (Treena en ik renden daar altijd naartoe op zaterdagmiddag voor snoepjes, terwijl mijn moeder ons bij het tuinhek nakeek), en de afgelopen vijftien jaar in een kamer bij ons thuis. Zijn lieve, scheve glimlach was een vast gegeven, hij was een permanente aanwezigheid in de zitkamer, met zijn krant en een beker thee.

Ik dacht aan de verhalen over zijn tijd bij de marine die hij ons vertelde toen we nog klein waren (over onbewoonde eilanden en over apen en palmbomen; verhalen die misschien niet allemaal helemaal klopten), aan de wentelteefjes die hij in de zwart uitgeslagen pan bakte – het enige wat hij kon koken – en aan hoe hij, toen ik nog heel klein was, grapjes vertelde aan mijn oma tot ze moest huilen van het lachen. Ik dacht aan zijn latere jaren, toen ik hem bijna als een meubelstuk had behandeld. Ik had hem niet geschreven. Ik had hem niet gebeld. Ik had gewoon aangenomen dat hij er zo lang als ik maar wilde zou zijn. Had hij het erg gevonden? Had hij me nog willen spreken?

Ik had niet eens afscheid genomen.

Ik dacht aan de woorden van Agnes: dat mensen zoals wij, mensen die veel reisden, altijd met ons hart op twee plekken waren. Ik legde mijn hand op de bolletjessprei. En dat was het moment waarop ik eindelijk kon huilen.

Op de dag van de begrafenis kwam ik beneden en trof ik ma aan die het huis als een bezetene aan het schoonmaken was voor de gasten die na de koffie nog thuis zouden komen, al zou er bij mijn weten niemand komen. Pa zat aan tafel en leek niet precies te weten wat hij met mijn moeder aan moest – dat kwam tegenwoordig wel vaker voor.

'Je hoeft helemaal geen baan te zoeken, Josie. Je hoeft helemaal niks.'

'Nou, ik zal toch iets met mijn tijd moeten doen.' Ma trok haar jasje uit en vouwde dat behoedzaam over de rugleuning van een stoel voordat ze op haar knieën ging om een onzichtbaar vlekje achter de kast weg te vegen. Pa schoof zwijgend een bord en een mes mijn kant op.

'Ik zeg net, Lou, lieverd, je moeder hoeft niet meteen alles maar aan te pakken. Ze zei dat ze na de dienst naar het uitzendbureau gaat.'

'Je hebt jarenlang voor opa gezorgd, ma. Geniet er nu maar eens van dat je wat tijd voor jezelf hebt.'

'Nee. Het is beter voor mij als ik iets omhanden heb.'

'We houden geen kasten meer over als ze zo blijft poetsen,' mompelde pa.

'Ga eens zitten. Alsjeblieft. Je moet wat eten.'

'Ik heb geen trek.'

'Allemachtig, mens. Straks bezorg je *míj* nog een beroerte, als je zo doorgaat.' Hij schrok van zijn eigen woorden. 'Sorry. Het spijt me. Dat had ik niet moeten...'

'Ma.' Toen ze me niet leek te horen liep ik naar haar toe. Ik legde mijn hand op haar schouder en ze hield even op met waar ze mee bezig was. 'Ma.'

Ze duwde zichzelf overeind en keek uit het raam. 'Wat heb ik nu nog voor nut?' vroeg ze.

'Wat bedoel je?'

Ze trok de gesteven vitrage recht. 'Niemand heeft me nu nog nodig.'

'Kom op, ma, ik heb je nodig. We hebben je allemaal nodig.'

'Maar jij woont hier niet meer. Niemand van jullie woont hier nog. Zelfs Thom niet. Jullie zijn allemaal zo ver weg.'

Pa en ik wisselden een blik.

'Dat wil niet zeggen dat we jou niet nodig hebben.'

'Opa was de enige die echt op me leunde. Zelfs jij, Bernard, jij redt je ook wel met een pasteitje en een biertje in de kroeg. Wat moet ik dan verder nog? Ik ben achtenvijftig en ik kan helemaal niks. Ik heb mijn hele leven voor anderen gezorgd en nu is er niemand meer die me nodig heeft.'

Haar ogen vulden zich met tranen. Heel even was ik als de dood dat ze in snikken zou uitbarsten.

'We zullen je altijd nodig hebben, ma. Ik zou niet weten wat ik moest als jij er niet meer was. Je bent als de fundering van een gebouw. Ik zie je misschien niet altijd, maar ik weet dat je er bent. Dat je mij steunt. Ons allemaal. Treena zou hetzelfde zeggen, dat weet ik zeker.'

Ze keek me met onzekere ogen aan, alsof ze niet wist wat ze moest geloven.

'Het is echt zo. En dit... Dit is een rare tijd. Het zal wel even duren voor je eraan gewend bent. Maar weet je nog wat er gebeurde toen je naar je avondschool ging? Hoe enthousiast je daarvan werd? Dat je allerlei nieuwe dingen over jezelf ontdekte? Nou, dat gaat nu weer gebeuren. Het gaat er niet om wie jou nog nodig heeft... Je krijgt nu eindelijk een beetje tijd voor jezelf.'

'Josie,' zei pa zachtjes, 'we gaan op reis. We gaan al die dingen doen die we eerst niet konden doen, omdat we hem dan alleen moesten laten. Misschien komen we zelfs wel bij jou op bezoek, Lou. Een reisje naar New York! Zie je nou, liefje, je leven is niet voorbij, je krijgt alleen een nieuw soort leven.'

'New York?' zei ma.

'O mijn god, dat zou ik geweldig vinden,' zei ik en ik pakte een stuk toast uit het rekje. 'Dan zoek ik een leuk hotel voor jullie en dan gaan we alle bezienswaardigheden bekijken.'

'Echt waar?'

'Misschien kunnen we die miljonair voor wie je werkt wel ontmoeten,' zei pa. 'Die heeft vast wel een paar goeie tips voor ons.'

Ik had hun nooit verteld wat er gebeurd was. Ik at mijn toast met een uitgestreken gezicht.

'Wij? Naar New York?' zei ma.

Pa pakte een doos tissues en gaf die aan haar. 'Nou ja, waarom niet? We hebben gespaard en je kunt je geld niet meenemen in je kist. Dat wist die ouwe tenminste wel. Dus reken maar niet op een dikke erfenis, Lou. Ik durf niet eens langs het wedkantoor, uit angst dat die kerel naar buiten komt, omdat opa hem nog vijf pond verschuldigd was.'

Ma rechtte haar rug, haar poetsdoek nog in haar hand. Ze keek even opzij.

'Jij en ik en pa in New York City. Dat zou wat zijn, hè?'

'We kunnen vanavond nog een vlucht uitzoeken, als je wilt.' Ik vroeg me af of ik Margot kon vragen of ze wilde doen alsof haar achternaam Gopnik was.

Ma bracht een hand naar haar wang. 'Jeetje, hoor ons eens plannen maken, en opa ligt nog niet eens in zijn graf. Wat zou hij wel niet denken?'

'Hij zou denken dat het een geweldig plan is. Opa zou het hartstikke leuk vinden als jij en pa naar Amerika gingen.'

'Denk je echt?'

'Ik weet het wel zeker.' Ik sloeg mijn armen om haar heen. 'Hij heeft zelf met de marine de hele wereld over gereisd, weet je nog? En ik denk ook dat hij het fijn zou vinden als jij weer naar de avondschool ging. Het heeft geen zin om al die kennis die je het afgelopen jaar hebt vergaard niet te gebruiken.'

'Hoewel ik ook vrij zeker weet dat hij het fijn zou vinden als je iets te eten voor mij in de oven zou zetten voordat je naar je les gaat,' zei pa.

'Kom op, ma. Laten we nu eerst vandaag maar eens zien te overleven en dan gaan we daarna een plan trekken. Je hebt alles voor hem gedaan wat je kon doen en ik weet zeker dat opa vond dat je het verdiend hebt dat de volgende fase in je leven een groot avontuur wordt.'

'Een avontuur.' Ma zat te peinzen. Ze nam een tissue aan van pa en bette haar ooghoek. 'Hoe is het mogelijk dat ik zulke wijze dochters heb grootgebracht?'

Pa trok zijn wenkbrauwen op en liet met een handige beweging de toast van mijn bord glijden.

'Ach. Ik denk dat dat de invloed van hun vader moet zijn.' Hij slaakte een kreet toen mijn moeder hem met haar poetsdoek tegen zijn achterhoofd mepte, en toen ze zich weer naar mij omdraaide lachte ze naar me met een ongelofelijk opgeluchte blik.

De begrafenis voltrok zich, zoals alle begrafenissen, in verschillende gradaties van verdriet, met wat tranen, en een aanzienlijk deel van de aanwezigen dat wenste dat het de melodie van de psalmen kende. Het was geen extreem volle kerk, zoals de voorganger het tactvol uitdrukte. Opa kwam nog maar zelden buiten, dus er waren maar een paar vrienden die wisten dat hij was overleden, ook al had ma een rouwadvertentie in de *Stortfold Observer* laten zetten. Het kon natuurlijk ook zijn dat de meeste van hen zelf overleden waren (bij een paar van de aanwezigen zag je het verschil nauwelijks).

Bij het graf stond ik gespannen naast Treena en ik was dankbaar dat ik een zus had toen haar hand de mijne pakte en er een kneepje in gaf. Ik keek achterom en zag dat Eddie Thoms hand vasthield en dat hij zachtjes tegen een madeliefje in het gras schopte, misschien in een poging om niet te huilen, maar misschien ook omdat hij in gedachten bij zijn Transformers was, of bij het half opgegeten koekje dat hij tussen de bekleding van de rouwwagen had gestopt.

Ik hoorde de voorganger de vertrouwde 'stof zijt gij'-formule afdraaien en mijn ogen vulden zich met tranen. Ik veegde ze weg met een zakdoekje. Toen keek ik op en aan de andere kant van het graf, tussen het kleine groepje aanwezigen, stond Sam. Mijn hart maakte een sprongetje. Ik werd overspoeld door een golf die het midden hield tussen angst en misselijkheid. Door de andere mensen ving ik even zijn blik, en ik schrok en keek weg. Toen ik weer keek was hij verdwenen.

Ik stond aan de toog in de pub toen ik me omdraaide en hij ineens naast me stond. Ik had hem nog nooit in een pak gezien en hij zag er zo knap en zo vreemd uit dat ik even geen lucht kreeg. Ik besloot om zo volwassen mogelijk met de situatie om te gaan en weigerde dus zijn aanwezigheid te erkennen, maar tuurde in plaats daarvan geconcentreerd naar de sandwiches, alsof ik pas net kennisgemaakt had met het concept 'voedsel'.

Hij stond daar maar en wachtte tot ik weer op zou kijken, en zei uiteindelijk zachtjes: 'Ik vind het zo erg van je opa. Ik weet hoe hecht jullie familie is.'

'Zo hecht nou ook weer niet, anders was ik er wel bij geweest toen het gebeurde.' Ik stortte me op het rangschikken van de servetjes, ook al waren daarvoor andere mensen ingehuurd.

'Tja, zo werkt het niet altijd in het leven.'

'Daar ben ik inmiddels ook achter.' Ik deed heel even mijn ogen dicht en probeerde de stekeligheid uit mijn stem te krijgen. Ik haalde diep adem en keek hem toen eindelijk aan, mijn gezichtsuitdrukking zo neutraal mogelijk. 'En, hoe is het met jou?'

'Gaat redelijk, dank je. En met jou?'

'O. Prima.'

We stonden er even zwijgend bij.

'Hoe is het met je huis?'

'Schiet al aardig op. Ik trek er volgende maand in.'

'Wow.' Ik schrok van mijn eigen ongemakkelijkheid. Het was ook zo onwaarschijnlijk dat iemand die ik kende uit het niets een huis kon bouwen. Ik had het gezien toen het alleen nog maar een betonnen plaat op de grond was. En toch was het hem gelukt. 'Dat is... Dat is fantastisch.'

'Ja, hè. Maar ik zal mijn treinwagon wel missen. Ik vond het wel fijn om daar te wonen. Het leven was er zo... simpel.'

We keken elkaar aan, en keken toen weg.

'Hoe is het met Katie?'

Een korte stilte. 'Goed.'

Mijn moeder kwam naast me staan met een blad worstenbroodjes. 'Lou, liefje, wil jij even kijken waar Treen uithangt? Zij zou hiermee rondgaan… O, wacht. Daar is ze al. Wil jij ze even aan haar gaan brengen? Er zijn mensen die nog niets te eten hebben gehad, dus…' Toen ze zag met wie ik in gesprek was hield ze ineens haar adem in. Ze griste het blad weer uit mijn handen. 'Sorry. Neem me niet kwalijk. Ik wilde jullie niet storen.'

'Je stoorde niet,' zei ik met iets meer nadruk dan de bedoeling was. Ik pakte de randen van het blad vast.

'Nee, ik doe het wel, schat,' zei ze en ze trok het tegen haar middel.

'Nee, laat mij nou maar.' Ik hield het blad zo stevig vast dat mijn knokkels wit waren.

'Lou. Laat. Los,' zei ze stellig. Haar ogen brandden in de mijne. Ik liet eindelijk los en ze maakte zich snel uit de voeten.

Sam en ik stonden bij de tafel. We glimlachten ongemakkelijk naar elkaar, maar onze mondhoeken zakten te snel weer omlaag. Ik pakte een bord op en legde er een stuk wortel op. Ik wist niet of ik wel iets kon eten, maar het leek me zo vreemd om daar te staan met een leeg bord.

'Dus. Ben je hier nog lang?'

'Een weekje maar.'

'Hoe is het leven daar?'

'Interessant. Ik ben ontslagen.'

'Dat vertelde Lily al. Die zie ik tegenwoordig best vaak, nu ze iets met Jake heeft.'

'Ja, dat was wel een… verrassing.' Ik vroeg me af wat Lily hem nog meer had verteld over haar tripje.

'Voor mij niet. Ik zag het al aankomen toen ze elkaar voor het eerst zagen. Het is zo'n leuke meid. Ze zijn gelukkig samen.'

Ik knikte alsof ik het met hem eens was.

'Ze praat wel veel. Over jouw fantastische vriend en dat je niet bij de pakken neer bent gaan zitten na je ontslag en dat je een andere plek hebt gevonden om te wonen en dat je een baan hebt bij dat Vintage Clothes Emporium.' Hij leek erg gefascineerd door de kaasstengels. 'Gewoon, dat je alles goed voor elkaar hebt. Ze heeft veel respect voor je.'

'Dat betwijfel ik.'

'Ze zei dat New York goed bij je past.' Hij haalde zijn schouders op. 'Maar dat wisten we eigenlijk al.'

Toen zijn blik ergens anders naar getrokken werd, bekeek ik hem stiekem, verwonderd over het kleine deel in mij dat niet doodging, omdat twee mensen die ooit zo bij elkaar op hun gemak waren geweest nu nauwelijks in staat waren om een praatje te maken.

'Ik heb iets voor je. Thuis, op mijn kamer,' zei ik ineens. Ik snapte ook niet precies waar het vandaan kwam. 'Ik had het de vorige keer al meegenomen, maar toen... Nou ja, je weet wel.'

'Je hebt iets voor mij?'

'Nou, niet voor jou. Het is een honkbalpet van de Knicks. Die had ik... een poosje terug al gekocht. Vanwege wat je me over je zus had verteld. Ze is zelf nooit naar 30 Rock geweest, maar ik dacht... Nou ja, misschien vindt Jake het leuk.'

Hij staarde me aan.

Het was mijn beurt om naar mijn voeten te kijken. 'Het was waarschijnlijk een stom idee,' zei ik. 'Ik kan hem ook gewoon aan iemands anders geven. In New York kan ik hem heus wel aan iemand kwijt. En het is misschien een beetje vreemd als ik jou iets geef.'

'Nee. Nee. Hij vindt dat geweldig. Ontzettend aardig van je.' Buiten toeterde een auto en Sam keek naar het raam. Ik vroeg me af of Katie soms op hem stond te wachten.

Ik wist niet wat ik verder nog moest zeggen. Geen enkele reactie leek me passend. Ik probeerde het brok in mijn keel weg te slikken. Ik dacht aan het Strager-bal; ik was ervan uitgegaan dat Sam zoiets vreselijk zou vinden, en dat hij toch geen pak zou hebben. Waarom eigenlijk? Het pak dat hij vandaag droeg leek wel speciaal voor hem gemaakt. 'Ik... Ik stuur het anders wel op,' zei ik toen ik het niet meer trok. 'Ik moet nu echt mijn moeder even helpen met die... die... Ze heeft worstjes en die...'

Sam deed een stap naar achteren. 'Ja, tuurlijk. Ik kwam alleen om je opa de laatste eer te bewijzen. Ik zal je verder met rust laten.'

Hij draaide zich om en ik stortte in. Het was maar goed dat ik op een wake was waar niemand dat vreemd vond. En toen, nog voordat ik mijn gezicht weer in de plooi had, draaide hij zich weer naar me om.

‘Lou,’ zei hij zachtjes.

Ik kon geen woord uitbrengen. Ik schudde alleen mijn hoofd en keek hem na terwijl hij tussen de mensen door wegliep en de pub uit ging.

Die avond gaf ma me een klein pakje.

‘Is dit van opa?’ vroeg ik.

‘Doe niet zo gek,’ zei ze. ‘Opa heeft de laatste tien jaar voor niemand nog een cadeautje gekocht. Nee, dit is van je vent, van Sam. Ik moest er ineens weer aan denken toen ik hem vandaag zag. Je was het de vorige keer vergeten en ik wist niet precies wat ik ermee moest.’

Ik hield een klein doosje in mijn hand en dacht ineens terug aan de ruzie aan onze keukentafel. *Fijne kerst*, had hij gezegd en toen had hij het op tafel gelegd en was vertrokken.

Ma draaide zich om en begon aan de afwas. Ik maakte het pakje voorzichtig open en verwijderde de lagen papier overdreven zorgvuldig, als iemand die een eeuwenoud kunstwerk uitpakt.

In het doosje lag een emaillen broche in de vorm van een ambulance, uit de jaren vijftig misschien. Het rode kruis erop was gemaakt van piepkleine glimmertjes, misschien robijnen, maar misschien ook wel nep. Hoe dan ook, het lag te glinsteren in mijn hand. In het dekseltje zat een piepklein briefje gevouwen:

Zodat je aan me denkt als we niet bij elkaar zijn. Ik hou van je. Jouw Sam de Ambulanceman. xxx

Ik hield het in mijn handpalm en ma kwam over mijn schouder kijken. Het komt niet vaak voor dat mijn moeder haar mond houdt. Maar nu kneep ze alleen in mijn schouder, gaf me een zoen op mijn hoofd en stortte zich weer op de afwas.

27

Beste Louisa Clark,

Mijn naam is Vincent Weber, kleinzoon van Margot Weber, tenminste, onder die naam ken ik haar. Maar jij lijkt haar te kennen onder haar meisjesnaam, De Witt.
Je bericht verraste me, omdat mijn vader het nooit over zijn moeder heeft. Eerlijk gezegd heb ik jaren geloofd dat ze niet meer in leven was, hoewel ik me nu wel realiseer dat niemand dat ooit met zoveel woorden heeft gezegd.
Nadat ik je berichtje kreeg heb ik het aan mijn moeder gevraagd en die zei dat er een of ander enorm conflict speelde, nog voor mijn geboorte, maar ik heb erover nagedacht en ik heb besloten dat ik daar verder niets mee te maken heb en dat ik graag meer over haar zou willen weten. (Klopt het dat je liet doorschemeren dat het niet goed met haar gaat?) Niet te geloven dat ik nog een oma heb!
Ik hoor graag van je per e-mail. En ik dank je voor al je moeite.

Vincent Weber (Vinny)

Hij kwam op een woensdagmiddag, op de afgesproken tijd. Het was de eerste echt warme dag in mei en overal op straat zag je ontbloot vel en nieuwe zonnebrillen. Ik had er niets over gezegd tegen Margot omdat ik (a) best wist dat ze woedend zou zijn en (b) het sterke vermoeden had dat ze gewoon uit wandelen zou gaan tot hij weer weg was. Ik deed de voordeur open en daar stond hij: een lange blonde man met wel zeven oorpiercings, een wijde broek à la de jaren veertig met een felrood overhemd, glanzend gepoetste bruine schoenen en een Noorse trui om zijn schouders gedrapeerd.

'Ben jij Louisa?' vroeg hij, terwijl ik me boog om de uitvallende hond op te pakken.

'Jemig,' zei ik, terwijl ik hem langzaam van top tot teen in me opnam. 'Jullie gaan het heel leuk hebben samen.'

Ik liep met hem de gang door, waar we fluisterend bleven staan praten. Pas toen Dean Martin al twee volle minuten aan het blaffen en grommen was riep ze: 'Wie is er aan de deur, kindje? Als het dat vreselijke mens van Gopnik is, wil je dan tegen haar zeggen dat haar pianospel overdreven, sentimentele bagger is? En het wil wat zeggen dat ik dat vind, want ik heb Liberace nog zien spelen.' Ze begon te hoesten.

We liepen achteruit en ik wenkte hem naar de zitkamer. Ik duwde de deur open. 'Margot, je hebt bezoek.'

Ze draaide zich licht fronsend om, haar handen rustend op de armleuning van haar stoel, en ze nam hem een seconde of tien in zich op. 'Ik ken jou niet,' zei ze beslist.

'Dit is Vincent, Margot.' Ik haalde diep adem. 'Je kleinzoon.'

Ze staarde hem aan.

'Hallo, mevrouw De Witt... Oma.' Hij liep naar voren en glimlachte, zakte toen op zijn hurken voor haar en zij bestudeerde zijn gezicht.

Haar uitdrukking was zo intens dat ik dacht dat ze hem de huid vol zou gaan schelden, maar het geluid dat ze maakte klonk als een soort hikje. Haar mond viel open en haar magere oude handen omsloten zijn mouwen. 'Je bent gekomen,' zei ze, haar stem laag en zangerig, alsof hij van heel diep binnenin haar kwam. 'Je bent gekomen.' Ze staarde hem aan en haar ogen schoten over zijn trekken alsof ze nu al gelijkenissen zag, geschiedenis, alsof er lang vergeten herinneringen boven kwamen. 'O, je lijkt zo ontzettend op je vader.' Ze stak een hand uit en raakte zijn wang aan.

'Ik mag graag denken dat ik meer smaak heb dan hij,' zei Vincent met een glimlach en Margot begon te gieren.

'Laat me eens goed naar je kijken. Ach hemel. O, wat ben je een knappe jongen. Maar hoe heb je me gevonden? Weet je vader hiervan...?' Ze schudde haar hoofd, alsof het omliep van de vragen, en haar knokkels waren wit. Toen keek ze mij aan, alsof ze vergeten was dat ik er nog was. 'Ik snap niet wat je daar staat te staren, Louisa. Een normaal mens had deze arme man allang iets te drinken aangeboden. Allemachtig. Ik vraag me echt weleens af wat ik met je aanmoet.'

Vincent keek geschrokken, maar toen ik me omdraaide en naar de keuken liep had ik een glimlach van oor tot oor.

28

Het was zover, zei Josh terwijl hij in zijn handen klapte. Hij zou de promotie krijgen, hij wist het zeker. Connor Ailes was niet uitgenodigd voor een of ander diner. Charmaine Trent, die onlangs overgekomen was van Juridische Zaken, was ook niet uitgenodigd voor een diner. Scott Mackey, de accountmanager, was wél uitgenodigd voor een diner voordat hij accountmanager werd, en die had gezegd dat het kat-in-het-bakkie was voor Josh.

'Ik bedoel, ik wil er niet te veel op vertrouwen, maar het gaat allemaal om het sociale gebeuren, Louisa,' zei hij met een blik op zijn spiegelbeeld. 'Ze geven alleen mensen promotie met wie ze het privé goed kunnen vinden. Het gaat niet alleen om wat je weet, snap je? Ik vroeg me af of ik soms moest gaan golfen. Ze spelen allemaal golf. Maar ik heb al niet meer gespeeld sinds mijn… weet ik veel… dertiende. Wat vind je van deze das?'

'Super.' Het was een das. Ik had geen idee. Ze waren trouwens allemaal blauw. Hij knoopte hem met snelle, trefzekere gebaren.

'Ik belde mijn pa gisteren en hij zei dat het vooral belangrijk was om uit te stralen dat je niet van hen afhankelijk bent. Dat ik… Dat ik ambitieus ben en heel erg een teamspeler, maar dat ik dat net zo goed voor een ander bedrijf kan gaan doen, omdat ik goed in de markt lig. Ze moeten een beetje dreiging voelen dat je misschien naar een ander bedrijf zou kunnen gaan als ze jou niet geven waar je recht op hebt, snap je wat ik bedoel?'

'O, ja.'

Ditzelfde gesprek hadden we de afgelopen week al veertien keer gehad. Ik wist niet of ik überhaupt wel hoefde te reageren. Hij keek weer in de spiegel en toen hij tevreden was met wat hij daarin zag liep hij naar het bed en boog om me over mijn haar te aaien. 'Ik haal je iets voor zeven uur op, oké? Zorg dat je de hond dan hebt uitgelaten, zodat we meteen door kunnen. Ik wil niet te laat komen.'

'Ik zorg dat ik klaarsta.'

'Fijne dag. Hé, geweldig hoor, wat je hebt gedaan met de familie van die oude dame. Echt geweldig. Dat was heel lief van je.'

Hij gaf me een dikke zoen, glimlachte bij het idee van de dag die voor hem lag en toen was hij weg.

Ik bleef achter in zijn bed en bleef even zitten in dezelfde houding als waarin hij me had achtergelaten, gekleed in een van zijn T-shirts, mijn knieën opgetrokken. Toen stond ik op, kleedde me aan en verliet zijn appartement.

Ik was er nog steeds niet bij met mijn hoofd toen ik die ochtend met Margot naar haar afspraak in het ziekenhuis ging en ik leunde met mijn voorhoofd tegen het raam van de taxi, terwijl ik probeerde te reageren alsof ik wist waar Margot het over had.

'Laat me maar, kindje,' zei Margot toen ik haar uit de taxi hielp. Bij de dubbele deuren liet ik haar arm los en de deuren gleden open alsof ze haar wilden opslokken. Zo ging het altijd. Ik bleef buiten bij Dean Martin, zij schuifelde langzaam naar binnen, en ik zorgde dat ik er een uur later weer was, of wanneer ze me zou bellen.

'Ik weet niet wat jij hebt, vanochtend. Ik heb niks aan je, zo wazig als je bent.' Ze stond bij de ingang en gaf me de hondenriem.

'Dank je, Margot.'

'Het lijkt wel of ik op stap ben met iemand die niet helemaal fris in zijn hoofd is. Je bent er totaal niet bij en je bent helemaal geen leuk gezelschap, zo. Ik moet het steeds drie keer herhalen voordat je eindelijk doet wat ik vraag.'

'Sorry.'

'Zorg nou maar dat je Dean Martin je volledige aandacht schenkt als ik binnen ben. Hij raakt erg gestrest als hij zich genegeerd voelt.' Ze stak een vinger in de lucht. 'Ik meen het, jongedame. Ik mérk het, hoor.'

Ik was halverwege de koffiezaak met het terrasje en de vriendelijke ober toen ik merkte dat ik haar handtas nog vasthad. Ik vloekte en rende terug.

Ik stormde de receptie in, en negeerde de patiënten die daar zaten te wachten en boos naar de hond staarden, alsof hij een handgranaat was waar ik de pin uit had getrokken.

'Hallo! Mevrouw Margot De Witt heeft deze tas nodig. Kunt u mij zeggen waar ik haar kan vinden? Alstublieft. Ik ben haar verzorgster.'

De vrouw keek niet op van haar scherm. 'Kunt u haar niet bellen?'

'Ze is in de tachtig. Ze doet niet aan mobieltjes. En trouwens, als ze wel aan mobieltjes deed, dan zou dat dus nu in haar tas zitten. Alstublieft. Ze heeft hem nodig. Haar pillen en brieven en alles zitten erin.'

'En ze heeft vandaag een afspraak?'

'Om kwart over elf. Margot De Witt.' Voor de zekerheid spelde ik de naam. Ze liet een extravagant gelakte nagel over de lijst namen op het scherm glijden. 'Oké. Ja, ik heb haar. Oncologie is die kant op, door de dubbele deuren aan de linkerkant.'

'Pardon, wat zei u nou?'

'Oncologie. De gang door en dan door de dubbele deuren aan de linkerkant. Als ze al bij de dokter is, kunt u de tas gewoon aan een van de zusters daar afgeven. Of u laat een bericht voor haar achter dat u hier op haar wacht.'

Ik keek haar aan en wachtte tot ze zou zeggen dat ze een vergissing had gemaakt. Maar toen keek ze me eindelijk aan, met een vragend gezicht, alsof ze zich afvroeg waarom ik daar nog zo stond te staren. Ik pakte het afsprakenkaartje van de balie en draaide me om. 'Dank u,' zei ik vaag en ik liep met Dean Martin de zon in.

'Waarom heb je het me nooit verteld?'

Margot zat in de taxi en draaide zich koppig van me af, met een hijgende Dean Martin op schoot. 'Omdat het je niks aangaat. Jij zou het doorgeklept hebben aan Vincent. En ik wil niet dat hij het idee heeft dat hij langs moet komen omdat ik toevallig die stomme kanker heb.'

'Wat is de prognose?'

'Dat zijn jouw zaken niet.'

'Hoe... Hoe voel je je?'

'Precies zoals ik me voelde voordat jij al die vragen stelde.'

Ineens snapte ik het allemaal. De pillen, al die bezoekjes aan het ziekenhuis, het frequente gebrek aan eetlust. Al die dingen die ik had toegeschreven aan haar hoge leeftijd, aan het overdreven zorgvuldige Amerikaanse particuliere zorgsysteem, waren een teken van iets veel ergers. Ik was er misselijk van. 'Ik weet niet wat ik moet zeggen, Margot. Ik voel –'

'Ik ben niet geïnteresseerd in jouw gevoelens.'

'Maar –'

'Waag het niet om sentimenteel te gaan doen,' zei ze fel. 'Waar is die Engelse *stiff upper lip* van je? Is die van jou soms van marshmallow gemaakt?'

'Margot –'

'Ik wil het er verder niet meer over hebben. Ik héb er ook niks over te zeggen. Als je ineens moeilijk gaat doen, dan ga je maar bij iemand anders logeren.'

Toen we terugkwamen bij de Lavery klom ze ongebruikelijk strijdlustig uit de taxi. Tegen de tijd dat ik de chauffeur had betaald, was ze al zonder mij de lobby in gelopen.

Ik wilde net Josh vertellen wat er was gebeurd, maar toen ik hem appte zei hij dat hij het superdruk had en vroeg of ik hem die avond kon bijpraten. Nathan had het druk met meneer Gopnik. Ilaria zou misschien hysterisch worden, of erger nog, de hele tijd langskomen en Margot smoren met haar typische bruuske zorg en opgewarmde ovenschotels met varkensvlees. Dus kon ik het bij niemand kwijt.

Terwijl Margot haar middagdutje deed sloop ik de badkamer in, en onder het mom van 'even schoonmaken' deed ik het kastje open en bekeek het plankje met haar medicijnen. Ik noteerde alle namen, totdat ik de bevestiging vond: morfine. De namen van de andere medicijnen zocht ik op internet op, en toen wist ik het.

Ik was diep geschokt. Ik vroeg me af hoe het moest zijn om de dood zo in de ogen te moeten kijken. En hoelang ze nog had. Het drong tot me door dat ik van die oude dame hield, met haar scherpe tong en haar nog veel scherpere verstand, alsof ze familie was. En ergens vroeg ik me, heel egocentrisch, af wat het voor mij betekende: ik was zo gelukkig in Margots appartement. Het voelde dan wel niet als een permanente oplossing, maar ik had gedacht hier nog minstens een jaar te blijven. En nu moest ik onder ogen zien dat ik toch weer op drijfzand leefde.

Toen er stipt om zeven uur werd aangebeld, had ik mezelf weer wat beter in de hand. Ik deed open en daar was Josh, onberispelijk als altijd. Geen stoppel te zien.

'Hoe doe je dat toch?' vroeg ik. 'Hoe is het mogelijk dat je er zo uitziet na een hele dag op je werk?'

Hij gaf me een zoen op mijn wang. 'Elektrisch scheerapparaat. En ik had een ander pak bij de stomerij hangen en toen heb ik me op mijn werk omgekleed. Ik wilde niet in de kreukels naar het etentje.'

'Maar je baas komt toch zeker ook in het pak waarin hij de hele dag heeft gewerkt?'

'Zou kunnen. Maar hij is niet degene die naar een promotie zit te hengelen. Zie ik er goed uit?'

'Josh, dag jongen.' Margot liep langs, op weg naar de keuken.

'Goedenavond, mevrouw De Witt. Hoe maakt u het vandaag?'

'Ik ben er nog, schat. Meer hoef je niet te weten.'

'Nou, u ziet er in elk geval geweldig uit.'

'En jij kletst uit je nek.'

Hij grinnikte en keek mij weer aan. 'En wat trek jij aan, snoetje?'

Ik keek omlaag. 'Eh, dit?'

Het bleef even stil.

'Die... panty?'

Ik keek naar mijn benen. 'O, bedoel je dat! Ik heb een beetje een rotdag gehad. Deze maillot draag ik altijd om me beter te voelen. Mijn equivalent van een schoon pak van de stomerij.' Ik glimlachte wrang. 'Ik weet niet of het helpt, maar ik draag ze alleen bij héél speciale gelegenheden.'

Hij staarde nog even naar mijn benen en streek toen langzaam met zijn hand over zijn mond. 'Sorry, Louisa, maar ze zijn echt niet geschikt voor dit etentje. Mijn baas en zijn vrouw zijn nogal conservatief. En het is een heel chic restaurant. Ik bedoel, ze hebben Michelin-sterren.'

'Dit is een Chanel-jurk. Ik mocht hem lenen van mevrouw De Witt.'

'Dat zal wel, maar het hele plaatje is gewoon een beetje' – hij trok een gezicht – '*Crazytown*?'

Toen ik me niet verroerde stak hij zijn handen uit en pakte me bij mijn bovenarmen. 'Liefje, ik weet dat je dol bent op verkleedpartijtjes, maar kunnen we het bij mijn baas een beetje neutraal houden? Dit is echt een heel belangrijke avond voor me.'

Ik keek naar zijn handen en liep rood aan. Ik voelde me ineens zo belachelijk. Natuurlijk kon ik niet naar een dinertje met de CEO van een financieel bedrijf in mijn hommelmaillot. Hoe kwam ik erbij? 'Oké,' zei ik. 'Ik ga me wel omkleden.'

'Je vindt het toch niet erg?'

'Natuurlijk niet.'

Opgelucht blies hij zijn adem uit. 'Geweldig. Wil je alsjeblieft supersnel zijn? Ik wil absoluut niet te laat komen en het is knetterdruk tot aan Seventh Avenue. Margot, mag ik misschien even van je toilet gebruikmaken?'

Ze knikte zonder iets te zeggen.

Ik rende naar mijn slaapkamer en spitte mijn spullen door. Wat moest ik in vredesnaam aantrekken voor een chic etentje met financiële mensen? 'Help me, Margot,' zei ik toen ik haar achter me hoorde. 'Kan ik gewoon een andere panty aandoen? Wat moet ik aan?'

'Precies wat je nu aanhebt,' zei ze.

Ik draaide me naar haar om. 'Maar hij zei dat dit niet kon.'

'Hoezo niet? Moet je dan in uniform? Waarom mag je niet gewoon zijn wie je bent?'

'Ik...'

'Zijn deze mensen dan zo dom dat ze niet kunnen omgaan met iemand die er niet precies zo uitziet als zij? Waarom moet je je voordoen als iemand die je zo overduidelijk niet bent? Wil je dan zo'n soort vrouw worden?'

Ik liet de klerenhanger die ik in mijn hand had vallen. 'Ik... Ik weet niet...'

Margot bracht een hand naar haar pas gewatergolfde haar. Ze schonk me wat mijn moeder een ouderwetse blik zou noemen. 'Een man die de mazzel heeft dat jij met hem uit wilt zou zich niet druk moeten maken, al kwam je in een vuilniszak met slobsokken.'

'Maar hij –'

Margot slaakte een zucht en drukte haar vingers tegen haar mond, zoals mensen doen als ze nog heel veel te zeggen hebben, maar zich inhouden. Het duurde even voordat ze weer iets zei. 'Liefje, er komt een moment dat je zult moeten beslissen wie Louisa Clark nu eigenlijk is.' Ze gaf me een klopje op mijn arm en liep mijn kamer uit.

Ik stond naar de plek te staren waar ze had gestaan. Ik keek omlaag naar mijn gestreepte benen en keek toen weer op, naar de kleren aan mijn rek. Ik dacht aan Will en aan de dag dat hij mij deze maillot had gegeven.

Even later verscheen Josh in de deuropening, terwijl hij bezig was zijn das recht te trekken. *Jij bent Will niet*, dacht ik ineens. *Sterker nog, je lijkt totaal niet op hem.*

'En?' zei hij met een glimlach. Toen betrok zijn gezicht. 'Eh, ben je nou nog niet klaar?'

Ik staarde naar mijn voeten. 'Nou...' zei ik.

29

Margot zei dat ik er een paar dagen tussenuit moest om mijn gedachten op een rijtje te zetten. Toen ik zei dat ik dat niet wilde vroeg ze waarom niet, en voegde eraan toe dat ik duidelijk al een poos niet meer helder kon denken: ik moest mezelf maar eens goed onder de loep nemen. Toen ik toegaf dat ik haar niet alleen wilde laten, zei ze dat ik niet zo raar moest doen en dat ik niet wist wat goed voor mij was. Ze bekeek me een poosje uit haar ooghoeken en tikte geïrriteerd met haar magere oude hand op de armleuning van haar stoel. Toen stond ze moeizaam op en verdween, om een paar minuten later terug te komen met een Sidecar-cocktail die zo sterk was dat de tranen in mijn ogen sprongen bij het eerste slokje. Toen zei ze dat ik op mijn kont moest gaan zitten, dat mijn gesnuf haar op de zenuwen begon te werken, en ik samen met haar naar *Wheel of Fortune* moest kijken. Ik deed wat me werd opgedragen en probeerde niet te luisteren naar Josh' woedende en niet-begrijpende stem die nog nagalmde in mijn hoofd.

Je dumpt me vanwege een maillót?

Toen het programma afgelopen was keek ze me aan, maakte wat misprijzende geluiden en zei dat we er dan maar samen even tussenuit moesten.

'Maar je hebt helemaal geen geld.'

'Allemachtig, Louisa. Het is verschrikkelijk vulgair om het over iemands financiën te hebben,' zei ze bits. 'Ik vind het echt schokkend dat jullie jonge vrouwen tegenwoordig leren om dit soort dingen te bespreken.' Ze noemde de naam van een hotel op Long Island dat ik moest bellen en droeg me op dat ik moest zeggen dat ik belde namens Margot De Witt, omdat ze ons dan een speciaal 'familie'-tarief zouden geven. En ze voegde eraan toe dat als het me dan echt zo dwars zat, ik ook best voor ons allebei mocht betalen. Nou, voelde ik me nu niet een stuk beter?

En zo kwam het dat ik betaalde voor een reisje naar Montauk voor mezelf, Margot en Dean Martin.

We namen de trein van New York naar een klein, houten hotelletje aan de kust, waar Margot jarenlang elke zomer naartoe was gegaan, totdat haar slechte gezondheid – of haar slechte financiën – daar een eind aan had gemaakt. Ik stond erbij toen ze haar als een verloren dochter verwelkomden bij de deur. We aten wat van de lunch van gegrilde garnalen en een salade, en ik liet haar alleen toen ze zat te kletsen met het echtpaar dat het hotel runde, en liep het pad af naar het brede, winderige strand, waar ik de ozonrijke lucht inademde en naar Dean Martin keek die blij door de duinen huppelde. Daar, onder de enorme hemel, had ik voor het eerst in maanden het gevoel dat mijn gedachten niet volkomen ondergesneeuwd werden door wat anderen van me wilden en verwachtten.

Margot, die uitgeput was door de treinreis, bracht de twee daaropvolgende dagen grotendeels door in het kleine zitkamertje, waar ze uitkeek over zee, of met de oudere eigenaar van het hotel kletste, een boom van een man met een verweerde kop genaamd Charlie, die meeknikte met haar eindeloze conversatie, en zijn hoofd schudde en zei dat het inderdaad allemaal niet meer zo was als vroeger, en dat het inderdaad allemaal enorm aan het veranderen was hier in de buurt. Met zijn tweetjes molken ze dit onderwerp helemaal uit bij kleine kopjes koffie, en leunden dan naar achteren, tevreden met hoe verschrikkelijk het allemaal was en met het feit dat ze het daar samen over eens waren. Het was me al snel duidelijk dat mijn rol alleen had bestaan uit haar daarheen te brengen. Ze leek me nauwelijks nodig te hebben, behalve om haar te helpen met lastige kledingstukken en om de hond uit te laten. Ze glimlachte meer dan ik haar in al de tijd dat ik haar kende had zien glimlachen, en dat op zich was al een goede afleiding.

En dus at ik de vier daaropvolgende dagen mijn ontbijt in mijn kamer, las de boeken uit de boekenkast van het hotel, gaf me over aan het tragere ritme van het leven op Long Island en deed wat er van me werd gevraagd. Ik liep en liep totdat ik weer trek kreeg, en ik liet mijn gedachten de kop indrukken door het razende lawaai van de golven en het gekrijs van de meeuwen in het uitgestrekte grijze licht en het keffen van een klein, hyperenthousiast hondje dat zijn geluk niet op kon.

Op de derde middag zat ik op mijn hotelbed, belde mijn moeder en vertelde haar de waarheid over de afgelopen tijd. Ze zei niets, maar luisterde en toen ik klaar was zei ze dat ze me heel verstandig en dapper vond, en daar moest ik een beetje om huilen. Ze gaf me aan mijn vader en die zei dat hij die vervloekte Gopniks het liefst een flink pak op hun donder zou geven, dat ik niet met vreemde mannen moest praten en dat ik het moest laten weten als Margot en ik weer in Manhattan waren. Hij voegde eraan toe dat hij trots op me was. 'Dat leven van jou... Jij zit nooit stil, hè, meisje?' zei hij. En dat was ik met hem eens, terugdenkend aan twee jaar geleden, vóór Will, toen het opwindendste wat me was overkomen was dat iemand zijn geld terug wilde in de Buttered Bun. En ik bedacht me dat dit nieuwe leven me ondanks alles toch wel erg beviel.

Op de laatste avond aten Margot en ik op haar aandringen in de eetzaal van het hotel. Ik had me voor de gelegenheid in een donkerroze, fluwelen blouse gestoken, mijn driekwart zijden culottes, en zij droeg een groene bloemenblouse met ruches en een bijpassende pantalon (ik had een extra knoopje in de taille gezet, zodat hij niet van haar heupen zakte) en we genoten stilletjes van de verbaasde blikken van de andere gasten toen we naar onze plek werden gebracht: de beste tafel bij het grote raam.

'Zo, kindje. Het is onze laatste avond, dus ik vind dat we onszelf maar eens moesten verwennen, vind je ook niet?' zei ze en ze stak een koninklijke hand op om naar de gasten te zwaaien die ons nog steeds aangaapten. 'Ik denk dat ik de kreeft neem. En misschien een glaasje champagne. Per slot van rekening is dit waarschijnlijk de laatste keer dat ik hier kom.'

Ik begon te protesteren, maar ze viel me in de rede: 'Kom nou toch, Louisa. Het is een feit. Je kunt er niet omheen. Ik had niet gedacht dat jullie Britse meisjes zulke weekdieren waren.'

Dus bestelden we een fles champagne en twee kreeften, en terwijl de zon onderging aten we van het heerlijke, naar knoflook smakende kreeftenvlees, en ik kraakte de scharen omdat Margot daar zelf niet sterk genoeg voor was en gaf ze aan haar terug; ze maakte verrukte geluidjes terwijl ze de scharen leegzoog, en ze voerde stukjes vlees aan Dean Martin, die door de overige aanwezigen diplomatiek werd genegeerd. We deelden een enorme schaal Franse frietjes (ik at de meeste, en zij strooide er een paar op haar bord en beweerde dat ze echt heel lekker waren).

We zaten in kameraadschappelijke en volgegeten stilte bij elkaar terwijl het restaurant leegliep, en zij betaalde met de creditcard waar ze zelden gebruik van maakte. ('Tegen de tijd dat ze het geld komen halen, ben ik er niet meer, ha!')

Toen kwam Charlie stram onze kant op en hij legde zijn enorme hand op haar smalle schoudertje. Hij zei dat hij nu zelf naar bed ging, maar dat hij hoopte dat hij haar morgen voor vertrek nog even zou zien en dat het hem een groot genoegen was geweest haar na al die jaren weer te zien.

'Het genoegen was geheel aan mijn kant, Charlie. Hartelijk dank voor het heerlijke verblijf.' Haar ogen stonden vol genegenheid en ze hielden elkaars handen vast, totdat hij die van haar met tegenzin losliet en wegliep.

'Ik ben ooit een keer met hem naar bed geweest,' zei ze toen hij wegliep. 'Heerlijke man. Maar niets voor mij, natuurlijk.'

Terwijl ik me verslikte in mijn laatste frietje keek ze me meewarig aan. 'Het waren de jaren zeventig, Louisa. Ik was al heel lang alleen. Het was heel leuk om hem weer eens te zien. Hij is nu natuurlijk weduwnaar.' Ze slaakte een zucht. 'Dat zijn ze op mijn leeftijd allemaal.'

We zaten er nog een poosje zwijgend bij en staarden naar de eindeloze, inktzwarte oceaan. Helemaal in de verte kon je nog net de kleine knipperlichtjes van de vissersboten zien. Ik vroeg me af hoe het zou voelen, daar op zee, in je eentje, ver weg van alles.

Toen begon Margot te praten: 'Ik had niet verwacht hier ooit nog eens te komen,' zei ze zachtjes. 'Dus ik wil je bedanken. Het... Het heeft me enorm goed gedaan.'

'Mij ook, Margot. Ik voel me... niet meer zo verward.'

Ze schonk me een glimlach en stak haar hand omlaag naar Dean Martin. Die lag languit en zachtjes snurkend onder haar stoel. 'Je hebt er goed aan gedaan, met Josh. Hij was niet de man voor jou.'

Ik gaf geen antwoord. Er viel niets te zeggen. Ik had drie dagen lopen denken aan wie ik zou zijn geworden als ik bij Josh was gebleven: rijk, semi-Amerikaans, over het algemeen best gelukkig zelfs, en ik had ontdekt dat Margot me beter begreep dan ik mezelf begreep, al kende ze me nog maar kort. Ik zou me in bochten hebben moeten wringen om aan zijn eisen te voldoen. Ik zou de kleren waar ik zo van hield de deur uit moeten doen, en van die kleren hield ik meer dan van wat dan ook. Ik had mijn gedrag moeten aanpassen, mijn gewoonten, ik had me moeten laten meevoeren in zijn charismatische kielzog. Ik zou de vrouw van een pakkenman zijn geworden en ik zou mezelf op de kop hebben gezeten voor alles waarin ik tekort zou schieten, en ik zou eeuwig dankbaar moeten zijn om deze Will in Amerikaanse vorm.

Ik dacht niet aan Sam. Daar was ik heel goed in geworden.

'Weet je,' zei ze, 'als je zo oud bent als ik is de stapel dingen om spijt van te hebben zo hoog dat hij je het uitzicht beneemt.'

Ze bleef strak naar de horizon staren en ik wachtte af, terwijl ik me afvroeg tegen wie ze het eigenlijk had.

Toen we terugkwamen uit Montauk gingen er drie weken voorbij waarin niet veel gebeurde. Het voelde alsof er niets meer echt zeker was in mijn leven, en dus besloot ik om te leven zoals Will me had opgedragen: ik leefde gewoon maar in het moment, totdat de omstandigheden me weer zouden dwingen om me aan te passen. Er zou een punt komen, dacht ik, waarop Margot of te ziek zou worden, of zo in de schulden zou zitten dat onze prettige bubbel zou barsten en ik mijn terugvlucht zou moeten boeken.

Tot die tijd was dit geen onprettige manier van leven. Ik vond de routine van mijn dagen prettig: het rondje hardlopen door Central

Park, mijn wandelingen met Dean Martin, koken voor Margot, ook al at ze niet veel, en elke avond samen naar *Wheel of Fortune* kijken en de antwoorden naar het scherm schreeuwen. Ik stortte me vol op mijn eigen garderobe en vertoonde me in een paar outfits waar Lydia en haar zus versteld van stonden. Soms droeg ik dingen die ik van Margot mocht lenen en soms droeg ik kleren die ik bij het Emporium had gekocht. Elke dag stond ik voor de spiegel in Margots logeerkamer en bekeek de rekken waarvan ik dingen mocht uitzoeken en dan voelde ik ergens een sprankje blijdschap.

Ik had werk, of tenminste, een soort van werk: ik nam diensten over voor de meiden van het Vintage Clothes Emporium, terwijl Angelica naar een dameskledingfabriek in Palm Springs ging waar ze blijkbaar nog samples hadden liggen van alles wat daar sinds 1952 was gemaakt. Ik stond met Lydia bij de kassa, hielp bleke jonge meisjes aan vintage galajurken en bad dat de ritsen het zouden houden, terwijl zij de indeling van de rekken reorganiseerde en hardop foeterde over al die onbenutte ruimte in haar winkel. 'Heb je enig idee wat deze zaak mij per vierkante meter kost?' vroeg ze, hoofdschuddend in de hoek waar maar één draairek stond. 'Serieus. Ik zou deze hoek eigenlijk als parkeerplek moeten verhuren, als we kunnen bedenken hoe je hier een auto naar binnen krijgt.'

Ik bedankte een klant die net een bolerootje had gekocht van tule, afgezet met lovertjes, en sloeg de kassalade dicht. 'Waarom verhuur je het dan niet aan een andere winkel, of zo? Dan heb je meteen meer inkomen.'

'Ja, daar hebben we het al eens over gehad. Maar het is niet zo eenvoudig. Als je een andere winkel binnenhaalt moet je meteen een afscheiding bouwen, en er moet een aparte ingang komen, je moet je extra verzekeren en je weet ook niet wie er bij jouw spullen kan... Het is te riskant.' Ze kauwde op haar kauwgom en blies een bel, die ze afwezig doorprikte met een paarse nagel. 'Daarbij komt, wij mogen bijna niemand.'

'Louisa!' Ashok stond op de loper voor de deur en klapte in zijn gehandschoende handen toen ik thuiskwam. 'Kom je aanstaande zaterdag bij ons? Meena wilde het weten.'

'Gaat de demonstratie nog door?'

De twee zaterdagen ervoor had ik gezien dat het aantal demonstranten aanmerkelijk was afgenomen. De buurtgenoten hadden inmiddels bijna geen hoop meer. Hoe meer het gemeentebudget werd afgeknepen, hoe minder van harte er leuzen werden geroepen en zelfs de meest door de wol geverfde demonstranten bleven weg. Maanden nadat de actie was gestart, waren we nog maar met de kleine harde kern over en riep Meena iedereen bij elkaar, omdat zij vond dat het pas voorbij was als het voorbij was.

'Het gaat door. Je kent mijn vrouw toch.'

'Dan graag. Dank je. Zeg maar dat ik het toetje meeneem.'

'Mooi zo.' Hij maakte een tevreden 'hm'-geluid bij het vooruitzicht van lekker eten en riep me terug toen ik al bij de lift was: 'Hé!'

'Wat is er?'

'Je ziet er leuk uit, lady.'

Mijn outfit van die dag was een hommage aan *Desperately Seeking Susan*. Ik droeg een paars zijden bomberjack met een geborduurde regenboog op de rug, een legging, een paar hemdjes over elkaar en een arm vol armbanden, die zo leuk rinkelden telkens als ik de kassa dichtsmeet. (Hij wilde anders niet sluiten.)

'Weet je,' zei hij hoofdschuddend. 'Het is eigenlijk niet te geloven dat je steeds zo'n poloshirt aan moest toen je nog voor de Gopniks werkte. Dat paste totaal niet bij je.'

Ik aarzelde toen de liftdeur openging. Ik weigerde tegenwoordig nog langer de dienstlift te nemen. 'Zal ik je eens wat zeggen, Ashok? Je hebt helemaal gelijk.'

Uit eerbied voor haar status als eigenaar van het huis klopte ik altijd eerst aan voordat ik mezelf in Margots appartement binnenliet, ook al had ik de sleutel al maanden. De eerste keer werd er niet gereageerd, en ik moest mijn automatische paniek onder controle houden en mezelf voorhouden dat ze vaak de radio heel hard aan had, dat Ashok het wel had gezegd als er iets mis was. Ik ging toch maar naar binnen. Dean Martin kwam de gang in gestuiterd om me te begroeten en zijn ogen vlogen alle kanten op, zo blij was hij mij weer te zien. Ik pakte hem op en liet mijn gezicht door zijn gerimpelde neusje besnuffelen.

'Ja, hallo, daar. Hallo. Waar is je mama gebleven?' Ik zette hem weer neer en al keffend draaide hij opgewonden rondjes. 'Margot? Margot, waar ben je?'

Ze kwam de zitkamer uit in haar Chinese zijden peignoir.

'Margot! Voel je je niet goed?' Ik liet mijn tas vallen en rende op haar af, maar ze stak haar hand op.

'Louisa, er is een wonder gebeurd.'

Mijn reactie rolde mijn mond uit voordat ik me kon inhouden: 'Word je weer beter?'

'Nee, nee, nee. Kom binnen! Kom binnen, dan kun je kennismaken met mijn zóón.'

Nog voordat ik iets kon zeggen, draaide ze zich om en liep de zitkamer weer in. Ik liep achter haar aan, en een lange man in een pastelkleurige trui en een beginnend buikje dat over zijn riem hing stond op uit een stoel en stak zijn hand naar me uit.

'Dit is Frank Junior, mijn zoon. Frank, dit is mijn lieve vriendin Louisa Clark, zonder wie ik het de afgelopen maanden niet had overleefd.'

Ik probeerde mijn verbluftheid te verbloemen. 'Oh. Eh. Het... Dat was geheel wederzijds.' Ik schudde de vrouw die naast hem zat ook de hand. Ze droeg een witte coltrui en had van dat bleke suikerspinhaar dat ze waarschijnlijk al haar hele leven in toom probeerde te houden.

'Ik ben Laynie,' zei ze en ze had de hoge stem van een vrouw die haar meisjesachtigheid nooit had losgelaten. 'Franks vrouw. Ik geloof dat we onze familiehereniging aan jou te danken hebben.' Ze bette haar ogen met een geborduurde zakdoek. Het puntje van haar neus was roze, alsof ze pas nog had gehuild.

Margot stak haar hand naar me uit. 'Het blijkt dat die smiecht van een Vincent zijn vader over onze ontmoeting heeft verteld en over mijn... situatie.'

'Hier is de smiecht,' zei Vincent, die met een dienblad in de deuropening verschenen was. Hij zag er ontspannen en gelukkig uit. 'Leuk om je weer te zien, Louisa.' Ik knikte met een half glimlachje op mijn gezicht gebakken.

Het was zo vreemd om andere mensen daar in huis te zien. Ik was gewend aan de stilte, dat Margot en Dean Martin en ik hier alleen waren. Niet Vincent met zijn geruite overhemd en zijn Paul

Smith-das met ons dienblad, en die lange man met zijn benen als een harmonica tegen de salontafel gevouwen en die vrouw die steeds maar met verschrikte ogen om zich heen keek, alsof ze nog nooit zoiets had gezien.

'Het was een verrassing,' zei Margot tegen me en haar stem kraakte een beetje, alsof ze al veel te veel had gepraat. 'Vincent belde op om te zeggen dat hij in de buurt was en ik dacht dat hij alleen kwam, maar toen ging de deur een stukje verder open en... Nou ja, ik kan het nog steeds niet... Jullie waren vast geschokt me zo te zien. Ik had me nog niet eens aangekleed! Dat bedenk ik me nu pas. Maar we hebben een heerlijke middag gehad. Je hebt geen idee.' Margot stak haar andere hand uit en haar zoon pakte hem en gaf er een kneepje in. Zijn kin trilde een beetje van de onderdrukte emotie.

'O, het was echt magisch,' zei Laynie. 'We hebben nog zo veel in te halen. Ik geloof echt dat het Gods werk was. Dat Hij ons weer samengebracht heeft.'

'God, en Facebook,' zei Vincent. 'Wil je een kop koffie, Louisa? Er zit nog wat in de pot. Ik had wat koekjes meegenomen, voor het geval Margot iets wilde eten.'

'Die eet ze niet,' zei ik voordat ik me kon inhouden.

'Ja, ze heeft helemaal gelijk. Die koekjes eet ik niet, mijn lieve Vincent. Die zijn eigenlijk voor Dean Martin. Want die chocola, dat is eigenlijk geen chocola.'

Margot nam nauwelijks de tijd om adem te halen. Ze leek een compleet ander mens. Het was alsof er ineens tien jaar van haar af gevallen waren. De bitsheid was uit haar ogen verdwenen en had plaatsgemaakt voor iets zachts, en ze hield niet op met kletsen, gezellig en blij.

Ik liep achteruit naar de deur. 'Nou ja, ik... Ik wil jullie niet in de weg zitten. Jullie hebben vast nog zo veel te bespreken. Margot, roep maar als je me nodig hebt.' Ik stond op en wapperde zinloos met mijn handen. 'Ontzettend leuk jullie allemaal te ontmoeten. Ik ben echt heel blij voor jullie.'

'We denken dat het goed zou zijn als ma met ons meegaat,' zei Frank Junior.

Het bleef even stil.

'Mee waarheen?' vroeg ik.

'Naar Tuckahoe,' zei Laynie. 'Daar wonen we.'

'Voor hoelang?' vroeg ik.

Ze keken elkaar aan.

'Ik bedoel, hoelang blijft ze logeren? Zodat ik voor haar kan inpakken.'

Frank Junior hield zijn moeders hand nog steeds vast. 'Juffrouw Clark, we hebben veel tijd verspild, mijn moeder en ik. En we zouden allebei graag de tijd die ons nog rest zo goed mogelijk besteden. Dus moeten we... dingen regelen.' Hij zei het een beetje bezitterig, alsof hij me duidelijk maakte dat hij meer recht op haar had dan ik.

Ik keek naar Margot, die mij aankeek met een heldere, serene blik. 'Zo is het,' zei ze.

'Wacht even. Dus jij wilt weg...' zei ik, en toen niemand iets zei liet ik erop volgen: 'Jij wilt hier weg? Uit het appartement?'

Vincent keek me meelevend aan. Hij wendde zich tot zijn vader. 'Pa, laten we nu maar weggaan,' zei hij. 'We hebben allemaal veel te verwerken. En we hebben ook ontzettend veel te regelen. En ik denk dat Louisa en oma het een en ander te bespreken hebben.'

Hij raakte mijn schouder even aan toen hij vertrok. Het voelde als een verontschuldiging.

'Weet je, ik vond Franks vrouw eigenlijk heel aardig, hoewel ze zich absolúút niet weet te kleden, dat arme schaap. Hij had zulke gruwelijke vriendinnetjes, toen hij jong was, tenminste, volgens mijn moeder. Dat schreef ze mij, toen ze nog brieven stuurde. Maar een witkatoenen coltrui. Dat geloof je toch niet? Een wítte coltrui.'

De gedachte aan deze faux pas – of misschien omdat ze zo snel sprak – bezorgde Margot een hoestbui. Ik haalde een glas water en wachtte tot ze weer was hersteld. Ze waren een paar minuten na Vincents mededeling vertrokken. Ik had het gevoel dat het kwam doordat hij zo aandrong, en dat zijn ouders Margot liever niet alleen wilden laten.

Ik ging op een stoel zitten. 'Ik snap het niet.'

'Het zal jou wel overvallen. Maar, lieve Louisa, het was zo ongelofelijk. We hebben eindeloos gepraat en er zijn ook wel een paar traantjes gevallen. Hij is nog precies zoals vroeger! Het lijkt wel alsof we nooit uit elkaar zijn geweest. Hij is nog precies als vroeger... Zo serieus en stil, maar echt heel vriendelijk, precies zoals hij was als kleine jongen. Die vrouw van hem is precies zo... En toen vroegen ze me zo maar ineens of ik bij hen wilde komen logeren. Ik kreeg sterk de indruk dat ze het al hadden besproken voordat ze hier kwamen. En ik heb gezegd dat ik het wel wilde.' Ze keek me aan. 'O, kom, we weten allebei dat het niet voor eeuwig is. Er is een prima plek een kilometer of vier bij hun huis vandaan waar ik naartoe kan als het allemaal te zwaar wordt.'

'Te zwaar?' fluisterde ik.

'Louisa, ga nou in vredesnaam niet weer zo weeïg doen. Als ik mezelf niet meer kan verzorgen, bedoel ik. Als ik echt slecht word. Ik geloof echt niet dat ik langer dan een paar maanden bij mijn zoon zal inwonen. Ik vermoed dat ze er daarom ook geen probleem mee hadden om het me te vragen.' Ze grinnikte droogjes.

'Maar... Maar ik snap het niet. Jij zei dat je hier nooit weg wilde. En al je spullen dan? Je kunt niet weg, hoor.'

Ze keek me vreemd aan. 'Dat kan ik wel degelijk.' Ze haalde diep adem en haar uitgemergelde borst drukte zich pijnlijk tegen de zachte stof van haar peignoir. 'Ik ben stervende, Louisa. Ik ben een oude vrouw en ik ga niet zo heel veel ouder meer worden, en mijn zoon, die ik kwijt was, is zo goed om zijn pijn en zijn trots in te slikken en me te helpen. Kun je je dat indenken? Heb je enig idee hoe het is als iemand dat voor je wil doen?'

Ik dacht aan Frank Junior en hoe hij naar zijn moeder had gekeken, hun stoelen tegen elkaar aangedrukt, haar hand stevig in de zijne.

'Waarom zou ik hier in vredesnaam nog een seconde langer willen blijven als ik de kans heb om nog een poosje bij hem te zijn? Om hem bij het ontbijt te zien als ik wakker word en te kletsen over alles wat ik tot nu toe heb gemist, en om zijn kinderen te zien... En Víncent... Die schat van een Vincent. Wist je dat hij nog een broer heeft? Dus ik heb twee kleinkinderen. Twéé! Maar goed. Ik heb de kans gekregen om mijn zoon te zeggen dat het me spijt. Weet je hoe belangrijk dat voor me was? Ik heb mijn excuses kunnen aanbieden. O, Louisa, je kunt aan je gekwetstheid blijven vasthouden uit een soort misplaatste trots, of je laat het los en geniet van de kostbare tijd die je nog rest.'

Ze plantte haar handen stevig op haar knieën. 'Dus, dat is mijn plan.'

'Maar het kan niet. Je kunt niet weg.' Ik was gaan huilen. Ik weet niet precies waar dat vandaan kwam.

'Ach, lieve schat, ik hoop echt dat je niet al te moeilijk gaat doen. Toe, geen tranen, alsjeblieft. Ik wil je om een gunst vragen.'

Ik veegde mijn neus af.

'Dit is namelijk heel zwaar voor me.' Ze slikte met moeite. 'Ze willen Dean Martin niet hebben. Ze hebben zich uitgebreid verontschuldigd, maar er zijn allergieën, of zoiets. En ik wilde nog zeggen dat ze niet zo belachelijk moesten doen en dat hij gewoon met mij mee moest, maar eerlijk gezegd ben ik nogal bang om wat er met hem gaat gebeuren als ik er niet meer ben. Hij heeft nog jaren voor zich. In elk geval nog een heel stuk langer dan ik. Dus... Ik vroeg me af of jij hem zou willen nemen. Hij mag je blijkbaar. Joost mag weten waarom, als je nagaat hoe vreselijk je dat arme schepsel in het begin hebt mishandeld. Hij moet wel de vleesgeworden vergevingsgezindheid zijn.'

Ik staarde haar door mijn tranen aan. 'Je wilt dat ik Dean Martin neem?'

'Dat wil ik inderdaad.'

Ik keek omlaag naar het hondje, dat vol verwachting aan haar voeten lag te wachten.

'Ik vraag jou, als mijn vriendin, of... of je erover zou willen nadenken. Voor mij.'

Ze keek me gespannen aan en haar bleke ogen scanden de mijne, maar met haar lippen op elkaar geklemd. Ik stortte in. Ik was heel blij voor haar, maar mijn hart brak bij het idee dat ik haar kwijt was. Ik wilde niet weer alleen zijn.

'Oké.'

'Echt?'

'Ja, natuurlijk.' Toen begon ik weer te huilen.

Margot zakte opgelucht in. 'Ik wist het wel. Ik wist het. En ik weet ook dat je goed voor hem zult zorgen.' Ze glimlachte en berispte me niet om mijn tranen, maar sloot haar vingers om mijn hand. 'Zo zit jij nu eenmaal in elkaar.'

Ze kwamen haar twee weken later halen. Ik vond het nogal onbehoorlijk snel, maar we wisten natuurlijk niet hoeveel tijd ze nog had.

Frank Junior had de berg aan achterstallige onderhoudskosten betaald – iets wat je niet helemaal altruïstisch kon noemen, omdat het inhield dat hij het appartement zou erven en het niet meer door meneer Ovitz kon worden gevorderd – maar Margot zag het als een daad van liefde en ik had geen reden om haar tegen te spreken. Hij leek wel degelijk blij om haar weer bij zich te hebben. Het echtpaar deed ontzettend zijn best voor haar, checkte de hele tijd of alles wel goed met haar was, of ze al haar medicijnen had, of ze niet te moe was, of duizelig, of niet lekker, en of ze soms water nodig had, totdat Margot zogenaamd geïrriteerd met haar handen begon te wapperen en met haar ogen te rollen. Maar ze meende het niet. Ze was niet meer opgehouden over hem te praten sinds ze het mij had verteld.

Ik zou 'voorlopig' in het appartement blijven, zei Frank Junior. Met voorlopig bedoelde hij waarschijnlijk totdat Margot zou overlijden, maar dat zei niemand hardop. De makelaar had blijkbaar gezegd dat geen mens het in de huidige staat zou willen huren, en het was een beetje onkies om het nu al leeg te halen, dus had ik de rol van tijdelijke huismeester toebedeeld gekregen. Margot zei een paar keer nadrukkelijk dat het Dean Martin wat vastigheid zou bieden, nu hij aan deze nieuwe situatie moest wennen. Ik weet niet of Frank Junior het welzijn van de hond wel zo hoog op zijn eigen prioriteitenlijstje had staan.

Ze nam maar twee koffers mee en droeg een van haar favoriete 'mantelpakjes voor op reis': het jadekleurige pakje met het bijpassende dophoedje. Ik deed er een nachtblauwe Yves Saint-Laurent-sjaal om haar smalle hals bij, om te verhullen hoe pijnlijk mager die uit haar kraag stak, en zocht er de turquoise cabochon oorbellen bij om het helemaal af te maken. Ik was bang dat ze het te warm zou hebben, maar ze leek nog kleiner en brozer te zijn geworden en ze klaagde dat ze het koud had, al was het nog zo warm buiten. Ik stond buiten op de stoep, met Dean Martin in mijn armen, en keek toe terwijl haar zoon en Vincent toezicht hielden op het inladen van haar bagage. Zelf controleerde ze of ze haar juwelendoosjes bij zich had – ze was van plan om een paar van de kostbaardere stukken aan de vrouw van Frank Junior te geven, en een paar aan Vincent 'voor als hij ooit trouwt', en toen ze gerust was dat ze veilig weggeborgen waren, liep ze langzaam naar mij toe, zwaar leunend op haar stok.

'Zo. Lieve schat. Ik heb een brief voor je achtergelaten met alle instructies. Ik heb niet tegen Ashok gezegd dat ik wegga; ik heb geen zin in toestanden. Maar ik heb wel iets voor hem in de keuken neergelegd. Ik zou het fijn vinden als jij hem dat gaf als we straks weg zijn.'

Ik knikte.

'Alles wat je moet weten voor Dean Martin staat in een aparte brief. Het is heel belangrijk dat je je vasthoudt aan zijn routine. Hij heeft het nu eenmaal graag zo.'

'Maak je nu maar geen zorgen. Ik zorg ervoor dat hij gelukkig is.'

'En hij mag niet meer van die leversnoepjes. Hij bedelt erom, maar hij wordt er ziek van.'

'Geen leversnoepjes.'

Margot hoestte, misschien omdat het praten haar moeite kostte, en ze wachtte even tot ze weer wat lucht had. Ze steunde op haar loopstok en keek omhoog naar het gebouw waar ze meer dan een halve eeuw had gewoond, met een hand boven haar ogen tegen de zon. Toen draaide ze zich stijfjes om en keek naar Central Park, wat zo lang haar uitzicht was geweest.

Frank Junior riep haar vanuit de auto en boog zich naar voren zodat hij ons wat beter kon zien. Zijn vrouw stond naast het portier aan de passagierskant en drukte haar handen gespannen samen. Ze hield blijkbaar niet zo van de grote stad.

'Ma?'

'Nog heel even, graag, lieveling.'

Margot ging recht voor me staan. Ze stak een hand uit en terwijl ik hem vasthield aaide ze de hond over zijn kop, drie, vier keer, met haar magere, gemarmerde vingers. 'Je bent een brave jongen, hè, Dean Martin?' zei ze zachtjes. 'Een ontzettend brave jongen.'

De hond staarde haar verrukt aan.

'Je bent ook echt een verschrikkelijk knappe boy.' Bij dat laatste woord brak haar stem.

De hond likte haar handpalm en ze deed een stap naar voren en kuste hem op zijn gerimpelde koppie, haar ogen gesloten en haar lippen net iets te lang tegen hem aan gedrukt, zodat zijn scheve ogen uitpuilden en hij zijn pootjes tegen haar aan zette. Heel even zag je haar pijn.

'Ik... Ik kan met hem bij je op bezoek komen.'

Ze hield haar gezicht bij zijn snuit, met haar ogen, en leek niets te merken van het lawaai en het verkeer en de mensen om haar heen.

'Heb je gehoord wat ik zei, Margot? Ik bedoel, als je straks daar je draai hebt gevonden, dan kunnen we op de trein stappen en dan...'

Ze ging rechtop staan, deed haar ogen open en keek even naar de grond.

'Nee. Liever niet.'

Voor ik nog iets kon zeggen draaide ze zich om. 'Wil je nu alsjeblieft een eindje met hem gaan lopen, kindje? Ik wil niet dat hij me ziet vertrekken.'

Haar zoon was de auto weer uit gestapt en stond te wachten op de stoep. Hij bood haar een hand aan, maar ze wuifde hem weg. Ik meende dat ik een traan zag, maar het viel moeilijk te zeggen door alle tranen die over mijn eigen wangen stroomden.

'Dankjewel, Margot,' riep ik. 'Voor alles.'

Ze schudde haar hoofd, haar mond vastberaden. 'Ga nu maar. Toe, kindje.' Net op het moment dat haar zoon zijn arm voor haar ophield, draaide zij zich om naar de auto, en ik weet niet wat ze daarna deed, want ik zette Dean Martin op de stoep en liep, zoals ze me had opgedragen, met flinke passen richting Central Park, mijn hoofd omlaag, de blikken negerend van de nieuwsgierige mensen die zich afvroegen waarom een meisje in een korte glitterbroek met een bomberjack van paarse zijde om elf uur 's ochtends in het openbaar liep te huilen.

Ik liep zolang Dean Martins kleine pootjes het volhielden. Toen hij niet verder wilde en bleef staan bij Azalea Pond, met zijn piepkleine roze tongetje uit zijn bek en een ooglid dat een beetje afhing, pakte ik hem op en droeg hem verder, mijn ogen gezwollen van de tranen, mijn borst een ademhaling verwijderd van nog een wanhopige snik.

Ik ben nooit echt een dierenmens geweest. Maar ineens begreep ik hoe troostrijk het was om je gezicht te begraven in de zachte vacht van een ander schepsel, en om al die kleine taakjes te hebben die je moet uitvoeren voor zijn welzijn.

'Is mevrouw De Witt op vakantie?' Ashok zat achter zijn bureau toen ik met gebogen hoofd en mijn blauwe plastic zonnebril op binnenkwam.

Ik had nog niet de energie om het hem te vertellen. 'Yep.'

'Ze heeft helemaal niet gezegd dat ik haar kranten tijdelijk moest stopzetten. Dat zal ik dan meteen maar even doen.' Hij schudde zijn hoofd en pakte een grootboek. 'Weet je wanneer ze weer terug is?'

'Ik laat het je nog weten.'

Ik liep langzaam de trap op, met het kleine hondje roerloos in mijn armen, alsof hij bang was dat hij zijn pootjes weer moest gebruiken als hij zich bewoog. Toen liet ik mezelf het appartement binnen.

Het was doodstil en haar afwezigheid was al overal voelbaar, heel anders dan toen ze in het ziekenhuis had gelegen. De stofdeeltjes daalden neer in de stille, warme lucht. Over een paar maanden, dacht ik, zou hier iemand anders wonen. Die zou het jarenzestigbehang van de muren scheuren, de rookglasmeubels naar de vuilstort brengen. Het zou helemaal opnieuw worden vormgegeven tot een uitvalsbasis voor drukke managers of een schrikbarend rijk gezin met kleine kinderen. Het idee alleen al gaf me een hol gevoel vanbinnen.

Ik gaf Dean Martin wat water en een handje brokken als traktatie, en liep toen langzaam het appartement door, met zijn kleding en zijn hoedjes en zijn muren vol herinneringen, en ik maande mezelf niet te denken aan de verdrietige dingen maar aan de blijdschap op het gezicht van de oude dame bij het vooruitzicht haar laatste dagen bij haar enige kind te mogen doorbrengen. Het was een vreugde die haar had veranderd, die haar vermoeide trekken had gladgestreken en haar ogen had doen glanzen. Ik vroeg me af of al die spullen, al deze herinneringen voor haar een manier waren geweest om zich te beschermen tegen de blijvende pijn van zijn afwezigheid.

Margot De Witt, koningin van de stijl, moderedacteur *extraordinaire*, vrouw die haar tijd zo ver vooruit was, had een muur gebouwd, een beeldschone, bonte, veelkleurige muur om zichzelf voor te houden dat het allemaal nút had gehad. Maar zodra hij weer bij haar terug was had ze die muur vernietigd, zonder om te kijken.

Een poosje later, toen mijn tranen overgegaan waren in zo nu en dan een snik, pakte ik de eerste envelop van tafel en maakte hem open. De brief was geschreven in Margots prachtige, krullerige handschrift, een overblijfsel uit een tijdperk waarin kinderen werden beoordeeld op schrijfkunst. Zoals ze al had beloofd stonden er alle details in over wat het hondje allemaal te eten moest krijgen, plus de tijdstippen waarop dat moest gebeuren, wanneer hij naar de dierenarts moest voor inentingen, en wanneer hij ontvlooid en ontwormd moest worden. Ook stond er waar al zijn winterdekjes lagen – hij had er verschillende, voor regen, wind en sneeuw – en zijn favoriete shampoomerk. Verder moest zijn gebit worden gereinigd en – dit vond ik minder smakelijk – zijn anaalklieren geleegd.

'Dát had ze er niet bij gezegd toen ze me vroeg om jou over te nemen,' zei ik tegen hem, en hij tilde zijn kop op, kreunde, en keek weer omlaag.

Ze legde uit waar eventuele post naartoe moest worden gestuurd en de contactgegevens voor het boedelbedrijf – de spullen die ze niet mochten meenemen stonden in haar slaapkamer en ik moest een bordje maken voor op de deur dat ze daar niet naar binnen mochten. Alle meubels, lampen en gordijnen mochten weg. De visitekaartjes van haar zoon en schoondochter zaten in de envelop, mocht ik contact met hen willen opnemen voor verdere verduidelijking.

En dan nu de belangrijke zaken. Louisa, ik heb je niet persoonlijk bedankt voor het feit dat je Vincent hebt gevonden – een daad van burgerlijke ongehoorzaamheid die me zo veel onver-

wacht geluk heeft gebracht – maar ik bedank je nu. Ik bedank je ook voor het feit dat je voor Dean Martin zorgt. Er zijn maar weinig mensen op wie ik vertrouw dat ze doen wat ik van ze vraag, en die evenveel van hem houden als ik, maar jij bent daar een van.
Louisa, je bent een schat. Je bent altijd te discreet geweest om me details te geven, maar laat je licht niet doven door wat er ook maar bij die domme buren is gebeurd. Je bent een moedig, beeldschoon, verschrikkelijk lief schepseltje en ik ben eeuwig dankbaar voor het feit dat zij deze stomme fout hebben gemaakt, waardoor je bij mij kwam. Dankjewel.
Het is om uiting te geven aan mijn dankbaarheid dat ik jou graag mijn garderobe wil aanbieden. Voor een ander – behalve misschien die vriendinnen van je, die huurlingachtige types in die walgelijk kledingzaak – is dit allemaal rommel. Maar jij weet mijn kledingstukken op waarde te schatten. Doe ermee wat je wilt: bewaar een paar dingen, verkoop de rest, wat je maar wilt. Ik weet dat je er hoe dan ook plezier van zult hebben.
Dit is wat mijn idee is – hoewel ik me ervan bewust ben dat niemand zit te wachten op de ideeën van een oude vrouw: begin je eigen agentschap. Verhuur de stukken, of verkoop ze. Die meiden dachten blijkbaar dat er geld in zat… Nou, dan lijkt dit me de perfecte carrière voor je. Er zijn genoeg spullen als basis voor een onderneming. Hoewel je zelf misschien andere ideeën hebt voor je toekomst, veel betere. Laat je me weten wat je besluit wordt?
Hoe dan ook, mijn lieve huisgenootje, ik verheug me erop van je te horen. Geef mijn hondje een kus van me, ik mis hem nu al zo verschrikkelijk.

Warme groet,
Margot

Ik legde de brief neer en zat een poosje roerloos in de keuken. Toen liep ik naar Margots slaapkamer en naar de kleedkamer daarachter, en bekeek de uitpuilende rekken met de ene na de andere outfit.

Een modeagentschap? Ik wist niks over een bedrijf opzetten, niets over bedrijfsruimten of boekhouden of hoe je met klanten moest omgaan. Ik woonde in een stad waar ik de regels niet helemaal begreep, zonder vaste verblijfplaats, en elk baantje dat ik ooit had gehad was op een mislukking uitgelopen. Hoe kwam Margot er in vredesnaam bij dat ik een heel nieuw bedrijf zou kunnen opzetten?

Ik liet mijn vingers over een pauwblauwe fluwelen mouw glijden en haalde het kledingstuk toen van het rek: Halston, een jumpsuit, met een split tot in de taille met daarachter een stukje gaas. Ik hing hem voorzichtig terug en haalde een jurk tevoorschijn, van witte broderie, de rok een massa stroken. Als verdoofd en een beetje overweldigd liep ik langs dat eerste rek. De verantwoordelijkheid van het hebben van een hond begon pas net een beetje te wennen. Wat moest ik beginnen met drie kamers vol kleren?

Die avond zat ik in Margots appartement en keek naar *Wheel of Fortune*. Ik at wat er over was van de kip die ik had gebraden voor haar laatste maaltijd. (Ik vermoedde dat ze het grootste deel van haar eten stiekem onder de tafel aan de hond had gevoerd.) Ik hoorde niet wat Vanna White te zeggen had en ik schreeuwde geen antwoorden naar het scherm. Ik dacht aan wat Margot tegen me had gezegd en vroeg me af wat zij precies in mij had gezien.

Wie was Louisa Clark eigenlijk?

Ik was een dochter, een zus, en een poosje een soort surrogaatmoeder. Ik was iemand die voor anderen zorgde, maar die eigenlijk geen idee had hoe ze voor zichzelf moest zorgen. Terwijl het glinsterende rad van fortuin op de televisie werd rondgedraaid, probeerde ik te bedenken wat ik zelf nou eigenlijk echt wilde in plaats van wat anderen allemaal van me wilden. Ik dacht aan wat Will precies tegen me had gezegd: dat ik niet iemand anders' idee van een vol leven moest leven, maar dat ik mijn eigen droom moest najagen. Het probleem was dat ik nooit echt goed had nagedacht over wat die droom precies inhield.

Ik dacht aan Agnes, verderop in de gang, een vrouw die iedereen ervan probeerde te overtuigen dat ze zich best in een nieuw leven kon persen, ook al weigerde ze diep vanbinnen te stoppen met treuren om de rol die ze achtergelaten had. Ik dacht aan mijn zus en hoe blij die was nu ze de stap had genomen om onder ogen te zien wie ze werkelijk was. Aan hoe ze zo makkelijk de stap naar de liefde had gezet, toen ze zichzelf eenmaal had toegestaan om dat te doen. Ik dacht aan mijn moeder, een vrouw die zo gevormd was door de zorg voor andere mensen dat ze niet meer wist wat ze moest doen toen ze eenmaal vrij was.

Ik dacht aan de drie mannen van wie ik had gehouden, en dat die me alle drie hadden veranderd, of hadden geprobeerd om dat te doen. Will had een duidelijk stempel op me gedrukt. Ik zag alles door het prisma van wat hij voor me had gewild. *Ik zou ook veranderd zijn voor jou, Will. En nu pas begrijp ik het: dat jij dat waarschijnlijk al die tijd al wist.*

Durf te leven, Clark.

'Succes!' riep de presentator van *Wheel of Fortune* en hij gaf het rad nog een draai.

En ik wist precies wat ik wilde doen.

De drie daaropvolgende dagen besteedde ik aan het ordenen van Margots garderobe en sorteerde ik alles in verschillende afdelingen: zes verschillende decennia, en binnen die decennia: kleding voor overdag, avondkleding, kleding voor speciale gelegenheden. Alles wat kleine reparaties nodig had – ontbrekende knoopjes, loslatend kant, kleine gaatjes – haalde ik eruit en ik verwonderde me erover dat ze de motten buiten de deur had weten te houden, dat de meeste zomen niet waren gaan lubberen, maar nog keurig recht waren. Ik hield mezelf kledingstukken voor, paste er een paar, haalde plastic hoezen weg en sloeg kreetjes van verrukking en verwondering, waardoor Dean Martin zijn oortjes opzette, om vervolgens vol walging weg te lopen. Ik ging naar de openbare bibliotheek en was de helft van de dag bezig om uit te zoeken wat ervoor nodig was om een bedrijfje te beginnen, wat de eisen van de belastingdienst waren, of er subsidies mogelijk waren, en welke papieren je allemaal moest invullen, en de map met printjes werd met de dag dikker. Toen ging ik met Dean Martin naar het Vintage Clothes Emporium en ging met de meiden om tafel om hun te vragen waar ik fijne stoffen het best chemisch kon laten reinigen, en waar de beste fourniturenwinkels waren voor zijden voeringstof voor reparaties.

Ze wisten niet wat ze hoorden toen ik hun vertelde van Margots geschenk. 'We kunnen de hele boel van je overnemen,' zei Lydia, terwijl ze een ring rook naar het plafond blies. 'Ik bedoel, voor zoiets kunnen we vast wel een lening krijgen bij een bank. Toch? We bieden je een goede prijs. Genoeg voor een aanbetaling op een heel leuk huurhuis! Er is een televisiebedrijf in Duitsland dat veel belangstelling heeft voor dit soort dingen. En ze hebben een serie van vierentwintig afleveringen die verschillende generaties beslaat en ze willen –'

'Nee dank je, ik heb nog niet besloten wat ik er precies mee wil doen,' zei ik en ik probeerde niet te letten op hun teleurgestelde gezichten. Ik wilde de kleren beschermen, nu al. Ik leunde over de toonbank. 'Maar ik heb wel een ander idee...'

De volgende ochtend was ik net een groen 'Judy'-broekpak van Ossie Clark uit 1970 aan het passen en controleren op verteerde zomen of gaatjes, toen er werd aangebeld. 'Wacht even, Ashok. Wacht! Even de hond pakken,' riep ik en ik tilde hem op terwijl hij woedend naar de deur aan te blaffen was.

Het was Michael.

'Hallo,' zei ik koeltjes toen ik van de schrik bekomen was. 'Is er een probleem?'

Hij onderdrukte een frons toen hij mijn outfit zag. 'Meneer Gopnik wil je graag spreken.'

'Ik ben hier volkomen legitiem. Mevrouw De Witt heeft me gevraagd hier te blijven.'

'Daar gaat het niet over. Ik weet eerlijk gezegd niet precies wat hij van je wil. Maar hij wil je ergens over spreken.'

'Daar heb ik geen zin in, Michael. Dus bedankt.' Ik wilde de deur dichtdoen, maar hij zette zijn voet ertussen. Ik keek ernaar. Dean Martin begon dreigend te grommen.

'Louisa. Je weet hoe hij is. Hij zei dat ik niet weg mocht gaan totdat je meekwam.'

'Dan komt hij zelf maar hier. Zo ver is dat niet.'

Hij begon te fluisteren. 'Hij wil je niet hier spreken. Hij wil je spreken op kantoor. Privé.' Het was niets voor hem, maar hij keek ongemakkelijk, als iemand die had gezegd dat hij je beste vriend was, om je vervolgens als een baksteen te laten vallen.

'Zeg dan maar dat ik later vanochtend wel langskom. Als Dean Martin en ik ons wandelingetje hebben gedaan.'

Hij verroerde zich nog steeds niet.

'Wat is er nou?'

Hij keek bijna smekend. 'De auto staat buiten te wachten.'

Ik nam Dean Martin mee. Hij was een welkome afleiding voor de vage spanning die ik voelde. Michael zat naast me in de limousine en Dean Martin keek tegelijkertijd boos naar hem én naar de rugleuning van de bestuurdersstoel. Ik zat er zwijgend bij en vroeg me af wat meneer Gopnik van me wilde. Als hij had besloten om aangifte te doen zou hij toch zeker wel de politie hebben gestuurd, in plaats van zijn auto? Had hij soms expres gewacht tot Margot er niet meer was? Had hij andere dingen ontdekt waar hij mij de schuld van wilde geven? Ik dacht aan Steven Lipkott en de zwangerschapstest en ik vroeg me af hoe ik zou reageren als hij me op de man af zou vragen wat ik wist. Will zei altijd dat ik totaal geen pokerface had. Ik oefende in gedachten: 'Ik weet van niks', totdat Michael me scherp aankeek en ik me realiseerde dat ik het hardop was gaan zeggen.

We stapten uit voor een groot glazen gebouw. Michael stapte kordaat de enorme, met marmer beklede lobby door, maar ik liet me niet opjutten en liet Dean Martin rustig in zijn eigen tempo stappen, ook al zag ik best dat Michael er knettergek van werd. Hij haalde een pasje op bij de bewaking, gaf het aan me, en stuurde me toen naar een aparte lift, achter in de lobby – meneer Gopnik was duidelijk te belangrijk om op en neer te gaan met de rest van zijn personeel.

We gingen naar de vierenzestigste verdieping, met een snelheid waar mijn ogen bijna even erg van uitpuilden als die van Dean Martin, en ik probeerde niet te laten merken dat mijn knieën een beetje knikten toen ik de eerbiedige stilte van het kantoor in stapte. Een secretaresse, onberispelijk gekleed in een op maat gemaakt mantelpakje en op torenhoge hakken bekeek me verwonderd – ik nam aan dat hier niet veel mensen kwamen in een smaragdgroen Ossie Clark-broekpak met roodsatijnen biesjes en een klein, fel hondje in de armen. Ik liep achter Michael aan een gang door naar een ander kantoor, waar een andere, alweer zo onberispelijk in kantooruniform gestoken vrouw zat.

'Juffrouw Clark voor meneer Gopnik, Diane,' zei hij.

Ze knikte, pakte de telefoon op en mompelde iets. 'Hij verwacht u,' zei ze met een glimlachje.

Michael wees me naar de deur. 'Zal ik de hond van je overnemen?' vroeg hij. Hij wilde duidelijk per se dat de hond niet mee naar binnenging.

'Nee, dank je,' zei ik en ik drukte Dean Martin nog wat steviger tegen me aan.

De deur ging open en daar stond Leonard Gopnik, in zijn overhemd.

'Fijn dat je wilde komen,' zei hij, terwijl hij de deur achter me dichtdeed. Hij wees naar de stoel aan de andere kant van het bureau en liep zelf langzaam naar zijn eigen stoel. Het viel me op dat hij erger mank liep en ik vroeg me af wat Nathan met hem deed. Hij was altijd veel te discreet om het erover te hebben.

Ik zei niets.

Hij nam moeizaam plaats. Hij zag er moe uit, vond ik, en zijn dure, gebruinde huid kon de kringen onder zijn ogen niet verbloemen, of de spanningsrimpels.

'Je neemt je taken heel serieus,' zei hij, met een blik op de hond.

'Dat doe ik immers altijd,' zei ik, en hij knikte, alsof hij die reactie niet onredelijk vond.

Toen leunde hij over het bureau en legde zijn vingertoppen tegen elkaar. 'Louisa, ik zit meestal niet om woorden verlegen, maar... Ik moet bekennen dat ik nu niet weet wat ik moet zeggen. Twee dagen geleden ben ik ergens achter gekomen. Het is iets waar ik erg van geschrokken ben.'

Hij keek me aan. Ik staarde onbewogen terug, mijn blik een toonbeeld van neutraliteit.

'Mijn dochter Tabitha was... achterdochtig geworden over een aantal dingen die ze had opgevangen en ze heeft een privédetective in de arm genomen. Dat is niet iets waar ik erg blij mee ben; we zijn als gezin niet gewend om elkaar te laten onderzoeken. Maar toen ze mij vertelde wat deze meneer had ontdekt, bleek dat iets wat ik niet kon negeren. Ik heb het met Agnes besproken en die heeft me alles verteld.'

Ik wachtte af.

'Over het kind.'

'O,' zei ik.

Hij slaakte een zucht. 'Tijdens deze nogal... uitgebreide discussies vertelde ze me ook van de piano en dat jij het geld daarvoor op haar verzoek in delen moest opnemen bij een geldautomaat in de buurt, een aantal dagen achter elkaar.'

'Ja, meneer Gopnik,' zei ik.

Hij boog zijn hoofd alsof hij ergens had gehoopt dat ik de feiten zou weerleggen, hem zou zeggen dat het onzin was, dat die privédetective onzin verkocht.

Toen leunde hij moeizaam naar achteren. 'Wij hebben jou kennelijk een groot onrecht aangedaan, Louisa.'

'Ik ben geen dief, meneer Gopnik.'

'Dat is me duidelijk. En toch was jij bereid, uit loyaliteit naar mijn vrouw, om mij te doen geloven dat je dat wel was.'

Ik wist niet of hij dit als kritiek bedoelde. 'Ik had niet echt een keuze, vond ik.'

'Maar die had je wel. Je had wel degelijk een keuze.'

We zaten er even zwijgend bij. Hij trommelde met zijn vingers op zijn bureau.

'Louisa, ik heb een groot deel van de nacht zitten denken wat ik zou kunnen doen om deze situatie recht te zetten, en ik denk dat ik je een aanbod wil doen.'

Ik wachtte af.

'Ik wil je graag je baan teruggeven. Uiteraard tegen betere voorwaarden: langere vakanties, een hoger salaris en beduidend betere arbeidsvoorwaarden. Als je liever niet bij ons inwoont kunnen we een woning in de buurt voor je regelen.'

'Een baan?'

'Agnes heeft nog niemand gevonden die ze even goed vindt als jij. Je hebt jezelf dubbel en dwars bewezen en ik ben je immens dankbaar voor je... loyaliteit en je blijvende discretie. Het meisje dat we als jouw opvolgster hebben aangenomen is... Nou ja, ze is niet geschikt. Agnes vindt haar niet aardig. Ze vond jou meer... een vriendin.'

Ik keek naar de hond. Hij keek op naar mij. Hij leek totaal niet onder de indruk.

'Meneer Gopnik, dat is erg vleiend, maar ik geloof niet dat ik het nog prettig zou vinden om weer als Agnes' assistente aan de slag te gaan.'

'Er zijn andere mogelijkheden; een baan binnen mijn bedrijf, bijvoorbeeld. Ik begrijp dat je nog geen ander werk hebt.'

'Wie heeft u dat verteld?'

'Er ontgaat me niet veel van wat er in het gebouw gebeurt, Louisa. Tenminste, meestal niet.' Hij glimlachte wrang. 'Luister, er zijn vacatures op onze marketingafdeling en op de afdeling boekhouden. Ik kan Human Resources vragen om niet te letten op de basiseisen en we kunnen je een opleiding bieden. Ik ben desnoods bereid een positie voor je te creëren bij mijn filantropische afdeling, als dat je meer interesseert. Wat vind je ervan?' Hij wachtte af, zijn arm leunend op het bureau, zijn ebbenhouten pen losjes in zijn hand.

Even kwam er een beeld bij me op van een heel ander leven: ik, in een mantelpakje, elke dag aan het werk in dit enorme glazen kantoor. Louisa Clark, met een dik salaris en een huis dat ik kon betalen. Een New Yorker. Met voor de verandering eens niemand om voor te zorgen, alleen maar doorstoten naar boven; *the sky is the limit*. Het zou een heel ander leven zijn, ik zou echt de American Dream kunnen waarmaken.

Ik dacht eraan hoe trots mijn familie zou zijn als ik ja zou zeggen.

Ik dacht aan een viezig pakhuis, verderop in de stad, propvol afgedankte kleren van andere mensen. 'Meneer Gopnik, nogmaals, ik ben erg gevleid. Maar ik denk niet dat ik dat wil.'

Zijn blik verharde. 'Dus je wilt geld.'

Ik knipperde met mijn ogen.

'Dit is een samenleving waar men elkaar graag voor de rechter sleept, Louisa. Ik ben me ervan bewust dat jij over uiterst gevoelige informatie over mijn familie beschikt. Als je liever een bedrag wilt ontvangen, dan kunnen we het daarover hebben. Dan vraag ik mijn advocaat erbij.' Hij leunde voorover en legde zijn hand op de intercom. 'Diane, wil jij –'

Dat was het moment waarop ik opstond. Ik zette Dean Martin voorzichtig op de grond. 'Meneer Gopnik, ik wil uw geld niet.

Als ik u had willen aanklagen, of... of als ik munt had willen slaan uit uw geheimen, dan had ik dat weken geleden al gedaan, toen ik geen werk had en geen dak boven mijn hoofd. U hebt me toen verkeerd ingeschat en dat doet u nu weer. En nu wil ik graag weg.'

Hij haalde zijn vinger van de telefoon. 'Alsjeblieft... Ga zitten. Het was niet mijn bedoeling om je te beledigen.' Hij wees naar de stoel. 'Toe, Louisa. Ik wil deze zaak graag nu afhandelen.'

Hij vertrouwde me niet. Het drong tot me door dat meneer Gopnik in een wereld leefde waarin geld en status zo veel belangrijker waren dan wat dan ook, dat hij zich niet kon voorstellen dat iemand daar niet wat van wilde hebben, als ze de kans kreeg.

'U wilt zeker dat ik iets onderteken,' zei ik koeltjes.

'Ik wil weten wat je prijs is.'

Toen wist ik het ineens. Misschien had ik toch iets.

Ik ging weer zitten en noemde hem toen de prijs, en voor het eerst in de negen maanden nadat we elkaar hadden leren kennen, keek hij oprecht verbaasd. 'Dat is wat je wilt?'

'Dat is wat ik wil. En het maakt me niet uit hoe u het doet.'

Hij zakte tegen de rugleuning van zijn stoel en legde zijn handen achter zijn hoofd. Hij keek opzij, dacht even na, en keek mij toen weer aan. 'Ik zou eigenlijk liever willen dat je weer voor me komt werken, Louisa Clark,' zei hij. Toen glimlachte hij, voor het eerst, en hij stak zijn hand naar mij uit.

'Er is een brief voor je,' zei Ashok toen ik terugkwam. Meneer Gopnik had zijn chauffeur opdracht gegeven om me weer thuis te brengen, maar ik had gevraagd of hij me twee blokken eerder wilde afzetten zodat Dean Martin zijn pootjes kon strekken. Ik rilde nog na van de bespreking, maar ik voelde me licht in het hoofd, dolblij, alsof ik de hele wereld aankon. Ashok moest me twee keer roepen voordat het tot me doordrong wat hij had gezegd.

'Voor mij?' Ik staarde naar het adres; ik zou niet weten wie er nog meer wist dat ik op het adres van mevrouw De Witt woonde, behalve mijn ouders, en mijn moeder kondigde altijd per e-mail aan dat ze een brief had gestuurd, zodat ik de brievenbus in de gaten kon houden.

Ik rende naar boven, gaf Dean Martin wat water en ging toen zitten om de envelop te openen. Het handschrift kwam me niet bekend voor, dus draaide ik de brief om. Hij was geschreven op goedkoop kopieerpapier, met zwarte inkt, en er stonden een paar doorhalingen in, alsof de schrijver moeite had gehad de juiste woorden te vinden.

Sam.

30

Lieve Lou,

De vorige keer dat we elkaar zagen ben ik niet helemaal eerlijk geweest. Dus schrijf ik je deze brief, niet omdat ik denk dat het iets zal veranderen, maar omdat ik je een keer heb bedrogen en het is belangrijk voor me dat ik je niet nog een keer bedrieg of misleid.
Ik ben niet met Katie. En dat was ik ook niet toen ik je voor het laatst zag. Ik wil er niet te veel woorden aan vuilmaken, want het was al snel duidelijk dat we heel verschillende mensen zijn en dat ik een enorme fout had gemaakt. Als ik eerlijk ben wist ik dat al vanaf het begin. Ze heeft overplaatsing aangevraagd en hoewel ze het op het hoofdkantoor niet echt leuk vinden, ziet het ernaar uit dat ze ermee akkoord gaan.
Ik voel me een domkop, en terecht. Er gaat geen dag voorbij dat ik niet denk: had ik maar gewoon elke dag een paar regeltjes geschreven, zoals je had gevraagd, of desnoods af en toe een kaartje gestuurd. Ik had beter mijn best moeten doen voor je. Ik had mijn gevoelens met je moeten delen. Ik had er meer aan moeten doen, in plaats van te zwelgen in zelfmedelijden om alle mensen die me alleen hadden gelaten.

Zoals ik al zei, ik schrijf je niet omdat ik je op andere gedachten wil brengen. Ik weet dat jouw leven verdergegaan is. Ik wilde je alleen zeggen dat het me spijt en dat ik altijd spijt zal hebben van hoe het is gelopen, en dat ik echt hoop dat je gelukkig bent. (Het was moeilijk in te schatten, op een begrafenis.)

Zorg goed voor jezelf, Louisa.

Liefs, als altijd
Sam

Ik voelde me licht in mijn hoofd. En toen een beetje misselijk. Ik werd overspoeld door een enorme golf emotie die ik niet precies kon omschrijven. Toen maakte ik een prop van de brief en schreeuwend smeet ik hem in de prullenmand.

Ik stuurde Margot een foto van Dean Martin en schreef haar een kort briefje met een update over zijn gezondheid, gewoon, om mijn zenuwen een beetje te bedwingen. Ik ijsbeerde door het appartement en vloekte zachtjes. Ik schonk een glas sherry voor mezelf in uit Margots stoffige drankenkastje en dronk het in drie slokken leeg, ook al was het nog niet eens lunchtijd. Toen viste ik de brief weer uit de prullenbak, klapte mijn laptop open, ging op de grond in de gang zitten, met mijn rug naar Margots voordeur, zodat ik gebruik kon maken van de wifi van de Gopniks, en typte een e-mail aan Sam.

Wat was dat voor bullshitbrief? Waarom moest je me die nu nog zo nodig sturen? Na al die tijd?

Binnen een paar minuten kwam er een reactie, alsof hij bij zijn computer had zitten wachten.

Ik snap dat je boos bent. Ik zou waarschijnlijk ook boos zijn. Maar volgens Lily zat je eraan te denken om te gaan trouwen en zijn jullie op zoek naar een appartement in Little Italy, en ik dacht: als ik het je nu niet vertel is het te laat.

Ik staarde naar mijn scherm en fronste. Ik moest twee keer lezen wat hij had geschreven. Toen typte ik:

Heeft Lily dat gezegd?

Ja. En ze heeft me ook verteld dat jij het eigenlijk wat te vroeg vond, en dat je niet wilde dat hij dacht dat je het alleen maar deed om een dak boven je hoofd te hebben. Maar dat je geen nee kon zeggen op zijn aanzoek.

Ik wachtte een paar minuten en typte toen voorzichtig:

Sam, wat heeft ze precies over een aanzoek verteld?

Dat Josh voor je op zijn knieën is gegaan op het dak van Empire State Building. En dat hij een operazanger had ingehuurd. Niet boos op haar zijn, Lou. Ik weet wel dat ik het niet uit haar had moeten trekken. Ik weet dat het mij niet aangaat. Ik heb haar laatst gevraagd hoe het met je gaat. Ik wilde weten wat er allemaal speelde in je leven. Toen ze me dit allemaal vertelde schrok ik wel even. Ik vond dat ik gewoon blij moest zijn dat jij weer gelukkig was, maar ik dacht de hele tijd: stel dat ik die man was geweest? Stel dat ik – weet ik veel – mijn kans had gegrepen?

Ik deed mijn ogen dicht.

Dus je hebt me geschreven omdat Lily zei dat ik ga trouwen?

Nee. Ik wilde je toch al schrijven. Dat wilde ik al sinds ik je in Stortfold zag. Ik wist alleen niet wat ik dan moest zeggen. Maar toen dacht ik: als je eenmaal getrouwd bent – en vooral gezien het feit dat je huwelijk al zo snel is – kan ik het niet meer maken om iets te zeggen. Maar dat is misschien ouderwets van me. Luister, ik wilde dat jij wist dat het me spijt, Lou. Meer niet. Het spijt me als dat niet netjes van me is.

Het duurde even voor ik reageerde.

Oké. Nou, bedankt, dan.

Ik klapte mijn laptop dicht en leunde tegen de voordeur, sloot mijn ogen en zo bleef ik heel lang zitten.

Ik besloot om er verder niet meer over na te denken. Ik was er heel goed in, niet nadenken over dingen. Ik deed mijn huishoudelijke klusjes, liet Dean Martin uit en ging in de smorende hitte met de metro naar East Village om het met de meiden te hebben over het te huren vloeroppervlak en scheidingswandjes en verzekeringen. Ik dacht niet aan Sam.

Ik dacht niet aan hem als ik met de hond langs de alom aanwezige, stinkende vuilniswagens liep, of voor toeterende UPS-busjes moest uitwijken, of mijn enkels verzwikte op de keien in SoHo, of grote weekendtassen vol kleren door de poortjes van de metro sleurde. Ik dacht aan Margots woorden en deed wat ik het liefste deed, en wat inmiddels was uitgegroeid van een kiem van een idee tot een enorme bel die binnen in mij werd opgeblazen en die stukje bij beetje al het andere opzijduwde.

Ik dacht niet aan Sam.

Zijn volgende brief kwam drie dagen later. Dit keer herkende ik het kriebelige handschrift op de envelop die Ashok onder mijn deur door had geduwd.

Ik heb nagedacht over onze mailwisseling en er zijn nog een paar dingen waar ik het met je over wilde hebben. (Je hebt niet gezegd dat dat niet mocht, dus ik hoop dat je mijn brief niet meteen verscheurt.)
Lou, ik wist niet eens dat je wilde trouwen en ik vind het stom van me dat ik je er nooit naar heb gevraagd. Ik had helemaal niet door dat jij een meisje bent dat stiekem zat te wachten op

grote, romantische gebaren. Maar Lily heeft me verteld wat Josh allemaal voor je doet – elke week rozen, chique etentjes en zo – en nu denk ik... Hoe is het mogelijk dat ik niet in beweging kwam? Waarom deed ik niets en dacht ik dat het allemaal vanzelf wel goed zou komen, zonder dat ik mijn best hoefde te doen?
Lou, zat ik er dan echt zo naast? Ik moet gewoon weten of jij al die tijd dat wij bij elkaar waren hebt zitten wachten tot ik een of ander groots gebaar maakte, of ik je echt verkeerd heb ingeschat. Want als dat zo is, dan spijt me dat.
Het is raar om zo veel over jezelf na te denken, vooral als je niet iemand bent die graag zijn gevoelens onder de loep neemt. Ik doe liever dan dat ik denk. Maar ik denk dat ik hier een les uit moet trekken, en ik vraag je of je mij die zou willen leren.

Ik pakte een van Margots verschoten correspondentiekaartjes, met haar adres erboven. Ik streepte haar naam door. En ik schreef:

Sam, ik hoefde nooit een groots gebaar van jou. Nooit.
Louisa

Ik rende de trap af, gaf mijn briefje aan Ashok zodat die het met de post kon meegeven, en toen rende ik weer zo snel mogelijk weg, en deed alsof ik hem niet hoorde toen hij vroeg of het allemaal wel goed ging.

Binnen een paar dagen kwam de volgende brief.

Volgens mij wilde je dat wel. Je wilde dat ik je zou schrijven. En dat heb ik niet gedaan. Ik was altijd te moe, en om heel eerlijk te zijn voelde ik me ook een beetje belachelijk. Ik had bij een brief niet het gevoel dat ik echt met jou praatte, het leek alsof ik maar wat neerkalkte. Het voelde nep.
En hoe langer ik het niet deed, en hoe meer jij wende aan je nieuwe leven daar en hoe meer je veranderde, hoe meer ik het gevoel had van: wat heb ik haar eigenlijk in godsnaam te melden? Ze gaat naar van die deftige bals en countryclubs

en ze rijdt rond in limousines en heeft de tijd van haar leven, terwijl ik rondrijd in een ambulance in Oost-Londen, waar ik dronkenlappen en eenzame oudjes oppik die uit hun bed gevallen zijn.
Oké, en ik zal je nog eens wat vertellen, Lou. En als je daarna nooit meer iets van me wilt horen, dan snap ik dat best, maar nu we toch weer aan de praat zijn, moet ik het wel zeggen: ik ben helemaal niet blij voor je. Ik vind dat je niet met hem moet trouwen. Ik weet best dat hij slim en knap en rijk is, en dat hij strijkkwartetten laat aanrukken als je op zijn dakterras zit te eten en zo, maar ik vertrouw hem niet helemaal. Ik vind hem niet de goede man voor jou.
Shit. Het gaat natuurlijk niet alleen om jou. Ik word zelf gek van het idee. Ik vind het verschrikkelijk dat je met hem bent. Alleen al de gedachte dat hij zijn arm om je heen slaat maakt dat ik dingen wil stukgooien. Ik slaap niet meer, omdat ik zo'n stomme jaloerse vent ben geworden, die zijn hersenen maar eens moet gaan trainen om aan andere dingen te denken. En je kent mij: ik kan normaal altijd en overal slapen.
Als je dit leest denk je waarschijnlijk: 'Mooi zo, lul, net goed.' En daar heb je helemaal gelijk in.
Maar doe nou maar niets overhaasts, oké? Zorg dat je zeker weet dat hij alles is wat jij verdient. Of, nou ja, trouw überhaupt maar niet met hem.

Sam
x

Dit keer wachtte ik een paar dagen voordat ik reageerde. Ik droeg de brief overal mee naartoe en keek ernaar als het even stil was in het Vintage Clothes Emporium, en als ik een kop koffie haalde in de *diner* bij Columbus Circle waar ze honden toelieten. Ik herlas hem als ik 's avonds in mijn doorgezakte bed lag en ik dacht erover na als ik in Margots kleine, zalmkleurige badkuip lag te weken.

En toen schreef ik terug:

Lieve Sam,

Ik ben niet meer met Josh. Om jouw eigen woorden aan te halen: we bleken heel verschillende mensen te zijn.

Lou

PS En trouwens, ik word helemaal eng van het idee dat er een violist over me heen hangt, terwijl ik probeer te eten.

31

Lieve Louisa,

Voor het eerst in weken heb ik fatsoenlijk geslapen. Je brief lag te wachten toen ik na een nachtdienst thuiskwam en ik was zo ontzettend blij dat ik als een malle een dansje wilde doen, maar ik kan helemaal niet dansen, en ik had niemand om tegenaan te praten, dus toen heb ik buiten de kippen uit hun hok gelaten en toen heb ik het maar aan hen verteld. (Ze waren niet bijster onder de indruk. Domme beestjes.)
Dus, mag ik je dan blijven schrijven?
Ik heb inmiddels van alles te vertellen. En ik heb ook tachtig procent van de dag een domme grijns op mijn gezicht. Mijn nieuwe partner (Dave, vijfenveertig, niet het type dat mij aan de Franstalige romans gaat helpen) zegt dat de patiënten bang van me worden, op deze manier.
Hoe is het bij jou, wil je me dat schrijven? Is alles oké? Je klonk niet erg verdrietig. Misschien wil ik wel gewoon niet dat je er verdrietig om bent.
Vertel me alles.

Liefs,
Sam x

Er kwam bijna elke dag een brief. Sommige waren lang en uitvoerig, andere bestonden uit maar een paar regels, of er zat een foto bij van een deel van zijn inmiddels afgebouwde huis. Of van de kippen. Soms waren ze heel uitvoerig, onderzoekend, geestdriftig.

Het is te snel gegaan met ons, Louisa Clark. Misschien is het allemaal in een stroomversnelling gekomen door mijn verwondingen. Je kunt nu eenmaal niet doen alsof je hard to get bent als iemand letterlijk je ingewanden in z'n handen heeft gehad. Dus misschien is dit wel goed. Misschien kunnen we nu eindelijk echt eens met elkaar praten.
Na de kerst lag ik helemaal in puin, dat kan ik je wel zeggen. Ik mag graag denken dat ik het goed aangepakt had, maar ik had het niet goed aangepakt. Ik heb je pijn gedaan en dat heeft me achtervolgd. Er waren zo veel nachten dat ik maar gewoon het idee opgaf dat ik de slaap nog zou vatten en in plaats daarvan maar met het huis aan de slag ging. Als je een bouwproject af wilt krijgen, kan ik het je van harte aanraden om je hufterig te gedragen.
Ik moet veel aan mijn zus denken. Vooral aan wat ze tegen me zou zeggen. Je hoeft haar niet te hebben gekend om te weten wat voor krachttermen ze zou hebben gebruikt.

Ze stroomden binnen, soms wel twee per dag, en soms werden ze aangevuld met een e-mail, maar meestal waren het lange, handgeschreven uiteenzettingen, kijkjes in Sams hoofd en hart. Er waren dagen dat ik ze bijna niet eens wilde lezen, omdat ik bang was de banden met de man die mijn hart zo grondig had gebroken weer aan te halen. Maar er waren ook dagen dat ik op blote voeten naar beneden rende, met Dean Martin op mijn hielen, en ik voor Ashok stond te stuiteren, terwijl hij de stapel post op zijn bureau voor me doorspitte. Dan deed hij alsof er niets voor mij bij zat, om vervolgens een brief uit de binnenzak van zijn jasje te trekken en die met een glimlach te overhandigen, waarna ik naar boven vloog om er in mijn eentje van te genieten.

Ik las en herlas, en met elke brief ontdekte ik dat we elkaar voor mijn vertrek niet echt goed hadden gekend. Ik kreeg een nieuw beeld van deze stille, complexe man. Soms werd ik verdrietig van wat hij schreef:

Het spijt me zo. Geen tijd, vandaag. Twee kinderen overleden bij een verkeersongeval. Moet nu gewoon naar bed. X

PS Ik hoop dat jij wel een mooie dag had.

Maar meestal niet. Hij had het over Jake en dat Jake hem had verteld dat Lily de enige was die echt begreep hoe hij zich voelde. Hij vertelde dat hij elke week met Jakes vader een wandeling maakte langs het kanaal, of hem hielp de muren van het nieuwe huis te schilderen, in een poging hem aan het praten te krijgen (en ervoor te zorgen dat hij even geen taart at). Hij had het over de twee kippen die hij aan een vos kwijtgeraakt was, en over de wortelen en bietjes die hij in zijn moestuin had geplant. Hij vertelde me dat hij op eerste kerstdag, nadat hij thuisgekomen was van zijn bezoek aan het huis van mijn ouders, uit wanhoop en woede tegen de uitlaat van zijn motor had geschopt, en dat hij de deuk had laten zitten, omdat die hem eraan herinnerde hoe ellendig hij zich had gevoeld toen we geen contact meer hadden. Elke dag gaf hij zich een beetje meer bloot, en elke dag had ik het gevoel dat ik hem een beetje beter begreep.

Wist je al dat Lily vandaag op bezoek is geweest? Ik heb haar eindelijk verteld dat wij weer met elkaar praten en toen werd ze helemaal rood en verslikte zich bijna in haar kauwgum. Serieus. Ik dacht dat ik haar een Heimlichje moest geven.

Ik schreef terug in de uren dat ik niet óf aan het werk was óf met Dean Martin aan de wandel. Ik schreef kleine verhaaltjes over mijn leven: over mijn zorgvuldige inventarisatie van en reparaties aan Margots garderobe, en ik stuurde hem foto's van de kledingstukken die mij pasten alsof ze voor me gemaakt waren. (Hij zei dat hij die in zijn keuken ophing.) Ik vertelde hem dat Margots idee van een modeagentschap met mijn fantasie aan de haal gegaan was en dat het me niet meer losliet. Ik vertelde hem van mijn andere correspondentie – korte hanepootkaartjes van Margot die nog steeds straalde van blijdschap om de vergevingsgezindheid van haar zoon, en berichtjes van Margots schoondochter, Laynie, die me ansichtkaarten met bloemen erop stuurde, waarin ze me op de hoogte bracht van Margots steeds slechter wordende toestand, en waarin ze me bedankte omdat haar man nu eindelijk vrede met Margot had kunnen sluiten, en ze haar verdriet uitsprak omdat het allemaal zo lang had moeten duren.

Ik vertelde Sam dat ik op zoek was naar een appartement en dat ik samen met Dean Martin buurten had bezocht die we nog niet kenden – Jackson Heights, Queens, Park Slope, aan de ene kant een inschatting makend van het risico om in mijn slaap te worden vermoord, en aan de andere kant een berekening makend van de schrikbarende prijs per vierkante meter.

Ik vertelde hem over mijn inmiddels wekelijkse etentjes bij de familie van Ashok, wiens achteloze beledigingen aan elkaar en overduidelijke liefde voor elkaar ervoor zorgde dat ik mijn eigen familie miste. Ik vertelde hem dat ik steeds zo aan opa moest denken, veel meer dan toen hij nog leefde, en dat mijn moeder, bevrijd van alle verantwoordelijkheid nog steeds niet kon stoppen met rouwen. Ik vertelde hem dat ik me helemaal niet eenzaam voelde, ondanks het feit dat ik vaker alleen was dan ik jaren was geweest, en ondanks het feit dat ik alleen woonde in dat enorme, lege appartement.

Stukje bij beetje liet ik hem weten wat het voor me betekende om hem weer in mijn leven te hebben, zijn stem in mijn oor, in de kleine uurtjes, en wat de wetenschap dat ik iets voor hém betekende met mij deed. Het gevoel van hem als lijfelijke aanwezigheid, ondanks al die kilometers die ons scheidden.

En uiteindelijk vertelde ik hem dat ik hem miste. En ik had nog niet op 'verzenden' geklikt, of ik besefte dat dat niets oploste.

Nathan en Ilaria kwamen eten. Nathan bracht een paar biertjes mee, en Ilaria een pittige ovenschotel met varkensvlees en bonen, waar bij de Gopniks niemand trek in had. Ik verwonderde me over het feit dat Ilaria gerechten klaarmaakte die niemand daar lustte. De week ervoor kwam ze met een garnalencurry, terwijl ik me nog goed herinnerde dat Agnes tegen haar had gezegd dat ze die nooit meer hoefde te maken.

We zaten met onze borden op schoot, zij aan zij op Margots bank, en doopten stukken maisbrood in de rijke tomatensaus en deden ons best niet te boeren terwijl we boven de televisie uit kletsten. Ilaria informeerde naar Margot, sloeg een kruis en schudde bedroefd haar hoofd toen ik haar vertelde over de updates van Laynie. Zij op haar beurt vertelde dat Agnes Tabitha uit het appartement had verbannen, wat meneer Gopnik stress gaf. Zijn oplossing voor deze breuk in zijn gezin was om nog meer tijd op zijn werk door te brengen.

'Eerlijk gezegd is er wel heel veel aan de hand op kantoor,' zei Nathan.

'Er is heel veel aan de hand in huis.' Ilaria keek me fronsend aan.

'Die *puta* heeft een dochter,' zei ze zachtjes toen Nathan opstond om naar het toilet te gaan. Ze veegde haar handen af aan een servet.

'Ik weet het,' zei ik.

'Ze komt op bezoek, met de zus van de *puta*.' Ze snoof en plukte een los draadje van haar broek. 'Dat arme kind. Zij kan er ook niks aan doen dat ze op bezoek moet bij een familie vol gestoorde mensen.'

'Jij zorgt wel voor haar,' zei ik. 'Daar ben je goed in.'

'De kleur van die badkamer!' zei Nathan, toen hij weer terugkwam. 'Dat ze dat verkopen, mintgroene badkamerinrichtingen. Wist jij dat er nog een fles bodylotion uit 1974 staat?'

Ilaria keek verbaasd en trok een zuinig mondje.

Nathan vertrok om kwart over negen, en toen de deur achter hem dichtviel begon Ilaria te fluisteren, alsof hij haar anders nog kon horen, en ze vertelde me dat hij verkering had met een personal trainer uit Bushwick die wilde dat hij dag en nacht bij haar langskwam. Met dat meisje en meneer Gopnik had hij nauwelijks tijd om andere mensen te zien. Maar ja, wat deed je eraan?

'Niks,' zei ik. Mensen deden wat ze deden.

Ze knikte, alsof ik iets heel wijs had gezegd, en daarmee slofte ze de gang weer in.

'Mag ik je iets vragen?'

'Natuurlijk! Nadia, *baby*, wil je dat even naar oma brengen?' Meena zakte op haar hurken om het kind een bekertje ijswater te geven. Het was een smoorhete avond en alle ramen in het appartement van Ashok en Meena stonden tegen elkaar open. Ondanks de twee lui ronddraaiende plafondventilatoren weigerde de lucht koppig om in beweging te komen. We waren aan het koken in het kleine keukentje en bij elke beweging leek ik ergens aan vast te plakken.

'Heeft Ashok jou ooit pijn gedaan?'

Meena stond voor het fornuis en draaide zich met een ruk naar mij om.

'Ik bedoel niet fysiek. Alleen...'

'Emotioneel? Dat hij me bedonderd heeft? Niet echt. Zo zit hij niet in elkaar. Hij zei wel een keer voor de gein dat ik eruitzag als een walvis, toen ik tweeënveertig weken zwanger was van Rachana, maar toen ik geen last meer had van hormonen was ik het wel met hem eens. Maar daar heeft hij wel nog lang voor moeten boeten!' Ze schaterde bij de herinneringen en pakte toen een pak rijst uit een keukenkastje. 'Is die man in Londen weer bezig?'

'Hij schrijft me. Elke dag. Maar ik...'

'Maar jij wat?'

Ik haalde mijn schouders op. 'Ik ben bang. Ik hield zo veel van hem. En het was zo vreselijk toen we uit elkaar gingen. Ik denk dat ik gewoon bang ben dat er nog meer pijn van komt als ik de draad weer oppak. Nou ja, het is lastig.'

'Lastig is het altijd.' Ze veegde haar handen af aan haar schort. 'Zo is het leven, Louisa. Laat zien.'

'Wat bedoel je?'

'De brieven. Kom op, doe nou maar niet net alsof je die niet de hele dag met je meesleept. Ashok zei al dat je helemaal weeïg kijkt als hij je die brieven geeft.'

'Ik dacht dat conciërges discreet hoorden te zijn!'

'Die man heeft geen geheimen voor mij. Dat weet je best. We zijn súperbetrokken bij alle wendingen die jouw leven neemt.' Ze lachte, hield haar hand op en liet haar vingers ongeduldig wiebelen. Ik aarzelde heel even, maar haalde de brieven toen behoedzaam uit mijn handtas. En zonder te letten op het in- en uitlopen van haar kindjes, het verstomde lachen van haar moeder die een comedy keek op televisie, het lawaai en het zweet en het ritmische klik-klik-klik van de ventilator boven ons, boog Meena haar hoofd over mijn brieven en las.

Het is zo vreemd, Lou. Ik ben drie jaar bezig geweest om dit vervloekte huis te bouwen. Maakte me druk over precies de juiste raamkozijnen en douchecabine en of ik voor plastic stopcontacten zou gaan of die chromen. En nu is het af, of af genoeg. En ik zit hier in mijn perfecte voorkamer met perfecte kleur lichtgrijze verf op de muren en de opgelapte houtkachel en de gevoerde gordijnen, die ik samen met mijn moeder heb uitgekozen, en nu vraag ik me af: wat heeft het eigenlijk voor zin? Waar heb ik al die moeite voor gedaan?
Ik denk dat ik afleiding nodig had van het verlies van mijn zus. Ik heb een huis gebouwd, zodat ik daar niet over na hoefde te denken. Ik heb een huis gebouwd, omdat ik weer in de toekomst wilde geloven. Maar nu het klaar is, kijk ik naar die lege kamers en ik voel niks. Misschien wel iets van trots, omdat ik de klus geklaard heb, maar verder? Helemaal niks.

Meena staarde heel lang naar die laatste regels. Daarna vouwde ze de brief op, legde hem zorgvuldig op de stapel en gaf die weer aan mij terug. 'O, Louisa,' zei ze, met haar hoofd een beetje schuin. 'Kom óp toch, girl!'

1442 Lantern Drive
Tuckahoe
Westchester, NY

Lieve Louisa,

Ik hoop dat het goed met je gaat en dat het appartement je niet al te veel problemen oplevert. Volgens Frank komt de aannemer over twee weken een kijkje nemen; zou jij die binnen willen laten? We sturen je de gegevens van het bedrijf voor die tijd nog wel.

Het lukt Margot tegenwoordig niet goed om te schrijven – ze vindt veel dingen te vermoeiend en de medicijnen maken haar een beetje slaperig – maar ik dacht dat je wel zou willen weten dat er goed voor haar wordt gezorgd. We vinden het geen goed idee om haar naar een verzorgingstehuis te verhuizen, ondanks alles, dus ze blijft bij ons. We hebben wat hulp van heel lieve verpleegsters. Ze heeft Frank en mij nog genoeg te vertellen, dat zeker! Ze laat ons flink voor zich rennen! Dat vind ik niet erg. Ik vind het juist fijn om iemand te hebben om voor te zorgen, en als ze een goede dag heeft is het heerlijk om alle verhalen te

horen over Frank toen hij nog een kleine jongen was. Volgens mij hoort hij het ook graag, al wil hij het niet toegeven. Wat dat betreft lijken die twee als twee druppels water op elkaar!
Margot vroeg me of je misschien nog een foto van het hondje zou willen sturen. Ze was zo blij met die andere. Frank heeft hem in een mooi zilveren lijstje naast haar bed gezet en ik weet dat het een enorme troost voor haar is, omdat ze zo veel moet rusten.
Ik geloof niet dat ik het beestje zelf zo'n lust voor het oog vindt als zij, maar ja, ieder zijn meug.
Ze doet je de hartelijke groeten en zegt dat ze hoopt dat je die schitterende gestreepte maillot blijft dragen. Ik weet niet of ze door de medicijnen zulke vreemde dingen zegt, maar ze bedoelt het goed!

Warme groeten,
Laynie G. Weber

'Heb je het al gehoord?'

Ik was samen met Dean Martin op weg naar mijn werk. Je kon inmiddels niet meer om de zomer heen, en het werd elke dag warmer en vochtiger, dus al na de korte wandeling naar de metro plakten je kleren aan je onderrug. De fietskoeriers reden rond met blote, verbrande benen en vloekten om de toeristen die in het wilde weg overstaken. Maar ik droeg de psychedelische jurk die Sam voor me had gekocht, met een paar kurken sleehakken met roze bloemetjes op het bandje, en na de afgelopen wintermaanden voelde de zon als balsem op mijn huid.

'Heb ik wát gehoord?'

'De bibliotheek! Hij is gered! De komende tien jaar hoeven ze zich geen zorgen te maken!' Ashok drukte me zijn telefoon in handen. Ik bleef staan op de loper en tilde mijn zonnebril op om Meena's appje te kunnen lezen. 'Niet te geloven. Er is een gigantische donatie gedaan ter ere van een of andere overleden man. Dus het wordt nu de... Wacht even, hier staat het.' Hij scande het appje met zijn vinger. 'De William Traynor Memorial Library. Maar wat maakt het uit wie dat was! Geld voor tien jaar, Louisa! En het stadsbestuur heeft al toestemming gegeven! Tien jaar! O man. Meena is dolgelukkig. Ze wist zo zeker dat we de strijd hadden verloren.'

Ik tuurde op zijn telefoon en gaf die toen aan hem terug. 'Dat is toch wel heel mooi, vind je niet?'

'Het is fantastisch! Wie had dat nou kunnen denken, Louisa? Nou? Wie had dat ooit kunnen denken. Deze slag is aan het gewone volk! Ooo yeah!' Ashok grijnsde van oor tot oor.

Ik voelde iets in me opborrelen, een gevoel van blijdschap, en hoop die zo sterk was dat het leek alsof de wereld even stilstond. Alsof ik alleen was met het universum en er duizenden mooie dingen konden gebeuren, als ik maar volhield.

Ik keek omlaag naar Dean Martin en toen keek ik achterom naar de lobby. Ik zwaaide naar Ashok, zette mijn zonnebril weer op en liep Fifth Avenue af. Met elke stap werd mijn eigen glimlach breder.

Ik had maar om vijf jaar gevraagd.

32

We zullen het er toch op een gegeven moment over moeten hebben dat je jaar bijna voorbij is. Wanneer kom je terug; heb je al een datum in gedachten? Je kunt, neem ik aan, niet eeuwig in het huis van de oude dame blijven wonen.
Ik heb nagedacht over je modeagentschap. Lou, je zou mijn huis als kantoor kunnen gebruiken, als je wilt. Ik heb zo veel extra ruimte. Het zou je niks kosten. Als je wilt zou je er zelf ook kunnen komen wonen.
En als je het daar te vroeg voor vindt, en je wilt het leven van je zus niet overhoopgooien door terug te gaan naar je eigen appartement, dan kun je ook in de treinwagon gaan wonen. Dat is trouwens wat ik zelf zou willen, maar jij vond het er altijd zo fijn, en het heeft ook iets heel aantrekkelijks, het idee dat je aan de andere kant van de tuin woont…
Dan is er natuurlijk nóg een optie, en dat is dat dit je allemaal te veel is, en dat je niets met mij te maken wilt hebben, maar dat vind ik zelf geen leuke optie. Ik vind het zelfs een heel slechte optie. Ik hoop dat jij dat ook zo ziet.
Wat zeg je ervan?
Sam x

PS Heb vanavond een paar mensen opgehaald met de ambulance die al zesenvijftig jaar getrouwd waren. Hij had ademhalingsnood – niets ernstigs – en zij wilde zijn hand niet loslaten. Ze was zo bezorgd, onderweg naar het ziekenhuis. Normaal gesproken vallen dat soort dingen me niet eens zo op, maar vanavond... Ik weet het niet...
Ik mis je, Louisa Clark.

Ik liep Fifth Avenue helemaal af, met zijn verstopte verkeersader en zijn stoepen vol felgekleurde toeristen, en ik bedacht me hoe verschrikkelijk veel geluk je had als je niet één, maar twee uitzonderlijke mannen in je leven had om van te houden – en wat een mazzel als zij ook van jou hielden. Ik dacht eraan hoe je wordt gevormd door de mensen om je heen, en hoe zorgvuldig je de mensen moet uitkiezen, precies om die reden. En ik dacht dat je hen, ondanks dat, misschien wel allebei moest kwijtraken om jezelf echt te kunnen vinden.

Ik dacht aan Sam en een echtpaar dat ik nooit zou ontmoeten, maar dat al zesenvijftig jaar getrouwd was, en Sams naam werd de tromroffel onder mijn passen, terwijl ik langs Rockefeller Plaza liep, langs de kitscherig glimmende Trump Tower, langs St. Patrick's, langs de enorme Uniqlo met zijn oogverblindende pixelschermen, langs Bryant Park, de grote, fraai versierde New York Public Library met zijn waakzame stenen leeuwen, de winkels, de reclameborden, de straatverkopers en de zwervers – al die dingen die deel uitmaakten van mijn dagelijkse leven in een stad waar hij niet woonde, en toch, boven het lawaai en de sirenes en het getoeter van claxons uit, besefte ik dat hij er was, met elke stap.

Sam.

Sam.

Sam.

En toen dacht ik eraan hoe het zou voelen om weer naar huis te gaan.

28 oktober 2006

Ma,

Ik schrijf je in haast, maar ik kom weer terug naar Engeland! Ik heb de baan bij Rupe's bedrijf gekregen, dus ik ga hier morgen mijn ontslag indienen, en dan moet ik ongetwijfeld meteen mijn spullen in een doos laden en wegwezen – die bedrijven hier op Wall Street willen liever dat je meteen gaat, omdat ze bang zijn dat je hun klantenbestand plundert.
Dus vanaf het nieuwe jaar ben ik executive director van de afdeling Fusies en Overnamen, in Londen. Ik verheug me ontzettend op de nieuwe uitdaging. Maar ik denk dat ik wel eerst nog even vakantie neem – misschien ga ik een maandje door Patagonië trekken, dat ben ik immers al zo lang een keer van plan – en dan zal ik een huis moeten zoeken. Zou jij me kunnen inschrijven bij een paar makelaars, als je daar tijd voor hebt? Je weet wel in welke wijken, goed centraal, twee tot drie slaapkamers. Als het kan met een parkeergarage zodat ik een motor kwijt kan. (Ja, ik weet best dat je het verschrikkelijk vindt als ik motorrij.)
O, en dit zul je wel leuk vinden. Ik heb iemand ontmoet. Alicia Deware. Ze is nog Engels ook; ze was hier bij vrienden op bezoek en ik heb haar leren kennen tijdens een verschrikkelijk etentje. We zijn een paar keer uit geweest voordat zij weer terug moest naar Notting Hill. Echt uit, niet op een date, zoals ze dat hier in New York doen. Het is nog te vroeg om er iets over te zeggen, maar ze is heel leuk. Als ik terugkom zullen we elkaar wel veel zien. Maar je hoeft nog geen hoedje te gaan kopen voor de bruiloft. Je weet hoe ik ben.
Dat was het! Groeten aan pa; zeg maar dat ik hem binnenkort op een biertje trakteer bij de Royal Oak.
Op een nieuw begin!

Veel liefs, je zoon
Will x

Ik las Wills brief steeds maar weer, en de gedachten aan een parallel universum, aan dingen die hadden kunnen gebeuren, vielen zacht als sneeuw om me heen. Tussen de regels door las ik over een toekomst die hij met Alicia had kunnen delen – of misschien zelfs met mij. Meer dan eens had William John Traynor mijn levensloop van het gebaande pad geduwd, en dan niet met een voorzichtig zetje, maar met een ferme douw. Door mij zijn correspondentie te sturen had Camilla Traynor er onbedoeld voor gezorgd dat hij dat nu nog een keer deed.

Dus, op een nieuw begin!

Ik las zijn woorden nog een keer en vouwde de brief toen voorzichtig op, stak hem bij de andere, ging zitten en dacht na. Toen schonk ik mezelf het laatste restje van Margots vermout in, staarde een poosje voor me uit, slaakte een zucht, liep naar de voordeur met mijn laptop, ging op de grond zitten en schreef:

Lieve Sam,

Ik ben er nog niet klaar voor.

Ik weet dat ik nu bijna een jaar weg ben en dat ik oorspronkelijk had gezegd dat ik een jaar weg zou zijn... Maar het punt is, ik ben er nog niet klaar voor om thuis te komen.

Ik heb mijn hele leven al voor mensen gezorgd, me aangepast aan wat zij nodig hadden, wat zij wilden. Dat kan ik goed. Ik denk er niet eens bij na, ik doe het gewoon. Voor jou zou ik het waarschijnlijk ook doen. Je hebt geen idee hoe graag ik een vlucht zou willen boeken om gewoon bij jou te kunnen zijn.

Maar de afgelopen maanden is er iets met me gebeurd, iets wat me ervan weerhoudt om dat te doen.

Mijn modeagentschap gaat vrijdag open. Het heet de Bee's Knees en het zit in een hoek van het Vintage Clothes Emporium, en klanten kunnen bij de meisjes dingen kopen, en bij mij dingen huren. We delen onze contacten, we gaan samen wat reclame maken, en zo helpen we elkaar aan klandizie. Ik heb iedereen aangeschreven die ik maar kon verzinnen. En we hebben al veel belangstelling van film-

productiemensen en modetijdschriften en zelfs al van gewone vrouwen die iets willen huren voor een verkleedfeest. (Je wilt niet weten hoeveel Mad Men-feestjes er in Manhattan worden gehouden.)
Het gaat zwaar worden en ik zal weinig geld hebben, en als ik 's avonds thuiskom zal ik waarschijnlijk als een blok in slaap vallen, maar Sam, voor het eerst in mijn leven word ik enthousiast wakker. Ik vind het heerlijk om met klanten om te gaan en op zoek te gaan naar iets wat hen goed staat. Ik vind het geweldig om die prachtige oude kleding te verstellen zodat alles weer zo goed als nieuw is. En ik vind het heerlijk om elke dag opnieuw te kunnen bedenken wie ik wil zijn.
Je hebt me ooit verteld dat jij van kinds af aan al op de ambulance wilde werken. Nou, bij mij heeft het bijna dertig jaar geduurd voordat ik wist wie ik ben. En deze droom duurt misschien een week, of misschien een jaar, maar elke dag, als ik met mijn tassen vol kleding naar East Village ga, met pijnlijke armen van het sjouwen en het gevoel dat het allemaal nooit op tijd klaar is, kan ik wel zingen.
Ik moet vaak aan je zus denken. En aan Will. Als mensen van wie we houden zo jong overlijden, dan is dat een soort duwtje om ons eraan te herinneren dat we het allemaal niet voor lief moeten nemen. Dat we de plicht hebben om het beste te maken van wat we hebben. En ik heb nu het gevoel dat ik dat eindelijk snap.
Dus hier komt het: ik heb eigenlijk nog nooit iets van iemand gevraagd. Maar Sam, als je van me houdt, wil ik je vragen om naar mij toe te komen – in elk geval voor zolang het duurt om te zien of ik hier een succes van kan maken. Ik heb navraag gedaan, en er is een examen dat je moet doen, en het schijnt dat ze je hier in New York State alleen korte contracten aanbieden, maar ze hebben wel degelijk ambulancepersoneel nodig.
Je zou je huis kunnen verhuren, dan heb je een inkomen, en we zouden een klein appartement kunnen huren in Queens, of misschien in een goedkoper deel van Brooklyn, en dan

zouden we elke dag samen wakker worden en... Nou ja, dat zou me ontzettend gelukkig maken. En ik zou er alles aan doen – in de uren dat ik niet onder de stof en de motten en de rondzwervende lovertjes zit – om ervoor te zorgen dat je blij bent dat je naar mij toe gekomen bent.
Ik wil het hele pakket, geloof ik.
Nou ja, je leeft maar één keer, toch?
Je hebt me een keer gevraagd of ik op een groot gebaar zat te wachten. Hier komt het: op 25 juli zal ik om zeven uur 's avonds op de plek staan waar je zus altijd zo graag naartoe wilde. Als jouw antwoord 'ja' is, dan weet je me te vinden. Kom je niet, dan blijf ik daar nog een poosje staan, neem het uitzicht goed in me op, en dan zal ik blij zijn dat we elkaar toch weer hebben gevonden, al is het dan alleen maar in onze brieven.

Al mijn liefs, voor altijd,
Louisa xxx

33

Ik zag Agnes nog één keer voordat ik voorgoed vertrok uit de Lavery. Ik kwam net binnen gestrompeld met allebei mijn armen vol met kledingstukken die ik mee naar huis genomen had om te repareren, en in de hitte plakten de plastic hoezen ongemakkelijk tegen mijn huid. Toen ik langs het bureau liep gleden er twee jurken op de grond. Ashok sprong meteen bij om ze voor me op te rapen, en ik moest mijn best doen om de rest niet te laten vallen.

'Je hebt lekker wat te doen, vanavond.'

'Dat kun je wel zeggen. Het was een nachtmerrie om het allemaal mee te krijgen in de metro.'

'Dat geloof ik graag. O, neem me niet kwalijk, mevrouw Gopnik. Ik zal het even voor u uit de weg ruimen.'

Ik keek op terwijl Ashok mijn jurken in een vloeiende beweging van het tapijt oppakte en een stap achteruit deed om Agnes door te laten.

Ik ging wat rechterop staan toen ze langsliep, voor zover dat mogelijk was met armen vol kleding. Ze droeg een eenvoudig jurkje met een brede, ronde hals en flatjes, en zoals altijd leek het weer op haar geen invloed te hebben. Ze hield een klein meisje van een jaar of vier, vijf in een overgooiertje aan de hand. Het meisje keek op naar alle felgekleurde kledingstukken die ik voor me uit hield. Ze had honingblonde, zachte krullen die keurig met twee fluwelen strikken in staartjes gebonden waren en ze had haar moeders amandelvormige ogen, en toen ze langsliep schonk ze me een ondeugend lachje omdat ik spullen had laten vallen.

Onwillekeurig lachte ik terug en net op dat moment draaide Agnes zich om, om te zien waarom het kind treuzelde, en we keken elkaar recht in de ogen. Ik verstijfde even en wilde mijn gezicht weer in de plooi trekken, maar voordat ik daar de kans toe kreeg schoten haar mondhoeken net als die van haar dochter omhoog, alsof ze zich niet kon inhouden. Ze knikte naar me, zo subtiel dat ik waarschijnlijk de enige was die het zag. Toen liep ze door de deur die Ashok voor haar openhield, het kind huppelde mee, en weg waren ze, opgeslokt door het zonlicht en het menselijke verkeer op Fifth Avenue.

34

Van: MrandMrsBernhardClark@yahoo.com
Aan: BusyBee@gmail.com

Lieve Lou,

Jemig. Ik moest twee keer kijken om zeker te weten dat mijn ogen me niet bedrogen. Ik keek naar dat meisje op die krantenfoto's en ik dacht: is dat echt mijn kleine meid die daar in een New Yorkse krant staat?
Wat een geweldige foto's van jou, met al je jurken. En jij en je vriendinnen zien er ook zo prachtig uit. Heb ik je al verteld hoe trots papa en ik op je zijn? We hebben de foto's uit het buurtkrantje opgehangen en papa heeft screenshots gemaakt van alles wat we op het internet konden vinden. (Had ik al verteld dat hij een computercursus volgt bij het centrum voor volwasseneducatie? Hij wordt nog eens de Bill Gates van Stortfold.) We wensen je veel succes, maar ik weet dat jij er wel wat van gaat maken, Lou. Je klonk zo enthousiast en zo stoer, aan de telefoon. Toen je opgehangen had zat ik naar de telefoon te staren en ik kon niet geloven dat dit mijn kleine meid was, zo vol met plannen.

En dat je me belde vanaf je eigen bedrijf, helemaal aan de andere kant van de Atlantische Oceaan. (Het is toch de Atlantische Oceaan, hè? Ik haal hem altijd door de war met de Stille.)
Let op, want nu komt ONS grote nieuws. We komen later deze zomer naar je toe! We komen pas als het daar een beetje afgekoeld is. Die hittegolf van je klonk niet zo aanlokkelijk: je weet immers dat je pa dan altijd uitslag krijgt op allerlei ongelukkige plekken. Deirdre van het reisbureau geeft ons haar personeelskorting en we gaan eind van de week onze vluchten boeken. Zouden we bij jou kunnen logeren in het appartement van de oude dame?
Zo niet, zeg jij dan waar we wel kunnen slapen? GRAAG ERGENS WAAR ZE GEEN BEDBEESTJES HEBBEN.
Laat maar weten welke data jou uitkomen. Ik heb er zo'n zin in!

Heel veel liefs,
Ma xxx

PS Had ik al verteld dat Treena promotie heeft gehad? Het is ook zo'n slimme meid. Ik snap best wat Eddie in haar ziet.

25 juli

'WISDOM AND KNOWLEDGE SHALL BE THE STABILITY OF THY TIMES.'

Ik stond in het epicentrum van Manhattan voor het torenhoge gebouw en dwong mezelf langzaam te ademen, terwijl ik naar het vergulde bord boven de gigantische ingang van 30 Rockefeller Plaza stond te kijken. Om me heen zinderde New York in de warme avond en de stoepen waren vol meanderende toeristen, en overal klonken claxons, terwijl de lucht als altijd stonk naar uitlaatgassen en oververhit rubber. Achter me stond een vrouw in een 30 Rockpoloshirt haar best te doen om boven de heksenketel uit te komen, terwijl ze haar geoliede rondleiding gaf aan een groepje Japanse bezoekers: 'De bouw werd voltooid in 1933. Het is in art-decostijl ontworpen door de bekende architect Raymond Hood – Meneer, wilt u alstublieft bij de groep blijven? Mevrouw, u ook? – en oorspronkelijk heette het het RCA Building, voordat het werd omgedoopt tot het GE Building in – Mevrouw, komt u alstublieft weer even hier?' Ik keek omhoog naar de zevenenzestig verdiepingen en haalde diep adem.

Het was kwart voor zeven.

Ik had er perfect uit willen zien voor dit moment en was van plan geweest om rond vijf uur terug te gaan naar de Lavery, zodat ik nog tijd had om te douchen en een passende outfit uit te zoeken. (Ik dacht zoiets als wat Deborah Kerr droeg in *An Affair To Remember.*) Maar het Lot stak daar een stokje voor in de vorm van een stylist van een Italiaans modeblad, die om halfvijf in het Vintage Clothing Emporium arriveerde en al mijn mantelpakjes wilde bekijken voor een artikel dat ze in de planning had. Vervolgens wilde ze dat haar collega er een paar aantrok, zodat ze foto's kon nemen en er nog even over kon nadenken. Voordat ik er erg in had was het al tien over halfzes en had ik nauwelijks tijd om Dean Martin naar huis te brengen en hem te voeren voor ik daar naartoe zou gaan. Dus daar stond ik, bezweet en licht uitgeput, nog in de kleren die ik naar mijn werk had gedragen. Nu zou ik erachter komen welke wending mijn leven zou nemen.

'Oké, dames en heren, deze kant op naar het panoramadek, alstublieft.'

Ik was hier een paar minuten geleden naartoe gerend en hijgde nog na toen ik het plein overstak. Ik duwde tegen de deur van rookglas en zag tot mijn opluchting dat er maar een korte rij voor de kaartjesverkoop stond. Ik had de avond ervoor nog op TripAdvisor gekeken, en daar waarschuwden ze dat er lange rijen konden staan, maar ik was te bijgelovig om al van tevoren een kaartje te kopen. Dus wachtte ik op mijn beurt, bekeek mezelf in mijn tasspiegeltje en keek stiekem om me heen voor het geval hij er al vroeg zou zijn, en kocht een kaartje waarmee ik tussen kwart over zes en tien over zeven toegang had, liep langs het fluwelen koord en wachtte tot ik met een groep toeristen een lift in gewerkt werd.

Zevenenzestig verdiepingen, zeiden ze. Zo hoog dat je het ritje met de lift in je oren voelde.

Hij zou komen. Natuurlijk zou hij komen.

Stel nou dat hij niet zou komen?

Zo dacht ik al sinds zijn eenregelige reactie op mijn e-mail. 'Oké. Het is me duidelijk.' Wat eigenlijk alles kon betekenen. Ik had gedacht dat hij nog vragen zou stellen over mijn plan of dat hij iets zou zeggen waaruit ik kon opmaken wat zijn besluit was. Ik herlas mijn eigen mail en vroeg me af of die misschien ontmoedigend klonk, of te recht-voor-zijn-raap, te assertief, of ik wel duidelijk genoeg had laten merken wat ik zelf voelde. Ik hield van Sam. Ik wilde hem bij me hebben. Begreep hij wel hoeveel? Maar nu ik hem zo'n krankzinnig ultimatum had gesteld, leek het me vreemd om nog na te vragen of hem alles duidelijk was, dus wachtte ik gewoon maar af.

Vijf voor zeven. De deuren van de lift gingen open. Ik toonde mijn kaartje en stapte naar binnen. Zevenenzestig verdiepingen. Mijn maag kromp ineen.

De lift ging omhoog en ineens sloeg de paniek toe. Stel dat hij niet kwam? Stel dat hij het wel had begrepen, maar van gedachten veranderd was? Wat zou ik dan doen? Dat zou hij me toch zeker niet aandoen? Na alles wat er was gebeurd? Ik hoorde mezelf een hap lucht nemen en drukte mijn hand tegen mijn borst in een poging mijn zenuwen te bedwingen.

'Hoog, hè?' Een vriendelijke dame naast me raakte mijn arm even aan. 'Zevenenzestig verdiepingen is ook een heel eind.'

Ik probeerde te glimlachen. 'Zoiets, ja.'

Als je je werk en je huis en alles wat je daar gelukkig maakt niet kunt achterlaten, dan begrijp ik dat. Het zal me wel verdriet doen, maar ik snap het. Je zult dan toch altijd op een of andere manier bij me zijn.

Dat was een leugen. Natuurlijk was het een leugen. *O, Sam, zeg alsjeblieft ja. Alsjeblieft, sta daar, als de deuren dadelijk weer opengaan.* Toen stopte de lift.

'Dat waren echt geen zevenenzestig verdiepingen,' zei iemand, en een paar mensen begonnen ongemakkelijk te lachen. Een baby in een wandelwagen staarde me met grote bruine ogen aan. Iedereen wachtte even af en toen stapte er iemand uit.

'O. Dit was niet de lift die helemaal naar boven gaat,' zei de vrouw naast me en ze wees. 'Dat is díé daar.'

En toen zag ik het. Een eindeloos heen en weer zigzaggende rij mensen.

Ik staarde er verschrikt naar. Er stonden misschien wel tweehonderd bezoekers stilletjes schuifelend te kijken naar de tentoonstelling die bestond uit geplastificeerde verhalen aan de muur. Ik keek op mijn horloge. Het was één minuut voor zeven. Ik stuurde Sam een appje en zag tot mijn ontzetting dat mijn telefoon hem niet wilde versturen. Ik begon me door de mensenmassa naar voren te werken, steeds 'Neem me niet kwalijk. Het spijt me,' stamelend als mensen misprijzende geluiden maakten of riepen: 'Hé, we wachten hier allemaal op onze beurt!' Met gebogen hoofd liep ik langs de borden die het verhaal van het Rockefeller-gebouw vertelden, van de grote kerstboom die er elk jaar stond, de videotentoonstelling van NBC, en ik dook tussen de rijen door, me steeds weer verontschuldigend. Ik ken weinig mensen die nog chagrijniger zijn dan oververhitte toeristen die onverwacht in een lange rij terechtkomen. Eentje greep me bij mijn mouw. 'Hé, zeg! We staan allemaal te wachten!'

'Maar ik heb een afspraak,' zei ik. 'Het spijt me zo. Ik ben Engels. We zijn normaal juist altijd heel erg goed in in de rij staan. Maar als ik nog later ben, dan loop ik hem mis.'

'Je wacht maar mooi, net als iedereen!'

'Laat haar los, schatje,' zei de vrouw naast hem, en ik mimede 'dank u wel' en wurmde me door de zee aan roodverbrande schouders, langzaam voortbewegende lichamen en opstandige kinderen in T-shirts met 'I-hartje-NY' erop, en langzaam kwamen de liftdeuren dichterbij. Maar op nog geen vijf meter voor ik er was zat er ineens geen beweging meer in de rij. Ik maakte een sprongetje om over de hoofden heen te kunnen kijken, en kwam daarbij oog in oog met een nepijzeren balk. Hij rustte tegen een enorme zwartwitfoto van de New Yorkse skyline. Mensen gingen in groepjes op de balk zitten, zoals op de iconische foto van werklui die hun boterhammetjes aten tijdens de bouw van de toren, terwijl een jonge vrouw met een camera naar hen schreeuwde: 'Handjes in de lucht, zo ja! En dan de duimen omhoog voor New York, heel goed. En nu doen alsof jullie elkaar van de balk af duwen. En kussen maar! Oké, de foto's zijn klaar als jullie straks weggaan. Volgende!' Ze herhaalde steeds dezelfde zinnetjes, terwijl we heel langzaam dichterbij kwamen. Ik kon er alleen langs door iemands enige kans op een 30 Rock-foto te verpesten. Het was vier over zeven. Ik wilde erlangs om te kijken of ik misschien achter haar langs kon, maar werd geblokkeerd door een groep pubers met rugzakken. Iemand gaf me een duw tegen mijn rug en we kwamen in beweging.

'Op de balk, graag, mevrouw?' Voor me stond een onbeweeglijke muur van mensen. De fotograaf wenkte me. Ik deed maar gewoon wat ik moest doen om ervoor te zorgen dat ik snel verder kon. Gehoorzaam hees ik mezelf op de balk, zachtjes mopperend: 'Kom op, kom op, ik moet door.'

'Handjes in de lucht, zo ja! En dan de duimen omhoog voor New York, heel goed!' Ik stak mijn handen in de lucht en stak mijn duimen op. 'En nu doen alsof jullie elkaar van de balk af duwen. En kussen maar.' Een jonge jongen met een bril keek me aan, eerst verbaasd en toen vrolijk.

Ik schudde mijn hoofd. 'Ik sla deze over, *buddy*. Sorry.' Ik sprong van de balk, liep snel langs hem heen en rende naar de laatste rij, die voor de lift.

Het was negen over zeven.

Dat was het moment waarop ik wilde huilen. Ik stond daar, samengeperst in de warme, mopperende rij en sprong van de ene op de andere voet, terwijl ik zag dat de andere lift zijn passagiers eruit gooide, en ik vervloekte mezelf dat ik niet beter had uitgezocht hoe het hier precies ging. Dit was dus het probleem met grote gebaren, besefte ik. Het liep vaak mis, en goed mis ook. De bewakers bleven onverschillig onder mijn zenuwen; als je dit werk deed had je alle soorten menselijk gedrag al eens meegemaakt. En toen, eindelijk, om twaalf minuten over zeven, ging de liftdeur open en een bewaker gebaarde mensen om ernaartoe te lopen, al tellende. Toen hij bij mij kwam spande hij het koord weer voor de rij.

'Volgende lift.'

'Ah, kom óp!'

‘Dat zijn de regels, mevrouw.’

‘Toe. Ik heb met iemand afgesproken en ik ben al zo ontzettend te laat. Kan ik er niet bij, alstublieft? Ik smeek het u.’

‘Kan niet. Ik moet me strikt aan de aantallen houden.’

En net toen ik een wanhopige kreet slaakte werd ik gewenkt door een vrouw die al in de lift stond. ‘Kom,’ zei ze, terwijl ze uitstapte. ‘Neem mijn plaats maar. Dan neem ik de volgende wel.’

‘Meent u dat?’

‘Een romantische ontmoeting, dat is toch geweldig.’

‘O, dankuwel, dankuwel!’ zei ik, terwijl ik langs haar heen glipte. Ik zei maar niet dat de kans dat het romantisch werd, of dat er überhaupt een ontmoeting zou zijn, met de seconde kleiner werd. Ik wurmde me de lift in, me bewust van de nieuwsgierige blikken van de andere passagiers, en ik balde mijn handen tot vuisten toen de lift in beweging kwam.

Dit keer schoot de lift met buitenaardse snelheid omhoog, zodat kinderen begonnen te giebelen, wijzend naar het glazen plafond dat precies liet zien hoe hard we gingen. Boven mijn hoofd flitsten lichtjes voorbij. Mijn maag draaide zich om. Naast me stond een oudere dame met een bloemenhoedje. ‘Wil je een pepermuntje?’ zei ze met een knipoog. ‘Voor als je hem straks eindelijk ziet?’

Ik nam er eentje en glimlachte gespannen.

‘Ik wil wel weten hoe dit afloopt,’ zei ze, terwijl ze het doosje weer in haar tas stopte. ‘Kom je het me even vertellen?’ En net toen ik mijn oren voelde knappen stopte de lift.

Er was eens een meisje dat uit een klein stadje kwam waar ze in een klein wereldje leefde. Ze was er best gelukkig, of tenminste, dat maakte ze zichzelf wijs. Zoals zo veel meisjes probeerde ze allerlei kledingstijlen uit, om iemand te lijken die ze niet was. Maar zoals bij zo veel meisjes het geval is gleed het leven voorbij, en in plaats van iets te dragen wat echt bij haar paste, droeg ze alleen nog maar camouflagekleding en verstopte ze alles wat haar anders maakte. Ze liet zich door de wereld murw slaan, totdat ze besloot dat het wel zo veilig was om maar helemaal niet meer zichzelf te zijn.

Er zijn zo veel verschillende versies van onszelf waar we uit kunnen kiezen. Mijn leven was ooit voorbestemd om volgens het gebaande pad te verlopen. Hoe het anders kon leerde ik van een man die weigerde de uiteindelijke versie van zichzelf te accepteren, en van een oude dame die juist had gezien dat ze zichzelf nog één keer kon transformeren op een moment dat veel mensen juist zouden zeggen dat er toch niets meer aan te doen was.

Ik had een keuze. Ik was Louisa Clark uit New York of Louisa Clark uit Stortfold. En misschien was er nog wel een heel andere Louisa die ik nog nooit had ontmoet. Waar het om ging was dat je moest zorgen dat degene die met je meeliepen niet voor jou bepaalden welke versie je was; dat je je niet liet vastpinnen, als een vlinder in een glazen kastje. Waar het om ging was dat je moet begrijpen dat je jezelf altijd opnieuw kon uitvinden.

Als hij er niet was, dan zou ik het heus wel overleven, stelde ik mezelf gerust. Ik had per slot van rekening wel ergere dingen overleefd. Ik zou mezelf gewoon nog een keer opnieuw uitvinden. Dat hield ik mezelf een paar keer voor, voordat de liftdeuren opengingen. Het was zeventien minuten over zeven.

Ik liep snel naar de glazen deuren. Als hij al helemaal hier was gekomen, zou hij toch heus wel twintig minuten wachten? Toen rende ik het panoramadek over, draaide rondjes, liep tussen de mensen door die van het uitzicht genoten, stonden te kletsen of selfies namen, om te zien of hij er was. Toen stormde ik de glazen deur door, de gigantische overdekte lobby door, tot ik bij een tweede dek kwam. Daar moest hij dan wel zijn. Ik liep snel door, keek wildvreemde mensen in het gezicht, op zoek naar die ene man, ietsje groter dan alle anderen hier, zijn donkere haar, zijn brede schouders. Ik liep kriskras over de tegelvloer, met de hete avondzon op mijn hoofd en het zweet op mijn rug, terwijl ik keek en keek, en met een misselijk gevoel constateerde ik dat hij er niet was.

'Heb je hem gevonden?' vroeg de oude dame, die me bij mijn arm greep.

Ik schudde mijn hoofd.

'Ga dan nog even naar boven, *honey*.' Ze wees naar de zijkant van het gebouw.

'Naar boven? Kun je nog verder naar boven?'

Ik probeerde niet naar beneden te kijken, terwijl ik doorrende naar een kleine lift. Deze leidde naar nog een ander panoramadek, waar het nog veel voller was. Ik was de wanhoop nu echt nabij en zag ineens voor me dat hij precies op dat moment de andere kant opgelopen was en op weg naar beneden was. En dat ik dat nooit zou weten.

'Sam!' riep ik met bonzend hart. 'Sam!'

Een paar mensen keken me aan, maar de meesten keken over de stad uit, namen selfies of poseerden voor het glazen scherm.

Ik ging midden op het dek staan en schreeuwde met hese stem: 'Sam?'

Ik pakte mijn telefoon en probeerde steeds maar weer mijn bericht te versturen.

'De dekking is hier beroerd. Bent u iemand kwijt?' vroeg een geüniformeerde beveiligingsmedewerker, die naast me kwam staan. 'Bent u een kind kwijt?'

'Nee. Een man. Ik heb hier met hem afgesproken, maar ik wist niet dat er twee verschillende verdiepingen waren. En zo veel uitkijkpunten. O, mijn god. Volgens mij is hij er helemaal niet.'

'Ik roep mijn collega wel even op, misschien kan die hem even omroepen.' Hij bracht zijn walkietalkie naar zijn oor. 'Maar er zijn wel drie niveaus, wist u dat, mevrouw?' Hij wees naar boven. Ik snikte gesmoord. Het was drieëntwintig minuten over zeven. Ik zou hem nooit vinden. Hij zou nu wel weg zijn. Als hij hier überhaupt ooit was geweest.

'Probeer het daarboven nog even.' De man pakte me bij mijn elleboog en wees naar de trap. Toen draaide hij zich om, om iets in zijn walkietalkie te zeggen.

'Maar dat was het?' vroeg ik. 'Verder zijn er geen uitkijkpunten meer?'

Hij grijnsde. 'Verder geen uitkijkpunten meer.'

Het zijn zesenzeventig stappen tussen de deuren op het tweede dek van 30 Rockefeller Plaza en het laatste, allerhoogste uitkijkpunt, misschien iets meer als je fuchsiaroze vintage satijnen dansschoenen draagt, die niet bedoeld zijn om op te rennen, en al helemaal niet in een hittegolf. Ik liep nu heel langzaam. Ik beklom de smalle trap en halverwege, toen ik vanbinnen iets voelde knappen van de spanning, draaide ik me om en keek achterom naar het uitzicht. Aan de andere kant van Manhattan gloeide de oranje zon en de eindeloze zee van glinsterende wolkenkrabbers weerkaatste het perzikkleurige licht, het centrum van de wereld, druk als altijd. Een miljoen levens, daarbeneden. Miljoenen gebroken harten door een groot of klein verdriet, verhalen over geluk en verlies en overleven, miljoenen kleine overwinningen, dag in, dag uit.

Er gaat enorm veel troost uit van iets doen waar je van houdt.

Die laatste paar treden dacht ik aan alle dingen waardoor ik nog steeds een geweldig leven zou hebben. Ik ademde rustig door en dacht aan mijn nieuwe bedrijf, mijn vrienden, mijn onverwachte kleine hondje met zijn scheve, vrolijke koppie. Ik dacht aan het feit dat ik in nog geen twaalf maanden tijd dakloos en werkloos was geweest in een van de hardste steden ter wereld, en dat ik dat had overleefd. Ik dacht aan de William Traynor Memorial Library.

En toen ik me weer omdraaide en opkeek stond hij daar, over de reling geleund uit te kijken over de stad, met zijn rug naar me toe, zijn haar een beetje omhooggeblazen door de wind. Ik bleef heel even staan, terwijl de laatste toeristen zich langs me heen wurmden, en nam zijn brede schouders in me op, zijn voorovergebogen hoofd, het zachte, donkere haar tegen zijn kraag, en er sloeg iets om, vanbinnen – er werd iets herijkt, en ik werd helemaal rustig, alleen al van zijn aanblik.

Ik stond naar hem te staren en slaakte plotseling een diepe zucht.

En toen, misschien omdat hij zich bewust was van mijn blik, draaide hij zich langzaam om, ging rechtop staan en de glimlach die over zijn gezicht trok was een weerspiegeling van die van mij.

'Hallo, Louisa Clark,' zei hij.

Dankwoord

Enorm veel dank aan Nicole Baker Cooper en Noel Berk voor hun hartelijkheid en wijsheid wat betreft Central Park en Upper East Side, en voor het feit dat ze mij zo'n duidelijk kijkje hebben geboden in deze bijzondere werelden. Alles wat niet met de feiten overeenstemt is mijn verantwoordelijkheid en was nodig voor de verhaallijn.

Ook heel veel dank aan Vianela Rivas van de New York Public Library die de tijd nam om me rond te leiden in de bibliotheek in Washington Heights. Mijn fictieve bibliotheek is geen exacte replica, maar ik heb me absoluut laten inspireren door de onschatbare diensten die door de echte versie en de medewerkers daar worden geboden. Ik hoop dat die echte bibliotheek nog lang blijft bestaan.

Als altijd dank ik mijn agente, Sheila Crowley, en mijn Britse uitgever Louise Moore, voor hun voortdurende geloof in mij en hun eindeloze steun. Mijn dank aan de vele harde werkers bij Penguin Michael Joseph, die geholpen hebben dit ruwe idee te verwerkelijken tot een volledig boek. In het bijzonder dank aan Maxine Hitchcock, Hazel Orme, Matilda McDonald, Clare Parker, Liz Smith, Lou Jones and Claire Bush, Ellie Hughes and Sarah Harwood. Mijn dank gaat ook uit naar Chris Turner, Anna Curvis and Sarah

Munro, en aan Beatrix McIntyre, en Lee Motley voor het omslagontwerp. Een bijzonder woord van dank aan mijn redacteur in de Verenigde Staten, Pamela Dorman. Dank aan de vele getalenteerde mensen bij Pamela Dorman Books en de Penguin Publishing Group, vooral Jeramie Orton, Louise Braverman, Brian Tart, Kate Stark, Lindsay Prevette, Lydia Hirt, Kathryn Court, Kate Griggs, Brianna Linden, en ook dank aan Tom Weldon en alle onbekende helden in boekwinkels en de media-mensen die ervoor zorgen dat wij als auteurs zichtbaar zijn in de wereld (soms zelfs letterlijk!).

Ongelofelijk veel dank aan iedereen die samenwerkt met Sheila bij Curtis Brown voor jullie niet-aflatende steun, vooral Claire Nozieres, Katie McGowan, Enrichetta Frezzato, Mairi Friesen-Escandell, Abbie Greaves, Felicity Blunt, Martha Cooke, Nick Marston, Raneet Ahuja, Alice Lutyens en natuurlijk Jonny Geller. In de Verenigde Staten wil ik Bob Bookman nogmaals bedanken.

Dank voor jullie blijvende vriendschap, professionele advies, lunches, kopjes thee en onverstandige drankjes aan Cathy Runciman, Monica Lewinsky, Maddy Wickham, Sarah Millican, Ol Parker, Polly Samson, David Gilmour, Damian Barr, Alex Heminsley, Wendy Byrne, Sue Maddix, Thea Sharrock, Jess Ruston, Lisa Jewell, Jenny Colgan en alle schrijvers bij Writersblock.

Dichter bij huis bedank ik Jackie Tearne, Claire Roweth, Chris Luckley, Drew Hazell, het personeel van Bicycletta, en iedereen die me helpt te kunnen doen wat ik doe.

Veel liefs en dank aan mijn ouders – Jim Moyes en Lizzie Sanders – Guy, Bea en Clemmie, en vooral aan Charles, Saskia, Harry en Lockie, en BigDog (iedereen die haar kent zal begrijpen waarom we haar in ons gezin hebben opgenomen).

Tot slot bedank ik Jill Mansell en haar dochter Lydia, dankzij wier gulle donatie aan het Authors for Grenfell-fonds Lydia nu is vereeuwigd als een kauwgomkauwende, kettingrokende eigenares van een vintage kledingzaak.

Lees ook van Jojo Moyes:

Kentucky, 1937. Wanneer Alice hoort dat de mobiele bibliotheek vrouwen zoekt om te paard afgelegen huizen te bezoeken met boeken, besluit ze zich aan te melden. Ze is een prima ruiter, en dit biedt haar een ontsnapping uit het benauwende huis van haar man en schoonvader. Onder leiding van de vrijgevochten Marge vormen vijf vrouwen al snel een hechte groep, maar hun vriendschap wordt op de proef gesteld als een deel van het dorp én de wet zich tegen hen keren...

'Een avontuurlijke roman over sterke vrouwen en vriendschap, die laat zien dat het in het leven gaat om liefde.' *Publishers Weekly*

Paperback, 416 blz., ISBN 978 90 261 5037 1
E-book, ISBN 978 90 261 5038 8
Luisterboek, ISBN 978 90 261 5039 5

Lees op de volgende pagina's een fragment uit *De sterrengever*.

Proloog

20 december 1937

Hoor. Vijf kilometer diep het bos in, vlak onder Arnott's Ridge, en je bent in een stilte die zo compact is dat het lijkt of je erdoorheen waadt. Na zonsopkomst klinkt er geen vogelzang meer, zelfs niet als het hoogzomer is en al helemaal niet nu, nu de kille lucht zo vochtig is dat de paar blaadjes die zich nog vol goede moed aan de takken vasthouden, helemaal stil hangen. Onder de eik en de notelaar is er niets wat zich verroert; wilde dieren zijn diep weggedoken, zachte vacht tegen zachte vacht in nauwe grotten of uitgeholde boomstammen. De sneeuw is zo diep dat de poten van de muilezel er tot de knieën in verdwijnen, en om de zoveel passen aarzelt hij en snuift achterdochtig, op zoek naar losse stenen en gaten onder het eindeloze wit. Alleen de smalle beek onder hen beweegt vol vertrouwen, en het heldere water murmelt en borrelt over de stenen bedding, op weg naar een eindpunt dat niemand hier ooit heeft gezien.

Margery O'Hare probeert haar tenen in haar laarzen te bewegen, maar het gevoel is er allang uit verdwenen, en ze moet er niet aan denken hoe pijnlijk ze straks zullen voelen als ze eindelijk weer warm worden. Drie paar wollen kousen, maar met dit weer had je net zo goed in je blote benen kunnen rondlopen. Ze aait de hals van de grote muilezel en veegt de kristallen die zich op zijn dikke vacht hebben gevormd weg met haar zware mannenhandschoenen.

'Extra eten voor jou vanavond, ouwe Charley,' zegt ze, en ze ziet zijn enorme oren even naar achteren schieten. Ze gaat verzitten, hangt de zadeltassen recht, en zorgt dat de muilezel in balans is terwijl ze afdalen in de richting van de beek. 'Warme stroop in je voer. Misschien neem ik zelf ook wel wat.'

Nog een dikke zes kilometer, denkt ze. Had ze maar meer gegeten bij het ontbijt. Langs de lange Indianenklif, het pad met de gele dennen op, nog twee valleien en de oude Nancy zal op haar af lopen, psalmen zingend als altijd, met haar heldere, krachtige stem die door het bos galmt, haar armen heen en weer zwaaiend als die van een kind.

Je hoeft me echt niet al die kilometers tegemoet te komen, zegt ze om de veertien dagen tegen de vrouw. Dit is ons werk. Daarom komen we te paard.

Ach, jullie meisjes doen al zoveel.

Ze weet wat de werkelijke reden is. Nancy wil, net als haar zus Jean, die in de kleine houten blokhut het bed moet houden, niet het risico lopen dat ze de volgende levering verhalen misloopt. Ze is vierenzestig, heeft nog drie goede tanden en is dol op knappe cowboys. 'Die Mack McGuire laat mijn hart dansen als een schoon laken aan een lange waslijn.' Ze slaat haar handen ineen en kijkt op naar de hemel. 'Zoals Archer hem beschrijft, alsof hij zó van de bladzijden stapt en me op zijn paard slingert en meeneemt.' Ze leunt samenzweerderig naar voren. 'En dat paard is niet het enige wat ik zou willen berijden. Mijn man zei altijd dat ik stevig in het zadel zat, toen ik nog jong was!'

'Daar twijfel ik niet aan, Nancy,' antwoordt ze telkens, en dan barst de vrouw in lachen uit, en slaat ze op haar dijen alsof het de eerste keer is dat ze het haar vertelt.

Er kraakt een twijg en Charleys oren schieten heen en weer. Met zulke grote oren kan hij waarschijnlijk horen tot halverwege Louisville. 'Deze kant op, jongen,' zegt ze, en ze leidt hem weg van een rotspartij. 'Je zult haar zo wel horen.'

'Ergens naar op weg?'

Margery draait haar hoofd met een ruk om.
Hij waggelt een beetje, maar zijn blik is strak en direct. De haan van zijn geweer, ziet ze, is gespannen, en hij draagt het stom genoeg met zijn vinger op de trekker. 'Dus nu wil je wel naar me kijken, hè, Margery?'
Ze spreekt zo kalm mogelijk, maar haar hersenen werken op volle toeren. 'Ik zie je, Clem McCullough.'
'Ik zie je, Clem McCullough.' Hij bauwt haar na en spuugt op de grond, als een pestkop op een schoolplein. Zijn haar staat aan een kant overeind, alsof hij erop heeft geslapen. 'Je ziet me wel, maar je kijkt op me neer. Alsof ik modder op je schoen ben. Alsof jij zo bijzonder bent.'
Ze is nooit echt bang voor hem geweest, maar ze kent deze bergmannen goed genoeg om te weten dat ze geen ruzie moet zoeken met een dronkenlap. Vooral niet als die een geladen geweer bij zich heeft.
In gedachten loopt ze snel een lijstje af van mensen die ze beledigd zou kunnen hebben – en dat zijn er nogal wat – maar McCullough? Ze kan eigenlijk niets verzinnen, afgezien van wat voor de hand ligt: 'Al het gedoe tussen jouw familie en mijn vader is met hem de grond in gegaan. Ik ben de enige die nog over is, en bloedvetes interesseren me niet.'
McCullough blokkeert inmiddels de doorgang, met zijn benen stevig in de sneeuw en zijn vinger nog steeds op de trekker. Zijn huid heeft dat paarsblauw gevlekte van iemand die te dronken is om te beseffen hoe koud hij het heeft. Waarschijnlijk ook te dronken om goed te kunnen mikken, maar daar gokt ze liever niet op. Ze verplaatst haar gewicht zodat haar lastdier de pas vertraagt; haar blik glijdt naar opzij. De oevers van de beek zijn te steil en te dichtbebost om erdoor te kunnen. Ze zal hem dus moeten overhalen om aan de kant te gaan, of ze moet dwars over hem heen rijden, en de verleiding om dat laatste te doen is groot.
De oren van de muilezel schieten naar achteren. In de stilte kan ze haar eigen hartslag horen, een voortdurend bonzen in haar oren. Zo hard heeft ze het nog nooit gehoord, denkt ze even afwezig. 'Ik doe gewoon mijn werk, meneer McCullough. Ik zou het op prijs stellen als u me erdoor laat.'

Hij fronst en hoort de mogelijke belediging in haar net iets te beleefde gebruik van zijn naam, en als hij zijn geweer beweegt, dringt tot haar door hoe stom ze is geweest.

'Je wérk... Je vindt jezelf heel wat, hè? Weet je wat jij nodig hebt?' Hij spuugt luid en duidelijk, en wacht op antwoord. 'Ik zei: weet je wat jij nodig hebt, meid?'

'Ik vermoed dat mijn antwoord op die vraag kilometers verschilt van het uwe.'

'Wijsneus die je bent. Denk je nou echt dat wij niet doorhebben waar je mee bezig bent? Denk je nou echt dat wij niet doorhebben wat jij onder fatsoenlijke, godvrezende vrouwen aan het verspreiden bent? Wij hebben je heus wel in de smiezen. Jij hebt de duivel in je, Margery O'Hare, en er is maar één manier om die uit een meid als jij te verjagen.'

'Nou, ik zou het heel gezellig vinden om af te stappen om daarover te bomen, maar ik moet door met mijn ronde, dus misschien kunnen we dit een andere keer –'

McCullough brengt zijn geweer omhoog. 'Hou die verdomde bek van je.'

Charley beweegt onrustig. Haar hart ligt als een ijzige steen in haar borst. Als ze zich omdraait en wegvlucht, zal hij haar neerschieten. De enige weg die ze kan nemen is die langs de beek; de grond ligt er vol met losse kiezels, en de bomen staan te dicht op elkaar om vooruit te komen. Er is in de wijde omtrek geen mens te bekennen, weet ze, op de oude Nancy na, die haar nu langzaam over de berg tegemoet loopt. Ze is alleen, en hij weet het.

Zacht zegt hij: 'Ik zei, stap af. Nú.' Hij komt twee passen dichterbij, en zijn voetstappen knerpen in de sneeuw.

En daar heb je de naakte waarheid, voor haar en voor alle vrouwen in deze streken: het doet er niet toe hoe slim je bent, hoe onafhankelijk – je verliest het altijd van een idioot met een wapen. De loop van zijn geweer is nu zo dichtbij dat ze in twee eindeloze zwarte gaten staart. Grommend laat hij het plotseling zakken, slingert de geweerriem over zijn schouder en grijpt haar teugels. De muilezel maakt een draai, zodat ze voorover valt, tegen zijn hals aan. Ze voelt dat McCullough naar haar dij graait terwijl hij met zijn andere hand zijn geweer nogmaals pakt. Zijn adem is zuur van de drank, en zijn hand zit onder de vuilkorsten; elke cel in haar lichaam walgt van het gevoel. En dan hoort ze het Nancy's gezang, in de verte.

'Oh, what peace we often forfeit!
Oh, what needless pain we bear –'

Zijn hoofd schiet omhoog. Ze hoort een Nee! en beseft verbaasd dat het uit haar eigen mond kwam. Zijn vingers grijpen en trekken aan haar, een arm wil haar om haar middel pakken, waardoor ze haar balans verliest; in zijn vastberaden greep, zijn stinkende adem, voelt ze dat haar toekomst vervormt tot iets zwarts en afschuwelijks. Maar de kou maakt hem klunzig. Onhandig wil hij zijn wapen weer pakken, met zijn rug naar haar toe, en op dat moment ziet ze haar kans. Ze steekt haar linkerhand in haar zadeltas en als hij zijn hoofd omdraait laat ze de teugels vallen, pakt met haar rechterhand een boek en zwaait dat zware boek zo hard ze kan, *pats*, in zijn gezicht. Zijn geweer gaat af, het geluid is een driedimensionale *knal!* die tussen de bomen heen en weer schiet en ze hoort dat het zingen even stopt, en ze hoort vogels opvliegen; een glanzende zwarte wolk van klapwiekende vleugels. Als McCullough op de grond valt, steigert de muilezel en schiet hij angstig naar voren en struikelt over de man; haar adem stokt en ze moet de zadelknop vastgrijpen om te blijven zitten. En dan rijdt ze weg langs de bedding van de beek, met gierende ademhaling, haar hart bonkend, erop vertrouwend dat de zelfverzekerde poten van haar dier wel grip zullen vinden in het opspattende, ijskoude water. Ze durft niet om te kijken of McCullough al is opgestaan en achter haar aan komt.

1

Drie maanden eerder

Iedereen was het erover eens, terwijl men zich koelte toewuifde voor de winkel of schaduw zocht onder de eucalyptusbomen: het was abnormaal warm voor september. Het raadhuis in Baileyville rook zwaar naar groene zeep en verschaald parfum, tegen elkaar aan geperste lijven in zondagse poplin jurken en zomerkostuums. De hitte was zelfs door de planken muren gedrongen, zodat het hout kraakte en zuchtte uit protest. Dicht tegen Bennett aan gedrukt, terwijl die langs de volle rijen schuifelde en iedereen die nauwelijks verholen zuchtte zijn excuses aanbood, zou Alice zweren dat ze voelde hoe de hitte van al die lichamen het hare binnendrong als ze wat naar achteren leunden om hen te laten passeren.

Neem me niet kwalijk. Neem me niet kwalijk.

Uiteindelijk was Bennett bij de twee lege zitplaatsen en Alice, met gloeiende wangen van schaamte, ging zitten, en ze negeerde de zijdelingse blikken van de mensen om hen heen. Bennett keek omlaag naar zijn revers, veegde er een denkbeeldig pluisje af, en zag toen haar rok.

'Je hebt je niet omgekleed?' zei hij zachtjes.

'Je zei dat we te laat kwamen.'

'Dat wil niet zeggen dat je in je huiskleding de deur uit kon.'

Ze was bezig geweest een *cottage pie* te maken, om Annie te stimuleren ook eens iets anders op tafel te zetten dan die zware kost uit het zuiden. Maar de aardappels waren groen en het was haar niet gelukt de temperatuur van de oven onder controle te krijgen en toen ze het vlees op de grillplaat legde, kwam ze onder de vetspatten te zitten. En toen Bennett binnenkwam om haar te halen (ze was uiteraard de tijd vergeten), snapte hij absoluut niet waarom ze de culinaire zaken niet gewoon aan de huishoudster overliet, terwijl er dadelijk zo'n belangrijke bijeenkomst zou plaatsvinden.

Alice legde haar hand op de grootste vlek op haar rok en nam zich voor die daar het komende uur te laten liggen. Want zo lang zou het duren, een uur. Of twee. Of – God sta haar bij – drie.

De kerk en bijeenkomsten. Bijeenkomsten en de kerk. Soms had Alice Van Cleve het gevoel dat ze gewoon het ene saaie tijdverdrijf voor het andere had ingeruild. Die ochtend nog had dominee McIntosh in de kerk bijna twee uur lang gereciteerd over de zondaren die kennelijk precies op dat moment hun goddeloze overwicht op het kleine stadje aan het uitoefenen waren, en nu zat hij zichzelf koelte toe te wuiven en leek zich verontrustend genoeg op te maken om alweer het woord te nemen.

'Doe je schoenen weer aan,' fluisterde Bennett. 'Straks ziet iemand je nog.'

'Het is zo warm,' zei ze. 'En ik heb Engelse voeten. Die zijn niet gewend aan dit soort temperaturen.'

Ze voelde de vermoeide afkeur van haar echtgenoot eerder dan dat ze die zag. Maar ze had het te warm en was te moe om het zich aan te trekken, en de stem van de spreker had iets slaapverwekkends, zodat ze maar een paar woorden meekreeg: *ontkiemen... zaadlijsten... kaf... papieren zakken...* en de rest kon haar eigenlijk niet schelen.

Haar was verteld dat het huwelijksleven een avontuur zou zijn. Reizen naar een nieuw land! (Ze was per slot van rekening met een Amerikaan getrouwd.) Nieuw eten! Een nieuwe cultuur! Nieuwe ervaringen! Ze had zich een leven in New York voorgesteld, waar ze in een leuke deux-pièces levendige restaurants bezocht, of over drukke trottoirs wandelde. In haar brieven naar huis zou ze pochen over alles wat ze meemaakte. *O, Alice Wright? Was zij niet dat meisje dat met die knappe Amerikaan is getrouwd? Ja, ik kreeg laatst een ansichtkaart van haar; ze was in de Metropolitan Opera, of Carnegie Hall...*

Niemand had haar gewaarschuwd dat er ook zoveel geklets over nette serviezen met oude tantes bij kwam kijken, zoveel zinloos stopwerk en quilten; of, nog erger, zo ontzettend veel tergend saaie preken. Eindeloze preken en bijeenkomsten, die jaren leken te duren. Ach, wat waren die mannen toch dol op het geluid van hun eigen stem! Het leek wel alsof ze vier keer per week en uren achter elkaar uitgefoeterd werd.

De Van Cleves hadden op de terugtocht maar liefst dertien kerken aangedaan, en de enige preek die Alice goed vond was in Charleston, waar de dominee zo lang doorging dat zijn gemeente het geduld verloor en had besloten om hem, als één man, 'van de kansel te zingen' – hem met hun gezang het zwijgen op te leggen, totdat het hem duidelijk was dat ze er genoeg van hadden en hij nogal gepikeerd zijn religieuze winkel dichtgooide. Ze had gegiecheld om zijn vruchteloze pogingen om boven hen uit te komen terwijl hun stemmen steeds luider en vastberadener aanzwollen.

De gemeente in Baileyville, in Kentucky, leek haar teleurstellend geboeid.

'Trek ze nou maar weer aan, Alice. Alsjeblieft.'

Ze zag mevrouw Schmidt zitten, in wier salon ze twee weken daarvoor thee had gedronken, en keek weer voor zich uit, want ze wilde niet té vriendelijk overkomen. Straks zou ze nog een keer worden uitgenodigd.

'Dank je, Hank, voor je advies over het bewaren van zaadlijsten. Je hebt ons veel stof tot nadenken gegeven.'

Terwijl Alice haar voeten in haar schoenen liet glijden, voegde de dominee eraan toe: 'O nee, dames en heren, staat u nog niet op. Mevrouw Brady wil nog graag een ogenblik van uw tijd.'

Alice, die inmiddels wel wist hoe laat het was, haalde haar voeten weer uit haar schoenen. Een kleine vrouw van middelbare leeftijd liep naar voren; het soort vrouw dat haar vader zou omschrijven als 'goed gestoffeerd', met de stevige vulling en solide rondingen van een topkwaliteit bank.

'Het gaat over de rondreizende bibliotheek,' zei ze, terwijl ze zachtjes wapperde met een witte waaier en haar hoedje rechtzette. 'Er zijn wat ontwíkkelingen waar ik graag uw aandacht voor wil vragen.

'We weten allemaal wat voor... eh... verwóéstende gevolgen de Depressie op dit prachtige land heeft gehad. Er is zoveel aandacht geweest voor overleven dat veel andere aspecten van ons leven op de achtergrond zijn geraakt. Sommigen van u zullen al weten wat voor fantástische dingen president en mevrouw Roosevelt hebben gedaan om de geletterdheid en leren weer onder de aandacht te brengen. Nu is het zo dat ik eerder deze week het voorrecht had om een theepartij bij te wonen met mevrouw Lena Nofcier, voorzitster van de Library Service voor de Kentucky PTA, en zij vertelde ons dat de Works Progress Commission als onderdeel van haar werkzaamheden een mobiele bibliotheek heeft opgericht in verschillende staten; zelfs hier in Kentucky zijn er een paar. Misschien hebben jullie al wel gehoord over de bibliotheek die is opgezet in Harlan County? Ja? Nou, die slaat dus ongelófelijk aan. Onder toezicht van mevrouw Roosevelt zelf en de WPA –'

'Ze is van de Episcopaalse Kerk.'

'Wat?'

'Roosevelt. Die is van de Episcopaalse Kerk.'

Mevrouw Brady's wang vertrok. 'Nou, dat zullen we haar niet aanrekenen. Ze is onze *first lady*, en ze is van plan grootse dingen te doen voor ons land.'

'Ze zou haar plaats moeten kennen, in plaats van overal onrust te stoken.' Een man met hangwangen en een licht linnen pak schudde zijn hoofd en keek om zich heen, op zoek naar medestanders.

Aan de andere kant van het gangpad boog Peggy Foreman naar voren om haar rok recht te trekken, precies op het moment dat Alice haar kant op keek, zodat het leek alsof Alice naar haar had zitten staren. Peggy keek haar verontwaardigd aan en stak haar kleine neusje de lucht in om vervolgens het meisje naast haar iets toe te fluisteren, dat nu ook naar voren leunde om Alice al even onvriendelijk aan te kijken. Alice ging naar achteren zitten en deed haar best de blos die naar haar wangen steeg de kop in te drukken.

Alice, je zult hier nooit aarden als je niet wat vrienden maakt, zei Bennett steeds maar, alsof ze Peggy Foreman en die zure vriendinnen van haar voor zich zou kunnen winnen.

'Je liefje is me weer aan het vervloeken,' zei Alice zachtjes.

'Ze is mijn liefje niet.'

'Dat dacht zij anders wel.'

'Ik heb het toch uitgelegd. We waren nog jong. En toen kwam ik jou tegen en... Nou ja, dat is allemaal voorbij.'

'Het zou fijn zijn als je dat ook eens tegen haar zegt.'

Hij kwam wat dichterbij. 'Alice, zo terughoudend als jij doet, de mensen beginnen te denken dat je een beetje... afstandelijk bent...'

'Ik ben Engels, Bennett. Wij zijn niet gemaakt om... hartelijk te doen.'

'Ik vind gewoon, hoe meer betrokken jij raakt, des te beter dat is voor ons allebei. Dat vindt pa ook.'

'O ja, is dat zo?'

'Hou op.'

Mevrouw Brady keek hen even boos aan. 'Zoals ik al zei: dankzij het succes van deze organisatie in de ons omringende staten, heeft de wpa fondsen beschikbaar gesteld waarmee we ook hier in Lee County onze eigen reizende bibliotheek kunnen opzetten.'

Alice onderdrukte een geeuw.

Thuis op het dressoir stond een foto van Bennett in zijn honkbaltenue. Hij had net een homerun geslagen en uit zijn blik sprak wonderlijke concentratie en vreugde, alsof hij op dat moment boven zichzelf uitsteeg. Keek hij maar eens zo naar haar, dacht ze.

Maar als ze er zo eens over nadacht, besefte Alice Van Cleve wel dat haar huwelijk het gevolg was van een reeks toevalligheden, te beginnen met een porseleinen hondje dat brak toen zij en Jenny Fitzwalter een potje aan het badmintonnen waren in huis (het regende; wat moesten ze anders?) en uitmondend in haar schorsing van de secretaresseopleiding omdat ze altijd te laat kwam, en tot slot haar kennelijk onoorbare uitbarsting tegen haar vaders baas tijdens een kerstborrel. ('Maar hij legde zijn hand op mijn achterste toen ik rondging met de pasteitjes!' protesteerde Alice. 'Doe niet zo ordinair, Alice,' zei haar moeder huiverend.) Deze drie gebeurtenissen – en nog een voorval met de vrienden van haar broer Gideon, te veel rumpunch en een verpest vloerkleed (Ze wist helemaal niet dat er alcohol in de punch zat! Dat had niemand haar verteld!) – hadden ertoe geleid dat haar ouders haar hadden gedwongen tot 'een periode van reflectie', wat eigenlijk 'huisarrest' bleek te betekenen. Ze had hen in de keuken horen praten: 'Zo is ze altijd al geweest. Ze is precies jouw tante Harriet,' had vader misprijzend gezegd, en moeder had toen twee hele dagen niets meer tegen hem gezegd, alsof het idee dat Alice het product was van háár genenlijn een ongemene belediging was.

En dus werd zij tijdens die lange winter, waarin Gideon een eindeloze reeks dansfeesten en cocktailparty's afliep, hele weekends verdween om bij vrienden te logeren of in Londen te fuiven, steeds minder vaak uitgenodigd en zat ze thuis halfhartig aan haar slordige borduurwerkje te prutsen, en bestonden haar enige uitjes uit bezoekjes aan oudere familieleden of bijeenkomsten van de Vrouwenbond, samen met haar moeder, waar de gesprekken meestal gingen over taart, bloemschikken en het boek *Lives of the Saints*, alsof het plan was om haar te laten sterven van verveling. Ze vroeg Gideon na een tijdje niet meer naar zijn verhalen, want dan voelde ze zich alleen maar zieliger. In plaats daarvan speelde ze mokkend canasta, bedroog ze de boel bij Monopoly, en lag ze aan de keukentafel met haar gezicht op haar onderarmen te luisteren naar de radio, met zijn beloften over een wereld ver van haar eigen verstikkende leven.

Dus toen Bennett Van Cleve twee maanden later onverwacht langskwam, op een zondagmiddag na het lentefeest van de dominee – met zijn Amerikaanse accent, zijn vierkante kaak en blonde haar, en de geuren van een wereld duizenden kilometers van Surrey verwijderd – had hij eerlijk gezegd net zo goed de Gebochelde van de Notre Dame kunnen zijn, want dan nog had ze het een prachtidee gevonden om bij hem in zijn lawaaiige klokkentoren in te trekken.

Mannen vergaapten zich vaak aan Alice, en Bennett was meteen smoorverliefd op het elegante Engelse meisje met haar enorme ogen en golvende blonde bobkapsel en de heldere staccatostem die hij thuis in Lexington van geen enkel meisje kende, het meisje dat, zoals zijn vader opmerkte, evengoed een Britse prinses had kunnen zijn met haar verfijnde manieren. Zo elegant als zij haar theekopje naar haar mond bracht. Toen Alice' moeder opmerkte dat ze inderdaad een hertogin in de familie hadden, aangetrouwd, twee generaties terug, ontplofte de oudere Van Cleve bijna van vreugde. 'Een hertogin? Een adellijke hertogin? O, Bennett, wat had je moeder dat geweldig gevonden.'

Vader en zoon waren op missie in Europa met de Combined Ministry of East Kentucky Under God, om te zien hoe de christenen hun geloof beleden buiten Amerika. Meneer Van Cleve had de reis van een aantal mensen uit eigen zak bekostigd, ter ere van zijn overleden echtgenote Dolores, zoals hij graag mocht verkondigen als er ook maar even een stilte in het gesprek viel. Hij mocht dan een zakenman zijn, maar dat had niets, maar dan ook níéts te betekenen als hij dat niet onder leiding van de Heer zou doen. Alice had de indruk dat hij nogal geschokt was door de bescheiden en bepaald niet fanatieke religieuze uitingen in St Mary's on the Common; en de gemeente was behoorlijk geschrokken toen dominee McIntosh uitbundig hel en verdoemenis begon te verkondigen (die arme mevrouw Arbuthnot moest door een zijdeur worden afgevoerd voor wat frisse lucht). Maar al ontbrak het de Britten dan aan devotie, merkte meneer Van Cleve op, ze maakten dat tekort ruimschoots goed met hun kerkgebouwen, hun kathedralen en al die geschíédenis. *En was dat soms niet een spirituele beleving op zich?*

Ondertussen hadden Alice en Bennett het druk met hun eigen, iets minder heilige beleving. Ze namen afscheid met ineengeslagen handen en vurige blikken, van het soort dat des te heftiger oplaait bij het vooruitzicht dat ze elkaar binnenkort nooit meer zouden zien. Ze schreven elkaar brieven tijdens zijn tussenstop in Reims, en later in Barcelona en Madrid. Hun correspondentie bereikte een koortsachtig hoogtepunt toen hij in Rome aankwam, en op de terugweg was het alleen voor de leden van het huishouden die niet hadden opgelet een verrassing dat Bennett haar ten huwelijk vroeg, en Alice, met de voortvarendheid van een vogel wiens kooi ineens opengaat, aarzelde hooguit een halve seconde voor ze ja zei tegen haar smachtende – en prachtig gebruinde – Amerikaan. Wie zou er nou geen ja zeggen tegen een knappe man met zo'n kaaklijn, die naar haar keek alsof ze een juweel was? Terwijl de rest haar bekeek alsof ze een besmettelijke ziekte had.

'Je bent gewoon perfect,' zei Bennett steeds tegen haar, en hij hield zijn duim en wijsvinger om haar smalle pols als ze op de schommelbank in de tuin van haar ouders zaten, hun kragen omhoog tegen de wind en de ogen van hun welwillende vaders vanuit de ramen van de bibliotheek op hen gericht, ieder om zijn eigen redenen stiekem opgelucht met deze match. 'Je bent zo teer en zo elegant. Als een volbloed.' O, en hoe hij dat úítsprak!

'En jij bent idioot knap. Je lijkt wel een filmster.'

'Moeder zou dol op je geweest zijn.' Hij liet een vinger langs haar nek omlaagglijden. 'Je bent net een porseleinen popje.'

Een halfjaar later wist Alice vrij zeker dat hij haar niet meer zag als een porseleinen popje.

Ze waren snel getrouwd, omdat meneer Van Cleve weer aan het werk moest. Alice had het gevoel alsof haar kansen gekeerd waren: zo mistroostig als ze de hele winter was geweest, zo blij en opgewekt was ze nu. Haar moeder had haar hutkoffer ingepakt met dezelfde enigszins ongepaste verrukking als waarmee ze iedereen om zich heen had verteld over de geweldige echtgenoot van Alice en zijn vader, een rijke fabrikant. Dat zou leuk zijn geweest als ze zelfs maar een piezeltje rouwig had geleken bij het idee dat haar enige dochter zou verhuizen naar een deel van Amerika dat niemand die ze kende ooit had bezocht. Maar ja, Alice was waarschijnlijk even blij dat ze weg kon. Alleen haar broer was openlijk verdrietig, al wist ze vrij zeker dat hij daar tijdens zijn volgende weekenduitje wel weer van zou herstellen. 'Ik kom je natuurlijk opzoeken,' zei Gideon. Ze wisten allebei dat dat nooit zou gebeuren.

De huwelijksreis van Bennett en Alice bestond uit de vijfdaagse terugreis naar de Verenigde Staten over zee, gevolgd door de tocht over land van New York naar Kentucky. (Ze had Kentucky opgezocht in de encyclopedie en was nogal ingenomen met alle paardenrennen die er plaatsvonden. Het klonk als een Derby Day die het hele jaar duurde.) Ze gilde van opwinding om alles: hun enorme auto, de omvang van de gigantische oceaanstomer, de diamanten hanger die Bennett voor haar had gekocht in een winkel in de

Burlington Arcade in Londen. Ze vond het niet erg dat meneer Van Cleve hen de hele reis vergezelde. Het zou immers ook onbeleefd zijn om de oude man aan zijn lot over te laten, en zelf was ze te opgewonden door het idee weg te kunnen uit Surrey, met zijn stille salons op zondag en de permanente afkeuring, om er bezwaar tegen te hebben.

Als Alice het al jammer vond dat meneer Van Cleve aan hen vastgeplakt leek als een zeeslak, drukte ze die teleurstelling de kop in, en deed ze haar best om de schattige versie van zichzelf te zijn waar de twee mannen kennelijk op rekenden. Op het stoomschip tussen Southampton en New York konden zij en Bennett in elk geval na het avondeten een paar uurtjes alleen een wandeling aan dek maken, omdat zijn vader dan aan het werk was of met de ouderlingen zat te praten aan de tafel van de kapitein. Dan trok Bennett haar met zijn sterke armen tegen zich aan, en zij stak haar linkerhand met de fonkelnieuwe gouden trouwring omhoog, en verbaasde zich over het feit dat zij, Alice, een *getrouwde vrouw* was. En eenmaal in Kentucky, hield ze zichzelf voor, zou ze pas écht getrouwd zijn, aangezien ze dan niet met zijn drieën een hut hoefden te delen, ook al hing daar een gordijn tussen hun slaapgedeelten.

'Het is niet bepaald de uitzet die ik voor me zag,' fluisterde ze in haar hemd en pyjamabroek. Ze voelde zich niet op haar gemak in minder, aangezien Van Cleve senior een keer, nog half slapend, het gordijn voor hun tweepersoonskooi met dat voor het toilet had verward.

Bennett kuste haar op haar voorhoofd. 'Het zou sowieso niet goed voelen met vader zo dichtbij,' fluisterde hij terug. Hij legde het lange kussen tussen hen in ('Ik ben bang dat ik me anders niet kan beheersen') en zo lagen ze zij aan zij, kuis hand in hand in het donker, hoorbaar ademhalend terwijl het gigantische schip onder hen trilde.

Als ze erop terugkeek, stond die lange tocht bol van onderdrukt verlangen, heimelijke kussen achter reddingsboten, en haar fantasie die op hol sloeg terwijl de zee onder hen deinde. 'Je bent zo mooi. Als we thuis zijn, is het allemaal anders,' mompelde hij dan in haar oor, en zij keek op naar zijn prachtig gebeeldhouwde gezicht en verstopte het hare in zijn zoetgeurende nek, zich afvragend of ze het wel zo lang zou volhouden.

En toen, na de eindeloze autorit van New York naar Kentucky, en de overnachtingen bij deze en gene dominee, had Bennett aangekondigd dat ze niet in Lexington zouden wonen, zoals ze had aangenomen, maar in een klein stadje, een eindje verder naar het zuiden. Ze passeerden de stad, en reden maar door over steeds smallere en stoffiger wegen, en de groepjes willekeurig bij elkaar geplaatste huizen stonden steeds verder uit elkaar en werden overschaduwd door enorme met bomen begroeide bergen. Het was prima, verzekerde ze hem, en ze verborg haar teleurstelling toen ze de hoofdstraat van Baileyville zag, met zijn handjevol bakstenen gebouwen en smalle weggetjes die zich uitstrekten in het niets. Ze was dol op het platteland, hoor. En ze konden toch tripjes naar de stad maken, zoals haar moeder als ze naar Simpson's op The Strand ging? Ze deed enorm haar best om ook zo opgewekt te reageren op de ontdekking dat ze in elk geval het eerste jaar bij meneer Van Cleve in huis zouden wonen. ('Ik kan vader niet alleen laten zolang hij nog rouwt om moeder. Tenminste, voorlopig niet. Niet zo teleurgesteld kijken, lieveling. Het is het op een na grootste huis van de stad. En we hebben er onze eigen kamer.') En toen ze eindelijk samen in die kamer waren, ging het natuurlijk allemaal mis op een manier waar ze niet eens woorden voor had, als ze het zou moeten uitleggen.

Lees verder in *De sterrengever*.